# 卑微者之歌

*An Orchestra of Minorities*

［尼日利亚］
奇戈希·奥比奥玛
Chigozie Obioma
著

陈超 译

北京联合出版公司
Beijing United Publishing Co.,Ltd.

雅众文化 出品

致J. K.

我们没有被遗忘。

如果被捕猎者不去讲述它们自己的故事,那么,捕猎者将永远是狩猎故事里的英雄。

——伊博谚语

大体上说,我们可以将一个人的魈视为他在灵界的另一个身份——令他在大地上的人类躯壳变得完整的灵体,因为没有任何事物能够单独存在,一定总是有另一个事物与其同在。

——钦努阿·阿契贝[1],《伊博文化宇宙观里的魈》

乌瓦哈阿萨、乌瓦哈阿萨托![2] 这是决定一个新生之人真实身份的至关重要的因素。虽然人类以肉身的形态存在于世界上,但他们的体内有一个魈与一个奥尼尤瓦,因为宇宙的法则规定,一个事物的存在必须有另一个事物相伴,这就是万物的二元性。这也是伊博

---

[1] 钦努阿·阿契贝(Chinua Achebe, 1930—2013),尼日利亚作家、诗人,有"现代非洲文学之父"的美誉,著有《瓦解》《动荡》《神箭》(合称为"非洲三部曲")等作品。
[2] 乌瓦哈阿萨、乌瓦哈阿萨托!(Uwa ha asaa, uwa ha asato!),伊博语,意即:"第七世、第八世!"

文化中轮回转世之概念的基本法则。你是否曾经想过,为什么一个新生儿第一次见到某人时,就会无来由地对后者怀恨在心?……原因总是:那个孩子认出了那个人是其前世的仇人,那个孩子历经轮回,来到这个世界,度过自己的第六世、第七世乃至第八世,是为了了结一段宿怨!有时候,一样东西或一件事情也会在生命中轮回重演。这就是为什么你会发现有的人失去了曾拥有过的事物,多年之后会得到一件相似的东西。

——恩克帕的巫医恩乔库吉,录音内容

# 伊博文化宇宙观

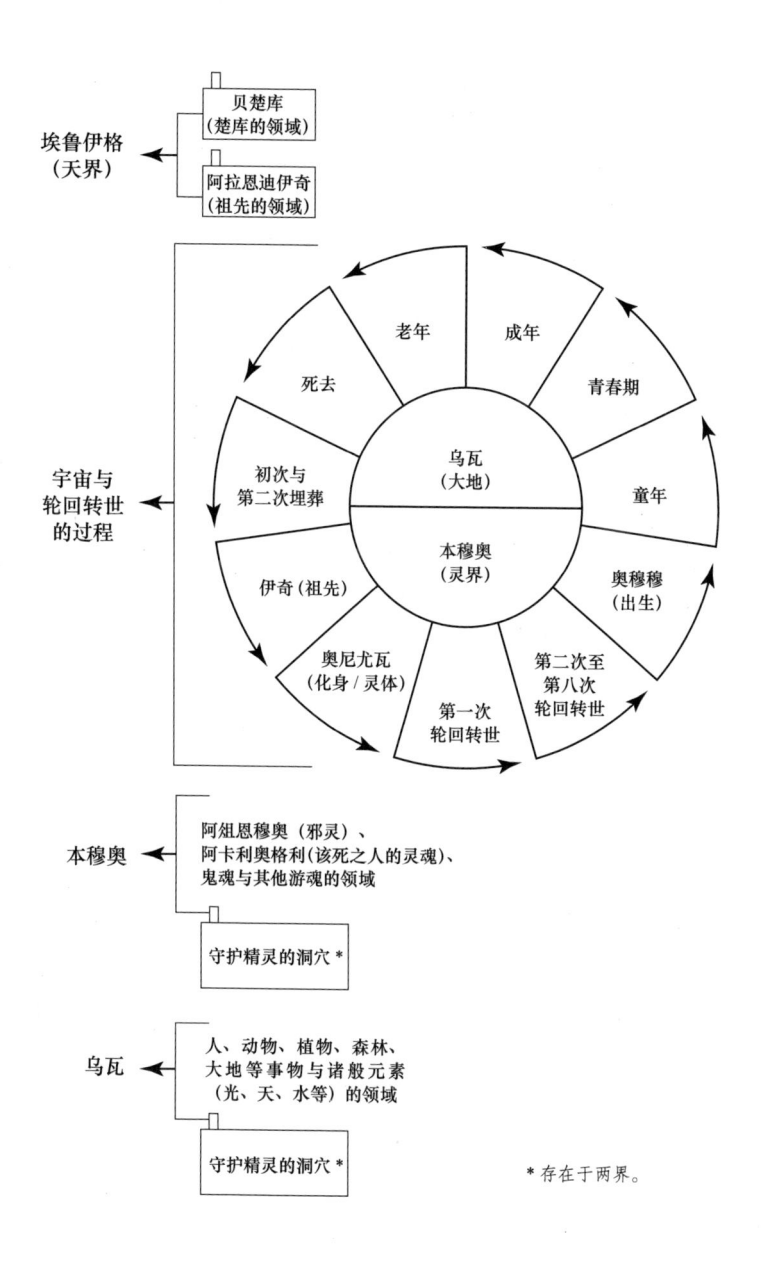

**埃鲁伊格（天界）**
- 贝楚库（楚库的领域）
- 阿拉恩迪伊奇（祖先的领域）

**宇宙与轮回转世的过程**

轮回图（顺时针）：
- 乌瓦（大地）
- 本穆奥（灵界）
- 老年
- 成年
- 青春期
- 童年
- 奥穆穆（出生）
- 第二次至第八次轮回转世
- 第一次轮回转世
- 奥尼尤瓦（化身/灵体）
- 伊奇（祖先）
- 初次与第二次埋葬
- 死去

**本穆奥**
- 阿俎恩穆奥（邪灵）、阿卡利奥格利（该死之人的灵魂）、鬼魂与其他游魂的领域
- 守护精灵的洞穴\*

**乌瓦**
- 人、动物、植物、森林、大地等事物与诸般元素（光、天、水等）的领域
- 守护精灵的洞穴\*

\* 存在于两界。

# 伊博文化宇宙观中人的构成

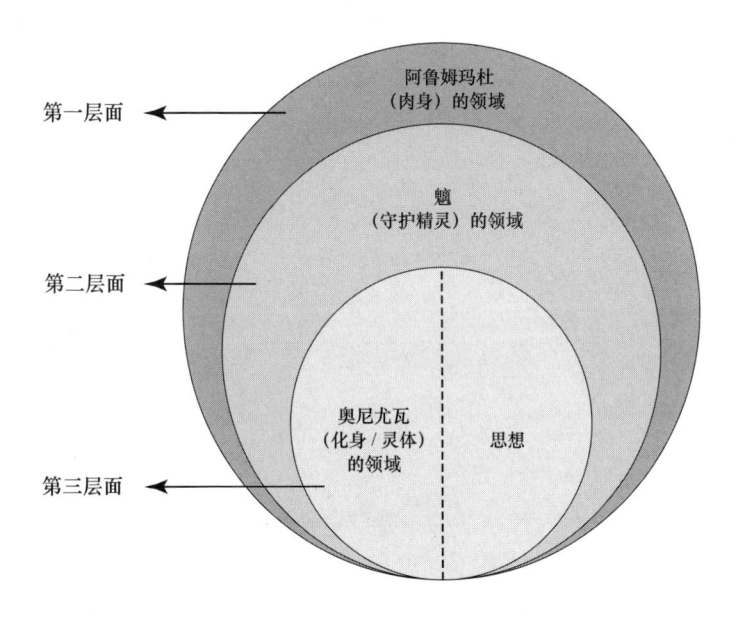

- 第一层面 ← 阿鲁姆玛杜（肉身）的领域
- 第二层面 ← 魈（守护精灵）的领域
- 第三层面 ← 奥尼尤瓦（化身/灵体）的领域 ｜ 思想

# 目 录

## 第一部分

初次祷祝　3
第一章　桥上的女人　6
第二章　凄　凉　14
第三章　觉　醒　27
第四章　小　鹅　41
第五章　卑微者之歌　71
第六章　"贵客"　94
第七章　被羞辱的人　115
第八章　帮助者　131
第九章　迈过门槛　152

## 第二部分

再次祷祝　175
第十章　被拔了毛的鸟　177
第十一章　异域的赶路人　198
第十二章　冲突的影子　218
第十三章　变形记　230
第十四章　空　壳　253
第十五章　这片土地上所有的树木都
　　　　　被砍掉了　265

第十六章　白鸟的幻觉　288
第十七章　阿拉恩迪伊奇　307

## 第三部分

三次祷祝　323
第十八章　回　归　325
第十九章　幼　苗　343
第二十章　报　应　358
第二十一章　属上帝的人　379
第二十二章　遗　忘　395
第二十三章　古老的传说　409
第二十四章　被遗弃的人　429
第二十五章　庶　神　442
第二十六章　人屋里的蜘蛛　450

后　记　461
致　谢　463
作者简介　465

# 第一部分

# 初次祷祝

奥巴司迪内鲁——

我站在您面前，这里，巍峨的贝楚库宫，在光明照耀的永恒乐土埃鲁伊格，笛子吹奏的亘古之歌在空气中萦绕——

和其他守护精灵一样，我在数次轮回中去过乌瓦，每一回都寄宿在一具新造的肉体上——

我匆匆而来，如标枪般不受约束地冲天而起，横贯广袤的宇宙洪荒，因为我的消息万分紧急，关乎生死存亡——

我深知魍本应在它的宿主之死，其灵魂已飞升至本穆奥——那片形形色色的精灵与失去肉身的灵体聚集的大限之地，才到您面前作供。只有在那个时候，您才会将守护精灵召至您居住的这座巍峨天宫，请您让我们的宿主之魂一路平安抵达阿兰迪伊奇，列祖列宗的归宿地——

我们前来求情，是因为我们知道一个人的灵魂能以奥尼尤瓦的形式回到这个世界,获得重生,但只有在那个灵魂已被祖先之域接纳的情形下才能实现——

楚库,世间一切的造物主,我承认此刻,我的宿主依然在世时,我来到这里作供的确有悖常理——

我之所以来,是因为祖先们说,我们只应该带上砍得动柴火的斫刀进森林。倘若事发突然,需要采取紧急措施,那局中人就必须见机行事——

他们说,尘归地兮星悬天,二者离兮不相连——

他们说,虽然影子依照人的模样而生,但人不会因为影子离开他而死去——

我代表我的宿主前来为他求情,是因为他曾经做过的事情,阿拉——大地的守护神,定会施以惩罚——

因为阿拉绝不容忍怀孕的女人受到伤害,无论施暴一方是人类抑或禽兽——

因为大地归她所有,她是人类的圣母、生灵的至尊,地位仅次于您,人类或精灵皆无法洞悉其种性——

我之所以来,是因为我担心她会出手对我的宿主不利,在这一世轮回中,他的名字叫奇侬索·所罗门·奥利萨——

这就是我为何匆匆前来作供,讲出我见证的所有事情,希望说服您与那位伟大女神,倘若我害怕的事情业已发生,希望你们能明白,他是在无意间铸下大错——

虽然大部分事情我会以自己的语言进行讲述,但内容句句属实,因为他与我本是一体。他的声音便是我的声音。转述他的话,似乎他与我并非一体,就如同将我的话当作旁人之语——

您是宇宙创造者,四日的恩主——埃科之日、奥利之日、阿弗之日与纳科奥之日,此四者构成了伊博人的星期——

祖先们为您起了不计其数的名字与敬称：楚库、埃格布努、奥瑟布鲁瓦、埃祖瓦、埃布贝迪克、噶嘎纳奥格乌、阿古吉埃格贝、奥巴司迪内鲁、阿格巴塔-阿鲁玛鲁、伊安格-伊安格、奥卡奥米、阿克瓦阿库鲁，不一而足——

我站在这里，您的面前，像一位国王的舌头般勇敢，为我的宿主求情，因为我知道您将会倾听我的声音——

# 第一章
## 桥上的女人

楚库,如果一个守护精灵首次受遣栖居于宿主之身,而后者将降生于乌穆阿希亚——伟大祖先之地的一座城镇,令这个精灵感到震撼的第一件事情便是:这片土地竟如此广袤。守护精灵与新宿主轮回转世的肉身一同降临于这片土地时,大地以惊人的姿态呈现在他们眼前。突然,似乎太初之幕被掀开,你面对着一片广阔无垠的青翠植被。当你接近乌穆阿希亚时,会被祖先之地的诸般景象深深吸引:绵延起伏的山峦、茂密辽阔的奥格布提-乌库森林,这片森林与最初在里面狩猎的第一批人类同样古老。祖先们听闻在这里可以见到孕育了世界的宇宙大爆炸的迹象,从太初之时起,世界被分为天空、水域、森林与陆地,奥格布提森林就已经是一个国家,比任何讴歌它的诗歌更加广袤。片片树叶是这个宇宙的历史见证。而比这片大森林更令人心醉神迷的是许许多多的水体,其中最壮观的是伊莫河及其众多支流。

那条河流绕着森林蜿蜒曲折,路线百转千回,堪比人体的血管。

在城市的某处，你发现这条河流像一道深深的伤口般奔涌着。你在同一条道路走上一小段，似乎凭空而来——它出现在一座山丘或一道大峡谷的后面。接着，它又在谷壑之间奔流。哪怕一开始时我们错过了它，只需要朝乌穆阿希亚的方向而去，走过本代，经过吴瓦的各个村落，一条平静流淌的小小支流就会展现其迷人的容颜。在当地人的神话故事里，这条河流拥有独特的地位，因为在他们的宇宙观里，水至高无上。他们知道所有的河流都有母性，都能够孕育。这条河流孕育了伊莫城，临城则被尼日尔河哺养。更加壮阔的尼日尔河是一条传奇之河，很久以前，尼日尔河在奔流不息的旅程中越过了河界，与另一条河流——贝努埃河——相遇，自此永远改变了两条河流域里人类与文明的历史。

埃格布努，今晚我来到您璀璨的宫殿里作供的内容始于大约七年前的伊莫河。那天早上，我的宿主和往常一样到埃努古购入新的家禽。前一天晚上埃努古下过一场雨，到处都是水——从屋顶流下，积聚在路上的坑洼里，溅在树叶上，从圆形蛛网上滴落，人们的脸庞和衣服被雨水微微打湿。他兴高采烈地在市场里转悠，从一个摊位走到另一个摊位，从一家店铺走到另一家店铺，裤子卷到了脚踝上，免得被污水弄脏裤脚。市场里人声鼎沸，早在伟大祖先们的时代，市场就已经是一切的中心。货物在这里交易，庆典在这里举行，村落在这里进行谈判。在祖先之地的全境，圣母阿拉的神龛通常就设于市场近旁。在祖先们的想象中，市场也是人类的集聚之地，吸引了最为放荡的精灵——阿卡利奥格利、阿莫苏、狡鬼与一众失去肉身的游魂。因为在这个世界上，没有宿主的精灵什么都不是。精灵必须凭附在一具肉身之上，才能去影响世间的事物。因此，这些精灵总是在寻找寄宿的躯壳，不知餍足地寻求肉身凭依。人们必须不惜任何代价避开它们。我曾见到一个精灵在绝望之下凭附在一只死狗的尸体上。那精灵勉力以某种起死回生的手段使那具腐尸活了过来，还令它蹒跚走了几步，然后才离开那只狗，由得它再度倒毙在草丛里。那是恐怖的一幕。这就是为什么魁不应该在那种地方，或在宿主沉睡及不省人事时离开他的身体。某些失去肉身的精灵，尤其是那些邪灵，有时候甚至会试图强行将在位的魁赶走，或将遁离肉身代表宿主前去斡旋调解的魁取而代之。这就是为什么您，楚库，警告我们不要轻易离去，尤其是在晚上！因为当一个人被外来的精灵附体后，要将它逐离可就难了！这就是为什么人间会有疯子、癫痫病人、可恶的狂人、谋害亲生父母及别人性命的凶手！他们当中许多人就是被奇怪的精灵附体，他们的魁无家可归，只能追随宿主左右，向入侵者哀求或试图交涉——通常都没有结果。这种事情我见得多了。

我的宿主回到他的小货车上之后，在他那本大页书写纸笔记本里记下自己买了八只成年家禽——两只公鸡与六只母鸡，以及一袋小米、半袋肉鸡饲料和满满一尼龙袋油炸白蚁。其中有一只鸡他付了平时的双倍价钱，那是一只长着锥冠亮羽、通体雪白的公鸡。当店家把那只公鸡递给他时，他的眼里噙着泪花。有一小会儿，店家，甚至他手里那只公鸡，仿佛是一幕熠熠发光的幻象。店主看着我的宿主，表情似乎很惊诧，或许在心里纳闷为什么这人看到那只公鸡会如此激动。他不知道，我的宿主是一个依照本能行事且重感情的男人。他以双倍价钱买下这只公鸡，是因为它和他小时候养过的那只小鹅长得实在太像了，那是许多年前的事情，他爱那只小鹅，那只鸟改变了他的人生。

埃布贝迪克，他买下那只珍贵的白公鸡后，高高兴兴地动身准备回乌穆阿希亚。虽然这时他才想起自己在埃努古待的时间比预计的更久，一整天还没喂过其他家禽，但这并没有影响他的情绪。就连想到它们在不听话地咯咯哒哒地气恼叫唤——家禽挨饿时总是这样，吵闹起来甚至连住在远处的邻居们也会抱怨——也没有令他感到心烦。与平时经过警察关卡时不同，今天他爽快地向警官们交了钱。他没有像平时那样争辩说自己身无分文。恰恰相反，还没驶到警察架设的密布突起铁钉以迫使车辆停下的木桩关卡之前，他就拿着一沓钞票，把手伸出窗外。

噶嘎纳奥格乌，我的宿主在乡间道路上飞驰了许久，路过一座座乡村，经过祖先们的坟茔，驶过两旁是肥沃农田和茂密树丛的道路，天色渐渐暗了下来。昆虫撞上挡风玻璃，像细小的水果般爆开，到最后，挡风玻璃上斑斑驳驳，尽是黏糊糊的虫渣。有两回他不得不停下车，拿一块抹布将污渍擦掉。但在他再次启动车子后没多久，昆虫们会重新集结，向挡风玻璃发起冲锋。等他开到乌穆阿希亚地界时，天已经黑了，那根生锈的路标上"**欢迎来到阿比亚，上帝本人之州**"的字样几乎难以分辨。因为一整天没有吃东西，他饿得整个胃都收紧了。快到跨越阿玛图河——伟大的伊莫河的一条支流——的桥梁时，他把车停在一辆尾厢披着防水布的半挂车后面。

引擎刚停止运作，他就听见从小货车的车厢传来鸡脚在踱步的沙沙声。他下了车，跨过环绕整座城市的排水沟渠，走到对面的空地，那儿的街边小贩坐在小布篷下的板凳上，灯笼和蜡烛照亮了桌子。

在东边，夜色已经降临，前方和后方的道路被黑暗笼罩。他带着一串香蕉、一个木瓜和满满一塑料袋的橘子回到小货车上。他打开车头灯，开回高速公路，新买的家禽在小货车的后厢咯咯咯地叫唤。开到阿玛图河上的桥梁时，他正在吃香蕉。上周他刚刚听说，在这降水最丰沛的雨季中，这条河流曾决堤淹死了一个女人和她的孩子。通常他不会把城里散播的不幸事件传闻放在心上，但不知为何，这个故事一直萦绕在他的心头，就连我，他的魈，也不明白个中缘由。快开到桥中央时，他心里想着那个母亲和孩子的事情，突然看见一辆小汽车停在栏杆旁边，一扇车门敞开着。一开始他只看见这辆车，车里黑漆漆的，驾驶席的前窗玻璃上倒映着一个亮斑。但他转头一看，见到了恐怖的一幕：一个女人正要从桥上往下跳。

阿古吉埃格贝，几天来我的宿主一直想着那个淹死的女人，突然，他发现自己面前站着另一个女人，已经踩上了栏杆的一段，身子前倾，准备一头栽进河里，这件事情真是太诡异了。他一见到那个女人，心头便为之一震。他猛地停下小货车，跳出车外，跑进漆黑中，嘴里高喊着："不，不，不要！求求你，请不要做傻事。别做傻事！"

这个猝不及防的干预举措似乎令那个女人吓了一跳。她立刻踩着小碎步转过身来，显然受到了惊吓，身子微微一晃，往后摔倒在地。他冲上前想搀扶那个女人。"不，姑娘，不要，请不要做傻事！"他俯身说道。

"别管我！"见到他在走近，那个女人叫嚷着，"别管我。走开。"

埃格布努，他遭到拒绝，慌忙退开几步，用奇怪的方式举起双手，那是祖先们的子孙用以表示投降或认输的姿势，嘴里说道："我停下来，我停下来。"他转身背对她，但没办法就此离开。他担心要是走了，这个女人不知道会做出什么事情，因为他自己是一个伤心人，知道绝望是灵魂的恶疾，能够摧毁饱受创伤的生命。于是，他又转向她，双手放低，像两根棍子般平伸在身前。"别做傻事，姑娘。没有任何事情值得让一个人那样去死。没有任何事情。姑娘。"

那个女人艰难地缓缓挣扎起身，先是跪着，然后抬起上身，两眼一直紧盯着他，嘴里说道："别管我，别管我。"

现在，借着小货车的车灯，他看清了那个女人的脸，上面写满了恐惧。她的双眼略微发肿，那一定是因为哭了好久。他立刻知道这是一个被深深伤害过的女人，因为每一个经历过痛苦或目睹过别人受苦的人都能远远地认出另一个伤心人脸上的痕迹。看着那个女人颤巍巍地站在车灯的光亮下，他在心里猜测她失去了谁。或许是她的父亲或母亲、她的丈夫、她的孩子？

"我不管你，现在就走。"他又举起双手说道，"我不管你。我向缔造了我的上帝发誓。"

他转身朝小货车走去，但在那个女人脸上见到的悲哀就像重力般吸引着他，就连这片刻间拖着步子从她身边离开的行为也像是不仁的恶举。他停下脚步，感到胃在急剧下坠，听到焦虑的心跳声。他又转身面对着她。

"可是，姑娘，"他说道，"不要跳河，你听见了吗？"

他匆忙打开小货车的后厢，拨开一个鸡笼的门闩，目光透过车窗往外张望，对自己喃喃说那个姑娘不会跳河。他抓住两只鸡的翅膀，一手一只，匆忙折返。

他发现那个女人仍站在原处，望着他的小货车这个方向，似乎愣住了。虽然守护精灵无法预见未来，不知道自己的宿主会做出什么事情——楚库，您与其他伟大的神明拥有预知未来的能力，并会赐予某些精灵这份能力——但我有所察觉。可是，因为您曾经警告我们作为守护精灵，不得干预宿主的每一件事情，要让男人去贯彻自己的意志并成为男子汉，因此我没有阻止他。相反，我只是令他想起他是一个爱鸟的人，他的生命因他与长着翅膀的生灵之间的关系而改变。在那一刻，我令他的脑海闪现曾经拥有的那只小鹅惹人怜爱的模样。但这并没有起到什么效果，因为在这种时刻，当一个男人被情感征服,他就变成了埃格本奇,那只不肯听话甚至什么都不明白的冥顽固执的鹞子。它想去哪儿就去哪儿,想干什么就干什么。

"没有任何事情,没有任何事情可以让一个人去投河自尽。没有任何事情。"他将两只鸡举过头顶,"这就是一个人掉进河里的下场。那个人会死掉,再也没有人能见到他。"

他冲到栏杆处,双手拎着沉甸甸的两只鸡,它们在他手里高声尖叫,竭力扭动。"就连这两只鸡也一样。"他又说了一遍,然后将它们从桥上扔进漆黑中。

那一刻,他看着两只鸡迎着热流风猛烈地扑扇着翅膀,绝望地挣扎,想保住性命,却失败了。一根羽毛落在他的手上,他急忙用力把它拍掉,因此感到一阵刺痛。接着,他听见那两只鸡掉进水里发出的咕咚声,然后是徒劳的扑打声和河水溅起的声音。那个女人似乎也在倾听,在倾听中,他感受到两人之间有一种难以形容的羁绊——似乎他们都成了某桩无法量刑的隐秘罪案的孤独的目击证人。他站在那儿,直到听见那个女人在大声喘息。他抬头看着她,然后又看着被黑暗遮蔽的河水,然后又看着她。

"你瞧,"他指着河水,风的呜咽就像夜的喉咙发出的干咳,"这就是一个人坠河的情形。"

这时,在他之后第一辆抵达桥梁的汽车以谨慎的速度驶近。车子在他们身后几步远的地方停下来,响起喇叭,然后司机说了些什么,但他听不见,可我,他的魔,听见那是白人的语言:"哎呀,我想你们不是歹徒吧?"然后那辆汽车开走了,越开越快。

"你瞧。"他又说了一遍。

那句话说出口后,他恢复了平静,这是一个男人完成了某件不寻常的事情,回归原本的自我之后经常出现的状况。他一心只想着离开这个地方,这个热烈的想法征服了他。我,他的魖,在他的脑海里闪念,让他知道他做的事情已经够多了,现在应该离开。于是,他匆匆回到小货车那里,在后厢传来的不满的鸡叫声中开车起步。在后视镜里,桥上那个女人的样子一闪而过,就像被召唤进光明之域的精灵,但他没有停车,也没有回头观望。

## 第二章
## 凄 凉

阿古吉埃格贝,伟大的先祖们说:"攀峰欲登极,必自山脚起。"我明白人的一生就是从一端到另一端的奔跑,我也明白先前发生的事情决定了之后的事情。这就是当某件令人们困惑不解的事情发生时,他们会问"为什么"的原因。大部分时间里,哪怕是人心中最深邃的秘密和动机,如果你更加深入地去探究,也可以被发掘出来。因此,楚库,为了帮我的宿主说情,我必须提议我们将一切的肇始追溯到桥上那晚之前的艰难岁月里。

就在九个月前,他的父亲去世了,令他感到前所未有的痛苦。要是当时有人陪伴着他的话,或许情况会有所不同。在他失去母亲,失去那只小鹅,妹妹离家出走时,一直有人陪伴在他身边。但当他父亲去世时,他身边连一个人也没有了。他的妹妹恩姬璐和一个老男人私奔后,父亲的死深深地刺痛了她的良知,令她变得越发疏远。或许她这么做是因为害怕我的宿主会将父亲的死怪罪于她。父亲逝世后的那段日子一片黑暗。主司痛苦的阿格乌日日夜夜折磨着他,给他留下空荡荡的房子，关于家人的伤痛回忆像啮齿动物般潜伏着。大部分日子里，他一早醒来时会闻到母亲做饭的香味。有时候在大白天，妹妹的样子会栩栩如生地出现，似乎她只是一直躲在垂下的窗帘后面。到了晚上，父亲就在家里的感受是那么强烈，有时候他真以为父亲尚在人世。"爸爸！爸爸！"他会对着漆黑呼喊，慌张地踩着步子转着圈。但他得到的回应只有沉默，如此强烈的沉默，总是令他意识到现实终究是现实。

　　他行走在这个世界，感到头晕目眩，就好像走在一条紧绷的绳索上。他对什么都视而不见。没有什么能带给他慰藉，就连奥利弗·德科克[1]的音乐也做不到，虽然几乎每天晚上在院子里劳作时，他都会在那台大卡带机上播放。他喂养的家禽也没办法分担他的悲伤。他不再那么细心地照料它们，大部分时间里每天只喂它们一顿，有时候完全忘了给它们喂食。它们激烈地尖叫以示抗议，迫使他不得不去喂养它们，这在那段时间里总是惹他心烦。他心不在焉地照看家禽，有好几回，老鹰和鹞子把它们叼走了。

　　那些日子里，他吃的都是些什么啊？他就靠着家里那片从屋前一直延伸到马路的小农场随便吃，采摘西红柿、秋葵和胡椒。他由得父亲种下的玉米苗枯萎死去，任凭虫子在腐烂的作物上肆虐，只要它们不去糟蹋其他作物就行。当农场里剩下的东西让他吃不上饱饭时，他就去大交通环岛附近的市场掏钱买，能不说话就不说话。到最后，他变成一个沉默的男人，终日不发一言，就连自己的家禽也不理会，以前他总是称呼它们为"同志"。他从附近的小卖部买洋葱和牛奶，有时候在街对面康弗特太太的饭馆里吃饭。在那里，他也几乎不开口说话，只是喜怒无常地拘谨而畏惧地观察身边的人，

---

1　奥利弗·德科克（Oliver DeCoque，1947—2008），尼日利亚流行音乐人，有"吉他歌王"的美誉。

仿佛看似平静的他们其实都是从后门来到这个世界的乖戾精灵。

奥瑟布鲁瓦，很快，一如经常发生的情况，他变成一个伤心沦落人，不肯接受任何帮助。就连他毕业后仍有交往的唯一的朋友，埃洛楚库，也没办法安慰他。他疏远了埃洛楚库，有一回，埃洛楚库骑着摩托车来到我宿主住的大院前，一边敲门一边喊我宿主的名字，想知道他在不在家。但他假装不在家里。埃洛楚库或许怀疑自己这位朋友其实在家，于是给我的宿主打电话。我的宿主就由得电话一直响，到最后，埃洛楚库或许以为他真的不在，于是离开了。他的叔叔——他父亲唯一在世的兄弟——一直恳求他到阿巴居住，但他就是不听。老人家一再坚持，于是他关掉电话，两个月不开机，直到有一天，他睡醒时听见叔叔开车进入院子的声音。

他的叔叔来的时候怒气冲冲，但发现侄子如此颓废瘦弱时，老人家心中感触万千。当着我的宿主的面，老人家哭了。那天，看到这个多年没见的亲人为他而哭泣，我的宿主有了些许改变。他意识到自己的生命里出现了一个空洞。那天晚上，他的叔叔在客厅的沙发上睡觉打鼾时，他意识到自从母亲死后，那个空洞便暴露出来。噶嘎纳奥格乌，确实如此，他目睹母亲在生下他的妹妹不久后便撒手人寰，被抬出医院时，我身为他的魖，就在那里。那是二十二年前的事情了，按照白人的纪年是 1991 年。当时他才九岁，年纪太小了，无法接受世界为他做出的安排。直到那晚为止，他所了解的世界突然变成了一张乱糟糟的网，再也没办法被理顺。他的父亲尽心地安慰他，带他到拉各斯去了几趟，还去了伊巴丹的动物园和哈科特港的游乐园，甚至去玩了游戏机——但无一奏效。无论他的父亲怎么做，都无法修复他灵魂里的裂痕。

那一年的年底，埃鲁伊格这只天蛛第十三回在月亮上吐出蓬松蛛网的前后，我宿主的父亲越发迫切地想让儿子康复，于是把后者带回了自己的村子。他记得儿子曾经被他如何在奥格布提森林里捕猎野鹅的故事深深吸引，那是战争期间，当时我的宿主还是一个小孩子。于是，他带着我的宿主在森林里捕猎野鹅，楚库，我会在适当时机向您陈述。就是在那里，我的宿主捉到了那只小鹅，那只将改变他的一生的鸟儿。

见到我的宿主的落魄模样，他的叔叔陪伴了他四天，原本老人家打算只待一天。老人家把屋子打扫干净，照料家禽，开车带他去埃努古购买食物和储备。在那几天里，邦尼叔叔虽然说话带着口吃，但他的话打动了我的宿主的心坎。那些话的大部分内容围绕着孤独的危险和家里有个女人的必要。他的话确实有道理，因为我和人类一起长久生活过，知道孤独是一只疯狗，在悲伤的长夜里会一直吠个不停。这种事情，我见得多了。

"侬索，如、如果你不给、给自、自己找个、老婆，很、很、很快，"邦尼叔叔在离开的那天早上说道，"你叔母和、和我将、将不得不亲自给你、你找一个。"叔叔摇了摇头，"因、因、因为你不能就这样活下去。"

叔叔的话说得那么重，他离开之后，我的宿主开始思考新的事情。似乎治愈之蛋在隐秘的地方孵化了，他发现自己渴望得到一样长久以来未曾拥有过的事物：一个女人的温暖。这个欲望将他的专注从丧亲之痛那里引开。他开始更经常外出，在联邦政府女子学院附近转悠。一开始，他满怀好奇地看着路边餐馆里的姑娘们。他留意她们编成小辫的头发、她们的胸脯和外在的装扮。兴之所至时，他主动和其中一个姑娘接触，但她拒绝了他。环境与身世让我的宿主成为一个缺乏自信的人，他决定不再去尝试第二遍。我在他的脑海里闪念，告诉他初次尝试就能得到女人的芳心几乎是不可能的，但他根本不理会我的话。被拒绝的几天后，他竟跑去妓院寻欢。

楚库，带他上床的那个女人年龄足足比他大了一倍。她披头散发，只有老祖母才会留这种发型。她涂脂抹粉，打扮精致，或许会令男性觉得迷人。她的面容轮廓像乌洛玛·奈姿安雅，在两百四十六年前，后者被许配给我以前的一个宿主（阿林泽·伊赫姆），但还没来得及端上合卺酒，她就被阿罗的奴隶劫掠者掳走了。

这个女人在他的眼前脱光衣服，她的身材丰满迷人。但当她邀请我的宿主欢爱时，他做不到。埃格布努，那是一次罕见的经历，我从未见过那样的情形。因为，突然，几天来的坚挺勃起在能够得到满足的关键时刻竟然疲软了。他突然意识到自己是一个处男，根本不谙性爱之道。伴随这个想法而来的，还有一系列映像[1]——他的母亲躺在医院病床上的模样，那只小鹅摇摇欲坠地栖息在篱笆上的模样，他的父亲死后尸体发僵的模样。他浑身颤抖，缓缓地从床上抬起身子，央求离去。

"什么？难道你想就这么糟蹋自己的钱？"那个女人问道。

他说是的。他站起身，伸手去拿自己的衣服。

"我不明白，瞧，你的家伙还挺着呢。"

"求求你，让我走吧。"他说道。

"你不会说英语？那就说皮钦语[2]吧，我不会说伊博语。"那个女人说道。

"好的，我说我要走了。"

"噢，天哪，我以前从没见过这种事情。但我不想让你白白糟蹋钱。"

那个女人爬下床，亮起灯泡。见到丰腴的女性胴体尽展于眼前，

---

1 映像，现象学术语，埃德蒙德·胡塞尔在《逻辑研究》中主张，所有想象行为都是对只能在感知中自身展示的原本之"映像"。
2 皮钦语（Pidgin），在尼日利亚的中下阶层通行的杂糅英语和本地土话的非正式语言。

他退后了几步。"别怕,别怕,放松下来,嗯?"

他一动不动地站着,双手护着自己,似乎很害怕。那个女人接过他的衣服,把它们放回椅子上。然后她跪在地板上,一只手握着他的阴茎,另一只手搂住他的臀部。那种感觉令他局促不安,浑身颤抖。那个女人哈哈大笑起来。

"你几岁?"

"三十,嗯啊,三十岁。"

"说实话,你到底几岁?"她抓紧他的阴茎顶端。他正要回答,却大声喘息,她张嘴含住了它,将一半吞在口中。我的宿主含混热烈地连声说他二十四岁。他试着挣脱开来,但那个女人用另一只胳膊箍住他的腰,把他抓牢。她用力地咂咂有声地吸吮着,而他在咆哮,在咬牙切齿,念叨着毫无意义的词语。他看到了彩虹般的光亮与黑暗共舞,感觉到了里面的凉意。复杂的化学反应继续在他的身体里喷涌,直到最后,他释放出一声呐喊:"我要射了,我要射了!"那个女人转过脸,精液差点射到她的脸上。他倒在椅子上,害怕自己会晕厥过去。他离开那家妓院,震惊而疲惫,此次经历就像一麻袋玉米,重重地压在他身上。四天之后,他在桥上遇到了那个女人。

埃祖瓦,那天晚上他离开了那座桥,不知道自己到底干了什么,只知道那是不寻常的事情。他怀着充实感开车回到家里,那种感觉他已经许久未曾体验到了。他平静地将新买的鸡搬下来,只有六只,而不是八只,用手机顶端的手电筒照明,把笼子搬到院子里。他解开装小米的筒仓袋和其他在埃努古购买的东西。把一切安排妥当后,突然,他意识到了什么。他高喊一声"楚库!",然后冲进客厅。他拎起那盏可充电的台灯,按下旁边的开关,一束微弱的白光从那三个荧光灯泡中亮起。他继续转动旋钮，但灯光并没有变亮。他俯身向前，低头看着那盏灯，发现其中一个灯泡熄灭了，灯罩的顶部蒙着一层煤灰。但他还是提着灯跑进院子里，当那束微光照亮鸡笼时，他又高声嚷道："楚库，噢！楚库！"因为他发现，他丢下桥的其中一只鸡竟然就是那只白羽公鸡。

阿卡塔卡，人类有一个共同现象，那就是尝试逆转前尘往事：试图将已经发生的事情给拉回来，但每每都以失败告终。这种事情我见得多了。和其他人一样，我的宿主跑到屋外，回到小货车旁，一只黑猫已经爬到上面，像守夜人般四处张望。他大声喝走那只猫。它发出一声尖厉的"喵呜"声，冲进了旁边的草丛里。他上了小货车，开回夜色中。路上车辆不多，只有一回，一辆半挂式大卡车堵住了道路，它正在尝试停入一座加油站。当他开到桥上时，刚才见到的那个女人已经走了——她的车也开走了。他猜想那个女人并没有跳河，因为如果她真的跳河的话，那她的车还会在这里。但这会儿他关心的不是那个女人。他匆匆跑到河边，夜晚的声音充斥着他的耳朵，他的手电筒就像一条蟒蛇在吞噬黑暗。走近河岸边时，他察觉到昆虫在空中组成一道虫网，罩上他的脸庞。他慌乱地挥舞着双手将它们赶开。手电筒射出的笔直光束随着他的手势在水面上来回舞动了几回，然后照亮了对面河堤数米远的距离。他的目光顺着光束搜寻着，但只看见空荡荡的河堤和到处乱丢的破布与垃圾。他径直走到桥下，这时候他听到一声动静，令他感到心悸。等他走近时，灯光照见了一个篮子。酒椰纤维的主编绳已经松开了，变成细长扭曲的纤维。他朝篮子冲过去，期盼有一只鸡爬进笼子里，没有被河水淹死。

他在篮子里什么都没找到，他将灯光投向桥下的河水，观察着手电筒能照亮的河上尽可能远的距离，但那里并没有两只鸡的踪迹。

他回想将那两只鸡扔出去时的情形，它们如何扑棱着翅膀，它们如何绝望地想抓住那座桥的护栏，却又无能为力。从开始养家禽起，他就知道家禽在所有动物中是最软弱的。它们几乎没有能力保护或拯救自己，摆脱或大或小的危险。正是这份脆弱更令他对它们心生怜惜。起初他爱所有的鸟类是因为那只小鹅，当他目睹一只老鹰对一只母鸡展开残暴的攻击之后，他开始只爱弱小的家禽。

他像一个人在长着浓密绒毛的动物身上找虱子那样细细地梳理了浓厚的夜色，最后气恼地回到家。对他来说，他的行为就像是双手不听头脑的使唤。正是这一点，最令他感到痛苦。黑暗总是突然降临在一个发现自己无意间造成伤害的人心头。在得悉自己造成伤害之后，那个人的灵魂因彻底失败而下跪，屈服于主司悔恨与耻辱的阿鲁斯，而屈服伤害了他自己。造成伤害后，他会通过补偿的方式去治疗创伤。如果他撕破了另一个人的衣服，他或许会带着一件新衣服去找那个人，并说：嘿，兄弟，收下这件新衣服，作为我毁坏那件衣服的补偿。要是他弄坏了什么东西，他或许会想办法把东西修好或将其更换。如果他犯下了无法补偿的过失，或弄坏的物品无法修复，那他就无能为力，只能屈服于悔恨才能令心情恢复平静。这真是一件奇妙的事情！

埃祖瓦，当我的宿主寻求超出他理解范围的事情的答案时，我总是大胆地为他提供答案。因此，那天晚上，在他睡着之前，我在他的脑海里劝说他应该在第二天早上回到河边，或许还能找回那两只鸡。但他没有理会我的建议。他以为那是源自本心的一个想法，因为人类没办法分辨哪些想法是精灵灌输的——哪怕是他自己的魈——哪些想法是他自己的心声。

第二天，我继续在他的脑海里令那个想法闪现了许多遍，但每一次，他的心声都会反驳，对他说已经太迟了，那两只鸡一定已经淹死了。我反驳这番话，说他并不知道实情。然后他的心声说：**鸡已经没了，我什么都做不了**。因此，到了第二天晚上，我知道他是不会去的，于是，奥瑟布鲁瓦，我做了您训示守护精灵除非遇到特殊情况，否则不能做的事情。我在宿主依然清醒的时候离开了他的身体。我这么做是因为我知道身为他的守护精灵，我不仅是他的向导，对于他无法企及的事情，我还是他的帮手和见证人。这是因为我认为自己是他在灵界的代言人。我站在宿主的身体内，看着他的双手做出的每一个动作、他的双脚走出的每一步、他的身体做出的每一个行为。对我来说，我的宿主的身体就像一面屏幕，他这一辈子都展现在上面。因为，在宿主身上时，我只是一个空容器，被人的生命填满，因那个生命而充盈。我从见证人的位置观察着他的生活，他的生活成为我的证言内容。但魈被约束在宿主的身体之中，在里面时，它几乎看不见也听不到超自然灵界正在发生或谈论的事情。当魈离开宿主时，它便立刻接触到人界之外的事物。

一离开宿主的身体，灵界的喧嚣便震撼了我，那是震耳欲聋的交响乐，会令哪怕最勇敢的男人也感到恐惧。那是许许多多声音的集合——呐喊、号叫、咆哮、吵闹，各种各样的声音。虽然人界与灵界只有一线之隔，但除非离开宿主的身体，否则守护精灵根本听不到这声响，哪怕一丝一毫，真是太神奇了。头一遭来到这个世界的魈会立刻被这种喧闹声震撼住，或许会感到非常害怕，或许会逃回宿主身上，那里才是安静的堡垒。我第一次来到这个世界时，这种情形就发生在我身上，我在奥格布尼克、恩格多、埃兹-奥菲，甚至阿巴贾的金字塔形土丘的栖息洞穴遇到的许多守护精灵也一样。到了晚上，精灵活跃的时候，情况会变得更加糟糕。

每当在宿主依然清醒的情况下离开他时，我会尽量令行动快速短暂，以免我不在时他会出事或做出我无法为之负责的事情。

由于以没有肉体的形体行动与凭附于人类肉身时不一样，我不得不缓缓穿过本穆奥熙熙攘攘的广场，在那里，形形色色的精灵像一罐肉眼看不见的虫子般蠕动。我的迅速行动有了成果，在七次眨眼之内我便来到河边，但我在那里什么也没看见。第二天我又回到了那里，到了第三回，我看到了他扔下桥的那只棕色公鸡。它已经肿胀起来，浮在河面上，双脚朝天，皮肤紧绷，早已死去。河水在那只公鸡的尸体上染了一层几乎无法辨认的灰色，它肚皮上的羽毛都掉光了，似乎河里有什么东西将其啃食殆尽。它的脖子似乎变长了，上面的皱纹变得更深，身体变得浮肿。一只秃鹫端坐在那只鸡平伸在水面的一只翅膀上，低头打量着鸟尸。我没有看见那只白羽公鸡的踪迹。

埃布贝迪克，在我的许多轮回中，我了解到，发生在一个男人身上的事情在某个地下世界里早已发生过了，宇宙之内并无新事。这个世界怀着亘古的耐心，平静无声地轮转着，所有的事物都在等待，在等待中获得生机。降临在一个人身上的厄运早已等候着他——就在某条道路中间，或在一条高速公路上，或在某个战场上，等候着它的时机。当那个人到达该地点时就会被厄运击倒，可他还傻乎乎地表示难过与困惑，所有同情他的人也一样，甚至包括他的魑。其实那个人早已死去，死亡的现实只是被时间这张薄纱掩盖了，而它终究会掉落，揭示实情。这种事情我见得多了。

那天晚上他睡着时，我离开了他的身躯，我经常这么做，这样我可以守护他，因为住在本穆奥的精灵在这世界的夜里趁人类熟睡时总是更加活跃。从这个位置，我将那只公鸡和那只秃鹫的映像传入他的潜意识中，因为与宿主交流这种神秘事件时，最容易的方式就是通过梦境——那是一个脆弱的国度，魑总是得小心谨慎地进入，因为它是一个开放的剧场，任何精灵都可以闯入。魑必须先让自己离开宿主,才能进入宿主的梦境中。这也阻止了魖被外界的精灵视为在无主之地徘徊的孤魂。

当我在他的眼前闪现那几幕映像时,他在睡梦中抽搐,举起一只手,虚弱地攥紧拳头。我长叹一声,松了口气,情知现在他已得悉那只白公鸡发生了什么事情。

噶嘎纳奥格乌,因淹死了两只家禽产生的悲伤盖过了他对那个桥上的女人的所有念头。慢慢地,随着他的悲伤渐渐减轻,对她的思念开始出现在思绪的边缘,然后渐渐涌入。他开始思念那个女人,想着那天晚上见到她的模样。在夜幕中他只看出那个女人中等体形,不像妓女J小姐那么丰满。她穿了一件薄薄的上衣和一条裙子。他记起那个女人开的车是一辆蓝色丰田佳美,和他叔叔开的车很像。然后,就像蚱蜢一样,他的思绪总是从她的样貌跳到对他离开那座桥之后她做了什么事情的好奇上。他责备自己竟然匆匆离开了那座桥。

在接下来的几天里,他随随便便地照料着家禽和菜园,一心思念着那个女人。当他开车去城里时,都会寻找那辆蓝色小汽车。几个星期过去了,他又想去找那个妓女。欲望就像一场风暴那般壮大着,浇灌他干涸的灵魂。一天晚上,在欲望的驱使下,他去了那家妓院,但J小姐忙着接客。别的妓女围住他,其中一个把他拉进房间里。这个女人腰肢纤细,肚皮上有一道疤痕。和她在一起时,他觉得踏实笃定,似乎在上一次召妓时,他的担忧与天真已经被狠狠揍死了。他毫无顾忌地和她亲热。尽管我总是不去看我的宿主做爱,因为那一幕情景很像恐怖的死亡,但我仍留在他的身体里,因为这是他的初体验。他完事后,那个妓女拍了拍他的脊背,夸他真的很棒。

可是，虽然有了这一回的经历，但他仍被J小姐深深地吸引，被她的身体所吸引，被她那熟悉的叹息声所吸引。虽然他已经和别的女人有过更加亲密的举动，但他觉得J小姐的双手带给了他更美妙的愉悦，这令他感到惊讶。三天后，他回到妓院，别的女人满怀欣喜地冲他跑过来，但他躲开了。这一次J小姐有空。她只是依稀认得他，随便打了声招呼，默默地脱下他的衣服。在他们开始之前，她接了一个电话，叫打电话的人两小时后再来，可那个男人似乎不肯，于是她吩咐他一个半小时后可以来。

他们开始了，这时她说起上次的情形，哈哈笑着说："那一回被我侍弄后，现在你总算是开眼了，是吧？"

他以令灵魂灼热的热情兴奋地与J小姐欢爱，全情投入巫山云雨中。当他瘫倒在她身边时，她便推开他的胳膊，站起身来。

"J小姐。"他喊道，几乎都快哭了。

"嗯，怎么了？"她问道，开始将胸罩套在乳房上。

"我爱你。"

埃格布努，那个女人停下动作，拍手哈哈大笑起来。然后她打开电灯，回到床上，一手托住他的脸，模仿着刚才他说话时字斟句酌的严肃语气，然后笑得更大声了。

"噢，小子，你根本不知道自己在说什么。"她又拍了拍手，"瞧瞧这个家伙，他说他爱我。如今没有人会遇到这种事情了。我可看透你了——你说爱我。你倒不如说你爱你妈。"

她打了个响指，又哈哈大笑起来。一连好几天，她的笑声伴随着他在许多空荡荡的地方回响着，似乎是世界本身在嘲笑他，一个孤独的小男人，他唯一的罪孽是渴望有人陪伴。在这里，他第一次品尝到浪漫恋情令人迷惘的情感，与他对鸟儿与家人的感觉很不一样。那是一种痛苦的感觉，因为嫉妒是介于爱情与疯狂之间的精灵。

他想拥有她，对在他之后将会占有她的其他所有男人怀恨在心。但他不知道没有什么事情真正属于一个人。他赤条条地出世，将会赤条条地回去。一个人或许可以一直保留着某样东西，但一旦离开它，便会永远失去。当时他不知道一个男人或许会为了心爱的女人而放弃自己所拥有的一切，但当他回去时，她已经不再爱他。这种事情我见得多了。

他为自己尚不明白的事情而伤透了心。于是，他离开了那里，发誓再也不会回去。

第三章
觉 醒

伊安格-伊安格，在人世间经历了那么多回，我曾听令人尊敬的祖先以他们渊博而深刻的智慧说，无论多么沉重的悲伤都不能令眼睛流下血。无论一个人哭泣多久，继续流下的只有眼泪。一个人或许会长久地陷于悲痛之中，但他终会将其摆脱。一个人的意志终究会长出强壮的肢体，将墙壁摧毁并获得救赎。因为无论夜晚有多么漆黑，很快它将过去，而太阳神卡玛努会在翌日高举他的华丽徽章。这种事情我见得多了。

和桥上那个女人相遇之后的第四个月，我的宿主几乎不再感到悲伤。并不是说他现在开心了，因为即使在他最明媚的日子里，他衣裳的镶边也绣着阴沉伤悲的丝线。他又活过来了，又可能再度开心起来。他回到朋友埃洛楚库身边，后者开始定期来探望他，并劝说他加入马索布[1]，那个群体就像一把旧扫帚，将年轻的伊博人像尘

---
[1] 马索布（MASSOB），全称是"比夫拉主权国家运动"，尼日利亚境内伊博族人的民族主义运动，其政治诉求是要求比夫拉地区脱离尼日利亚，成为独立自主的民族国家。

埃般扫成一堆。埃洛楚库是我的宿主读中学时的朋友兼死党，从前一直很瘦弱，现在却是个肌肉发达的大块头，每次出现都穿着无袖衬衣或汗衫以展现他的肱二头肌。他会以白人的语言对我的宿主说道："尼日利亚失败了，"然后再换成和我的宿主聊天时最常使用的祖先们的语言，"做点事情吧。我们要自救！"在埃洛楚库的一再坚持下，我的宿主加入了他的行列。他们戴着黑色贝雷帽，穿着红色衬衫，晚上在一个大车行那里集合，身边被画着半轮旭日的旗帜、地图和曾为比夫拉而战的士兵形象包围。我的宿主会跟着这帮人走来走去，声嘶力竭地高喊口号。他会和他们一起高喊"比夫拉必将再度崛起"，双脚猛踩没有铺砖的地板，高喊"马索布！马索布！"。他会坐在这帮人当中，听车行老板和运动领袖拉尔夫·乌瓦祖瑞克[1]发言。我的宿主会在这个场合发言，他又变得开心起来，许多人注意到了他大大的笑容和随时哈哈大笑的爽朗。这些人不知道他以前到过哪儿或他从哪儿来，却见到了他开始痊愈的最初迹象。

楚库，因为在比夫拉战争[2]期间我曾凭附在一个宿主身上，我害怕他与这帮人厮混会为他招致祸端。我让他想到这些聚会或许将演变为暴力事件，但他的心声斩钉截铁地回答他不怕。事实上，虽然他和这帮人混了很久，却只是被一股说不清道不明的愤怒所触动，因为他并未亲身体验到那些人所表达的冤屈。他不认识哪一个被北尼日利亚人杀害的死难者。尽管这群人所说的许多阴暗内容令他觉得真实可信——譬如说，他知道的确从未有伊博人当过尼日利亚的

---

1 拉尔夫·乌瓦祖瑞克（Ralph Uwazuruike），马索布运动领导人，提倡以非暴力行动实现马索布运动的政治诉求，曾多次遭尼日利亚政府逮捕与起诉。
2 比夫拉战争（the Biafran War），发生于 1967 年 7 月至 1970 年 1 月的尼日利亚内战，比夫拉地区于 1967 年 5 月宣布脱离尼日利亚，成立比夫拉共和国。尼日利亚政府拒不承认该政权的合法性并调遣军队实施武统一，以尼日利亚获得胜利，将比夫拉地区重新并入版图而告终。之后，比夫拉地区的伊博人转而以马索布运动的形式继续争取民族独立。

总统，或许将来也不会有——但所有这一切并没有对他造成个人的触动。他对那场战争一无所知，只知道自己的父亲曾经上过战场，并对他讲述了关于战争的许多故事。这些人在发言时，他的父亲曾向他提起的关于那场战争的生动描述就像受伤的昆虫在记忆的泥沼中横飞乱撞。

他参加这些聚会，主要是因为埃洛楚库是他唯一的朋友。他的小鹅死在一个邻居手里，令他对友谊死心。经过那件事情之后，他在人性的灰色地带徘徊，决定不喜欢这个残暴无道的人间。相反，他在长着羽毛的生灵身上找到了慰藉。他参加聚会的另一个原因是这让他在除了照料家禽和小农场之外有别的事情做，同时他也期盼着在城里走来走去，鼓吹比夫拉应当成为主权国家的时候，或许会和曾在桥上见过的那个女人相遇。阿卡塔卡，最后这个原因是他的主要想法，也是即使游行示威变得越来越危险，他仍坚持参加的主要原因。经过一个月的抗议、与警察对抗、实施暴力行动，以及我不断地在他的脑海里苦口婆心地规劝他不要再继续下去，他脱离了那个群体，就像一个从飞驰的车辆上脱落的轮胎，滚进了空地里。

他回归自己的正常生活，在拂晓时听着家禽们奏响美妙而神秘的音乐起床——啼叫、打鸣、咯哒声，总是交会融合，他的父亲曾将之形容为一首协奏曲。他收集鸡蛋，在书写纸登记本里记录雏鸡的诞生，喂养家禽，看着它们在院子里散步吃食，手持弹弓准备好保护它们，并照料那几只病弱的家禽。那个月，他心无旁骛一心工作，有一天，他在那片土地上除过草的地方种西红柿。他已经很久没去料理那片土地了，眼前的改变令他感到震惊。在给那片土地除草时，他发现它已被红蚁彻底侵占了。它们躲在土壤的深处，在每一个土丘里都筑了巢。它们似乎以一个死掉的老木薯的头部为食，或许正是因为它们的侵袭，所以木薯没能生长。他烧了一壶开水，然后倒进泥土里，把所有的蚂蚁统统杀死。然后他将密密麻麻的死蚂蚁扫掉，播下种子。

他回到院子里，将嵌在指甲里把两个大拇指染黑的西红柿种子洗掉，然后从存放在未被使用的房间里的一个筒仓袋里舀了几碗小米，将谷物撒在一张席子上。他拔开两个大鸡棚的门闩，里面养了十几只鸡，它们朝撒满饲料的席子蜂拥而去。鸡棚里有两个鸡笼，每个鸡笼里有几只母鸡和它们的小鸡，还有被鸡蛋围绕的三只大肉鸡中的某一只。每只鸡他都摸了摸，看看它们是否健康。大约有四十只棕鸡和十来只白鸡。喂完鸡后，他站在院子里，哪一只鸡拉了屎都会用棍子将鸡屎挑开，看看有没有虫子。正当检视一只肉鸡在井边拉下的灰屎时，他听见一个女人叫卖花生的吆喝声。

埃格布努，我必须说，并不是每个女人的声音都会令他有反应，但那个女人的声音在他听来出奇地熟悉。虽然他不明白，但我知道那个声音令他想起了母亲。他立刻看到了一个丰满黝黑的女人，看上去约莫与他同龄。烈日下，她在流汗，汗水令她的双腿闪闪发亮。她头上顶着一个盛放花生的托盘。她是一个穷苦人——属于由新文明缔造的阶层。在祖先们的时代，只有懒惰、孱弱或遭到诅咒的人才会受穷，但现在大部分人都在受穷。走到街上，走进阿莱格博的任何一个市场里，你就会发现做苦工的男人，他们的双手坚硬如石，他们的衣服浸透了汗水，生活在赤贫之中。白人来的时候带来了好东西。看到汽车时，祖先的子孙们惊喜地叫嚷。桥梁？他们说："噢，太了不起了！"提到收音机时，他们说："这难道不是世界上的奇迹之一吗？"他们不单无视神圣的祖先们所缔造的文明，更将其摧毁。他们拥入城市——拉各斯、哈科特港、埃努古、卡诺——却发现好东西供应不足。"给我们的小汽车在哪儿呢？"他们在这几座城市的城门边询问。"怎么只有一小部分人有车！""那些好工作呢？系着长领带坐在空调下的优裕工作呢?""啊,它们只给那些读过几年大学的人,就算上过大学,你还得和一大帮有同等资历的人竞争上岗才行。"于是,祖先的孩子们吃了闭门羹,垂头丧气地回去了。可是,回哪儿去呢?回到被他们摧毁的文明的废墟里。于是,他们只能靠最为微薄的薪水活着,这就是为什么你会见到这种女人,她走遍整座城市,在叫卖花生。

他喊那个女人过来。

那个女人转身对着他,抬起一只手将头上的托盘扶稳。她指着自己,说了几句话,但他听不见。

"我想买花生。"他朝那个女人喊道。

那个女人开始顺着弯曲的土路走过来,路上有好多处他的小货车留下的轮胎印痕,最近还多了他叔叔的车辙。昨天下过雨,红土结成了小小的土球,粘在轮胎上。现在日子晴朗,红土仍然散发着远古时的气息,到处都是虫子,在路上蠕动,留下痕迹。童年时,他很享受下完阵雨后将虫子踩在脚底下踩碎的快感,有时候,他和朋友们,尤其是那个偷了小鹅的艾吉克,会将虫子装在透明的胶袋里,看着它们在没有空气的密封空间里扭曲挣扎。

她穿着一双开趾拖鞋走来,塑胶鞋带和脚上裹着泥土。一个小小的钱包用一根带子吊在她的脖子上,在她的胸前晃悠着。她走上前时,双脚踩在泥地里,他把手在门边的墙壁上擦了擦。他走回房子里,慌忙朝四处张望。他第一次注意到蔓延整片客厅天花板的几张大蛛网,让他想起他那总把家里打扫得干干净净的父亲已经死去好久了。

"下午好,先生。"那个女人说道,微微行了一个屈膝礼。

"下午好,我的姐妹。"

那个女人将盛着花生的托盘摆下,伸手从裙子的侧袋里拿出一块湿透的手帕——上面还有斑斑点点的棕泥,用它擦拭前额。

"多少,多少钱——"

"花生?"

我的宿主以为他听见那个女人的声音在微微发颤——人们受自己偏激的想法对别人的行为产生误会时的反应。我和他一样在听,但我没听出她的声音在发颤,在我听来,她的语气非常平静。

"是的,花生。"他说道,点了点头。他的喉咙在起痰,在嘴里留下辛辣的味道。他之所以心绪不宁是因为她的声音显得出奇地熟悉,虽然他不能肯定到底像谁,但还是被吸引过去。

那个女人指着一个小西红柿罐头的空罐,里面装满了花生,说道:"小杯五奈拉,大杯十奈拉。"

"来一杯十奈拉的。"

那个女人摇了摇头道:"所以,先生,你把我叫过来,就只买十奈拉花生?啊,求求你,再买多一点啦。"然后她哈哈大笑起来。

他又察觉到喉咙在发痒。他初次有这种感觉是在守丧时。他不知道那是一种与消化不良有关的疾病,在经历悲痛或极度忧虑之人的胃中作祟。这种事情我见得多了,最近一回是在我的前宿主艾金克昂涅·伊斯噶迪身上,那是将近四十年前的事情了,当时他参加了比夫拉战争。

"那好吧,给我两大杯。"他说道。

"噢呵,谢谢你,先生。"

那个女人弯下腰将花生舀进那个大一点的罐子,然后倒进一个没有颜色的小胶袋里。当她将第二罐倒进同一个袋子里时,他说道:"我要的不只是花生。"

"啊?"她垂下了头。

她没有立刻抬头看他,但他一直盯着她,目光在她的脸上流连。那张脸皮肤粗糙,带有菜色。有几处部位糊着几层泥巴,像长了赘肉,令容颜产生了些许改变。但在这几层泥巴下,他看得出其实她长得蛮漂亮的。当她笑起来时,她的酒窝变得更深,她的嘴巴嘟了起来。嘴巴上方有一颗痣,她一直在舔干裂的嘴唇,让它们显得润泽些,但他并没有太在意。他的视线落在她的胸脯上:隆起的乳房之间很开阔。它们圆润丰满,在衣服下鼓鼓胀胀的,但他可以看到内衣的痕迹——她的胸罩带子——在她的两边肩膀上凸显。

"你会说伊博语吗?"他问道,她点了点头,于是他换成了能言善道的祖先们的语言,"我想你过来陪陪我。我觉得很孤独。"

"所以,你不要花生?"

他摇了摇头道:"不,不只是花生。我还想和你说说话。"

他扶着她直起身子,等她站起来时,他的嘴巴吻上了她。阿格巴塔-阿鲁玛鲁,虽然他害怕她会抗拒他,但他的冲动实在是太强烈了,压倒了他内心理智的声音。他后仰着头,见到她惊呆了,没有抵抗。他甚至看得出她的眼里闪烁着快乐的光芒,于是,他搂得更加用力。他凑近她身边,开口说道:"我希望你能和我到屋里去。"

"你在说什么?"她笑得更大声了,"你真是一个怪诞的人。"

她用的是"怪诞"这个词,在乌穆阿希亚的祖先们所说的语言里很少使用,但他经常在埃努古的那个大市场里听人说起。

"你从埃努古那儿来的吗?"

"是的!你怎么知道?"

"埃努古哪个地方?"

"奥博罗-阿弗。"

他摇了摇头。

她轻快地从他身边躲开,双手交叠。"你真是太怪诞了,"她说道,"你甚至不知道我有没有男朋友。"

但他没有说话。他把她的托盘放在餐桌上，桌子的边沿有干结的鸡屎。他张开双手搂住她，温柔地将她拉到身边时，她低声说道："所以，这才是你真正想要的吧？"他说是，然后脱下她的上衣时，她轻轻拍了拍他的手，哈哈大笑起来。

楚库，我对宿主已有多年了解。但那天我认不出他。他的举动就像一个着了魔的人，就连他自己也不认得。他是一个遗世隐居的人，不敢与自己的小天地之外的世界多作接触，他从哪儿找到勇气叫一个女人陪他上床？他从哪儿找到勇气——直到他叔叔建议他找个女人之前，他对女人并没有太多想法——为一个刚刚认识的女人宽衣解带？我不知道。我只知道怀着这份不寻常的勇气，他脱掉了那个女人的衣服。

她久久地用力握着他的手，另一只手捂着自己的嘴巴，自顾自地默默地笑着。他们走进他的房间，当他伸手将身后的门关上时，他的心跳得更快了。那个女人说道："瞧，我身上可脏了。"但他几乎没有理会那番话，他全部心思都在自己那双微微发颤的手上。他将她的内裤脱了下来，然后说道："不要紧，姑娘。"然后他拉着她上了父亲临终时躺过的那张床，被一股近似于盛怒的激情占据支配。那股激情体现于那个女人脸上表情的微妙变化中：时而欢愉；时而悲楚，紧咬牙关；时而激动万分，发出咯咯娇笑；时而惊诧不已，嘴巴困惑地张成"O"字形；时而烦躁却又平静地双目紧闭，似乎陷入愉悦疲惫的熟睡。这些变化逐一在她的面容上掠过，直到最后一刻，突然他开始萎靡。他几乎没听见她在叫嚷："抽出来，求求你。"然后他倒在她身边，他的发泄结束了。

那个行为本身很难形容。他们没有说话，只是在哀鸣，喘气，叹息，咬紧牙关。房间里的东西在为他们倾诉：床在发出凄楚的叫喊，床单似乎在舒缓谨慎地说话，就像一个小孩子在唱儿歌。这件事情就像一场庆典——如此迅速，如此突然，如此富有活力，却又如此温柔。最后，所有的表情从她的脸上掠过之后，留下的只有愉悦。他躺在她身边，抚摸着她的嘴唇，摩挲着她的脑袋，逗得她哈哈大笑。在这一刻，潜伏在他内心的恐惧消失了。他坐起身，一滴汗水缓缓地从他的背上滑落，没办法把握他内心的全部感受。他看得出她心怀感激，因为现在她拉起他的手，紧紧握住，力气之大令他暗地里感到难受。然后她开始说话。她说起他时，思想出奇地深刻，似乎她已经认识他很久了。她说虽然他的行为很怪诞，但在她内心深处，她相信他其实是个"好人"。一个好人，她强调了好几遍。"这个世界上好人不多了。"她说道，虽然现在他被抽干了，疲惫不堪，昏昏欲睡，但他仍察觉出她的声音里带着顺从。然后，她似乎低头俯视他的阴茎，见到它虽然将其所有精华倾洒于被单之上已经过去许久了，依然硬邦邦的。她惊呼道："你还在勃起呀？你好威猛噢！"

他试着说话，但只能含混地嘟囔一声。

"嗯哼，我瞧你都快睡着了。"她说道。

他点了点头，为自己意外而突然的疲惫感到尴尬。

"那我走了，让你好好睡会儿觉。"她拾起胸罩，把它套在胸脯上。可敬的母亲们可不会用这玩意儿，她们要么用布条包住胸脯，再在背后打个结；要么干脆袒胸露乳；有时候只用纱布把胸脯遮住。

"好的，但明天请再来。"他说道。

她转身对他说："凭什么？你甚至不知道也不问问我有没有男朋友。"

他的意识被这个想法激醒了，但他的眼皮子依然沉重。他含混地嘟囔着她无法听清的话，但我听见了那句莫名其妙的话："你都背来了，那就再来嘛。"

"瞧，你连话都不会说了。我走了。但至少告诉我你叫什么名字？"

"奇侬索。"他说道。

"奇——侬——索。名字蛮好听的。我叫莫图，你听见了吗？"她拍了拍手，"我是你的新女朋友了。明天这个时候我会回来。晚安。"

在慵懒的清醒状态下，他听见莫图离开屋子和关门的声音。然后，她走了，也带走了她那独特的味道，一股萦绕在他的双手和脑袋里的芬芳。

阿格巴塔-阿鲁玛鲁，祖先们说，没有光明，一个人就不会有影子。这个女人就像一道突然亮起的奇光，令万物生出影子。他爱上了她。那就像她用一记弹弓打得他的悲伤默不作声——那只在他的生命的前半夜不停狂吠的疯狗。两人的感情如此强烈，治愈了他的创伤。就连我与他之间的关系也改善了，因为当一个人心平气和时，能真正地与自己的魈进行沟通。当我开口时，他听得见我的声音，在他的意志中，我的意志像影子般潜伏着。如果他生活在祖先们的时代，说起他的情况，他们会说他变得笃定踏实了，而我，作为他的魈，也变得笃定踏实了。"一个人说什么，他的魈都会同意。"这句话的确所言非虚。

没有哪个体验过这种时刻的人希望它们结束。难过的是，在乌瓦，情况并不总是令人称心如意。这种事情我见得多了。因此，在一切结束的那天，他像许多个早晨那样醒来，心里想着这个女人，他与这个女人享受了四个市场周（用白人的日历计算则是三个星期）的至乐，我并不觉得惊讶。对他来说，那天早上的情况与过去二十一天并没什么两样，因为人类没有预知未来的能力。我相信这是人类最大的缺陷。要是他能像看清眼前的东西那样看清远方的东西，要是他能像看见显现的事物那样看见隐藏的事物，要是他能像听到说出口的话那样听到未说出口的话,那他就能摆脱许多灾祸。事实上,还有什么能将他毁灭呢?

那个星期六,我的宿主等候着他的恋人过来。他不知道,那天没有人会走过那条两边都是农田并延伸将近两公里远,直至主路的小径。从一大早他就坐在前廊上,眼睛直勾勾地盯着小径,但白天渐渐过去,他从未想过的事情从某个深渊中升起,引起了他的关注。他没有想过要莫图的地址。他不知道她住在哪里。他曾经问过一回,央求她让他开车送她回家,但她说要是她的阿姨发现她有男朋友,会狠狠地整治她。他知道的就只有这些:她是来自奥博罗-阿弗的女仆,服侍她的"阿姨"——其实是一个与她并没有血缘关系的熟人——住在城市里,她没有电话。除此之外,他一无所知。

那天过去了,另一天像无可阻挡的大车奔腾前来,轮声辘辘,堂堂而行。他冲上前迎接新的日子,期冀的压力几乎令他身子发颤。当他打开房门,却见到门廊上空无一人。什么都没有,只有一辆旧车的锈迹和金属部件发出的干巴巴的嘲讽声。又一天来临了,披着熟悉的天空的颜色,让他想起与莫图在厨房里做爱的情景,那是他头一回听到阴道排气的声音。那也是莫图第一天在他家里洗澡和穿上他为她买的衣服:一条亮蓝色的印花料子长裙,然后她在他家的浴室里用水桶把衣服洗干净,挂在院子里系于番石榴树与篱笆那边半根埋在土里的木棍之间的晾衣绳上。然后他们做爱,莫图问他关于家禽的事情。他发现自己向莫图讲述了关于生平的许多事情,令他意识到原来他的身世是那么沉重,那仿佛是一场顿悟。到日落时,他知道莫图不会来了。他躺了一整天,空虚、孤独、震惊,倾听着雨水滴落在水桶和地面上宛如鼓点的声音。

奥瑟布鲁瓦,我自己感到担忧。对于魈来说,看到宿主找到幸福然后又失去它,是一件难过的事情。我热切地倾听着,希望听到这个女人过来，有时候，当他在农场里干活或照料家禽时，我会离开他的身体，站在门廊上观望，想着可能会见到她经过这片地方，这样的话，我会在他的脑海里闪念作为信号。但我也没有见到她的踪迹。那天晚上，虚荣的精灵让他梦见莫图，以此嘲讽他。第二天早上，他苦恼地醒来。梦中他俩在一座寺庙或老教堂里，看着壁画和圣徒们的画像。他专注地看着一幅画，画中一个人在树上，当他转过身时，没有看见莫图。她的位置上是一只鹰隼。它睁着黄色的眼睛盯着他，半张着鹰喙，利爪牢牢地抓住一个座位的边缘。起初他没有开口说话，因为他知道那只鹰隼就是她。埃格布努，您知道，在梦的世界里，知识不是探究得来的，事物是简单明了的。就这样，他看见自己一直等候的女人变成了一只鸟。他正要上前抓住那只鹰隼，这时他醒来了。

第二个星期快结束时，就像有一张古老的嘴巴在不停地对着他的脑袋喋喋不休地灌输，他的脑海里出现了几个想法，他意识到出事了，或许他再也见不到莫图了。噶嘎纳奥格乌，那是一次觉醒：一个男人或许找到了一个接受他并爱他的女人，然后有一天，她可能会无缘无故就不见踪影。要不是那天上苍拉了他一把，或许这个沉重的觉醒会将他压垮。因为一个人减轻痛苦的方式之一是去做某件不合常理的事情，某件他将会永远记住的事情。那个值得纪念的行动会强行压在流血的伤口上，帮助伤者痊愈。

那天他坐在厨房的地板上，看着那群棕色的小公鸡、母鸡和雏鸡在院子里散步，吃着他撒在麻袋上的几堆饲料和谷物。他从窗口见到一只老鹰正在那群鸡上方盘旋，等候着它的时机。他立刻取下挂在墙钉上的弹弓，再从窗边的酒椰小篮里捡起几块石头，将石头上面的小小红蚁晃掉或吹掉。然后，他眯起一只眼睛，站在门后一小段距离处隐蔽自己，他将一块石头设在弹弓的胶兜里，然后稳稳握住,眼睛瞄着那只老鹰。它在半空中稍作停留,然后飞到更高处,这样一来,那群鸡就看不到它了。然后,它展开翅膀,顷刻间,以令人惊诧的速度朝养鸡场俯冲而下。他的弹弓紧随着老鹰,就在它试图叼起一只正在篱笆旁边吃食的小公鸡时,他松开了那块石头。

的确,他是玩弹弓的高手,从孩提起就到处射石,但他竟然射中了那只老鹰的脑门,实在是不可思议。这一下似乎是出于本能的驱使,又似乎源自神迹。楚库,那种感觉就像这个行动本身早在许多年前就已经演习过了,早在他出生之前,早在您安排我担任他的守护精灵之前。这个行动令他开始康复。因为似乎他已经向那股他必须对付的原始力,那只将他拥有的东西统统夺走的看不见的手实施了报复。那个声音似乎在说:"瞧,他已经开心了那么久,现在是时候把他打发回暗黑之地了,那儿才是他应该待的地方。"从第二周的末段起,他又开始恢复生机。

接下来的那几天,雨一直下个不停,让我的宿主想起了孩提时的某一年,那时候他的母亲还在世。那场雨摧毁了邻居的房子,他们一家人寄居在我的宿主家。在雨淋淋的那几天里,他的家禽没办法出鸡棚到院子里去。和它们一样,他和绝大部分事物失去了接触,躲进他已经熟悉的孤独世界里。楚库,莫图失踪后的三个月里,他就这么生活,就连埃洛楚库,他也尽量回避不见。

伊安格-伊安格,伟大的祖先们总是说,即便母亲的乳房没奶,孩子也不会因此而死掉。这句话在我的宿主身上应验了。很快他就习惯了没有莫图的生活,又开始每天外出干活。三个月后的那天,他出门到家附近的加油站给小货车加油,然后准备回家,根本不抱任何希冀。加油站排起了长龙,终于轮到他来到油泵处,他下车打开油箱好让油站员工加油，这时他看见后面那排汽车里有一只手在朝他挥舞。起初他看不见那是谁的手，油站员工已经将喷嘴捅进了油箱里，他告诉那个员工，他想加六百奈拉的汽油。

"那是八升。价格没变。七十五奈拉一升，七十五奈拉。"

"好的，女士。"

那个女人在油泵上输了几个数字，表上的数字开始滚动，他转身回首，发现是桥上的那个女人。楚库，他怎么会想到在如此平淡无奇的一天，他寻觅良久的伊人竟突然再度自发地出现在他眼前？虽然他密切关注着油泵，害怕自己可能会被坑，因为他听说过油站工人如何搞小动作，但这次邂逅带来的震惊就像一条蟒蛇缠着他的思绪。在仓促与焦虑中，他把车停在加油站附近潜入街道下方的涵洞旁边。无论他用哪个体系——祖先们的体系，一个星期有四天，一个月有二十八天，一年有十三个月；还是如今祖先的子孙们接纳的白人体系——自从那天晚上他牺牲了两只家禽，吓得她打消了轻生之念后，已经过去九个月了。在等候那个女人时，他回忆起自从那次邂逅之后发生在自己身上的所有事情。当那个女人在他后面停好车，下车出来见他时，他感到仿佛久已消失的渴求又出现了，似乎它只是一直被藏在内心深处，就像后口袋里的一枚旧硬币。

# 第四章
## 小 鹅

　　阿南噶灵高比亚利利,当一个人遇到某件事情,令他想起伤心往事时,他会在新的经历的门槛边停下来,仔细地考虑是否要进去。如果已经走进去了,他会折返回来,重新思考要不要再走进里面。和我的宿主一样,每个男人都与自己的过去密不可分地绑在一起,总是害怕过去会再度重演。因此,莫图仍鲜活地存在于他的思绪里,我的宿主谨慎地克制着对这个女人的渴望。他观察到她改变了许多——似乎她已经不再是那个夜晚他在桥上初次见到时深陷于悲伤中的女人。她比他记忆中的那次短暂邂逅更高一些。她的眼眶是一道优雅的圆弧,她烫了头发,往后梳起,露出光洁的前额。

　　她比这么久以来他脑海中浮现的样子更漂亮。给车加满油后,她走到他身边和他握手,做了自我介绍,说她叫恩姐莉·奥比亚罗,和在桥上时一样,她用的是白人的语言。他把自己的名字告诉了恩姐莉。他觉得恩姐莉令人生畏,不仅是因为她的长相,更是因为这门语言她说得很流利,而他很少使用这门语言。他觉得好奇,恩姐莉到底是怎么认出他的。

"你的车，上面的标志：奥利萨农场。"她笑着说道，"我记得它。我大约在一个月前见过你，在奥比十字路口附近。你当时开得很快。我相信我会再见到你。"一辆小汽车鸣笛提醒要她别挡道，那辆车开过去后，她说道："我一直在找你。谢谢你那天晚上所做的事情。真的，谢谢你。"

"我也谢谢你。"他说道。

刚才说话时她闭上了眼睛，现在睁开了。"我现在得去学校。你可以到比格斯先生餐厅来吗？"

她指着马路对面的那家餐馆道："你今天六点钟能过来吗？"

他点了点头。

"那好，奇侬索。再见。很高兴又见到你。"

他目送恩姐莉回到车里，心里猜想在寻找她的这段时间里，自己是否已经见过她了，却不知道有这回事。

他在这个女人的眼睛里见到了某样东西——某样他自己无法定义的东西。有时候，一个人没办法完全明白自己的感受，而他的魑也不能。在那种时候，他的魑总是会感到迷茫。因此，当他回家为当天晚些时候与恩姐莉见面做准备时，那种神秘感就像一团小小的云朵笼罩着他。我和他都明白恩姐莉与他以前见过的女人不一样。听她说话的口音，她曾经在白人的国度里生活过。她的样貌举止有一种雍容的气度，不像莫图那么寒酸，也不像J小姐，后者是端庄与泼辣的奇怪结合体。而且，埃格布努，当男人遇到他们认为地位远高于自己的女人时，会变得行动谨慎，他们会审视自己，试图在这些人面前装出体面的样子，为自己赢得尊敬。这种事情我见得多了。

因此，回到家里时，他将两个麻袋摊在地上，将小米和玉米撒在上面，然后他拔开成年家鸡的棚门。它们冲出来围住了麻袋。他匆忙给几个水槽添了水，一一放回鸡笼里。他拿出父亲遗留的一套西装。他用一块几天前从谷物麻袋上剪下来权当海绵的布料将西装上面的一摊污渍擦干净，然后把西装晾在院子里一棵树的枝条上。他洗了个澡，正准备把西装拿进屋，这时他想起自己的头发乱糟糟的。有一天，莫图坚持说她会理发，用剪刀帮他剪了头发，事后他疯也似的将整个院子冲洗了一遍，害怕会有哪只家禽把头发吃下去，自那之后他已经有将近三个月没有理发了。他开车飞驰到尼日尔路的发廊，他从小就去那儿理发。他的理发师艾克尼先生中风了，现在由其大儿子桑戴接手。轮到我的宿主了，桑戴开始给他理发，突然，推子安静下来。桑戴知道是停电了，于是跑到理发店后面，想把发电机启动，可它就是动不了。我的宿主看着镜子里的自己：他的一半脑袋被剃得干干净净，另一半仍然长满了纠结蓬乱的头发。他四处张望，从旋转椅上走下来，然后又坐了回去。他的情绪很不稳定，焦虑地关注着那座在不停运转的时钟——那个神秘的古怪玩意儿，祖先的子孙们现在用它度量时间——表明和那个女人见面的时间就快到了。

过了一会儿，桑戴进来了，两只手因为摆弄过发电机变得黑漆漆的，衬衣浸透了汗水，裤子上沾满了黑泥。"我很抱歉。"他说道，"发电机坏了。"

我的宿主的心在往下沉："是因为没有汽油吗？"

"不是，"桑戴对他说，"是点火器坏了。点火器。我得找人重接线路。真是很对不起，侬索，等供电局一恢复供电，我们就能把头发理完。噢，或许明天，等我把发电机修好。噢，别生气嘛，兄弟。"

我的宿主点了点头，用白人的语言说："没问题。"他回头看着暗淡的镜子，注视着自己剃了一半的脑袋。桑戴从墙上的许多顶帽子中取下一顶，递给他。他戴着帽子，朝饭馆走去。

埃格布努，伟大的祖先与他们的子孙最突出的一个区别在于，后者接受了白人关于时间的理念。很久很久以前，白人认为时间是神圣的——人类必须服从它的意志。一个人遵循指定的时间，到达一个特定的地点，心里肯定某件事情将会在那个指定时间发生。他们似乎在说："兄弟，我们当中有一个神圣之物，它已设定了目标，在12点40分将会实现，我们必须服从它的指示。"如果有什么事情发生，白人会将它与时间联系在一起——"在今天，1985年7月20日，某某事件发生了。"而对于庄严的祖先们来说，时间既通灵性又通人性。它在部分程度上不受他们控制，受命于创造了宇宙的同一股力量。当他们想辨别一个季节的开始，或区分日头的阶段，或衡量年月的长度时，会将目光投向大自然。太阳升起来了吗？如果已经升起来了，那肯定就是白天。月圆了吗？如果月圆了，那我们就得取出最好的衣服，清空我们的谷仓，准备好庆祝新年！如果我们听到轰隆隆的雷声，那旱季肯定已经结束，雨季必将降临我们头上。此外，睿智的祖先们相信时间在部分程度上是可以被人类控制的，人类可以通过某种方式令时间服从自己的意志。对于他们来说，时间并非神圣的事物。时间是一种元素，就像空气一样，能被加以利用。他们能够利用空气灭火，将虫子从人眼中吹出来，甚至能令笛子奏出音乐。同样地，时间可以服从人的意志——譬如说，祖先们的某个群体说："我们身为阿玛奥克普的长老，将在日落时召开会议。"那个时间是有弹性的。它可能是日落开始，或日落中段，或日落结束。但就连这个也不要紧。要紧的是，他们知道参加会议的人数。比其他人早到的人会等候、聊天、说笑，直到全体到达，然后会议在那个时候开始。

就这样，恩妲莉遵从约定的钟点，比他早到。她看上去比之前更漂亮，涂了令他想起了J小姐的深红色口红，穿着一件豹纹短裙。

他坐了下来，摆弄着帽子，确保它盖住了整个脑袋。她说道："嗯，侬索，我想问你：为什么你会在那个时候跑到那座桥上，还停下了车？"他正要回答，恩妲莉抬起手，闭上眼睛，"我真的想知道，真的。为什么在那一刻，你会在那儿出现？"

他抬起头，看着她头顶上方的天花板，避开她的眼睛。

"我不知道，姑娘。"他说道。他的措辞很谨慎，因为他不怎么有机会以白人的语言说话。"有什么事情推着我去了那儿。我正从埃努古回去，然后我见到了你。我的心声让我停下车子。"

他望着窗外，视线落在一个正拿着棍子在路上滚动摩托车轮胎的孩子身上，其他孩子跟在他身后。

"那天你救了我的命。你永远不会——"

她的电话响了，令她停下话头。她解开钱包里的一块手帕，拿出手机，看着屏幕，说道："啊！现在我应该和爸妈去别的地方，可我给忘了。真是对不起，但我得走了。"

"没关系，没关系——"

"你的家禽在哪儿呢？我想去看看。哪条街？"

"阿玛乌尊库街十二号，在尼日尔路那头。"

"好的，把你的号码给我。"——他朝恩妲莉凑近身子，依序念出了号码——"这两天我会去那儿一趟。我迟些会打电话给你，那我们就可以再见面。"

我能见到在我的宿主心里，那颗奇妙的种子开始萌芽生长，在他的灵魂里往下长出强壮的根，往上结出果实——将会成为爱意的热情之果。因此我离开他的躯体，尾随那个女人而去，想知道她会做什么事情——她会不会留下来，不像先前那个女人一样消失无踪。我跟着这个女人上了她的车，见到她的脸上露出开心的表情。我听见她说："奇侬索，这个男人还蛮有趣的。"然后她笑了。我在看着她，好奇地观察着，这时候，从她的身体里，有什么东西飘荡而出，就像一股浓厚的蒸汽正在升腾。一眨眼工夫，一个精灵站在我面前，其样貌与外表和那个女人一模一样，只是它的身体闪闪发亮，上面画满了织染布料的图案，双手双脚都戴着珠链和贝串。那是她的魑。虽然我在精灵之穴里听说了许多遍，人类女性的守护精灵拥有更敏锐的感受力，但我还是为它在宿主的身体里就能看到我而感到诧异。

——精灵之子，你想从我的宿主这里得到什么？她的魑轻声细语地问我，就像站在通往阿拉恩迪伊奇的道路旁边的少女。

——阿拉的女儿，我怀着和平的心意而来，我不是为了惹麻烦，我说道。

楚库，我见到那个魑一直盯着我看，它长着您赐予人类女儿的守护精灵那晶莹的古铜色肌肤，眼睛是纯洁火焰的颜色。它刚要说话，这时它的宿主按响了喇叭，猛地停下车，高嚷道："老天爷呀！你在干什么，小子！你不会开车吗？"刚才切入她的车道的那辆车拐入了另一条街道，她继续开车，大声地叹气。或许现在肯定宿主一切安好，她的魑转身对着我，用本穆奥的深奥语言对我说话。

——我的宿主在她的心龛里竖起了一尊塑像。她的意图就像奥斯米利的七河之水那般纯净，她的愿望就像埃伊-奥查水域下的净盐那般真切。

——我相信你，晨光的守护天使恩瓦伊布伊弗，奥格乌格乌、阿拉与科莫苏的女儿。我来只是因为我想确认她对他也有好感。我会带着你的话回去，为我的宿主带去慰藉。但愿他们的结合能为他们的今生带来满足，乃至第七世与第八世的生命轮回——乌瓦哈阿萨、乌瓦哈阿萨托！

——我明白了！它说了一句，然后一刻也不停留就回到了宿主身上。

奥瑟布鲁瓦，此次交流令我非常高兴。我怀着这份信心回到宿主身上，在他的思绪里闪念，表明那个女人爱上了他。

阿克瓦阿库鲁，即使我已经让他知道恩妲莉爱上了他，但他仍在害怕。我不能对他说我做了什么。魑不能以如此直接的方式与宿主交流。就算我们这么做了，人类还是不会明白的。我们只能在他们的思绪里闪现念头，如果宿主觉得这些想法有道理，或许他会相信。因此，我无助地看着他的心悸越来越厉害，害怕她会像莫图一样离开。一连好几天，他一直关注着电话，等着她打过来。然后，到了第四天，他正在客厅的沙发上睡觉，听见有汽车驶进他的农场里，朝房子驶来。那是日落之后，日上中天时生出的影子已经老去。他望着窗外，见到恩妲莉的车正在停下。他嚷了一句："楚库！"他刚刚吃过午饭不久，那个塑料碗还搁在旁边的凳子上，里面仍然盛着水，曾经装过花生的小空袋和装过牛铃牌奶粉的小塑料袋漂浮着。他把碗丢进厨房的水槽里，然后跑进自己的房间，穿上摆在床上的裤子。他迅速朝房间墙上的镜子瞥了一眼，谢天谢地，两天前桑戴终于帮他理好了发。当他匆忙回到客厅时，目光落在搁于客厅中央的桌子上那个半开半闭的装方糖的蓝盒子上，旁边有一团污垢。在桌脚处有一个塑料袋子，里面装着针线和一小包钉子。正当他把这些东西收走时，她敲门了。不一会儿他又回来了，朝屋子里四处张望，想看看还有什么东西没有弄干净，见到没有什么能马上解决的不妥之处后，他朝门口跑去，一只手牢牢地捂着胸口想让心跳平息下来，然后他打开门。

恩妲莉进屋时,他问道:"你怎么找到我的?"

"嗯,这位先生,难道你住在月亮上吗?"

"不是,可是,姑娘,怎么找到的?这里很隐蔽,而且甚至连门牌号码也看不清楚。"

她摇了摇头,露出温和的笑容。然后她慢悠悠地拖腔拖调地念着他的名字,只有在学说话的孩子才会这么说:"侬——索。"

"你肯让我坐下吗?"

他又朝房间里张望了一番,然后点了点头。她坐在窗边的大沙发上,而他站定在门边。然后,她立刻站起身,开始在客厅里走动。这么一来,他变得紧张兮兮,担心她会闻到萦绕在空气中的味道。他注视着恩妲莉,想看她会不会做出揉鼻子或捂鼻子的举动。然后他发现墙上有一摊非常显眼的污迹,更是吓得手足无措。他害怕那会是鸡屎。他走过去,站在污迹前面,露出微笑掩饰内心的紧张。

"你一个人住吗,侬索?"

"是的,我一个人住这里。只有我。我妹妹不会来,只有我叔叔有时候会来。"他忙不迭地回答。

恩妲莉点了点头,但并没有在意,因为在他说话时,她走进了厨房。厨房的情况令他的心往下沉。天花板四边的圆拱上挂着被煤灰熏黑的蜘蛛网,看上去似乎真的有蜘蛛在里面筑巢。水槽里堆满了脏碟子,其中一个碟子上摆着一块从编织麻袋上剪下来的抹布,中间夹着一块干巴巴的绿色肥皂。更令他感到羞愧的是一件并不能直接怪罪于他的东西:水槽上的水龙头。它早已年久失修,头部被弄掉了,只是用一个黑色胶袋包住应付了事。他的煤气炉也很脏。它搁在一块发黑的木板上,最顶层的炉架还残留着烤鸡时剩下的烧焦的鸡皮,顶层周边有一粒粒干结的白米,还有一片东西,像干瘪的西红柿皮。更糟糕的是,在远处角落里,通往院子的门后,是一个堆满了秽物的垃圾桶,散发出臭烘烘的味道。

埃格布努,恩妲莉打开电灯,惊起一排麇集在那摞尚未清洗的碗碟上面的苍蝇。要是她在厨房里再逗留一小会儿,他宁肯死了算了。这时,他见到纱门微微打开,插销被拔起,嘎吱一声,开启通往后院的道路。

"你养了好多只鸡!"她说道。

他朝她走过去。恩妲莉的一只脚踩在门槛上,另一只脚已经进了院子。她转身探进厨房对他说道:"你养了好多只鸡。"她又说了一遍,似乎很惊讶。

"是的,我是养家禽的农民。"

"哇!"她惊叹一声。她走进院子里,睁大眼睛盯着鸡棚。然后,她一言不发地回到客厅里,坐回沙发上她的提包旁边。他跟在她身后,当她双腿分开坐下的一霎,他看见了她的底裤。他坐在她身边,心中忐忑不安,因为她见到了那些东西。恩妲莉没有说话,只是一直看着他,令他很不自在,想问恩妲莉是不是看不起他,因为屋子里实在是一团糟,但那些话停留在他的嘴里,就像炮管里的炮弹,等候着开火的信号。为了不让她再朝屋子里张望,他决定和她聊天。

"那天晚上你怎么了?"他问道。

"我准备去死。"她说道,目光垂向地板。

她的话舒缓了他的羞愧。

"为什么?"

恩妲莉没有犹豫,告诉他在那天之前的早上她一觉醒来,发现她所精心构建的世界已经沦为废墟。她的未婚夫发来了一封邮件,令她彻底崩溃整整两天。邮件里说他已经娶了一个英国女人。恩妲莉对我的宿主说,那个打击实在是不堪忍受,因为她为那个男人付出了五年的光阴，拿出了自己的全部积蓄，甚至从父亲那里偷钱，帮助他实现梦想以获得伦敦一所学校的电影导演学位。但他去了英国不到五个月，就和别人结婚了。我的宿主察觉出她的声音里充满了痛苦，她解释自己根本毫无准备去迎接这个惨痛的打击。

"没有东西能让我依靠，甚至没有任何——没有任何东西。在桥上见到你之前的那一整天，我真的好累，因为我尝试着，尝试着，尝试着去联系他，但没有一点消息，侬索。"

她去了河边，不是因为她还有力气或意志要实施自杀，而是因为在阅读那封邮件十五遍之后，她心里能想到的地方，就只有那条河。她不知道自己会不会从桥上跳下去，要是他没有来的话。

我的宿主专注地侧身倾听她的故事，只说过一句话——叫她不用去理会那些开始咯咯叫的鸡。

"你的遭遇实在是非常痛苦。"他说道，虽然他并没有全都听懂。她说的白人的语言里有一些词语令他费解。譬如说，他的思绪一直围绕着"circumstances[1]"这个单词打转，就像一只鹞子在一群母鸡和小鸡的上方盘旋，无法决定朝哪只鸡发起攻击或如何下手。但我明白她所说的每一句话，因为魕的每一次轮回都是在接受教育，令魕获取其宿主的思想与智慧，这些成了魕的一部分。譬如说，魕或许洞悉狩猎这门艺术的各种奥妙，因为曾经有一回，早在数百年前，它的宿主是一个猎人。在我的上次轮回里，我曾引导一个才华横溢的宿主，他的名字叫埃兹克·恩克奥耶，遍阅书籍，能撰写故事。他是我现在这个宿主的母亲的哥哥。当他活到我现在这个宿主的年纪时，已经熟练地掌握了白人语言几乎所有的单词。从他身上，我学到了现在所知道的大部分内容。即便到了现在，我代表当前的宿

---

[1] Circumstances 有"形势、情况"之意。

主作供，我以他的语言作为自己的语言，他见到的事情就是我见到的事情，二者有时候是密不可分的整体。

"的确很痛苦。我之所以这么说，是因为我也忍受过巨大的痛苦。我无父无母。事实上，我没有家人。"

"啊！那一定很难过。"她说道，伸手捂着张大的嘴巴，"我很抱歉，非常抱歉。"

"不，不，不，我现在挺好的。挺好的。"他说道，但良知的声音在谴责他，因为他遗漏了自己的妹妹恩姬璐。他看着恩姐莉将重心压在大腿上，朝摆在两人中间的小桌子倾着身子。恩姐莉闭着眼睛，这令他觉得她正陷于对他的同情。他害怕她会为他而哭泣。

"我现在挺好的，姑娘。"他更加坚决地说道，"我有一个姐妹，但她在拉各斯。"

"噢，是姐姐还是妹妹？"

"是妹妹。"他说道。

"好的，我之所以来是因为我要向你道谢。"她拎起搁在地板上的提包，挂满眼泪的脸上掠过一丝笑容。

"我相信是上帝派你来到我身边。"

"好的，姑娘。"他说道。

"你怎么老是说'姑娘[1]'？为什么你要这么说？"

恩姐莉的笑声令他察觉到自己充满野性的笑声，他笑得很勉强，不让自己显得尴尬。

"真的，它听起来好奇怪啊！"

"我不会再有母亲了，所以，每一个好女人都是我娘。"

"噢，亲爱的，非常抱歉！"

---

1　原文用词为 Mommy。

"我去去就来。"他说了一声,然后到洗手间小便。等他回来时,恩妲莉说道:"我是不是忘了说,我喜欢你的笑容?"

他看着恩妲莉。

"我是认真的。你是一个帅哥。"

恩妲莉起身要离开,他忙不迭地点头,这个完全意想不到的结局令他的心一时间飘飘然的,原本他还以为这次见面会是一场灾难。

"我甚至没什么东西招待你。"

"不,不用了,别担心。"恩妲莉说道,"下次吧。我有几场考试。"

他伸出手,想和恩妲莉握手,恩妲莉接过他的手,脸上露出大大的笑容。

"谢谢你。"

作为人类的守护精灵,我们是否思考过激情在一个人身上所赋予的力量呢?我们是否思考过,为什么一个男人能够穿过火场去救一个他深爱的女人?我们是否思考过性爱对恋人的身体所造成的影响?我们是否思考过那股力量的对等性?我们是否思考过那在他们的灵魂激起什么样的诗歌,在变软的心里留下什么样爱慕的痕迹?我们是否思考过爱情的命运——有的关系胎死腹中,有的关系进展迟缓,有的关系却顺利开花结果并缘定终生?

我深深地思考过这些事情,我知道当一个男人爱上一个女人时,他会为之改变。虽然女方心甘情愿地把自己许给男方,但当男方娶了女方,女方就成了男方的人。女方被男方占有,而男方也被女方占有。男方称呼她为老婆,女方称呼他为老公。其他人会称呼女方为男方的妻子,称呼男方为女方的丈夫。埃格布努,那真是一件奇妙的事情!因为我见过许多遍,在爱人离开之后,人们会试图将对方夺回,就像一个人会试图夺回被偷走的财产。埃莫祖伊维不就是这样吗?在一百三十年前,他杀了那个夺走他妻子的男人。楚库，我曾像现在这样，在贝楚库宫这里代表他作供，然后您做出了令人伤心但公正无私的裁决。现在，一百多年之后，看到现在这个宿主的心中燃起相似的火焰时，我感到害怕，因为我知道那团火焰的潜在威力，它是如此强大，假以时日，没有什么能将其扑灭。当他陪着恩妲莉朝车子走去时，我害怕它会推动他朝某个或许我根本无力阻止的方向而去。我害怕当爱情在他的心中完全成形时，他会为之盲目，根本不肯听从我的劝告。而且我看得出爱情已经开始将他占据。

奥巴司迪内鲁，噢，一个女人令一个男人的生命变得何其丰盛！祖先的子孙们所接纳的新宗教的教义有云：两个人就成为一体。埃格布努，多么真实！让我们回顾睿智的祖先们生活的时代吧，那时候伟大的母亲们是不可或缺的。虽然她们没有制定引导社会的法律，但她们就像社会的魑。当秩序崩坏时，是她们令其恢复平衡。如果村子里的某个成员犯下了灵性上的罪行，激怒了阿拉，若这位仁慈的女神——她感到义愤填膺——以疾病、干旱或灾难性的死亡等方式宣泄她的愤怒，是年迈的母亲们去找巫医，代表全社咨询神意。因为阿拉更愿意倾听她们的声音。即使战争在进行——一百七十二年前我目睹过，当时乌祖阿克利与恩克帕在打仗，十七个被砍掉头颅的男人躺在森林里——是双方阵营的母亲们前去让阿拉息怒和恢复和平。这就是她们被尊称为"奥朵兹奥博多[1]"的原因。若说一群女人能在大难临头之际恢复一个社区的平衡，一个女人能为一个男人的生命带来的改变要大得多！正如伟大祖先们经常说的，爱情能改变一个男人的生命的温度。一个男人冷冰冰的生

---

[1] 奥朵兹奥博多（odoziobodo），伊博语，意即"社区的重建者"。

活总是会变得温暖，而这份热烈的暖意会令这个男人改变。它促使他生命中的小小事物得以成长，令他的生命熠熠发光。现在那个男人会更加兴高采烈地去做平时所做的事情。和他们一起生活的大部分人会察觉到他们发生了改变。他们不需要向任何人提起，但他们的脸庞——人类的外貌中最为显眼的特征，会开始蒙上一层色彩，任何人只要稍加关注就会很快察觉。譬如说，如果一个男人与工友们一起劳动，某个同伴会把他拉到一旁，对他说"你看上去挺高兴啊"或"你怎么了"。感情越是强烈，在别人眼里就会越发明显。我的宿主对恩姐莉的情意受到他内心恐惧的阻碍，他害怕自己配不上她。他下定决心，如果恩姐莉真的属意他，他会把自己的整颗心都献出去。

我的宿主没有工作伙伴，但家禽见证了他的转变。那天，当恩姐莉离开屋子之后，他喜滋滋地喂鸡。他找出那只尾巴长歪了的生病的公鸡，把它拎到屋前农场的边上，不让别的家禽看见，把它给宰了。他让鸡血滴落在一个小土坑里，然后把鸡肉放在一个碗里，放进冰箱贮存。他在厕所里洗了手后，清洗了木墙边几个分体式的大鸡棚。他在寻找一种特别的蜥蜴，那种家禽们讨厌的绿头蜥蜴，它溜进了天花板上的一个洞里。然后他爬上一架梯子，将一团沾着棕榈油污渍的破布塞进洞里。做完这个之后，他注意到小鸡们把喝水的水盆弄翻了，现在水盆倚在茅墙边上，只剩下一汪眼珠子大小的积水在里面。积水里有一摊泥沙的沉淀，像瞳孔般盯着他。他朝那个水盆走去，踩到了什么东西，原来是一根羽毛的羽骨。它在泥地里滑出一条直线，让他摔了一跤。他摔倒时打翻了另一个空盆，它在空中翻滚，里面残余的东西都掉了下来——一堆泥垢、羽毛和尘土——落在他的脸上。

楚库，要是那些鸡是人的话，它们会嘲笑他摔跤之后的模样：

额头和鼻子上糊着一大片泥巴和尘土。要不是我亲眼看见，我原本会怀疑那天在宿主身上见到的情状。因为，虽然他觉得很痛，不停地用手指揉着头部受伤的部位，看看有没有流血，但他依然很开心。他站起身，冲着自己哈哈大笑，想起就在昨天，恩妲莉曾坐在沙发上，称赞他是个帅哥。他低头看着自己摔倒的地方，看见地面上有一条被刮过的痕迹，而现在他的鞋子上裹着一层泥巴。鸡棚的另一边原本站着一只母鸡，刚才他差点摔倒压在母鸡上面。当他摔倒时，它仓皇地一跃而起，没让他碰到，翅膀猛烈地扇动着，激起灰尘和羽毛。他认出它是那两只下灰鸡蛋的母鸡之一。它咯咯咯地叫唤以示抗议，别的鸡也加入进来。他离开鸡棚，将身上的尘土洗掉，整个过程，甚至之后躺在床上时，他一直想念着恩妲莉。

他睡着后，就像他进入无意识的沉睡状态时经常发生的那样，我摆脱他身体的束缚。即使还没离开他的身体，我总是能够见到平时在他醒着时看不见的东西。如您所知，我们是您创造的，我们不需要睡觉。我们的存在就像说着生者言语的影子。即使宿主睡着了，我们仍然醒着。我们守护宿主不被潜伏在夜色中的力量侵袭。当人类睡着时，灵界充满了醒着的精灵的声音和死者的窃窃私语。阿格乌、幽灵、阿卡利奥格利、精灵和暂时来到大地的恩迪伊奇全都从黑夜的盲眼里爬出来，像自由自在的蚂蚁一样在大地上行走，完全无视人间的边界，根本不理会墙壁与篱笆的存在。两个争吵不休的精灵或许会扭打在一起，滚进一户人家的屋子里，落在他们身上，穿过他们的身体，继续搏斗。有时候它们会径直走进人类的居住地，观察他们。

那天晚上，和大部分晚上一样，到处充斥着精灵们的喧闹和月下世界的敲敲打打，许多个声音在叫嚷、咆哮、说话、号啕、吵闹。本穆奥这个世界，还有埃津穆奥——它的通道——充斥着这些声响。远处传来的迷人笛声在空中回荡，如同一头活物般充满生机。这种情况持续了很久，直到将近午夜时分，有什么东西以离奇的速度射穿墙壁。它立刻蜷起身子，就像一个肉眼几乎看不见的泛着微光的灰色线圈。起初它似乎朝屋顶升起，继而开始缓缓地扩大变长，像一条影子之蛇。然后它逐渐变成一只最恐怖的阿格乌——长着蟑螂般的头颅和臃肿的人身。我立刻冲上前，喝令它离开。它看着我，眼里充满恨意，然后死死地盯着我的宿主没有意识的身体。它的嘴巴似乎被黏稠如脓液的分泌物粘在一起。它一直指着我的宿主，但我坚持要它离开。见到这个邪物没有离开的意思，我开始害怕它会伤害我的宿主。我念起一段咒语，借您的神威让自己获得力量。这一招似乎对那个邪物奏效，它退后几步，发出一声哀号，然后消失了。

我在这个世界上的许多遍轮回中曾遇到过像它这样的精灵，我印象里最生动的，是在战争期间凭附于艾金克昂涅身上时，他曾在乌穆阿希亚一间业已半毁的废屋里睡觉。当他睡着时，一个精灵迅速成形，吓了我一跳。我见到没有头颅的它正在挥舞胳膊和跺脚，朝曾经摆放它的头颅的树墩比画着。埃格布努，就连阿卡利奥格利，那些长着丑陋躯体的生物，也不会令我这个精灵感到如此恐惧。然后，在某种变化莫测之力的作用下，那个邪灵的头颅出现了，悬在半空中，它的眼睛在四处张望。那个无头邪灵胡乱挥动着双手，试图把头颅拿下来，但它到处乱转，直到最后，那个头颅顺着它刚才来的方向飘荡而去，那个邪灵追在后面。翌日，我透过宿主的眼睛了解到，那个男人曾经是敌方的士兵，在强暴一个怀孕妇人时被砍掉脑袋，自此成为一个阿卡利奥格利。翌日早上，我的宿主艾金克昂涅看着那个男人的尸体被火化，根本不知道前一天晚上发生过什么事情。

我立刻一跃而起，想追上那个精灵，希望找出它以我的宿主为目标的原因，但我不知道它朝哪个方向走了。我在茫茫夜色里找不到它的踪迹，空中听不到脚步声，大地下漆黑的涵洞里见不到足迹。那天晚上，天空中繁星密布，众多的精灵在我的宿主的农场周围忙碌着各自的事情。附近没有人，甚至连人迹也没有，只有从不知多远处传来的汽车沿着道路驶过的声响。我有点想在周围逛一逛，但我怀疑刚才见到的阿格乌是一个游魂，想寻找一个人上他的身，它可能会返回，尝试侵占我的宿主的身体。于是，我尽快回到农场，越过后院的篱笆，然后穿墙回到房间里，我的宿主仍在熟睡。

阿克瓦阿库鲁，第二天早上，他在家禽的聒噪声中醒来。其中一只家禽老是叫个不停，不时它的叫声渐渐平息，然后又开始响起，声调比先前更加高亢。他推开裹在自己身上的被子，走到门外，这时才意识到自己光溜溜的。他穿上短裤和一件皱巴巴的衬衣，来到后院。他把一包饲料剩下的那点东西倒进一个碗里，然后把碗摆在院子中央的一张旧报纸上。当他打开一个鸡笼的锁后，那群鸡立刻朝他拥去，一眨眼工夫，那个碗就被咕咕乱叫的披羽小生灵们围住了。

他退了开去，眼睛审视着它们，搜寻着不寻常的迹象。他对其中一只母鸡格外关注，它的翅膀曾被鸡笼上的一根钉子扎中。那只母鸡曾试图挣扎摆脱那根钉子，但太用力了，差点把翅膀给扭断。上个星期他给翅膀缝了几针，现在那只母鸡迈着谨慎的步子加入了争食的行列，在它的翅膀底下，那根缝合的红丝线清晰可见。他抓住那只母鸡的双腿把它拎起来，检查它的翅膀，手指顺着末端的血管抚摸着。正当他把母鸡放下时，手机响了。他跑进屋子里，但刚进客厅，对方就挂断了。他发现电话是恩妲莉打来的，对方还给他发了一条短信。起初他犹豫再三，不敢去读——似乎他害怕自己在屏幕上读到的内容会永远无法抹去。他把手机放回饭桌上，以掌托额，咬紧牙关。我看得出，昨天头部所受的伤让他感到不适。他从冰箱顶部拿下一小包扑热息痛，将仅剩的两片药中的一片倒进掌心里。他把药片放在舌上，走进厨房，从塑料瓶里喝了一口水，将药片吞下去。

他又拿起手机，阅读那则短信：**侬索，晚上我来见你好吗？楚库**，他朝自己露出微笑，朝空中挥舞着拳头，高喊道："好的！"他把手机放进口袋里，差不多回到院子里时，他才记起刚才他只是口头上答应了，似乎恩姐莉就在自己身边。他站在通往院子的纱门边，朝手机里打了"好的"二字。

想到可以见到恩姐莉，他容光焕发，拾了一些鸡蛋，将它们摆进塑料盒的蛋形凹洞里。然后他又抓住那只受伤的母鸡。它的眼睛里闪烁着恐惧，它的鸟喙在一张一合，他抚摩着它的脑袋，检查它的翅膀，看它能不能扑扇飞翔。他把饲料盆清理干净，然后往上面倒了些饲料。一根像断牙签的东西从饲料中竖起。他拾起那根东西，丢到身后。然后他转念一想，害怕会有一只家禽找到那根小棍，还把它吞下去，于是他起身开始寻找那根小棍。他在一个笼子旁边找到了它，那个笼子是用来关小鸡的。那根小棍落在他摆放笼子的那片木板浸湿的边缘处。他拾起那根小棍，把它扔过篱笆，扔进农场外面的垃圾堆里。然后，他把饲料盆伸进两个鸡笼其中之一的底板上。

喂完家禽后，他的双手几乎全黑了，上面沾满了尘土和泥垢。他的指甲缝里塞满了污垢，他右手拇指上有一道道印痕。他拾到的鸡蛋中有一个裹着干结发硬的鸡屎，他试图用手指将它刮掉，现在嵌在指甲缝里的东西就是鸡屎。他在浴室里一边洗手，一边想着自己的工作是多么另类,对于新接触的人来说一定显得很低贱。他害怕恩妲莉不会喜欢这份工作,甚至会觉得它很讨厌,如果她真的了解他这份工作的本质。

楚库,正如我之前所说,当自己高度重视的人在场时,一个人会变得忸怩不安,这种由恐惧引发的反省总是会发生。人们专注于别人会如何看待他们,据此对自己做出评价。在这种情况下,自我否定的想法会在那个人的脑海中肆意滋生——无论那多么没有根据——或许会令其最终变得意气消沉。然而,我的宿主并没有长久地耽溺于这些想法。相反,他立刻准备迎接恩妲莉的到来。他把屋子和阳台打扫干净,然后给坐垫和沙发除尘。他洗干净马桶,还往里面喷了消毒液,把水箱后面的老鼠屎弄干净。他扔掉一个塑料桶,那个油漆桶有几处裂开了。然后他拿着空气清新剂往屋子各处喷。他刚洗完澡,正朝身上涂润肤霜时,透过窗户,他看见恩妲莉的车子朝屋子驶来,两边是他耕种的作物。

伊安格-伊安格,那天晚上她出现时,我的宿主觉得憧憬之情令自己的身体在发光。她的头发梳了一个或许会令伟大母亲们觉得奇怪的式样,却令我的宿主觉得实在光彩迷人。他一直盯着那头熨贴的烫发、她的手表、手腕上的手镯,还有那串绿珠项链,这些令他想起母亲的妹妹艾菲米娅,后者住在拉各斯,但他早已和她失去了联系。虽然他已经觉得自己配不上恩妲莉,因为他没见过世面(他从未去过夜总会或上过剧院),但那天晚上见到她时,他更加觉得自己低贱了。虽然恩妲莉热情大方地和他打招呼,但他站在那儿,心中只有自惭形秽的强烈感觉。于是,在两人对话时,他就好像一个迫不得已而参加的人,只说不得不说的话,恩妲莉说一句他才应一句。

"你一直想当养家禽的农民吗?"恩妲莉问起了这个问题,比他预料的要晚，更加深了他的恐惧，害怕到头来恩妲莉不会对他倾心。

他点了点头，这时他想到那或许是一个谎言。于是他说："或许不是，姑娘。是我父亲先有这个想法，不是我。"

"养家禽吗？"

"是的。"

恩妲莉看着他，脸上似笑非笑。

"可是，怎么会有这个想法呢？"她问道。

"说来话长，姑娘。"

"天哪！啊，我想听。请告诉我嘛。"

他抬头看着恩妲莉，说道："好的，姑娘。"

埃布贝迪克，他把关于那只小鹅的事情说给她听，先从它如何被逮住说起，那时候他才九岁，那次相遇改变了他的一生，现在，我必须将故事讲述给您听。有一天，他的父亲将他从城市带回乡下，吩咐他睡觉，说明天早上会带他去奥格布提森林，那里有一种长着羊毛般洁白羽毛的野鹅，生活在林中最深处一个隐秘的水塘边。大部分猎人不敢进入森林深处，害怕那里的致命毒蛇和野兽。那个水塘曾是伊莫河的一条支流。我见过那个水塘许多遍了。很久很久以前，早在阿罗的奴隶劫掠者开始扫荡阿莱格博的这片地区之前，那条河还在流淌。但一场地震将它切断，令它与河流的其他部分隔开，变成一个凝滞的水体，后来成为白鹅的家园。自围绕森林而建的九个村庄里的人有记忆以来，它们就一直在那里生活。

我宿主的父亲扛着一支丹麦造的长枪，带着他来到池塘边上，那里有一根倒落发腐的树干，上面布满了青草和野蘑菇。他们在树干后面停下来。距离树干扔两块石头的距离就是那一潭死水，一半水面覆盖着落叶。在它旁边是一片长满树木的湿地河岸。就在这里，一群白鹅聚在一起吃食。似乎被人类的出现惊吓到，大部分白鹅扑扇着翅膀飞进树木更茂密的林中深处,只剩下一只母鹅和它的孩子,还有野地里的另一只大鹅。那只大鹅蹦跶了几下,开始游过距离遥远的水面,直到它游到岸礁,然后消失在绿景之中。我的宿主惊奇地观察着那只母鹅。它长着浓密的羽毛,锯齿状的尾巴下垂着,一双眼睛长得很宽,还长着棕色的鸟喙,上面开了鼻孔。它行动了,张开翅膀,浓密的羽毛层层叠叠。它身边那只小鹅长得不一样:它的脖子更长一些,顶部光秃秃的,似乎被拔光了毛。它跟在母亲后面,迈着小小的脚丫跟跄向前,母鹅刚刚从窝边离开。我宿主的父亲端起长枪,要不是眼前突然出现令人困惑的一幕,他已经开枪了。那只母鹅在柔软的泥地里停下脚步,双脚陷入了泥地中,正张大嘴巴等候着。那只小鹅尖叫着,来到母亲身边,将它的脑袋埋进等候的嘴巴里,直到连它的一截脖子也消失了。

我的宿主和他的父亲惊讶地看着那只小鹅的头颈探进它的母亲的嘴巴里。小鹅在吃食时,它的母亲在竭力保持平衡。母鹅的双脚更深地扎入泥地中,它激烈地扑扇着翅膀,稳步往后退,它的爪子在收紧张开。小鹅贪婪地在喉咙里吃食,在那一刻,我的宿主觉得母鹅的喉咙会被撕开。透过母鹅的喉咙那层薄薄的皮肤可以看见小鹅的鸟喙在动。小鹅挣脱出来时,差点吓了我的宿主一跳。它开始往前奔跑,扑扇着翅膀,充满生机活力,仿佛获得了重生。它的母亲转过头,叫了一声,似乎立足不稳。然后母鹅站起身,半边身子沾上了泥巴,开始朝我的宿主和他父亲潜伏的方向冲过去。

当我宿主的父亲端枪瞄准时,母鹅冲到了近前。那一枪将母鹅轰得往后退去,发出惨厉的尖叫,鹅毛孓起。森林变得歇斯底里,到处都是逃逸的动物和扑扇翅膀的合奏。鹅毛落下时,我的宿主看见那只小鹅朝母亲的尸身飞奔而来。

"我做到了,我终于开枪打中一只奥格布提森林的鹅了。"他的父亲说着，站起身，朝那只死鹅跑去。我的宿主小心翼翼地跟在身后，没有开口说话。他父亲兴高采烈地捡起死鹅，开始向刚才来的方向折返，一路上留下死鹅流淌的鲜血。他父亲没有察觉那只小鹅快步跟在他身后，尖声叫唤着，许多年之后，我的宿主才意识到，那是一只鸟的哭泣声。他一动不动地站着，听着父亲说多年来自己一直想逮住一只奥格布提森林的鹅。"总是说没有人知道它们住在哪里。谁会知道呢？只有少数人会冒险闯进奥格布提森林这么深的地方。人们只在空中见到过它们。你知道的，要开枪打到空中的东西非常困难。这个——"这时，他的父亲猛地转身，见到他站在身后远处。

"奇侬索？"他的父亲问道。

他嘟着嘴巴抬头看去，眼泪就快流出来了。"先生——"他说的是白人的语言。

"怎么了？怎么回事？"

他指着那只小鹅。他的父亲低头看见那只小鹅正在沼泽里迈着双脚前进，眼睛盯着这两个人类，正在为它死去的母亲而哭泣。

"嘿，你干吗不把它抓住，把它带回家呢？"

我的宿主朝他的父亲走去，在小鹅身后停下。

"你不如把它养着。"他的父亲又说了一遍。

他看着那只鸟，然后看着父亲，心中萌发了一个想法。

"我可以把它带回乌穆阿希亚吗？"

"嗯，"他的父亲说道，又转身回到路上，带着那只死鹅朝刚才来的方向走去，他手里的鹅尸现在有一半变成了深红色，"现在，把它逮住，然后我们走吧。"

他犹豫地拖着步子，然后猛扑向前，抓住小鹅两条瘦巴巴的腿。那只鸟哀鸣着，挥舞着翅膀拍打着抓住它的那两只纤弱的手。但他将小鹅的两只腿抓得更紧了，将它从地上拎起来。他抬头看着正在等候的父亲,鲜血正从父亲手里的鹅尸上滴落下来。

"现在它是你的了。"他的父亲说道,"你救了它。把它带上,我们要走了。"然后,他的父亲转身开始走回村子,他跟在后面。

接着,他告诉恩妲莉他有多么喜欢那只小鹅。它总是骤然间发怒,然后平静下来,接着振作起精神。有时候它会疯也似的胡冲乱撞,或许是想回到那片森林,它的故乡。当它发现自己没有机会逃出去时,会沮丧地转着圈。他专注地看着那只小鹅,心中感到担忧。他总是害怕会有什么事情发生在这只鸟身上,又害怕终有一天它会从他身边逃掉。当小鹅开始愤怒地在屋子里奔跑,从一堵墙壁冲到另一堵墙壁,想穿墙而过,逃出生天时,这种恐惧最为明显深切。经过每一次像这样的挣扎之后,它会回到一把椅子或一张桌子上,耷拉着脑袋,似乎虚脱了。它会张开翅膀,气恼或沮丧地嘎嘎叫唤。

"是的。"他在回答恩妲莉的问题——有时候那只小鹅很平静。他知道那是大地上的生物的天性,哪怕它们当中最痛苦的生灵被关起来之后有时也会平静下来。在这些时候,那只小鹅会睡在他床上,躺在他的身边,似乎它是一个伴侣。他带着小鹅刚回到乌穆阿希亚时,邻居的孩子们蜂拥而至来看它。起初他妒忌地护着那只小鹅,不许任何人碰那个养鹅的酒椰笼子。他甚至和几个朋友打架,因为他们未经他的同意就去摸小鹅。那几个朋友住在附近,经常和他一起踢足球。其中一个朋友艾吉克,和他是最好的哥们儿,此人对小鹅格外迷恋。艾吉克比别人更频繁地去看小鹅,到后来,我的宿主同意让他经常和小鹅一起玩。然后,有一天,艾吉克问我的宿主能不能把小鹅带回家里,让他的奶奶看看。他说:"五分钟,就看五分钟。"奥瑟布鲁瓦,我见过这个孩子的眼神,在那双眼睛的深处,我能看见一团小小的嫉妒之火在燃烧,令我感到害怕。因为我在人类的孩子身上见过了许多遍:那是羡慕的反面,导致了许多凶杀与阴谋的发生。我在宿主的脑海里闪念，忠告他不应该让小鹅被带走，但他不肯听我的话。他把那只鸟交给了朋友，满心以为那只鸟不会受到伤害。

艾吉克把小鹅带走了。到黄昏时他还没有把鸟带回来，我的宿主着急了。他到艾吉克家里去，敲响艾吉克和他的母亲住的那间平房的房门，但听不见有人应门。他喊了艾吉克的名字许多遍，但没有人回答。门从里面反锁了。但他从外面能听见小鹅在叫唤，听见它扑扇着翅膀到处乱飞的响声，虽然它的腿上绑着绳子。他冲回家，找到他的父亲。两人一起去艾吉克家里，虽然这一次艾吉克的母亲过来开门，但她矢口否认小鹅在他们家里。

这个女人死了丈夫，曾经勾引我宿主的父亲到她家里，两人曾交媾过。但他的父亲不想让任何人取代挚爱的亡妻的地位——他的余生都会为她哀悼，因此拒绝继续这段关系。这件事情成了他与那个女人之间的心结。虽然我的宿主对这件事情并不知情，可我知道，因为我曾听见他的父亲在我的宿主睡着时自言自语提起过。有一天晚上，我看到了他父亲的魈——一个无忧无虑的魈，总是虚无缥缈得意扬扬地在屋里飘来飘去，它对我说它离开宿主的身体，因为他准备和那个邻居妇人云雨一番。它说我宿主的父亲和那个女人正在屋后的院子里亲热。我和这个守护精灵很熟络，一户人家的守护精灵之间总是甚为相熟。半夜里在一户人家里看一眼，你会发现守护精灵们——通常都是男人的精灵——在聊天或在屋子里走动，在宿主们的一生中彼此间结下了深厚的情谊。这就是我如何结识了许许多多人类男男女女的守护精灵的原因。

因此，在这一天，或许是因为她仍然记得那个伤痛，那个女人当着我的宿主和他的父亲的面，砰的一声把门给关上了。

之后我的宿主拿艾吉克和他的母亲没辙。有好几天他呆呆愣愣的，有时候会陷入无法控制的愤怒，冲到邻居的房子，但他的父亲会喊他回去，威胁说要是他再去的话会拿鞭子抽他。他每时每刻都在倾听小鹅的动静，不肯吃东西，晚上几乎睡不着觉。作为他的守护精灵，看着他遭受痛苦，我心里很难过。但在这种情况下，魈没办法做什么去帮助人类，因为我们能力有限。睿智的祖先们曾说："伟于其人者，亦伟于其魈。"他们的话是对的。比另一个人更强大的人，他也比后者的魈更加强大。故此，对于一个意气消沉的人，魈也无能为力。

埃格布努，听到故事的这里，恩妲莉很受感动。虽然她在听故事时老是提问（"他说了那些话啊？""接下来怎么了？""你见到了吗？"），我决定不去讲述这些，因为我得专注于这个关于我的宿主曾全心喜爱的那只动物的故事。鉴于已经发生的事情和我站在您面前为我的宿主作供的原因，我必须在这里讲述她说过的话，故事到了这个节点，我的宿主想拿回属于自己的东西，这种渴望把他逼到了疯狂的边缘。恩妲莉无奈地摇着头，说道："你一定很难过。那只鸟是属于你的，你为它伤心难过。它就那样被带走了。那一定很痛苦。"他只是点了点头，继续讲述故事。他告诉恩妲莉到了第五天，他陷入绝望。他爬到后院的树上，从上面可以望到邻居的房子。他看见艾吉克坐在房子篱笆后面的板凳上，抚摸着那只小鹅。起初小鹅看上去像是死掉了，然后他看见它的翅膀扑扇着，因为它试图从囚禁者身边飞走，但艾吉克立刻一脚踩住绑在它腿上的红绳。小鹅在挣扎，一遍又一遍地抬脚扇翅，但那条绳子紧紧地拉住了它。我的宿主看着这一幕，脑海里浮现出残忍的念头。

楚库，我一察觉他心中的想法，便表示反对。我在他的脑海里闪念，让他想到要是实施行动的话将会造成的痛苦与毁灭。他思考了片刻，甚至想象着那只鸟的脑袋被石头砸破，鲜血从伤口中汩汩流出的情形,那幕情形令他感到恐惧。可他将这个想法摒出脑海。但您知道,魑不能违背宿主的意愿,也不能强迫宿主违背自己的意愿。这就是为什么祖先们说:如果一个人变得沉默,他的魑也会沉默。这是适用于全体守护精灵的普遍法则:魑必须服从人的意志。因此,我陷入困难的境地,我只能无助地看着他做出最后将会为他带来痛苦的举动。他带着弹弓回去,坐在一条弯曲的树枝上,藏身于叶丛之间。从那里,他见到小鹅被绑在艾吉克刚刚坐过的板凳腿上,艾吉克已经回屋子里去了。

到了故事的这里,我的宿主发现他将向恩妲莉讲述自己所做的残暴之举,因此,他没有再说下去,对她撒谎,骗她说他不再爱那只小鹅,因为它已不再属于他。他告诉恩妲莉因为它归顺了艾吉克,他想杀了它,作为对它的新主子的报复。恩妲莉点了点头,说道:"我明白,继续说。"他向恩妲莉讲述他如何用弹弓射中小鹅。石头打中了小鹅的胫骨,它倒下了,痛苦凄厉地啼叫。他仓皇地从树上下来,心脏就像在擂鼓般响个不停。他跑进房间里,过了一会儿,艾吉克抱着那只流血的小鹅冲了过来,大声喊道,要是小鹅得不到医治就会死掉。事实上,在要回小鹅并把它带回家的几天后,他一觉醒来,发现那只小鹅仰面躺在房间的正中央,那双小小的翅膀紧紧地夹在身侧,脑袋耷拉着歪向一边,双腿僵直,了无生机,爪子朝下蜷曲着,呈现出死后硬直的初期状态。

噶嘎纳奥格乌,那只鸟的死深深地令我的宿主感到懊恼。他向恩妲莉诉说失去小鹅令他多么悲伤、深深地讨厌自己,令他的父亲不得不惩罚他。但这么做根本没有用。学校开始投诉他不专心学习,总是逃课。他是那么讨厌自己,他故意做出会招致惩罚的举动,他接受惩罚——尤其是挨鞭子——像一个受虐狂那般丝毫不以为意,引起了老师们的警惕。他们给他的父亲写信,后者也不愿再体罚自己的孩子,因为原本他是一个胖嘟嘟的小孩,如今变得瘦巴巴的。有一天,在绝望之下,为了拯救儿子,他的父亲带他去了城外的一座家禽农场。我的宿主细细向恩姐莉描述那座大农场:他的眼前有好几百只鸟——各类家禽。就是在这里,在成千上万根羽毛的气味和数百个咯咯哒哒的声音中,他的心终于恢复了生机,在他的体内跃动。他的父亲和他带着满满一笼子小鸡和两只火鸡回到家里,开始了家禽生意。

埃布贝迪克,他讲完那个故事之后,有一会儿,两人没有说话。在沉默中,他反思着自己刚才说过的话,想知道是否说错了什么,招致她的反感。恩姐莉坐在那里,陷入了沉思,或许是在评判他的话。审慎是他的自尊的中心,那是他赖以生存的绝不容抹杀的品质。因此,他隐匿了过去生平的大部分细节,即使面临压力,也绝不多嘴多舌。他为自己说了太多内容给恩姐莉听而坐立不安,他的思绪转移到上个星期他种下的西红柿,他还没有来得及浇水呢,这时候恩姐莉突然开口了。

似乎在经过长久的思考后,恩姐莉说道:"这份工作挺好的。"

他点了点头:"你喜欢吗,姑娘?"

"是的,我喜欢。"她说道,"你思念你的家人吗?事实上,你妹妹怎么样了?"

虽然这个问题很简单,但他斟酌了许久才做出回答。我和人类一起生活了非常久,知道他们不会去记住那些伤害过他们的人。那些人的情况被藏在紧闭的罐子里,得将盖子揭开才能记起。又或者,在最糟糕的情况下——譬如战争期间他的祖母曾遭到敌方士兵强暴的回忆——必须将那个罐子砸碎才行。因此,他只是说:"她住在,嗯,住在拉各斯。事实上,我和她没有交流。她叫恩姬璐。"

"为什么呢?"

"姑娘,爸爸去世前她就离家出走了。她,你知道的,她——我应该怎么说呢——抛弃了我们。"他抬头看着她直勾勾的眼睛,"她之所以走,是为了一个男人,没有人希望她嫁给那个男人,因为他的年纪很老,老得甚至可以当她父亲。事实上,他比我妹妹足足大了十五岁。"

"啊——天哪!为什么她要这么做?"

"我不知道,妹子。"他目光炯炯地看着恩妲莉,想知道刚才那么称呼她会有什么反应。然后,他说道:"我不知道,姑娘。"

埃格布努,虽然当时他向恩妲莉讲述的关于妹妹的事情就只有这些,但当一个人撬开盖子时,他见到的东西要比讲述的还多。这种事情总是无法阻止。"为什么一个孩子会抛下自己的父母不管呢?"他父亲这么问过他,他说他不知道。听到这番话,他的父亲会眨一眨眼睛,缓缓流下泪水,摇摇头,打个响指,然后紧咬牙关,发出嗒、嗒、嗒、嗒的声响。"我实在是不明白。"说出这番话时,父亲的语气甚至比刚才更加苦涩,"任何人都不会明白——无论死去的人或在世的人。噢,恩姬璐,噢,我的女儿!"

因为这个回忆沉甸甸地压在他的心头,他想换个话题。"我给你拿点喝的吧。"他说道,然后站起身。

"你有什么喝的?"她也站起身。

"不,你坐下,姑娘。你是我的客人。你应该坐着,等我来伺候你。"

她哈哈大笑,他看见她的牙齿——它们看上去多么小巧精致,细密地排列着,就像小孩子的牙齿。

"好吧,但我想站着。"她说道。

他瞥了恩妲莉一眼,皱着眉头说道:"我不知道你会说皮钦语。"然后他笑了。

她滴溜溜地转动着眼珠子,哼了一声,这是伟大的母亲们相传下来的娇态。

他端来两瓶芬达,将其中一瓶递给她。他仍然成箱地购买这种他们称之为芬达和可乐的饮料,因为他的父亲以前会买来给客人喝,虽然并没有多少客人来看他。他把几瓶放在冰箱里,空瓶放回箱子。

他指着那张配了四把椅子的饭桌。一根烧了一半的蜡烛稳在布恩维塔牌麦乳精罐头的盖子上,因为熔蜡流淌而改变了形状,蜡还从罐子上流下来,在底部汇成一摊,看上去就像一棵老树虬结的树根。他把烛台推到桌子靠墙的边上,从旁边拉出一把椅子让恩妲莉坐下。他看见恩妲莉在看着墙壁上的日历,日历上有一幅白人的阿鲁斯——耶苏基度[1]的画像,头上戴着荆棘之冠。在耶苏抬起的手指旁边有一行字,她的嘴唇念念有词,但没有发出声音。当恩妲莉坐下来时,他打开饮料,正要把开瓶器放回去时,恩妲莉抓住了他的手。

伊安格-伊安格,即使经过了这么多年,我仍然无法理解那一幕所发生的事情的全部含义。似乎通过某种神秘的方式,恩妲莉能读到他的心声,其实那些全都显现在他的脸上。在某种魔力的作用下,恩妲莉知道他一直挂在脸上的那个微笑其实是他的身体在竭力控制火山般猛烈的毫不妥协的庄严欲望。他们全情投入地美妙地做爱,以罕见的精力持续了几乎一个小时。一种难以置信与宽慰轻松夹杂在一起的奇妙感觉驱使着他,至于恩妲莉是被什么感觉驱使,我无法描述。楚库,您知道,您派遣我凭附于人类身上许多回,与他们共同生活,与他们成为一体。您知道,我见过许多赤身裸体的人类。但他们的交媾是如此激烈,令我感到心惊。或许是因为这是

---

[1] 耶苏基度(Jisos Kraist),原文是耶稣基督(Jesus Christ)的错误拼写,故译者将中文做了些许改动。

他们的第一次,两人都察觉得出——而他真的在这么想——两人之间有一种难以形容的深刻情愫。事实上,我想起了她的魑说过的话:"我的宿主在她的心龛里竖起了一尊塑像。"那一定是到做爱结束,两人大汗淋漓,看见恩妲莉的眼里噙着泪水时,他躺在恩妲莉身旁,嘴里念念有词的原因——虽然只有他、恩妲莉和我能听见,但它就像惊雷般响彻人界及其域外,在人类与精灵、生者与死者的耳边回响,从那一刻直至永恒:"我终于找到了!我终于找到了!我终于找到了!"

第五章
**卑微者之歌**

噶嘎纳奥格乌，恋人们的日常生活总是以分享共同之处作为开始，因此，到后来，每一天变得与之前那一天没什么分别。无论聚散离合，恋人们总会将彼此的话铭记在心；他们说说笑笑；他们云雨交合；他们争辩不休；他们一起吃饭；他们一起照料家禽；他们看电视，一同憧憬未来。就这样，光阴飞逝，记忆累积，直到两人的结合成为他们对彼此说过的所有言语、他们的笑声、他们的欢爱、他们的争吵、他们的进餐、他们喂养家禽和所有一起做过的事情的总和。当他们不在一起时，夜晚变得不堪忍受。他们为太阳被遮蔽而感到绝望，焦急地等候着夜晚赶紧过去，这张天幕将他们与挚爱的人分开。

到了第三个月，我的宿主意识到他最珍惜的时刻，是恩姐莉与他一起照料家禽。虽然关于饲养家禽的许多事情——像鸡棚的味道、家禽们到处拉屎的行为、将它们宰杀后把肉卖给餐馆——仍然令她觉得讨厌，但她还是蛮喜欢养家禽的。尽管她毫无怨言地和我的宿主一起工作，但他一直担心她对这份工作的观感。他总是回想起在埃努古的家禽市场见过的那个大学理科讲师，他曾愤怒地抱怨卖家禽的小贩们抓住它们的翅膀这个习惯，说这是麻木不仁的残忍之举。虽然恩妲莉本人正在接受药剂师的培训，在给他看的照片里穿着实验袍，但她并不是那么多愁善感的人。她轻松地拔掉家禽长得过于茂盛的羽毛。清晨她到他家里或过夜时会顺手拾起鸡蛋。除了养家禽之外，她甚至还照料起他和他的屋子。她的手探进了他生命中的阴暗隐秘之处，触摸了里面的所有东西。到后来，她成为他的灵魂里眼噙泪水苦盼多年的向往。

那三个月里，他在桥上偶遇的这个女人改变了他的生命，而我为了她，今晚冒昧前来做证。一天下午，恩妲莉没有事先说一声就过来了，还带来了一台十四英寸的电视机和一个熨斗。几个星期前，她曾戏谑地说在她认识的人里就只有他不看电视。他没有告诉恩妲莉其实他曾经有过一台电视机，是从父母那里继承的，只是前不久，在两人重逢的几个星期前，因为气恼莫图不见踪影，他把电视机砸了个稀巴烂。后来，他意识到自己做了什么，把电视机拿去找附近的电器修理匠。摆弄了一番之后，那个修理匠的头摇成了拨浪鼓，对他说他应该买一台新的。更换损坏零件的价格抵得上一台新电视了。他决定将那台破电视留给修理匠，后者的小铺开在繁忙的高速路边，摆成金字塔形状的损坏程度不一的电器包围着他。

除了搬新电器过来之外，恩妲莉甚至把房子弄得干干净净。她经常给洗手间拖地，当一场大雨过后青蛙从排水沟里跳进来时，她找了一个水管工，用格栅将管口封好。她将洗手间墙壁的白色瓷砖擦得干干净净，而他已经有好多个月没有清洁过了。她给他买了新毛巾，不是把它们吊在门上——因为上面一定尽是灰尘！——也不是晾在门背的弯曲钉子上——因为钉子长出了锈斑，把毛巾弄脏了——而是挂在一个塑料挂架上。随着时间流逝，似乎每天恩妲莉都在为他的生活带来改善，就连埃洛楚库，现在我的宿主不怎么理会他，也总是说他的生活发生了巨大的改变。

虽然我的宿主对这些事情怀着感恩之情，直到三个月后，当恩妲莉陪她的父母去英国——白人的土地旅行时，他才做出深刻的思考。这是因为人们只有与事物保持一定距离时，才能清楚地看待它们。一个人或许会因另一个人的冒犯而对其怀恨在心，随着时过境迁，他会开始关心那个人。这就是为什么睿智的祖先们说隔着一段距离听乌嘟鼓会更加清晰。这种事情我见得多了。正是在恩妲莉离开时，我的宿主才更清楚地了解恩妲莉究竟为他做了什么。也是在这段时间里，恩妲莉对他说过的所有的话变得更加清晰可闻，他留意到了自己的生活中所有的改变，恩妲莉到来之前的过去与现在似乎是截然不同的两个时代。正是在这段单身的日子里，思索着这些事情时，他的心中产生了一个渴求，带着巨大的诱惑力，他想和恩妲莉结婚。他站起身，大声嚷道："恩妲莉，我要和你结婚！"

伊安格-伊安格，我无法形容那天晚上我在宿主身上见到的喜悦。没有任何诗歌、没有任何语言能够完整地形容它。早在他的叔叔来看望他并劝他讨一个妻子之前，我就已经知道他在寻找这么一个女人——自从他的母亲死去的那天起。我，身为他的魈，会全力支持他。我见过这个女人，认同她对我的宿主的照顾，甚至听过她的魈证实她真的爱他。我坚信一个妻子会恢复他自从母亲去世后就失去的宁和心情，因为最睿智的祖先们说当一个男人建造了房屋和农场，就连精灵们也会期盼他娶妻。

他做出决定两天后，恩妲莉回到了尼日利亚。她陪家人回到阿布贾后就打电话给他，但说话时很小声。在她说话时，他听见恩姐莉所在的房子里一扇门打开的声音，这时电话被挂断了。她致电时，他正在拾鸡蛋和更换主鸡棚地板上的锯末。那天晚些时候，她抵达乌穆阿希亚，同样的事情又发生了。这一次，他刚在供应鸡蛋和鸡肉的餐馆里吃完饭，他时不时会去那里用餐。他们刚开始聊，这时响起开门的声音，她立刻挂断了电话。

我的宿主放下电话，在喝瓜子汤配邦加鱼用来装鱼骨的塑料碗里洗了手。他向餐馆老板的女儿付了钱，这个姑娘总是戴着一条折成鸟尾形状的围巾，让他想起莫图。他从一个塑料小瓶里取了一根牙签，走进日头里。他朝一个小贩招手，那人正扛着装在密封小包里的水大声叫卖："买纯净水哟，买纯净水喂！"阿古吉埃格贝，这种买水卖水的行为总是令我感到惊奇。祖先们根本无法想象，即使在干旱时节，水——大地女神本人最丰沛的馈赠——竟然会被拿来卖，就像猎人在贩卖刺猬！他买了一包纯净水，将十奈拉的找钱塞进口袋里，这时他的电话又响了。他拿出电话，想翻盖接听来电，却又把它放了回去。他吐掉牙签，咬开水袋，把袋里的水一饮而尽，然后将袋子扔进旁边的灌木丛里。

我的宿主生气了。但在这种情况下，愤怒总是会变成一只生下一窝窝猫崽的母猫，它已经在他的心里诞下了嫉妒与怀疑这两只猫崽。因为在走回小货车那里时，他一直纳闷为什么自己会倾心于一个似乎并不在乎他的女人。我在他的脑海里闪念，告诉他根本没必要生她的气，我建议他再等一等，听她解释，了解全部内情。

他并没有回应我的建议，只是上了小货车，沿着本代路驶过那根上面写着这座城镇名字的大柱子，仍然气冲冲的。他来到一处简陋的十字路口，在那里，一辆三轮车硬是加塞挤进了他的小货车与另一辆汽车之间，幸亏他及时踩了刹车，否则就会撞上。我的宿主把车子停在路肩上时,那辆小三轮车的司机在咒骂他。

"魔鬼!"他冲那个人吼道,"你们就是这么死掉的。你开的只是普通的三轮嘟嘟车,可你就像在开一辆他妈的大卡车!"

在他破口大骂时,手机响了,但他没有接听。他开车驶过天主之母大教堂——他已经很久没去了,抄近路穿过一条小巷,来到他的农场。他熄了引擎,拿起手机,拨打了她的号码。

"你在干什么?"手机里她大声说道,"怎么了?"

"我不……"他对着手机气喘吁吁地说道,"我不想在电话里和你说话。"

"不,你必须说。我对你做了什么?"

他擦掉额头上的汗水,摇下车窗。

"我很生气,你又那么对我。"

"我又怎么对你了,喂,侬索?"

"我让你感到难为情。别人走进房间时,你就挂断电话。"他能察觉到自己的嗓门在升高,开始变得高亢激烈,恩妲莉总是抱怨那声音很难听,但他没办法克制自己,"告诉我,嗯,你挂断电话时,开门那个人是谁?"

"侬索——"

"回答我。"

"好的,那是我妈。"

"嗯——嗯,你明白了吧?你不肯接受我吗?你不想让家里人知道有我这个人。你不想让他们知道我是你男朋友。你明白了吧,在你的家人面前,你不肯接受我,恩妲莉。"

恩妲莉想说话,但他一直说个不停,迫使她保持沉默。现在他等着恩妲莉再开口,心里更加忧虑,不只是因为他的语气所暴露的情绪,而且因为刚才他直呼了恩妲莉的名字,只有在生气时他才会这么做。

"你还在吗?"他问道。

"在。"隔了一会儿她才应话。

"那就说话啊。"

"你在哪儿?"她问道。

"我家。"

"那好,我现在过去。"

他把手机放回口袋,心里暗暗感到高兴。显然,原本恩姐莉打算几天后才来见他,但他希望她尽量早点来。因为他想念恩姐莉,这是他之所以生气的一部分原因。他生气的另一部分原因是恩姐莉离开时他心中萌发的焦虑,而在他打定主意要和恩姐莉结婚之后,焦虑变得越发挥之不去。就像经常发生在他和大部分人类身上的情形一样,一个可疑的想法在他的脑海中形成,充满了诱惑力。一开始,人们相信这些想法,过了一段时间,他们的目光变得更加尖锐透彻,因此他们开始察觉出自己的计划有种种缺陷。这就是为什么几个小时后,他意识到——似乎在这段时间里,这件事情一直被隐瞒着——自己既不是有钱人,长得也不是特别帅,而且只读到中学。相反,恩姐莉即将完成大学学业,将会成为医生(埃格布努,虽然恩姐莉对他说过许多遍,她会当药剂师,不是医生)。他需要恩姐莉过来,以某种方式再让他安心,相信他的想法是错的,他的地位并不比恩姐莉低,两人其实是平等的。而且恩姐莉爱他。虽然恩姐莉不知道,但她同意过来就已经令他感到心安。

他下了小货车,走进小农场里,在几排还在生长的西红柿之间停下脚步,观察另一边的玉米棒子的长势。一只兔子或许看到了他,窜了出来,飞快地几大步跳进玉米田里,尾巴摆来摆去。它跑上几步,然后停下来,抬头四处张望,然后又接着跑。他看见一件汗衫——

或许是被风从某处刮来的——挂在一株玉米上，把它压弯了。他拿起那件汗衫。上面沾着尘土，还有一只有网状花纹的黑色蜈蚣。他把那只蜈蚣掸掉，走到砖头围栏后面的垃圾堆将汗衫扔掉，这时候，恩妲莉来了。

\* \* \*

埃祖瓦，睿智谨慎的祖先们说，无论舞者站在哪个位置，笛声总会伴随他左右。那天晚上，我的宿主如愿以偿：恩妲莉来找他了。但他是通过抗议实现的，主导着吹笛者的曲调。因此，当他走进屋子时，恩妲莉站在里面，十指张开捂着疲惫的面容。当他走进屋子里时，恩妲莉转过身子，垂下眼睛，说道："我来不是想和你吵架，我只想平心静气地交谈，侬索。"

他担心恩妲莉说的话或许会让他专注地听上很久，便问恩妲莉可不可以先去喂鸡。他匆匆走进院子里，想尽快回到恩妲莉身边。他打开木头和格栅做的鸡棚的门。那群鸡蜂拥而出，兴奋地咯咯咯地叫唤。它们满怀希望地冲到番石榴树下，他在那儿铺开了麻袋，但还没有倒出饲料。它们开始啄食时，只扑了一场空，他走回屋子里，在大门的下面塞入楔子，这样就只有纱门关上。他舀起最后一大杯小米，将几乎空了的袋子系起来，放在厨房的一个橱柜里，免得那些鸡把袋子啄食掉。然后他回到院子里，将饲料倒在树脚的麻袋上。一群饥肠辘辘的鸡马上围住了麻袋。

回到客厅里时，恩妲莉坐下来了，正看着她从白人的国度带来的相机，她说那叫"拍立得相机"。她的手提包仍在身边，她的鞋子，她说那叫"高跟鞋"，仍穿在脚上，似乎她准备马上离开。埃格布努，虽然你总是能从一个人脸上的表情了解他的想法，但现在很难了解伟大母亲的女儿们在想什么。这是因为她们现在的打扮方式与母亲们不一样。她们不肯穿织染布料的衣服,不肯编织精致的发辫,也不肯戴珠链和贝串。现在一个女人会自己用一根画笔在脸上搽各种颜色的脂粉,心情难过的女人会在脸上搽满颜色,看上去竟然高高兴兴的。这就是那天恩妲莉的模样。

"告诉我,"我的宿主刚坐下她就问道,"你想见我的家人吗?"

他坐的是沙发最脆弱的部位,他的整个身体都陷了下去,几乎看不见恩妲莉的全身。虽然他就在恩妲莉的正前方。

他察觉得出恩妲莉的语气里带着愤怒,说道:"是的,如果我们打算结婚的话——"

"所以,你想和我结婚吗,侬索?"

"是的,姑娘。"

他在说话时,恩妲莉合上了眼睛,现在她睁开眼睛,眼圈看上去红红的。她在沙发上换了个姿势,双腿朝他伸过来。"你是认真的吗?"

他抬头看着恩妲莉:"是的。"

"那你会见到我的家人。如果你说你想和我结婚的话。"

埃格布努,说出这番话似乎令她觉得很痛苦。你不需要占卜者的眼睛就能看出有什么东西重重地压在她的心头,那件东西被隐藏在拉着窗帘的心房里,她不肯将其表露。我的宿主也看得出来,所以他把恩妲莉拉到大沙发上他的身边,问她为什么不愿意让他见家里人。听到他这么问,恩妲莉从他身边挣开,背过脸去。他看得出恩妲莉在害怕。虽然恩妲莉背对着他,他只能看见那对几乎垂到肩上的大得足以探过两根手指的耳环,但他察觉得到她的心情。因为恐惧是能笼罩住一个人原始赤裸的脸庞的感情之一,每当它表露出来时,任何一双看得见东西的眼睛都能认出来,无论那张脸庞带着多浓的妆容。

"为什么这件事情令你难过呢,姑娘?"

"我没有难过。"还没等他说完她就抢着回答。

"那为什么你在害怕?"

"因为那不会是好事。"

"为什么?为什么我连认识女朋友的家人都不行?"

恩妲莉的眼睛一眨不眨地盯着他的眼睛,然后她又背过脸去。"你会见到他们的。这件事我答应你。但我了解我的父母,还有我哥哥。我了解他们。"她又摇了摇头,"他们是骄傲的人。那不会是好事。但你会见到他们的。"

他被听到的话搞糊涂了,没有开口。他希望多了解一些内容,但他不是那种老是追问不休的人。

"我回到家就会告诉他们关于你的事情。"她以难以察觉的不自在的小动作轻轻地用脚打着拍子,"今晚,我就会告诉他们,就今晚。然后我们看什么时候可以带你到我家。"

说完这番话之后,她似乎如释重负,在沙发上偎依在他身旁,长长地舒了口气。但她的话仍然在他的脑海里萦绕。因为她刚才说的那番话产生了强烈的影响——"那不会是好事。""所以,你想和我结婚吗?""你会见到他们的。这件事我答应你。""然后我们看什么时候可以带你到我家。"——这些话都不容易摒出脑海。它们需要时间慢慢消化。他正在琢磨时,后院传来一声异响,吓了他一跳。

他一跃而起,一眨眼工夫就跑到厨房。他从窗台上抄起弹弓,打开纱门,但已经太迟了。等他来到院子里时,那只老鹰已经迎着上升的热流风猛烈地扑扇着翅膀,它的利爪正抓着一只黄白色的小鸡。它飞起来时,翅膀碰到了晾衣绳,令绳子摇晃起来,他挂在上面的两件衣服掉到地上。他朝那只老鹰射出一块石头,但根本没有打中。他往弹弓里又装了一块石头,但他知道这并没有用。那只老鹰已经飞入了无法触及的风中,开始腾飞而起,它的眼睛不再俯视下面,而是直视前方,望着广阔无垠的没有颜色的天空。

楚库,那只老鹰——它是一只危险的猛禽,像豹子一样有致命的杀伤力。它只想吃肉,一辈子都在寻觅肉食。它是天空的鸟儿中默不作声的神秘客。它是翱翔的神明,生来便有狂暴的翅膀和无情的利爪。祖先们仔细研究过它和它的近亲鹞子,创造格言诠释它的本性,其中一句恰如其分地诠释了刚刚发生在我的宿主饲养的鸡身上的事情:"每次出击之前,老鹰会对母鸡说:'把你的雏鸡护在怀里,因为我的利爪饱浸鲜血。'"

我的宿主眺望着那只飞走的老鹰,愤怒万分,这时候恩姐莉打开纱门,走进后院。

"出什么事了?为什么你那么快跑出去?"

"一只老鹰。"他没有回头看恩姐莉,指着远方,但刺眼的日头晒得他眯起了眼睛。他手搭凉棚遮住眼睛,死死地盯着那只老鹰飞走的方向。但刚才袭击的情景依然清晰地印在脑海里,依然那么生动,他很难相信事情已经结束了。现在他什么也做不了,没办法救下自己养的鸡,不让它被撕碎吞食。他含辛茹苦亲手喂养的鸡——其中一只又被夺走了,连反抗的机会都没有。

他转身看着剩下的鸡——除了那只小鸡被叼走的母鸡之外——畏缩地躲在安全的鸡棚里。那只丧子的母鸡到处乱走,步态略带踉跄,咕咕咕地叫唤着,他知道那是表达悲愤之情的鸟语。他没有说话,只是指着空荡荡的天空中的方向。

"我什么也看不见。"恩姐莉手搭凉棚张望,又转身对着他,"它偷了一只鸡,是吗?"

他点了点头。

"噢,我的天哪!"

他的目光转到刚才的袭击留下的痕迹:斑斑血迹和几片鸡毛。

"它抢走了多少只鸡?它怎么——"

"一只。"他说道,然后提醒自己正在和一个不想以伊博语交流的人说话。他补充了一句:"一只而已。"

他把弹弓摆放在长凳上,跟在那只正在后院里走动和哀啼的母鸡身后。他想把那只母鸡逮住,可第一次出手被它躲过了。接着他猛扑向前,伸出双手,抓住它最靠近左肩的翅膀部位,将它堵在篱笆上。然后他拎起母鸡的腿,温柔地抚摸着它的鸡爪。母鸡变得安静下来,竖起了尾巴。

"事情怎么发生的?"恩姐莉一边捡起掉落的衣服一边问。

"它刚刚来过——"他抚摸着母鸡的耳垂,停了一下,"它刚刚飞落它们头上,将这只母鸡艾姐的雏鸡抓走了。她刚刚孵的雏鸡。"

他把母鸡艾姐放回鸡笼里,缓缓地把门关上。

"我很抱歉,亲爱的。"

他拍了拍手,将手上的灰尘拍掉,然后走进房子里。

他先去了厕所洗手,然后回到客厅里,这时恩姐莉问道:"这种事情一直发生吗?"

"不,不,噢,不是一直发生。"

他本想只回答这么多,但是,楚库,我敦促他将藏在心里的话都说出来。我了解他。我知道治愈一个受挫折的男人的方式之一就是他从前获得胜利的故事。它抚慰了由失败造成的伤痛,让他有可能在未来获得胜利。因此,我在他的脑海里闪念,让他想起老鹰并不总是来这里肆虐。我建议他告诉恩姐莉这种事情并不是经常发生。稀罕的是,他竟然听从了我的建议。

"不，这种事情并不是每一次都会发生。"他说道，"这种事情不能总是发生。绝不可以！"

"噢。"她应了一声。

"我不允许这种事情发生。事实上，不久前，有一只老鹰想袭击我的家禽。"他说道，为自己突然说起了蹩脚的白人语言感到吃惊。但他就用这门语言向恩妲莉讲述了他不久前的胜利，而她专注地倾听着。他开始讲述，不久前他把家禽放出来，几乎所有的家禽，除了一个笼子里的几只肉鸡之外，然后进厨房给水槽里的芋头削皮，时不时朝外面张望，这时他发现有一只老鹰正在家禽头顶的天空中盘旋。他打开百叶窗，抄起弹弓，从窗台拿起一块石头。他将石头上的红蚂蚁吹走，然后打开其中一扇百叶窗，让自己的双手能有足够的空间施展，然后转动手把，让百叶窗的叶片彼此间呈笔直平行的层叠。然后他等候着那只老鹰发动袭击。

他对恩妲莉说，老鹰或许是鸟类中最警惕的，能接连几个小时不断盘旋，紧盯着目标，让自己的出击尽可能精准——只要一击而中，那就足够了。他知道这一点，因此也在耐心等候。他的眼睛一秒钟也没有离开那只盘旋的老鹰。这就是他能在老鹰悍然扑落院子里，抓起一只小公鸡，试图乘风遁去的那一瞬间打中它的原因。精确制导的石头将这只掠食者撞到篱笆上，迫使它丢下那只小公鸡。那只老鹰重重地从篱笆上滑落。它挣扎起身，它的脑袋暂时消失在张开的翅膀里。它摔得头晕眼花。

当那只老鹰试着站起身时，他冲进院子，然后将它卡在墙上，不去理会它剧烈扇动的翅膀和凄厉的叫声。他拖着鹰翅，将它拽到农场尽头垃圾桶旁边那棵腰果树下。他强调说，他无法形容自己心中的愤怒。他怀着熊熊怒火绑住那只老鹰的翅膀，它的脑袋流下的鲜血浸透了结实的麻绳。他把那只老鹰绑在树上时，训斥着它和它的所有同类——所有那些偷走他与同胞们以汗水、时间和金钱培育出的成果的畜生。他走进屋子里，拿着几根钉子回来，汗水从他的脊背和脖子上淌落。他走回院里时，那只老鹰愤怒地怪叫着，声音刺耳难听。他从树后拾起一块大石头，将那只老鹰的脖子抬起靠在树干上。然后他用那块石头将钉子敲进老鹰的脖子，直到钉子从另一边贯穿而出，溅出木屑，令那棵树的一层老皮剥落下来。现在他的手和石头都沾满了鹰血，他拉开一只翅膀，将翅膀也深深地钉入树干中。虽然他知道自己干了一件极其残忍而且罕见的事情，但他被怒火吞噬了，他决心贯彻自己的意志，因为这是那只老鹰应得的惩罚：钉十字架之刑。因此，他将死鹰长满羽毛的双脚并拢在一起，将它们钉在树上。行刑结束了。

现在，故事讲完了，他坐回椅子上，陷在自己所描述的情景里。虽然他一直看着恩妲莉，但似乎从他开始讲述故事之后这才第一次见到她。他知道刚才对恩妲莉讲述的事情是多么沉重，现在他害怕恩妲莉肯定会认为他是一个暴徒。他连忙抬头看恩妲莉，但他猜不透恩妲莉在想什么。

"我很惊讶，侬索。"她突然说道。

"因为什么？"他问道，心跳开始加速。

"那个故事。"

是吗？他在心里问道。那就是从现在开始恩妲莉对他的观感吗？一个无可救药的残暴的男人，对鸟行钉十字架之刑？"为什么？"他问道。

"我不知道。可是——事实上，我不知道。或许是你向我讲述的方式。可是——我只知道这是一个非常非常爱他的家禽的男人。"

埃布贝迪克，听到这番话，我的宿主的思绪围绕着它打转。爱，他在心里想。在这个时候，在他刚刚坦白承认自己干得出如此残忍疯狂的举动之后，恩妲莉心里想的怎么会是爱呢？

"你爱它们。"她又说了一遍，然后闭上了眼睛，"如果你不爱它们，就不会做出你刚刚在故事里向我讲述的那种行为。今天也是。你真的很爱它们，侬索。"

他点了点头，但不知道为什么这么做。

"我想，你真是一个好牧人。"

他抬头看着恩妲莉，问道："什么？"

"我说你是一个牧人。"

"那是什么？"

"就是养羊的人。你记得《圣经》吗？"

恩妲莉的话令他感到有点困惑，因为他并没有就那件事想太多，男人不会深刻思考自己每天都在做的、已经成为惯例的事情。他没有思考过自己已经被这个世界摧毁了。那些鸟既是他的心被摆在上面焚烧的壁炉——与此同时，它们又是木头燃烧殆尽之后残余的灰烬。他爱它们，虽然它们千姿百态，而他只是一个简单的个体。但和每一个去爱的人一样，他希望得到回报。因为他甚至不知道他那只独一无二的小鹅爱不爱他，他的爱到后来变成了畸形的事物——他或我，他的魑，都无法理解的事物。

"但我养的是家禽，不是羊。"他说道。

"那并不重要，你养的是鸟也一样。"

他摇了摇头。

"千真万确，"她说道，现在挨着他近了些，"你是鸟儿们的牧人，你爱着你的家禽。你照顾他们，就像耶稣照顾他的羊，都怀着深深的爱。"

虽然恩妲莉的话让他疑惑不解，但他说道："大概是吧，姑娘。"

阿格巴塔-阿鲁玛鲁，那天恩妲莉说过的话令我的宿主感到困惑，即使他们做了爱，吃了米饭和炖菜，又做了爱之后，恩妲莉进入梦乡，他坐在床上，倾听着农场和谷仓里蟋蟀的鸣叫时，仍令他感到费解。他的思绪一直横亘在恩妲莉说过的关于她的家人的那番隐晦的话上，似乎陷在了那里，就像一只被粘鸟胶粘住的鸟儿。他直勾勾地盯着对面的墙壁，但没有看着任何东西，这时恩妲莉的声音吓了他一跳。

"你怎么还不睡，侬索？"

他转过脸对着她，躺倒在床上。

"我这就睡，姑娘。你怎么醒了？"

她转过身，在漆黑中，他看见了她乳房的轮廓。

"嗯，我不知道，我就那样子醒过来了。我以前也睡得不踏实，噢，"她的声音还是那么微弱，"嗯哼，侬索，我一整天都在想：那只老鹰叼走了小鸡后，其他的鸡发出的声音是怎么回事？好像它们全都聚集——呃，在一起。"她轻咳一声，他听见她的喉咙里有痰音，"好像它们全都在说着同样的事情，发出同样的声音。"他刚要开口，但恩妲莉继续说道："真是奇怪。你注意到了吗，亲爱的？"

"是的，姑娘。"他说道。

"告诉我，那是什么？那是哭声吗？它们在哭吗？"

他长长地吸了口气。谈论这种情况对他来说是很艰难的事情，因为它总是令他心有感触。因为那是他珍视家禽的其中一个原因——它们是那么脆弱，它们得仰仗他的保护、喂养和一切照顾。在这一点上，它们与野生的鸟不一样。

"是真的，姑娘，那是哭声。"他说道。

"真的吗？"

"千真万确，姑娘。"

"噢，天哪，侬索！怪不得！因为那只小鸡——"

"就是那样。"

"为了被老鹰叼走的那只?"

"就是那样,姑娘。"

"那真是太令人伤心了,侬索。"她沉默了一会儿,然后说道,"但你怎么知道它们在哭呢?"

"是我的父亲告诉我的。他总说那就像一首为逝者而唱的哀歌。他称之为'埃格乌戌穆-奥比雷-伊赫'。你明白吗?我不知道'戌穆-奥比雷-伊赫'用英语怎么说。"

"小人物,"她说道,"不,卑微者。"

"是的,是的,就是这个意思。我父亲的说法翻译过来就是这个意思。他用英语表述时就是这么说的:卑微者。他总是说,那就像它们的'叫响曲'。"

"是'交响曲',"她说道,"交——响——曲。"

"对,他就是这么说的,姑娘。他总是说那些鸡知道那就是它们所能做的一切:呜咕咕呜咕咕地哭泣着!呜咕咕呜咕咕!"

晚些时候,在恩妲莉重返梦乡之后,他躺在恩妲莉身边,思索着那只老鹰发动袭击和恩妲莉对家禽的观察。然后,随着夜色渐浓,他的思绪回到了恩妲莉说过的关于她的家人的事情上,恐惧又悄然潜入,这一次,戴着邪灵的面具。


伊安格-伊安格,长者们说过:"墙上若是没有洞,蜥蜴就进不了屋。"即使一个人陷入烦恼,但只要没有崩溃,他就能挺过来。虽然我的宿主的宁静被搅乱了,但他仍然正正经经地做事。他送了二十九个鸡蛋给街那头的餐馆,开车到埃努古卖了七只鸡,又买了几只棕母鸡和六包饲料。他只买了一包麦麸,遇到一个男人在吹奏乌扎——吹给精灵听的笛子。那个吹笛者跟在另一个男人身后,后者的躯干上用白垩、靛蓝染料和紫檀木屑画满了图案,牙齿之间咬着一片棕榈树的嫩叶。在那两个男人身后是一出傩舞。一群人聚在一起,那个傩者戴着一个长角的面具,上面开了一道口子,那是一个长着丹凤眼的长者,正伴随着古老的笛乐和双锣的节奏起舞。如您所知,埃格布努,当一个人遇到祖先的精灵——某位或某几位祖先的肉身显灵——你无法抵挡它的吸引力。噶嘎纳奥格乌,我无法克制自己!因为我曾在伟大祖先们的时代生活过,那时候傩舞是常见的情景。我无法抵挡倾听乌扎吹奏的神秘乐曲的诱惑,那支笛子是在世最出色的匠人制作的。我从宿主身上出来,飞进一群疯疯癫癫的千姿百态的精灵当中,它们聚集在这一带,发出震耳欲聋的响声,它们的脚踩着埃津穆奥的柔软地面。更令我吃惊的是我在熙熙攘攘的市场另一头的上空见到的情景。一群小小的人形精灵——早已夭折或被流产或被杀掉的孪生婴儿——正站在将近四百米高的空中玩耍,那里是灵体飞升和鸟儿飞翔的神秘通道。这群精灵被一股人类(除了巫医和天才之外)无法理解的力量托在人群上方,看上去就好像在地上一样。它们在跺脚,跳跃,打着响指,玩着"感谢阿拉"的古老游戏。它们的笑声高亢热烈,伴随着人间早已失传的空灵绵长的古老语言。楚库,虽然我以前目睹过像这样的情景,但我再一次被那一幕惊呆了:虽然有几十个儿童模样的精灵在玩耍,但在它们下方,市场仍井然有序,丝毫没有受到干扰。市场里继续充斥着妇女们讨价还价、人们开车来来往往的声音,一出傩舞伴随着在那个地方回荡的乌扎和木鼓的乐声正在进行。没有人察觉到头顶上有什么,而上面的精灵也没有理会下面的凡人。

我刚才被嬉戏的精灵深深地吸引住,回到宿主身上时,傩舞者及随行人员已经走了。因为在精灵的国度里,对于人类来说一段漫长的时间，只相当于打了个响指。这就是当我回到他身上时，他已经开着小货车驶回乌穆阿希亚的原因。由于这个插曲，我未能目睹我的宿主在市场所做的一切，奥巴司迪内鲁，对于这件事，我祈求得到您的原谅。

离乌穆阿希亚还有一小段距离，我的宿主收到恩妲莉发来的一则消息，说她那天晚上只会待一小会儿，因为她得准备第二天的考试。那天晚上恩妲莉来了，穿着她那件实验袍，他正在看《百万富翁》，恩妲莉喜欢看这个电视节目，还介绍他也看。

她脱下实验袍，露出一件绿色衬衣和一条牛仔裤，让她看上去像一个青春未艾的少女。

"我刚从实验室那里过来。"她说道，"请把电视机关掉吧，我们得谈谈明天去我家的事情。"

"电视机？"他问道。

"是的，关掉！"

"噢？别发脾气，姑娘。"

他慢慢地起身准备去关电视，但听到表示气氛紧张的异响，他停下脚步，站在那儿又看起了节目。

"我们还是到后院去吧，这里很闷热。"恩妲莉说道。

他跟着恩妲莉去了后院，空气中弥漫着浓郁的家禽的味道。他们坐在长凳上，恩妲莉正要开口，这时她看见一根长长的黑羽粘在墙上，似乎被胶水粘住了。"看哪，侬索！"她说道，他也看见了。他从墙上捡起那根羽毛，闻了一下。

"是那只笨鹰的。"他摇了摇头说道。

"啊，它怎么会粘在上面？"

"我不知道。"他拗断了那根羽毛，扔到篱笆的对面，想起昨天的事情，气不打一处来。

恩妲莉长长地吸了口气，强迫自己继续，她说话时似乎每一个字都得反复斟酌，每一个字都煞费苦心地思量过。

"奇侬索·所罗门·奥利萨，你是一个好人，是上帝派给我的使者。看着我，我经历过地狱。你在最为不堪的地方遇到了我。你在桥上遇到了我。当时我在那座桥上，是因为——因为什么呢？——因为我厌倦了被虐待。因为我厌倦了遭受玩弄和欺骗。可是，上帝啊！他在那个特定的时刻派你走进我的生命。现在，看着我。"她摊开双手让他看着，"看着我，看看我的改变。如果以前有人告诉我，或告诉我的母亲她的女儿会在养鸡场工作，触摸农场的家禽，谁会相信呢？没有人会相信。侬索，你甚至不知道我是什么人，或我的出身。"

恩妲莉似乎在微笑，但他看得出那并不是微笑。那是她的脸庞在努力帮她掩盖心中满溢的难过的情感。

"因此，我在说什么呢？为什么我会说这些？我想说的是我的家人——我的父母，甚至我的哥哥——或许不会接受你。我知道那很难理解，侬索，可是，你要知道，我父亲是一位酋长，奥尼恩泽。他们会说我不应该找一个农民。就是这样，他们会这么说……"

埃格布努，我的宿主听着恩妲莉反反复复地说着同样的内容，试图抵消它的影响。恩妲莉的话震撼了他，因为他一直在害怕这些事情。他察觉到了种种迹象。那天在芬巴尔街的钟表店他就看出来了。当时恩妲莉对他说她在国外出生："在英国。"她的父母和她的哥哥在那里上学，只有她决定在尼日利亚接受教育。"可是，"她补充道，"我会到国外攻读硕士学位。"他记起了还有一回，他们冒着暴风雨开车经过老城，这时恩妲莉问他是否上过大学。这个问题令他猝不及防，他的心脏开始剧烈跳动。"没有。"他回答，似乎舌头打了个结。但恩妲莉只是说："噢，我知道了。"他记起然后恩妲莉指着阿吉伊·伊龙西[1]片区马路那边一排排鳞次栉比的高层建筑,有一根高高的新式太阳能街灯从其中一座建筑上方竖起,说道:"我们就住在那边的楼房里。"

"我不是想让你害怕。"她立刻说道,"没有人能决定我要和谁结婚。这件事情我自己做主。我不再是小孩子了。"

他点了点头。

"亲爱的,你明白吗?"她歪着头问道,她脸上的表情似笑非笑,似哭非哭。

"我明白,姑娘。"他很惊讶恩妲莉突然转用祖先们的语言,他仍以白人的语言回答。虽然他曾听见恩妲莉在电话里用这门语言与父母交流,但她几乎不和他说。她说她不喜欢说这门语言,除了和她的父母之外,因为她在国外生活了好几年,觉得自己说得不流利。

"谢谢。"恩妲莉说道,亲了亲他的脸颊。她站起身,走进厨房里。

之后,两人吃饭时,她问道:"侬索,你真的爱我吗?"他正要回答,这时恩妲莉说道:"那一定就是你想和我结婚的原因吧?"他喃喃地说了些什么,但没有再说下去,因为恩妲莉立刻补充道:"一定是的,因为你爱我。"

他等了一会儿才说道:"是的。"他以为恩妲莉会再说些什么,但她走进厨房洗碗,提着那盏单焰煤油灯走进屋子里。他想过打开那盏充电式电灯,但他仍坐着不动,思索着她所说的一切,这时候她回到客厅里。

"侬索,我再问你一遍,你爱我吗?"

在几乎漆黑一片中,虽然看不见恩妲莉,但他知道恩妲莉在等

---

[1] 约翰逊·阿吉伊-伊龙西(Johnson Aguiyi-Ironsi, 1924—1966),尼日利亚伊博族军人,于1966年1月16日发动军事政变,同年7月在兵变中遇刺身亡。阿吉伊-伊龙西是尼日利亚第一位军事政权首脑,开启了自1966年至1999年长达三十余年的军人执政局面。

候他的回答时,合上了眼睛。每当她期盼得到一个问题的答案时,她总是会合上眼睛,似乎害怕他的回答或许会伤害她。然后,在他说完之后,恩妲莉会试着慢慢领会他刚刚所说的内容。

"你说是的,侬索,但那是真心话吗?"

"是的,姑娘。"

她提着灯回到房间里,把它搁在身边的凳子上,把灯焰调低,这样一来,他们被刚刚入暮的黑暗勾勒出的影子膨胀起来。

"所以,你真的爱我?"

"千真万确,姑娘。"

"奇侬索,你总是说你爱我。但你得真的去爱一个人,才能和她结婚,你知道吗?你知道爱的含义吗?"他正要开口,"不,你先告诉我,你知道爱是什么吗?"

"我知道,姑娘。"

"真的吗?真的,那是真心话吗?"

"是的,姑娘。"

"那么,侬索,爱是什么?"

"我知道。我能感受到它的存在。"他说道。他张嘴想继续说下去,但只说了一声"哎",然后又陷入了沉默。因为他害怕自己不能正确回答。

"侬索,你在听吗?"

"是的,我感觉到了爱,但我不能撒谎,说我知道关于爱的一切,所有的一切。"

"不,不,侬索。你说你爱我,所以你一定知道爱是什么。你一定知道那是什么。"她嗟叹一声,"你一定知道,侬索。"

噶嘎纳奥格乌,这番话令我的宿主感到苦恼。虽然我和每一个善良的魍一样,总是允许我的宿主运用我在天赋之厅里为他挑选的天赋，尽可能不去干预他的决定，这一次我想进行干预。但他诉诸的手段阻止了我：沉默这个有效的方式。因为我了解到，当人类的宁和心境受到威胁时，他总是先以没有恶意的沉默做出回应，似乎遭受了令他萎靡不振的打击，必须让那股力量逐渐消散。待完全消散之后，他才喃喃地说道："好的。"

他靠在椅背上，记起恩妲莉曾经对他说过，她有个朋友，嘲笑一个对她表白说对她一见钟情的男人。当时他还纳闷为什么她和那个朋友莉蒂娅会觉得那十分可笑，还拿来当笑话讲。这让他想起当他对J小姐说他爱她时，她哈哈大笑的情形。当时他觉得惊讶，一如现在的感受。他抬头看着恩妲莉的轮廓，头一回想到他并没有好好地权衡思量结婚意味着什么。她将不得不搬进来和他住在这里。她得和他一起开着小货车给芬巴尔街的面包店送鸡蛋，给餐馆送鸡肉，还时不时供应活鸡。所有属于他的东西现在也将会属于恩妲莉——所有的一切。他清楚无误地听见自己说什么了吗？所有的一切！假如，迟早有一天，他把种子播进她的身体里，孩子将会出世——就连那个孩子也将属于他俩！她的财产，她的车，她的大学学历将令他沾光，她的家庭，她的心灵，所有属于她的东西，所有将会属于她的东西，也将会是他的。这就是婚姻的含义。

想到这个新的念头，他说道："其实我不明白。我能说的是——"

恩妲莉睁开眼睛之后一定说了"好吧"这两个字。"可你……"她刚一开口，却又陷入沉默。

"什么？什么？"他连忙追问，不让她把原本想说出来的话藏在心里，因为她老是这样：欲言又止，然后将想法藏在心里，等到以后才说出来，有时候永远不会再提。

"别担心。"她几乎就像在耳语，"下个星期天你到我家来。你会和我的家人见面。"

奥瑟布鲁瓦，您知道，魖是记忆的字体——会走会动的许多个轮回的积聚。每一件事、每一个细节就像一棵矗立在永恒的光明与黑暗中的树。但是，它并没有记住每一件事情，只有那些对宿主造成影响的值得记住的事件。我必须告诉您，我将会永远记住那天晚上我的宿主做出的决定。起初他等候着恩妲莉说出那番他害怕的话"那不会是好事"，但她没有开口。因此，他支支吾吾地说道："那好吧，姑娘。下个星期天，我会和你的家人见面。"

# 第六章
## "贵客"

奥巴司迪内鲁,您派遣我在大地上与人类一同生活,历经许多轮回,我见过许多的事情,我对人类的处世之道有睿智的洞察。但是,我无法完整地洞察人心。每个人似乎在两个国度之间摇摆,无法在二者中的任何一个立足。这真是一件怪事。譬如说,让我们想想恐惧与焦虑之间的重合。害怕的存在是因为焦虑的出现,而焦虑的存在是因为人类无法预知未来。如果一个人能够预知未来,那他就会更加平静。因为,如果这个人准备第二天外出,他或许会对同伴说:"要是我们明天去阿巴的话,我们会在路上遇到劫匪,这辆车和所有的财物都会被抢走。"听到这番话,另一个人就会说:"那我们明天还是别去阿巴了。"

或者想象有一个即将结婚的年轻女人。如果能预知未来,她会在婚礼前夜对她的父亲说:"父亲,我不想令整个部落失望和令我们的姓氏蒙羞,但我发现要是我嫁给这个男人,他每天都会打我,我的遭遇将连一只狗都不如。"你能想象这会令深深爱她的父亲多么害怕,如果他相信女儿见到的情景是真的?那个父亲会双手举过头顶,手指关节咔咔作响,高声喊道:"天理不容!哪个人设下这个诅咒,它一定会落空!你必须马上离开这个男人,我的女儿。他送来的聘礼在哪里?那头小山羊在哪里?那三个大芋头在哪里?那瓶杜松子酒和那箱矿石在哪里?马上把它们统统退回去!上帝绝不允许我的女儿嫁给这种男人!"但是,楚库,他们不会这么做,因为他们当中没有人能预知未来。因此,在毫不知情之下,那几个商人会在计划好的那天动身出发,结果遇到劫匪,财尽身亡。那个年轻女人会嫁给那个男人,被他虐待,遭遇连奴隶都不如。

这种事情我见得多了。

同样地,那个星期天,我的宿主开着小货车去恩姐莉家,不知道有什么事情在等候他。他没办法令那一天早点到来,也没办法阻止它的到来,他焦虑地等候着。时间不是一头活物,它不会听从恳求,也不是一个人,会为了什么事情而停留。那一天终究会到来,就像自太初以来的情形一样,一个人能做的就只有等待。在极度焦虑中等待很辛苦。虽然一个人在等待时或许会觉得平静,但那种平静带有欺骗性——它会让一个人以为浑浊的水是平静的。

那天之前,他已经有两天没有见到恩姐莉了,他渴望见到她。他走进恩姐莉住的街道,试着想象她的家人是什么样子、房子是什么样子。街道四周的电线杆比乌穆阿希亚其他大部分区域的电线杆要矮一些,它们彼此间似乎挨得很近,就像晾衣绳一样。有几只小麻雀在马路对面的继电器延伸出来的一根粗电缆上栖息,似乎它们约定好了待在那里。他突然想起了"牧人"这个词。它更高端大气一些吗——家禽的牧人?见面时,他将这么称呼自己吗?那会令情况变好,令见面进展顺利吗?

他到了,发现恩姐莉家华丽堂皇的房子耸立于马路的那头。就在奇妙际遇的指引下，他开进这条街被称为"片区"的僻静之处。这条马路铺得很平整，人行道两边是住宅楼。他寻找的房子是71号，坐落在片区的末端，马路至那儿而终。它的墙壁是黄色的，没有别的住宅那么高，但墙顶到处都布设了细密的铁丝网线圈。似乎是为了展示胆敢试图闯入房子的盗贼的下场，一个黑色的胶袋被扎在一道铁丝网的尖刺上。晨风一直刮着那个袋子，迫使它紧贴在线圈之上，被吹胀的袋身在风的压力下不断发出呼哧呼哧的声响。

奥瑟布鲁瓦，他不知道为什么自己会久久地看着那个袋子——它被卡在那里，无论多么努力挣扎，都无法让自己从中摆脱。这幕情景令他着迷。他在大门前面停下车，然后关掉引擎。他看着后视镜里的自己。昨天下午他顺利剪了头发。他看着镜子，整理好领带，它与身上穿的那件衬衣颜色相称。他用恩姐莉买给他的熨斗把领带熨过，那是一项奇怪的科技，用一个热东西的表面去压布料。他闻了闻西装的味道，不知道自己应不应该穿上。昨天他把西装洗了，吊在晾衣绳上晒干。他原本想过一会儿就收进来，但他睡着了。我一听到雨声就冲到院子里，但我什么也做不了。魉无法在宿主不省人事时去影响他。因此，我只能无助地看着雨水倾泻在他的衣服上，直到石棉屋顶擂鼓般的雨点声把他吵醒。我立刻在他的脑海里闪念，让他记起那件西装外套，他冲了出去，却发现那套西装已经湿透了。他把西装拿回屋子里，挂在客厅的椅子上。虽然穿上时它已经干了，但它有一股难闻的味道。他把西装脱下来，拿在手上，免得恩姐莉因为他不穿西装而担心。

再次启动引擎之前，他看着大门旁边的金属笼龛。上面是耶稣基度双臂平伸，托着一块木板。他正端详着这尊雕像，这时候，大门边上的小门打开了。一个男人从门里走出来，他身穿泛白的蓝色制服，头戴一顶黑色贝雷帽。他的裤子穿得不齐整——一条裤腿卷到膝盖处,另一条裤腿却在膝盖下面。

"先生,您有何贵干?"那个男人问道。

"我是恩姐莉的客人。"

"嗯,客人。"那个男人说道,微微皱着眉头。他打量着小货车,不去理会我的宿主那番笃定的回答。"先生,您在哪里认识小姐的?"那个男人说的是白人的语言。

"什么?"

"我问您怎么认识我家小姐的?"那个男人走到小货车旁边,双手扶着车顶,低头打量车上唯一的乘客。

"我是她的男朋友。我叫奇侬索。"

"好的,先生,"那个男人说道,从小货车旁边移开,"您就是他们等候的人?"

"是的,就是我。"

"啊,欢迎,先生。欢迎。"

那个男人连忙穿过小门,他听到金属与棍棒转动的咔嗒声。两扇大门的其中一扇嘎吱作响地打开。虽然他知道恩姐莉的父亲是一位拥有头衔的酋长,因此很有钱,但他没有想到他们竟然这么富有。他根本没想到会看见一座等身大小的威武狮子雕塑,一只脚悬在半空中,另一只脚踩着喷泉的底座。从它圆睁的眼睛和张开的嘴巴之间不断地喷出水柱,落进一个混凝土做的大碗中。隔了一会儿他才想起恩姐莉曾说过关于一尊雕像的事情,她的父亲去法国旅行时曾拍了一张照片,决心要在乌穆阿希亚的宅邸里建造一尊复制品。他仔细地回忆是否听说过关于一个篮球架的事情。她说过他们有几辆车呢?她说过他们的车子停放在顶棚镀锌的车库里吗?他不记得。他数着车:黑色吉普车——1辆,白色吉普车——2辆,一辆他不知道牌子的小汽车——3辆,恩姐莉的奥迪轿车——4辆、5辆、6辆,噢,还有一辆,被大轮胎挡住了——7辆!还有一辆,梅赛德斯-奔驰,他那辆小货车就停在旁边——8辆。他仔细地观察着,确定就是这么多。八辆汽车。

他下了车,这时他注意到那个看门人跟在身后,已经站在车旁等他下来。

"如果您有东西,我可以帮您搬进去,先生。"

他发现自己忘了把礼物带上。他停下脚步,转身冲回车子那里。虽然他把装着红酒的礼品袋落在了院子里的长凳上的情景就像一面旗帜般鲜明醒目地浮现在他的脑海中,但他还是像疯子一样搜寻着小货车的后排和前排。

埃格布努,我必须在这里说,在那一刻,我曾想提醒他,他忘了把礼物带上。我没有那么做,因为您曾指示:让男人承担男人的责任。魑的角色是处理更高层次的事务,那些重要的事务,能够对宿主造成意义重大深远的影响。而且它还得处理超自然的事务,而人类因其局限,无法去应付。现在回首由那次登门拜访而引发的诸般事端,这个疏漏让我感到十分懊悔。我开始后悔当初怎么没有提醒他。

"先生、先生,我希望没有问题吧?"那个看门人追问了几遍。

"没,没问题。"他的声音略微发颤。

他想过是否应该飞车赶回家,但他想起恩妲莉央求他千万不要迟到。那个词语就像火焰在他的脑海里闪现:准时。他记得恩妲莉说过:"我爸爸喜欢准时。"楚库,当他匆匆朝房子走去时,我松了口气。

埃切陶比埃斯克,他抵达时心中的自信,就像装在葫芦里的鸡蛋,到他与那一家人坐在桌旁的时候,已经被打破了。恩妲莉在门口迎接他,慌张地低声对他说他来晚了。"足足迟了十五分钟!"然后她伸手到他的背上，取下一样他没想到竟会在那里的东西：一根鸡毛。就连我也没有见到。她将那根白色的鸡毛在掌心里揉成一团，他几乎都快哭了，恩妲莉指引他到饭厅去。"没有了吧？"他问道。恩妲莉低声问他为什么他要把西装挂在手上，他把西装提到她面前，示意她闻一闻。

"老天爷啊！"她说道，"这件臭烘烘的衣服别穿了！把它给我。"她把西装拿过去折起来，然后递回给他，"一直把它拿在手上，听见了吗？"

客厅的堂皇气派令他自惭形秽。他做梦也没想到会有如此漂亮的灯饰。他不知道会有人在屋子里摆放圣母马利亚的雕像。还有大理石地板和天花板的设计，这一切都美得无法以言语表述。客厅里有水晶吊灯和壁炉架，还有我在从前的宿主雅加兹位于弗吉尼亚的家里见过的家具，那片残暴白人的土地。如果这座房子令他感到深深的震撼，无疑，拥有这座房子的人将会更强烈地摧毁他内心的平静。因此，当他看见恩妲莉的父亲时，这个男人在他眼中显得如此高大。那个男人光滑的皮肤上密布着红斑，令他想起了音乐家布莱特·奇美兹[1]。恩妲莉的母亲为他带来了些许安慰，因为她的长相和恩妲莉一模一样。但当她哥哥走下楼梯时，他只希望自己没有来过这里。她哥哥看上去像美国的黑人音乐家——脸颊边留着精心修剪过的鬓角，一直延伸到下颌，长着一张大嘴巴，双唇是粉红色的，周围是浓密的髭须与络腮胡。他打招呼说："下午好，我的兄弟。"但那个男人只是朝他笑了笑。

他们坐在饭桌旁，女仆们端来各式食物。每过一会儿，我的宿主就会留意到多了一样东西，令他的自信再次遭受打击，等到食物

---

[1] 布莱特·奇美兹（Bright Chimezie, 1960— ），尼日利亚音乐家，以歌词风趣并且针砭时事而成名。

全都端上来,他们开始用餐时,他已经被打垮了。别人向他提出第一个问题时,他艰难地组织语言,犹豫了好久,最后是恩妲莉替他回答的。

"侬索在经营一家养鸡场,规模足有这里这么大,全靠他一个人打理。"她说道,"他养了很多只鸡——家禽,还将它们供应到市场上。"

"对不起,阁下。"她的父亲又问一遍,似乎恩妲莉刚才没有说过话,"你说你做什么来着?"

他努力开口,他的声音开始结结巴巴,因为他真的很害怕,然后他闭嘴看着恩妲莉,她看到了他的眼神。

"爸爸——"

"问题让他自己回答。"她的父亲说道,转头对着女儿,并没有掩饰他的愤怒,"我问的人是他,不是你。他有嘴巴,不是吗?"

他为恩妲莉与父亲的冲突而担忧,便在饭桌下用腿碰了碰她的腿,想让她别说了,但她把腿挪到一边。在沉默中,他突然开口回答:

"我是一个农民,养鸡的农民。我有土地,我种了玉米、胡椒、西红柿和秋葵。"他抬头看着恩妲莉——因为他准备好了动用恩妲莉为他提供的工具——然后说道,"我是家禽的牧人,阁下。"

她的父亲看了妻子一眼,我的宿主觉得那是困惑的眼神,令他害怕自己是不是说错话了,这时候他的感觉就像一个男人被五花大绑,然后赤条条地带到村子中央广场公审,没有东西遮掩自己。他不由自主地转头看着恩妲莉的哥哥,对方的脸上是憋笑的表情。他顿时慌了。这是恩妲莉吩咐他的,怎么可能会出错呢?她曾说那个词更加动听,确实如此——至少在他听来是这样。

"我明白了。"她的父亲说道,"所以,阁下是家禽的牧人,你受过何种教育?"

"爸爸——"

"别说话，恩蒂，别说话！"她的父亲抬高了嗓门。他的脖子侧边露出一根青筋，像被殴打导致的肿胀。"你得让他回答，否则这次见面到此为止。你听见了吗？"

"是的，爸爸。"

"很好。那么，阁下，你会说伊博语吗？"

他点了点头。

"那我说伊博语好吗？"她的父亲说道，一片碎菜叶沾在他的下唇上。

"不需要，先生，说英语就好。"

"很好。"她父亲问，"你受过什么层次的教育呢？"

"我读完了中学，先生。"

她父亲一边用叉子叉起几块鸡肉，一边说道："也就是说，中等学历。"

"是的，先生。没错，先生。"

她父亲又看了妻子一眼。"阁下，我并非有意令你难堪，"这位父亲放低了刚才维持的高亢声调，"我们不想令别人难堪，我们是信奉基督教的家庭。"他指着饭厅一边镶着玻璃的书架上的隔板，上面有几幅耶稣基度与其门徒的画像。

我的宿主抬头看着隔板，点了点头，说道："是的，先生——"

"但我不得不提出这个问题。"——"好的，先生。"——"你是否想过，我的女儿很快将成为一名药剂师？"——"是的，先生。"——"你是否想过，她现在即将完成药剂学的学士学位，将会去英国攻读药剂学硕士学位？"——"是的，先生。"——"年轻人，你是否想过，作为一个没有受过高等教育的农民，你和她会有怎样的未来？"

"爸爸！"

"恩妲莉,闭嘴!"她的父亲说道,"安静!好吗?我说,安静!"

"恩蒂,这是怎么回事?"她的母亲说道,"让你爸爸说话,好吗?"

"我会让他说话,妈妈,但你听到他在说什么吗?"恩妲莉说道。

"嗯,但你闭嘴,听见了吗?"

恩妲莉叹了口气,说道:"我会的。"

当她的父亲又开口说话时,那番话就像连珠炮一般朝我的宿主袭来。

"年轻人,你是否彻彻底底地想过这件事情?"——"是的,先生。"——"深刻思考过你和她将会过着怎样的生活吗?"——"是的,先生。"——"你想过,我明白了。"——"是的,先生。"——"你认为与一个地位远在你之上的女人结婚是正确的决定吗?你想成为她的丈夫?"——"我知道,先生。"——"那么,你得离开了,再好好想想。想想你是否真的配得上我的女儿。"——"好的,先生。"——"我要对你说的话就这些。"

"是的,先生。"

她的父亲迟缓沉重地站起身,身躯靠在桌子上,然后离开了。片刻之后,她的母亲也摇了摇头,跟着走了,之后我的宿主回想起来才意识到那是对他的同情。她先把空盘子摞在一起,搬进了厨房。恩妲莉的哥哥一直没有说话,但我的宿主每次作答时他都会哈哈大笑,他的反感已经表露无遗,母亲刚走他就站起身。他站着逗留了一会儿,憋着笑从小盒子里拿了一根牙签。

"你也要走吗,楚卡?"恩妲莉带着哭腔问道。

"什么?"楚卡说道,"嗯,呵,不许在这儿叫我的名字,噢!不许和我说话,哪怕一个字也不行!难道是我叫你把一个穷鬼农民带到家里来吗?"他笑得全身都在颤抖,"你不许再提我的名字,好吗?噢。"

说完这番话，他朝父亲离开的方向走去，在一段楼梯上，他用牙齿叼住牙签，一边走一边吹起了口哨。

伊安格-伊安格，我的宿主坐在那儿，羞愧令他成了窝囊废。他的眼睛直勾勾地看着面前盘子里的食物，大部分他几乎没有碰过。他听见楼上传来说话声，恩妲莉的母亲以伟大祖先的语言对她丈夫说："噢，老公，你太为难那个年轻人了。你本来可以用不那么难听的方式把话说清楚的。"

他抬头看着恋人，她没有走，用右手揉着左手。他知道恩妲莉和自己一样痛苦。他想安慰恩妲莉，但他开不了口。因为当一个男人遭到羞辱时，他会陷入无法行动的麻木状态——似乎他被麻醉了。这种事情我见得多了。

他的目光落在一幅大油画上，上面画着一个男人登天而上，下面似乎是一个村庄，村民们举头眺望他远去的方向，朝他指指点点。因为有时候他会产生奇怪的念头，不知道为什么自己会认为这个正要升天的男人就是他本人。

他奋力站起身，拍了拍恩妲莉的肩膀，在她耳边轻声请求她不要再哭了。他温柔地想拉恩妲莉站起身，但恩妲莉挣扎着，她的泪水夹杂着口水，缓缓地滴落在她的裙子上。

"别管我，别管我。"她说道，"让我一个人静静。噢，这是什么样的家？什么样的家？"

"没事的，姑娘。"他说话时嘴唇并没有翕动，他觉得纳闷，这些话是如何说出口的。

他的双手抚摸着她的头，手指温柔地往下滑，落到她的脖子上。然后他俯身向前，低头寻找她的嘴巴，和她紧拥相吻。两人走出房子之前，他最后看了那幅油画一眼，察觉到了第一次看的时候没有留意的东西：画中下方的人们正在为这个升天的男人而欢呼。

楚库,我曾目睹耻辱能对一个男人造成何等影响。和经常发生的情况一样,它令我的宿主感到一股压迫性的恐惧,他害怕就像大部分曾经属于他的东西一样,他会失去恩妲莉。那种感觉与日俱增,在这段时间里,恩妲莉曾强烈要求她的家人重新考虑,但失败了。日子一天天过去,到了第三周,显然,没有什么能令他们回心转意。恩妲莉和父母吵了一架,回到我的宿主家里,他下定决心,要靠自己去做点事情以改变形势。一整个早上都在下雨,但到了中午,太阳出来了。她从乌图鲁的学校直接过来,心中充满苦涩。当恩妲莉开进两旁都是农田的小路时,他正在小农场上。他在农场的最远端,他的父亲在那里竖起一道篱笆。在白人所说的 2003 年那一年的暴雨中,篱笆有一截倒塌了。与篱笆相距半米有一条贯穿街道的长长的排水沟,再过去是长长的主干道。他看着恩妲莉下车朝屋子走去,意识到恩妲莉没有看见他。他放下锄头和芋头苗——刚才他在刨坑准备种苗——然后朝屋子跑去。

他走进屋,仍然穿着那身脏兮兮的农服:一件沾泥的衬衣,一条裤子,还有一双农鞋,上面覆满泥巴和从地里除掉的杂草。

他发现恩妲莉的脸埋在手腕上,面朝墙壁。

"姑娘,出什么事了?"他说道,在紧张的时候,他说的是更加习惯的语言。"你怎么哭了?你怎么哭了,姑娘?嗯,出什么事了?"

恩妲莉转身想抱住他,但他从她身边躲开,因为他身上穿的是干农活的衣服。恩妲莉与他保持两厘米的距离,眼圈通红。

"亲爱的,为什么他们要这么对我?为什么?"

"嗯,出什么事了?告诉我出什么事了。"

恩妲莉对他说,她父亲问她是否仍在和他见面,还出言威胁她。她母亲出面调解,说丈夫做得太过分了,但她的父亲仍不依不饶。

"事情会好的，"他说道，"等一切过去之后，事情就会好的。"

"不，侬索，不！"她以掌拍墙，说道，"事情不会好的。事情怎么会好呢？我不会再回那个家了。我不会回去。除非我死了。这是什么家啊？"

见到恩姐莉这么生气，他心乱如麻。他不知道该做些什么。睿智的祖先们说拯救别人就是拯救自己。如果他不能拯救恩姐莉摆脱这个犹如看不见的绳索般将他们缚住的境况，那他也得不到救赎。事情的确不会好的。他看着恩姐莉朝门口走了几步，停下来，将手搭在胸口。然后她转身对他说："我——我带来几件自己的东西，我就在这里住了。我就在这里住了。"

她打开门，走出屋子。他跟在后面，走到前廊，看着她打开后备厢，拎着一个亮闪闪的印着"加纳人必须滚蛋"[1]字样的袋子回来。然后，她从后座拿出一双鞋子和一个尼龙袋。他看着恩姐莉，感到一股确切的欢乐，发自内心的快乐：他终于有个伴儿了。

那个星期的大部分时间里，恩姐莉的手机响了一遍又一遍，有时候一直响个不停。恩姐莉每次都会看着屏幕，然后对我的宿主说"是我爸爸"或"是我妈妈"。每次他都会央求恩姐莉接电话，但她不肯。因为和大部分伟大的母亲一样，她是个倔强的女人。对我宿主的恳求，她只是嘘了一声，将注意力转到别的事情上，就像一个对责备无动于衷或不畏惧责备的人。我的宿主钦慕她这一点。每当恩姐莉这么做时，他就会想起自己的母亲，她也有类似的品质。

到了第二个星期中段，她的父母到学校找她，在她的教室外面等候，但她没有理睬他们，和她的同学莉蒂娅走掉了。后来她告诉

---

[1] 在比夫拉战争期间，加纳政府曾介入调停，并提出停战方案，但不被交战双方认可。自1975年西非经济共同体成立之后，加纳与尼日利亚在经济与投资领域展开了深入紧密的合作与竞争。

了我的宿主这件事情,他开始害怕恩妲莉会为了他而开始憎恨自己的家人。虽然随着日子的流逝,他越来越希望挽救局面,但他不能否认在那段日子里,恩妲莉对他的爱似乎变得更加强烈,因为他觉得恩妲莉把对其他人的爱都收了回来,全部倾注在他身上。在这段时间里,有两回,当他们做爱时,她哭了。在这段日子里,恩妲莉为他烤了一个蛋糕,为他写了一首诗,还唱歌给他听。有一回,在他睡着时,恩妲莉从墙上取下弹弓,拿着它冲到院子里,将一只在空中徘徊的鹞子吓跑了。他的一部分自我希望这种日子能继续下去,因为虽然他们还没有结婚,但他觉得两人已经是夫妇了。他希望他能占据恩妲莉的生命中心,盘踞其四周,封闭其边界。他一直害怕自己永远无法拥有这个女人,但现在她属于他了,他不能失去她。他对恩妲莉正在做的事情越来越感到恐惧,随之增加的还有他与恩妲莉对彼此的情意。

在这段时间,恩妲莉陪他去埃努古。在生命中那个值得纪念的早晨,他一觉醒来,发现恩妲莉已经穿好了衣服:一件印花长袍和白棉布包头巾,搅动着杯子里的茶叶,浏览着桌子上的家禽登记本。

"你这是要去哪儿,姑娘?"

"早上好,亲爱的。"

"早上好。"他说道。

"不,我也要去埃努古。"

"什么?姑娘——"

"我想去,侬索。我在这儿没事做。我想知道关于你和家禽的一切。我喜欢。"

他十分惊讶,一时间不知道说什么好。他看着饭桌,看见上面有一个塑料盘,十二个蛋形盛杯几乎都盛着鸡蛋。

"是那几只肉鸡下的蛋吗?"

她点了点头："我早上六点钟去拾的。现在它们还在下蛋呢。"

他笑了，因为她最喜欢照料家禽的一件事情就是拾鸡蛋。她对下蛋这件事情非常着迷，鸡下蛋怎么那么快。

"好的，姑娘，但奥格贝特市场——"

"没事的，侬索。没事的。我又不是笨蛋。我告诉过你——我不喜欢你把我当成笨蛋。我和你一样。我想去。"

他的眼睛一直盯着恩妲莉的脸，从她的眼神里，他看出她是认真的。他点了点头。"好的，那让我洗个澡。"他说道，匆忙走去洗澡。

然后，他们给街那头的餐馆送去鸡蛋，他答应从埃努古回来后再去领钱。他们开在高速公路上时，他感觉到前所未有的欢乐。在阿玛图河的桥上，恩妲莉向他讲述那天晚上他第一次见到她之后，她仍然觉得很伤心。她去了拉各斯和她的叔叔住了两个月，在那里，她经常想起他。每次想起他，她就会笑他是个怪人。他反过来告诉恩妲莉他折返回到河边寻找那两只鸡，但没有找到，对自己非常生气。

"有一天我在想，"她说道，"一个那么爱家禽的人怎么会做出那种事情呢？你怎么会那么做呢？"

他看着恩妲莉："我不知道，姑娘。"

说完那番话后，他突然想到自己或许知道为什么恩妲莉爱他：因为他曾拯救她摆脱了某件事情。就像他的小鹅一样，也受到他的照顾。这个想法在他的脑海中如此清晰明确，他看着恩妲莉，想确定她没有听见。但她看着窗外道路的另一边，浓密的森林正被散落的村居蚕食。

在埃努古的市场，他向熟人们介绍恩妲莉是他的未婚妻，受到热烈的接待。卖饲料的小贩埃兹克比亚请他们喝棕榈酒，神明的饮品。有几个人和他握手，与恩妲莉拥抱。我的宿主的脸上一直洋溢着热烈的微笑,因为未来的空墙突然染上了温暖的颜色。他们扛着买到的东西离开市场时,差不多是正午了。

他和恩妲莉从停车场近旁的路边小贩那儿买了油豆。恩妲莉热得浑身大汗,买了一瓶勒卡萨拉汽水。她让他试了一口,味道很甜,但他无法形容那是什么味道。她冲他哈哈大笑。

"乡巴佬。那是苹果的味道。我就知道你以前从来没有吃过苹果。"

他摇了摇头。他们装了一个新笼子,还有两包鸡饲料和半袋小米,现在坐在小货车上,准备返回乌穆阿希亚。

"我不是乡巴佬。我会像正宗非洲男人一样吃油豆。"

他掏出吃的,开始一大把一大把地放进口中,还大声咀嚼,引得恩妲莉哈哈大笑。

"我告诉过你,咀嚼东西时不要像山羊一样:吧唧吧唧吧唧吧唧。不许出声!"她说道,在空中打着响指,乐呵呵地笑了。

但他继续吃着,摇头晃脑,还将舌头在嘴巴上舔来舔去。

"嗯,或许有一天我们会一起出国。"

"出国?为什么?"

"让你见见世面嘛,别再像个乡巴佬。"

"哈,好的,姑娘。"

他启动引擎,他们上路了。刚驶出城里,他就开始感觉不舒服。他的胃里翻江倒海,他放了个屁。

"天哪!天哪!"她喊道,"侬索?"

"姑娘,对不起,但我——"

他又放了一个屁,不敢作声,连忙把车停在路肩上。

"姑娘,我的胃。"他喘着粗气说道。

"怎么了?"

"你有纸——纸巾吗?"

"有,有。"她伸手去拿自己的包,但还没等她拿出纸巾,他已经从小货车驾驶座一侧门把手下方的小匣子里拿了一块手帕,朝树丛里冲去。楚库,走到林中隐秘之处时,他差点把自己的裤子撕开了,裤子刚脱下,他的排泄物便以前所未有的力道倾泻在草丛里。我惊呆了,因为从他小时候起,我从未见过这种事情发生在他身上。

他松了口气,站起身,额头被汗浸湿了,似乎他淋了一场雨。恩妲莉下了货车,来到树丛的边上,手里拿着那卷用了一半的纸巾。

"出什么事了?"

"我刚才被屎憋坏了。"他说道。

"上帝啊!侬索?"

她又哈哈大笑起来。

"你为什么笑?"

她好不容易才开口说道:"我看到了你的脸——你在出汗。"

他们重新上路不到十五分钟,他又冲了出去。这一次他拿着纸巾,排便耗尽了他的力气。拉完之后,他跪在地上,扶着一棵树,休息了一会儿。我从未见过这种事情发生在他身上。虽然我已学会观察他的内脏,可不知道他到底出了什么毛病,但他坚信自己得了腹泻。

"我得了腹泻。"回到小货车上时,他对恩妲莉说。

恩妲莉笑得更大声了,他也笑了。

"一定是那些油豆惹的祸。我不知道他们在里面放了什么。"

"是的,你不知道。"她笑得更厉害了,"这就是为什么我去哪儿都不吃东西,这就是你当非洲男人的报应。"

"我觉得好累。"

"好吧,喝点水和我那瓶勒卡萨拉,休息一下。我来开车。"

"你开我的小货车?"

"是的,怎么不行?"

虽然他很惊讶,但还是让恩妲莉开车,重新上路很久之后,他没有感觉到便意。当便意袭来时,他双手猛敲仪表板,恩妲莉停下车,他冲出车门,绊倒在一丛藤蔓里。然后他挣扎起身,如离弦之箭般冲进了灌木丛里。他回到小货车上,浑身大汗淋漓,恩妲莉努力憋着笑。他喝光了那一大瓶拉格里斯矿泉水,然后把空瓶拿在手里。他向恩妲莉讲述了他的父亲曾经说给他听的故事,关于一个男人,和他一样在高速公路上跑到树丛里拉屎,拉着拉着,他被一条蟒蛇吞掉了。他的父亲以前总会播放某人唱的关于那个人的歌《艾克阿图瓦拉姆乌祖》。

"我想我以前听过这首歌。但我怕蛇,所有的蛇都怕——蟒蛇,噢!眼镜蛇,噢!响尾蛇,噢!各种蛇都怕。"

"确实很吓人,姑娘。"

"你现在感觉如何?"

"挺好的。"他说。有一段时间,长得足以在四个地方各砸碎五个完整的可乐果,他没有出去大便,他们就快抵达乌穆阿希亚了。"现在已经快三十分钟了,我没有去大便。我想已经停止了。"

"是的,我想是这样。但我一直笑,现在我也没力气了。"

他们驶过一处地方,两边是茂密的森林,在宁静中,他思绪万千。这时便意如同狂风骤雨般突然向他袭来,他冲进了树丛。

奥瑟布鲁瓦,恩妲莉一直照顾我的宿主,直到他康复为止。第二天她回大学里,回来后陪着我的宿主坐在院子里的长凳上,赤手为一只生病的家禽拔毛,让它的皮肤能够透气。两人的中间摆着一个旧盘子,上面堆满了羽毛。他抓住那只鸡的一条腿,由恩妲莉拔毛——她这辈子做过的最古怪的事情。她神色平静,却在哈哈大笑,相映成趣。拔毛的时候,我的宿主强迫自己讲述关于家人的事情,他有多么思念他们,恩妲莉应该与自己的家人和解。他的措辞很谨慎,仿佛他的嘴巴是一座教堂,而他的舌头是里头浑身湿漉漉的牧师。然后,恩妲莉向他说起她的父母那天又去学校找她了。

"侬索,我不想见他们。我根本不想。"

"你认真地思考过这件事情吗?你知道现在这么做只会令情况一团糟吗?"

他说出这番话时,恩妲莉正将一根羽毛从鸡腿上拔下来。她缩回身子,盘腿坐在铺在地上的酒椰席子上。

"怎么说?"

"因为,姑娘,我是罪魁祸首。这件事是因我而起的。"

那只母鸡抬起那条被放开的腿,在席子上拉了一泡屎。

"噢,我的天哪!"

他们一直笑个不停,最后,他放开母鸡,它蹦跶着朝鸡棚走去,咯咯咯地叫唤着。埃格布努,或许是笑声软化了恩妲莉的心,因为当我的宿主接着解释恩妲莉的行为或许会令她的家人更加讨厌他,因为这件事是因他而起时,恩妲莉默默地坐着。后来,当他们躺在床上准备睡觉时,恩妲莉突然开口了,声音盖过了吊扇的咔嗒运转声,说他道出了实情。她愿意回家。

就像一个带着出使信的装了水的葫芦漂往被激怒的敌人的领土那样,第二天她回家了,但三天后又回来了,就像一个闷火燃烧的葫芦。为了庆祝即将来临的六十大寿,她的父亲广派请帖,却没有邀请我的宿主。她的父亲说他没资格赴宴。她离开家里,下定决心不会再回去。说这番话的时候,她怒不可遏,气得直跺脚,叫嚷着:"他怎么,怎么可以做出这种事情?如果他们不肯邀请你,"她说道,

"我向缔造了我的上帝发誓,"她将食指凑到舌尖上舔了一下,"嗯,我向缔造了我的上帝发誓。我自己也不会参加。我绝不。"

他什么也没说,忙着恩妲莉吩咐他做的小任务。他坐在饭桌旁,从一个盛着白豆的碗里将泥土与小石子拣出来。象鼻虫从打开的豆壳里跑出来,蜷缩在桌子上,或爬到旁边的墙上。把豆子拣干净后,他把豆子倒进一口锅里,然后把锅架在炉子上。他拿起恩妲莉搁在椅子上的那张亮闪闪的请帖,对自己读出上面的内容。

**本函诚邀 ＿＿＿ 先生与 ＿＿＿ 女士阖家参加酋长路克·奥克利·奥比亚罗博士,尼日利亚阿比亚州乌穆阿希亚-艾比库王国的头号首领的生日宴会。宴席谨订于2007年7月14日在阿吉伊·伊龙西片区拉各斯街的奥比亚罗宅邸举行……**

恩妲莉进了他以前的卧室,里面的墙壁上画着童年时的涂鸦,大部分是关于白人的上帝、他的诸位天使、他的妹妹和他的小鹅。恩妲莉把这个房间当作自己的书房,在这里读书学习,和他睡觉则是在曾经属于他父母的房间。他在客厅里大声朗读请帖的内容,好让恩妲莉听见。

"14日,2007年7月14日在拉各斯街,酋长大人将准备酒菜音乐,并有手铃音乐之王奥利弗·德科克阁下现场表演。下午四点入席,至当晚九点结束。"

"该我说了,我才不在乎呢。"

"寿宴的主持人不是别人,是了不起的恩克姆·奥沃,奥索法本人噢。"

"我不在乎。我不去。"

"你去了不就代表我俩都去了嘛。"

伊安格-伊安格，对人性有睿智了解的祖先们说，一个人的生命就像系在一个转环上，可能往这边摆，也可能往那边摆。一个人的生命可能在一瞬间就发生重大改变。眨眼间，原本站立的世界可能会轰然倒下，刚才还躺平在地上的东西可能会突然竖立起来。这种事情我见得多了。几天后的一个下午，当我的宿主出去办事回来时，我又见到了。他们吃完午饭不久，他就出去送四只大公鸡给市中心的一家餐馆，而恩妲莉在家学习。他对生命中这场正在酝酿的暴风雨感到越来越烦恼，而且又心怀恐惧，总觉得有什么东西在偷窥他，等着在他开心享乐的时候出手袭击，将他的欢乐偷走，以悲伤作为替代。自从他那只小鹅死后，这种恐惧就牢牢地刻在他的心头。这种恐惧——当它占据了一个人的心灵时，这种情况很常见——以强大的说服力令他相信恩妲莉最终会被迫离开他。我不停地在他的脑海里闪念，让他不要这么想，但这个想法牢牢占据了他。他害怕到最后恩妲莉会放弃他，因为她不愿失去自己的家人。这种恐惧令他如此痛苦，当他完成差事开车回农场时，用小货车上的磁带播放机放起奥利弗·德科克的音乐，好让自己不陷入绝望。只有一个喇叭正常工作，有时候，音乐会被嘈杂的街道喧闹声掩盖，时有时无。在奥利弗的男中音变得微弱时，他脑海里的重负便会将他压倒。

然后，他回到家里时，恩妲莉正坐在后院树下的长凳上，一边看着家禽吃她撒在麻袋上的谷物，一边借着那盏充电式电灯的光亮读书，她已换上了衬衣短裤，臀部显得格外挺翘。她的头发抹了发油，光滑油亮，上面包着一条头巾。听到纱门打开的声音，她站起身。

"猜猜，猜猜，亲爱的？"她说道。

她伸手搂住他时，差点踩到一只小鸡，吓得它张开翅膀仓皇而逃，咯咯咯地叫唤着。

"怎么了？"我的宿主问道，和我一样纳闷。

"他们说你可以去了。"恩妲莉双手搂着他的脖子，"我爸爸，他们说你可以去了。"

他完全没有预料到这个消息，怀着放松和些许困惑不解的心情，他大声嚷道："噢，那真是太好了！"

"你会去吗，亲爱的？"

他不敢看恩妲莉，因此回避她的眼神。但恩妲莉缓缓地一步步朝他走来，托起他的下巴，让他直面自己。"侬索，侬索。"

"嗯，姑娘？"

"我知道他们那样子对你是不对的。他们羞辱了你。可是，你瞧，这种事情是会发生的。这里是尼日利亚，这里是阿莱格博。穷人就是穷人。穷人在社会上不受尊重。再说了，我爸爸和哥哥呢？他们是骄傲的人。就连我妈妈也是，虽然在这件事情上她不是很赞同我爸爸的做法。"

他没有说话。

"他们或许认为你丢人现眼，但我不这么认为。我不能做——"恩妲莉托着他的下巴，凝视着他的脸庞，"侬索，怎么了？为什么你不说话？"

"没什么，姑娘。我会去的。"

恩妲莉搂住他。在沉默中，他听见夜间出没的昆虫们的声音在夜晚的耳朵里逐渐显得空灵。

"为了你，我会和你去参加宴席。"他又说了一遍。当他说话时，他看见恩妲莉合上眼睛，要等他说完才会睁开。

## 第七章
## 被羞辱的人

埃格布努,祖先们说:大白天老鼠不会跑到空捕鼠夹上,除非陷阱里有它无法抗拒的诱饵。埃格布努,一条鱼看到垂在水面下的空鱼钩会张嘴吞下它吗?除非它被饵食引诱,否则它怎么会上钩呢?一个人被引诱踏进一个原本不愿意步入的场景,不就正像这样吗?譬如说,我的宿主原本不会答应参加恩妲莉的父亲的寿宴,但她的家人表示了歉意,而且她的父亲还在请帖上写了他的名字:"奇侬索·奥利萨先生。"虽然我承认说服他的一部分原因是他不惜一切代价也要令恩妲莉幸福的决心,而且他渴望能在现场亲睹奥利弗·德科克表演,但即便到最后,他也很小心谨慎。他决定参加宴席,但只有一半的他被说服了,另一半性情固执的他是被生拉硬拽才去的。而我,作为他的魈,无法决定他到底应不应该去。我感到害怕,根据我对人类的了解,他们曾经向他展现出的那种情绪——排斥感——并不会轻易消失。但我曾见到这个女人治愈了他,令他的生命恢复平衡,我希望这种情况能继续下去。因为魈妨碍自己的宿主是极其恶劣的事情。当一个男人认同一件事情，而他的魖并不赞同时，它能做的就只有说服宿主。如果宿主不肯接受，那么魖绝不能试图迫使宿主违背他的意愿。它必须认同那件事情。这也是为什么睿智的祖先们总是说，如果一个人认同某件事情，那他的魖也必须认同。我心情矛盾的第二个原因是我坚信恩妲莉爱着他，这主要是因为我与恩妲莉的魖见过面，而且我坚信如果我的宿主娶了恩妲莉，他将变得完整，就像祖先们经常说的：一个男人只有娶妻之后才会变得完整。

在宴席的前一天，他们去奥安多加油站附近的大超市为她的父亲买贺卡。在克劳瑟街旁边的一家服装店，他买了一件有狮头绣像的长袍。虽然恩妲莉说那几件印着黑色狮子头的长袍更好看，但不知为何，他被那几件红色的长袍吸引了。两人离开超市，朝一座购物中心走去，旁边一座教堂楼上的喇叭响起，这时他看见莫图赫然出现在一家开门营业的机修店门前。她站在一摞摩托轮胎和一个机修工中间，那个机修工穿着蓝色工装服，戴着大大的黑色护目镜，正拿着什么东西在焊接一根棍子，通红的火焰喷出璀璨的火花。莫图穿着一件飘逸的绿色袍子，上面印着红叶图案，在与她做爱之前，他曾数番脱过这件袍子。她刚刚卖了花生给一个男人，正将一块布料折成一块头巾，戴在她的头上，然后再把托盘摆在上面。埃格布努，在那一刻，他就好像一条滑溜溜的鱼，从当前世界的手中溜掉了。他站在那儿，手足无措，心里只想着为什么当初莫图要离开他。但莫图甚至没有转过身，她将托盘顶在头上，朝另一个方向走了，那边是一个热闹的市场。他想喊莫图，却害怕那台焊接机的巨大噪声吵得她听不见。他的心在怦怦乱跳，他转身对着恩妲莉，她继续往前走，并未察觉他没有跟上来。他没有意识到，在看着莫图时，他的目光聚焦在那个机修工的焊枪射出的火焰上。视线从焊枪上移开时，他的眼前一片模糊，有一会儿，整个世界与世间的一切似乎被一块厚厚的黄绸面纱遮住了。

楚库，那天恩妲莉没有和他回家，她去帮父母筹备第二天的盛宴。他在照顾一只生病的母鸡，它的鸟喙两边开始分泌出类珍珠质的东西，他用一条干净的毛巾浸了温水将分泌物擦掉，除此之外，一整天他都在想着莫图。他不知道发生了什么事情，是谁伸手将莫图从他的怀抱里偷偷带走。如果他只是孤身一人，他本可以和莫图说话。他想了很久，为什么莫图离开了他，没有事先说一声，没有吵架，事实上，当时似乎莫图爱他，他在莫图心目中的地位很牢固。人类的孩子，你们可要当心：你们不能将信心建立在另一个人身上。没有人能一直保持坚定，不会左右摇摆。谁都做不到！这种事情我见得多了。正当他仍然陷于沉思中时，手机响了。他拿起手机，点击信息收件箱，阅读里面的内容。"他们真的希望你能过来，亲爱的!!! 甚至包括我哥哥。我爱你，晚安。"

第二天，他来到恩妲莉家，发现自己是最早到的一个。恩妲莉过来接他，吩咐他跟自己进屋。但他没有听从。他坐在为客人而设的两座盖着防水帆布的小凉棚其中一座下面的塑料椅子上。还有一座凉棚与这两座凉棚不在一起，而是在一个隆起的平台上，地板上铺了红毯。那是主桌，宴席的主人家与其他贵客会在那里就座。那里的座位摆放在平台近旁的一张长桌后面，上面铺着刺绣布料。一群满身大汗的男人把喇叭摆在桌旁，而两个穿着款式相同的上衣和裙子的女人在装点几个大蛋糕，上面都画着恩妲莉的父亲手握权杖的肖像。

他拿起摆在座位上的寿宴章程，开始阅读，这时他察觉到身后的椅子在晃动。还没等他知道怎么回事，甚至还没来得及回头张望，一只手拍了拍他的肩膀，一个脑袋从旁边探了过来。

"你来啦。"那个脑袋说道。

事情发生得那么快，突如其来的恐惧吓得他动弹不得。

"你终于来了。"他认出那个男人正是楚卡。对方又说了一遍，楚卡说的是白人的语言，和恩妲莉一样带着外国口音。"有些人，有些人，实在是不知羞耻。不知羞耻。在那天老头子那样对你之后，你怎么还能到这儿来？"

楚卡把胳膊压在我的宿主肩膀上，将他拉到身边。我听见我的宿主在心里呐喊：**难道他挨得还不够近吗？**他的头顶上方远处传来一个声音，他抬头张望，看见了恩妲莉，她应该在自己房间的阳台上。

"朝她招手，告诉她你没事。"楚卡说道，"朝她招手！"

恩妲莉在说着什么，虽然他听不见，但我听得出她在问我的宿主是否安好。他听从了楚卡的命令，恩妲莉朝他招手回意，还给了他一个飞吻。他本以为她的哥哥躲在他身后，但现在楚卡喊道："我和你男朋友聊得可高兴了！"

听到那番话，我的宿主觉得他看见恋人的脸上浮现出微笑，无疑，她相信自己的哥哥。

"好的。谢谢你，楚卡。"她喊道。

楚卡刚才用白人的语言和妹妹说话，但现在继续以祖先的语言折磨他："一头河马，一头河马。真的是，真的是河马。一个人的脖子应该怎么摆，嘴巴应该怎么张，才能让你这个的河马脑袋听明白呢？该怎么办呢？我真是纳闷。"他紧紧地抓住我的宿主的肩膀，那么用力，令他难受地扭动着。

"现在，听好了，教堂耗子，我父亲吩咐我告诉你，要是我们听见你哼一声或发出声响，那你的麻烦可就大了。你知道你在玩火吗？你在玩一团吞噬一切的火焰。你在调戏老虎崽子，小子。"楚卡长长地吸了一口气,然后喷在他的脖子上。

"啊,你穿得蛮体面嘛,教堂耗子。"楚卡说着,拉起我的宿主那件长袍在肩膀上的一角,"看起来挺像样的,阁下。河马。嗯,让我传达父亲的话:不许开口说话,不许做什么事情,不许哼一声。不许到舞台上和我的家人跳舞或干别的事情,无论我妹妹说什么。我再说一遍,无论我妹妹说什么。你听见了吗?"

噶嘎纳奥格乌,当时我认识我的宿主已经有二十五年零三个月了,我从未见过他如此难堪。他受到了伤害,似乎楚卡刚才不是在对他说话,而是在拿鞭子抽他。最令他痛苦的是他无法做出反击。小时候他不怕和别人打架:事实上,是别人怕他,因为虽然他不会主动惹事,但别人要是挑衅他,他会以石头般坚硬的拳头还击。但这一回他被缚住了双手,无法行动。因此,虽然被揍得遍体鳞伤,但他只是点了点头作为回应。

"很好,教堂耗子,欢迎你来。"

不知为何,他将永远记住最后那句话,祖先与白人的语言掺杂在一起:"好嘛,教堂耗子。"

祖先们总是说,被预料到的战争不能令哪怕残兵败将动容;但意料之外的突袭,能击垮哪怕最强大的军队。这也是为什么他们以审慎的智慧说,如果有人一觉醒来,发现母鸡竟然在追他这种咄咄怪事,那他应该逃跑,因为他不知道那只母鸡是否一夜之间长出了牙齿和爪子。就这样,我的宿主灰心丧气,整场宴席剩下的时间都失魂落魄地呆坐着。

楚卡离开没过太久,客人们便陆续抵达。请帖上写的是寿宴将从下午四点直到晚上九点,但第一批客人五点一刻之后才到。恩妲莉曾抱怨过这种事情肯定会发生——"你就知道他们会遵循尼日利亚时间。这就是为什么我讨厌这种场合。我告诉你,要不是因为我爸爸，我才不来呢。"他看着身边的座位被客人们坐满，他们穿着各式服装，通常一个男人会穿着飘逸的传统服饰，而他的妻子会穿着同样亮丽光鲜的衣服，腰上围着腰带，手里拿着漂亮的坤包或手袋。孩子们坐在有高扶手的塑料椅子的最后两排。大部分席位被坐下之后，空气中弥漫着香水与体香的混杂芬芳。

坐在他左手边的男人和他搭话。不等他提问，那个男人就指着奥比亚罗家的宅邸，介绍说自己的妻子是"府上"做饭的厨娘。他说我的妻子也是里面的人，希望能让那个男人闭嘴。但那个男人继续说起这次盛大的宴席，然后说起天气多么炎热。我的宿主无动于衷地倾听着，到最后，那个男人似乎察觉到了。这时候一对夫妇坐在他旁边的座位上，他扭头不去理会我的宿主，和他们攀谈。

我的宿主很高兴终于能独处一会儿，思索着刚才发生的事情：一只手伸了过来，把他用力往后拽，差点没让他从座位上摔下来。然后一张嘴巴问他为什么来这里，骂他笨得像一头河马，嘲讽他的衣服，嘲笑他对恩妲莉的爱，还做出了致命一击：骂他是教堂耗子。要是刚才像现在一样座位都坐满了，那件事情或许就不会发生。这些人来得太晚了。他们来得那么晚，就连闻名遐迩的奥利弗·德科克的进场——他最喜欢的音乐家，伊博土地上的"奥库-纳-阿查-纳-阿巴里"，美妙百灵鸟，伊博文化的"高调生活音乐"首席歌手——也变得无关紧要。客人们起身向歌手欢呼致意时，他仍坐着不动，似乎麻木了。宴席的主持人、著名演员奥索法介绍奥利弗·德科克时，原本会令他热血沸腾，但那些话听上去就像一个无聊人的无谓言语。他原本会被奥索法的段子逗得哈哈大笑——譬如说，后者从成名电影《奥索法在伦敦》引用的段子，内容是关于白人如何乱叫他的名字，叫成了"奥索发"。但那个玩笑听起来就好像是孩子气的胡言乱语，更令他感到惊讶的是，人们居然在笑。前面那个大胖子，怎么笑成那副德性？那个男人身边的女人，为什么她在椅子上笑得浑身发抖？奥索法一直在高喊："团结一心！"人们则高喊"耶！"作为回应，但他根本没有反应。介绍做完了，贵宾们被邀请坐到主桌上，奥利弗·德科克在《人民俱乐部》的曲调中登上舞台，之后我的宿主便形同槁木般坐在那儿。就连德科克也来晚了。

坐在他左边的那个男人刚才一直在椅子上跳舞，这会儿又记起了他，惹得他心烦。现在那个男人时不时就会弯下身子对宾客、音乐、奥利弗·德科克的才华和其他话题发表评论。但那段槁木只是点点头，有气无力地嘟囔几句，就连这些他也说得很不耐烦。那个男人不知道他被命令绝对不可以作声，哪怕哼一声也不行。现在他想起这个命令是由宴席的主人家——恩姐莉的父亲——亲自下达的。正想着这些，他听见有什么东西在敲他的椅背。他吓得魂飞魄散。他转过头，看见原来是坐在他正后方的小男孩。那个小男孩的脚踢中了他的椅子。

埃祖瓦，有时候他觉得天地似乎长着一个寡言少语之人的脸，在嘲弄苍生，似乎人类只是被肆意糟蹋的玩物与消遣。坐下，它一时似乎在这么说。当人坐下来时，它又会命令他再站起来。它一只手递给人食物，另一只手却逼迫他把吃下去的东西呕出来。我在这个世界上经历了许多遍生命的轮回，这种神秘的现象我见得多了。譬如说，你如何解释就在我的宿主被这个小男孩（只是一个小男孩！）吓了一跳，回头继续看那位了不起的歌手表演后，刚过了没多久，又有一只手从后面伸过来拍了拍他，还没等他动弹，他听见有人在说："亲爱的，亲爱的，他们很快就会叫我们。站起来，这边走。站起来，这边走。"嗯，还没等他反应过来，他就跟着做出了行动。因为恩姐莉在众人面前那么亲热地叫他，所以他起身跟着她步入这个荣耀的时刻。他自己陶醉于恩妲莉的美丽中,因为她的衣着是那么华丽。一条长长的珠串从她的脖子上垂下,手腕上戴着几条珠链。这个女人,他身边每个人都称之为"天之骄女"——财富的女儿,拥有一切的女儿。在这帮人面前坐着不动,难道不是最难堪的羞辱吗?因此,在热烈的欢呼声中,他跟在恩妲莉身后离开了。

恩妲莉和他离开时,他们所说的话就像命运的大肆嘲讽。"看看他,多好的男人才配得起这么好的女人!"一个男人说道。"大帅哥!"另一个人赞叹道。"美男子!"一个女人喊道。一个穿着便衣、站在摆放于每两排座位尽头的立扇旁边的男人为他献上最高礼遇,伸手要向他行礼。怀着惊诧与不情愿,他与那个男人以手背相击三回。"恭喜你!"那个男人低声说道。他点了点头,他的手似乎突然拥有了自己的意识,拍了拍那个男人的肩膀。然后他觉得事情发生得太快了——似乎他的肢体背叛了他,组成了不服从他控制的反叛同盟。

他们每走一步都双手紧握,恩妲莉引着他在僭越之路上越走越远。但他什么也做不了,因为占据了宅邸宽敞前庭的宴席中的所有宾客现在都转身看着他们,奥利弗·德科克本人也停下了音乐,献上祝福:"看哪,未来的公主与她的驸马爷正大步走过。"这时候,恩妲莉挥手致意——他也跟着挥手致意——朝尊贵的客人们:富翁富婆们、酋长们、医生们、律师们、从两个白人的国度——德国与美国——专程飞来的三位男士(他们当中有一位携眷出席,是一个白人妇女,长着一头金发)、来自阿布贾的参议员楚乌埃美卡·艾克、州总督的代表奥吉·卡鲁。而他,一只教堂耗子——靠养鸡、种番茄、玉米、木薯、胡椒为生的农民,平时的消遣是杀红蚁和用棍子挑开鸡粪检查有没有寄生虫——在朝这些贵宾招手示意。

走进房子里的一路上,他们经过了许多人。其中有两个女人在看着镜子给自己的脸蛋补妆;一个男人(那几位海外嘉宾之一)穿着华丽炫目的白色礼服,戴着红色小圆帽,正在抽烟斗;一个端着AK-47步枪的警察,枪口朝上,站姿笔挺;两个青春洋溢的姑娘,穿着飘逸的礼服,在有罗马柱的宽敞露台下看手机;还有一个戴着蝴蝶结的小男孩,衬衣上洒了芬达饮料。

走进房子里后,恩妲莉在他汗淋淋的脸颊吻了一下。每当恩妲莉搽了较深的粉色或红色的唇膏时,她都不会和他亲嘴,只会亲吻他的脸颊。

"你开心吗?"她问道,还没等他回答,她继续说道,"你又出汗了!你带手帕了吗?"

他说没有。他本想再说点什么,但恩妲莉已经进了屋里,他跟在后面。在房子里,他发现楚卡正站在楼梯中间,显然因为见到他而感到诧异。他们经过楚卡身边时,后者愣住了,说不出话来。

"怎么了,亲爱的?侬索?"从楚卡身边经过后,恩妲莉问道,又停下脚步。这一次,他们在一个小房间里,几排书架将房间分成了四行。

"没什么。"他说道,"水,你能给我倒点水吗?"

"水?好的,我去拿。"走到门槛时,她问道,"我哥哥,他对你做什么了吗?"

"我?没有——噢,没有,他没做什么。"

恩妲莉看了他一会儿,似乎并不相信,然后离开了房间。恩妲莉走后,他差点哭了。他坐在一把小小的旋转椅上,还没等他意识过来,那把椅子很快就转到正对着窗口的位置。现在,他如一只老鹰停留在热流风上的有利位置,看到了整个宴席。奥索法在跳舞,时不时打断奥利弗·德科克。楚库,这就是有时候发生在人类身上的事情：一个人会对这类情况感到害怕，害怕在大庭广众之下遭受羞辱，这种恐惧成为他失败的原因。因为焦虑会结出种子。每次受辱都在为它授粉，每个行动都会令它结出果实。在别人面前，某个词语的使用或许会引发不良情绪的反应，令他丧失冷静，四肢发颤。因此，每走一厘米，在他脆弱的精神状态推动下，他所做的事情令情况变得更糟，而不是将其挽回。他遭到自己的惩罚，似乎不停地在无意识地自我鞭挞。这种事情我见得多了。

现在他深陷于焦虑的状态，他陷入了沉思，恩姐莉的脚步声吓了他一跳。他接过水杯，一饮而尽。

"好了，亲爱的，我们现在出去吧。他们很快就会叫我们。"

"恩姐莉、恩姐莉！"她的母亲喊道，客厅里传来脚步声。

他的心沉了下去。我觉得有必要做点什么，于是，我在他的脑海里闪念，对他说不用害怕。**尽你所能去应付这帮人**。听到这番话，他双脚轻轻地点着地板，脑海里的声音说道：**我不会害怕**。

在我与宿主交流时，恩姐莉在和她母亲说话："妈，妈——妈妈！我这就出来。"那个女人回答："赶紧，赶紧，快点。"奥索法的声音从屋外的喇叭传过来，令她的声音几乎无法听清。

"我们这就走吧。"恩姐莉说道，拉起他的手，"轮到我们坐到主桌上了。"

他想说话，但只能憋出"哦"一声。似乎被什么东西推动着，他发现自己来到客厅里，与酋长奥比亚罗迎面碰个正着，酋长穿着华丽的盛装——一袭印着狮子头的飘逸的红色长袍，以一根象牙为饰，他的红冠两边各插着一根鹦子的羽毛——这是祖先们的装扮。因为根据古老的谚语，他们相信那种鸟是生命的象征，在这个世界获得成功的人会长出羽毛，变成一只鸟。走在他身旁的妻子穿着图案相似的服装，脖子上戴着珠链——伟大的母亲们以前也是这副装扮。她手持摇扇,手腕上戴着不计其数的手镯。

他与恩妲莉来到她的父母面前,他向二老鞠躬问好,恩妲莉行跪礼。她的父母微笑致意,她的父亲挥了挥权杖,而她的母亲则挥了挥扇子。楚库,经过之后将会发生的所有事情之后,我的宿主会永远记住当时她的父母见到他似乎并没有不高兴的样子。

我的宿主内心狼狈恐慌,汇入那一行人中,缓缓地朝这座豪宅的门口走去,似乎被看不见的绳索拽着往前走。他与那个来自德国的男人同行,德国是白人的国度,他的白人妻子打扮得就像伟大母亲们的女儿。在他们身边是恩妲莉的叔叔,他是一位知名的医生,挥舞着一根手杖,杖头有一件小小的象雕,他在比夫拉战争期间曾缝合过许多被炸伤的手脚。在外面,奥索法正冲着麦克风吼叫,他的声音被喇叭放大:"此刻,他们正在走来,他们正在走来——寿星公与他的家人!"我的宿主以最轻柔的脚步跟着他们,就像一具会行走的脓包,单靠恩妲莉的手令他保持一丝生机,直到他们步入宴席,迎面而来的是人们喧闹的道贺与掌声。他轻手轻脚地与他们跳舞,虽然楚卡带着一脸轻蔑,总是走近他身边几厘米的范围内。他的恐惧越来越强烈,他不想再跳下去。于是,当他们开始在凉棚之下的前排就座,贵宾们坐在主桌之后时,他抽出他的手,低声在恩妲莉耳边说道:"不行,我做不到,我做不到。"她拉着不放,但因为奥索法开始叫她,她离开我的宿主身边,与她的家人和其他身份高贵的客人坐在第一排。他匆忙走到他们身后第一个空位子。

埃格布努,被小觑的男人——他觉得自己没有被地位不如自己的人尊敬,这么一个男人,靠着福星高照,或靠着艰苦奋斗,或靠着魑的庇佑,获得了财富或影响力。现在,比较了自己与其他人的财富或影响力后,他觉得那些不如自己的人举手投足之间都是对自己的小觑,他必须做出回应。因为被财富不如他的男人挑战令他的心理失去平衡，影响他的心智，他必须立刻让自己的心理恢复平衡！他必须狠狠地打压令他不爽之事。这必须是他的回应。虽然在祖先的时代这种人并不多——最主要的原因是他们害怕阿拉的愤怒——但在他们的子孙里，我见过许多例子。我在楚卡身上就见到了这种心理状态的迹象。因此，当我的宿主坐下时，一个摄影师走到他身边，低声在他耳边说："兄弟，楚卡先生说你得跟我走。"我并不感到惊讶。

还没等我的宿主听明白那番话，那个男人已经走开了，似乎肯定我的宿主一定会乖乖听命。光是这个行为本身就令我的宿主感到背后升起一股恐惧的凉意。要是这个信差如此自信地传话，丝毫不怀疑这个命令会被遵从，那他的主子会是一个多么强势的人，愤怒时会多么可怕？他起身快步跟在那个男人身后，心想，大家肯定会觉得他是高台上的另类，现在正为其厚颜无耻的僭越之举付出代价。那个男人绕着屋子走，经过一群在做炖菜和一大锅米饭的厨娘。他们快步经过一帮大汗淋漓的男人，后者正从货车里搬下一箱箱饮料。然后他们穿过一道小门，旁边是一间门房——房间很小。那个男人转身推开房门。"进去吧，兄弟。"

遇到这种情况，我总是希望魉能有更大的力量，以某种超自然的方式去保卫它的宿主。在这种时候，我也希望我的宿主精通巫术与灵力之道，就像三百多年前我那个巫医宿主，诺比的埃苏若尼，他拥有非凡的超能力。他是如此强壮有力，精通卜筮之道，被视为神人与仙人。埃苏若尼能摆脱肉身，成为无形之体。我曾两次见到他祭起甲马，飞升到星界，能在眨眼间到达步行要走两个市场周或开车要走一整天的地方。但我现在的宿主，就像他这一代的其他人，在这种情况下只能陷于无助——就像被老鹰盯上的无助的小公鸡。他只能跟着这个对他下达命令的神秘男人走进房间。

另一个男人，体格像摔跤手般强壮，站在房间里，眉头紧皱。他身穿一件蓝色的无袖衬衣，上面印着什么东西爆炸的画面，彩色的火花就像颜料洒落在整件衬衣上。"就是这个男人在主子的宴席上捣乱？"那个壮汉说的是白人的语言，但说得磕磕巴巴。

"就是他，"那个摄影师在小房间外面说道，"但主子说我们不能碰他。只能安排他去干活。"

"没问题。"那个大块头男人应道。他指着一件蓝色卡其布衬衣和一条裤子，我的宿主见过门卫穿这身衣服。他说道："穿上去。"

我的宿主气得心怦怦直跳，说道："我穿？"

"是的，要不然谁穿？听着——哼，小子，我没有时间回答问题。请穿上那身衣服，然后我们就离开。"

伊安格-伊安格，在这种时候，我的宿主的思绪总是没办法做出合适的回答。他应该和这个男人争辩吗？当然不行，他会被砸破脑袋。逃跑？当然不行：他可能跑不过这个男人。即便如此，要是他逃跑的话，可能回到宴席后会遭受更多羞辱。最好的做法就是服从这个怪人的命令，那个人不由分说就对他颐指气使。因此，他顺从地脱下长袍和新的素色长裤，穿上看门人的制服。

那个壮汉满意地说道："跟我来。"但他的意思是"走在我前面"。他们离开时，那个壮汉带上了马鞭——那是干吗用的？它会随时落在他的脊背上吗？对这个可能性的恐惧压倒了他。他和那个男人顺着他的来路返回，只是现在他身上的衣服不一样了——脱下了贵宾的华服，穿着下等人的制服，被打回了本来面目。"你应该去的地方"这句话大声地在他的脑海里回荡，他坚信有某个人正在他耳边轻声说了出来。他们经过时，他见到盘碟里的剩饭剩菜正被倒进垃圾袋里，被小货车运走。当他们躲在亭子边站立的人们的背后，从凉棚后面经过时，他确凿无疑地听见恩妲莉父亲的声音在喇叭中响起。

最后，他们来到门口。

"和看门的一起干活去，"那个持鞭的壮汉指着大门说道，"这是你的活儿。"

阿古吉埃格贝，恩妲莉一会儿就会在这里找到他。他忙得浑身大汗，引导在宅邸进进出出的不胜其数的车辆，寻找车位，调解纠纷，帮客人将带来的礼物（一袋大米、一个个大芋头、一箱箱的名贵红酒、一台装在箱子里的电视机……）搬进屋里，有一回，当绑在狮子雕像上的缎带断掉时，他和一个同事用新的缎带把狮子重新装点了一番。

当恩妲莉看见他时，他不知道对她说什么好——因为正是这种事情将一个人内心的话语哽塞住，令他彻底失语。因此，他甚至连"是谁这么对你？你的衣服呢？在哪儿——怎么回事？"这些问题都无法回答。他只是以在看守大门时似乎已变得苍老的声音说道："请带我回家，我以全能的上帝的名义恳求你。"生日宴会仍然热热闹闹的，奥利弗·德科克的声音含混不清，听上去就像白蚁在朽木上爬行的声音，宾客们就像无知的绵羊，在咩咩咩地叫唤。当他的小货车驶出大门时，所有的一切都随风而逝。他的记忆完全是随机的，过去的片段——似乎被一股精心编排的风吹起——吹入他的脑海中，取代了它们。他开得很慢，驶过乌穆阿希亚喧闹的街道，恩妲莉一路上都在哭，但他不以为意。即便他如同置身于坟墓的沉默中，他清楚地知道，我也看得出，和他一样，恩妲莉也被伤得很深。

楚库，发生在他身上的事情是如此痛苦，他无法甩掉脑袋中哪怕一个细节。那些事件的记忆一直挥之不去，就像虫子绕着一根甘蔗嗡嗡嗡地盘旋打转，钻进他的脑海中每一处裂缝里，它们黑色的气味将他填满。当晚的大部分时间里，恩妲莉一直在哭，直到两人做爱后，恩妲莉倦极而眠。现在夜色已深，他躺在她的身边。在那盏煤油灯昏暗的光线中，他端详着恩妲莉的脸，即使在沉睡中，他也能看到愤怒与同情的迹象——在她的脸上通常很难找到这些。他的父亲曾对他说，一个人的真面目，就是当他处于无意识的状态下仍然留在脸上的表情。

刚才当他在宴席上当看门人时，曾想过如何报复恩妲莉的哥哥对他做过的事情，但他意识到自己不能这么做。他能怎么办？揍楚卡一顿？他怎么能打这个深爱着他的女人的哥哥呢？他又想到，任何时候见到楚卡，情况只会朝一个方向发展。他只会是挨打的一方。他无法反击。他像是怯懦的铁匠，恩妲莉的家人利用他心中的欲望铸造了一件武器，而他根本无力反击。

可是，埃格布努，他知道唯一可能的解决办法——离开恩妲莉，并结束一切——就盘踞在他的心房正中间，它那张昏暗的面孔与残忍的眼睛在盯着他。他一直不去看那张面孔，似乎它并不存在。但它一直在那里。相反，他开始察觉到那份游离的恐惧现在回到了自己身上——害怕到头来，恩妲莉会在心灰意冷下离开他。刚才恩妲莉睡着之前曾提过这个问题。

当时她突然开口："侬索，我好害怕。"

"怎么了，姑娘？"

"我害怕他们最后会得逞，逼你离开我。侬索，你会吗？"

"不会。"他激动地回答，声音比自己想象中更响亮，"我不会离开你。永远不会。"

"我只希望你不会因为他们而离开我，因为我不会让任何人替我选择结婚的对象。我不是小孩子了。"

他没有再说什么，只是记起在大门口引导交通时，那个先前在宴席凉棚下坐在他身边的男人开车出去时见到他，觉得很纳闷。他摇下梅赛德斯-奔驰的有色玻璃车窗，朝前座扭过头问道："你不就是刚才我在那边见到的那个人？"他无言以对，"你是——什么人？一个看门的？"他摇了摇头，那个男人哈哈大笑，说了些什么，可他没有听清。然后那个男人又摇起车窗，开车离开了。

"侬索，那是真的吗？"恩姐莉说道，她的声音在发紧。

"是的，姑娘。他们不会得逞。他们不能得逞。"他说道，他的心脏随着激烈的语气在悸动。埃格布努，他不知道命运是一门奇怪的语言，一个人与他的魑究其一生也无法参透。他又抬眼看恩姐莉，见到一滴泪水从她的脸上滑落。"没有人能逼我离开你。"他又说了一遍，"没有人。"

## 第八章
## 帮助者

奥瑟布鲁瓦，我站在这里向您作供，我完全了解您明白人类的本性，他们是您的造物，您比他们更加了解他们自己。因此，您知道，在人类的品格中，羞耻就像一只变色龙。初时它披着伪装，似乎是善良的精灵，允许受辱的人暂时摆脱侮辱他的人——在那些人面前，他必须掩住自己的脸。一见到那些知道内情的人，受辱之人就会记起自己的耻辱。正是在那时候，羞耻会脱下可疑的仁慈伪装，露出其真实面目：凶残狠毒。是的，我的宿主可以躲起来不见乌穆阿希亚的任何人，甚至躲开全世界的人，这样的话，所有已经发生在他身上的事情就可以当作没有发生。在没有人知道其真实身份的地方，乞丐也可以假装是一位国王，而且会被当作国王看待。我宿主的特殊困境在于恩妲莉目睹了他的羞辱。她见过他穿着看门人的制服，大汗淋漓地指挥交通。这是他无法痊愈的创伤。像他这样的男人，知道自己的局限，知道自己有几斤几两——这种人轻易就会崩溃。因为骄傲在一个人的内心世界竖起围墙，可羞耻会冲破那堵围墙,将内在的自我击垮。

可是,我和人类一起生活了很久,知道当一个人开始崩溃时,他会试图赶紧做点事情挽救情势。这就是为什么古时候的长者会说这句智慧的格言:找黑山羊得趁白天,不然等到晚上就很难找到了。因此,甚至早在向恩妲莉发誓说绝对不会离开她之前,他就已经开始考虑对策。但他想不出能做什么有意义的事情,一连好几天,他就像一条受伤的虫子在绝望的泥沼里蠕动。到了第二个星期的第四天,他打电话找他叔叔商量,但线路状况太糟糕,我的宿主几乎听不清叔叔在说什么。他好不容易才听明白——在老人家的期期艾艾和时断时续的通话之间——最好的做法就是和恩妲莉分手。"你年纪还、还轻,"他的叔叔说了一遍又一遍,"你年纪还、还轻,才、才二十六岁,嗯,忘、忘了这个女、女人吧。世界上女人多、多的是。多、多的是。你、你、你明白我的意思吗?你不、不可能说服他们接、接受你。"

伊安格-伊安格,我很高兴他的叔叔给了他这个建议。他在恩妲莉家遭受了那番羞辱后,我也有同样的想法。睿智的祖先们总是说当一个人受到侮辱,他的魑也会受牵连。我也被恩妲莉的家人侮辱了。但我知道这不是她的错,我希望她能找到解决此次危机的办法。因此,我并没有附和他叔叔的立场。而且我想到我的宿主是这个世界上的幸运儿,总是能够如愿以偿。在他出生前,当他仍以奥尼尤瓦的形式存在于贝伊格时,我们曾一同出行,去开始灵体与肉身的融合以使他的人类之躯成形(我会在作供中详细描述这段经历),我们依照传统前往奇奥基克这座大花园。我们走在光明的道路上,两旁是熠熠发光的树木,树木后面是悬在半空中的图案精致的羽状翠云。本穆奥的黄鸟从埃津穆奥的开放通道中飞出,翱翔于云朵之间,它们大得就像在交错的轨道上穿行的成年男子。道路两旁是丰盛的牧草，前方就是进入乌瓦的大门。那里有一个大花园，奥尼尤瓦经常到这里寻找不幸的人——要么在出生或襁褓中夭折，要么流产而亡——归还至那里的天赋。虽然我们来到花园时，发现那里热闹非凡，有成百上千的魑与它们的潜在宿主正在树丛与灌木丛间细细搜寻，但我的宿主找到了一小根骨头。有几个精灵立刻围上来，说它来自某只生活在本穆奥的大森林里的野兽——阿曼迪奥哈本人曾经以白公羊的形式在那里生活过。它们对我们说找到这根骨头并好好保存的话，将意味着我的宿主这辈子总是会如愿以偿。它们说，这是因为他找到的骨头属于那头只有在贝伊格才能找到的野兽，只要它生活在森林中，就永远不会匮乏食物。

噶嘎纳奥格乌，我可以讲述这个幸运符在我宿主的生命中显灵的几个例子，但我不会在这次作供中离题太远。当时我相信那根白骨头会保佑他。因此，当他决定努力争取得到恩姐莉家人的支持时，我感到很高兴。他担心恩姐莉为了他继续与家人疏远只会令危机更加严重，因此，他央求恩姐莉回家。

"你不明白，侬索，你不明白。你以为他们只是不喜欢你吗？嗯？好的，你能告诉我为什么吗？你能给我一个理由，他们为什么不喜欢你吗？你能告诉我为什么上个星期天他们要那么对你吗？难道你已经忘记他们对你做过什么了吗？那只是六天之前的事情。你已经忘了吗，侬索？"

他没有说话。

"你怎么不回答？你能告诉我为什么吗？"

"因为我穷。"他说道。

"是的，但不只是那样。爸爸可以给你钱。他们可以帮你开一家大公司，甚至帮你扩充家禽生意。不，不只是那样。"

埃格布努，之前我的宿主没有想过这些可能性。因此，他被恩妲莉的话吸引了,在她说话时,他抬头看着她。

"不是因为你穷。不。是因为你没有高学历。你知道吗,侬索,你知道吗?他们的脑袋虽大,却不会想到这个世界上有孤苦伶仃的人。尼日利亚的世道太艰难了!有多少失去双亲的人能上大学呢?就算——公立学校?就算你在联考拿了300分,你上哪儿找钱行贿疏通呢?嗯,告诉我,你要怎么支付学费呢?"

他望着恩妲莉,哑口无言。

"但他们一直说:'恩妲莉,你要嫁的是一个文盲。''恩妲莉,你在令我们蒙羞。''恩妲莉,我希望你别想着和那个痞子结婚。'那实在是太糟糕了。他们这么做实在是太糟糕了。"

之后,恩妲莉回他的旧房间学习,他坐下来,像一片湿润的可可树叶子般蜷起身子,为恩妲莉所说的许多他之前没有考虑过的事情而烦恼。为什么他没有考虑过或许可以重拾学业,那可能就是出路呢?楚库,他揍了自己一拳,怪自己怎么没想到这一点。他没有想到自己在困境中长大,已经学会了逆来顺受。这令他过着与大部分同龄人不一样的生活,遗世独立的乡间生活,这种生活令它的践行者在逆境中自然而然地变得耐心、淡定、从容不迫。没有人催促,他就不会采取行动。他的成就,如果有的话,是慢吞吞的惰怠的品性,而他的梦想遥不可及。这就是以前为什么他的叔叔不得不试图激起他对一个女人的渴望,而现在,恩妲莉激起了他重返校园的热情。他开始意识到这种惰怠是一种缺陷。恩妲莉睡着后,他独自坐在客厅里,陷入了沉思。他可以到阿比亚州立大学注册登记,并获得学位。或许他可以进行业余学习。现在他发现自己的爱鸟之情吞噬了当初想上大学的梦想,他甚至可以去学习农业呢。

这些想法令他满心愉悦。它们意味着真正的希望——他找到可以与恩妲莉结婚的途径了。他走进厨房,从一个蓝色小桶里接了水喝，这时他想起家里的饮用水快喝光了，思绪暂时中断。他有三个小桶，就只剩下这个小桶里还有水。街上那户有两个大水箱，做卖水生意的人家出门两个星期了，住这条街的人要么开车去别的地方买水，要么就趁下雨时拿锅碗瓢盆接水。他喝进口中的水有一股怪味，但他又喝了一杯。

他在客厅里坐下，离开恩妲莉的想法让他想起了奶奶恩妮·阿格巴索，以前她总是坐在客厅那头的旧椅子上讲故事给他听——现在那里的墙边摆了一摞积满灰尘的录像带和音乐卡带。现在他似乎看见了奶奶，说话时一边吞口水一边眨巴着眼睛，似乎那些话是吃进口中的苦涩药丸。这是她老来的一个习惯，他只了解祖母年迈的时光。自从她摔断了盆骨，再也不能去干农活，甚至没有拐杖就走不了路之后，她就从村子那里搬来和他们一起住。那段时间，奶奶把同一个故事对他讲述了一遍又一遍。每次他坐在奶奶身边时，她就会问："我告诉过你关于伟大的祖先奥门卡拉和恩克波图的事迹吗？"他会说"有"或"没有"。但就算他说"有"，她也只会叹息一声，然后眨眨眼睛，对他讲述奥门卡拉如何拒绝一个白人抢夺他的妻子，被地区行政长官吊死在村子广场。（楚库，我目睹了这次残酷事件，了解当时它对人民造成的冲击。）

现在他猜想他的奶奶之所以一遍又一遍地讲述这个故事，或许是希望他在任何情况下都不会屈服。现在他思忖着自己可以选择屈于压力，并失去恩妲莉。不行，他高声说道，想到另一个男人的嘴巴在亲吻恩妲莉的胸脯。这个想法甫一浮现在他的脑海里，他就气得浑身颤抖。他第一次中学毕业证书考试考砸了，只过了三门无关紧要的科目——历史、基督教知识与农业，而数学和英语都不及格，之后他就辍学了。他的大学入学考试成绩更糟糕。考试那段时间，他父亲的身体状况越来越差，只能靠他一人应付越来越繁重的家禽生意。阿古吉埃格贝，您知道我在这里所指的是白人文明的教育。和他这一代的大部分人一样，他对本民族的教育，对渊博的祖先所缔造的伊博文明一无所知。

因此，遭受一连串的失败之后，他对父亲说他不会再去尝试。他靠经营家禽生意和小农场就能养活自己和未来的家庭，如果可能的话，把它做大或增加零售业务。但他的父亲坚持要他继续学业。"尼日利亚的日子越来越艰难。"他的父亲会紧紧抿着嘴巴，父亲在刚步入暮年时开始有了这个习惯，"很快，拿到本科学历也没什么用，因为人人都有了。因此，如果你连本科学历都没有，那可怎么办？农民、渔民、鞋匠、木匠——我得告诉你，人人都会需要。我告诉你吧，尼日利亚以后的世道就会是这样。"

像这番叮嘱，以及我频繁地在他的脑海里闪念，强调他应该听从父亲的劝告——我还经常以一句格言作为铺垫：老人家坐着就能看见的东西，小孩子就算爬到树冠上也看不见——促使他去参加校外的普通教育证书[1]考试。他在喀麦隆街的大楼学习和补课，那里有四个年轻的大学生传授如何备考。在考试那几个星期，补课中心变成一个奇迹中心。在科目考试的几天前，各科目的老师们开始带着泄题的试卷来上课。考试结束后，成绩在几个月后公布，八门考试他过了六门，生物科甚至拿了A，而这一科他的备考最不充分。其中一门考试——经济科，被取消了，因为考试委员会说阿比亚州绝大部分考试中心存在"广泛的不当操作"。确实如此。考试前将近三个星期，他就已经拿到了考卷，要是结果公布的话，他也能拿到A。要不是那个月有一天他们一觉醒来，发现他的妹妹不见了，令他的父亲自此郁郁寡欢，原本他会重返校园。他的父亲在经历丧妻之痛

---

[1] 普通教育证书（General Certificate of Education，简称GCE），通行于英联邦国家及其他英语国家的基础教育课程体系。

多年后好不容易才恢复的宁和心境一下子烟消云散。悲痛就像一支老蚂蚁组成的军队又杀了回来，钻进他父亲生命中那片柔软土地里熟悉的洞穴中。几个月后，他父亲去世了，求学的念头随着父亲的遗体被埋进土中。

奥巴司迪内鲁，随着日子一天天过去，恩妲莉继续与她的父母作对，甚至不肯与他们说话，我宿主的恐惧也在增加。但他害怕要是开口的话会惹恩妲莉气恼，因此他保持沉默，不让她知道自己心里一团糟。但恐惧除非被逐走，否则不会自行离去，它就像一条老蛇，缠住他颤抖的心脏。恩妲莉去拉各斯参加会议的那天早上，他陪她去巴士站。巴士快出发时，他抱住恩妲莉，两人额头相抵，他说道："我希望在你回来之前我还没有失踪，姑娘。"

"那是什么意思，亲爱的？"

"你的家里人，希望他们不会在你回来之前把我绑架走。"

"别胡说，你怎么会有那种想法？你怎么能认为他们会做出这种事情？你在想什么？他们并不是恶魔。"

听到他这么说，恩妲莉愤怒地推开他。这令他审视自己的内心，质疑自己是否把情况想得太严重了，猜想是否长夜的恐惧其实并没有什么，只是穿过宁静走廊的骷髅之舞。"其实我只是在开玩笑。"他说道，"真的。"

"好吧，但我不喜欢那种玩笑，哼。他们不是恶魔。没有人会对付你，嗯？"

"是的，姑娘。"

他尝试不去想那些令他害怕的事情。相反，他给小农场除了草，打扫了自己的房间。然后他给一只伤了脚的公鸡治疗。前一天晚上，他在马路对面找到了它。它跳过了院子高高的篱笆，掉进了后面的灌木丛中,他相信它肯定是踩中了一个碎瓶子。那只公鸡令他想起了那只小鹅,他曾经把小鹅松开,它走出房子,坐在篱笆上。他追着跑出去,发现它在篱笆上,焦虑地转头东张西望。他的心怦怦直跳,害怕小鹅会飞走,再也不回来,他眼泪汪汪地哀求它。那是一个早晨,他的父亲正在刷牙(不是祖先们用的那种咀嚼式牙刷,而是一支普通牙刷),这时他听见儿子在惊惶地叫嚷。他冲了出去,白色的泡沫从他的胡须上滴落,手里拿着挤了牙膏的牙刷,发现自己的儿子失魂落魄的模样。他看着篱笆和小男孩,摇了摇头。"你什么都做不了,儿子。"他说道,"它在害怕。如果你走近,它会逃跑的。"我也在观望,和他的父亲一样感到害怕,我也在他的脑海里闪念。因此,他不哭了,以轻柔得近乎耳语的声音,开始呼唤那只小鹅:"求求你,求求你,千万不要离开我,千万不要离开我,我救了你,我是你的驯鸟人。"然后,奇迹般地——或许因为那只鸟见到有别的什么东西出现在篱笆那头,或许是邻居的狗——小鹅竖起羽毛,张开翅膀,然后猛地往上一蹦,回到院子里,回到他的身边。

他刚把那只受伤的公鸡放回鸡棚里,这时埃洛楚库来了。那天早上他先前给埃洛楚库发了短信,埃洛楚库回复说接受教育是最好的主意。"如果你回去完成学业,那他们一定会接受你。"埃洛楚库这么说。他下了摩托车,和我的宿主站在前廊上眺望农场。我的宿主向埃洛楚库讲述了寿宴的情形,他如何被恩妲莉的家人羞辱。说完之后,埃洛楚库摇了摇头,说道:"会好的,兄弟。"我的宿主抬头看着他的朋友,点头表示赞同。埃格布努,这句话在伟大祖先的子孙们当中非常普遍,绝大多数情形下用白人的语言说出来,总是令我感到困惑。一个生计面临威胁的男人讲述完自己的困境之后,他的朋友——他认为会为他带来安慰的人——只是回答说:"会好的。"说完那句话之后，两人便陷入沉默。因为那是一句奇怪的话，可以包含所有的情感。一个刚死了孩子的母亲，当被问及她情况怎么样时，只会回答："会好的。""会好的"源自恐惧与好奇之间的交界。它代表一种短暂的状态，虽然那个不走运的人知道自己正在经历不幸的事情，他希望情况很快会有好转。在这个祖先们的子孙的国度里，大部分人总是处于这种状态。你希望病情康复吗？会好的。你有东西被偷了吗？会好的！当一个人走出这种"会好的"的状态，踏上新的路程，寻求更大的满足时，他很快就会发现自己又陷入另一个"会好的"的状况。

埃洛楚库又摇了摇头，复述了这句话，拍了拍我的宿主的肩膀，给了他一袋书籍，说道："我赶时间，我们要去政府保留区[1]参加集会。"埃洛楚库离开前，我的宿主抱怨在没有罢课的情况下要拿到学位起码得读上五年，如果发生罢课，甚至或许得读上七年。"先踏出第一步吧。"埃洛楚库说道，登上了摩托车，"一旦起步，就得认真对待。"埃洛楚库自己就快完成化学学士的学业了，他不善言辞，最后说了一句："要是这么做行不通的话，把那个姑娘忘了吧。眼睛看见的东西，没有什么能令其流血，只会令其流泪。"

他的朋友刚离开不久，天就开始下雨，从早上一直下到晚上。乌穆阿希亚大雨倾盆，雨量丝毫没有减少，根本无法预测雨势，他待在客厅里，学习从埃洛楚库那里拿到的一本大学入学考试准备材料。

现在，半开半闭的窗帘外面，天空乌云笼罩，他已借着昏暗的光线阅读了许久，眼睛开始撑不住了。他几乎睡着了，像一片风中的残叶，飘落在睡与醒之间的门槛上，这时他听见前门传来了敲门

---

[1] 政府保留区（the GRA, governmental reserved area），尼日利亚政府划出的由从前的白人殖民者和外国人居住的区域。

声。一开始,他还错以为是大雨溅落在门上的声音,接着他听见一个熟悉的声音,以最具压迫力的语气说道:

"你给我开门,现在!"

然后敲门声又开始了。他一跃而起,透过窗户,他见到楚卡和两个男人,穿着雨衣,站在门廊上。

噶嘎纳奥格乌,见到这三个人对他的影响只能用恍如催眠去形容。在陪伴他的那些年里,我从未见到类似的事情发生在他身上。真是奇怪,就在不久前,他刚开了一个离奇的玩笑,而在大白天里,他的玩笑竟然成真了,恩妲莉的哥哥带着一帮人来到他的家门口。他请他们进屋,吓得胸口怦怦直跳。

"楚卡——"他们进屋时,他刚刚开口。

"闭嘴!"其中一个男人吼道,就是在宴席上带着他去看守大门的那个壮汉。而如今,那人有备而来,身上还带着那根鞭子。

"我不会闭嘴。不会。"那几个男人逼了上来,他退到大沙发后面,"我不会闭嘴,因为这是我家。"

那个拿着鞭子的男人冲上前,但楚卡抬手说道:"别动手!我之前说过,不许动手打人。"

"对不起,少爷。"那个男人说道,回到站在客厅中央的楚卡身后。

他看着楚卡一边摇头,一边在客厅里转悠视察,然后穿着仍在滴水的雨衣坐在长椅上,那两个男人站在长椅旁边,皱眉盯着我的宿主。

"我来是要你把我妹妹送回家。"楚卡的语气和先前一样平静,说的是白人的语言,"我们不想找你晦气,根本不想这么做。我的父母,即她的父母,很担心她。"楚卡低头对着地板,似乎在想事情,在随后短暂的沉默中,我的宿主听见楚卡雨衣上的雨水轻轻滴落在地毯上的声音。

"她从拉各斯回来后,我们要你在两天之内让她回家。"楚卡的眼睛盯着地板,"两天之内。两天。"

他们顺着原路离开了,砰的一声关上身后的房门。虽然仍是白天,但雨云令地平线一片晦暗,他们打开车头灯走了。他看着他们的车倒着开,顺着农场的小路而去,车头灯就像两个亮着黄光的圆盘,退到远处。他们走了之后,他跪在地上,不知出于什么缘故,他放声大哭,一直哭个不停。

埃格布努,要是一支利箭指着一个毫无防备之人的胸口,那个人就必须乖乖听命。在根本无从防备的危险面前,做出其他任何行为都是傻帽之举。勇敢的祖先们曾说,从懦夫的家里可以见到莽夫家的废墟。因此,那个无法保卫自己的男人只能轻声细语地对那个拉弓引箭的男人说:"你要我走远点吗?"如果那个威胁他的男人回答他得这么做,那他必须照对方说的去做,直至摆脱眼前的险境。恩姐莉的哥哥离开后,我的宿主决定服从命令。他会劝说恩姐莉回家,等她走后,他会想办法充实自己,这是所有问题的主要根源。他会回去求学,接受教育,找一份让他配得上恩姐莉的工作。楚库,我明白,当一个人遭受侮辱时,他的行为与意志或许会受到羞愧与绝望的影响。原本对于这个人有着重大意义的事情或许会开始变得微不足道。譬如说,他站在院子里,看着他的家禽,他为自己缔造的这个事业,这八个鸡棚和将近七十只家禽,明白它原来是一个多么低贱的行当。那些羽毛,原本他会拿起来闻一闻并转动把玩,如今在他眼里根本不算什么。或许有人会问,他在干什么?嗯,他在做出回应,楚库。他做好了改变的心理准备。他将所有的一切都放在天平上称过,做出了决定:回归单身,尤其是失去恩姐莉,将比任何事情更加糟糕。她是一家尽是珍贵艺术品的商店里一件熠熠发光的无价之宝。那些家禽，那些鸟儿，全都比不上她。为了得到恩姐莉，有需要的话，将它们统统放弃也在所不惜。毕竟，他见过一个人卖地供自己的孩子到海外求学。那个人做了什么？他决定与其留住土地，不如让孩子当一个医生，才有更美好的前途。或许这个男人已经考虑过了，等儿子发了财，土地还可以买回来，甚至能给他买一块更大的地呢。

因此，等到他完成了这番未曾中断的反思之后，楚卡来他家两天后的早上，他起床后，甚至没有去喂鸡和拾刚下的鸡蛋，就外出到街那头的联邦银行分部，购买了大学入学考试报名表。那家旧银行里挤满了人，长长的队伍一直排到了门口，他不得不请求队伍里的人腾出空间，好让他挤进银行里。离开银行时，他疲惫不堪，浑身大汗。

伊安格-伊安格，我必须向您禀明这趟回家的细节，因为正是在路上，毁掉他的黑色种子在他的生命中扎根。在回家的路上，他走了一会儿，经过一辆在拥塞的车流中缓慢行驶的校巴。他看着车里那帮身穿校服的孩子，他们的睡姿不一，有的把头靠在座位上，有的把头歪到一边倚着头靠，有的双手捧头，有的把头靠在车窗上。有一两个似乎醒着：一个得了白化病的小女孩，头发是沙黄色的，发紫的下唇上长了一个疮，她正茫然地盯着他；另一个是男孩子，剃了个光头。他拖着步子继续走，那个装着报考表格的文件夹揣在腋下，经过棚屋和卖东西的桌子，那些卖家朝他吆喝叫卖。其中一个是卖二手衣服的女人，衣服堆在一个麻袋上，朝他喊道："帅哥，这里有上好的衬衣和牛仔裤，过来买几件吧。来看看你的尺码嘛。"他刚走过那个女人的摊位，便感觉裤兜里有东西在振动。他伸手拿出手机，见到是埃洛楚库致电。

"嗯,埃洛,埃洛——"

"嘿,兄弟,我一直在打电话找你!"埃洛楚库说道,话里夹杂着伟大祖先的语言与白人的语言。

"什么,我刚才在银行里,所以我把手机调静音了。"

"好,没问题。你这会儿在哪儿呢?在哪儿呢?我们在你家,噢,我和贾米科,贾米科·恩瓦奥吉。"

"啊,楚库!真的吗?贾米科?难怪你在说英语。"

他听到背景有一个人在说话,埃洛楚库以支离破碎的白人语言问那个人是否想和他聊一聊。

"所罗宝宝!"那个声音对着电话说道。

"天哪!贾——米——科!"

"快来,快来,我们在等你噢。快来,快来。"

"我快到了。"他说道,"噢,我这就来。"

他把电话放回裤兜里,开始加快脚步朝家里走去,他的脑筋在急速运转。他已经很久没有见过这个人或听到这人的消息了。现在贾米科——他在艾比库高中的老同学,就在他家里。他穿过街道,穿过两边是贫民住房的低矮部分,那里有一条水沟冲开了地面,荡起黄土,将许多破碎之地的壤土吞没。他跑起步,手里拿着文件夹,回到自己的农场。在入口处,他抬头见到埃洛楚库和他们的老同学站在门廊上。埃洛楚库的雅马哈摩托停在门廊旁边,靠在支架上。他踏上沙砾小径朝两人走去,路两旁是小农场的田地。走到两人近前时,他压抑住呐喊的冲动。刚开始他认不出这个长着国字脸、蓄着八字胡的男人是谁。接着,他发现自己突然完全失去镇静,大声嚷道:"贾米科·恩瓦奥吉!"那人戴着一顶红帽子,上面绣着一个白色公牛的头颅,穿着白衬衣和牛仔裤。他走上前,和那个人举起的手双掌相击。

"我不敢相信，伙计！"那个男人说道。

他立刻听出那个男人说话带着外国口音，在黑人世界外生活过的人说话都带着这个腔调，他的恋人及其家人说话也这样。

"埃洛刚刚对我说你在海外生活。"他说的是白人的语言，就像他们在校园里时一样，那时候说"非洲语言"会招致惩罚。因此，除了和埃洛楚库之外，白人的语言是他与学校里的朋友们交流的语言，虽然他们几乎每个人都会说伟大祖先们的语言。

"是的，噢，我的兄弟，"这个男人，贾米科，说道，"我在外国生活好多好多年了，伙计。"

"嗯，我现在得走了，侬索。"说话的是埃洛楚库。他碰了碰头上的黑帽——自从加入马索布之后他就开始戴这顶帽子，和我的宿主握了握手。"我刚才在等你回来，因为见到他时，我想起了你的麻烦。贾米科能帮你。"

"啊，你要走啦？"

"是的，我得去帮老爹办事。"

他看着贾米科，后者身上有股香味，一定是用了某个昂贵牌子的香水，他和埃洛楚库拥抱，埃洛楚库跳上摩托车，猛踩了脚蹬两下，一股浓烟喷到空气中。"我会打电话找你们。"埃洛楚库说道，然后骑着摩托车走了。

"拜拜。"他在埃洛楚库身后道别，然后转身对着身前的男人。"噢，天哪，真是贾米科本人！"

"是的，噢，所罗宝宝！"贾米科说道。

两人又握了握手。

"我们现在进去吧。来来来。"

我的宿主带着客人进了屋子。刚进屋，我宿主的脑海里突然闪现两天前楚卡坐在贾米科现在坐的位置上的模样，他的雨衣令他看上去像是电影里的恶棍,他的出现与这段回忆对我的宿主构成了莫大的威胁。

"伙计,噢,你的地方蛮大嘛。就你一个人住在这里?"贾米科说道。

我的宿主笑了。他拉开窗帘,让阳光透进客厅,坐下来与客人面对面。

"是的,我的父母去世了,你认识我妹妹,那时候的小不点吗?"

"嗯,嗯——"

"恩姬璐,她结婚了。所以现在只有我住在这里。还有我的女朋友。啊哼,你现在住哪儿?"

贾米科笑了:"塞浦路斯——你知道那个地方吗?"

"不知道。"他说道。

"我就知道你不知道。它是欧洲的一个岛国。一个非常小的国家。非常小,但非常漂亮,非常漂亮,伙计。"

他点了点头:"是的,我的兄弟。"

"噢,嚯,你记得我们班的同学乔纳森·奥比奥拉吗?他以前住在这里。"贾米科说道,指着远处的一间旧屋。他脱下帽子,放在大腿上。"兄弟,我们出去喝杯啤酒,小叙一番如何?"

"好的,好的,我的兄弟。"我的宿主应道。

埃格布努,当两个人在这种地方相遇,两人都摆脱了彼此的过去时,他们总会让现在暂时中止,试图将中间那些年月里发生的所有事情拉到当下。这是因为很久以前曾经一起待过的地方或穿过的同款校服将他们绑在一起。两人都想到,有时候很难知晓多少光阴已经逝去,直到过去某时的某物或某人再度出现,带着长途旅行的沧桑。贾米科发现我的宿主长高了许多,但仍然瘦巴巴的。另一方面,我的宿主惊诧地发现以前身材瘦小、脑袋剃得干干净净的贾米科现在身材魁梧，只比自己矮了半寸，腮边长满了胡须。他们发现了这些不同之后，开始聊起自从上一次见面之后他们去了哪里，走过什么样的道路，如何来到现在彼此相遇的位置。有时候，两人或许会建立新的关系，成为朋友。这种事情我见得多了。

于是，他们离开了我宿主的家，走路到邻街的胡辣汤餐馆，坐在泥地的一条长凳上。阳光越来越强烈，走进餐厅时，两人大汗淋漓。他们坐在一台吊扇下，旁边就是音响，在播放一首舒缓低沉的乐曲。我的宿主几乎等不及坐下来，因为在短暂的路程中，贾米科已经将自己生活的地方描述了一番。塞浦路斯那里一切秩序井然。电力供应稳定，食物便宜，医院众多，如果你是学生的话还不用掏钱。至于工作，"多得和水一样"。一个学生都买得起吉普车或 E 级梅赛德斯-奔驰。事实上，贾米科说他带了一辆跑车回尼日利亚，把它送给了父母。去餐馆的路上，他发现贾米科走起路来大摇大摆，调动起全身的重量，似乎其行动是一场表演，观众是范围内的一切事物——停放的卡车、老酒馆、腰果树、机修店、马路对面在皮卡下干活的机修工，甚至万里无云的天空。贾米科说起话来同样抑扬顿挫，语气轻松得意，因此，他说的每一个字都打动了我宿主的心坎。

有一会儿，两人都没有开口，我的宿主在消化贾米科刚才对他说的话，而贾米科在手机上回复短信。他由得自己的目光落在座位旁边墙上那张印着星牌广告的日历，还有一张他认识的美国摔跤手的海报，他浏览着海报，那些摔跤手的名字在他的脑海里闪现：胡克·霍根、终极战士、巨石强森、送葬者，还有布什瓦克兄弟。

"听埃洛说你想回学校读书？他说你遇到麻烦了，我可以帮你。"

我的宿主停止了思考，似乎从一只可怕的大手中获得解脱。"是的，贾米科，是的，我的兄弟。我遇到麻烦了。"

"告诉我吧，所罗宝宝。"

他想说出来，但想起以前母亲叫他的昵称，他踌躇了片刻，因为在早已被遗忘的岁月的某个时刻，他见到自己站在房间里哈哈大笑，他的母亲也在笑，一边拍手一边唱着歌："宝宝，所罗宝宝。宝宝，所罗宝宝。"

他拿起啤酒瓶，喝起酒想让自己平静下来。虽然他觉得味道怪怪的——因为他很少喝酒——但又认为不喝不行。当一个人接待客人时，他得和客人同吃同喝。然后，他打开了话匣子，就像红酒从一个拔了木塞的酒瓶中涌出，里面夹杂着各种情绪——恐惧、焦虑、羞愧、悲伤、绝望。在滔滔不绝中，他把直到两天前所发生的一切，包括他在家里遭人威胁，全都告诉了贾米科："这就是我告诉埃洛楚库我不得不赶紧重返校园的原因。事实上，我别无选择。我很爱恩姐莉，我的兄弟。我真的真的真的很爱她。自从她走进我的生命，我就变得不一样了。一切都改变了，贾米科，我告诉你吧，一切都变了。每一件事情，从 a 到 z，全都变了。"

"啊，那是棘手的问题，噢，伙计。"贾米科说道，在椅子上坐直身子。

他点了点头，又喝了一口酒。

"伙计，你干吗不离开她呢？"贾米科说道，"对你来说，这不是最容易的办法吗？你可以不再忍受这种压力。"

埃格布努，听到这番话，我的宿主默不作声。因为在这一刻，他想起叔叔的意见，甚至还有埃洛楚库的只言片语。他曾经不知道从哪里听说过，如果每个人所说的话都和自己所想的不一样，那他就必须重新考虑。他内心的一部分，似乎已经消融于阴影中的那个部分想屈服，想接受唯一的办法就是离开恩姐莉。但另一部分的他不忿地决定绝对不会屈服，正是这部分的自我在以无法压抑的热情鼓舞他。我，身为他的魈，被夹在中间，既希望他能得到恩姐莉，又害怕他将为之付出的代价。我明白当魉无法决定哪条道路对宿主最有利时,它就应该保持沉默。因为在沉默中,魉完全服从于其宿主的完整意志。它令一个男人成为男子汉。这比魉将宿主引向毁灭之路要好得多。因为遗憾是守护精灵的鸩毒。

他在桌子上摊开双手,说道:"那不可以,我的兄弟。要是我愿意,我可以离开,但我真的很爱她。贾米科,为了能和她结婚,我什么事情都愿意做。"

噶嘎纳奥格乌,后来厄运将降临我的宿主身上,我总是回首往事,猜想是不是在这番话里第一次昭示了后来发生的那一切。我的宿主说完那番话后,贾米科的脸庞抽搐了一下,但没有立刻作答。他先是环顾酒吧,然后点了点头,在开口前喝了一口啤酒。"啊,爱情!你没听过德班吉[1]的《求求你,别让我坠入爱河》吗?"

"没有,我从来没听过。"我的宿主说道,连忙继续原来的话题,免得贾米科继续讨论那首无关紧要的歌曲,因为他想卸下心中沉重的负担。"我那么爱她,我愿意为她做任何事情。"他又说了一遍,这一次语气收敛了许多,似乎说出这番话让他觉得很累,"我现在想重回校园,因为在我父亲去世前,他病得很严重,所以我辍学帮他经营生意。这就是我没有上大学的原因。"

"我明白了。"贾米科说道,"我知道你辍学不是因为脑袋瓜不灵光。你非常聪明,伙计。你在班上不是老拿第二名、第三名,仅次于齐奥马·昂乌内利吗?"

"是的。"他应和着,想起了很久以前的日子。但他必须去考虑的是当下与未来。"我拿到了普通教育证书。要是我重返校园,嗯,我的兄弟,我肯定他们不会再认为我是文盲,他们就会接受我。我

---

[1] 德班吉(D'banj),本名是奥拉达波·丹尼尔·奥耶班乔(1980— ),尼日利亚著名饶舌创作歌手。

坚信这一点。"

"确实就是那样，所罗宝宝，"——贾米科的回答令我的宿主眨了眨湿润的双眼——"千真万确。"

"是的，我的兄弟。"他说道，觉得几个星期来第一次总算能松口气，似乎只是把问题讲述出来，就已经将它们解决了。

"既然你说在塞浦路斯能很快完成学业，我能在三年内拿到学位，那我想上那儿去。"说完之后他松了口气，因为他想到自己说了那些话，都只是为了想告诉贾米科这一句。

"非常好，所罗宝宝！非常好，伙计！"贾米科猛地从椅子上站起身，拍了拍手，"击掌庆贺，伙计！"然后贾米科坐下来，凝视着手上的掌纹，似乎那是一只陌生的手。"那是汗水吗？"

"是的。"他说道。

"哇，哇喔，哇喔，宝宝！你还是像圣诞节的山羊那样老是出汗吗？"

他哈哈大笑："是的，我的兄弟贾米科。我的掌心仍会出汗。"

"宝宝，你这小子。"

"呃——"他说道。

"你已经找到解决的办法了，伙计！"贾米科说着，晃了晃手指，"你已经找到了。你现在可以睡个安稳觉了。"

他哈哈大笑。

"塞浦路斯就是解决之道。"


伊安格-伊安格，确实，就像祖先的时代了不起的巫师们经常说的：在您缔造的这个世界里，要是一个人非常想得到某样东西，只要双手没有放弃追求，那他终能将其拥有。当时和我的宿主一样，我也以为这次与老同学重逢是命运的安排，让他得到渴求的事物。

当晚迟些时候，他回到家里，因为与朋友一起喝了酒，脚步有点踉跄，心中像装了一个满是蜜汁的蜂巢。当他上床睡觉时，他的耳里听到母鸡们咯咯咯的叫声，他开始消化全部内容：在地中海的那个岛国，就像儿时读过的书籍里所描写的古希腊那么美丽，在那里上大学很简单。"不用参加联考！"贾米科重复了一遍又一遍，"你只需要普通教育证书，只需要普通教育证书。"时机真是太巧了：恰巧就在他需要的时候发生了。再过四五个星期，他就可以在九月开始学业。这个不可思议的可能性令一切显得并不真实。学费很便宜："比尼日利亚的所有私立学校都便宜。"贾米科夸口说，"我们这儿那些不靠谱的学校：什么圣母大学、圣约大学，它比哪一所都要棒。"还有什么呢？他只需要支付第一年的学费和住宿费，到了第二年——事实上，甚至只须到第二学期——他就能靠兼职打工挣够明年的学费和住宿费了。

即使到了现在，随着他渐渐进入梦乡，他还看见贾米科在一边说话一边跳舞，一支祭祀之舞，带着催眠效应。他由得自己的思绪在贾米科的美妙建议上盘旋，如果他和恩姐莉结婚后的头几年在国外居住，那两人的关系会更加健康美妙。贾米科坚称那会令她的父母更看得起他，说得非常有说服力。然后他思考着贾米科说过的关于那个国家的最后一件事，更是令他充满憧憬："你可以轻松前往欧洲的其他地区或美国。坐船去很便宜。两个小时就到了！土耳其、西班牙，许许多多的国家。这不仅是取悦恩蒂玛的最好机会——"他纠正了贾米科的口误，"噢，抱歉，是恩姐莉，也是你体验美好生活的机会。事实上，换作我是你，我会瞒着她安排好一切。瞧瞧，你父亲给你留了这一大片土地，还有这座大房子。你能做到的，伙计。给她一个惊喜！"贾米科说这番话时，脸上的神情几乎变得狰狞，似乎被自己的话激起了一把火，"给她一个惊喜，伙计，你会见到的。

你会见到的,你不仅会赢得她的尊敬,而且,我告诉你吧——"贾米科伸出舌头舔了舔拇指,发出"嗯哼"的声响,"我向全能的上帝发誓,恩姐莉会爱死你!"

出自贾米科口中的最后这番话如此确切笃定,令我的宿主胸口一块大石落地,哈哈大笑。现在他记起这件事,又笑了,他站起身,拿起床边椅子上的牛仔裤,拿出那张书写纸,贾米科在里面写了些内容。当时,贾米科从后口袋里拿出一支笔和一本笔记本,因为曾经坐在上面,笔记本从中间折了起来。他笑眯眯地从笔记本上撕下一页纸,说道:"我是务实的人,咱还是得讲求实际。"然后,他开始将口中所说的话全都写下来。

| | | |
|---|---|---|
| **两学期的学费** | = | 3000 |
| **一年的住宿费** | = | 1500 |
| **生活费** | = | 2000 |
| **总计:6500 欧元** | | |

噶嘎纳奥格乌,当晚我的宿主心情平静,就像奥玛姆巴拉纯净无垢的水域。他看了那张纸无数遍之后,将它折起来。然后他熄灯走到窗边,心脏在剧烈跳动。虽然月色皎洁,可他看不清外面的情形。有那么一会儿,他以为马路对面的房子着火了,屋顶一片红彤彤的,还有浓烟升起。很快他就看清那是街灯照射在房子上,而烟是从某处正在做饭的灶头升起来的。

## 第九章
## 迈过门槛

阿格巴拉迪克，伟大睿智的祖先们曾说秘密播下的种子总是能结出最丰饶的果实。因此，我的宿主与老同学会面之后的那几天里，他的心头乐开了花，但他向世界掩饰自己的欢乐。他悄悄地安排计划，没有让恩妲莉知道，在他与贾米科见面三天后，恩妲莉结束了为期一周的行程，从拉各斯回来。他将父亲的行李箱藏在床底下，里面存放着他收集的文件。他一心牵挂着那个文件袋，似乎里面是他所拥有的一切，包括他的生命。

随着文件袋里的东西越来越多，事态进展也令人快乐。恩妲莉回来之后，他不需要劝说恩妲莉回家。她自己回去了，因为楚卡骗她说母亲生病了。这打消了他的恐惧，要是他没能劝说恩妲莉回家，就像楚卡所警告的，不知道会有什么事情发生在自己身上——因为他不希望恩妲莉与她家人之间的矛盾闹大，所以没有告诉恩妲莉那次见面。在他与贾米科制订计划两个星期后，恩妲莉过来看望他，她的心情完全改变了。那天她从教堂过来，神情轻松愉快。

"我甚至不敢相信,亲爱的。"她开心地拍着手,坐在他的腿上说道,"你猜爸爸怎么说?"

"怎么了,姑娘?"

"我对他们说你买了联考的申请表,准备重返校园。因此,他们说如果你注册入学,那将是一个好的开始。这表明你想出人头地的决心是认真的。"

埃格布努,他被这番话惊呆了。他觉得有什么他看不见的东西在他的肩膀后方,窥视着他的秘密之罐。因为根据贾米科的建议,他决心不向恩妲莉透露他的计划,不想她阻止自己,只是告诉恩妲莉自己买了申请表。但他知道事情不可能瞒得太久。就这样,每天他都朝着这个方向多走上几步,他向自己保证,一定会把计划告诉她。但那一天快结束时,他便将计划像有轮子的东西那般推至未来,说今天不行,还是明天吧。可是,第二天恩妲莉在学校待了一整天,回到家里发烧了,他又说等到明天再作打算吧,因为她一整天都在家,沟通会比较容易些。可是,哎呀呀,到了翌日的一大早,电话铃声响了,是她叔叔中风的消息。那个周末,他脑海里的声音做出决定,或许等星期天去完教堂之后再说。似乎在鬼使神差之下,今天就是星期天。现在恩妲莉的那番话触及了他一直保密之事的核心,他决定讲出来。"姑娘,事情可以说已经解决了!"他说道。

"嗯,亲爱的?"

"我说,事情可以说已经解决了。"他说得更大声。他将恩妲莉扶起来,自己也站起身,微微摇摆着。"我已经去了学校,然后回来了。"

她哈哈大笑:"怎么回事?是空想呢还是做梦呢?"

"嗯,等着瞧。"

他走进房间,从床底下取出那个文件袋,那个房间原本是他妹妹的卧室。他吹走趴在那个文件袋封皮的褪色徽章上的一只蜘蛛，带着它回到客厅。他将文件袋放在桌子的中间。

"袋子里有什么？"她问道。

"阿布拉卡达布拉——你会见到的。"他的双手在文件袋上挥舞着，而恩妲莉哈哈大笑。然后他打开袋子，将文件递给恩妲莉。他将文件根据上面列明的开销从低到高排列，因此，当恩妲莉从最后一份开始看时，他说道："不，不，姑娘，先从这里开始。"

"这里？"

"对，那一份。"

他坐下来，看着恩妲莉细读文件，他的心脏忐忑地跳动。

她阅读那份文件的抬头："录取通知书。"她抬起头，"哇，侬索，你被录取了！"她站起来。

他点了点头："继续读下去。"

她的目光回到文件上。

"塞浦路斯国际大学，莱——莱夫——克——萨？"

"莱夫克萨。"

"莱夫克萨。哇！这个地方在哪儿？你怎么被录取的？"

"是一个惊喜，姑娘。接着读，接着读。"

她通读了整份文件。

"噢，天哪！工商管理？那真是太好了！"

"谢谢你。"

"我简直不敢相信。"恩妲莉说道，双手高举在空中，转了半个圈，然后转身对着他，和他亲吻。

"先把全部内容看完，姑娘。"他挣脱开来，"然后再吻我吧。读下去。"

"好吧。"恩妲莉说道，看着文件之间的一本东西。

"你的护照?"

他点了点头,恩妲莉浏览了护照,脸上洋溢着光芒。

"签证在哪儿?"

"下周就拿到。"他说道。

"你要去哪儿——阿布贾?"

"阿布贾。"

他见到恩妲莉的脸上开始浮现愁云,他的身子发僵。

"请全部读完,姑娘。"

"好吧。"她说道,"住宿通知。"她念道,抬起头看他,"住宿你已经找好了呀?"

"是的,找好了。读下去就知道了,姑娘?"

但恩妲莉将文件放回桌上。

"侬索,你计划离开尼日利亚,现在才告诉我?"

"我想给你一个惊喜。听我说,姑娘,你去了拉各斯之后,你哥哥来过这里。不,不,先听我说。他带着一帮恶棍来恐吓我。事实上,我别无选择。我不得不做点事情。先听我说。瞧,我运气好,见到我的老同学,他在塞浦路斯这个美丽的国家上学。他把一切都说给我听了。那里的物价和学费都很便宜,工作也很好找。要是我报读他所说的暑期课程,三年内我就能拿到学位。这就是我要这么做的原由。"

"你见到的那个人是谁?"

"他的名字?贾米科·恩瓦奥吉。他刚刚回塞浦路斯了——事实上,就在四天前。他是我的小学和中学同学。"

如他所愿,恩妲莉又拿起文件,读完课程设置,然后将目光移回那张柔软的书写纸上面的内容。

"噢,等等,我仍然不明白。"

"好的，姑娘。"

"你说你要和我结婚，可你又要离开尼日利亚？"

"不是的，姑娘。"他张嘴想再说下去，却不知道说什么好，这几天和之前那几周辛辛苦苦营造的自信，将一切放在天平上称过之后，决定可以为她放弃一切的自信，突然荡然无存。为了将其恢复，他走到恩妲莉身边，坐在长沙发的扶手上。

"难道不是吗？那是一所外国学校呀。"

他挽起恩妲莉的手："我知道它在外国，可它的确是最好的方式。想象一下，再过两年半，我拿到了货真价实的学位？想象一下，姑娘？就算我走了，你也可以经常来看我。你明年六月毕业，那时候我也升读大二。你可以过来和我一起住。"

"天哪！侬索，你是说……"她用两只手掌夹住脑袋，"把它忘了吧，把它忘了吧。"

"不行，姑娘，不行。为什么你不告诉我，为什么？"

"把它忘了吧。"

"嗯，瞧，我这么做是为了你，只为了你一个人。事实上，之前我根本没想过要重返校园，但那是我能和你在一起的唯一方式。唯一方式，好吗，姑娘？"

他的手搭在恩妲莉的肩上，温柔地将她拉到自己身边。"你知道我爱你。我真的很爱你，但你见到他们对我做了些什么。你见过他们如何羞辱我。他们真的羞辱了我，姑娘。天知道，或许那只是开始。只是开始，你不知道，我不知道，我就快，姑娘……"

整个晚上，两人一直都听到高亢的不停的鸡叫声，但现在那个声音令他感到烦躁不安。他走进厨房，拿起窗框旁边的弹弓和一块石头，跑了出去。他的鸡都在鸡棚里，他走近其中一个鸡棚，一只红公鸡吵闹地跳上横梁，聒噪地啼叫着。它正和刚买来的一只公鸡相斗,那只公鸡长着锯齿状的鸡冠和厚嘟嘟的肉垂。从被买来的第一天起,那只公鸡就显得特别好斗。他打开鸡棚的网格门,想把那只公鸡抓住。而它靠着墙一跃而起,想找个地方立足,却没能找到。他摔了一跤,双手撑在地板上,那只公鸡扑腾着和六只大小公鸡中的另外两只逃出鸡笼。他在后面追赶,它跳到番石榴树下的长凳上,他出手想把鸡抓住时,它又跳上了水箱,嚣张地喔喔喔地叫。他气坏了,绕过水井,然后以最快的速度,将那只公鸡逮住。

他用麻绳将那只公鸡绑在树上,这时恩妲莉走进院子里。低矮的夕阳将她的影子投射在墙壁上,那个影子如此巨大,只有一半能被看见。

"侬索。"恩妲莉说道,吓了他一跳。

"是的,姑娘。"

"你干了些什么?"

"没什么。"他应了一句。

他转身拉住恩妲莉,他的胸口仍在起伏不定,但紧紧抵住她的胸脯时,他察觉到恩妲莉的心跳更加剧烈了。

\* \* \*

阿格巴塔-阿鲁玛鲁,有时候,一个人不会完全明白自己做了什么,直到他把事情讲述给另一个人听。然后,他才明白自己的所作所为。这种事情我见得多了。虽然过去的一个小时里,我的宿主解释了为什么要卖掉这片产业和家禽,但说完之后,他才开始明白自己的决定有问题。我要再次重申,楚库,根据您的规矩,守护精灵的主要职责是照顾好我们的宿主,确保可以避免的灾祸不会发生在他们身上,让他们能更轻松地完成他们的使命,而那正是您创造他们的原因。我们绝对不能尝试迫使宿主违背自己的意愿。因此，即使我曾为变卖绝大部分家产而担心，但我由得他去做这件事情，没有干预。我这么做还是因为我相信那个前来帮助他的男人是他的幸运符，奇奥基克花园的那根骨头促成的。

可现在，当他听到恩姐莉的惊呼，看到她脸上慌张的神情时，他开始害怕自己的决定太草率了。他的心头掠过一股寒意，而过去几周来他的心里原本一直充满希望孕育的温暖与快乐。在他坦白交代自己暗地里做的每件事情之后，恩姐莉说道："侬索，我不知道说什么好。我实在是无语了。"

恩姐莉走进他的旧房间，关起房门，而他坐在客厅里，注视着那些文件。他又把卖掉产业的那份合同读了一遍，恐惧在心头积聚。当他的父亲买下这座房子时，他还不到九岁，她的母亲怀着身孕。他的父亲曾说他们需要一座更大的房子，因为家里会有更多孩子。他原本以为自己忘记了这段记忆，现在却发现那段记忆是那么鲜活，似乎就发生在昨天。他的母亲拉着他，他在空房间里停下脚步，而他的父亲和卖家在房子里四处走动。然后他挣脱母亲，跑到后院，站在那棵番石榴树下，被它深深地吸引住。他试着爬上去，可他母亲虽然身怀六甲，却也跟着跑了出来，喊他下来。他听见母亲的声音格外清晰，似乎她就在房间里他的身后。"不要，宝宝，不要。不要，我不喜欢人家爬树。""为什么？"当时他问道，背对着母亲，在他不想听从母亲时就会这样。"不为什么。"她说道，他听见母亲在叹气，自从她大肚子之后就开始这样。然后，母亲以他知道那是最后警告的无可奈何的语气说道："要是你敢爬树，我就不喜欢你了。"

正想到这儿，恩姐莉从房间里走出来，说道："侬索，我们去好胃口快餐店那儿吧，我饿了。"起初他没办法分辨这两个女人的声音,但恩姐莉朝客厅里走了几步,跺着地板。"侬索,我在和你说话呢!"

"嗯,姑娘,好,好,我们走吧。"

他们缓缓走着,彼此默默无语,似乎有某个超越人类意志的权威发出命令,不许他们说话。他们穿过窄巷,两旁是注模而成的发灰的篱笆和丢满了垃圾的街道阴沟。在另一边,被一条坑坑洼洼的马路隔开,一群群鸟儿栖息在一座被木头脚手架围住的还没建好的大楼上。他看着那些鸟,这时恩姐莉开口了,声音就像在耳语。她说,如果她知道事情会变成这样,那她会离开他。

"为什么你要这么说,姑娘?"

"因为我知道你这么牺牲。所有这一切——实在是太多了。"

他没有说话,直到两人走进餐馆,因为恩姐莉的话令他心烦意乱。餐馆里人声鼎沸——有一帮穿着素色衬衣的男人、几个办公室的员工,还有两个女人,喇叭里播放着一首低沉的歌曲。他很想激烈反驳恩姐莉刚才说过的话,坚持说她值得自己这么做,但他没有开口。因为即使现在他十分后悔,认同自己的行动确实太草率了,却也知道现在已经回不了头。他卖掉了自己从父亲那儿继承的产业。两学期的学费及一年的住宿费已经付了。贾米科现在已经回到塞浦路斯,他还拿了两千欧元给贾米科存在一个银行账户里,作为他的"生活费",这样他就不用带着那么多钱出门。在文件袋里还有六百欧元,最后一笔现金。他在银行里只剩下四万两千奈拉,此外就是将所有的家禽卖掉后会拿到的钱,有多少是多少。

他们坐在餐馆的角落里,恩姐莉将刚才所说的话重复了一遍。

"为什么你要这么说?"他说道。

"因为,侬索,为了我,你把自己给毁了!"我的宿主觉得她的语气里带着愤怒。恩姐莉说完这番话后,转头打量着这个地方,似乎意识到刚才自己太意气用事，声调扯得太高了，因此她低声说："你把自己给毁了，侬索。"

楚库，这番始料未及的责备对我的宿主造成了严重的影响。那种感觉就像有什么东西撕开了他的灵魂，将它劈成两半。他好不容易才克制住自己，说道："我并没有毁掉自己的什么东西，我并没有毁掉自己。"

"你有。"恩妲莉说道，"你毁掉了自己。"

他很惊讶恩妲莉转而说起伊博语，没有说话。

"你怎么可以变卖所有的一切呢，侬索？"

"我这么做是因为我不想让他们把我们分开。"

"是的，可你变卖了拥有的一切，侬索。"她又说了一遍，然后转身对着他，他见到恩妲莉又开始哭泣。"为了我，为了我，为什么，侬索？"

他艰难地吞着口水，因为现在他知道自己究竟干了些什么，用言语表述出来时，这是一桩会把人压垮的严肃大事。

"不，我会拿回所有的一切——"他说道，但见到恩妲莉在摇头，眼里噙着泪花。他没有再说下去。他看着周围，害怕身边的人会见到恩妲莉在哭。"我变卖产业是为了读书,到了国外我可以去挣钱啊。我会十倍挣回来。我会在那里找一份工作……"

食物送到了：他叫的是米饭卷，恩妲莉叫的是炒饭，配菜是肉馅饼。在暂时的平静中，我在他的脑海里闪念，要他以更强烈的措辞向恩妲莉保证。我提醒他这个决定是在做出全盘考虑之后才确立的。我提醒他要想想那个卖地送儿子上学的男人。埃祖瓦,我提醒他，他已经考虑过，要是他拿到学位，回来和恩妲莉结婚，就可以靠恩妲莉父亲的影响力谋一份差事，可以买一个新的养鸡场，建一个新的鸡棚。至于那房子，那才值几个钱？他没考虑过那座房子其实蛮大的,但阿玛乌尊库是乌穆阿希亚最糟糕的地区之一。因此,他等不及要那个服务生离开,那个服务生一走,他便说道:"为了我的生活,为了我爱的女人,我愿意去付出。如果我能取得学位,找到一份好工作,我就可以买一座好上十倍的房子,姑娘。看看这条肮脏的街道。或许我们可以搬到另一个地方,甚至,事实上,甚至或许可以在埃努古买房子。那里环境更好,姑娘。事实上,它的确更好。这好过我由得他们将我们分开。"

但恩妲莉只是摇摇头,他会久久地记住她那副模样。她没有再说什么。她没有吃多少东西,一直在擦拭顺着脸颊簌簌滑落的泪水。她的悲伤令他心烦意乱,因为他没有预料到恩妲莉对他的决定会有如此强烈的反应。两人走回家时,他握着恩妲莉的手,但走近房子时,恩妲莉将手拿开。"你的手又在出汗了。"她说道。他在裤子上擦了擦手掌,朝路边的阴沟里吐了一口唾沫。

她独自走着,与他保持着距离。他看着恩妲莉走路时,臀部随着每一步摇摆,在紧身裙的布料下轮廓分明,一个开摩托车的男人驶过,朝她喊道:"美女,你好吗?"她朝那个男人作噱,然后哈哈大笑,那个男人开车走了,摩托车在轰鸣。我宿主现在的心就像裂开了,他快步朝恩妲莉走去。恩妲莉转头看着他,但一言不发。他看着那个消失的男人和他身后空荡荡的街道,似乎这个世界突然变得空荡荡的。他想到这或许是恩妲莉最害怕的事情:如果他走了,别的男人会来找她。他在心里期盼这件事情早几天发生,当时他还没有卖掉房子。

那天晚上回到家里,他伸手触摸恩妲莉的衣服,恩妲莉将相机塞进他的手中,然后脱光衣服,要他给自己拍照。拍第一张时他的手在发抖,接着照片马上就从相机的顶部印出来了。那是她站立的全身像,丰满的乳房正对着镜头,乳头紧绷发硬。她说这些照片是给他的:"这样的话,你什么时候想要发泄,就可以看着这些照片。"他躺在恩妲莉身边时,心里在猜想恩妲莉这么做是不是因为那个男人刚才出言挑逗她。一股奇怪的恐惧笼罩着他,令他整晚烦躁不安。

楚库,祖先们说上帝创造了瘙痒,但他也赐予了人类挠痒的手指。虽然他的快乐因恩妲莉的悲伤而消失殆尽,但当晚他们回到家里,恩妲莉叫他和自己做爱,他感觉好多了。恩妲莉对他说她难过主要是因为她会思念他,他向恩妲莉保证会经常回来,直到恩妲莉能去与他会合。他说很快就能拿到学位,修得正果。他说这番话时语气如此热烈,因为现在他害怕在这个过渡时期留下恩妲莉独自一人,暴露在其他男人色眯眯的目光之下。接下来那个星期,他动身出发去阿布贾时,他的劝慰起了作用,恩妲莉不再满怀悲戚。她开车送他去巴士站,然后回到父母身边。

他前往阿布贾拿签证之前的夜晚下起了大雨,到了早上,暴风雨的肆虐导致封路,因为道路中间有一个大坑,尺寸足以淹没阿比亚豪华巴士专线的车辆。司机只能绕路走,抵达阿布贾时已经快入夜了。他乘坐出租车到卡布瓦附近贾米科建议他住下的廉价旅社。他们也认识贾米科,管他叫"土耳其男"。"他是个好人,蛮好的家伙。"那个收钱的人对他说,那人嘴里有一股呕吐物的味道。他带着行李走进房间时仍记得那个人的话,他想到自己还没有给贾米科送什么礼物以感谢后者的好意。两人去网吧和移民局,去高等法院宣誓以替代出生证,以及为房子找买家的四趟行程里,他只请贾米科喝过啤酒。

这个想法令他感到不安。他在心里责骂自己竟然如此疏忽,这或许会被视为不知感恩图报的表现,于是他决定立刻打电话给贾米科。他刮开在旅馆外面的小卖部买的全球通电话卡上面的密码,给电话充值。然后他拨打电话，但贾米科没有接听，然后一个外国人的声音响起，接着是一段英语翻译。那段话和他们说话的方式令他哈哈大笑。然后他又试了一遍，这一次，贾米科接听了。

"是哪个傻帽晚上这个时候打电话找我啊？"

他仿佛背上挨了一记重重的杖击。他想过默不作声，这样贾米科就不会知道是他竟然傻乎乎的，不记得两人分处于不同的时区，可他太尴尬了，没办法按照设想控制自己的行为。

"我说，你是谁啊？"

"抱歉，我的兄弟，"他说，"是我呀。"

"啊，啊，所罗宝宝！"

"是的，就是我。我很抱歉——"

"不，不，不，伙计。是我应该抱歉。我今天刚到。我在——"

贾米科的声音消失在一堵无法听清的声墙之后，接着又响起一阵刺耳的"哎哗哎哗"，然后是"嗡嗡嗡"的声响，接着又悄无声息。"贾米，你还在吗？你还在吗？"他说道。

"我在，所罗宝宝，你听得见我说话吗？"

谈话被一则警告打断了，说通话将很快中断。那则警告结束后，贾米科说道："这就是我一直没打电话给你的原因。不过，所罗宝宝，你还没拿到签证吗？"

"现在我在阿布贾。今天刚到。"

"噢，乖乖！所罗宝宝，主角登场！"

"那是——"

杂音再度响起，电话中断了。他把电话搁在房间里唯一的桌子上——上面摆放着一台电视机、一本《圣经》、一张介绍电视频道内容的塑封卡片，背面是宾馆餐厅的菜单。在房间的一角，关闭的窗帘旁边，一只小蟑螂爬在墙上，两根触须朝后弯曲。他脱下衣服时，电话响了。他看着屏幕,上面是恩姐莉的名字。

"我只是想看看你是否一路平安。"恩姐莉说道。

"是的,亲爱的。但道路情况非常糟糕。太糟糕了。"

"都怪奥吉·卡鲁[1],你们的州长。"

"他就是一个疯子。"

恩姐莉笑了,在笑声中,他听见背景某处传来一只公鸡的啼鸣。

"你在哪儿?"

"在你家啊。"

他吞吞吐吐:"为什么,姑娘?你在那边干吗?听我说,你喂完鸡后就回家吧。"

"侬索,我不能在你外出期间丢下它们不管。你当我是什么呢?傻瓜还是笨蛋?"

恩姐莉的话打动了他的心坎。

"我爱你,姑娘。"他说道。千言万语萦绕在他的心头,可他犹豫着,为她所做的事情而大吃一惊。"就只有你在喂它们吗?"

"对。"恩姐莉说道,"我还拾了鸡蛋呢。"

"有几个?"

"七个。"

"姑娘。"他说道。这时恩姐莉问道:"怎么了?"他默不作声。不知为何,突然他感动得流下眼泪。"如果你不想我离开,那我明天就回去。我会把卖房子的钱退回去,不会再卖掉。我会叫贾米科把退还的学费汇给我。所有的一切,姑娘。毕竟我还没有开始学业,你说呢?"

这番话说得那么快,想到自己会说出口,连他自己都感到吃惊。

---

[1] 奥吉·卡鲁(Orji Kalu, 1960— ),尼日利亚报业大亨,掌控《太阳报》与《新电讯报》,曾于1999年至2007年担任阿比亚州州长,2019年当选尼日利亚参议员。

即便他在说话,可一股奇怪的沉默构成了他话语中不可分割的一部分内容。说出那番话后,他知道那其实只是为了她才说的。他等着恩妲莉回答,他的思绪轻飘飘的,就像一只鹦鸟的羽毛。

"我不知道说什么好,亲爱的。"过了一会儿,恩妲莉说道,"你是个好人,很好很好的人。我也爱你。我支持你的决定——因为上帝给了我一个好男人。"他听见恩妲莉在深深叹息,"去吧。"

"我应该去吗,姑娘?如果你说别去,我向缔造我的上帝发誓,那我就不去。"

"我要说的是,你应该去。"

"好的,姑娘。"

"那只蛋鸡又下粉红色的鸡蛋了,你知道吗?"她说道。

"啊,你吃了吗?"

"是的。我把那个鸡蛋煎了。好香甜啊。"

两人哈哈大笑。打完那个电话后,过了很久,他盼望自己当初没有做出离开的决定。那天剩下的时间,原本填满我宿主心脏的欢乐被遗憾这张薄纱遮蔽了。我身为他的魈,认为他做了一个正确的决定。我深信这牺牲会进一步巩固恩妲莉对他的爱,而不是将其摧毁。楚库,要是我也能预见未来,要是我能预见到即将发生的事情,我绝不会有这个愚蠢的想法!

第二天黄昏,当他来到大使馆时,喜悦又填满了他的内心,乘着出租车回旅馆的路上,看着护照里的签证和那张从贾米科建议的地方买到的土耳其航空公司的机票,他喜极而泣。他回到旅馆时,似乎觉得神圣的事情已发生在自己身上。他父亲死前曾说他知道自己的妻子,即我宿主的母亲,一定在保佑着她的孩子。他记得他的父亲是在有一回他死里逃生之后说出这番话的。那是四年前的事情,他想乘巴士去阿巴探望叔叔,但在最后一刻下车了。巴士刚要起步,一个乘客扛着一麻袋野味上车。我的宿主受不了一路上闻着那股味道。他下了巴士，上了另一辆。他在当天的晚报里看到了第一辆巴士的消息，车辆损坏到面目全非的地步。车上九个人，只有两人在撞车事故中幸存。某件他不知道甚至连我也不明白的事情，让那个带着野味的男人上车，迫使我的宿主下了巴士，从而避免了英年早逝的命运。现在他觉得是同样的事情让贾米科来到他身边——某位仁慈的神明——在这个他有需要的时候出手相助。正如我之前说过的，我，他的魑，认为这是他在奇奥基克花园里得到的幸运符带来的结果。

回到旅馆的路程很长，在好几处地方遇上塞车。他闭上眼睛，幻想着未来。他和恩妲莉一起住在外国的一座漂亮房子里。他努力幻想两人生了个男孩，正抱着一个大大的足球。虽然这些想象的画面模糊不清，却为他的精神带来了安慰。长久以来，他一直是个迷茫的男人，过着随波逐流的生活，现在他已经找到丰饶的希望，任何事情都有可能发生。他在旅馆里致电恩妲莉，但她没有接听。躺在床上等候恩妲莉回电话时，他睡着了。

奥尼克鲁乌瓦，带着签证回到乌穆阿希亚后，他的行程更加确定了，它所产生的焦虑与恐惧也随之增加。最终启程前的那个星期就像豹子追击猎物般飞奔而过。他得去拉各斯搭飞机，动身的前夜，他在努力安慰恩妲莉，因为她的悲伤在过去那几天里迅速膨胀，简直就像雨季里的可可树，令他惊讶不已。他们将剩下的卖不掉的东西搬到小货车上后——大部分物品曾经属于他父母——过来送行的埃洛楚库拿走了那盏红色的贝纳通牌可充电台灯。我的宿主由得他带走，没问他要钱。恩妲莉不肯要任何东西。她一直劝说他不要把东西卖掉。因为他准备把小货车开到叔叔在阿巴的车库里存放，恩姐莉问他为什么不把东西寄存在叔叔那里呢？现在，他们开始把最后一个房间即客厅里的东西打包搬进他的小货车里，这时她的精神崩溃了。

"她真是不容易，"埃洛楚库说道，"你一定得知道这一点。所以她才会有这样的反应。"

"我明白。"我的宿主说道，"但我不是去埃鲁伊格，我又不是离开人世。"他将恩姐莉搂在怀里，亲吻着她。

"我不是这个意思。"恩姐莉啜泣着，"不是那个意思。只是，这几天来，我一直在做梦。它们不是很吉利。你变卖了一切，全都是因为我和我的家人。"

"所以，你又不想让我去了，是吗，姑娘？"

"不是，不是，"她说道，"我说过你应该去。"

"你瞧？"埃洛楚库说道，摊开双手。

"我很快就回来，然后我们又可以在一起了，姑娘。"

听到这番话，她点了点头，勉强挤出一个笑容。

"就是这样！"埃洛楚库指着她的脸说道，"现在她高兴了。"

我的宿主笑了，抱住恩姐莉，两人拥吻在一起。

埃格布努，在这种时刻，当一个人将要离开同伴一段时间，他们无论做什么都会匆匆忙忙而且高度专注。思绪在消化这些事情，将它们存放在一个特别的瓶子里，因为那些是将被永远记住的时刻。这就是为什么他会一直反反复复地记起收拾完行李后恩姐莉抱着他的脑袋，对着他的脸庞说话时的样子。

从恩姐莉身边离开之后，他含着眼泪跑进屋子里。屋里只剩下四堵空墙。有一刻，他几乎不认得任何一个房间。就连院子也不像从前的样子。一只红头蜥蜴趴在五天前的养鸡场，一根折断的羽毛粘在它的脚趾上。当他们将第一批物品搬进小货车时，他意识到，在某种程度上，一个人的生命是可以用他所拥有的物品去衡量的。他停下收拾东西的动作。这座农场很大，颇有一些年头和历史了，还有里面的家禽，直到那一刻之前原本都是属于他的。那个种庄稼的小农场原本也是属于他的。家里的所有家具也是，还有那些黑白银版的旧照片。他的父亲拥有的所有黑胶唱片专辑，几乎装满了一个麻袋，还有旧收音机、袋子、风筝及其他物品。他甚至继承了几样奇怪的东西，譬如说，他的父亲1978年第一辆车的生锈车门（那辆车在奥吉河撞毁了），还有他父亲的猎枪，就是这支枪打死了他那只小鹅的母亲，还有两个煤气炉、电冰箱、饭桌旁边的小书架、摆在父亲的床边凳子上那本厚厚的牛津字典、挂在父亲卧室墙壁上的那面伊克罗鼓，还有他爷爷的铁皮箱，里面装着沾血的比夫拉军服，上面缝缝补补，好几颗纽扣不见了。此外还有几把弯刀、他父亲的工具箱、他妹妹留在衣柜里的衣服、十来件瓷器、几把木勺、一口做饭的砂锅和杵舂、几个塑料水瓶、几个住着蜘蛛与蛛卵的旧咖啡罐，还有那辆印着农场名字的小货车，许多年来一直是他父亲仅有的车。他在这片土地上长大，整片土地都曾经属于他。而且他还曾拥有非物质的事物：那棵番石榴树的叶子在下雨时会变成一个淋浴头，有一百处地方在滴水；他记得曾经有一个小偷越过篱笆逃进他们的农场里躲避愤怒的民众，他们威胁说要对他动用私刑；还有对暴动的恐惧、他的父亲曾对他寄托的梦想、多年来的圣诞庆祝、足迹遍及国内的假期旅行的记忆、被吓呆的不会开口说话的希望、无法宣泄的盛怒、时间的累积、生活的乐趣、死亡的悲伤——所有这一切，长久以来都属于他。

他环顾四周，篱笆、水井、番石榴树与一切，他想到这片产业曾经是他的一部分。从这一刻起，他将像一只活在当下的动物那样生活，尾巴永远垂向过去。最令他崩溃的正是这个想法，当负责将钥匙交给新主人的埃洛楚库将房子锁起来时,这个想法令他痛哭流涕。

噶嘎纳奥格乌,我的宿主之所以哭,还是因为人类的孩子出生时对前世一无所知。他出生——毋宁说,是重生——就像海面般一片空白。一旦开始成长,他就拥有了记忆。一个人的生活是他所了解的一切事情的累积总和。这就是为什么当他独自一人时,当其他的一切从他身边被剥离时,他会躲进内心的世界里。当他独自一人时,所有的一切都收敛会聚于这个整体中。一个人在独处时才是真实的他。因为当他独自一人时,构成他的某些部分——深刻的情感与内心的动机——会从内心深处上升至表面。这就是当一个人独处时,脸上的表情会与身处别的地方时不一样的原因。那是一张平时别人不会见到的面孔,因为当另一个人走近他时,那张面孔就会像触须般收回去,以另一副模样示人,仿佛换了一张新面孔。因此,独自乘坐夜班巴士前往拉各斯的途中,我的宿主沉浸在回忆里,没有人见过他那副面容。

虽然坐在他右边那个男人的体味整晚令他感到恶心,但他睡着了许多回,他的脑袋靠在从货架堆到椅背的一个旅行袋上。他做了几个生动的梦。在其中一个梦里,他和恩妲莉正走在教堂的通道上。到处灯火璀璨,甚至在祭坛后面墙上的诸圣徒、耶稣基度、圣母马利亚的雕像上方也有。那就是恩妲莉总是告诉他的教堂。那位司铎,萨姆森神父,正合掌站立,手上挂着一串《玫瑰经》的念珠。头上有一道长长伤疤的侍奉祭坛的小男生敲响了司铎小办公室旁边的低音鼓。在微笑和舞蹈中,他见到他们走在自己前面,有身着华服的恩妲莉的母亲,还有她的父亲和楚卡,楚卡的胡须现在更长了,在光洁皮肤的衬托下显得格外突出。两人都身着西装,两人都在微笑。

现在他乐呵呵地低头看着自己：他身上的西装与那两人竟然一模一样！这三套西装，加上埃洛楚库身上那套。可是，那第三个男人是谁？胖嘟嘟的脸颊，圆圆的脑袋，发型就像一个岛屿——周围是光秃秃的头皮，中间的头发蓄成圆锥状。贾米科，是贾米科，那个前来帮助他的男人！他也穿着同款的蓝色西装，还打了黑色领带。他在跳舞，是队伍里最后一个人。在我的宿主身后，他伴随着婚礼进行曲的拍子在跳舞，跳得浑身大汗。

> 我的妻子是由上帝赐予的，
> 我的丈夫是由上帝赐予的，
> 因为是上帝赐予的，
> 它将直到地老天荒。

他醒来了，看见巴士正行驶在高速公路上两旁都是森林的部分，巴士自身和从他们身旁掠过的小汽车、卡车和半挂式卡车的车头灯光是漆黑中仅有的光亮。他坐起身，想起昨晚，对于恩妲莉来说一定很难过的夜晚，它的黑暗缓缓地转浓，就像缓缓滴进一个瓶子里的雨水。他明白那天恩妲莉多么痛苦挣扎，竭力想隐藏她的悲伤，他不得不反反复复地劝她不要哭。当夜晚降临时，虽然她身体不适，身上的汗味闻起来像得了疟疾，但她要和他做爱，因为那是他们的最后一天。于是，他缓缓地将恩妲莉的底裤从腿上脱下，他的心在剧烈跳动。她赤裸着身子，摆好姿势之后，闭上眼睛，脸上露出愉悦的笑容，两边的眼睫毛上挂着泪珠。他脱下自己的短裤，然后，温柔地缓缓拉起她的手，让她用双手缠住自己的脖子，然后和她做爱。她一直紧紧地搂着他，搂得那么紧，令他在恩妲莉体内宣泄，精液从她体内流出，顺着他的双腿流下来。

当他又睡着时，我飘出他的身体，在他沉睡时，我经常这么做。不过，我看到巴士上尽是守护精灵和游魂，喧闹声震耳欲聋。其中一个鬼魂，一个阿卡利奥格利，瘦得犹如轻飘飘的雾，看上去就像深色衣服上的一个小小污渍，坐在前座一个睡熟的年轻女人身边，她的头搭在身边男人的肩膀上。那个幽灵站在女人身前，一边哭一边说道："求求你，不要嫁给奥克利，不要嫁给他。他是个恶人，是他杀了我。他在骗你。不要，不要，恩格兹，否则我的灵魂永远不会安息。他杀了我，是为了和你在一起。恩格兹，求求你，不要嫁给他。"说完那番话后，它撕声裂肺地哀号，声音时断时续，极尽悲伤。然后，它一遍又一遍地重复着它的恳求。我看了这个游魂一会儿，想到或许它一直这么做很久了，或许已经有好几个月了。我为之感到伤心——一个被肉身与守护精灵抛弃的奥尼尤瓦，无法飞升到阿拉恩迪伊奇，不能轮回转世。这真是太可怕了！

接下来的旅程我的宿主一直在睡觉，当他醒来时，巴士已经驶进了奥乔塔巴士站，那里一片喧哗，车站里有几个大坑，突然变成了大白天里的梦魇。外面正在下小雨，那些小贩——卖面包、橘子、手表、水——正在由几根铁柱支撑的镀锌雨篷下避雨，雨篷上用红色油漆写着车站的名字。几个女人用黑色塑料袋包住脑袋。巴士刚停下，一个卖瓶装饮料的小贩就冒雨跑过来，眯着眼睛打量着车里。我的宿主马上下车，担心自己没有漱口的嘴巴。他记得恩妲莉曾叮嘱他起飞前要在机场刷牙漱口，要不然他会带着口臭抵达塞浦路斯。

还没等他将两个大行李袋搬下巴士，两个出租车司机已经冲过来，要把行李箱从他身边拿走。他让第一个司机搬行李，那人个头矮小，神色憔悴，长着一双鼓胀的眼睛。那个男人麻利地搬起行李，动作之敏捷令他咋舌，我的宿主回过神意识到那个司机在做什么时，司机已经快步走出了巴士站。他跟在那个男人身后，双手拎着另一个行李袋顶在肚子上。雨点缓缓地滴落在他身上,他跟着那个司机横过拥塞的交通,在响着喇叭的小汽车和巴士之间穿行,空气中充斥着噪声。在远处,一座桥梁出现了,桥梁后面是一片水域。似乎到处都有鸟,许多只鸟。那个男人在一座还没建成的楼房前停下来,砖块上坑坑洼洼,露台上坐着几个男人。两辆出租车中有一辆是他的,车况非常糟糕,后面有严重的凹痕,一个侧镜不见了,只剩下半截塑料手把。那个男人将行李箱扔进后备厢,然后接过我的宿主手里的行李,也丢进里面,掉在布满灰尘的车尾厢里那个备用轮胎上面。然后他砰地关上厢盖,招手示意我的宿主上车。"去机场!"他听见司机对露台上的一个男人说了一声。然后,他也上车了。

第二部分

## 再次祷祝

迪克纳噶哈,埃克乌埃梅——

请接受我以埃鲁伊格的语言进行再次祷祝,作为献上的祭品——

请将它当作"恩格博洛古-奥吉",有四枚果实的可乐果——

我必须赞美您,您赐予我们——人类的守护精灵特权以站在璀璨的贝楚库宫,代表我们的宿主作供——

祖先们说洗干净了双手的孩子可以与长者们一同用餐——

埃格布努,我的宿主的双手是干净的,请允许他与长者们一同用餐——

埃祖瓦,让雄鹰栖息,让隼雕栖息,如果任何一方说另一方不能栖息,那就让它的翅膀折断吧!——

现在我的宿主离开了他的祖先的土地,他的故事将会改变,因为在河岸边发生的事情与在房间里发生的事情绝不会一样——

母亲放在孩子手上的一根燃烧的木头不会烫到他的手——

一棵树如果想和女人结婚,那它必须先长出阴囊——

一条蛇一定会生下和它一样长的后代——

但愿您仍在倾听我代表宿主作供,我恳求您阻止阿拉惩罚他——

噶嘎纳奥格乌,如果我害怕的事情真的已经发生,希望您知道那是无心犯下的罪过,可以被宽大处理——

但愿我的陈述能让您相信我的宿主对那个被他伤害的女人并没有恶意——

埃格布努,现在是人间的夜晚,我的宿主睡着了,这更加证明,如果事情真的已经发生,那是无心犯下的罪行——

因为没有人会在干涸的湖里钓鱼,或在火堆里洗澡——

因此,阿古吉埃格贝,我斗胆继续我的讲述!

## 第十章
## 被拔了毛的鸟

奥卡奥米，我了解到早已死去并来到阿拉恩迪伊奇的祖先因为子孙们放弃了他们的生活方式而感到纳闷。我看见他们为当前的世道而哀叹。我曾听到恩迪伊奇-恩妮，伟大的母亲们，哀叹她们的女儿不再按母亲的规矩行事。伟大的母亲们质问为何她们曾经自豪地穿在身上的织染布料，她们的女儿如今几乎不穿了；为何白垩，大地上纯洁的粉末，再也没在她们身上见到；为何奥斯米利水域里的玛瑙贝盛放后又被埋葬，没有人去采摘？她们哭泣为何祖先的子孙们不再佩戴护身符？从远在凡间之外的领域，忠诚的祖先们眺望自己曾经居住生活的大地的全境，从莫卜西到恩克帕，从恩卡努到伊格贝尔，数着人类为自己的守护精灵和他们手上的护身符修建的神龛。为何魁的祭坛与猪的神龛如今成了被遗忘的事物；为何子孙们欣然接受了那些不知所谓之人的生活方式；为何他们玷污了自古相传的血统，将祖先的神明驱赶到外头的黑暗里；为何阿拉没能享受到供奉给她的羽毛茂密的小鸡，奥扎拉没能享受到供奉给他的鸟龟——虽然那只是聊胜于无的贡品？耐心的祖先们庄严而愤慨地质问为何阿曼迪奥哈的祭坛像骷髅的喉咙般干枯，而母山羊无拘无束地到处乱跑？他们似乎不明白，白人以其巫术的造物迷惑了他们的子孙。事实上，受人尊敬的祖先与母亲们忘记了，事情是自他们的时代而始。

三百多年前，我曾凭附在一个宿主身上，当时白人带着镜子来到诺比，那里的男人和其他地方的神明一样英勇睿智。但他们被这样东西深深吸引，他们的女人为之入迷，那东西给他们带来了巨大的烦恼。但是，我必须说，在一百多年的时间里，人们并没有抛弃祖先的生活方式。他们接受了那些东西——镜子、丹麦步枪、烟草——但他们并没有毁掉魍的神龛。可他们的子孙坚信白人的巫法更加强大。他们追求其力量与智慧。他们开始希望拥有白人所拥有的东西，譬如说，我的宿主去拉各斯的当晚坐进去的会飞的交通工具。祖先们的子孙看见飞机时总是啧啧称奇。他们问：那些人制造的这个东西是什么；为什么白人那么强大；人怎么能在苍穹间翱翔，甚至比鸟飞得更高？我不明白这些事情。许多个轮回之前，我曾凭附在一个伟大的男人身上，他像祭牲般被五花大绑，被带到白人的土地。然后，他和其他像他一样被抓的人，以及捉他的人，在浩瀚的奥斯米利上航行，那是一片环绕世界的无边无际的水域，即使我们在贝楚库这里也看不见尽头。跨越这片海洋的行程长达数周之久，漫长得我厌倦了看着那片水域。即使是在当时，我也为这艘船能航行自如并且不会沉没而感到惊奇，明明一个人根本不可能站在水面上。

埃格布努，想象一下，当祖先的子孙们发现现实与睿智的祖先说过的这句格言"无论一个人怎么跳，他都不可能飞起来"冲突时的感受。他们会纳闷为什么祖先会说这句话，然后摇摇头，认为睿智的祖先们其实是愚昧无知之人。为什么？因为人并不是鸟。可是，子孙们见过飞机这种事物，也因这句睿智的格言就这样被白人的巫法颠覆而震惊。人类每天都在各式各样的飞行器里飞来飞去。我们看见他们在前往埃鲁伊格的路上，坐在银色的交通工具里在空中穿行。人类甚至可以从天而降发动战争！我在大地上的许多轮回中，有一回，我那时候的宿主艾金克昂涅·伊斯噶迪，差点被乌穆阿希亚天空中的一样武器杀死。那是白人口中所说的1969年[1]。除此之外，祖先们曾说一个人没办法与远处的别人说话。他们的子孙一定会破口大骂：胡说八道！因为他们现在能够与远方的人通话，似乎两人就并肩躺在同一张床上。可是，这甚至不是事实的全部。

除此之外还有白人宗教、他们的发明、他们的武器（譬如说，他们能把土地炸出大坑，将树和人炸得粉碎）的吸引力，你会明白为什么子孙们抛弃了伟大祖先的生活方式。子孙们不明白伟大祖先的生活方式与白人的生活方式有着本质的不同。祖先们参照着过去前进，他们依赖的不是自己的所见，而是他们祖先的所见。他们认为关于宇宙所有需要了解的东西早已被发现了。因此，一个活在当下的人没有资格说：我发现了这样东西或我发现了那样东西。一个人认为前人有所忽视或并不仔细，现在他发现了这样东西，这是最要不得的傲慢。因此，如果你问一位伟大的祖先：为什么你在土堆里种芋头而不是播种？他会回答：因为我的父亲教我这么做。如果一个人对你说和老人家握手时不能用左手，你问他为什么，他会说因为那不合"规矩"。祖先们的文明专注于保留已经存在的事物，而不是新事物的发现。

阿拉恩迪伊奇的长者们，阿莱格博的祖先们，雨林里的黑人们，

---

[1] 1969年12月20日至24日，尼日利亚政府军发动进攻，占领乌穆阿希亚，比夫拉独立政权被迫迁至奥韦里，并于1970年1月15日宣告投降。

黑人智慧的守护神，请听我说：白人巫术的这些产物正是你们像经历了老鹰袭击的家鸡一般，为子孙而抱怨、哭喊、号啕的原因。是白人践踏了你们的传统，是他们侮辱了你们古老的神灵。你们的土地的神明向他们低下了头，他们将神明剃成光头，他们对祭司处以鞭刑，将你们的统治者绞死。他们驯服你们的图腾上的动物，囚禁你们的部落的灵魂。他们当面唾弃你们的智慧，你们英勇的神话在他们面前不能提起。

伊安格-伊安格，我为何在滔滔不绝地谈论祖先呢？这是因为载着我的宿主与其他人在天空中飞行的这个东西实在神奇，无法以言语去形容。在飞行的整个旅程中，就连我的宿主——一个爱鸟之人——也在好奇它怎么能飞起来。他认为飞机的推动力来自它的翅膀。它在云层间翱翔，飞越广阔无垠的水域，在雨季的末端，它染上了天空的颜色。这就是奥斯米利，环绕世界的巨大水域。这里的水里有盐，"奥斯米利恩努"。您的神圣眼泪，楚库。

我好奇地离开宿主的身体，飞到飞机的外面。我立刻被这片荒芜之地的喧闹和灵体淹没。横跨整片天际线，我看见没有肉身的生物——奥尼尤瓦、守护精灵与其他灵体——以极快的速度在飞行，或升腾或降落。在远处，一大群灰蒙蒙的生物麇集在太阳这个发光圆球的周围。我努力不去看那些生灵，而是观察飞机，它的机翼并没有像鸟的翅膀那样在扑扇。我在飞机上盘旋，随着飞机以超自然的奇速翱翔。之前我从未停下来好好看一看这个东西，它令我感到恐惧。我立刻回到宿主的身体里。他仍在入迷地端详着飞机，因为飞机上有乘客、电视、洗手间、食物、椅子和陆地上的屋子里所能找到的一切物品。但他的大部分思绪放在了恩妲莉身上。

很快他就睡着了，等他醒来时，许许多多的事情骤然间发生。甚至就在一个人声回到会发出声响的匣子里时，人们还在鼓掌欢呼。机身刚才发出砰的一声，现在减缓了速度，他察觉得出飞机已经不在空中了，因为他能感觉到接触地面的震动。现在飞机里灯火通明，既有日光，也有机舱里人造的灯光。他拉起窗罩，明白为什么场面会那么混乱了。他也喜不自胜。他想到，要是他的父母现在还在世的话，他们会多么骄傲。他想起了在拉各斯的恩姬璐。他问自己现在她怎么样了。他既好奇，又略微感到难过，不知道现在她是否和那个糟老头子生了小孩。当祖先的孩子们想起不开心的事情时，他们的思考模式与想起高兴的事情时是不一样的。这就是为什么他的思维要强调妹夫的年纪。他会在这里，伊斯坦布尔，打电话给妹妹，或许情况会有所不同。或许这个电话会令妹妹恢复对他作为哥哥的信心，毕竟他是恩姬璐仅剩的家人。但他能怎么办呢？他没有妹妹或她丈夫的电话号码。以前都是妹妹用小贩那儿的付费电话和他联系，通常是在特殊时刻，譬如说圣诞节、新年，有时候是复活节，有一回是在父亲的祭日。那天她在电话里哭了，令他感到惊诧，令他觉得两人或许有机会修复关系。但这个想法没有实现，在她在挂断电话前，和往常一样，说"我打电话只是想知道你近来如何"时，他知道妹妹又会被淹没在虚空中。

突然，鼓掌声和说话声打断了他的思绪。人们的脸庞洋溢着微笑，开始从行李舱里取出行李，扛起背包，拉起带滑轮的行李箱的伸缩手把。他们的欢乐各有原因，但他能从掌声和后面传来的"赞美上帝""哈利路亚"的叫嚷声中得悉他们很高兴飞机安全降落了。他猜想，那一定与近来尼日利亚发生的一连串空难事故有关。因为就在不久前，一架载着重要人物的飞机，包括索科托州的苏丹与一位前总统的儿子，出事坠落了，几乎全员遇难。在那次事故仅仅不到一年前，另一架飞机坠落了，一位知名的女牧师，毕姆博·奥杜科娅[1]遇难。他进一步想到,这些人很高兴是因为他们摆脱了原先遭受苦难的地方,来到这个新的国度。这架飞机离开了那片人人互相倾轧的匮乏土地,在那片土地上,一个人最大的敌人就是自己的家人,那片土地上有绑架案,有祭祀杀戮,那里的警察会欺负在路上遇到的人,不肯掏钱贿赂他们的人会被枪毙,那里的领导人视被领导者为贱民并抢掠后者的财富,那里总是有暴乱和危机,有长久的罢工、汽油紧缺、失业、拥挤的贫民窟、坑坑洼洼的道路、动不动就坍塌的桥梁、垃圾遍地的街道和街区,还经常停电。

奥利萨比尼格,伟大的祖先们说当一个人走进一片未知的土地时,他又会变得像一个小孩。他不得不去问路和找寻方向。这也是他们下了飞机后,我的宿主茫然不知所措的原因。他们离开飞机走进的那个地方,一个机场,非常宽阔,到处都是形形色色的人。一开始他想起自己的大行李,里面有他没有卖掉、烧掉或交给叔叔保存的财物,这时候他记起别人告诉过自己好多遍,要到塞浦路斯才能拿行李。现在他身上只有恩姐莉给他的旅行袋,里面有他的录取通知书、恩姐莉的信件、照片和他需要在新国度的学校提交的所有重要文件。和他来自同一个国家的其他黑人也走进这个乱糟糟的地方,然后消失在人流中。无论左边、右边还是后面,他们一闪而过,融入了人群。他走到大厅中央,那里有一口大钟自屋顶悬下。他在一对黄皮肤的老年夫妇后面停下脚步,他们在看着那口大钟,似乎那是一具吊在树上的尸体。一辆小车子在他后面出现,摁响了喇叭。他让到一边,车子继续往前开,每次停下来都会鸣笛,试图在挤满数不清的人的大厅中穿行前进,仿佛这里是乌穆阿希亚的市场,时

---

[1] 毕姆博·奥杜科娅(Bimbo Odukoya, 1960—2005),尼日利亚女牧师、传教士、妇女领袖,在2005年12月11日的空难中丧生。

不时地,大厅响起航班抵达与出发的广播。他转身朝见到许多同胞前往的方向而去。

他走了大约半公里,经过许多有趣的东西,脑海中思绪万千。这时候,他遇到一个蓄着长须、戴着墨镜的同胞。他问那个人自己接下来应该做什么。那人叫他拿登机牌看看。他拿出别人在机场给他的那张纸。

"你飞往塞浦路斯的航班将在七点钟起飞。现在才三点钟,所以你只能等候。我要往那边走。放轻松,好吗?"

他谢过那人,那人走掉了,走路的样子像在跳舞。"放轻松。"那人这么对他说。它意味着等候。它也意味着有许多事情是人力无法控制的。有几股力量必须会聚,有几个事物必须集中在一起,依照约定好的时间,以共同接受的准则,最后转化为引发行动的事件。这就是那种现象的一个范例。要离开这里,他必须与别人会合,他们也付了钱前往同一个地方。等他们集合完毕,就会登上同一架飞机。那里会有人等候他们登机起飞。可是,埃格布努,我们不要忘记,要等到时钟敲响七点钟,事情才会发生。那是召集他们的信号——他与所有这些人。在祖先的时代,那是村子或城镇的报时人和他的锣声。正如我之前说过的,白人的文明依赖于这个事物。若将时钟拿走,那么他们的世界里没有任何事情可能实现。

他在等候时钟敲响七点钟时,得干什么呢?放轻松。可是,我,他的魈,没办法放轻松,因为我能察觉到精灵的国度出事了,但我不知道那是怎么回事。没过多久,我的宿主在人们聚集的地方找到了一个座位,他们在喝东西和抽烟。他坐在那儿看着小隔间里一个满脸胡须的男子,神情迷离,仿佛中了邪。那令他想起了自己在父亲死后几个星期没有剃须,胡子长得老长的样子,有一天,他看着镜子里的自己,笑了自己好久——久得他怀疑自己是不是疯掉了。

在他身边，一个白人妇女睡着了，眼皮像孩子一样不停眨动。他看了这个女人几分钟，目光落在她脖子上的青筋和蓝色的长指甲上。这个女人令他想起 J 小姐，他猜想她是否仍在当妓女。楚库，他坐在那里时，我暂时离开了他的身体。之前我一直渴望看看这个地方的灵界是什么样子，但我刚才不能这么做，因为我的宿主心神不宁。现在，我一出来就看见这个地方到处都是精灵，有的如此奇形怪状，永远印在我的脑海里。其中一个看上去就像古老的鬼魂和没有肉身的灵体那般迷离，它是我见过的最苍白的精灵。它站在一个干瘪的白人身后，他坐在轮椅上，眼神空洞地盯着前方。一个幽灵独自坐在机场的地板上，不为机场里进进出出的人所动。一个孩子踢球穿过它没有实体的身躯，但它甚至连动都不动一下。它一直在摇头，比画着姿势，喋喋不休叽里呱啦地说着外语。

等我回到我的宿主身上时，他从座位上站起身。他走了很久，碰巧遇到两个尼日利亚男子，刚才在飞机上，他们坐在他正前方的那排座位上。他们刚从一家灯火通明的商店里出来，和机场里的许多人一样，拎着相同的五颜六色的袋子。从那两人在飞机上对话的只言片语以及他们当中一个人的行事作风中，我的宿主知道那人曾经在塞浦路斯生活过一段时间。那个他认为在塞浦路斯生活过的男人穿着素色夹克和牛仔裤，耳中塞着什么东西。另一个人和我的宿主差不多高，穿着一件开襟羊毛衫，看上去邋里邋遢，眼角带着睡意。他的样子像一个内心正遭受折磨的人。我的宿主快步朝他们走去，想向他们了解接下来自己应该做什么。

"劳驾问一下，兄弟。"他在他们身后喊道。

他走到他们身边时，那个穿夹克的男人把袋子从一边肩膀换到另一边肩膀，伸出一只手，似乎知道我的宿主会上来。

"请问，你们来自尼日利亚吗？"我的宿主问道。

"对,对。"那个男人回答。

"去塞浦路斯吗?"

"对。"那个男人回答,另一个男人点了点头。

"你以前没去过那里吧?"另一个男人问道。

"对,我以前没去过。"我的宿主说道。

那个男人看着另一个人,后者好奇地盯着我的宿主,这时几个同机人走了过去。

"我也没去过。事实上,我的兄弟,我希望在我离开尼日利亚之前有人给我忠告。"

"为什么?"我的宿主问道。

"为什么?"那个男人指着穿夹克的同伴说道,"TT 以前去过那里,他说那里不是什么好地方。"

我的宿主望着 TT,对方点了点头。

"我不明白,"我的宿主说道,"你说那里不是什么好地方,是什么意思?"

另一个男人轻声笑了笑作为回应,然后继续摇摇头,好像刚才说的是众所周知的道理,却发现他的听众并不明白。

"让 TT 自己说给你听吧。我没去过那里,我只是从拉各斯来,刚好和他同机坐在一起,他告诉了我许多事情。"

TT 将关于塞浦路斯的事情说给我的宿主听。他所说的内容很阴暗。只有在我的宿主提问时,TT 才会停止讲述——"你是说,根本找不到工作?""没有?你是说真的吗?""可那里不是欧洲吗?""没有美国或英国的大使馆?""他们会把你抓进监狱?""怎么会这样?"——但是,在 TT 讲述完之后,我的宿主仍半信半疑。

另一个男人——他叫莱纳斯——听 TT 介绍完后说道:"你懂的,我完蛋了。哎呀呀,噢!"然后,他伸出双手抱住脑袋。

我的宿主背转过身,对自己嘟囔着那不会是真的,因为他非常烦恼。他在纳闷,白人生活的外国怎么会没有工作呢?或许那两个要去那里的尼日利亚学生是懒汉。要是那个地方真像 TT 所说的那么糟糕,那为什么 TT 自己会去那里呢?这些事情与他的朋友贾米科告诉他的内容完全相悖。贾米科曾向他保证,等他到了塞浦路斯,就能过上好日子。贾米科还向他保证,很快他就能轻松地拥有一座房子,而且从那里移民到欧洲或其他地方会很轻松。

这个男人,TT,在继续讲述许多人被骗去塞浦路斯的故事,我的宿主只有一半心思在倾听,另一半心思在与自己脑海里的声音做斗争。楚库,我在他的脑海里闪念,说这是一个正确的决定。他决定或许最好给贾米科打电话,和对方谈谈这些事情,而不是等到他来塞浦路斯的机场接机。事实上——正当上一缕思绪在脑海里消散时,他想起贾米科特别交代过,要我的宿主一到伊斯坦布尔就打电话给他。虽然 TT 还在说个不停——现在说的是一个人来到塞浦路斯后,发现自己被欺骗了,现在像疯子般衣衫褴褛到处流浪——我的宿主挪动双脚,表示他想离开。TT 刚停口,他就说:"我想打电话找我的朋友。嗯,他叫我找他。"

那两人摇了摇头,TT 的脸上露出淡淡的困惑的微笑。我的宿主走到电话亭,决心要从贾米科口中证实 TT 告诉他的所有事情要么都是虚构的,要么只是想吓唬另外那个男人。或许他想坑另外那个家伙一把,这些不实之言是阴谋的一个环节。他一定得谨慎地和他们打交道。他的这番推理令我为之激动,因为我和人类一起生活了很久,知道两个素不相识的人见面时总是充满了不确定性,偶尔还会彼此猜疑。如果一个人在市场上遇到另一个人,准备进行一场交易,恐惧就会产生。他会骗我吗?这些谷物、这杯牛奶、这块手表,真的值那么多钱吗?如果一个男人遇到一个感兴趣的女人,他会在心里想：她喜欢我吗？要是可以的话，她肯陪我喝酒吗？

这就是我的宿主所做的事情。在心慌意乱之下，一个个问题就像一只断臂喷出的鲜血，涌入他的脑海中，他朝机场另一边的电话亭缓步走去。他站在两个穿着白色长袍的白人男子身后，等候三个电话亭的第二个。他们身上散发着昂贵香水的味道。他们俩都拎着机场里几乎每个人都拎着的两个相同的胶袋——上面写着"免税"二字，他不明白那是什么意思。当那两个穿着长袍的男子打完电话后，他走进电话亭里，拿出那张书写纸，他在上面写了贾米科的电话号码，按照电话旁边的指示拨打了电话。但话筒那头传来的是反复响起的电流干扰音，还有一个时而响起的声音，宣称该号码无效，然后转为一门陌生的语言。他又拨打了一遍，结果还是一样。

埃祖瓦，自从我与他在一起之后，从未见过他如此震惊。他将肩上背的袋子放在地板上，又拨打了一遍，上星期贾米科还用同一个号码打过电话给他。他想再拨打一遍，但他转身见到后面已经排起了队伍，排队者神情焦虑迫切。他把话筒放回挂钩上，眼睛仍然注视着那张纸。他穿过人来人往的机场，回到刚才那两个人所在之处，他们已经不见踪影。原先的位置坐着一个胡须浓密的白人，浑浊的眼睛直勾勾地盯着这个世界，似乎有人朝它放了一把火。埃布贝迪克，到这时，我第一次隐约察觉到即将发生的所有事情。

奥巴司迪内鲁，当时我不知道自己见到了什么，我的宿主也不知道。我只知道——他也知道——出岔子了，可这并不是惊慌的理由。在这个世界上，事情总是会出岔子。大部分事情都会。事实上，出岔子并不总是意味着大难临头。这就是为什么祖先们说蜈蚣虽有百足，但这并不表示它善于奔跑。事情可能会出现偏差，黑暗或许会降临并侵蚀白天的光亮，但这并不总是意味着夜晚已经降临。因此，我没有发出警告。我让他继续去寻找那两个男人，最后他终于找到了，离下一趟航班只剩一个小时。他们在一道瀑布旁边，正在看电脑。他以一个人躲避豹子的速度赶忙跑上前，跑到他们身边时，他上气不接下气。

"我们刚才去那里吃饭了。"TT 指着一个地方说道，那里的门槛处挂着一块招牌，用白人的语言写了"美食广场"几个字，"你给朋友打电话了吗？"

我的宿主摇了摇头："我试了好几遍，但没打通。根本打不通。"

"为什么？把号码给我看看。号码正确吗——区号呢？号码得是 11 位。"

他拿出那个号码，TT 专注地看着它："这就是电话号码？"

"是的，就是这个号码，我的兄弟。"

TT 摇了摇头："可这个并不是塞浦路斯的号码。"他晃着那张纸，"这根本不是塞浦路斯的号码，根本不是，相信我。"

"我不明白。"

TT 走近了些，指着纸上的那串数字。

"塞浦路斯用的是土耳其区号，北塞浦路斯土耳其共和国，加 90。这个号码加的是 34，根本不是塞浦路斯的号码。"

我的宿主呆呆地站立着，就像一只困在热流风中的鸟儿。

"可他打给我好几遍了。"他说道。

"这个号码？它不是塞浦路斯的号码，相信我。"TT 说道，"他给了你见面的地址吗？"

他摇了摇头。

"没有地址。啊，好吧。他给你什么文件了吗？你怎么拿到签证的？"

"他给我寄了录取通知书。"我的宿主回答，"我带去大使馆。"

他连忙打开那个小袋子,将一张纸递给 TT,后者和莱纳斯看着它。

"嗯哼,他联系了学校。我看得出这封录取通知书是真的。"他正想回应,但 TT 继续说道,"他还支付了学费,因为这是一份没有附带条件的录取通知书。我之所以问是因为我见过许多回,骗子们蒙蔽了人们的心智。他们伪装成学校的中介,然后向他们收钱。可他们根本没有支付学费。他们只是把钱给吞了。"

伊安格-伊安格,我的宿主惊呆了。他努力想说些什么,希望化解一个已经郁结在心中的疑团,但那团郁结并没有化解。他默默地将那张纸从 TT 手中拿回去。

"我还是认为这个名叫贾米科的家伙是个无赖。"TT 摇了摇头,说道,"兄弟,我怀疑你被他坑骗了。"

"怎么说?"我的宿主说道。

"你和学校直接联系过吗?"

他想说没有,可他发现自己只是在摇头。TT 的脸上露出浅浅的微笑。

"所以,你并没有联系?"

"是的。"他说道,"我有录取通知书,上面盖了学校的公章,什么都有。事实上,我还见过他的学生证号。我们一起在网吧浏览了学校。贾米科是那里的学生。"

TT 以沉默作为回答,他身边的莱纳斯站在一旁看着,嘴巴微微打开。我的宿主看着这两人,身子几乎在发颤。

TT 说了一句:"嗯。"

"他付了钱给学校,因为学校只接受土耳其的银行支票或国际汇票。他们不接受尼日利亚银行的转账。"我的宿主说道。他看见那个刚才在睡觉的女人走过他们身边,身后拉着一个行李袋。"因为正好他要回去,我就兑换了自己的奈拉,把钱都给了他。"

他继续说着,但他看见 TT 惊讶地大张着嘴巴,另一个人甚至大摇其头,说道:"你不该把钱都给他。"

TT 指着远处的一道门,那边有许多从尼日利亚乘机前来的人,他们正开始排队。他说道:"啊,现在我们得上飞机了。"然后 TT 背起背包。我的宿主看着莱纳斯收拾自己的东西。不知道为什么,他记起了自己的小鹅——在它似乎记起母亲和故乡的时候,会起身朝它能找到的窗户或门口冲去。有一回,在试图逃脱时,它以为能透过窗户看见树木就表示能冲出去。于是它急速撞向窗户,被撞得头昏脑涨,躺倒在地,似乎死掉了。

"你不来吗?"TT 说道,我的宿主抬起头,看见小鹅躺在墙根那儿,脑袋歪向脖子的一边,翅膀拍打着地面。

他眨了眨眼睛,然后合上,当他睁开眼睛时,见到 TT 笼罩在无数亮点与光斑之中。

他点了点头。"我也来。"他说道,跟在他们后面。

"或许你会在埃阿坎机场见到贾米科。"TT 说道,"别害怕,好吗?别害怕。"

另一个男人也点了点头:"别发抖,不会有事情发生。别害怕,别怕别怕!"

我的宿主又点了点头,似乎他也相信自己所说的话:"我不害怕。"


阿克瓦阿库鲁,伟大的祖先们经常说:嘴里满是水的蟾蜍连一只蚂蚁也吞不下。我见过他们用这句话来形容一个人的宁静心境被某件事情扰乱并占据,进而被它吞噬的情形。这就是我宿主的情况。因为整趟飞行里,他的思绪无法摆脱那两个人的话,他们现在坐在飞机的后面。他坐在靠近前排的位置，比起之前那架大一些的飞机，这一次身边的白人更多。他们大部分是年轻的姑娘和小伙子，他猜想他们也是学生。就连坐在他身边那个长着一头棕色长发的女人，似乎也是学生。飞行的全程，她一直避免与他有眼神接触，要么看着自己的手机，要么读着一本亮光纸印刷的杂志。但他坐在那里，恐惧已经化身为一只在心头筑窝的耗子，在他的脑海里四处乱窜，咬噬着每一个细节。飞近塞浦路斯时，他望着窗外，见到的情形似乎在印证那两人的阴森描述。因为现在他见到的不是当他们在伊斯坦布尔降落时所见到的高楼大厦与跨越大海的长桥，而是一片片干涸的荒漠、山丘与海洋。等到他走下飞机的舷梯，与其他旅客一同步入夕阳的昏暗光线时，细节变成了真切的恐怖。

他眼中的机场很小。许多地方看上去都像尼日利亚的机场，只是更干净、更有秩序一些。但它根本不像伊斯坦布尔的机场那么精致漂亮。它很廉价，毫无光彩或舒适可言，在方方面面都符合 TT 对它的描述。他一见到那两个人——他们的话在飞行途中一直折磨着他，便朝他们走去。他们和另一个人在一起，那人介绍自己名叫杰伊，正在讲述自己在德国的时光。他们站在一处聚集了很多人的地方，看着一个黑洞吐出他们的行李。他的两件行李出来了，锁头完好无损，重量与记忆中的一样。有人曾说，那些在尼日利亚的机场负责将行李送上飞机的人有时候会在运送途中强行拆开行李并偷窃东西。这种事情没有发生在他身上。他拉着带轮子的行李，拎着另一件行李的把手，跟在那两个人身后。他们还在聊天，这一次谈论的是两个国家的女人的态度——这个地方，TT 一直称之为北塞浦路斯土耳其共和国或"这座岛屿"，还有杰伊的德国。他倾听着，仍想着在伊斯坦布尔机场的电话亭里发生的事情。

他们走出机场时，暮色已轻盈优雅地降临，空气中有一股不寻常的味道。机场前面有一排汽车前来迎接他们。说土耳其话的人朝那几辆黑色的梅赛德斯-奔驰或停车位比画着,朝他招手示意。

"他们是出租车司机。"TT说道。他已经戴上帽子,露出一个人回到家乡时兴高采烈的神情。从TT的表情中根本看不出先前他煞费苦心描述的这座岛屿的糟糕情形,他的脸上仍然带着古怪的微笑,在和一个人说话。那是一个白得出奇的男人,与我宿主之前见过的所有人都不一样,就连电视上也没有见过。那人的脸皱得出奇,虽然肤色甚白,却似乎有一种不寻常的深色肤调。他虽然半边头满是黑发,但鬓角两边的发根是灰色的。

"我们的巴士在那边!"TT说道,摆脱那个出租车司机的纠缠,指着一辆大巴,车内灯火通明,正从停车场的另一边缓缓地朝他们驶来。在它的车身上写着"近东大学"四个大字,下面是对应的土耳其文。

"我们往那边走。"TT转身对他说道,"我们的巴士在那边。"

我的宿主抬头看着巴士,点了点头。

"别担心,兄弟。就在这儿等你朋友吧。我肯定他会来。"

"是的,他一定会来。谢谢你,TT,愿上帝保佑你。"

"别客气。嗯,就在这儿等。要是他没来,就搭下一班塞浦路斯国际大学的专线巴士。你的校巴。或许过一会儿它就会开到这儿来,同样的位置。塞浦路斯国际大学。跟他们走。给他们看你的录取通知书——在哪儿呢?"

他的思绪在急速运转,从小袋子里拿出那张纸,但就在他这么做时,那张书写纸——贾米科曾在上面列明各项开支和所有花销,以及他的电话号码——掉了下来。

"好了,"TT捡起那张纸时说道,"祝你好运,兄弟。或许我们会过来看你。记下我的号码吧。"

我的宿主从口袋里拿出手机想记下号码,但翻开盖子时,屏幕并没有亮起来。

"电池没电了。"他说道。

"不要紧。那我们走了。拜拜。"

噶嘎纳奥格乌,到了这时候,我的宿主开始相信他从 TT 那儿听到的事情是真的。虽然他开始等候,但他觉得贾米科可能不会来了。尽管魑能洞悉宿主的内心,可有时候仍然很难断定一个想法从何而来。这个想法正是如此。我认为那是他目睹的一系列事情造成的结果:这个机场的档次、司机们的举止、这片土地的荒芜,还有通信的问题。这一切证实了他的担忧。我在他的思绪里闪现放弃希望仍为时过早这个想法。我想令他记起他父亲的格言——永远向前,绝不退缩——可是,这个想法撞上了已经围绕他的恐惧而建起的大门,被弹开了。相反,他想起了家乡和恩妲莉,思索这时候她在做什么。他记起卖鸡时的痛苦——放下装着那几只棕色肉鸡的笼子给买家时,他几乎为之哽咽。现在他看着手里那两个沉甸甸的行李袋,里面是他仅有的财物——他没有卖给或赠予恩妲莉或埃洛楚库,也没有捐出去或扔掉的东西。所有这一切强化了他的恐惧:事情出岔子了。

他一次次地挡开出租车司机们的纠缠。他们朝他走来,说着他听不懂的叽里呱啦的语言,他们说话时带着清脆的口音。夜幕降临,他们继续朝他喊话,直到停车场里大部分车辆都开走了,贾米科还是没有来。他等了将近两个小时,这时才记起贾米科曾告诉他头两晚在学校里有免费的临时宿舍,然后再选择校舍。贾米科是这么说的,那时候还一片风平浪静,而如今记起时,滔天巨浪正朝他涌来,恐惧在肆虐,希望变得渺茫。

楚库，从机场进城的路途差不多像从乌穆阿希亚到阿巴那么远，不过路况平顺，没有侵蚀或坑坑洼洼的损坏迹象。在路途中，他观察着这个国家和它奇特的异国风光。他记下每一幕看得清的景象，那些人告诉他的每一个细节开始对他产生作用，就像捕禽人的双手一根根地拔下他的羽毛，到沙漠映入眼帘时，他的毛已经被拔光了。现在的他身上光秃秃的，虚弱地在恐惧的荒原上蹦跶着。出租车兜过一个圆岛时，他想起贾米科曾说过这里没什么树木，他惊讶地想起走了这么远他连一棵树都没见过。他看见宽广的锯齿状山脉，其中一座山峰装点着一面巨大旗帜的灯光轮廓。他想起自己曾经见过这面旗帜，虽然他记不清是不是在阿布贾的土耳其大使馆。

"好了，到了。学校。学校。"司机说道。他们来到了一个地方，前面是一堵很长很长的低矮砖墙，上面写着校名。

他见到了学校——一排相连的不常见的建筑，黑暗就像一条静静的河流将它们围绕。校园里到处弥漫着他在机场闻到的那股怪味。司机在其中一座建筑前停车，楼高四层，前面有一张桌子，坐着三个人。在他们身后是一块木板，上面挂着一幅世界地图——这幅画展现了白人对于世界的了解。他付给司机二十欧元。司机找给他土耳其里拉和硬币，帮他把行李搬下来。桌旁的一个男人，长着蓬松的灰发，过来和他打招呼。这人看上去像来自一个远离祖先的国度、名叫印度的地方。我之前的宿主，埃兹克·恩克奥耶，曾经认识一个当老师的印度人。那个印度男人做了自我介绍，他叫阿提夫。

"奇侬索。"他与那个男人握手。

"奇——侬——索？"那个人说道，"你有英文名吗？"

"所罗门，叫我所罗门。"

"这样我叫起来比较顺口。"那个男人说道，我的宿主从未见过那种微笑，因为那个人的眼睛似乎完全闭了起来。"你要求机场接送了吗?"

"没有,我在等朋友,贾米科·恩瓦奥吉,你们这儿的学生,塞浦路斯国际大学,去机场接我。"

"噢,好的。他在哪儿呢?"

"他没有来。"

"为什么?"

"事实上,我不知道。我不知道。你知道他在哪儿吗?你能帮我找他吗?"

"找他?"那个男人说道,桌旁另一个人说了些什么,阿提夫转头应话。那是一个苗条的白人女孩,对他说的是这片土地的语言。然后他转身说道:"抱歉,所罗门。再问一声,你的朋友叫什么名字来着?我或许知道他是不是这儿的学生。这所大学有九个来自非洲的学生,八个来自尼日利亚。"

"贾米科·恩瓦奥吉。"他说道,"读工商管理专业,商学院的。"

"贾米科?他还有别的名字吗?"

"不。你不认识他?贾米科。贾——米——科。他姓恩瓦奥吉:恩——乌,不,抱歉,恩——瓦——奥——吉。"

阿提夫摇了摇头,回到桌子那里。我的宿主将大行李袋放在地上,他的心在怦怦直跳,等候那个土耳其姑娘和那个男人再次聊完。第三个人是个壮汉,蓄着大胡子,打开了一个易拉罐。饮料汩汩地流出,泡沫四溢,从他的手上滴到地上。他叫嚷着,听上去像是"欧拉",然后开始哈哈大笑。他们一时间似乎完全忘记了我的宿主。

"他叫贾米科·恩瓦奥吉。"他轻声说道,确保自己把那个姓氏说得尽可能清晰明白。

"好的。"那个姑娘现在说道,"我们在查看名单,但没有找到这个人,你的朋友。"

"据我所知,这里没有这个人。现在我已经看过了商学院的名单,那里只有一个尼日利亚人,名叫佩逊斯,佩逊斯·奥提玛。"

"没有贾米科·恩瓦奥吉这个人?"我的宿主说道。他抬头看着那两人,在那一刻,他觉得自己的性命就维系在他们身上。但他从他们脸上看出,从他们浏览学生记录的样子看出,他无法找到宽慰。"贾米科·恩瓦奥吉,没有这个人?"他又说了一遍,这一次,那几个字在嘴里拖沓,因为似乎发自肺腑之间的微微喘息而改变了发音。他的双手搁在肚皮上。

"没有。"那个男人说道,吐字好像说的是"木有","我可以看看你的录取通知书吗?"

埃格布努,他从离开乌穆阿希亚之后一直背在身上几乎已经整整两天的袋子里拿出那张纸时,双手在发颤。他看着那个男人浏览那张发皱的纸,察觉到这个男人的每一下眨眼,关注着这个男人面容的种种改变,这个男人的每一个动作都令他感到惊心。

"这份录取通知书是真的,而且我看到你已经付了学费。"他看着我的宿主的眼睛,然后挠了挠脑侧,"让我问你一个问题:校园公寓的住宿费,你付了吗?"

"付了。"我的宿主简略地回答,现在心安了一些。然后他解释说,他已经给贾米科汇钱付清了两学期的住宿费。他拿出那张书写纸,贾米科在上面列明了各项开支,指着几个不同的数字,说道:"我付了一千五百欧元,是一年的住宿费。然后我付了三千欧元,是一年的学费,还有两千欧元是生活费。"

我的宿主所说的内容令阿提夫感到惊讶。阿提夫翻开另一个文件夹,开始焦急地在名单上寻找他的名字。那个姑娘,就连那个在喝饮料的男人也加入了。他们都从阿提夫的肩后张望。一辆很像刚才载他来的出租车缓缓地朝他们驶来。出租车驶来时,阿提夫抬头告诉他这张名单上就连与他的名字相近的名字都没有。另一个文件夹——那是校园公寓的资料，大部分非洲学生住那里，因为他们通常都不喜欢宿舍里只提供的土耳其食物——他的名字也不在里面。大学补贴的注册公寓名单里也没有他的名字。

阿提夫遍阅文件都找不到我的宿主的名字，转身对他说情况会好起来的。埃格布努，这个男人对另一个人——像一只被拔光了羽毛，现在赤裸裸地袒露于这个世界的家禽——说出了这番话。阿提夫带着他穿过校园，继续说着这番话，来到一座四层楼的建筑，样式很像他们在正门前面摆放桌子的那座楼房，上楼来到一间临时宿舍，我的宿主可以在这里住上一周。然后阿提夫和这个遭受惨痛打击的男人握手，说一切无疑都会好起来的。就像人类世界里任何地方经常发生的一样，这个男人——被拔光了羽毛，陷于痛苦与绝望中——点了点头，向对他说出这番话的这个人致谢。男人做出这种事情我见得多了。然后阿提夫对他说："放轻松，好好睡一觉。晚安。"我的宿主心想自己应该听从吩咐，点点头说道："你也是，晚安。明天见。"

第十一章
## 异域的赶路人

埃兹奇塔奥克,祖先们以包罗万象的智慧说,一个人说自己的语言绝不会感到困难。因此,由于我的宿主来到一处我不认识的地方,我必须在此复述接下来的几天里所发生的一切,所有的一切,让我今晚的证言充实而有分量。我恳求您能耐心地听我作供。

阿古吉埃格贝,我已经讲述了:面对未来,希望一片渺茫。现在我想问的是:一个人的明天是什么?难道它不就像一只遭遇危险的动物,好不容易摆脱了追击者,来到一个洞口,不知道洞穴有多深或有多长,也看不见里面的情形?它不知道那里是否遍地荆棘,它不知道也无法看见洞穴里是否有一头更加凶猛的野兽,但它不得不进洞。它别无选择,因为不进去就没有活路。对于一个人来说,不踏进明天这扇大门就意味着死去。走进未知的明天,结局可能会是什么呢?楚库,有种种可能,太多了,不胜其数!一个男人或许高兴地醒来,因为他在前一天已经知道自己那天早上会被升职。他与妻子拥抱，然后出门上班。他上了车，没有看见一个男生在惊慌中跑到马路上。下一秒钟，眨眼间，那个男人撞死了那个前途一片光明的孩子！这个世界立刻令他背上沉重的负担。而且这不是寻常的负担，那是他自己无法摆脱的负担，这辈子将永远伴随着他。这种事情我见得多了。但这难道不就是这个男人将要走进的明天吗？

抵达后的第二天早上，我的宿主在这个新的国家醒来，他只知道这里的情况不一样，不知道在这新的一天会有什么在等候他。他知道这里供电稳定，他给手机充了一整晚的电。整晚他没有听见一声鸡叫，虽然大部分时间里他并没有睡着。他故乡的国度似乎充斥着噪声，总是有机器的运转声，孩子们总是在玩耍、叫嚷、哭泣，汽车和摩托车在鸣笛，还有吆喝声、教堂的鼓声和歌声、清真寺的宣礼员在高音喇叭里的呼唤、某场正在进行的派对的高亢音乐声——持续不断的热烈生动的声音来源可谓无穷无尽，数不胜数。那个国家似乎讨厌平静。可是，这里非常平静，甚至可以说是寂静。似乎每一处地方、每一座房屋、每一个时刻，都在举行葬礼，置身其中让人连大气都不敢喘一下。虽然这么安静，可他还是没怎么睡，以至于现在，已经天亮了，他仍想睡上一觉。他的思绪在晚上变成了一场嘉年华狂欢，得去想的事情和不愿去想的事情在共舞。随着这场嘉年华狂欢在继续，他无法合上眼睛。

他走出房间时撞上了一个黑人，后者上身赤裸，站在厨房的水槽旁边洗手。

"我叫托比。我来自埃努古。电脑工程专业博士学位。"那个男人说道，从没有挂窗帘的窗口走开，躲避直射而入的刺眼阳光。

"奇侬索·所罗门·奥利萨。工商管理专业。"他说道。

他与那个男人握手。

"昨晚我看见是阿提夫带你过来的，但我不想打扰你。我和几个老生在另一座公寓。五号公寓。"那个男人指着窗外一座楼房。它的墙壁是黄色的，两边是红色砖柱，四个楼层前面有宽阔的阳台。他指着其中一层楼的红色铁铸阳台，上面有一个黑人，头发蓬松，头上插着一把大梳子，正倚墙而立，抽着香烟。"那里有三个尼日利亚人，都是上学期才来的老生。"

我的宿主心里为之一动，朝那个方向望去，心中燃起了一丝希望。

"你知道他们的名字吗？所有人的名字？"他说道。

"是的，怎么了？"

"你能——"

"一个是——那个是本吉，本杰明。另一个是迪梅吉，阿迪，他来这里比许多人都早。第三个是约翰。他也是伊博人。"

"没有人叫贾米科，贾米科·恩瓦奥吉吗？"

"啊，没有，没有贾米科。"那人说道，"那是谁，伙计？"

"我不知道。"他平静地说道，他的心从公寓的门那边回来了，在刚才的短暂瞬间，他的心跑到那儿去了。但他的眼睛一直盯着那里，见到那个男人本吉已经走进屋了，另一个男人和一个黑人女子从门口走了出来。

"你能介绍我和他们认识吗？我想知道他们是否认识贾米科。"

"出什么事情了？你有什么需要？你不妨告诉我。"

他看着这个没有穿上衣、体毛浓密、戴着宽边眼镜、双目深陷的男人，尝试决定要不要把情况讲出来。甚至在我有所行动前，他脑海里的声音就催促他将故事说出来：或许这个男人能帮他。他非常谨慎地将直至当下的故事讲给那个男人听。一开始他说的是白人的语言，但讲到一半，他问那个男人会不会说伊博语，后者说会，这个问题似乎令这人觉得不高兴。现在他的表述更加顺畅自如，他说起了那些令人痛苦的细节，讲述完之后，那个男人对他说他一定是被坑了。"我很肯定。"托比说道，然后开始叙述自己听说的多个骗局故事，比较之间的相似之处。

"等等，当你打电话给他的时候，嗯，你发现那个号码是假的？"托比马上说道。

"就是那样。"

"他没有去机场，我想是吧？"

"确实如此，我的兄弟。"

"所以，你明白我告诉你的话了吧？他一定是个骗子。听我说，我们先过去吧，我们试着找他。或许他并非我们所想的那种人。或许他喝醉了，忘了去机场——这个岛上的人经常开派对！你知道这种事情是可能发生的。我们去买张电话卡，那你就能一直给他打电话，直到他接听为止。我们走吧。"

在公寓外面，这个新的国家呈现在他面前，令他深有感触。地面上铺着东西，看上去像是平放在地上的砖块。花瓶里插着鲜花，房屋的阳台上有种花的花坛。楼房似乎与尼日利亚不一样，就连和阿布贾都不一样。它们的工艺有一种他之前从未见过的精致。远处一座几乎全是由玻璃建造的长方形高楼吸引了他的注意力。"是英语系的大楼。"托比说道，"我们都会到那儿上土耳其语言课程。"他还在说话时，两个白人小伙子，拖着行李，其中一个正在抽烟，朝他们喊话。

"我的朋友！朋友[1]。"

"朋友。你好吗？"托比说道，然后走上前与他们握手。

"不，只说英语。"那个白人说道，"别说土耳其语。"

---

1 原文是土耳其语"arkadas"。

"好的，英语，英语——英语。"托比拿腔拿调地转而模仿起那两个人的口音。我的宿主看着他们，在心里纳闷这是不是在这儿的处世之道。每次和这些人说话，你都得装出一副新的腔调吗？托比回到他身边时，我想他会向托比提问，试图找出堆积在脑海里的问题的答案，但他没有问。阿古吉埃格贝，这是我这位宿主的一个奇怪品质，我在人世间的许多轮回里见过的此种情形并不多。

在去买电话卡的路上，托比说学校星期一开学，学生们正陆续抵达。他说再过四天，到星期天晚上，校园里就会满满都是人。

他们来到一座有两扇玻璃门的建筑，里面有各种各样的物品，他觉得那像是一家大号的超市。他们走进去时，托比转身对他说："这里是勒玛超市，我们会买张电话卡。你可以用它再给贾米科打电话。"

伊安格-伊安格，托比对我的宿主说话时语气很有权威，似乎当我的宿主是一个得由他指导的小孩子。我认为这个男人受上帝派遣，在这个困难时刻前来帮助我的宿主。因为这就是宇宙之道：当一个人濒临崩溃时，宇宙就会施以援手，总是以另一个人的形式出现。这就是为什么睿智的祖先们总是说一个人或许会成为另一个人的魈。托比现在是他的人形之魈，把他带到卖电话卡的地方，托比亲自拆开电话卡的包装，仔细地端详着，似乎想确定自己从篮子里挑出的是一个好苹果，再递给由他照顾的宝宝，然后说道："好的，挺好，挺好。现在刮开这张土耳其电话卡，就像用移动电信或全球通[1]的电话卡一样。"

我的宿主在超市外面刮开电话卡，旁边是一大片开阔的土地，覆盖着蛮荒的黏土颜色的泥土，令托比一再用"沙漠"这个词去形容它。他输入贾米科的电话号码。线路接通了，他闭起眼睛，直到

---

1 移动电信（MTN）和全球通（GIO）是尼日利亚的主要通信运营商。

线路那头响起连珠炮般的语言，接着是刺耳的结束语：**"你所拨打的电话号码是空号。请核对之后再拨。"** 他把电话从耳边放下，抬头看着托比，后者凑了过来，听到了那个陌生的声音在说什么。现在，我的宿主点了点头。

他让托比决定接下来得怎么办，托比说他们应该去"国际部"。

——去那里做什么？

——找一个他们叫德晗的女人。

——找她做什么？

——她或许可以帮我们找到贾米科。

——她能怎么办？贾米科的号码根本是个空号。

——或许她认识贾米科。她是国际部的主任，负责所有外国学生的事务。要是贾米科真是这里的学生，那她肯定认识他。

——好的，那我们走吧。

楚库，我宿主的心情变得越发绝望，而我自己也越发相信他所害怕的事情已经发生在他身上。他跟着托比去国际部，一路上两旁种着漂亮的花卉，这片陌生的新土地的植物呈现在他的眼前，可他的心在暗地里哭泣。到处都有年轻的白人经过，许多是女性，但他没怎么去看他们。在他身陷的这种状态下，恩姐莉的模样像一个不寻常的影子在盘旋，在心中阴暗的地平线那头闪烁着光亮，像一尊钢铸的雕像。他们来到一座三层楼的建筑前，底层的牌匾上写着"行政大楼"四个字，国际部在一楼，主任德晗接待了他们。她的脸上带着令人放松的微笑，声音听起来像某位歌手，但他一下子想不起那个名字。在她面前，托比看上去局促不安，转而用起了那种硬憋出来的腔调。他们与德晗相对而坐。听他讲述时，德晗在椅子上摇晃着身子，然后开始翻寻桌上的文件。找到要找的文件后，她说我宿主的录取通知书的确是由岛上的某个人办理的，但她只和这个人通过电子邮件进行联系。她写下那个电子邮件，和我的宿主保存的那个是一样的：Jamike200@yahoo.com。德晗拿出一份文件袋，里面有他的文件，把它们摆在桌子上。托比似乎肯定他会看出端倪，开始浏览文件的内容，一一列举新发现：

他以为已经支付的学费其实只交了一部分。只有一个学期，而不是两个学期。一千五百欧元，而不是三千欧元。至于他以为已经支付的住宿费，阿提夫说得对，其实根本没有支付。根本没有。"生活费"——贾米科曾说这笔钱是学校要求学生存放在一个经核实的银行账户里，确保在校期间有足够的生活开销，不用去非法打工——那根本是子虚乌有的事情。

德晗似乎对"生活费"这个名目感到困惑不解。"之前我从来没听过这个名目。"她说道，疑惑地看着他们，"这个学校没有。他骗了你，所罗门。真的。他骗了你。对此我感到非常抱歉。"

埃格布努，得悉自己在学校里其实根本没有账户和钱这个消息，他的心情反而奇怪地变得轻松。然后他们离开了办公室，带着德晗的安慰，"别担心"这三个字就像一面停战旗帜。这番话在一个人急需帮助时总是能安慰他——哪怕只有片刻。他会感谢那个向他做出保证的人，我的宿主和他的朋友就是这么做的，然后他们离开时脸上的表情让那个人知道那番话为他们带来了安慰。就这样，我的宿主带着文件袋离开了，里面有他的录取通知书与无条件录取通知书的原件，以及学费的收据，那是唯一写着贾米科这个名字的文件，日期是2007年8月6日。

他们站在一座大楼的凉亭下休息，托比告诉他这里就是他的院系大楼：切维兹·乌拉兹商学院大楼。他记得8月6日的前一天——8月5日。他不知道为什么他记得这一天，因为他并不总是以白人制订的日期去思考,而是像祖先们那样以一段日子与一段时期去思考。不知为何,那个日期似乎被铁匠的烙铁印在了他的脑海里。那天他收到了卖掉产业的全款:一百二十万奈拉。他的买家用一个黑色尼龙袋把钱带过来。他和埃洛楚库睁大眼睛点清了钱,他的手在颤抖,他的声音因为自己干了这件大事而变得嘶哑。他还记得埃洛楚库和那个人刚走,贾米科就打电话告诉他学费已经垫付,他得尽快把钱和住宿费汇过去。

奥瑟布鲁瓦,作为时刻不停地关注着他的守护精灵,每当想起他和这个男人打过交道和这件事给他带来的后果,我的心便立刻因悔恨而感到刺痛。想到先前我没有丝毫怀疑,我更是感到不安。事实上,就算对贾米科有过丝毫疑虑,也会立刻被对方慷慨大方的举动打消。他——还有我——原本以为贾米科答应会用自己的钱先垫付学费,这样我的宿主就不用仓促卖掉房子和家禽,可以等到好价钱再出手的这个承诺只是说着玩的。因此,他半信半疑地开车到乔斯街的网吧,发现贾米科说过办理签证需要用到的文件,那份"无条件录取通知书",已经通过屏幕上的文字这个媒介发送过来了。他看到那封信来自刚刚见过面的同一个女人——德晗。

他们经过正在操场上玩耍的一群白人女学生和一帮正在抽烟的白人男子,这时他记起在网吧管理员帮他打印出那份文件之后,他带着钱径直去了银行,要求他们汇六千五百欧元给贾米科·恩瓦奥吉——在塞浦路斯的贾米科·恩瓦奥吉。他等候着,汇款手续完成之后,他带着收据回家,收据上写明银行已经按照127:1的汇率将他的奈拉换成了欧元。他看着那位银行女员工以倾斜的字迹在 ₦ 901700 这个数字下面画了一道横线,他卖掉产业的钱还剩下: ₦ 198300。现在他记起,开车从银行回到家里时,他的思绪被劈成两半,一半是对贾米科的感激,另一半是即将离开恩妲莉,以及这么做或许对不起父母而造成的焦虑不安。

虽然当下我的宿主在内心深处谨慎地怀疑别人的动机，但他认为托比是真心想帮助他。因此，楚库，他再次决定让这个男人为他带路，作为对他的嘉许。像托比这样的男人，辛苦的奖赏总是发号施令带来的满足感，带领他唯一的部下——一个伤痕累累、毫无防备、垂头丧气的男人——向前迈进。这种事情我见得多了。

现在托比说他们应该前往齐拉阿特银行，他知道在哪儿——在莱夫克萨市中心，旧清真寺旁边。

"我们去那里做什么？"我的宿主问道。

"我们去问问关于钱的事情。"

"什么钱？"

"生活费，贾米科那个笨贼原本应该以你的名字把钱存起来了。"

"好的，那我们走吧。谢谢你，我的兄弟。"

于是，他们上了前往市中心的巴士，就像昨天他在等候贾米科时到机场接学生的那辆巴士。车上有几个土耳其人或土耳其-塞浦路斯人，他相信这里的大部分人都是这两类人。一个女人坐在车上，一个粉红色的塑料袋搁在她的大腿上，旁边是一个黄头发的姑娘，戴着墨镜，换作平时，他会看多几眼。驾驶座后面站着两个穿短裤、T恤和拖鞋的男人，正和司机聊天。一对黑人男女坐在托比和他身后。托比认识他们，他们和他搭同一班飞机过来。那个男子名叫博德，而那个女人叫汉娜，他们争辩说拉各斯要比莱夫克萨好十倍。托比是个大嗓门的主儿，跟他们铆上了。托比不同意，争辩说别的且不论，北塞浦路斯电力供应稳定，而且路况良好。就连他们的货币也更值钱。

"一美元能换他们多少钱？一块二土耳其里拉兑一美元。我们的钱呢？得一百二十！你能想象吗？得一百二十多奈拉！噢，这钱可真贱。换欧元呢，得一百七十！你还说它更好用？"

"可你说他们的钱和我们的钱一样？"另一个男人说道，"他们只是将其减值。[1]如果你看仔细了，伙计，你就知道，如果你兑换一百奈拉，或在奈加[2]花一百奈拉买张电话卡，我们的钱只是多了几个零。那就是为什么土耳其人仍然管一千块钱叫一百万。"

"是的，情况都一样。我同意。加纳干过同样的事情[3]——"

"嗯哼！"

"他们把零去掉了，重新发行货币。"托比继续说下去。

楚库，我的宿主心不在焉地听着，决定不发表任何言论。他猜想，只有那些一切安好的人才能进行这种琐碎无谓的扯淡，而他根本没有资格。现在他来到一个新世界，在这个世界里，他潦倒颓唐、憔悴不堪、缩成一团，就像一根湿木头里的虫子。因此，他由得自己的目光在巴士里游荡，就像一只虚弱的苍蝇到处栖息，从巴士两旁的景色，到巴士的车顶，到车门上的外国文字。这时，他初次注意到刚才在前一站上车的两个土耳其姑娘，那里看上去像卖车的地方，写着两个大大的单词："LEVANT OTTO"[4]。他还注意到那两个姑娘在谈论他的同胞们与他自己，因为她们在朝这边看，巴士上懂她们这门语言的其他人也看过来。然后其中一个姑娘朝他招手，另一个姑娘朝他挤过来。我的宿主在内心骂骂咧咧，因为他不想和任何人说话；他不想被赶出那根湿木头。但他知道已经太迟了。那两个女人以为他会和她们搭讪，已经朝他走来，站在空座位之间的过道里。其中一个挥舞着染了颜色的指甲，用土耳其话朝他说了一通。

---

1 2005年1月1日，土耳其政府启动货币改革，1新里拉折合100万旧里拉。
2 奈加（Naija），尼日利亚人对尼日利亚的昵称。
3 2007年7月3日，加纳政府实施货币改革，1新塞地折合1万旧塞地。
4 土耳其语的意思是："东方汽车"。

"别说土耳其话。"他说道,为自己嘶哑的声音感到惊诧,虽然他并没有说过很多话。他用目光将她们引到托比那里,托比立刻转过头来。

"你会说土耳其话?"一个姑娘问道。

"会一点点。"

那个姑娘笑了。她说了几句,但托比一个字也听不懂。

"好啦,别说土耳其语。说英语好吗?"托比说道。

"噢,抱歉,只有我朋友会,英语。"她说道,转身对着躲在她身后的另一个姑娘。

"我们可不可以,嗯,该怎么说呢?"

"头发。"另一个姑娘说道。

"对!"第一个姑娘说道,"我们可以头发吗?"

"摸吗?"托比说道。

"是的!是的,是的,摸。嗯。我们可以摸你们的头发吗?我们觉得它好有趣啊。"

"你想摸我们的头发吗?"

"是的!"

"是的!"

托比转身对着他。显然,托比愿意让这两个姑娘摸他的头发。他是一个黑皮肤的男子,头发就像长在沙漠里的稀疏植被,那两个姑娘很想摸一摸。托比并不介意,我的宿主也认为这无关紧要。就连他仍然不知道那一百五十万奈拉的下落,那是他卖掉房子和家禽的所得,也变得无关紧要。即使在尝试解决一个问题时,他把自己逼到了更加窘困的境地,问题甚至比以前更加严重,也变得无关紧要。现在这两个女人,白皮肤的陌生人,说着他不明白的语言,白人的语言说得支离破碎含含糊糊,想摸他的头发,因为她们觉得它很有趣。阿古吉埃格贝,托比低下头,好让那两个姑娘用手抚过他那头没有梳理的卷发,我的宿主也把头搁到她们的手下。那两只白皙的手、纤细的手指、五颜六色的指甲,抚过这两个祖先的子孙的脑袋。她们在咯咯娇笑,双眼发亮,一边抚摸一边提问,而托比爽快地作答。

"是的,要是我们不剪头发的话,会比这长一些。"

"为什么它是卷曲的?"

"它是卷曲的,因为我们梳理它,还给它上发油。"托比说道。

"就像鲍勃·马利[1]?"

"是的,我们的头发能长得像鲍勃·马利一样。塔法里式的卷发。要是我们不剪的话。"托比说道。

现在他们转向汉娜,那个来自祖先们的国度的姑娘。

"那边的姑娘,那是她的头发吗?"

"不,那是一个头饰。巴西式的发型。"托比说道,然后转向汉娜。

"噢,这帮土耳其人,什么都不知道。叫她们别再说什么头发了。"汉娜说道。

"黑人女子的头发都,嗯,嗯,很长吗?"

托比哈哈大笑:"是的,的确很长。"

"那,为什么你们会戴另一顶头发?"

"只是为了好看。因为她们不想把头发编成非洲式的发辫。"

"好的,谢谢你。我们觉得好有趣啊。"

昂瓦纳埃提利奥哈,我曾经凭附在一个宿主身上,当第一批白人来到伊赫姆博斯时,他没有活过十三岁。祖先们嘲笑他们,一连

---

[1] 鲍勃·马利(Bob Marley,1945—1981),牙买加雷鬼乐创作与演唱歌手,曾获格莱美终身成就奖。

好几天在嘲笑白人的愚笨。伊安格-伊安格,我的记忆生动鲜活——因为我的记忆与人类不一样——祖先们嘲笑和认为这些人是疯子的原因之一是"银行储蓄"这个主意。他们曾纳闷一个精神正常的人怎么会把自己的钱,有时候是全部身家财产,存在别人那里。睿智的祖先们认为这真是太愚蠢了。现在,祖先的子孙们却愿意这么做。当他们去银行时,居然能把钱取回来,有时候甚至比存进去的还多呢!这仍然令我百思不得其解。

我的宿主和他的朋友抵达的这个地方就是一家银行。就在他们进去之前,他想起了他的小鹅。有一天,他从学校回来,发现它在笼子里,闭着几乎鼓胀起来的双眼。他的父亲出门了,家里只有他一个人。起初他觉得很害怕,因为他很少见到小鹅睡觉时是这番模样,至少在吃下他买来的那袋白蚁和谷粒之前不是这样。就在他敲笼子之前,小鹅站起身,抬头发出一声尖叫。当时,他还嘲笑自己动不动就害怕。

因此,他安静地坐在银行里,这家银行与尼日利亚的银行很像——装修豪华精致。他告诉自己先等待他们找出的结果,不用那么快就感到害怕。他和托比在一个水族箱旁边等候,里面有金色、黄色与粉红色的鱼在摆放的鹅卵石与人造礁石间游来游去。轮到他们了,托比走上前,和柜员交谈。他用我的宿主不会的词语解释了情况。

"所以,如果我对您的话理解正确的话,您想知道您的朋友是否在我们这里开了账户,是吗?"那个男人说话很流利,口音很像恩妲莉和她哥哥。

"是的,先生。而且我们想请你查一查贾米科·恩瓦奥吉这个人,我的朋友把钱给了他。看到这张收据没有?贾米科·恩瓦奥吉为他付了学费。"

"对不起,先生,我们只能核查您朋友的账户,别人的账户不行。我可以看看他的护照吗?"

托比把我的宿主的护照给了他。那个男人输入了几个细节,中间曾停下来,和一个朝他的小隔间里张望的女人说笑。噶嘎纳奥格乌,这个女人长得很像玛丽·巴克利斯,二百三十三年前,在那个残暴白人的国度,她曾爱上我的宿主雅加兹,想和他同枕共眠。玛丽·巴克利斯一家靠种地为生,雅加兹是旁边农场的奴隶,那个主子还拥有其他奴隶。玛丽·巴克利斯的父亲在几年前遇害了,她莫名其妙地爱上我的宿主雅加兹,一直想勾引他,送礼物讨好他。但他不敢和她上床,因为要是他这么做的话,在那片残暴白人的土地,死亡会降临到他的头上。然后,一天晚上,玛丽·巴克利斯越过颓败的山丘,白天那里到处是名为乌鸦的丑陋怪异的鸟儿。这个奇怪的白人女子被一股我从未见过的欲求驱使,毫不理会低贱的奴隶生活区的恶臭,坚持说要是得不到雅加兹的话,她宁可自尽了断。另外四个男性奴隶吓得假装睡着了。那天晚上,雅加兹,这个由伟大祖先孕育,甚至在梦中也在思念家乡的年轻男子,与她上床了,被她那不可思议的旺盛情欲吞没。

现在,时隔多年,我似乎见到她那两只灰色的眼睛直勾勾地盯着同事,咬了一口苹果,在上面留下了她的牙印。

"先生,齐拉阿特银行系统里没有这个账户。"那个男人说道。

他递回护照,转身和那个长得像玛丽·巴克利斯的女人说话。

"可是,劳驾,你能查查另外那个人吗?"托比问道。

"不行,抱歉。我们这儿是银行,不是警察局。"那个男人大声说道。他敲了敲脑袋,那个女人又咬了一口苹果,消失在视野中。"你明白我的意思吗?这里是银行,不是警察局。"

托比刚想说话,那个男人转身跟着那个女人走了。

我的宿主和他的朋友默默地走出银行，走进市中心，似乎在这个新的国度里收到了严肃的警告。这个新国度像一个绝望的处女，向他投怀送抱，卖弄她那所剩无几的风情。他以梦游者般的目光看着这个女人，因此，那些高楼大厦、那些老树、那些簇拥在街道上的鸽子、那些亮闪闪的玻璃建筑，在他眼中就像是一幕幕蜃景，透过迷蒙的细雨见到的朦胧景色。这个国家的人看着他们走过：儿童们指指点点，老人坐在椅子上抽烟，妇女们似乎满不在乎。他的同伴托比被广场上走来走去的鸽子吸引了。他们走过商店、银行、电话店、药店、遗迹，还有旧殖民地建筑，挂着旗帜，与那些来到伟大祖先们的土地的白人在建筑上悬挂的旗帜很相似。我的宿主觉得似乎他的一部分被钉子扎中了，他在流血，留下一路血迹。几乎每一座建筑的前面都站着人，手指间夹着香烟，朝空气吐出青烟。他们在某个地方停下来，托比点了吃的，包在他叫作面包的东西里，还有可口可乐。他们身上大汗淋漓，他肚子饿了。他没有说话。埃格布努，沉默总是伤心人藏身的堡垒，他在这里与他的思绪、他的灵魂和他的魑交流。

可他在内心祈祷，他脑海里的声音在祈求找到贾米科。他的思绪转到了恩妲莉身上。他不应该离开恩妲莉。托比和他这时来到一个地方，托盘上和台面上摆放着各款鞋子，他瞥见了商店旁边的玻璃门上的文字：INDIRIM[1]。他又想起那个现在占有了他的产业的男人。他想象着那个男人与家人搬进去，卸下卡车上的家当，把包裹和家具搬进如今空荡荡的地方，那是那个买家的房子了。在离开房子之前，他曾看着父亲的房间：里面空荡荡的，墙壁上尽是划痕和小缝。太阳照着东墙，那里曾是放置床头的地方，透过百叶窗，他

---

[1] 土耳其语"折扣"之意。

面朝着后院的水井。他曾偷窥过父母在这个房间做爱,当时他们忘了锁门。如今房间里空无一物,看着这里令他有一种诡异凄凉的感觉,就像双亲相继亡故时内心的感受。

噶嘎纳奥格乌,正当他仍想着上一次他和恩妲莉做爱的情形,他放开恩妲莉之后,精液从两人的大腿上滑落,恩妲莉开始哭泣,说他那么狠心,想离开她——"现在你已经成为我的一部分",这时食物送来了。他的思绪回到食物上,但楚库,我将讲述接下来发生的事情,那次交媾之后的事情。我一直没想起来,因为直到现在我才意识到它的重要性。您知道,如果我们在一次作供中讲述我的宿主所做的一切,那将永远都说不完。因此,作供者必须有所选择,向您讲述相关的内容,令宿主的生平故事显得有骨有血有肉。现在,到了这个时候,我想我必须回忆那件事情。当晚,在已经空荡荡的卧室里,他的头靠在墙壁上,恩妲莉的眼泪顺着他的肩膀流到他的胸膛上,他说这是为了最好的结局。"姑娘,相信我。相信事情会变好的。我不想失去你。""可你没有必要这么做,侬索。你没有必要这么做。他们能拿我怎么样?那帮傲慢的人?"他抱紧恩妲莉,心在怦怦地跳动,他将嘴巴印在恩妲莉的嘴上,吸吮着它,似乎它是一支笛子,到最后,她浑身战栗,没有再说什么。

阿古吉埃格贝,现在他吃的食物——托比称之为"烤肉串"——由一个瘦高的白人端上,将盛在小碟上的食物放下时,青椒突了出来,那个白人说了一句什么,里面有"奥科查"这个名字。托比热情地说,他认识尼日利亚足球运动员杰-杰·奥科查[1]。我的宿主沉默不语,担心这个回答会招来更多的人,所有人都长得像这个白人。他们虽然是白人,但似乎被猛烈的太阳晒黑了,因为这里很热,比

---

[1] 杰-杰·奥科查(Jay-Jay Okocha, 1973— ),尼日利亚足球运动员,故乡是埃努古,曾是 20 世纪 90 年代尼日利亚国家队的中场核心。

记忆中的乌穆阿希亚还热。他避开他们的目光,吃着食物,虽然味道不错,但他觉得很奇怪,因为他认为这个国家的人吃的食物大部分都是不用煮的。我的宿主嘲讽地想,这里的人似乎非常喜欢生吃食物,洗一洗就吃掉。洋葱?只是将它们切碎,把它们加进食物里。西红柿?当然是从菜园里将它们摘下,把上面的尘土洗掉,切碎装盘就可以吃了。盐?也一样,甚至包括调味品和胡椒。做饭是浪费时间的事情,时间必须节约用于做其他事情——抽烟、用小杯子喝茶、看足球比赛。

虽然那些人在和托比聊天,但我的宿主只是望着窗外的交通。车辆缓缓地移动,特地停下来,等候人们过马路。没有人按喇叭。人们脚步匆匆,几乎每一个经过的女人都有男人陪伴,牵着她的手。他的思绪回到恩妲莉身上。自从离开拉各斯之后,他还未曾给恩妲莉打过电话。现在已经过去整整两天半了。他痛苦地想到自己违背了在一时意乱情迷之下做出的承诺。他想象着恩妲莉现在身在何方,她正在做什么,仿佛看到她坐在生日宴席上自己受辱之前坐过的书房里。然后他猛然想到,这里,海外的塞浦路斯,是一个突然降临的新梦境,孩子气的理想——冲动、本能、一时意气、几乎未经思考。一个孩子和父母散步时,或许见到一个魔术师在巷子里为群众表演。他或许见到一个男人站在平台上,在空中挥舞着拳头,朝一个扩音喇叭高喊着虚假的承诺,一群热情的群众在摇旗助威。

——爸爸,那是谁呀?

——他是个政客。

——他是干什么的?

——他是一个普通人,却想成为阿比亚州的州长。

——爸爸,以后我想当政客!

他想到正在他身上发生的事情只是一场诱惑,一定会发生在一个正追逐美好事物的人身上。这件事情已经发生在他身上，唯一的目的是阻止他前进。但他下定决心不会让它得逞。他激动万分地对自己这么说，这番话立刻对他产生了身体上的影响。他正在吃的肉块掉落在桌子上。"尼日利亚现在几点了？"他这么问只是为了把对自己尴尬模样的注意力转移开。

"这里现在是三点十五分。"托比说道，他看着我的宿主背后墙上的时钟，"那现在尼日利亚应该是五点十五分。他们早两个小时。"

他心想，就连托比也一定很惊讶。就是这样？尼日利亚的时间？托比不知道他正在努力尝试消化或许已经在他身上发生的事情，此刻就连说话也令他感到痛苦。他仍然很难相信这一切都是贾米科安排的。这怎么可能呢？难道他不是来帮助自己的人吗？明明埃洛楚库告诉过他可以向这个男人求助。他将一切都给了贾米科。贾米科怎么这么快就布置好一切？贾米科怎么知道他会卖掉他的房子和家禽呢？他明明未曾辜负过贾米科，他怎会预料到这种事情呢？——至少他不记得自己做过什么。

这个想法还没消退，他的脑海里便响起一个声音，道出他曾辜负贾米科的一个例子。那是1992年，站在教室里的桌椅前，没有粉刷的墙壁上贴着旧日历。他只有十岁，与罗穆卢斯和钦乌巴是同桌。他们正在谈论自己的街道与邻街的足球比赛，突然，钦乌巴又是跺脚又是拍手，指着窗外那个正朝校舍走来的男孩，男孩手里拿着一件好像是折好的衬衣，背着书包。"不男不女，噢，不男不女来了！"他和其他人加入起哄，骂窗外那个男生是个娘们儿，睁大眼睛打量着那家伙娘娘腔的特征：对方屁股上的肥肉、宽大的臀部、那口龅牙、像小小的乳房般隆起的胸脯和臃肿的身躯。过了一会儿，那个男生走进来，他们三个齐声叫嚷："欢迎你，不男不女！"现在他记得了，那个戴着眼镜的男孩被他们的辱骂吓呆了，迈着笨拙的步伐,气喘吁吁地走到座位上,用一只手捂着戴在脸上的眼镜,似乎想隐藏自己软弱的眼泪。

现在他仔细地打量着年轻时贾米科被他欺负后眼泪汪汪的模样,他不知道贾米科现在对他所做的事情是否为了报复以前的那次羞辱。他在过去扔出去的一块石头现在砸中自己了吗?

"所罗门。"托比突然说道。

"嗯?"

"你说过,是一个朋友带贾米科·恩瓦奥吉去找你吗?"

阿格巴塔-阿鲁玛鲁,出于某个一时间并不明显的原因,听到这个问题,我宿主的心脏在剧烈跳动。他俯身对着桌子,说道:"是的,怎么了?"

"没什么,没什么?我只是有个想法。"托比说道,"你打电话给你的朋友了吗?你知道贾米科是否在尼日利亚吗?他知道贾米科的父亲住哪儿吗?他……"

听到这个主意,我的宿主如遭雷殛。托比还在说话时,他连忙从口袋里拿出电话,开始发疯般地摆弄它。托比原本住口了,但见到自己的智慧发挥了作用,继续说道:"对,我们打电话找他,看看贾米科在不在这里。你是我的兄弟,虽然我之前不认识你,但我们背井离乡,身处异国他乡。我不能让自家兄弟陷入困境。我们打电话给他吧。"

"谢谢你,托比。愿全能的上帝替我保佑你。"他说道,"你先前说,我要拨打尼日利亚的电话号码得做什么来着?"

"加拨00,然后输入'+',再拨234,去掉0,然后拨剩下的数字。"

"好的。"他说道。

"噢,抱歉,抱歉,只是输入'+'。再加00试试。"

"好的。"

楚库,他致电埃洛楚库,埃洛楚库得悉发生的一切后惊呆了。埃洛楚库正在一座楼房旁边操作一台发电机,因此我的宿主几乎听不清他在说什么。但从听得见的少许内容中,埃洛楚库对他说贾米科已经出国回去了。他知道贾米科的姐姐那家卖书包和拖鞋的店铺。他会去那里问问贾米科在哪儿。

他挂断电话,感觉松了口气,但心里感到惊讶,要不是托比提及,他根本没有想到打电话找埃洛楚库。他不知道一个人在绝望时思绪是如何运作的。他不知道有时候一个绝望的人不去想事情会比较好。因为在绝望下,人的思维就像一个表面光鲜的水果,里面却尽是虫子在乱爬。这是因为那种状态下的思维,在受伤到难以想象的情况下,总是开始沉溺于只思考后果。

埃格布努,后果——那是一个没有多少宽慰的地方。在后果这个世界里,没有行动,只有反刍。事情已经完结了,现在这个男人根本无能为力也无从发挥,他的思维无论怎么挥拳都无法在时间的皮肤上留下哪怕浅浅的凹痕。这个绝望的男人的思维在这里蹉跎流连,无法迈步向前。

托比显然对我的宿主刚才打的电话感到满意,点头以示认可:"我们会知道的,我们会了解情况的。或许他仍在尼日利亚,撒谎骗了你们。"我的宿主点了点头,"你在打电话时,我在想,我们应该去警察局,然后再回学校。我们去报案,那他们就能去追踪贾米科。或许他就在这个国家,但躲在另一个城市。他们了解这里所有人的情况,所以他们能找到他。"

我的宿主抬头看着这个前来拯救他的男人,深受感动。"就这么办,托比,"他说道,"我们走吧。"

# 第十二章
## 冲突的影子

奥斯米利阿塔阿塔，事实上，正如祖先们所说，一条发臭的鱼从鱼头的味道就可以知道。到了这时候，我开始怀疑，我宿主的遭遇正是我和他最害怕的事情。但当时我无从知晓，因为，和我们的宿主一样，我们无法预见未来。守护精灵必须做的事情，是庇护我们的宿主，即使他们面临失败也要保卫他们。我们必须向他们保证情况会好起来的。埃格布努，我们只能向他们保证，破碎的东西终会被修复。因此，我做的事情是尝试帮助他重拾自我，因为到了这个时候，他已经崩溃，变成碎片。是埃洛楚库的回电造成的。埃洛楚库去了贾米科姐姐的店铺，没有告诉贾米科姐姐发生了什么事情，撒谎说贾米科曾给了他一份合同，他想对内容做些更正，但那个女人告诉他贾米科出门了。随后埃洛楚库询问贾米科的新号码。"令我惊讶的是，"埃洛楚库对我的宿主说，"她说小贾嘱咐她不能告诉任何人他的新号码，谁都不行。我不能相信自己的耳朵，侬索。于是我叫她打电话给贾米科。令我惊讶的是，他接听了，对她说了些什么。她狐疑地看着我，然后说他在忙。"听到我宿主在电话里沉重的呼吸声——话筒在他的手里颤抖——埃洛楚库停了一下，"我真的非常抱歉，侬索，听到这件事情我很难过。好像贾米科把我俩给坑了。"

阿格巴塔-阿鲁玛鲁，在警察局前面，托比听到埃洛楚库的话之后摇了摇头，说他们得把他身上的欧元，不是所有的欧元，只是一部分，换成土耳其里拉，大部分钱得用来在市区里租一间公寓。剩下的五百八十七欧元里，他把四百欧元给了托比。托比走进一座玻璃大楼，门上方写着"DOVIZ[1]"几个亮闪闪的字母，然后拿着一沓土耳其里拉回来了。他们在警察局附近遇到两个非洲学生，其中一个眼泪汪汪。出什么事了？那个难过的女人在找一个男子，他假装是莱夫克萨另一所大学的中介，名叫詹姆斯，原本应该到机场接她，但没有出现。她的朋友，一位肤色白皙的女士，长相让他想起恩姐莉的母亲，补充了情况。他想问她们那个詹姆斯是否就是贾米科，或许他起了一个洋名，或许它是一个化名，但那两个女人绝望地匆匆走掉了。他们离开后，托比意味深长地看了他一眼，但什么也没说。

他走进警察局，步子略显仓促，心中忐忑不安。这里不像尼日利亚的警察局，那里的警察饿着肚子，凶神恶煞，面容沧桑，身体受尽贫困的折磨，对别人丝毫不客气，也不抱以同情。这个警察局有三个柜台，就像在银行里。人们坐在椅子上，排队等候轮到自己去柜台。每个柜台后面有两个警察接待群众。在他们身后的一面墙壁上，就像他在银行里见到的，是两幅画着两个男人的大肖像画，一个谢顶，只在脑袋边上长着头发，另一个神情严肃。不期然地，

---

[1] DOVIZ：土耳其语，"货币"之意。

托比捕捉到他的目光。"北塞浦路斯土耳其共和国的总理塔拉特[1]和土耳其总理埃尔多安[2]。"他点了点头。

轮到他们时，说话的人是托比。他让托比唱主角戏的另一个原因是：托比相貌堂堂，话还没有说出口似乎就已经得到证实，或明明只是小声说出来，却能收到大声疾呼的效果。托比详细地解释了一切。那个警察递给他们一张夹在小板子上的纸和一支笔，托比将一切都写了下来。

"在这儿等。"那个警察说道。

在此期间，我宿主的心脏在不停地剧烈跳动，他的胃部似乎以奇怪的节奏在发胀。

"我肯定那头恶魔就在这个岛上，他们一定会找到他。"托比摇摇头说道，"然后，嗯哼，事情绝不能就这么发生，绝对不能。看看那个无辜的女孩，她也上当了，嗯？这帮混账东西简直邪恶透顶。他们就是这样对别人坑蒙拐骗。我们总是以为他们只在网上对白人下手，这些野蛮人，可是，看看他们如何摧残自己人，他们自己的兄弟姐妹？他们不会有好下场！"

出于某个无法讲述的原因，他希望托比继续说下去，因为托比的话令他感到宽慰。但托比叹了口气，站起身，走到入口附近的饮水机，拿起一个塑料杯，给自己倒了一杯凉水，咕嘟咕嘟喝了下去。我的宿主羡慕他。这个男人没有丝毫损失，他的钱花在了自己想花的地方，他将在一所欧洲大学里学习电脑工程。托比是个幸运儿，配得起羡慕，他不用为什么事情而伤心或生气。现在托比为他而扛起的十字架无疑很快就可以放下，或许到黄昏时，最迟到明天。托

---

[1] 麦赫迈特·阿里·塔拉特（Mehmet Ali Talat, 1952— ），北塞浦路斯土耳其共和国政治家，2005年至2010年担任总统。

[2] 雷杰普·塔伊普·埃尔多安（Recep Tayyip Erdogan, 1954— ），土耳其共和国政治家，2003年至2014年担任土耳其总理，2014年至今担任土耳其总统。

比让他想起了白人宗教那本秘典里记载的古利奈的西蒙[1]，一个无辜的男人，他只是和那个该死的人碰巧同路而行。和他一样，在机缘巧合之下，托比被安排住在同一座空的公寓楼里。是他的良知，不是罗马士兵，驱使他背负起我宿主的十字架。很快，托比就能将其摆脱，我的宿主将独自把十字架扛在肩上，但还没到时候。

"瞧瞧，这种行径，这种事情如何影响我们。"托比从饮水机那儿回来，"瞧瞧我们的经济，看看我们的城市。没有灯火、没有工作、没有净水、没有安全，什么都没有。一切都那么糟糕，物价成倍成倍地增长。没有什么在正常运作。你去上学，以为四年就可以读完，但就算得到老天爷的保佑，你也得读六七年才能毕业。读完书你去找工作，找到头发都花白了，就算你找到工作，你不停地干活干活干活，却领不到酬劳。"

托比又暂停了讲述，因为处理他们这桩案件的警察回到桌上，拿着一张纸，但马上又走开了，和来时一样匆忙。我的宿主认为托比所说的一切都是真的。他希望托比再说下去。

"你知道最令我觉得不爽的是什么吗？"

我的宿主摇了摇头，因为托比在看着他，无言地要求他做出回应。

"他们骗到手的所有那些钱，这帮傻帽混账都会挥霍一空。他们绝不会有好下场。这是因果报应的定律。看到拉各斯街上那个把老婆当成赚钱工具的男人了吗？他死得很惨。这个贾米科，他会有报应的。"托比打了个响指。他回视托比的双眼，看到它们里面蕴含着一个垮掉的灵魂愤世嫉俗的悲情。"放眼看吧，你会见到他不会有好下场。他别想有好日子过。"

---

[1] 古利奈的西蒙（Simon of Cyrene），《圣经·马太福音》中记载在耶稣被押送处决的路上被罗马人强迫替耶稣背十字架的人。

托比显然不会再说下去,因为他站起身走回饮水机那里。听托比说完那番话之后,我的宿主觉得经历了这一切,自己还活着。有时候,在一个人停止讲述过去许久之后,那些话仍留在空气中,可以被感受到,似乎某个看不见的精灵在复述它们。那番话就是这样。**这个贾米科,他会有报应的。放眼看吧,你会见到他不会有好下场。**在接下来笼罩着周围的沉默中,我的宿主琢磨着这些话。他会见到贾米科得到报应吗?他甚至不知道贾米科在哪里或如何找到对方,那怎么见到呢?他会在未来的某时某地见到这个贾米科得到报应,为曾经羞辱过他而付出代价吗?他希望会是这样。他会以托比说过的话作为祈祷内容——毕竟,这个托比在衬衣下戴着《玫瑰经》念珠,曾说要不是父母希望传宗接代,因为他是家里唯一的男丁,自己原本会去当牧师,事实上,这个未能成为牧师的男人,在不能为自己祈祷的情况下,为他做了祈祷。因此,他在心里默默地高喊一声"阿门"。

他们离开警察局时,太阳往在城里的各个地方都可以见到的山脊那边西斜而下。托比说道:"你瞧,那就是希望。他们仍然可以找到他。至少现在他们已经找到了他的记录,他们知道他是什么人。他们会去找他。一旦那个白痴回到岛上,他们会把他锁起来。他会——我向缔造了我的上帝发誓——归还你的钱。如数还清。"我的宿主点头表示同意,至少他已经以某种方式与贾米科联系在一起。一个问题已经得到回答,即使只是一番难以理解的含混不清的话。现在那就足够了。一个恶臭的水潭,在干旱的时候会成为活命的水。

他又看着小纸条,上面有托比写下的从警察那里获得的信息——六个细节:

1. 贾米科·恩瓦奥吉

2. 27 岁

3. 自 2006 年起就读于近东大学

4. 本学期未注册课程

5. 上次进入北塞浦路斯土耳其共和国是在 8 月 3 日

6. 8 月 9 日离开北塞浦路斯土耳其共和国

托比向他保证现在有这六个细节就足够了，这些细节是从一个可靠来源获得的。他看着托比提出问题，警察一一作答。

——他去哪儿了？

警察局与政府部门并没有记录。

——他会回来吗？

他们也不知道。

——警察知道有谁——朋友或其他什么人，确切知道他去哪儿了吗？

警察没有保留这些信息的记录。

——如果他回来，他们会采取什么行动？

他们会拘留盘问他。

——要是他不回来，他们会去找他吗？

不会，他们只是北塞浦路斯的警察，管不了全世界。

然后托比和他问完了。因此，托比用清晰的字迹将这几个细节写在一张干净的纸条上，交给了他，这就够了。他由得托比决定他们接下来要做什么，现在已经五点多了，他们得回临时住所。托比提议在他完成自己的课程注册和认识课程指导老师后，他们明天去近东大学一趟。之前去市中心的路上，他们已经隔着一段距离见到了那所学校。他们会去近东大学询问谁是贾米科的朋友，或许知道此人的行踪。接着，收集完信息之后，他们会一起去城里找栋公寓。

虽然我的宿主只在那里住了一晚，但托比已经住了四晚，而新生只能在临时宿舍里住一星期。托比还建议说他们应该分摊一个房间的租金，直到我宿主的财务问题解决为止，因为——托比强调——他会竭尽所能，不让邪恶得逞，不会让自己的兄弟在陌生的土地陷入困境。

我的宿主觉得在这个问题上他别无选择，只能接受安排，而且与托比一起分担住宿费会是一种报答。托比说过，一个单身学生自己单独租公寓会很贵。我宿主觉得亏欠了这个为他做了这么多事情的男人。他同意分摊租金，并向托比致谢。

"不客气。"托比说道，"我们是兄弟嘛。"

埃格布努，正如祖先们所说：就算一个人见到自己那只走失的山羊的影子也并不表示他能将山羊活捉并带回来。一个人被赋予了希望并不表示已经破碎的东西能够被修复如初。因此，我理解为什么他们准备搭巴士回去之前，他一时冲动之下，去了巴士站旁边的酒铺。他买了两瓶烈酒，将它们放进包里。托比的神情看上去很疑惑，因此他觉得有必要对买酒的行为做出解释。

"我不是酒鬼。只是为了让内心平静下来——因为发生了那些事情。"

托比的点头略显夸张："我明白，所罗门。"

"谢谢你，我的兄弟。"

奥瑟布鲁瓦，我当然会向您禀告那天他们回去之后我的宿主做了和说了些什么，但他们回去时在巴士上见到了一幕奇观，对他以后造成了莫大的影响，有必要在此顺便一提。对于我的宿主来说，他开始感到绝望，心里想着他的产业、小农场、恩妲莉两个星期前种的秋葵一定很快就要开花了，还有他的家禽。他想着恩妲莉睡在他的旧床上，想着一天下午，他看着恩妲莉，周围是她学习的书籍。他又想到恩妲莉是如何选择了他，将自己许给了他。他突然来到了这片更加惬意舒心的原野，这时托比碰了碰他，说道："所罗门，快看，快看。"他望着窗外，看见一个黑人男子，黑得不同寻常，简直就像一具有生命会行走、淋了一层沥青的雕像。和托比聊天的那个人说，这个怪人在这个岛上很久了，而且很出名，曾上过土耳其-塞浦路斯的报纸《非洲报》，那个学生强调那份报纸的标志是一张猴脸。没有人知道这个男人的真名，但他们都说他来自尼日利亚。他是一个了不起的流浪汉，足迹遍及整座城市，拎着一个行李箱，里面似乎装着他所有的家当，已经残旧不堪。他不和别人说话。没有人知道他如何解决吃饭问题或如何生活度日。我的宿主突然想到，或许这人就是TT在机场向他提起的那个男人。埃格布努，他看着那个怪人，直到那个人消失在远处，那一幕令他全身战栗。因为他在害怕或许那个人被与他相似的命运折磨，以至神志不清。他害怕到最后他会落得和这个怪人同样的下场。

他们回到学校宿舍，他进了自己的房间。房间里空荡荡的，只有他的行李搁在地板上，他穿着出门的那件衬衣挂在两把椅子的其中一把上，那天早上用过的毛巾吊在两张木架床的其中一张上，除此别无其他。他猜想，这个房间是给两个人住的。他坐在另外一把椅子上，开了一瓶酒。他不知道为什么自己买了酒，他只知道一定得喝酒。那是白酒，看上去像是棕榈酒——虔诚的祖先们的饮品。他花了十五里拉，折合一千五百奈拉。他站在椅子上，望着柜子的顶部，他可以在上面摆放行李。那里只有灰尘和一支旧牙刷，颤巍巍地挂在一张松散单薄的蛛网上，刷毛稀疏，因为久未使用而发硬。他觉得自己在做毫无意义的事情。曾经有人告诉过他——他不记得是谁了——厄运对一个人最可怕的影响就是令他们迷失自我。那个人警告他说：那是最彻底的失败。

这则早已听过的忠告再度给予他警示之后，他放下那两个白色酒瓶，爬上床铺睡觉。床上没有铺床单，也没有被子。他试图摆脱脑海中纷繁复杂的想法，但他做不到。它们在同时说话，声音震耳欲聋。他下床拿起一个酒瓶。"伏特加。"他低声对自己说，在那张湿润的标签上擦了擦手。他一口又一口地喝酒，直到热泪涌入眼眶，打了个嗝儿。他放下酒瓶，坐在椅子上，听着托比在空房间里走动。水龙头被拧开了，托比的双脚踩着地板，又拧了一下，接着是往马桶里撒尿的声音，朝水槽里吐痰的声音，咳嗽声，一首教堂歌曲的旋律，然后又是脚步声，一扇房门打开了，床铺轻柔的嘎吱声。当托比走出耳朵能听见的范围或安静下来时，我的宿主将思绪转到他想思考的对象上：那个男人，贾米科。

埃布贝迪克，对这个男人他想了很多，到了夜深时，当大自然的黑暗几乎彻底将地平线覆盖，那个曾被遗忘的声音警告过他：他会失去自我，现在这个转变完成了。然后他半裸着身子躺在光秃秃的地板上，他的思绪扭曲变形，完全变成了另一样事物。他梦见自己变成了一头狮子，在野外森林里觅食，寻找一匹名叫贾米科的斑马——那个带着他、他的父亲与他的家族全部财产消失无踪的畜生。他努力在脑海中浮现出贾米科的样子，既嫉妒又好奇地看着对方。他的喉咙发出一声咳嗽，他啐出几口酒，吐到房间那头。

他回忆从前发生过的事件，那是在白人纪元的 1992 年，那个星期的晚些时候，贾米科对我的宿主与他的朋友对自己的羞辱实施了报复。他将他们的名字写在一张"吵闹者"的名单上打了小报告。我的宿主其实根本没有说话。但贾米科的伪供发挥了作用，我的宿主和他的朋友被纪律老师打了一顿板子。这顿惩戒揍得我宿主屁股瘀青，气得他放学后在半路拦住贾米科，要和后者干一架，但贾米科拒绝奉陪。按照男生的规矩，一方拒绝干架，那对方就不能出手，一方不肯还手，那架也打不成。因此，当时我的宿主能做的就是宣布自己是这场并未发生的斗殴的胜利者。"娘炮，你不肯干一架是因为你知道我会把你干趴下。"他叫嚷着。当时所有人都同意他赢了。现在，躺在这个奇怪国度的房间的地板上，他只希望当时他们干上一架，哪怕当时他只是把贾米科打成轻伤，那也会是一番慰藉，即使只是小小的慰藉。他会把贾米科干趴下，以剪刀脚夹住对方的双腿，让贾米科在尘土中打滚。

埃格布努，他愤愤地期盼现在干上一架，就在这个国度，他会用这两个伏特加酒瓶砸破贾米科的脑袋，看着烈酒渗入伤口。他闭上眼睛，试图抑制越来越激烈的心跳，似乎某位不请自来的神明听到了他的恳求，贾米科浑身是血的景象在他眼前浮现，站在那里。贾米科眼睛上方的脑门、脖子、胸口的皮肤上扎满了酒瓶的碎片，就连腹部也有，那里有厚厚一团血块，像增生的皮肤附在上面。他眨了眨眼睛，但那幕情景依然清晰。在画面中，贾米科显然在因为极度疼痛而哭泣，颤抖的嘴唇在嘟囔着词语。

这一幕情景如此生动，令他打了个哆嗦。酒瓶从他的手中滑落，酒溅出在地毯上。突然，他强烈地盼望贾米科不至于失血过多而死。他伸出双手，哀求这个遭受折磨的男人不要再流血了，似乎对方就在眼前。"嗯，听我说，我不是真的有意要把你伤得这么严重。"他说道，遮住眼睛不去看眼前这个流血的男人的惨痛模样，"我那一百五十万奈拉，求求你，贾米科，求求你。把钱还给我，然后我就回家，我向缔造了我的上帝发誓。把钱还给我！"

他又抬头看着那个倾听者，似乎在做出回应，那个闪闪发亮的身影颤抖得更加厉害了。他惊慌地低头一看，见到那个受伤的人双脚之间汇聚了一摊鲜血。他坐起来，抽身离开，那幕情景虽然只是他的幻觉,但他以为就发生在房间里。

"听我说,我不想你死掉。"他说道,"我不——"

"你没事吧,所罗门?"说话的人是托比,在由时间、事物、肉体构成的真实世界里,他正在敲门。

"我没事,托比。"我的宿主回答,惊讶地察觉到自己的声音居然响亮到能让托比听见。

"你在打电话吗?"

"是的,是的,在打电话。"

"好的,我听见你在说话,所以觉得奇怪。你一定得睡上一觉,养好精神再说。"

"谢谢你,我的兄弟。"

托比走的时候,我的宿主大声说道:"好的,我明天再打电话给你。"接着他停了下来,假装在倾听,然后说道,"好的,你也是,晚安。"

现在他四处张望,见不到贾米科的踪影。他揉了揉眼睛,刚才在哀求那个幻影时,他眼里噙着泪水。伊安格-伊安格,那是我无法忘却的生命中值得记住的时刻,我的宿主到处找寻贾米科,在床上、红色窗帘后面、天花板上,敲着地板,低声地诉说着,寻找着贾米科的冲突的影子。刚才在流血的那个男人去哪儿了?那个他造成了致命伤的男人去哪儿了?但他找不到贾米科。

现在他想起那个疯疯癫癫的黑人男子的模样,在惊慌中,他爬到床上,但他睡不着。每次闭上眼睛,他就像一只被激怒的猫儿,立刻跳进这饱受煎熬的一天的荒原,在这一天,他所做的就是收集到更令人信服的证据,表明他真的完蛋了。他在荒原的肥沃土壤里翻寻着,在呛人的垃圾堆里腾跃、挖掘着,翻出一个接一个的细节——银行、那几个抚摸过他头发的姑娘、在警察局的咨询、与德晗的会面、被发掘出的多年之前他对贾米科做过的那些事情的回忆。他相信就是那些事情,令贾米科对他恨之入骨,经过了年年月月仍然存在的真切的恶意。他不停地又挖又掘又刨,直到他找出一切,直到他的思绪堆满了陈年往事的碎片。直到那时,他才睡着了。但没有睡上多久。因为他很快又会醒来,这个循环将一遍遍无情地重复。

阿卡塔卡,我非常担心宿主的状况,为他的前途感到害怕,在他睡着的短暂时刻里,接近午夜时,我离开他的身体。我等候着,见到房间里并没有精灵,我步入苍穹,飞进埃津穆奥的平原,穿过聚集的精灵。我终于来到了恩格多之穴,这里居住着成千上万的守护精灵。我的双脚刚踏上闪闪发亮的土地,就见到一个许多年前已经认识的守护精灵。他曾是我以前宿主的父亲的魉。我问它是否认识一个名叫贾米科·恩瓦奥吉之人的魉,但它不认识。我离开那个精灵,它独自坐在瀑布旁边把玩着一个银壶。我问了一群守护精灵,其中一个已经二十个人间年未曾有过宿主了,它对我说要找到一个知道某个在世的宿主或其魉下落的魉并不容易。事实上,我环顾周围密密麻麻的守护精灵,它们只是大地上不计其数的守护精灵中的一小部分,我意识到跑这一趟将会徒劳无功。我明白,如果不知道贾米科或他的魉的下落,那我就没办法找到他们。我感到伤心受挫,我以超自然的力量冲天而起,很快便发现自己走进唯一那条隐秘的降落通道,只有楚库您和我知道。因为那是我回到宿主身边的唯一通道,似乎被一股来自宇宙中四面八方的磁力吸引。

第十三章
变形记

奥巴司迪内鲁,伟大的祖先们以他们的自然主义智慧说:一只老鼠不可能在知情的情况下跑进捕鼠陷阱,一只狗不会在明知道路尽头有一口深深的泥潭的情况下跳进里面淹死,没有人会看见大火时自己一头跳进去。但这个人在没看见火坑的情形下或许会走进里面。为什么?因为人的视力是有限的,他无法看见视线范围之外的东西。如果一个人到另一个人家里,与其家人一起用餐,他或许会说:"真走运,我刚刚从辽阔的北域乌古-豪萨回来,带回两头奶牛,它们值不少钱呢。"他或许还会加油添醋地说,"我来找你是因为我这两头牛是特别的品种,产奶丰富,肉质鲜嫩,比得上从奥格布提森林逮到的蔗鼠。"家里的男主人或许会被说服。他或许会以为那个卖家是出于好意,相信那个人说的所有内容,即使他自己并没有目睹。但他不知道那两头奶牛喂养不善,忍受着病痛折磨,或许是低劣的品种。在不知情的情况下,他花大价钱买了它们。这种事情我见得多了。

楚库,为什么这种事情会发生呢?因为人类看不见没有展现给他们的东西,也看不见隐藏起来的东西。说出口的话会被当作可靠的真相,除非它被揭露是一个谎言。真相是固定的不变的状态。它不容任何玷污与篡改。它不能被修饰,也不能被装点。它不能被扭曲,或重新编排,或任意摆布。一个人不可以说:"让我们添加这个或那个细节,让这番描述更加清晰,或许听者能更好地理解。"不行!这么做会腐蚀真相。一个人不可以说:"我的朋友,如果他们在法庭上向我询问我的父亲是否犯下了罪行,因为我不想让我的父亲去坐牢,我可以说他并没有犯下罪行吗?"不,愚蠢的人!那会是一个谎言。你只能说出你知道的事情。如果事实很单薄,不要给它注水令它显得丰富。如果事实很丰富,不要删节内容令它显得贫乏。如果事实很简短,不要把它拉长。真相会抗拒缔造出它的那只手,因此,它不受那只手的约束,它必须维持初次被缔造的状态。因此当一个人撒谎欺骗另一个人时,他掩盖了事实。这就像他把一条响尾蛇放在盛食物的葫芦里递给那个人。这就像他为毁灭披上温情的外衣,直到那个成为目标的人步入陷阱,直到那个人上当受骗,直到那个人被骗走了财产,直到那个人遭遇灭顶之灾!这种事情我见得多了。

奥瑟布鲁瓦,我说这番话不只是因为发生在我宿主身上的事情,而且因为当他在黑夜的深喉里醒来时,就在我刚从守护精灵之穴回来不久后,他想到的第一件事情是自己还没有按照承诺打电话给恩妲莉。恩妲莉要他答应永远不会欺骗她。那是他动身出发前往拉各斯几天前的事情,他们坐在后院里,看着一只刚刚孵雏鸡的肉鸡用鸟喙整理脖子周围的羽毛,漫不经心地啄上几下。恩妲莉似乎突然记起了某件事情,转身对他说道:"侬索,你答应吗?"

"好的。"他说道,"我答应你。"

"你知道,撒谎是邪恶的举动。如果没有人把我不知道的事情说出来,那我怎么会知道呢?如果说的是别的事情呢?"

"是的,姑娘。"

"那么,亲爱的,那表示你永远不会对我撒谎吗?"

"是——"

"永远不会。我是说,无论是什么事情,永远不会吗?"

"我不会对你撒谎,姑娘。"

"你承诺?"

"全心全意承诺。"然后恩妲莉睁开眼睛,看见他的眼睛时,她又立刻合上自己的双眼。"不,不,侬索。真的,听我说。"他等候着恩妲莉说话,但过了好久,她一直没有开口。即便到了现在,他仍然不知道是什么事情阻止了她。或许是一个想法,如此重大的想法,令她分心了那么久?或许是巨大的恐惧,令她谨慎地斟酌自己的话,就像一个人即将揭开殓尸布,看看那具面目全非的死尸是不是爱人的遗体。

"侬索,你永远不会对我撒谎吗?"她最后说道。

"我永远不会对你撒谎,姑娘。"

奥尼克鲁乌瓦,那天早上,我的宿主似乎被一个隐形人的叫声吵醒。当他睁开眼睛时,听见远处传来机动车的声响,像一台起重机或重型卡车在刺耳地运转。他倾听了一会儿这台机动车的声响,回避那件可怕的事情,它就像一滴油漂浮于思绪的表面。他思索着自己能做什么去找到贾米科。他沐浴在从窗帘间射入的光线中,坐起身,试着在纷繁杂乱的思绪中找出贾米科。等这个晚上剩下的时间被扫走后,他就会起床,走进这个新的国度。任何地方他都会去,只要他能在那里找到某个知道贾米科行踪或如何联系到对方的人。

在某个地方一定有贾米科的朋友，知道贾米科的下落。他不会再让托比扛起他的十字架，现在他必须独自承担。

他洗漱一番，拿起那个装着文件的袋子，在听见托比的动静之前离开宿舍。旭日初升时，他走进学校里，经过托比和他曾经走过的地方。他坐在水池旁边的长凳上，那里有一个青蛙雕像，黑黝黝的腹部上面脏兮兮的，以立姿俯瞰着圆形的水池。长凳的边上坐着一对浅肤色的男女，说着土耳其语。他刚在长凳上坐下，那两人就站起身，走开时一再回头张望，看他们的样子，他相信他们一定在谈论他。

他一直坐到充好电的手机显示 8:14。他站起身，在他身后，8:15 出发的巴士已经停靠。在他与巴士之间，有人在地上修建了一座喷泉——某种陌生的材料嵌入地面，就像怪异的植物——水从里面喷到周围。我的宿主在喷嘴前面停下脚步，确定它喷出的方向，然后，当水柱从他身边移开时，他安全地走过去，匆匆赶上那辆巴士。

他登上巴士时，司机对他说了些什么。

"别说土耳其话。"

"不说土耳其话。"那个司机说道。

"是的，说英语，别说土耳其语。"

"你是尼热利亚[1]人？"

"是的。我来自尼日利亚。"

他心不在焉地说出刚才那番话，然后坐下来。巴士经过两条人行道之间，其中一条人行道上有两个尼日利亚人刚从勒玛超市出来，提着尼龙袋，他和托比就是在那儿购买了电话卡。他不知道为什么他见到其中一人时会从座位上起身，然后克制住自己，坐了回去。

---

[1] 原文是尼日利亚"Nigeria"的错误拼写"Nijerya"。

某件他无法解释的事情令他在一瞬间以为那个人就是贾米科。他坐在车上,察觉到巴士上乘客们惊诧的目光,或许以为他疯了。

看见巴士驶近他准备下车的车站时,他走向前,离开刚才站立的地方,离开如同一团乱麻的思绪。他摇摇摆摆地走向前排,握住一根扶杆。司机从挂在身前的后视镜里见到他,咧嘴笑着说:"尼热利亚,非常棒,足球。非常非常棒。杰-杰·奥科查,阿莫卡奇[1]、卡努[2]——非常棒,尼日利亚,凭真主发誓!"

下了巴士之后,他回到了那天晚上在院子里的记忆中,似乎被一根看不见的棍子揍了一顿,退回到那里。恩姐莉坐回长凳上,一只母鸡蹲伏着,默默地看着他们。

"'姑娘',"她说道,然后哈哈大笑,"你真是一个怪人,侬索。你会一直这么叫我吗?"

"是的,姑娘。"

她又哈哈大笑起来。

"你喜欢吗?"

"是的,可真的很奇怪。我以前从来没有听说过哪个人管自己的女朋友叫姑娘。人家都叫'宝贝'或'亲爱的'或'甜心'。你知道的。可叫'姑娘',那太另类了。"

"我明——"

"嗯哼,我记得,我记得,侬索!今天我们在教堂里祈祷时,唱起了一首歌,让我很想你,侬索。我不知道为什么,我不知道为什么,不,我想我知道为什么。是那首歌的歌词,说的是上帝来到

---

1 丹尼尔·阿莫卡奇(Daniel Amokachi, 1972— ),尼日利亚足球运动员,曾代表尼日利亚参加过两届世界杯,是1996年亚特兰大奥运会足球冠军球队成员之一。
2 恩万科沃·卡努(Nwankwo Kanu, 1976— ),尼日利亚足球运动员,曾集荷兰甲级联赛冠军、英超冠军、足总杯冠军、欧洲联盟杯冠军、欧冠联赛冠军等荣誉于一身,代表尼日利亚参加过两届世界杯,是1996年亚特兰大奥运会足球冠军球队成员之一,并两度获得"非洲足球先生"的荣誉称号。

我身边。**你来到我的身旁**。它让我很想你,想起你突然不知从哪儿冒出,来到我身边。"

"你应该唱出来,姑娘。"

"噢,老天爷啊!侬索,我得唱出来?"恩妲莉轻轻打了他的胳膊一下。

"啊!啊!你会打死我的,噢。"

她哈哈大笑:"我知道我那几下对你来说轻得跟羽毛似的。你却说很重?噢,这是一个谎言。但你知道,那是一首唱给上帝听的歌。因此,我不想把它当作情歌唱给你听。"

"对不起,姑娘。我知道。我只是想让你唱出来。我想听你唱歌,我还想知道为什么它会让你记起我。"

他没有再说下去,现在她睁开眼睛。

"是想起,不是'记起'。'让我想起你。'"

"噢,姑娘,是的,对不起。"

"嗯,好的,但我害羞嘛。我不会唱歌。"

"伊博语说得不错嘛。"他说道,然后哈哈大笑。

"傻样!"恩妲莉又打了他一下。他扭着身子,面容因为疼痛而皱成一团。她吐出舌头,拉下眼睑下的肉,两个完整的眼珠子都凸显出来,露出鲜红的肌肉上纵横交错的毛细血管。"这就是你嘲笑我的报应。"

"现在你肯唱了吗?"

"好的,亲爱的。"

他看着恩妲莉抬眼望着天花板,两只手的手指交叠在一起,开始唱起那首歌。她的声音宛转悠扬,温柔甜美,唱出那段歌词。埃格布努,音乐的力量对一个人的意识实在是不容小觑。祖先们知道这一点。这就是为什么他们总是说一个了不起的歌手的嗓音就连聋子和死人都能听见。奥瑟布鲁瓦，多么真实！因为一个人或许会处于极度悲伤的状况——那种既像在子宫里又像在坟墓中的状况。他可能一连几天都在哭，甚至不吃不喝。邻居们来了又走了；亲戚们在他的房子进进出出，他们都在说："别伤心！会好的，我的兄弟。"然而，所有安慰的话都说遍之后，他又回到了那片漆黑的地方。这时候，让他听美妙的音乐，无论是美妙的歌喉唱出来的或收音机播放的，你会见到他的灵魂在慢慢地升起，从那个漆黑的地方踏过门槛，步入光明。这种事情我见得多了。

在那段时间里，我的宿主对失去恩妲莉的恐惧与日俱增，最后那几句歌词就像一双有力的手，将他攥住：

> 你是我的国王，
> 你是我的国王，
> 你来到我的身旁，
> 耶稣，你来到我的身旁，
> 你来到我的身旁，
> 你来到我的身旁。

恩妲莉唱完之后，他拉着恩妲莉的手，热烈地亲吻着，然后两人做爱，然后恩妲莉问他是不是那首歌令做爱如此美妙。

当他走下巴士，走在延伸到通往近东大学的长路的人行道上时，那首歌一直在他的脑海里萦绕。之后那首歌仍然一直陪伴着他，就像在上苍的耳朵里久久不绝的回响。你来到我的身旁。在他周围，在他的视野范围内的所有地方，他找到了那个在机场遇到的男人——TT告诉他的关于这个国家的内容的佐证：这里大部分面积是沙漠、高山和海洋，长不出可以吃的东西。他的眼里只有一大片空旷的土地。有时候，一大团卷起来的干巴巴的东西，看上去像远洋那头的人称之为干草的物品，堆放在地里。在路肩上摆放着大大的招牌。在巴士车站前面，他见到一片废车场，里面有各种废铜烂铁。一台被拆得只剩下框架的卡车丢弃在灌木丛里，原本是车灯的部位只剩空空的凹洞。在它旁边是一辆白色跑车，倒翻过来，被原本应该是一辆卡车的焚毁残骸卡住。旁边放着一辆斑斑驳驳的卡车，被扭成一团，它的一节车厢被撞扁到无法修复的地步。

他想打电话给TT，因为他就读的大学和托比在字条里写的贾米科所在的学校是同一所。他开始在手机里搜寻号码，这时我在他的脑海里闪念，让他想起自己并没有记下TT的号码。他们在机场里相遇时，他的手机没电了。他气恼地看着手机，手掌摩挲着它的边缘。他想过把手机扔掉，再也不见到它，但他发现自己还是把手机放回了口袋里。现在他来到一处地方，看上去像是一条跑道。大门前有一群人在等候着，其中有一个黑人姑娘。她那条印花裙子令他想起妹妹经常穿的那条。他看见那个女人的耳朵里面塞着东西，她时不时伴随着从塞在耳朵里的设备收听到的音乐摇头晃脑，我的宿主想起了"耳机"这个词。他朝那个姑娘走去。

"请问一下，我的姐妹，这里是近东吗？"

"不是。近东还远着呢。"那个姑娘说道。

"呃，还很远吗？"

"是的，但快来的这辆巴士会把我们载到那里去。噢，车来了。我们上车吧，它会把你载到你要去的校园里。"

"谢谢你，我的姐妹。"

那辆巴士比他自己的校巴更整洁崭新一些，上面的人也多一些，许多是土耳其青年，说着他们的语言。那个黑人姑娘走到巴士的后头，在那里没有找到座位，只能站着，抓住从头顶的横杠上延伸下来的橡胶把手。车厢里贴着各式海报。没有一张用的是他明白的语言。在其中一张海报上,一个黑人男学生站在一个白人男学生身边,两人都指着一座建筑,约莫有他昨天在市中心见到的大楼那么高。现在他想起这个国家有许多东西不一样。在祖先的土地上,乞丐和贩卖各式物品的小贩会围住巴士,叫卖他们的货品,试图引起乘客们的注意。他记起拉各斯的巴士总站的拥挤,他如何为了一瓶廉价香水与纠缠不休的小贩讨价还价。他想到,要是他好端端地来到这里,或许会爱上这里——至少这里秩序井然。

他在学校里的第一个车站下车。两个抱着书本的男学生也下车了。那辆巴士吭哧吭哧地在两片我觉得好像是人造草坪的东西之间行驶,那些与伟大祖先们的土地上的任何草地都不一样。宽阔的马路旁边是一座大楼,对面是一座小山丘。他还没有细想过要去哪里。我什么都做不了,帮不了他,因为我对这个地方一无所知,甚至比当我那个沦为奴隶的前宿主雅加兹,远渡重洋——您那片覆盖了地球大部分面积的浩瀚水域——被带到一个名叫弗吉尼亚的地方时更加懵懂无知。他发现自己与被从黑人国度抓来的其他奴隶住在一起,许多人并不会说伟大祖先们的语言。那个地方人烟稀少,却有宏伟的建筑,他参与修建了其中两座,掳走他的人就住在里边。其他地方是山地和原野,像奥格布提-乌库的森林般茂密的原野。那里没有他现在见到的壮丽景色,晚上街道没有璀璨的灯火,没有会发出声音的东西。因此,当他思索着做什么时,我沉默不语。埃格布努,在我的宿主想不出能解决问题的途径,而我作为他的守护精灵也帮不了他时,上苍出手帮他了。因为当他开始朝最近的建筑走去时,手机响了。他连忙打开手机,接听来电。

托比的声音在手机那头响起,愠恼中又带着关切。我的宿主回答:"我在近东大学,我的兄弟。我不想因为我的麻烦继续打扰你了。"

"我明白。你找到他了吗?"

"没有。我刚到学校。我甚至不知道我应该做什么。"

"你去他们的国际部办公室了吗,就像塞浦路斯国际大学这儿德晗的办公室?"

"老天爷啊!就那么办,我的兄弟。我应该去那里一趟。"

"是的,是的。"托比说道,"先去那里吧。"

"噢,谢谢你。"他说道,眼泪几乎夺眶而出,因为他又在纳闷自己怎么没想到这个好主意。

"等你回来之后,我们去找房屋中介好吗?迪给了我地址。今天是我在这座公寓里的第五天,只能再住两天了。"

"确实如此,兄弟。我很快就回去。我办完事就回去。"

直到刚才他都怀着热烈的勇气走着,被矢志独自肩负自己的十字架的决心推动,但现在他的勇气消失了,不知道接下来该怎么办。我不知道那是不是因为他听到了托比的声音,或因为他来到了这个国家里他肯定贾米科曾经待过的地方。接完电话之后,他显然发生了改变。他开始以蟋蟀被赶出洞的尴尬步态走路,直到他找到一个圆脸男子——他的同胞称呼那类人为"华人"。我的宿主上前问话,那个人"啊!"地叫了一声,说自己刚从国际部办公室出来。这个人带他走到大楼近前,它有一个门面,和他之前见过的都不一样。在旁边有无数旗杆,挂着各式旗帜,他看见他自己国家的绿-白-绿旗帜在里面。

埃格布努,在他穿过大门之前,我的宿主,在恐惧中,寻求精神上的帮助。在这方面,他的举动很像虔诚的祖先们。但祖先们会向他们的护身符,或他们的魑,或他们的阿格乌,甚至向另一位神明祈祷。我的宿主向白人的阿鲁斯祈祷,希望获得帮助,在这里找到贾米科——这是许多年来他第一次祈祷。因为他害怕这里或许会是他最后的希望。

"耶稣上帝,请您怜悯我。原谅我的所有罪行,我也会原谅所有曾经冒犯过我的人。如果您帮助我把钱都拿回来,如果您不允许这种事情发生在我身上,我愿终生侍奉您。我以耶稣的名义祈祷。阿门。阿门。"

阿卡塔卡,您一定得原谅我。您造就了我们,令我们与宿主结合为一体。因此,从一开始我们便能感受到他们的痛苦。他们的苦恼就是我们的苦恼。这就是为什么我不愿意讲述他在那间办公室的遭遇,只向您讲述这件事情对他的影响以及后果。我见到许多守护精灵也想觐见您,因此不想再在这里久待。因此,我会禀明他在这里了解到他在寻找的那个男人的消息。正如警察所说,贾米科的确是那里的学生,在外国学生的群体中很出名。他还了解到贾米科只读了一学期,虽然后者在这个国家待了两年。上了三个星期课之后,贾米科就辍学了。学校国际部的一个工作人员介绍自己名叫艾耶托罗,和我的宿主来自同一个国家。他和国际部主任沟通完之后,把我的宿主带到一条空走廊里。

"噢,天哪,你可能遇到大麻烦了。"那人说道。

"我知道。"我的宿主回答。

"你知道?等等。你以前就认识贾米科,在尼日利亚的时候?"

我的宿主点了点头:"我们是小学同学,我的兄弟。"

"什么?在乌穆阿希亚吗?"

"是的。"

"所以,你知道他的为人?你知道他生来就是一个混账东西吗?"

我的宿主摇了摇头:"不知道。"

"啊,他是一个诈骗老手,噢——职业老千。他坑了你多少钱?"

我的宿主看着这个男人，在那一刻，他想起了他十分心爱的小鹅，第一个令他牵肠挂肚的事物。他脑海里的映像是固定的，但是，埃格布努，它的内容要丰富得多。那是一个事件。在读完关于驯鹰人的书籍之后，他开始自称是驯鹰人，想在城镇周边放飞自己的鸟儿。他决定买一根长长的绳子，既结实又够长。他让父亲给他买了脚带，像脚镯般系在鸟脚上，然后将它放飞到空中。起初那只小鹅不肯飞起来，只会凄楚地叫唤。但有一天，它飞得好高好高，比那棵番石榴树还高得多，飞到受绳子约束的尽头。我的宿主甚至得高举着手，只将绳子在手腕上绕了一圈。当时见到小鹅高飞的喜悦令他激动得哭了。

"你不愿意告诉我吗？"那个男人问道，"我想知道，这样我才知道怎么帮你，嗯？"

"非常愿意，我的兄弟。大概七千欧元吧。"

"天哪！好吧，你知道吗？别发抖，好吗？放轻松。我会帮你。那家伙坑了好多人。从去年起我就没见到他了，但我认识几个与他同住的人，他们曾见过他。"

噶嘎纳奥格乌，这个男人为我的宿主带来了希望。一个处于困境的人为了生存，会抓住任何能够抓住的东西。这种事情我见得多了。一个就快淹死的男人在有一根棍子递给他时不会想抓住绳子，有一只小筏的时候不会想抓住树枝。范围里出现什么他就抓住什么。因此，在学校的外围，就在刚才他向那个肤色黝黑的姑娘问路的地方，艾耶托罗扬手叫停了一辆出租车，给了司机一个地址，位于一处他称为凯里尼亚的地方。我的宿主向艾耶托罗道谢，伸出两只汗淋淋的手掌与对方握手，那个男人说道："不用客气，兄弟。"

然后我的宿主失魂落魄地离开，前往凯里尼亚。那个司机开了许久，开过空旷的沙漠，两旁是绵延的山峦。他更近地见到了锯齿状山脉那面画上去的旗帜,头一天晚上他见过那面旗帜装点着灯饰的景致。他看着旗帜的图案:绯红的新月和一颗星星被放置在一片白色的海洋中。他觉得它很像土耳其的国旗:一弯白色的新月悬挂于一片绯红的海洋上。在那辆车赋予他的宁静中,先前记起的那首歌又令他想起了恩姐莉。他差点流泪了。他知道要是恩姐莉知道这个新的电话号码,一定会尝试打电话给他,或给他发短信。他在颠簸中先输入"+",再输入恩姐莉的号码,打了过去,但他没办法让自己打通这个电话。可他害怕恩姐莉一定担心他是不是出事了。他又拨打了一遍,然后等候着,心里怦怦直跳,响第三声时,恩姐莉接电话了。埃格布努,我无法形容当他听到恩姐莉的声音时内心的感受。他扭动着身子,用手搓着座位。恩姐莉问道:"你好,你好——是谁啊?你能听见我说话吗?你好,你好,你能听见我说话吗?"他屏住呼吸,不让自己发出可能会被认出的声音。他听见恩姐莉在叹气。"可能是网络不好,"她说道,又叹了口气,"甚至可能是依索打来的吧?"然后她挂断了电话。

他看着电话,恩姐莉的声音仍在他的头脑里萦绕,似乎陷在了里面。"我不应该⋯⋯"他开始说话,但停下来又看着电话。

"我不应该来这里。"他以祖先的语言说道,"我不应该来。我不应该来。"

"对不起?"司机说道。

我的宿主吓了一跳,意识到自己在不假思索的情况下大声说话。

"对不起,不是对你说的。"他说道。

那个男人挥了挥手:"没问题。对我来说不成问题,小伙子。"

再一次,我的恐惧被激起,因为人类陷于绝望的最初迹象之一,就是他再也无法区分现实与想象。在接下来的路程里,他小心翼翼地克制住自己,就像一个盛着液体的玻璃瓶,它已经有多处裂缝,却又在奇迹的作用下合在一起。行程在继续,在短暂的缓刑期中,他被这个岛屿的自然风光吸引了。当他们接近凯里尼亚时,风景变成了他从未见过的一幕——与祖先们富饶的土地很不一样。城堡和房屋坐落于山顶和凸起的花岗岩上,其中几座悬挂着土耳其的国旗。他觉得很惊讶,这里的人竟然能在高山峻岭上建造房屋。高速公路的最后一段凸起来,离开一处像是山谷的地方——一边是长长的坚固的岩层,另一边是长着稀疏的灌木丛的原野,零星散布着岩石。慢慢地,他们似乎顺着公路越开越高,从那里,整座城市铺陈于他的眼前:大大小小的房屋,有的高大巍峨,有的带着尖顶。在他们前面远处,从密集的街道之间,他看见一汪蔚蓝的海——那是地中海。他们驶近时,海洋似乎在膨胀,因此,当他们来到通往凯里尼亚的大桥入口前,似乎整座城市被某股看不见的力量托住,如果那股力量撤掉,它会沉入海底。

然后,在一座三层楼的建筑前,司机指着那里说道:"就在那儿,小伙子。"我的宿主伸手进口袋里,给了司机三十二里拉。然后他穿过那扇金属门,努力想记住那个叫他到这里的男人的名字:艾耶奥托,艾耶托奥。

他敲响了第一间公寓的门,上面写着"一号房"三个字。门上贴着一张海报,写的是土耳其语,下面是英语译文:"欢迎"。一个土耳其女人出现了,在她身后是一个小女孩,拿着一个头发蓬乱的洋娃娃。

"对不起。"他说道。

"没事。你来找那几个尼日利亚人吗?"那个女人说的是清晰的英语,让他感到吃惊。

"是的。尼日利亚人。他们在哪儿?"

"五号房。"那个女人指着上方。

"谢谢你。"

他匆忙上楼,各种想法在他的脑海里萌发,他的心怦怦直跳,一颗希望的种子在他心中扎根了,就像他曾见过的在一辆废弃旧车的座位上生长的蘑菇。或许他会找到贾米科躲在这里,或许贾米科从南塞浦路斯守备松懈的边境线那边偷偷溜回来了,躲避警察的追捕。或许这就是为什么政府的记录显示他已经离开了这个国家。这个希望是那么热烈,不需要土壤或水分就能在那辆汽车粗糙塌陷的坐垫上生长,当他来到那层楼时依然存活。在这里,他能闻到尼日利亚食物的香味,听到几个男人的声音,用支离破碎的白人的语言在争吵。他在门口等候着,一只手捂着胸膛,他似乎听见里面有贾米科那特别的声线,用趾高气扬的口吻刺耳地叫嚷着,"伙计"这两个字在回响。然后,他敲了门。

阿克瓦阿库鲁,我们的宿主的灵魂,他那不老的奥尼尤瓦,存在于他的身体之内,只是作为他心灵的表达方式,当它破碎时,守护精灵的职责总是变得更加困难。当它破碎时,宿主会陷于绝望,而绝望是灵魂的死亡。因此,帮助我的宿主抵御这个打击,尽可能久地令他不至于垮掉,是非常困难的事情。这就是为什么当他离开住着那帮知道贾米科下落的人的房间时,我在他的脑海里闪现几个想法,希望令他高兴起来。我让他想起那天吃了油豆后不停拉屎的情形,他见到自己噼里啪啦地把屎拉在藤蔓上的情形。这原本会令他哈哈大笑,但他并没有笑。我让他记起最令他心醉神迷的一件事情:他的小鹅打呵欠的样子。它如何张开嘴巴,它那灰色的舌头在颤抖,下面长了一个类珍珠质的小球。它的嘴巴张得足有人嘴的两倍宽,令周边一大片鹅皮绷紧,使得鹅脸皱成一团。换作平时,他原本会哈哈大笑。但现在他并没有笑,他笑不出来。为什么?因为此时此刻整个世界对于一个像他这样的人来说变得死气沉沉。因此，所有愉快的回忆，所有原本能带给他快乐的映像，在此刻都毫无意义。即使它们在他的脑海中缤纷聚集，它们也只是在无底深渊般的虚空中堆积，就像一个死人嘴里含着的一块金子。

因此，他回到城市里，带着与那几个男人交谈之后在心中萌发的坚定想法，就像端着一份盛在盘子上的礼物：一切都完了，事情已成定局。他们明确地告诉他，那个计划非常精密。贾米科向朋友们讲述了它是多么机巧缜密。他对他们说过他要干一宗大买卖，然后他会穿越边境到南方去。

他们那么说是什么意思？我的宿主颤抖着声音询问他们。

他们回答：很简单。北塞浦路斯和南塞浦路斯原本是一个国家，然后他们发动了一场战争，土耳其在1974年将这个岛屿一分为二。土耳其统治的这一部分是无法无天的国度，希腊统治的那一部分才是真正的塞浦路斯。两个国家被铁丝网隔开。如果你去凯里尼亚·卡皮斯，莱夫克萨的市中心，在里面你会见到边境线和从岛屿另一边来到这一边的欧洲人。他们是欧盟的居民。许多尼日利亚人出钱偷渡去那里，有的则试图自己翻越铁丝网进入那片地区，然后寻求庇护。贾米科也付了钱准备偷渡。

"他再也不回来了吗？"他接着问道，虽然他说话时神情仓皇慌张，哪怕是刽子手也会表示同情，但其中一个说道："他不会回来了。他准备一走了之。"

埃格布努，我的宿主接受了这个确凿阴森的真相，就像一个跑进死胡同而后路又被封堵的男人，他根本无处可逃。如果他转向左方，会撞到一堵坚不可摧的石墙。如果他转向右边，会遇到一扇花岗岩大门，哪怕一百个壮汉的力气也没办法将它推开。前进？同样无路可走。后退？也被封堵了。

因此,他问那几个男人自己该怎么办。

"我不知道,兄弟。"那个自称是贾米科的"死党"的男人说道,"我们会告诉尼日利亚人得把眼睛放亮点,别让自己上当,因为人性——嗯,兄弟——本恶,但你们有些人就是不听。看看那家伙对你干了些什么。"

"努力留下来,伙计。"另一个男人说道,"你是个爷们儿。扛下来。事情已成定局。这里有许多人的情况和你一样。他们都撑下来了,就连我也是。有人骗了我,一个中介,说这里是美国。我付了真金白银来到这里,然后我发现了什么?欧洲里的非洲。"

他们都笑了。

"没有上吊,没有偷渡到欧盟。"第一个人说道,"没有!我做了什么?我自杀了吗?我找到了一份低贱的工作。我去当建筑工人。"他亮出自己的手掌给我的宿主看。它们硬得像水泥一般,掌心粗糙得像锯木的表面。"我和土耳其人一起累死累活地干,但瞧瞧我,我还在上学。事实上,更糟糕的是,他们的女人不喜欢我们。这是最要命的!"

听到这番话,他们都在哈哈大笑,就在这个置身于水深火热之中,以空洞的眼睛看着他们的男人面前。"或干脆回家算了。"刚才说过话的一个男人现在对我的宿主说,"有人真的回去了。对你来说或许是好事。用你剩下的钱买张机票,然后回家去。"

楚库,如果我不是他的魉,甚至早在他来到这个世上之前,早在他受孕成人之前,就和他在一起,我绝不会相信那天傍晚离开那个地方,走进日头下的那个男人就是他。因为他整个人都变了,眨眼间,从一个坚强的人变成了一摊烂泥,现在已面目全非。我阅历甚丰:我曾见过一个宿主沦为奴隶,被绑上锁链,没有饭吃,还得挨打。我曾见过几个宿主暴毙身亡。我曾见过几个宿主染上疾病：许多年前，恩纳迪·奥切尔奥梅，他每次上茅厕都会便血，肛门肿胀，疼痛万分，有时候根本走不了路。但我不记得有哪次像这次一样见证了一个人的灵魂彻底破碎。我很了解他。埃格布努，如您所知，每个人对于这个世界来说其实都是一个谜团。即使在一个人最外向的时刻，对于其他人来说，他也被隐藏了起来。因为没有人能完全了解他。人们眼中的他并不是他的全部，虽然拥抱着他，也无法接触他的全部。一个人的真性情被藏在血肉之墙后面，其他人的眼睛是看不见的，连他自己也看不见。只有他的奥尼尤瓦和他的魑——如果那是善良的魑，而不是低贱的精灵——能真正地了解他。

噶嘎纳奥格乌，这个男人在眨眼间变得面目全非，他离开了公寓，走到马路对面，走进一家商店，他觉得很像上次那家他买了烈酒的酒铺。他从冰箱里买了一瓶同样的酒，掏钱买单，性情安静的老板睁着浑浊的眼睛好奇地看着他，似乎他是从地洞里冒出来的古怪生物，浑身上下都是泥土。他周围的世界，这片奇怪的土地，这次可怕的觉醒，感觉锐利而鲜活，就像淬过火的钢铁。马路那头走着一个带着小孩的白人。在另一边有个女人，推着一辆带轮子的小车，上面装满了东西，有一只鸽子用嘴啄着人行道上的尘土。他想起自己肚子饿了。差不多到中午了，他还没有吃过东西。他惊讶地发现自己没有想过吃东西，没有想过事情会在顷刻间发生剧变。

他离开了那里，喝着那瓶酒，步态略显踉跄。他以脚跺地，用力地跺，似乎这么做能让自己站稳，不至于摔跤。他把那瓶酒放在小包里，扬手叫了一辆出租车。当他坐下时，发现自己在那栋尼日利亚学生的公寓里上完厕所之后没有拉裤链。他拉上裤链，那辆车子开始驶回莱夫克萨时，他闭上眼睛。各种想法在他的脑海里争夺最高地位。它们在争吵，它们的声音很嘶哑，到最后演变成为一场咆哮比赛。他奋力摆脱它们，走到一处僻静的地方，那里只有贾米科，开始回忆见到贾米科的那天。直到那时之前，他一直自力更生，经营自己的生意。在生命中的大部分时间里，他一直是个避世之人，不去关注这个世界，似乎他无法理解它，却又偶尔瞥上一眼，似乎那是他不应该看的东西。他对这个世界没有太多的要求。他在不久前的要求其实很简单：和他心爱的女人在一起。那当然不算太过分的要求。是的，恩妲莉的家人对他来说是一个障碍，难道他没有学过这个道理：障碍意味着前进与成长的机会吗？在他遇见贾米科之前，难道他不是去购买了尼日利亚的大学入学考试报名表了吗？他造了什么孽，才会遭到这个报应？

他喝了一大口酒，打了个响嗝。他在出租车里扭动身子，把头靠在一边，车子正顺着刚才来的路往回开，似乎在追溯它的脚步，只是这一次有一辆满载建筑材料的卡车行驶在单车道的公路上，减缓了交通的速度。然后出租车超过了那辆卡车，在一辆红色皮卡后面缓慢行驶，一只白狗从皮卡的车窗里探出了头。他仔细地端详着那只狗呆板地摇头晃脑，似乎它被风控制了，他惊讶地意识到一只狗从车窗里探出脑袋这么平常的情景竟能帮助一个男人忘记当前的艰难处境。

他们驶近莱夫克萨，经过路边一片涂了颜料的岩石，那只狗不见了，似乎在汽车动能的逼迫下，贾米科回到了他的脑海里。他又喝了一口酒，然后打了个嗝。

"什么，不，不，我的朋友！你在干吗？你在干吗？"

他不懂对方是什么意思。

"酒，不能在我的车里喝酒，我的朋友。禁令！你懂吗？"

"你说我不能喝酒？我不能喝酒？凭什么？"

"是的，是的，不能喝酒。因为这是禁令，我的朋友。麻烦。非常大的麻烦。"司机用手猛敲仪表板，然后握紧了拳头。

"凭什么？"他说道，一股无名火自心头窜起，"我想干吗就干吗。你只管开车就行了。"

"不，我的朋友。我，穆斯林。懂吗？你喝酒，麻烦。大麻烦。我不载你去莱夫克萨了。"

司机把车子停在高速公路的路边，已经快到莱夫克萨了。

"小子，你现在就给我下车。"

"什么？你要把我丢在这里？"

"是的，你现在就给我下车。我告诉过你，不能喝酒。你告诉我不肯。你一定得下车。"

"那好，但甭想我给你钱！"

"好，不给钱就不给钱！"

我的宿主下车走到路上时，那个男人以急促的土耳其语骂骂咧咧，然后开车朝城里驶去，丢下我的宿主在沙漠环绕的荒原中，除此之外就只有马路和空气。他就像一个从身体上被拧掉的脑袋，在原野上滚动——我以前曾见过类似的情形。

阿卡塔卡，在这种饱受煎熬的状态下，他朝城市走去，它的范围，它的世界，就像一个宇宙间的大秘密，在他的面前展开。沙漠，沙漠，他听过一遍又一遍——从TT、莱纳斯、托比，甚至贾米科那里——光是这个词就足以形容这片风景。但沙漠是什么？它是一片土壤丰富却很松散的地方。在祖先的土地上，从地里刨起泥土并不容易。它牢牢地固定在地里，或许是因为经常下雨，令它不容易松脱。你得用力去抓或挖才能把泥土刨出来。但这里的情况不一样。你把脚踩上去就会令地面下陷，令尘土松动。没走多远，你的鞋子里就被这些发黑的泥土填满。它遍布每一处地方，几乎没有植被，不让大部分想在这里扎根的植物繁衍生长。因此，能在这里生长的只有坚韧和适应力强的植物。譬如说，橄榄树——一种几乎不需要浇水就能生长的植物，它能从土壤深处汲取水分，因为这个国家就坐落在水上。其他每一样在这片土地上生存的东西都必须先征服它。一定得经过一番斗争，一场全方位的战斗，巨大的石头（山丘、高山、岩峰）在这里立足，或某个巨大形体从中冒出，将土壤泥尘等敌人干垮，声称"我必屹立于这片土地"。事情就本应是这样。但我必须说，在这一点上，它与伟大祖先们的土地有相似之处，不过祖先的土壤肥沃丰饶，展现出令这片土地相形见绌的富庶。

他迈着微醉的步子走了大概半个多小时，来到一条房屋构成的巷子。他很想到达市区，就像他在沙漠里想喝水的渴望那么迫切。他想到那里，找到最近的巴士站，等候巴士来接他。不一会儿他就走到一条半被封闭的街口，这条街朝里面蜿蜒而下，避开那条长长的主路，似乎怀着恐惧。这里好像是贫穷的街区，因为房子低矮破旧，门面种着牢牢扎根在黄土里的开花植物。一扇门板靠在一座房子的前壁上。一个男人站在倚墙而立的梯子上，正往里面锤钉挂东西。马路的对面，一座桥梁俯瞰着一个长达数公里的深坑，土地绵延起伏地往上延伸至一片似乎比较发达的城区。

他顺着小路走着，疲惫，像半个疯子，强打精神走路，经过日头下影子般的空房子，被汗水浸透的衣服粘在皮肤上。他时不时听见有人说话，但看不见人。他以前从未见过的鸟儿从原野上掠过，不疾不徐地飞着。埃格布努，他刚绕过一个路弯时，那条小路又与主路会合，这时他身后传来一声叫嚷和仓促的脚步声，吓了他一跳，紧接着是越来越近的说话声，一直跟上来。他转过身，一群孩子从某处地方的门里蜂拥而出——他看见一扇小门在晃动——正朝他冲过来,喊着听起来像是"阿比[1]!阿比!"的词语,然后是"罗纳尔迪尼奥[2]!罗纳尔迪尼奥!"。楚库,一眨眼工夫,他就被一帮小孩子团团围住,他们吵吵闹闹,推推搡搡,说着他不熟悉的语言。一只手从后面抓住他身上那件褪色的运动衫,还没等他朝那个方向转身,另一只手抓住了衣服的下摆。有人朝他的耳朵吼叫,没等想明白那个声音说了什么,他就被一波词语淹没了。

阿古吉埃格贝,他以脚跺地,挥舞着手臂想挣脱抓住他的那几只手,在蒙眬的暂时解脱中,他隐约意识到自己遭到一群好奇的小孩的纠缠。这个想法吓了他一跳,他立刻冲他们大吼,叫他们住手。他一手护着身上的袋子,举起另一只手奋力摆脱纠缠,脚步踉跄了一下。他身后的男孩子们像受惊的苍蝇般从他身边退开。他紧咬牙关,举手拍在伸手可及的第一个脑袋上。他以最快的速度往后退,不一会儿工夫,他摆脱了他们。

那些孩子,他们是谁?他们从哪儿来?他们看不出他长得根本不像罗纳尔迪尼奥吗?难道他们不知道罗纳尔迪尼奥不可能在这里出现吗?他就像一只无头苍蝇——与一个星期之前相比,他变成了一个会行走的空壳。一个孩子走上前,朝其他孩子做了个手势,示意他们退下。这个孩子穿着一条短裤和一件单衣,个子比其他人高一些。孩子们的代表开始说话,然后朝另一个抱球的小男孩比画着手势,示意他们想要签名。另一个小男孩拿出一支笔和一本书。他们全都在比画着手势。我的宿主觉得要是他满足他们的要求,他们就不会拦住自己的去路。

---

[1] 或指法国足球运动员埃里克·阿比达尔(Eric Abidal, 1979— ),2006 年世界杯亚军法国队主力,曾获得西甲冠军、国王杯冠军、西班牙超级杯、欧洲冠军联赛冠军(均效力于巴塞罗那队)等荣誉。

[2] 罗纳尔迪尼奥(Ronaldinho),全名是罗纳尔多·德·阿西斯·莫雷拉(Ronaldo de Assis Moreira, 1980— ),巴西足球运动员,2002 年世界杯冠军,曾获得西甲冠军、国王杯冠军、西班牙超级杯、欧洲冠军联赛冠军等荣誉,并两度当选世界足球先生。

他拿起那个足球准备签名时，曾在父亲的村屋后面见到的一幕在他的脑海中浮现并羞辱他：那是一个曾经属于一只大蜗牛的空壳，如今空空如也，干枯钙化，竟然在缓缓移动。起初那就像一个奇迹，当他审视蜗壳时，见到它正被一群蚂蚁扛着走。他觉得同样的事情正发生在他身上，在这个奇怪国家的穷苦街区，这帮孩子误以为他是世界上最出色的足球运动员。他们不知道他是个穷光蛋，一个永世无法翻身的穷光蛋。在以前，他失去过曾经拥有的东西。如今他一无所有。在可以预见的未来，他仍将一无所有。而他就在这里，拿着孩子们递给他的笔，给一个足球、书本、衬衣，甚至他们的手掌签名。当时见到那个以一群蚂蚁为脚的蜗壳时，他惊讶得大叫起来，喊母亲过来看。现在，想到自己在这帮陌生的小男孩眼前被如此抬举，他崩溃了，落泪哭泣。

他的眼泪立刻产生了作用。孩子们发现他——"罗纳尔迪尼奥"和"阿比"——竟然在哭泣，全都呆若木鸡。这位伟大的足球远动员在做出孩子气的举动。这真是见鬼了。一只只小手缩了回去，他们变得沉默不语，眼里的欢乐被疑惑取代，围着他的那几只脚退开了，像一支沉默的地底下的军队在撤走。他转身离开他们，继续赶路，边走边哭。

# 第十四章
## 空 壳

阿格巴塔-阿鲁玛鲁,在祖先的土地上,如果大白天一个男人在大庭广众之下像这样哭泣,别人会走到他身边,把他搀扶起来。他们会见到他的眼睛里闪烁着光芒,这个男人迈着舞步走过生命的火之剧场,现在身上带着烧伤的疤痕,像是荣誉勋章。他们会询问出什么事情了。他是不是失去了某个亲近的人——父母、兄弟姐妹或朋友?如果那个男人说是的,那他们会遗憾地摇头表示同情。他们会将手搭在那个男人的肩膀上并说,**别伤心,上帝给予的,上帝将它收回去了。你别再哭了**。如果他失去了别的东西,金钱或是财产,那他们会对他说,**慷慨的上帝会予以补偿。不要难过**。因为在伊博人的文化里,悲伤不可以滋长。它被视为一个危险的窃贼,整个社区的人都会聚在一起,用棍棒和砍刀将它赶跑。因此,一旦有人遭受损失,他的朋友、家人和邻居会聚在一起,目的是不让那人陷于悲伤。他们好言相劝,软硬兼施,如果悲伤一直持续下去的话,安慰者中的某个人——大家都在摇头和咬牙——会假装生气地命令那个遭受丧亲之痛的人立刻停止悲伤。那个悲伤的人会在那一刻将悲伤摆脱,就像撕下一个变老的可可果仁的包衣。安慰他的人会开始谈论天气或当季的庄稼状况,或降雨的情况。这种情况会尽可能久地持续下去,到最后,当间隙出现时,那个丧亲之人总是会再度崩溃,循环将再度开始。

这种事情我见得多了。

但在这里,奥瑟布鲁瓦,在这个奇怪的沙漠、高山与白人的国度,没有人理睬他。当他走进一个繁忙的区域时,从他身边经过的那些女人似乎当他是透明的。男人们坐在阳台和餐厅外头遮阳篷下的椅子上抽着烟管,或站在大楼外面吸烟,满不在乎地看着他,就像对待一个街头乞丐——虽然无论唱歌或跳舞他都比那个在座无虚席的歌舞厅里表演的著名音乐家更棒——没有人会在意。孩子们看见他,一个脸上挂满泪痕的成年人,迷茫困惑地盯着他瞧。就这样,他一路走着,背负着痛苦的负担,就像背着一个装着破烂玩意儿的湿漉漉的麻袋。埃格布努,他整个人都垮掉了,我作为他的魑,也认不出他来。他的行动不是由方向感命令,而是被绝望驱使。就像托比曾叫他看的那个男人,这个世界对他来说突然变成了一片他必须在上面行走的原野,在它的外面,一切都不复存在。

——什么地方值得去一趟?

——没有。

——什么事情得去做?

——没有。

无论他转向哪里,都见到自己的麻烦。是的,事实上,他走过豪华的商店与华丽的建筑,但对他来说,这些毫无意义。那边有一小群人,围着音乐轰鸣的卡车,他们是在观看音乐会吗?那些穿着橙红两色制服的年轻白人是在跳舞吗?这些毫无意义。他现在路过的这个男人呢？这些人就是 TT 所说的构成了这个国家三成人口的土耳其士兵吗？他们前面堆着沙包，身后停放着坦克和大型机动车。是的，就是他们，但他不在乎。那些互相追逐、绕着那棵覆盖着街上灰尘的长得不成样子的树木俯冲盘旋的小鸟呢？换作另一天，自诩是爱鸟之人的他会对此很感兴趣，而且会去尝试了解它们是什么品种。它们只在塞浦路斯这里才能找到吗，它们是猛禽还是友善的鸟儿呢？但现在，他沉浸于深切的悲哀中，他并不在乎。换作别的时候，他会爱上这个国家，就像当初贾米科向他讲述在这个国家他可能会过上好日子那时候一样。当时欢乐就像五彩纸屑在内心绽放，亮闪闪的事物将他心中的幽暗填满。但现在他想到，那不加提防的欢乐的绽放，正是他遭到毁灭的肇因。

噶嘎纳奥格乌，我瞠目结舌地看着这一切，实在无能为力，帮不了他。现在他走在一条街上，一块蓝色的路牌上写着德雷博禹街，经过用玻璃修建的商店时，他想起了自己的家禽。他记起将最后几只鸡卖掉那天的情形——他视若珍宝的最后九只黄色小鸡。他们体验了没有公鸡打鸣的宁静的早晨——令他惊讶的是，这影响了恩妲莉。她说这令整个地方格外凄凉，令她更加害怕自己或许无法忍受他的离去。只有几只母鸡剩下。两人一起将它们从鸡棚里慢慢抓出来，把它们丢进一个酒椰编织的笼子里。他明显察觉得出鸡棚里的紧张气氛。因为每次他把一只鸡丢进笼子里时，它们的叫声那么响亮，他中断了几次。就连恩妲莉也察觉得出情况不对劲。

"它们在干什么？"她说道。

"它们知道，姑娘。它们知道出什么事情了。"

"噢，天哪！侬索，它们知道吗？"

他点了点头："瞧，它们见到许多只鸡被丢进同一个笼子里。所以，它们知道的。"

"我的天哪！"恩妲莉耸了耸肩膀，"这一定就是它们的哭声。"她合上眼睛，他看见泪水在她的眼角积聚，"这真是让人心碎，侬索。我为它们感到心碎。"

他点了点头，咬着嘴唇。

"我们把它们囚禁起来，肆意宰杀它们，因为它们没有能力反抗。"她愤怒的声音直抵他的内心，"它们在发出同样的声音，侬索。听啊，听啊，当那只老鹰袭击它们时，它们发出的就是这个声音。"

他用盖子盖住笼子时，抬头看着恩妲莉。他转头做倾听状。

"你听见了吗？"她抬高了嗓门。

"是的，姑娘。"他说道，点了点头。

"甚至在老鹰叼走它们的孩子时，它们在做什么？什么都做不了，侬索。什么都做不了。它们怎么保护自己？它们没有尖锐的手指，没有蛇一样的毒舌，没有锋利的牙齿，没有爪子！"然后她站起身，缓缓地走开，"因此，当老鹰攻击它们时，它们怎么办？它们只能哭泣落泪，侬索。哭泣落泪，没了。"她双掌合十，搓拍了几下，似乎在用手掌互相将上面的灰尘掸掉。

他又抬起头，见到恩妲莉闭起了眼睛。

"甚至就像现在。你看见了吗？为什么呢？因为它们是乌戊穆-奥比雷-伊赫，卑微者。看看这个国家的强权人物对我们做了些什么。看看他们对你和弱小者做了些什么。"

她深深地吸了一口气，他想说话，但不知道说什么好。他能听见恩妲莉的呼吸声，虽然那天很冷，空气令人感到憋屈。他察觉得出她所说的话发自内心深处，似乎她从一口干涸的井里汲水，只带上来井底的沉渣、破铜烂铁、死蕨和其他乱七八糟的东西。

"看看那些强权人物对我们做了些什么，侬索？"她又说了一遍，往后退开，似乎想要离去，然后又转身对着他，"为什么？因为你不像他们一样有钱。难道那不就是真相吗?"

"是的,姑娘。"他说道,似乎感到羞愧。

但恩妲莉似乎没有听见,因为他出声时,她开口说话,要他认真听:"听啊,听啊,侬索。你明白它们的哭声遵循着一种模式,似乎它们在彼此交谈吗?"

事实上,似乎它们能听懂恩妲莉的话,那几只家禽抬高了嗓门。他看着笼子,然后看着她。"是的,姑娘。"他说道。

恩妲莉又走到鸡笼边,轻轻将他推到一旁,朝那几只哭泣的鸟儿侧耳倾听。然后恩妲莉又转身对着他,眼睑上挂着泪珠。

"噢,天哪!侬索,它们真的在唱歌!那就像一首合唱的歌曲,在葬礼上唱的挽歌。就像一个唱诗班。它们在唱的是一首哀歌。听啊,侬索。"她沉默地站了一会儿,然后稍微退后几步,打了个响指。"你父亲说的是真的。那是卑微者之歌。"

她又打了一个响指:"我能体会它们的感受,侬索,因为我们对它们所做的事情,它们正在唱的是一首哀歌。"

埃格布努,当时他倾听了,就像一个人在倾听已经听了无数遍的乐曲,但每次新的聆听都会令他感动,并且令他领会到新的含义。他全神贯注地看着那个鸡笼,突然听见一声啜泣。他走过去,将恩妲莉搂在怀里。

"亲爱的,你怎么哭了?"

恩妲莉抱着他,将头靠在他的胸膛上,感受着他的心跳。

"因为我为它们感到难过,侬索。我也为我们感到难过。和它们一样,我的内心在哭泣,因为我们没有力量去反抗那些压迫我们的人。受压迫最深的人是你。你对他们来说根本算不了什么。现在你将离开我,到某个我根本不了解的地方。我甚至不知道会有什么事情发生在你身上。你明白吗?我感到难过,侬索,我好难过。"

楚库，现在他想到，在这个由天空、沙尘与奇奇怪怪的人构成的遥远国度，那天恩妲莉所害怕的事情已经发生在他身上。一个名叫贾米科·恩瓦奥吉的养家禽的农民喂养了他一段时间，将他身上多余的羽毛拔掉，喂他吃饲料和小米，让他惬意地散步吃食，或许会为他被一根突起的钉子扎中的腿止血，现在将他关在一个笼子里。现在他能做的，现在他要做的，就只有哭泣落泪。现在他加入了许多人的行列，托比列举的所有那些被骗走了财物的人——警察局旁边那个尼日利亚姑娘、机场的那个男人，所有那些被捉住并被强迫去做无论过去或现在都不愿意做的事情的人，所有那些被迫加入一个并不愿意加入的团体的人，还有不计其数的其他人。所有被锁链绑住、被殴打的人，他们的土地被掠夺一空，他们的文明被摧毁，他们被噤声、强暴、羞辱，然后被杀害。他和所有这些人在一起，他与他们遭遇了相同的命运。他们都是这个世界的卑微者，他们唯一能做的就是加入这首普世的交响曲，一同哭泣落泪。

阿克瓦阿库鲁，祖先们说正在阴燃的火很容易被误以为已经熄灭。我的宿主漫无目的地又走了将近一个小时，饥渴难耐，汗水与泪水交织，这时他发现自己来到一个分岔路口。一个路口引向北边一条似乎无穷无尽的长路，另一个路口通向一条死胡同，还有一个路口指向他的来路，它们都会聚于大约一公里之外的一个交通环岛。在这里，他体验到之前从未感受过的太阳的猛烈照射。人们在谈论乌古-豪萨——尼日利亚北方——多么炎热，就连他的父亲，曾经在扎里住过，也告诉他在更远的北方，在撒哈拉沙漠，太阳令活着的人看上去像是死人。

自从被那辆出租车丢下之后，他已经走了将近两个小时，浑身是汗，略微有点酒醉。下了那辆出租车之后不久，他就将那瓶酒轻轻地放在路边的一丛干草里，似乎希望某个和他有同样遭遇的人会找到这瓶酒并把它喝掉。现在他来到一大片长着低矮青草的土地，上面有一座楼房正在修建。浑身尘土的建筑工人里有两个黑人，在足可以把肉烤熟的太阳下大汗淋漓。他继续走着，现在他的眼泪干涸了，停滞不前的自由，不知道接下来该做什么或会有什么事情发生的自由，赐予他久违的宁静。他又想起了恩妲莉、那几只小鸡和他在乌穆阿希亚的最后一天，还有先前他打电话给恩妲莉时她的声音，这时他听见交通环岛附近传来一声巨响，像是有什么东西爆炸了。他看着周围，但什么也没有看见。他从两座大楼之间穿过，来到一片空地，边上是一条大马路。然后他看到了远处刚才那个声音的来源：大约扔两块石头的距离之外，有一辆倾翻的汽车，浓烟滚滚。他听到身后有急促的说话声，传自他走来的那条路上。他见到先前他经过的那座大楼的建筑工人正朝他跑来。

他的脸上蒙着灰尘，像祖先时代的巫医画在脸上的花纹，他看着那片空地，那里尘埃已经落定，令他看得更加清楚了，现在那辆破损的汽车被惊慌失措的人群围住了。他走近了些，见到事故中另一辆汽车的命运。那是一辆面包车，正面朝着环岛，几乎被压扁成原先一半大小。他走到空地上那辆小汽车旁边，一个黑人建筑工人转身对着他。我的宿主根据此人说话的口音，判断他是富足的祖先们的子孙。

"太可怕了，太可怕了。"那个黑人说道，"另外那辆车里无人幸存。这一辆的后座有两个姑娘。噢，天哪！她们在惨叫。"

我的宿主也听见了惨叫。他的同胞退后了几步，他前面的人也退后了。一辆警车来了，一个警察正命令他们后退。在远处，一辆救护车正快速朝出事地点驶来。警察的出现令我的宿主感到害怕，还没走到出事地点就停住脚步。因为在阿莱格博，这些有权力惩罚别人的公务员令人畏惧。他伸手去拿手机，想看看现在几点钟，但他的口袋里空空的。他摸遍了裤子后匆忙顺着原路退回，在后面几米处，他刚走来的路上，找到了手机。他将手机正面的灰尘吹掉，看到有三个未接来电，都是托比打来的。他想起他们得一起去找住的地方，现在早已过了中午——2:15。埃格布努，自从上次两人通话之后，有太多的事情发生了。他给恩妲莉打过电话，但没有和她说话。他被愤怒的出租车司机赶出车外。他喝醉了，把酒丢掉。然而，还有更多事情发生。他被街上的一帮孩童围住。他哭了。他差点被一辆汽车撞死。他的悲伤变得更加深切。昨晚的希望仍在挣扎前行，但已经伤痕累累，浑身浴血，现在又遭到了致命一击，倒下了，断气了。这些事情足以解释为什么他没办法赶回去和托比会合。事实上，它们太足够了。

他继续向前走，见到那辆倾翻的汽车有一扇车门打开着，惨叫声和哀号声更加响亮。每一处地方，在邻近的道路上，汽车正排成长龙。我想从我的宿主身上出来，看看那几个乘客是不是都死了，和他们的魑交流，想了解能否让这桩发生在他们身上的惨剧不要发生在我的宿主身上。这些人到底做了什么，才会死得这么惨？他们的守护精灵会给出什么样的答案？在事情发生之后，我们总是会这么问。譬如说，当初我能否想办法与贾米科的魑交涉，了解它的宿主心中究竟有什么盘算？就算我知道他的踪迹，并且去到那里，或许也没办法让他的魑出来，因为要劝说魑离开宿主的身体是很困难的事情。当时我没有离开宿主的身体，因为我不敢在他崩溃的时候离开他。他走近事故现场时，只是好奇地想目睹这片陌生的土地上一桩惨剧的情形，一个残酷的顿悟从烟雾中跳出，朝他扑过来：他不应该来这个国家，如果继续这里待下去的话，他或许会丧命。

当他来到出事地点时，几个穿着白大褂的男人正把一个浑身是血的男人抬到救护车的车厢里。地上躺着一个姑娘,她身躯侧边流血不止,上面有一道深深的伤口,金发上血迹斑斑。她的身边围着一群人,一个男人正将其他人往后推。在事故现场旁边的空地上几乎没有落叶的地方,医院里的人将一个被抛出车外的男人抬走了,他见到一块人肉搁在一片被压平的草地上。这幕惨状旁边的青草沾染着黏稠的血,因此,看上去似乎被鲜红的痰液覆盖了。他正在观望时,一个护士冲开人群,慌张地挨个儿和人说话,说着这个国家的语言。似乎在回答这个女人所说的话,一个戴着蓝色鸭舌帽的男人走上前,另一个是一位老妇人。那个护士点了点头,晃了晃手指,似乎在说那个老妇人不能做这件事情。那个白人女子在说话时,他的胃里在翻腾。他转身准备离开,至少得找点水喝。

"先生,先生。"那个护士在身后叫他。

她正要说话,有人以那门奇怪的语言对她说话。她转身朝那个人说了一个词,然后她又面朝我的宿主,快步朝他走来,神情极其焦虑:"请问你愿意献血吗?我们需要为伤者输血。可以吗?"

"啊?"他应了一声,一只手用力捶了自己的腿,想让它别发抖。他在微微哆嗦。

"血。你愿意献血吗?我们需要为伤者输血,谢谢你。"

他转过身,似乎想向身后某个人寻求答案,然后回头看着那个女人。"好的。"他说道。

"太好了,谢谢你,先生。请跟我来。"

阿古吉埃格贝,祖先们说在摔跤较量中,很少出现一个人因为力气太弱而被扔出去的情形。体格孱弱瘦小的男人不会去尝试角力。因此,他们是如何把人扔出去的呢?恩克帕的伟大摔跤手滑蛇埃梅克哈·梅凌伟奇、灵猫诺斯克、桑木奥卡迪格博?要么通过某个招数，要么通过比拼耐力。如果是后者，对手与那位伟大的摔跤手缠斗了许久，直到他的肌肉变得绵软无力，四肢疲惫不堪。他懈怠了，松开了扣握，就在刹那间，他就像一面空鼓被举起来，扔了出去，一败涂地。

这可以推演到摔跤之外的任何情形。如果一个男人与某个难缠的敌人搏斗了太久，他或许会松懈屈服，对那个来找他碴儿的麻烦人物说："喏，你不是要拿走我的斗篷吗？把我的怀表也拿走吧。"如果被要求陪别人走一公里，他或许会说："你要我陪你走一公里？好的，喏，我们走上两公里吧。"如果这个男人刚刚从鬼门关死里逃生，有人请求他献血，他是不会拒绝的。他跟着那个对他——一个陌生人，一个不同肤色的黑人——提出要求的护士到了医院，做了被要求做的事情。他为一个伤者献完血后，对那个护士说他愿意为第二个伤者献血，她帮他抽血后，用棉球——古老的母亲们用那东西织布——为正在出血的针孔止血。

"不，先生，一个就够了。相信我。"

但他一直坚持："不，给伤者们抽多一点吧。再抽一点，谢谢你，女士。"

虽然他的魑在他的脑海里对他说不要这么做，因为鲜血就是生命本身，在受伤时它会离开身体以示抗议，但他一意坚持。虽然他的魑说自杀是阿拉深恶痛绝的事情；到目前为止，没有什么损害不可以得到恢复；眼睛看见的东西，没有什么能令其流血，只会令其流泪；但他仍一意坚持。我的宿主，一个崩溃的挫败的男人，被绝望这个沉默的暴君支配，根本不去理会。那个女人似乎很惊讶，停下了动作。

"你真的肯定自己愿意这么做吗？"那个女人说道。而他答道："是的，女士。我非常非常肯定。我希望为他们捐血。我有足够多的血。

够的。"

那个女人仍然盯着他,就像看着神坛上的疯子,然后拿起另一管针筒,敲了三下,然后用一团湿棉球擦了擦他的左臂,又给他抽了一回血。

然后他起身,感觉虚弱、疲惫、饥饿、口渴,他在想这个问题:接下来得做什么?过去那三天颠覆了他的人生哲学,现在他觉得不去做任何规划比较好。不,一个男人背井离乡,对他的朋友,甚至对自己说"我要去上学了",还以为他将会实现目标,这是多么愚蠢的想法。相反,这个傻乎乎的男人发现自己在一家医院里,给不认识的人献血。一个人以为上了出租车,给了那个司机正确的地址,就能到达正确的地方,这是多么愚蠢的想法。这个傻瓜只会发现自己没过多久就朝着离学校非常遥远的不认识的目标走去,被一帮小男孩围住去路。

因此,没有必要去做规划。他能做的就是感谢那个为他抽血的女人,然后上路。他必须步入白昼,走到太阳底下,去哪儿呢?——或许去那间临时宿舍。埃格布努,这就是他做的事情。他说了一句:"谢谢你,女士。"然后他走出医院,弯曲着双手夹住那团湿棉球,将针孔压住。

他经过到处是人的长长的过道,经过办公室,来到停车场,这时他听见有人喊道:"所罗门先生。"

他转过身。

"你忘了你的包。"

"噢。"他说道。

那个女人朝他走来。

"所罗门先生,我很担心。你还好吧?你是个好人。"

他不假思索就开口说道:"不,我不大好,女士。"

"我看得出来。你肯告诉我吗?我是护士,我能帮你。"
他看着她身后的太阳,太阳正在天空中凝视着他。
"别晒着。"她说道,拉着他回到医院正门的天篷下面。
"你告诉我吧。我能帮你。"

## 第十五章
## 这片土地上所有的树木都被砍掉了

巴阿巴度乌度,我已详尽地讲述了我的宿主生命中最漫长的一天——这一天风雨交加,瘟疫肆虐。但我还必须告诉您,它带着一丝希望而结束。因此,我必须赶紧禀明他回到与昨天陪他的男人同住的临时宿舍之后的情形。他拿着护士买给他的那瓶酒登上楼梯,准备回自己的公寓,这时候他想再打电话给恩姐莉。这个想法似乎在他的脑海中抽了一鞭子,令他真的吃了一惊,他在纳闷为什么自己犹豫了那么久。他开始输入恩姐莉的号码,这时他记起自己忘了输入"+"。于是他删掉号码,重新输入。铃声响起时,他慌张地合上电话,发出咔嗒一声。他告诫自己一定得非常温和谨慎地和恩姐莉沟通。他一定得从他有多么想念她、有多么爱她开始讲述,这会消除她的敌意。

然后,一只脚站在楼梯上,一只手扶着栏杆,他又拨打了一遍。

"姑娘!我亲爱的姑娘!"他大声冲着手机说道,"大美女。"

"噢,天哪!侬索,亲爱的,我好担心你,几乎都快发疯了。"

"噢，是网络问题。网络不好。它——"

"可是，侬索，就连一个电话也打不出来吗？就连一条普通的短信也发不出来吗？嗯？我一直在担心。事实上，有人打过电话给我，我说了嚷了好几遍你好，你好，但那个人听不见我在说什么，我的心告诉我那个人就是你，侬索。今天你给我打过电话吗？"

埃格布努，一时间他不知道该说真话还是谎话，因为他害怕恩姐莉会怀疑自己出事了。在犹豫中，恩姐莉的声音又传了过来："侬索，你还在吗？你能听见——"

"是的，是的，姑娘，我能听见你说话。"他说道。

"你给我打过电话吗？"

"噢，没有，没有。我想等到一切都妥当之后再打电话给你，这样你就不用担心。"

"嗯，我知道了……"

恩姐莉还在说话时，一个说土耳其语的声音响起，接着是另一个声音，说着白人的语言，提醒他余额已经用完，他的通话即将结束。

"噢——噢！这是在搞什么玩意儿？呃，这张电话卡是我刚买的。"说出这番话后，他惊讶地发现自己竟然还在关心像电话卡余额这种琐碎的小事。几天来头一回，他没有在脑海里的镜中见到自己那副惨兮兮的尊容，没有因那些伤口、肿胀的眼睛、嘴唇上的血迹和那副遭受巨大挫折的沮丧表情而倒吸一口凉气。

他按响了公寓的门铃，听见屋里传来脚步声。

"所罗门，哇！"

"我的兄弟，我的兄弟。"他说道，拥抱着托比。

"怎么，你去哪儿了——"

"伙计，谢谢你昨天帮了我。"他说道，然后在客厅里的一张长沙发上坐下来。

"出什么事了?"

"很多事情,我的兄弟。很多事情。"

怀着同样愉快的心情,他把自己在那天做过的事情都告诉了托比,关于那场事故和那位护士,我已经向您和埃鲁伊格与其他地方的主宰们禀明的直至当时的情形。

埃格布努,如果他在抽血之后还去规划任何事情,那只会是徒劳无功,甚至是傻帽之举。譬如说,如果他计划回学校,现实会再度在他的意识里展现它那张皱巴巴的面孔,张开没有牙齿的嘴巴嘲笑他,过去四天来,它一直在这么做。因此,他做了一件明智的事情,由得自己四处游荡,被时间带到它想去的任何地方。他被抽血一个小时后,他和那位护士在一起,把整件事情都告诉了她,然后坐在一辆灰色小汽车的副座里,乘车回凯里尼亚!是的,凯里尼亚,几个小时之前,他从曾经与贾米科住在一起的几个男人那儿获悉他再也找不到这个男人了。他的希望就是在这里遭受了致命一击,他怎么知道自己会在同一天内又回到这里呢?

"大概得开将近四十分钟,所以你可以睡上一觉。如果你愿意的话,躺着睡也没问题。"

"谢谢你,女士。"他说道。

他如释重负,想放声大哭。他后仰着头,靠在椅座上,闭起眼睛,将行囊抱紧在怀里。护士刚才给他买了烤串,有几片菜屑仍然卡在齿间。他用舌尖将菜屑挑出来,然后悄无声息地啐掉。

"我认为我也得把自己的麻烦说给你听,所罗门。"那位护士说道。

"好的,女士。"

"我已经跟你说了,叫我菲奥娜就好。"

"好的。"

他听见她在笑——边笑边说:"我从德国搬到这里,和我的丈夫结婚,当时我也放弃了一切,只保留了我的德籍身份。政府说我可以保持双重国籍,因为塞浦路斯并不是一个真正意义上的国家[1]。一年,两年,日子很幸福。大概是这样。然后一切,所有的一切,开始崩溃。现在我们就像住在一起的陌生人。完全的陌生人。"他听见她在笑,笑声略带沙哑,"我见不到他,他见不到我。但我们是夫妻。非常诡异,是吗?"

他不知道说什么好,他不知道"诡异"是什么意思。尽管我,他的魃,知道那是什么意思,但告诉他是僭越之举,因此我没有开口。他一心只想着,这里的人和他与尼日利亚的人民一样,原来也有烦恼。

"你能想象我已经三天没见过他了吗?昨天半夜里我听见他进门的声音。接着是他走进浴室的脚步声,然后上床睡觉。就是这样!没错!"

"他为什么要这么做呢?"他问道。

"我不知道,我根本不知道。问题很复杂。"

他们开车来到一处地方,她说会帮他找一份工作,一份薪酬还不错的"黑工"。他每个月可以挣一千五百里拉,足以补偿他的损失,甚至可以帮他完成学业。那个老板——她说了他的名字——是她的密友。那个地方是一家赌场,隔壁是一家宾馆,也是这个朋友的产业。

他们在赌场询问,但老板不在。

"他去了古兹尔约特。"一个穿着白衣黑裙的女人说道,她是秘书。

"我打他的电话没打通。"

---

[1] 国际社会承认的塞浦路斯政权是南部的塞浦路斯共和国。北塞浦路斯土耳其共和国只有土耳其承认其独立主权国家地位。

"好的。"另一个女人说道,然后以这片土地的语言滔滔不绝地说起来。

"好极了,"菲奥娜说道,"我明白了。那我下次再带他过来。"

她对我的宿主说很快会回来见伊斯梅尔。然后他们返回莱夫克萨,大部分时间里,两人没有说话。她打开收音机,里面在播放他从未听过的音乐,让他想起了印度电影——断断续续的大鼓声,暂停一会儿,然后热烈地重新响起,就像电影《贾米那》里的配乐。"没关系,那里是赌场。赌场总是开门营业的。"

她开车经过先前发生过事故的地方。刚过去了大约三个小时,现在已经几乎没有痕迹了,只剩下交通环岛上的碎砖和汽车倾翻的空地上的玻璃碎屑。经过那里时,她摇了摇头,说塞浦路斯人开车实在是太冒失了,引发了许多宗交通事故。等到她在学校门口停车时,他开始打盹儿了。

"等我与他取得联系后就给你打电话。接着到我家里去,我给你做顿家常饭。"

"非常感谢你,菲奥娜。谢谢你。"

"不用客气,"她说道,"保重,很快就联系你。"

他对托比说他看着这个女人开车离开,她说的每个字都鲜活地刻在他的心中。一个素昧平生的陌生人竟然这么同情他,当他讲述自己遭受巨大挫折的故事时,她的眼里噙着泪花——或许是因为他讲述所有的一切都被骗走,将构成自己生命的损失——罗列时的语气。她的问题一个接一个——"这个男人,贾米科,难道他不是你的朋友吗?""他竟然做出那种事情?""所以,钱存在银行里其实是假的?"——当他讲述到自己经过事故现场时,她的眼睛因为哭泣而红肿,她的脸庞因为情绪激动而涨得通红,她从一个小塑料袋里抽出纸巾擤鼻涕。她的同情是真切的。

我的宿主讲完之后，托比说道："我简直不敢相信！"他摇了摇头，然后打了个响指，"你明白了吗？你明白那是我们的上帝在出手干预吗？"

"正是如此，我的兄弟。"我的宿主回答，为这个男人的慷慨大度感到由衷的喜悦和感激，想继续和对方分享。"看看我。"他摊开双手，"今天早上我以为自己完蛋了，我以为自己掉入了一个深渊里。我真的这么想。"

两人哈哈大笑。

"是上帝的安排。"托比指着天花板说道，"天哪，那个女士是上帝派来的天使。难道你没听过这句格言吗？'没有尾巴的牛和瞎子的饭食，上帝都会帮他们把苍蝇赶走。'"

"正是如此！而且他赐予声音给昆虫、鸟儿、哑巴、穷人、小鸡和所有不能歌唱的生物，以及卑微者乐团！"

托比点了点头，双脚跺着地板。"上帝甚至保佑我们的住宿问题呢。我刚从中介的办公室那里回来。"托比说道，"我找到了一个便宜的好地方，八百里拉一个月。如果我们住一间房，每人付两百欧元。"

"啊，太好了，我的兄弟。太好了。"

"是的，他们要求付押金。所以我已经给钱了。"

"啊，我的兄弟，谢谢你。"

他还在说话时手机响了，连忙起身看是谁打来的。

"是我的未婚妻。"他说道，"对不起，托比。"

阿古吉埃格贝，他怀着醉醺醺的兴奋跑回房间里，然后关上房门。我看得出酒精的作用还没有完全从他身上消退，他仍然有点迷糊。当他按下接听键时，恩妲莉熟悉的声音在耳朵里响起，冷淡而清晰。

"侬索，是侬索吗？"

"是的，姑娘！"

"噢，所以网络正常了吗？"

"我知道，姑娘。我知道。听我说，我想你。姑娘。我真的好爱你。"

"哼，你嘴里这么说，可为什么你不给我打电话？你说之前打电话的那个人不是你？都快五天了。"

"姑娘，因为压力很大，我们没有按时到达，而且，来到这儿之后，我发现许多事情，像学校注册、找地方住什么的——所有的事情都在占用，占用我的时间。"

"我不高兴，侬索。我一点也不高兴。"

他想象着恩妲莉闭上眼睛的模样，那古怪而美丽的模样唤起了他的欲望。

"对不起，姑娘。我再也不会做这种事情了。再也不会了。我向缔造了我的上帝发誓。"

她笑道："傻样。好吧，我也想你呀。"

"很想很想吗？"

她笑了："是的，伊博汉子，很想很想。真的很想你。告诉我，那个地方怎么样？"

现在他放松下来，他在哈哈大笑，他环顾房间，看见之前没有留意的东西。在靠近天花板的窗玻璃上有一个木框，里面贴着一个纸人画像，有一半脱落了，现在只剩下一个白人的双腿，伸展开来坐在沙发上。

"你还在吗，侬索？"

"噢，在，姑娘，再说一遍好吗？"他说道。

"你没有在听我说话吗？我叫你告诉我塞浦路斯那里怎么样？"

"我在听。"他说道，不过他朝窗户走去，心里纳闷整幅画原来是什么样子,"姑娘,这里是一个傻帽的荒岛,甚至连一棵树都没有,就只有沙漠,沙漠。"

"噢,天哪,侬索!你怎么知道的?"她憋着笑说道,"你已经走遍那个地方了吗?"

"呃,姑娘,我对你说的是真话。好像这片土地上所有的树木都被砍掉了。我告诉你,所有的树。就连一棵树也没有。我告诉你吧。"

"什么?一棵树都没有?"

"没有,姑娘。而且这里的人,他们不会英语。"

"我的天哪!"

"是的,姑娘。他们大部分人根本听不懂英语,就连'来'或'去'都听不懂。我告诉你吧,这里不是个好地方。而且土耳其人——"他摇了摇头,埃格布努,似乎恩妲莉能看见他,因为他记得几个小时之前那个司机对他做了些什么,还有那群孩子,还有当他走在炽热的日头下时那帮看着他号啕大哭的人,"他们都是坏人。我不喜欢他们,呸——呸。"

"啊,侬索!那你的朋友贾米科呢?他在那儿过得开心吗?"

埃祖瓦,听到这个名字,他感觉到自己的心在往下沉。他停下来调整情绪,因为他不想让恩妲莉知道他经历了什么。他在心里决定等到自己把问题都解决之后才告诉恩妲莉。埃格布努,我在他的脑海里闪念,让他知道这是正确的举动,以此鼓励他。他问道:"你第二次小测验完成了吗?"

"是的,昨天考了。很简单。"

"你已经——"

"亲爱的,他们告诉我学分就快修满了。我买了两百奈拉的电话卡。所以我们得快点说,我想你,亲爱的。"

"好的,姑娘,我明天给你打电话。"

"你承诺吗?"

"是的。"

"你读过我的信了吗?在你的包里。"

"呃,姑娘,信件。"

"一定要读哦,我有事情想告诉你,但我想让你先安顿下来。"她匆忙地说道,"是大大的消息,甚至对我来说也是,我很惊讶。但我好高兴啊!"

"你会——"他说道,但通话中断了。

阿格巴塔-阿鲁玛鲁,因为他终于和恩妲莉说话了,因为他听到了能够抚慰他的破碎心灵的声音,他感受到比那个希望带给他的解脱更深切的慰藉。他对着自己哈哈大笑,那是满足的笑声,事情在迅速改善,就像当初它们崩溃时一样。因为就连恩妲莉也已经原谅他了,他本以为自己令她伤透了心。他高兴得眼泪汪汪。他躺在床上,睡意立刻降临他受尽折磨、疲惫不堪但依然平静的身子。

我一直想离开他的身体,看看这个有着各种怪人的国度的灵界是什么样子,但因为他在忍受痛苦,我没办法离开,那次去恩格多寻找贾米科的魑是例外。因为当宿主遇到麻烦时,我们必须守护他们,我们必须保持警惕,眼睛睁得像鱼一样大,直到情况有所改善。所以,现在趁他睡着了,我离开他的身体,以超自然的能力飞升到灵界。我见到的情景——埃格布努!——令我大吃一惊。我没有体验到当意识的帷幕拉开时会见到的情形:有各种图案的漆黑夜色、幽灵与精灵们的窃窃私语声、守护精灵们悄无声息的脚步声。恰恰相反,在这里,在晚上形成的层云之间,我见到迷离的形体仿佛疲惫的梦游者在缓缓地行走。最令我感到惊诧的是,这里的生灵十分稀少。因为这里似乎空荡荡的。很快我就知道原因了:我环顾四周,见到几乎每一个角落都有怪异的庙宇、古老的宏伟建筑和神秘的建筑。似乎在它们的埃津穆奥里,精灵们和人类一样需要住所,绝大多数精灵都在这些建筑物里。有的地方甚至空旷到只有亮闪闪的树木掉下的金叶和夜里从这儿走过的精灵留下的发光足迹。此外还有一首轻柔空灵的曲子在回荡,似乎是由祖先们不知道的某个乐器演奏的,我知道它的名字叫钢琴。它的音色与乌扎——故乡的伟大祖先与他们的精灵吹奏的笛子——不一样。我就像在朝圣般缓缓地走遍这个地方,就像我的宿主自己在人界的朝圣之旅,直到我害怕我的宿主或许会从梦中醒来,于是回去了,发现他还睡得很香甜。

楚库,伟大的祖先们说明天就像孕妇,没有人知道它会生下什么。正如祖先们的眼睛看不见一个女人的子宫里孕育着什么(除了那些天赋异禀的人之外,他们的眼睛能够窥见超越人界的天机),怀孕的明天也一样。没有人能知道它将会带来什么。一个人晚上睡觉时会满脑子想着各种为明天做打算的主意和计划,但那些计划或许根本无法实现。伟大的祖先们明白如今他们的子孙已经不懂的秘密:在每一个新的日子,一个人的魈会焕然一新。这就是为什么祖先们认为每一个新的日子都是一次分娩,从某个事物中萌发的新事物——黎魈。它意味着魈在前一天代表他的宿主协商或谈判达成的内容已经完结,在新的一天里必须采取新的行动。埃格布努,这就是明天的神秘之处。

但我的宿主毕竟是凡人,他一觉醒来后,心中怀着昨天被赐予的憧憬和与恋人再度取得联系的喜悦。当他走出房间时,托比已经在外面了,正戴着眼镜看着自己的电脑。"早上好,兄弟。你知道星期六有迎新活动吗?"

我的宿主摇了摇头,因为他不知道那个词是什么意思。

"我想说的是,你应该参加。非常好的活动。他们说它能帮助你更加了解这座岛屿,而且可以见到许许多多漂亮的地方,还可以了解历史。"

"嗯,"我的宿主说道,"你以前去过吗?"

"没有,每个星期六都会举行。我星期天来的,而你星期三来。"

"不,我来那天是星期二。走吧,我会去。"

"好,好。我们回来后就收拾东西,叫一辆出租车载我们到新家去。开始做正经事时,在上帝的眷顾下,你已经有地方住。这真是太好了。"

我的宿主表示赞同。他再次向托比为他所做的一切致谢,这个男人帮了他许多。"我永远不会忘记你为我做的事情,一个你以前素不相识的人。"

"不用,别客气。你是我的兄弟嘛。要是你在另一座岛上见到一位伊博兄弟陷入这种情况,难道你会由得他们受苦吗?"

"确实如此,我的兄弟。"我的宿主摇摇头说道。

他打起精神,洗了那双到塞浦路斯的整趟旅程中一直在穿的袜子,把它们挂在拉开的窗帘旁边的木头椅子上,好让阳光将它们晒干。自从上小学之后,他就没穿过这种叫袜子的东西。但恩姐莉帮他买了袜子,坚持说要是不穿袜子的话,在飞机上脚会受凉。窗外的阳台上,他见到栏杆上有鸽子在咕咕咕地叫唤。昨天他见过鸽子,但没有去关注,因为在凄惨的状态下,一个人会失去自我。譬如说,在昨天的长途跋涉里,他记起总是令他哈哈大笑的一件事情。他的父亲的一个朋友与妻子曾到家里做客。那个女人走进卫生间,但家里停电了,里面几乎一片漆黑。他们不知道一只小鸡走进了里面。那个女人没有见到它蹲在水箱后边,她脱下裤子,正要开始撒尿,这时候,那只小鸡跳上水槽。那个女人惊叫一声,跑进了客厅,他的父亲和那个女人的丈夫在那里坐着。那个男人为我宿主的父亲见到了妻子的私密部位而感到羞愧,两人从此绝交。每每想起这件事情,他总是会哈哈大笑。但那天,在那个时候,他的思绪将那段回忆当成一只到处乱飞的苍蝇掸掉了。

但是,在这新的一天,托比和他吃着面包和蛋羹,拿这片土地上的人的作风和他的天真开玩笑,说起他自己,因为以前从没坐过飞机,简直就像一个大傻瓜。然后,托比去学校见老师,他躺下睡觉,睡了那么久,睡得那么香甜,直到太阳下山才醒来。这时,他看见恩妲莉给他打过电话。他试图回电,但电话里的声音提醒他余额已经用光了。他和托比去了学校的饭堂,他们坐下来吃饭,看着这个国家的人,他的思绪变得充实,他的精神逐渐恢复。那天晚上,在我的宿主睡着时,我见到托比的守护精灵在这个地方游荡。我向它表达谢意,他的宿主帮助了我的宿主,我俩坐下来谈论这个奇怪国度的埃津穆奥和我们的宿主所经历的事情,直到黎明将近,它坚持说它一定得回到宿主的身体里。

星期六一大早,他们出发去搭巴士。他们走过那排公寓楼时,托比指着远处一座挂着土耳其国旗的公寓楼说:"当他们的士兵遇害后,他们会在房子的正面和窗户上挂国旗。"他看着我的宿主,想看看这番话是否引起听者的好奇,通常别人都会感到好奇。如果他见到同伴感到好奇,就会继续讲述更多内容。"土耳其在和库尔德人打仗。库尔德工人党。我到这儿的第一天,他们有几个士兵死掉了。"

我的宿主点了点头,其实不知道他的朋友在说什么。他们来到巴士站时,许多外国学生已经在那里了,大部分人和我的宿主与托比一样,来自黑人的国度。他们等着上巴士时,我的宿主敏锐地察觉到这个奇怪国度的人与那些来自他的祖国的人之间的区别。后者的声音很响亮,而前者似乎悄无声息或平静淡定。譬如说,在靠近巴士后半截车厢处有三男一女,他们来自黑人的国度,正扯着嗓门聊天,还一边跺脚比画。而在他们身边,这个国家的白人三三两两地站着,或在低声交谈,或保持沉默,似乎在参加葬礼。

德晗,那个在国际部上班的女人,与一个说话口音像恩妲莉的白人男子正在欢迎大家。那个男人说他们即将领略这座美丽岛屿的美妙风光。"我们将参观许多地方——博物馆、海滨、另一座博物馆、一座房子和我最喜欢的景点:废城瓦罗莎。虽然已经在这座岛屿上生活了很久,但我仍然为之感到惊奇。它堪称世界奇观。"

"所以,那里没有人住吗?"一个来自祖先的土地的黑人学生问道。

"是的,是的,我的朋友。当然没有人住。当然,土耳其的士兵驻扎在那周围,但只有他们。只有士兵。我们不能进入,我的朋友。"

这帮学生开始自顾自地交谈,想到去参观一座已经有三十多年无人居住的废城,便觉得兴奋。

"好了,大家听着。"德晗说道,抬起她的手,朝正在交谈的人群微笑着,"现在我们得出发了。稍后我们会在海滩上吃饭。现在,我们出发吧。"

他们上了几辆巴士,那个女人朝我的宿主和他的朋友走来,询问发生了什么事情。他见到贾米科了吗?

"还没有,女士。"我的宿主回答,"但我们已经到警察局举报了他,他们正在找他。"他发现德晗在四处张望,急着要离开,作为令她宽心的结束语,他说道:"我知道我一定会找到他。"

"好,祝你好运。"她说道,然后走到那群人的前面。

埃格布努,我为我的宿主在一堆麻烦中找到慰藉而感到高兴。在短短几天内,一个梦想几乎破灭了。他看着周围,观察着事物,现在他的思绪允许他这么做。在巴士上,他和托比坐在两个人身边,他们看上去像白人，托比说他们是伊朗人。至于其他人，穿着单薄衣服的棕色皮肤的男子，托比说他们是巴基斯坦人。我的宿主点了点头，托比补充了一句："也可能是印度人。"

托比向他讲述印度和巴基斯坦的历史时，他留意到在巴士的前半截车厢里两边各有一个隆起的平台，上面有一张椅子，司机和德晗就坐在上面。眼前的沙漠从他眼前掠过，似乎在急速奔跑。他留意到这里的景色，虽然干燥多沙，却零星散布着稀疏的植被。长相古怪的植物，褐不啦唧的，瘦巴巴的，光秃秃的，牢牢地贴在地面，填满了平原。他见到被移植到这片干燥土地的稀稀落落的树木，就像来自异世界的元素。他低声对自己说道：树，他小时候经常这么做。他左顾右盼，想确认自己脑海中很大声的想法没有泄露到坐在周围的其他人的耳中。然后他想到他已经见过几棵树了，但大部分是在路边。他想起尼日利亚的公路与这条公路是多么不一样。在尼日利亚，城市之间的大部分区域没有人居住。这里恰恰相反，城市之间的土地有赌场、酒店、房屋，有时候是大自然——山脉与峰岭。有一处地方，那里的土地平整空旷，你的视野可以延伸数公里之远，德晗指着那里，说道："那就是南塞浦路斯。由希腊管制的区域。"

他盯着那个方向，尽管距离限制了他的视野，但他能看见像是美国电影里出现的高楼大厦。他先前去过的那座名叫凯里尼亚的城市里面的人告诉过他那边才是真正的欧洲，贾米科就在那里。他盼望着在某种神奇力量的作用下，他去到那个地方，在高楼大厦之间，在穿过马路时，不期然与贾米科相遇。他渴望在贾米科的住所里逮住对方，把钱要回来，然后把这人带到这里的警察局关起来。他想起了那个德国女人和解救他的承诺。当某件事情只是一个承诺、一个希望时，对它的期盼总是伴随着恐惧，情况往往如此。现在他想起了这件事情，他希望自己能够得到那份工作。我介入了，在他的脑海中闪念，让他知道那个善良的女人已经被他打动了。**或许她从未见过一个如此颓唐的男人，竟然愿意捐两回血。她会尽自己的所能去帮助你。**

楚库，我再次取得了成功。因为我的宿主听到了我的话，我的话为他带来了安慰。他立刻改变想法，决心直到自己的情况好转之后才把发生在他身上的事情告诉恩妲莉。他不会让恩妲莉知道这一切，等他得到那份工作，把钱追讨回来，学业顺利之后，再将一切讲给恩妲莉听，对恩妲莉说他几乎被这次行动摧毁了。他想象着恩妲莉放声大哭的样子，他渴望能再与她重聚，这时候他们驶进了一座城市。"噶兹马古萨，"德晗高声说道，"比莱夫克萨的面积要大得多。但我们要去的地方是由城墙围绕的老城。我就住在这里。"她吐出舌头，学生们哈哈大笑。她对司机说了几句，司机发出一声急促高亢的回应，学生们热烈地起哄。

从那一刻开始，景色改变了。那是一座由石头和混凝土精心修筑的堡垒，宏伟的城墙高高竖立，用的是他从未见过的砖头。它们似乎不是用混凝土和水做的——祖先的子孙们现在用这种材料建造房屋——而是用坚固但看上去像泥土的材料做的，颜色看上去像是黏土。尽管我活了许多个轮回，从跨越各个时代的众多宿主身上学到了许多知识，但我以前从未见过类似的东西。在石头之间有深凿的大木梁，似乎经阿曼迪奥哈的帮工之手烘烤过。

巴士在一道拱门下行驶，那道拱门就是用这种砖块砌成的，上面坑坑洼洼，似乎有上千人曾站在下面朝它扔小石子，持续了上百年之久。埃格布努，我可以一直讲述下去，因为这些建筑令我深深陶醉。但我来这里是为我的宿主作供，证实他的所作所为，为他做过的事情进行辩护——如果我害怕的事情终究已经发生——那是无心的过失。

驶过拱门之后，巴士停了下来，德晗示意大家下车。另一辆巴士比他们先到，导游和他们在一起。当我宿主所在的巴士上的人全都下车后，导游抬高了嗓门，大声说道："女士们、先生们，欢迎来到这座城墙中的城市，在土耳其语里，我们叫它噶兹马古萨，在英语里，我们叫它法马古斯塔。现在你们看看周围，那是威尼斯式的城墙。它们修建于15世纪。"

和其他人一样，我的宿主转身看见这座层层叠叠的宏伟建筑群，它们的雄伟壮观令我很想离开他的身体，在这片巍峨的石头建筑之间流连。虽然我曾经这么做过，但我心里在害怕，崇敬伟大女神的阿莱格博之外的精灵通常都很残暴好斗。我听说许许多多的阿卡利奥格利和形形色色的阿格乌在这些地方游荡，还有各处的精灵与早已绝迹的怪物与妖魔。我从守卫奥格布尼克与恩格多洞穴的精灵那里了解到残暴的精灵甚至会将魁从宿主的身体里逐出，将其宿主占据，哪怕是最弱小的守护精灵也对这种事情闻所未闻！因此，我留了下来。我决定还是通过楚库您安排我与之成为一体的这个男人的眼睛去观察一切。

大部分人都在观赏建筑，我的宿主却在观察散布于建筑之间的树木。他觉得它们是类似于在祖先的土地上生长的棕榈那种树木，但没有结果子。此外还有其他品种——其中一种被叶子盖住了，看上去就像一个邋遢汉头上乱蓬蓬的头发。每走一步，那个导游都在介绍历史，那帮学生尾随着他，一边听他讲解一边饱览胜景。他们在一座建筑残骸的中央又停了下来，在坍塌的白墙之间有一片由五根柱子围起来的空地，上面凌乱分布着大片的石头，应该原本是这座建筑的一部分，有的陷进了古老地基的丰沃泥土中。

"圣乔治教堂。"导游说道，他抬眼看着这一大片废墟的顶部，"它修建于教会时代的早期，或许就在基督死后一百年。"

楚库，他们继续走，我的宿主突然记起有一回，他在白天睡觉，醒来时发现小鹅站在客厅大门的门槛上。在外面，天色已晚——暗淡的光线令它只显现出轮廓。他几乎忘了那一幕，因为它几乎没有任何意义，直到他离开家乡前往拉各斯的前几天，他躺在恩妲莉身边，醒来时发现她就站在原先小鹅站的地方，笼罩在夕阳中，只看见一圈轮廓。

正当他陷入沉思时，裤兜里的手机响了。他拿出手机，见到是那位护士打来的。他走到人群的边上，但害怕要是接听电话会引起别人对他的关注，而且会影响导游的介绍，因此他由得电话一直响，直至中断。他刚刚回到人群中时，电话又响了。他见到是一则短信，连忙点开信息：我的朋友，我想你一切都好吧？我希望你度过明媚的一天。你是好人。不用担心，我的朋友说我们可以星期一过去。不用担心。菲奥娜。

埃祖瓦，他认真地跟着参观，与昨天相比，他似乎变了个人。与别的学生在美丽的地中海的岸边流连时，他惊诧得连气都喘不过来。我努力按捺住想要离开他的身体去观察这个有趣的地方的冲动，导游称之为"鬼城瓦罗莎"。他倾听着，似乎在聆听救生指南，导游在说："好莱坞明星、许许多多国家的总统、许许多多的人，都来过这里。"那些遭到破坏的建筑令他啧啧称奇——密布孔洞的高楼，砖头掉落下来，有的上面布满了子弹孔，一幕幕情景让我想起了在比夫拉战争进入白热化阶段时祖先的土地上的城镇与村庄。他出神地看着一座大楼，它曾经应该是一座大酒店，有宽阔的走廊，但现在已经空旷荒弃。它旁边是一座灰色建筑，墙漆磨损剥落，像一片片煤灰。他试图拼出那家酒店的名字，但只有一部分仍然残留，大部分连笔书写的字母已经从墙上掉了下来。这座建筑千疮百孔，令它看上去很怪异。他走在人群的后面，专注地观察着市区里头的房屋和大门倒塌的建筑，它们被铁丝网和单薄的栅栏围住。一座建筑的大门脱落了，似乎正跪在门槛上哀求，剩余的部分倚在阳台上。在这座建筑底下，顽强的植物成片地蔓延到街道对面，似乎穿过柔软的布料，穿过陈旧的墙面。

这座城市在他的脑海里开启了一扇窗户，在接下来的行程里，他无法将这扇窗户关上。那座蓝屋令他心有所触，那是有着古怪名字的希腊前领导人[1]——导游说就是他挑起了土耳其与希腊管制的塞浦路斯之间的战争——为自己的孩子修建的。他还一直想着导游说曾经存在过但已经荒弃的地方——一座上面还有几架飞机的机场、餐厅、学校，现在全都空荡荡的。现在他们来到一处地方，导游说这里是战争博物馆。他想起了乌穆阿希亚的比夫拉战争博物馆，小时候他和父亲去过那里参观。埃格布努，关于那一回，我无法给出多少证言。那是因为他和父亲刚走进那个地方便看见一辆曾经由我以前的宿主艾金克昂涅驾驶过的坦克，艾金克昂涅参加过比夫拉战争，开的就是同一辆坦克。我立刻被某种感伤的缅怀之情征服了，有时候，当一个守护精灵偶尔遇到从前的宿主值得缅怀的纪念品或路经其坟茔时就会这样。因此，我离开了我这位年轻的新宿主，飞进坦克里，1968年艾金克昂涅驾驶它的时候，我到过里面许多回。对于我们守护精灵而言，过去是一件奇怪的事情，因为我们不是人类。当我坐在坦克里面时，我记起了许多血淋淋的战斗场面——这辆坦克如何驶进一片森林躲避空袭，行进时撞倒了几棵树，碾过人的尸体，我的宿主在坦克里哭泣。那是令人清醒的时刻，当我现在的宿主和其他参观者审视着这辆坦克时，我一直待在里面，他们朝

---

[1] 1974年土耳其入侵塞浦路斯时，希腊军政府的总统是费宗·吉齐基斯（Phaedon Gizikis, 1917—1999）。

里面张望,却没有见到一只精灵坐在干瘪的座位上,虽然已经过去了几十年,但它仍然察觉得出里面干结的血液的味道。

参观完这个新国家的战争博物馆后,他们回到莱夫克萨,去了"绿线区"。我的宿主看到了塞浦路斯的另一头,那是另一个国家,只是由铁丝网隔开。他为之惊叹。这让他想起了父亲曾经向他讲述过的关于比夫拉的故事。见到战争博物馆时,他十分激动,导游说:"如果你不喜欢看恐怖片的话,那就不要和我们进去。"然后,他们跟着导游前行,几乎每个人都去了。在拥挤的门道里,他见到一个浴缸,一个女人和她的几个孩子在里面被开枪打死,墙上和浴缸上还残留着他们的血迹,一如白人称之为1963年那时的情形。他们看着那阴森的场面时,导游说道:"那面墙上的血比我们这里所有的人年纪还要老。"

行程结束很久,他和托比已经回到校园之后,他仍记得这一幕,最后那番话仍留在他的心头。但这些都比不上鬼镇为他带来的感触。他为之感到难过,当天晚上,在客厅的沙发上睡着时,他梦见了瓦罗莎。他看见自己在追逐小鹅,它跳跃着,飞奔着,躲进废弃的房屋里。他追逐着小鹅,跑过驻守在建筑物楼顶的土耳其士兵。那只鹅跑啊跑啊,左腿上的绳子令它没了力气。它跑进一座建筑物里,就是门板倚在阳台上的那座。他跟在小鹅后面,他的心怦怦直跳。房子里有一股发腐的霉味,地板上堆积了厚厚的灰尘。墙漆变成的胶状物到处堆积,似乎在等候某个永远都不会来的事物。经过这里,他见到小鹅登上楼梯,它的羽毛因为沾染到房子里的灰尘而变得黯淡。栏杆开裂了,在它们下面,是被爪子抓到墙角下的成片的青苔。破门上挂着一件衬衣,他朝门里张望,看见椅子、废弃的物品和打翻的家具,全都罩着厚得无法穿过的骇人的蜘蛛网。他在流汗和喘息,小鹅嘎嘎嘎地叫唤着,一直在飞跃,顺着回旋的楼梯往上爬,似乎它的路线已经规划好了，它的行动是精心部署的。最后，他发现自己来到了楼顶。他不知道为什么，但他朝小鹅叫嚷，要它停下来，不要再走了。小鹅转身对着他，然后飞到空中，朝海岸飞落。在慌张中，他径直跟在后面，在那热烈的时刻忘记了自己身在何处。他在往下掉，吓得惊叫连连，倒栽葱地堕入毁灭，这时他醒来了。

太阳几乎下山了，巨大的没有尽头的日影变得暗淡。他睁开眼睛，看见托比站在房间里，看着手表。他原本会继续想着那个噩梦，但托比说道："我不想吵醒你，但我们得在阿提夫带新生来这里之前搬走。"

他点了点头，拿起他的电话。有三个未接来电，是恩妲莉打来的，他一个都没有听见，因为电话调到了即使最长的铃声也听不见的模式。他发现有一条短信，他立刻点开：**"亲爱的，你好吗？请别忘了两点钟给我打电话。好吗？"** 他想问托比怎么发送短信到尼日利亚去。你得加拨其他符号，还得加上其他数字，才能打通电话，那发送短信呢？可是，他匆忙地回房间准备搬家。正在收拾的时候，他想起自己还没有读过恩妲莉的信件。他决定等搬到新的地方后马上就读。

\* \* \*

阿古吉埃格贝，他们到达新的公寓，把各自的行李搬进房间之后，他伸手在行李袋里搜寻，找到了恩妲莉的信件，它藏在一个笔袋里，折叠了好几层。他不知道恩妲莉什么时候写了这封信。是在最后一个夜晚吗？当时她整晚都在哭，坚持要一起坐在院子里树底下的长椅上。他们坐在树下，享受着清风的吹拂，聆听着街道上的声音。

展开信纸时，他的双手在颤抖，那张纸是从她那本有内衬的笔记本里撕下来的,他曾经翻阅过。他放下信纸,平躺在床上,然后又拿起信纸,准备以恩妲莉告诉他的最佳方式去阅读——对自己大声朗读:

当你阅读时,尤其是读《圣经》时,一定要对自己朗读。把内容说出来,因为,侬索,我告诉你,词语是鲜活的事物。我不知道该如何解释,但我知道是这样。我们所说的一切,所有的一切,都是鲜活的。我坚信是这样。

在阅读下一行之前,他抬头看着自己那几件孤零零的行李。

亲爱的,我觉得难过。我觉得好难过。

埃格布努,他放下信纸,因为他的心在急促跳动。他听见音乐响起,或许来自托比的笔记本电脑。他有所触动——一个念头在他的脑海里闪现,但他不知道那究竟是什么。他肯定自己并不是遗忘了那个念头,因为它并没有在他的脑海中完全成形,只是一闪而过。

我写信是想承认有许多回我想离开。在拉各斯的时候,我原本想发短信给你,说我不会再和你在一起。事实上,我把所有的内容都打出来了,但我的心不允许我这么做。这是因为我爱你。有时候我觉得我想离开是因为我的家人,但有什么事情阻止了我。感觉就像你把我捉住了,像捉住我们的小鸡一样。我觉得无法摆脱。我根本离不开你,侬索,甚至1

伊安格-伊安格,一个人心烦意乱时总会去关注无关紧要的事情(这种事情我见得多了),他端详着一点墨痕,它从上一个字划过信纸,令最后那个数字1看上去像是上下颠倒的数字7。

天晚上,他们问我为什么爱你。侬索,以前我自己一直也不知道答案。是的,我想找到那晚在桥上帮过我的好人,但我无法解释为什么当我们再次相见之后,我会和你成为亲密恋人。我喜欢你,但我不知道为什么我会和你谈恋爱。那天你去追那只老鹰,让我知道为了保护你所爱的人,你愿意做任何事情。我知道如果我把心交给这个男人,他永远都不会令我失望。当我见到你对寻常动物的爱意,我知道你会更加爱我,更加呵护我,更加帮助我,一切都做得更好。这就是为什么我爱你,侬索。现在你知道了吗?难道这不是真的吗?谁能做到这一点呢?尼日利亚,甚至全世界,有多少男人能为了一个女人而变卖自己所拥有的一切呢?我说的对不对?

最后一个问题她用的是大写字母,还有那个口吻,她在写信时所感受到的张力,令他掉下了信纸,因为他的心现在跳得更快了。起初他不知道为什么,但在空荡荡的思绪中的某处,他见到他的父亲、母亲和他在白人所说的1988年在一个环境卫生日干活的情形。他们在清洁农场的正门。他的父母都在看着他,为他鼓掌叫好,因为他的母亲刚才笑话他的父亲打扫得不干净。他的父亲抱怨扫帚快变秃了,扫地时扫帚的竹枝纷纷脱落。他的母亲将扫帚从丈夫手中拿走,递给了我的宿主,然后对丈夫说:"你好好看着,他扫地可比你更能干。"他接过扫帚,虽然只是六岁的孩子,却卖力地扫起地,他的父母为他加油鼓劲。

现在他想起,他卖掉的正是那座产业。他重读了关于他是全世界唯一能做到那件事情的男人那段话。一个想法在他的心头浮现。要是他给买下那座产业的男人打电话,告诉他交易取消,他会把钱连本带利都退回去呢?他愿意逐月分期付款,直至全部还清,另加10%的利息。这个想法几乎令他跳了起来。第二天他就会打电话给埃洛楚库,然后再打给恩妲莉,让他们马上去找那个买家,请对方放弃房子的产权。

伊安格-伊安格,我也为这个想法感到万分高兴。卖地并不合祖先的规矩。因为土地是神圣的。它是阿拉本人赐予他们的,并不属于拥有它的人,而是他的家族世世代代的产业。虽然阿拉不会惩罚自愿卖掉土地的人,但这么做会触怒她。做出这个决定之后,他大大地松了口气,又拿起那张信纸,现在纸边因为他的手心出汗而变得潮润,他把信读完。

**我了解我自己。从第一天开始,我知道你是真心的。我知道你就是上帝为我准备的男人。我想让你知道我爱你,我会等你。所以,请一定要快乐。**

爱你的,<br>恩妲莉

第十六章
白鸟的幻觉

埃布贝迪克,伟大的祖先们说,一个焦虑害怕的男人就像被上了镣铐。他们说这是因为焦虑与害怕剥夺了一个人内心的平静。而一个失去宁静的人会如何?他们说,这个人在内心已经死去了。但当他挣脱桎梏,丢下当啷作响的锁链,跌跌撞撞地走进外头的漆黑中时,他将再度获得自由,获得重生。为了不让自己再度受困,他会尝试在自己周围构筑防线。那么,他会做什么呢?他由得自己再受一次惊吓。这一次,他不会害怕因为目前的处境而失败,而是害怕在一个未被缔造和未被知晓的时间里,别的什么事情会出岔子,他会再次被摧毁。因此,他活在一个轮回中,过去在一遍又一遍地重演。他成为尚未发生之事的奴隶。这种事情我见得多了。

虽然我的宿主获得拯救的承诺依然牢靠——自从那次见面之后,那个护士给他发了两条短信,第二条短信里还加了一张黄色的笑脸,再次表示他是个好人——但当他读完恩妲莉的信件之后,恐惧来临了。那个恐惧在后半夜里纠缠着他,其他男人与她浪漫调情的情景在他的脑海中闪烁。直到凌晨他才摆脱了这种状况，托比来敲门，从门后询问他去不去教堂。"如果你来的话，"托比继续说道，"你可以在那里遇到许多奈加人。我告诉你吧，你会喜欢那儿的。你可以感谢上帝安排的一切，而且，我们可以在那里的市场买些东西回来做饭。明天就开学了，我们应该开始做饭。"我的宿主说他会参加。

然后他们走在一条他似乎在星期四下了出租车之后经过的马路上。街道狭窄，楼房之间似乎没有间隔。人行道旁边有一家玻璃修建的理发店。一个男人正在门前抽烟，朝空气中吞云吐雾，他们经过时，朝他们高喊"黑奴！"。

"你爸爸才是黑奴！"托比回了一句。

"你爸你妈你全家，统统都是黑奴！"我的宿主说道，因为托比告诉过他，每当听到那个词语，那就表示别人在骂他是奴隶。

"别理会他们，他们都是傻帽。看看那个骂我们是奴隶的脏兮兮的家伙，就是这样。他们都傻得要命。"

他们走进一条冷清的街道，这里的房子大门有尼日利亚的风格。每个角落有大大的绿色金属箱，里面装满了垃圾。当他们经过一条街道时，托比指着一座建筑说从欧洲来的白人喜欢到这里参观。那是一座富黏土的建筑，我的宿主或我以前从未见过类似的建筑。他被那一幕吸引住了。那座建筑没有屋顶，但有宏伟的柱子。托比大声说，这是一座古希腊或古罗马的神庙，或许是想让那个正在拍照的欧洲老头儿听见。一座被岁月摧毁的古代神庙，它的古典美被困在废墟之下。从某种意义上说，它仍是美丽的，因为正是这一点令它变成了一个奇观，人们愿意远道而来参观它。沦为废墟之美：真是奇哉怪也。

他们拐进一条街道，托比说教堂就在附近，他们见到了肤色与伟大祖先一样的四个男人在一起,其中两个戴着鸭舌帽,正朝教堂走去。他们和这群人走进教堂。里面坐满了人,其中一个男人,他们曾经在校园宿舍里见过,和尼日利亚人住在一起,那人叫约翰,正在给人们引座,给没有座位的人递上椅子。这里除了黑人学生之外,也有几个白人。不同种类的白人,他们看上去不像土耳其人,而是像曾经统治过祖先的土地许多年的白人,站在一座祭坛前面,说话的口音与恩妲莉一模一样,他立刻知道那个白人是英国人。那个人说唱歌时要全身心投入。他和托比坐在最后面,前面那两个人看上去有点面善。

他想起童年的教堂,现在他已经不去那里了。自从他的母亲死后,他的父亲痛恨上帝任由他的妻子在分娩时去世,就没有再去过教堂。我的宿主悄悄地继续去,直到关于那只小鹅的一件事情改变了他的想法。小鹅病了,不肯吃东西,一走路就摔跤。他想出一个主意——带小鹅去教堂,他听说那里可以施行信仰疗法,甚至能让盲人再度复明。因此,他把小鹅带到教堂,将它紧紧地抱在胸前。穿着制服的引座员在门口拦住了他,觉得他是个疯子,竟然带着动物上教堂。那件事情扼杀了他对白人宗教的信仰。如果上帝真的关心人类,那为什么不关心一只生病的动物呢?当时他觉得很难理解,为什么一个人不能像爱人那样去爱鸟呢?我希望他能皈依虔诚的祖先们的宗教,因此我鼓励他的这个决定,还在他的脑海里补充,告诉他如果他带着小鹅去一座神龛,阿拉或芋神恩乔库或其他神明不会把他赶走。但和他的许多同代人一样,这个想法对他是无稽之谈。

当牧师开始谈论复活与生命时,他听得更加专注。那个男人说起了耶稣基度的事迹,说耶稣如何死后重生。那个男人的声音在空气中回荡,语调抑扬顿挫,说只有真正的基督徒才能获得复活的生命,能在跌倒之后再度站起来,这时睡意蒙上他的双眼。他睁开眼睛,因为那个男人在和他说话。他亲身见证了一个迷茫的男人在堕入无底深渊之后,如何被扶起和获得新生。

然后那位牧师结束了布道,他们唱了歌,然后教堂散会。当人们陆续离开座位时,一个男人拍了拍他的肩膀。

"耶稣基督保佑,是 TT 呀!"

"噢,天哪!很高兴在这里见到你。"

"是的,我的兄弟。"

"你近来好吗?你见到你的朋友了吗?"

"没有。"他说道,把发生的一切都告诉了 TT。等他说完的时候,他们已站在教堂的大门外,托比和几个人打完招呼,走过来站在他身边。

"伙计,在这里的赌场上班薪水很高哦。"TT 说道,"真的是上帝派遣那个女人到你身边,噢,真的。土耳其还是有好人的。有一个女人和她一样,真的帮了许多人。她给一个奈加男生提供奖学金,伙计。那个男生为她打工,什么都做,他说自己不单领到薪水,而且那个女人还为他支付学费。"

"嗯,真是好人。"

"是的,是的,但你得当心。有时候人们会上当受骗。"

TT 笑着说道:"记下我的号码吧。"

昂瓦纳埃提利奥哈,当他和托比回到家里时,天已经黑了。他伸手去拿电话,上面有一则短信,是恩妲莉发来的,他阅读了内容。**侬索,明天请给我打电话**。他摇了摇头。他拨打了恩妲莉的号码,但听到的只是一段长长的拨号声。他决定等工作有着落之后,在他确切知道自己将会拿回失去的东西之后,再给恩妲莉打电话。当他与恩妲莉通话时,他会把一切都告诉她——从机场到他见到菲奥娜之间发生的一切。

他坐在房间里的椅子上,想起他来到这个新国家的日子。他伸手从包里拿出恩妲莉的裸照。看着这些照片,他感觉身体仿佛烈火中烧。他掏出阴茎,然后冲去关门,这样托比就不能随意进房间。他把耳朵贴在门上,倾听托比的动静,没听到什么声响。他看着恩妲莉的裸照,开始抚摸自己,喘着粗气,呻吟着,直到他疲软下来。

* * *

阿卡塔卡,在全世界的人群中,任何一处地方,对于受伤、穷苦或卑贱的人都怀有普遍的同情。这种人会得到怜悯。许多人希望帮助这么一个男人,如果他们相信他蒙受委屈的话。这种事情我见得多了。这就是为什么一个异国的白人女子见到一个来自祖先的土地的男人,沦落到衣衫褴褛潦倒不堪的地步时,会伸出援手,而这么做令他产生了美妙的憧憬。

第二天早上,他一觉醒来,那是他来到这个奇怪的国家后第二回睡了一整晚的觉。他的内心充满憧憬,他给埃洛楚库打了电话,叫对方立刻去找那个买下他的土地的男人,叫对方什么都别做,说他会把钱退还。"但你不立刻把钱还给他,这怎么可能?"埃洛楚库说道。

"告诉他我会双倍偿还。我们可以签协议。我会在六个月内双倍偿还。这样我就能把房子拿回来。"

埃洛楚库答应和那个男人见面商量。我的宿主安心了些,梳洗完后去和托比会合,托比已经做了煎蛋。

那天早上托比说起要买到好面包实在是太难了。

"他们的面包全都像石头。"他说道,我的宿主哈哈大笑,"我甚至根本不理解这里的人。整个商店没有一根面包能吃得下。"

"你看过《奥索法在伦敦》吗?"我的宿主问道。

"哈,有一次他去了那个地方,要买阿格格面包,那些白人的样子呆若木鸡,还记得吗?"

突然他们安静地吃起东西,他想着这里的早晨是多么不一样。在这里,他从来没有听过公鸡打鸣,甚至没听过清真寺传来召唤祈祷的喊声。昨天记起的那个映像又回来了,他见到恩妲莉几乎全身赤裸,站在客厅的门槛上。她站在那里,望着别处,背对着他,似乎他是令人害怕的事物。他不记得自己做过什么——他喊她了吗?他转身离开了吗?他不知道。

"这里的人很守时。"托比又开口了,"如果他们告诉你十点钟,那就是十点钟。如果他们告诉你一点钟,那就是一点钟。所以我们得赶紧去那个租房经纪的办公室,拿你自己的钥匙,然后去等那个女人。"

他点了点头:"就这么办,我的朋友。"

"我昨天给阿提夫打电话,告诉他我们找到地方了。他问起了你。我去学校注册和上完课后,会去他的办公室。"

"谢谢你,我的兄弟。"他心不在焉地说道,心里想着他吩咐埃洛楚库去做的事情和菲奥娜很快会帮他落实的工作。

他们清理了饭桌,然后离开住所。托比带着一个书包,里面有他的电脑和书本。托比背着它的样子像小孩子背着书包。我的宿主带着恩妲莉送给他的公文包,里面有他的文件、恩妲莉的信件和她的照片,自从他来到这个国家之后便包不离身。

他们在市中心找到了那个中介的办公室,那个片区到处是服装店和珠宝店。它位于市中心后面的一条窄街上,那里开满了商铺,还有一家网吧、几家餐馆和一座小清真寺。到处都有鸽子在蹦跶，胡乱吃食。他们在这里见到许多与土耳其人长得不一样的白人。托比说，他们是欧洲人或美国人。

"他们的确不一样。"托比坚持说，"这里的人，土耳其人，他们不是真正的白人。他们的长相更像阿拉伯人。你知道怎么回事——你以前见过苏丹人吗？他们和我们黑人不一样——完全不一样。"

一群他们正在谈论的那种类型的白人正走在路上。两个年轻女人，几乎赤身裸体，穿着半截短裤、胸罩和拖鞋，经过他们身边。其中一个女人拿着一条毛巾。"我的天哪，瞧！"托比说道。

他笑了。"我想你又变成了刚出世的娃儿。"他说道。

"是的。瞧瞧，这些姑娘好正点。不过土耳其女人盖过她们。但奈加女人仍是第一位。"

埃格布努，他们走进办公室时，空气里弥漫着香烟的气雾。一个壮实的白人女子坐在椅子上抽着烟。我注意到门槛上挂着一个圆形的护身符，像奥斯米利一般的颜色，里面有一个白色小圆形，看上去像是一只人眼。因为它看上去太像邪符了，我从宿主身上出来，想看看它会不会对我的宿主构成危险。我立刻见到一个奇怪的精灵像蛇一样盘绕在那个东西的周围。即使在我——一个经常在虚无缥缈的灵域里游荡的守护精灵眼中，这个生灵也是恐怖的。我赶紧逃开。

当我回到宿主身上时，那个女人正在数托比拿给她的钱。然后，他们拿了钥匙走出办公室时，他觉得一股松弛感将他吞没。现在已经快十点了，因此两人走到巴士站。他们刚在那里站了几分钟，菲奥娜就开车到了那里。她穿着白色连衣裙，戴着一条项链，令整圈脖子闪闪发亮。他与托比握手道别，朝汽车跑去。

他刚上车，菲奥娜就开口说道："你看上去挺高兴的。"

"是的，菲奥娜。谢谢你。那是因为你。"

"噢，别这么说！我可没做什么。你之前遇到大麻烦了嘛。"

他点了点头。

"我和朋友找到一间公寓了。"

"啊，那太好了。太好了。这会让你心里好受些，你知道的，有住的地方。"

他说是的。

"我的朋友伊斯梅尔在办公室里。他在等你。"

他一坐下，我便留意到那个女人戴着——在手腕的链子上——我刚才见过的护身符。我在宿主的脑海里闪念，让他想起在中介办公室里见到的那一幕，引导他去看那个女人的手腕，因为我很好奇，想知道那是什么。楚库，出乎意料的是，这个做法奏效了。

"请问，女士。"他说道。

"怎么了？"

"这个样子像眼睛的东西是什么呢？到处都是——"

"噢，噢。"那个女人说道，将手举到空中，"邪眼。你知道，类似于幸运符。对于土耳其人来说非常重要。"

我的宿主点了点头，虽然其实他并不完全明白那东西究竟是什么。但我松了口气，得知那只是一个私人的精神寄托，并不能伤害我的宿主。

他们开着车，收音机在播放一首曲子。菲奥娜问他喜欢什么音乐，当他说出来的时候，菲奥娜一无所知。他刚说完就突然想到自己没有提起奥利弗·德科克。想起那个歌手就令他心烦，似乎德科克做过什么事情伤害了他。他知道那是因为自己联想起那天在恩姐莉的家里遭到羞辱的回忆，当时德科克在现场演奏音乐。因为这件事情，他讨厌那个音乐家。

"这是埃姆雷·艾丁[1],一个非常出色的土耳其歌手。我很喜欢他。"她哈哈大笑,瞟了我的宿主一眼,"顺便说一下,所罗门,我一直在想你的故事。那实在是太痛苦了。"

他点了点头。

"那让我想起前不久我读过的一本书,关于一个男人,战争期间他的妻子叫他去参军,当他真的入伍时,她为军队的行动而感到非常担忧,你知道,希特勒的纳粹军队。她离开了丈夫。那是一本非常艰涩的书。你为了自己心爱的女人做出了不起的事情,然后你失去了她。我可不是说那会发生在你身上。别误会我的意思。"她挥了挥手,"你会好起来的,而你的未婚妻会等候你——我很肯定。我说的是牺牲。不是吗?"

他抬头看着菲奥娜,因为菲奥娜的那番话打动了他的心坎。

"是的,女士,我——"他打断了自己,改口说,"是的,菲奥娜。"

他们再次经过那条奇怪的马路,开上一座桥梁,然后从一条由相扣咬合的砖头修建的小匝道下桥。随着那辆车驶近看上去像是一个乡村的地方,景色变成了长满植被的土地,太阳似乎降低了些,它的热力透过迷幻的热浪清晰可见,令那辆车看上去好像突然掉进了河里。很快那个幻觉就破灭了,他们驶进了城镇的狭窄街道。车子超过其他车辆时,发出刺耳的声音,颠簸得很厉害,就连恩妲莉会离开他这个想法,像小婴儿般睡在思绪的小床里的这个想法,也从一头被甩到了另一头。他努力让自己安静下来。但他做不到。

奥斯米利阿塔阿塔,很难去形容切实的希望带给一个遭受残酷打击之人的宁和。它是灵魂的最高礼赞。它是看不见的手,将一个

---

[1] 埃姆雷·艾丁(Emre Aydin, 1981— ),土耳其摇滚乐创作人、歌手。

人从火山口的悬崖边上拉回来,将他引回本已偏离的道路上。它是将一个就快淹死的人从深海里救出的绳索,将他牵到船甲板上,呼吸新鲜空气。那位护士带给他的正是这个。可是,以前我见过许多遍,喂鸡的那只手也是将其扼杀的同一只手。这就是世界的神秘之处,在这个奇怪的国度里,我的宿主和我将会亲身体验。但是,埃格布努,我必须尽可能详细地讲述全部内容,因为这是您希望我们在贝伊格这座璀璨的宫殿里,要在您的面前做的事情。

他们来到市区,四天前他曾怀着滴血的心来过这里,现在他的心情是如此愉悦,他的欢乐是如此热烈,他想要给这个地方拍张照片。因此,在他们进去之前,他问菲奥娜的手机有没有拍照功能。

"有。有。"菲奥娜回答,"它是黑莓手机。"

"好的。"他说道。

"你要拍照吗?"

他点了点头,露出微笑。

"哈哈!"菲奥娜叹气说道,"你甚至没办法对我说你想拍照?你真是一个腼腆的人。"

她拍了一张我的宿主双手抱胸的照片,然后又拍了一张他指着那座白色大理石建筑正面的灯箱标志,然后他张开双手。他看着照片里的自己,看上去乐呵呵的,他觉得很满意。

"我会发邮件把它们给你传过去。"

他说好。他们走进那个地方,他的一部分思绪在想念恩姐莉,她会喜欢那些照片吗?另一半思绪因这座建筑的恢宏而惊叹——猩红色的地毯上面印着老虎,装饰的灯泡,各种机器与电视屏幕。当他跟在菲奥娜身后开始顺着一条狭窄的走廊往前走时,他不再想那些事情了。那一定就是恩妲莉所说的"高跟鞋",她那轮廓优美的臀部在摇摆起舞。透过那条白色连衣裙,他见到了菲奥娜的内裤的轮廓。

埃布贝迪克,这一幕令他吃惊,突然,他的心在奇怪地悸动,心中迅速升起一股欲念。那就像一团猛然爆开的火焰朝他涌来,如此迅速,如此诡异,令他惊诧莫名。

菲奥娜似乎察觉到发生了什么事情,转过身来:"所罗门,我已经告诉过你他会付工资,是吗?"

"是的,菲奥娜。"

"好的,现在先接受工作。以后我们再要求涨工资,好吗?"

他点了点头。现在他走在菲奥娜身边,来到经理办公室的入口。但那股欲念还在,甚至在与他的意志对抗。他在猜想菲奥娜几岁了。她的身体看上去还挺年轻,像三十多岁的女人,但她脖子上的皮肤起了褶子,表明她上了年纪。他看到她的腿上也有皱纹。但在这种事情上,他无法对白人做出判断,他对这些人所知甚少。

他们经过一扇玻璃门,走进一个房间。一个男人坐在书桌对面,脸庞专注地对着电脑。楚库,电脑这东西能做的事情实在太多了。它能收集信息,作为一种远程通信工具,还有许许多多的其他功能!当它在伟大祖先的子孙里变得普及时,将令他们与祖先更加疏远。来自山脉与陆地的祖先们,阿拉恩迪伊奇的居民们,你们为了神明的祭坛被遗弃而哭泣吗?你们见到的根本算不了什么。你们担心子孙们不再遵循习俗吗?这个东西,这个白人男子正在凝视的发光的盒子,将会带给你们更大的悲痛。

我的宿主和同伴走进房间时,那个男人站起身。他和那个男人握手,但根本不明白那个男人在说什么。他想,这个男人其实白人的语言说得很好,但似乎更愿意说这个国家的语言。他更在意的是那个男人拥抱了菲奥娜,抚摸了她的肩膀,拍了拍她的手臂。两人用那门语言聊了一会儿,他看着房间的四堵墙壁上色彩缤纷的绘画——有大海、游泳的海龟和他在参观时见过的废墟,心里一直在祈祷那个男人肯给他一份工作。他完全沉浸在思绪里,当那个男人朝他伸手时,他吓了一跳。那个男人说道:"你明天开始上班,星期二,如果你愿意的话。"

"非常感谢,先生。"他说道,和那个男人握手,微微鞠了一躬。

"别客气。好了,回见,我的朋友。恭喜你。"

那个男人回到走廊里打算离开,但匆忙走回来与菲奥娜再次握手,两人互相拥抱。那个男人似乎亲吻了她的脸颊,有时候恩妲莉会叫他这么做。楚库,这是奇怪的事情。一个男人竟然在光天化日之下亲吻另一个并不是他的妻子的女人?那个男人点着一根香烟,又用那个国家的语言开始和菲奥娜聊天。

然后他们离开了那座大楼,菲奥娜说她为我的宿主烤了一个蛋糕。她会把蛋糕从烤炉里拿出来,把它包好,然后他们去一家餐馆。在菲奥娜的家里时,她会带他参观她的花园,因为和他一样,她也是农民。他同意了,更是对她感激涕零。他们又回到路上时,他的欲望熄灭了,被一股刚刚冒出来的怒气压抑住,那股怒气出现在他的喜悦中,就像一群朋友当中的陌生人。一个和他一样的伊博男人,他称之为兄弟的人,一个老同学,竟然欺骗了他,几乎摧毁了他。但在这里,在与他不相识的人里,另一个国家,另一个种族,一个女人过来拯救了他。这个女人和她的朋友甚至比托比做得更多,那个一直为他背负起十字架的男人。他们接过他的十字架,将它扔到火里,菲奥娜和这个男人。菲奥娜开到她家里时,他的十字架——它的全部和它里面的一切,统统被烧成了灰烬。

埃格布努,我曾说过人类与魍有一个重大缺陷:他们没办法预见未来。要是他们拥有这个能力,许多灾难原本可以轻松避免!许许多多的灾难。我知道，您要求我依照事情发生的先后顺序作供，完整讲述我的宿主的行动，因此，我绝对不能偏离故事的主线。因此，我必须继续说下去，我的宿主跟着这个女人到了她家。

房子很大。外面有一个花园，有水管和修葺齐整的花床。她说她的母亲，一个农民，有时候会从德国来看望她。在一面矮墙的旁边有一个干涸的游泳池，里面布满了树叶，在水池的一边摆放着一把铁铲和一辆独轮车。除了西红柿之外，她不种任何可以吃的东西。但她已经很久没种了。他意识到，这个花园是一个她希望继续拥有的事物的贮存库。花园里有一棵又矮又瘦的树，树干上系着一根细细的晾衣绳，一直延伸到房子那里，枝条上挂着一盏旧煤油灯，菲奥娜说那是她的猫米格尔的。他不知道人们可以把猫当宠物养，更别说给它们起名字。

地上这个看上去像是汽车引擎的东西是从她丈夫的父亲死在上面的那辆卡车上拆下来的。见到它，菲奥娜停下脚步，双手垂在身侧。然后，她没有看他，说道："它就是麻烦的起源。从那时候起，他总是说：'为什么我让他开车？如果他不在七十二岁的时候还开车，那他今天仍然还活着。'那就是他为什么自己一个人喝闷酒，直到烂醉如泥，背弃了这个世界。"然后，意料之外的事情发生了。因为当菲奥娜转身对着他时，这个女人，刚才还活力充沛，现在几乎快哭了。"他背弃了这个世界。"她又说了一遍，"整个世界。"

他想着那份工作，想着那家赌场，想着他交代埃洛楚库的任务，不知道事情办得怎么样，几乎没有听见菲奥娜在说什么。他想起那次漫长的跋涉，原本他以为那是生命中最艰难的时刻，到最后却带给了他热烈的希望。他跟着菲奥娜进屋，好奇地想看看白人的家里是什么样子。他们从后门走进厨房，那里和我的宿主以前见过的情景完全不一样。厨房里铺着大理石台面（可他不知道那个词语，埃格布努），墙上挂着画作。

他看着一幅与众不同的画，里面画的不是猫狗或花卉，而是一只鸟，菲奥娜对他说："那些是我画的。"

"它们画得很好。"他说道。

"谢谢你，亲爱的。"

他与菲奥娜一同走进客厅，他曾经因恩妲莉的父亲的巨大财富而感到震撼。他们的房子比白人家庭更加奢华。他看着黄色的墙壁旁边的钢琴，一台大电视，还有一个喇叭。里面只有一张黑色的长沙发，用某种皮料做的。墙壁从开端到末端全都涂了油漆，挂着画作和照片。在电视机和书架旁边摆放着一具干巴巴的白色人骸雕塑，还戴着一条项链，链口就是那个邪眼。

"我去换衣服。天气好热。我换上裤子和衬衣，然后我们就带着蛋糕出门。好吗？"

他点了点头，看着菲奥娜上楼，在裙子底下，大腿的轮廓隐约可见。欲望又在他的心中迸发。为了摆脱这种冲动，他抬头看着钢琴上方墙壁上的那幅画，里面坐着一个男人，他想或许就是菲奥娜的丈夫。画中的人有着快活的眼神，当中还带着一股严厉，令那人看上去像一个性格强硬的男人，与菲奥娜所说的"背弃了整个世界"的性格挺像。除了这张单人照之外，还有一张那个男人与菲奥娜的合照，那时候她要年轻几岁，头发更浓密些，在脑后扎成一条马尾辫。他们坐着，菲奥娜在他身前，他在菲奥娜身后，半截身子被遮住了，只露出胸部。那张照片似乎是在聚会上拍摄的，因为背景里有人，有的在近前，有的在远处模糊不清。一辆绿色汽车的尾厢——车尾垂向下方——占据了整张照片，另一半没有出现在视野中。

埃格布努，我可以告诉你，当时他为这个男人遭受了怎样的痛苦而感到好奇，别的什么都没想。他端详着照片，想看看能否找到菲奥娜所描绘的阴郁性情的迹象。他还留意到自从他们进屋后，菲奥娜有一种平静的恐惧，似乎她在害怕某件不愿意去面对的事情。楚库，我知道回忆或许并不总是准确，因为它们会受到事后体会的影响。但我毫无隐瞒地向您做出陈述，我的宿主仔细端详着这个男人的照片时，心中若有所触，他似乎察觉到接下来就会发生什么事情，即使只是隐约的感觉。他转过身，对着墙上的一个小凹处，里面有木柴和干燥的灰烬——他以为是客厅里的柴火，但我从雅加兹的时代知道那叫壁炉，天气冷的时候白人在那里烤火。在弗吉尼亚，在那个残暴白人的国度，每一座房子里都有这个。没有它，严寒——在伟大祖先的土地根本无法想象——会把他们冻死。正当他观察壁炉时，菲奥娜走下楼梯。她换上了短裤和衬衣，上面画着一个被切掉半截的苹果。

"好啦，我去拿蛋糕，然后我们就出发。"

"好的，菲奥娜。"

他看着菲奥娜打开烤炉，拿出一样包在白色纸状物里面的东西，我和宿主都不知道那是什么。她把那东西放在一个塑料袋里。

"你喜欢吃什么？"菲奥娜问道。

他刚要开口，菲奥娜就挥了挥手，打断了他的话头。他朝菲奥娜的眼睛注视的方向看去，看到了原因。正门打开着，一个长得与画像一模一样，只是更加苍老、更加疲惫的男人走进屋子里。他的衬衣没有系纽，一件皱巴巴的蓝色衬衣，袖子卷了起来，露出一片白色的肌肤，长满了体毛，显得他的双手是黑色的。他走进客厅几步，站在那里看着他们。

"艾哈迈德，啊，欢迎你。"菲奥娜说道，语气暴露了她的不安与恐惧，"你从哪儿来？"

那个男人没有说话。他站在那里，眼睛从我的宿主转到他的妻子身上,然后又转了回来,目光如此专注,我觉得眼熟。那个眼神的含义只能意会,而不能通过思考去理解,就像临终时的顿悟,领会到生命完整而重大的意义。那个男人的嘴巴张开着,想要说什么,但没有开口,只是将带在身上的包轻轻地搁在地板上。菲奥娜朝他走去,喊着他的名字,但那个男人朝书架走去。

"艾哈迈德。"她又叫了一遍,说着那门外语。

那个男人露出的表情吓了我的宿主一跳。那个人说话时,唾沫星子从嘴里喷出。他握紧拳头指着菲奥娜,然后一拳打在自己的手心上。菲奥娜倒吸一口凉气,用手捂住嘴巴,急促地说了什么,听上去像是在抗议,但那个男人根本不理她。他说得更大声了,语调高亢尖厉。他攥紧拳头,又是捶胸,又是跺脚。那个男人在说话时,菲奥娜局促不安,连连往后退去,在我的宿主和她的丈夫之间打转,眼里噙着泪花。当菲奥娜开口说话时,那个男人转身面朝我的宿主。

"你是谁?"那个男人问道,"你听见我说话了吗?你到底是谁?"

"艾哈迈德,艾哈迈德,求求你。"菲奥娜说道,试图抓住他。那个男人以残暴的力气挣脱开来,扇了她一巴掌。她惊叫一声,摔倒在地。她的丈夫跟着俯身朝地,用拳头揍她。

噶嘎纳奥格乌,我的宿主被面前那一幕吓呆了,而我,他的魈,也吓呆了。他站在原地,颤声道:"对不起,先生,对不起,先生!"他看着大门,如果赶紧跑的话,他原本可以轻松地逃走,但他一动不动地站着。快跑!我在他的脑海里喊道,但他只是往前挪了两厘米。然后他又转身对着菲奥娜。他冲向前,朝那个男人的背上揍了一拳,然后将对方推开。那个男人起身,拎起自己的包裹,拿着它朝我的宿主冲过来,将那个包裹砸到我的宿主脸上,冲击力如此巨大,令他在房间里踉跄着。那个包裹从他的脸上掉到地上,从它发出的声音,从倾泻在地板上的夹杂着泡沫的液体,我立刻知道里面装着一个瓶子。

现在我的宿主躺倒在地,意识模糊,全身上下无一处不痛。当他睁开眼睛,一个迅速运动的影子闯入他的视野,还没等他来得及知道那是什么,他的眼睛又合上了。他感觉到冰冷的液体缓缓地不断地从他的肩膀、胸膛和胳膊流下。埃布贝迪克,尽管我被这一幕吓坏了,但我知道我的宿主还活着,我着实松了口气。如果这个男人杀了他,那他的祖先会怎么说我?他们会不会说我,他的魑,睡着了吗?或我是一个差劲的魑或卑贱的魑?一个人的生命有时候就这样突然结束。这种事情我见得多了。前一刻他们在放声高歌,接着他们就走了。前一刻他们还在对一个亲友说,我去马路对面的商店买面包,五分钟就回来,但他们永远无法活着回来了。一个女人和丈夫在说话。妻子在厨房里,丈夫在客厅里。丈夫问了一个问题,妻子回答时——她还在回答时,埃格布努!——丈夫去世了。当妻子好一会儿没有听见丈夫回话,她高声喊道:"老公,你在听我说话吗?你还在吗?"她的丈夫没有回答,她走进客厅时,发现丈夫以手抚胸倒在地上。我曾目睹这一幕。

我的宿主躺卧着,虽然还活着,但痛楚万分,他的脸庞和嘴巴被鲜血遮住。他想一直闭着眼睛,但菲奥娜在大嚷大叫,让他没办法安歇。当他又睁开眼睛时,见到那个男人手里拿着那件揍了他的东西:一个大大的白色瓶子,底部已经碎开了,样子像不成形状的手指,边缘被鲜血染红了,缓缓地滴到地上。那个男人拿着那件东西居高临下地对着菲奥娜。然后他见到那个男人俯身对她大嚷大叫,然后晃动着那个酒瓶,鲜血和酒溅在她的脸上。透过微闭的眼睛的昏暗视野,他见到那个男人将酒瓶扔掉,然后弯下腰,又开始掐她的脖子,根本不为她的惨叫和哀求所动。他慢慢地朝两人爬去,时而停下积蓄力气,每爬一下,菲奥娜的惨叫便越大声,因为那个男人现在已经掐住了她的脖子。埃格布努,在这个终生难忘的时刻,我那浑身浴血的宿主,伸手拿起一张板凳,竭力睁开眼睛,不让鲜血遮住他的视线。

他感觉手里的板凳很沉重。他因为失血而虚弱无力,不仅因为现在的伤势,而且因为几天前在医院献过血。但菲奥娜的惨叫推动着他往前。他站起身,先抬起一只脚,然后抬起另一只脚,终于来到两人那儿。他鼓起全身的力气,让自己像拖一麻袋谷物那般猛冲向前,把那张板凳砸到那个男人的头上。

那个男人后仰倒地,在他脚边一动不动地躺着。鲜血从那人的头上流下,汇成一个圆圈。我的宿主脚步蹒跚,擦了擦自己的脸,眨着眼。然后他倒在湿漉漉的地板上,躺在意识与无意识之间的漆黑走道上。世界突然变成了一片没有意义的空间,他见到菲奥娜变成了一只奇怪的生物,一会儿是一只鸟儿,一会儿是穿着白衣的白人女子。从刺痛的眼睛的视野边缘,他见到菲奥娜撑起身子,缓缓地站起,就像一条蛇从盘绕的状态展开,然后开始叫嚷。他见到菲奥娜躲在房间的角落里,旁边是她的丈夫,她那身茂密的羽毛几乎洁白无瑕。然后她又变回了人形,试图唤醒倒地不起的丈夫,可对方根本没有动弹。他听见菲奥娜在说:"他没有呼吸了!他没有呼吸了!我的天哪!我的天哪!"然后她张开翅膀,飞出了他的视野。

他躺在那儿,头脑中浮现一幅固定的映像:恩妲莉正坐在院子里树下的长椅上,直视着前方。他看不见恩妲莉在看什么。他不知道这一幕是出自他的回忆还是想象,而我,他的魈,也不知道。当他看着菲奥娜,仍然张开翅膀,大步流星回到那个地方时,那幅映像继续显现。他看见菲奥娜的胸膛变大了,那条亮闪闪的项链围绕着它,鸟喙上似乎叼着什么东西。然后她又动了,现在她长出了人腿,他听见菲奥娜走在地板上的脚步声。他听见菲奥娜低切的哭泣声。

他听见那个白人女子在打电话，声音惊惶无助。他睁开眼睛想看清楚菲奥娜，但他的眼睛在频繁地眨动，眼睛下方的肌肉开始觉得疼痛。他的身体掉进了笼罩一切的黑暗中，他突然感到一阵寒意，他恢复了对当前的意识。楚库，他僵住了：因为他又能察觉得出，它来了。从生命的后台，它来了。那只生物有一个红色的母亲，它的肤色是血的颜色。它又来了。它又来了——它将把赐予他的东西统统夺走，它将摧毁他找到的快乐。这个东西是什么？他在想。它究竟是人还是禽兽？是精灵还是神明？伊安格-伊安格，他不知道。而我，他的魑，也不知道。伟大祖先们总是说，一个人没办法根据山羊的肚子的形状，知道它吃了什么草。

他听见菲奥娜在叫嚷，但他睁不开眼睛。菲奥娜对他说了些什么，起初他听不见，然后她又对丈夫说了些什么，后者像一块木头动也不动地躺着。然后他听见菲奥娜说了些什么，那番话大声而清晰："你杀了他。你杀了他。"她惨叫一声，陷于崩溃。她刚刚开始哭泣时，远处传来警笛声。但他躺在那里，他的意识固定在恩妲莉凝视着未知事物的那幅奇怪画面，似乎通过某种神秘的方式，她打破了相隔数千公里的屏障，正凝视着他。

# 第十七章
## 阿拉恩迪伊奇

埃布贝迪克,祖先们以审慎的智慧说,一个人探访过并且再回去的同一个地方,往往会令那个人被困其中。我的宿主在那个白人女子身上找到了安慰,就在同一个地方,这个他曾经找到慰藉的地方,现在他却倒下了,受伤流血,被自己的鲜血封住了视线。我惊慌失措,却又什么都做不了,为如何向楚库您和他的祖先们解释这个悲惨结局而发愁。我离开了他的身体,想到灵界寻求帮助。我一离开他的身体,就见到形形色色的精灵已聚集在房间里,就像与整支人类军队一同前进的暗中的援军。它们无处不在,挂在天花板的拱顶,飘浮于我宿主的身体和另一个男人上方,有的像影子做成的窗帘般悬吊着。在它们当中,有一只难看的精灵,它那张丑陋的脸正皱着眉端详我。我发现它便是那个躺在地上的男人的灵体分身。它指着我,用那个国家的奇怪语言对我说着什么。正在它说话时,房门打开了,一帮警察和穿着像恩妲莉穿过的那身白大褂的人员冲了进来,还有那个白人女子。她一边哭一边和他们说话,先指着她的丈夫,然后指着我那躺在地上的宿主。他因为失血过多,正缓缓地失去意识。

警察和护士当中,有三个人将刚才对我的宿主实施攻击的那个男人抬走了,菲奥娜跟在他们身后。然后他们折返回来,把他接走了,他们的鞋子被他的鲜血浸湿了,一路留下鲜红的脚印。楚库,当他们上了一辆像我宿主的小货车的汽车(祖先的孩子们称之为"救护车")时,他晕倒了。

我跟着他们穿过这片奇怪土地的街道,看到了我的宿主看不到的东西——一辆装满了西瓜的车子,在祖先们的土地上能找到的那种;一个骑在马背上的小男孩,后面跟着一群人,在敲鼓吹号,手舞足蹈。他们都给警笛大作的救护车让道。我吓得迷迷糊糊的,深深悔恨我由得他来到这个地方、这个国家,全都是因为一个女人,原本他可以轻易地另找一个。埃格布努,我要再度强调,遗憾是守护精灵的恶疾。

遮住我观察这个灵界的意识之幕现在被撕掉了,我第二次见到这个灵界的无常幻景。我见到成千上万的精灵遍布这片土地的每一寸地方,在树上悬挂,在半空中飘荡,在山上聚集,太多的地方,不胜枚举。在战争博物馆旁边,我的宿主两天前才去过那里,我见到三个孩子,他们的血就洒落在房子里面展示的那个浴缸上。他们站在房子外面,穿的还是遭到攻击时身上穿着的同一套衣服,破烂不堪,被子弹打穿,上面沾染着发黑的血迹。因为他俩孤独地站着,没有其他精灵陪伴,我想他们肯定一直站在这里,或许是因为他们的血——他们的生命——一直留在墙上和浴缸上,供全世界参观。

在医院里,他们把我的宿主推到一个房间里,当我见到他情况安全时,立刻飞到阿拉恩迪伊奇——祖先们的山丘,去见和伟大祖先们在一起的他的亲人,向他们报告发生了什么事情。然后,如果他真的杀了那个男人,那我会来到楚库您面前作供,这是您对我们的要求,如果我们的宿主夺走了另一个人的生命。

伊安格-伊安格,我熟悉通往阿拉恩迪伊奇的道路,但今晚它比平时更加蜿蜒曲折。路边的群山呈现一片超乎想象的漆黑,只零星点缀着由神秘的火焰发出的炽热光芒。与大地上的河流相似的奥玛姆巴拉-乌库的水体,在漆黑的远方闷声闷响地流淌着。我走过它那座璀璨的桥梁,来自凡间四面八方的许许多多的人跨过那座桥梁,朝祖先的灵魂生活的远方的土地匆匆而去。我听见从河上传来合唱的歌声。虽然那些歌声和谐一致,但有一个声音是合唱的主心骨。这个独特的声音虽然嘹亮,却显得尖细绵长,旋律百转千折,就像一把新砍刀的刀刃那么锋利。它们在唱一首熟悉的摇篮曲,这首曲子与这世界一样古老。没过多久,我意识到那是奥温米利·埃贞婉妮的歌声,她的众多美艳不可方物的侍女在伴唱。她们一起用古老而神秘的语言歌唱,无论我听过多少次,都不明白歌词的寓意。她们为出生时夭折的孩子而歌唱,他们的灵魂在天界的平原里毫无方向地流浪——因为一个孩子,即使在死后,也分不清左右。他们必须被予以指引,前往宁静的国度,母亲们在那里居住,她们的胸脯里盛着永不败坏的纯净的乳汁,她们的胳膊像最温暖的河流般柔软。

她们称呼我们为"恩瓦-纳-恩威格希-恩库"——"无翅之物",因为我们是精灵,不需要翅膀就能御空飞翔;她们还称呼我们为"孩子",因为我们寄宿在活人的身上。因此,我知道她们在为我而歌唱。我停下来招手,表示听见了她们的歌声。但是,楚库,在我聆听歌曲时,不禁惊叹您竟创造了如此美妙的歌声。您如何赋予这些生灵如此强大的力量?听到这么一首歌曲,难道一个人不会受到诱惑，想停下脚步吗？难道他不会受到诱惑，就此彻底放弃前往阿恩迪伊奇的旅程吗？难道这不就是许多死者依然游荡在天地之间的原因吗？死者的灵魂坐在温暖的河岸上，他们不就是那些虽已身死却无法得到安息，在大地上四处游荡的亡魂？我见过他们中的许多人隐形地行走着，没有人看得见他们，他们不属于任何地方，永远处于植物人般的状态。他们当中有些人之所以沦落到这种境地，难道不正是因为他们陶醉于奥温米利与其侍女们的迷人歌声而无法自拔吗？

祖先们说：人不会在房子着火时去捕捉老鼠。因此，虽然那首曲子令我心情激动，但我并没有为之迷。我继续前行，直到音乐渐渐消失，人类的住所完全消失在视野里。我再也见不到闪闪发亮的星辰，它们的数量如此庞大，祖先们用二元结合的语言去形容它们，将它们与大地的沙子联系在一起，造出了"星沙"这个词语。在我前行时，星星们与所有和大地联系在一起的事物像一块幽暗的毯子被卷起来，变成一座无法度量其广阔的空荡荡的深渊。越过群山之后是一条漫长蜿蜒的小路，每一个拐角都点着火把，它们的火焰犹如太阳的光芒那般耀眼。在这里，你会开始遇见来自阿莱格博全境和更远地方的男性长者与女性长者，成群结队地朝那头的巍峨群山走去。道路的两旁点缀着成串神圣的棕榈叶，就像奇怪的缎带一样挂在树上。此外，还有贝壳、珠串、玳瑁和各种各样的宝石吊在鲜嫩的棕榈叶上。

从这里出发，随着你在山上越爬越高，旅行者的数目也增加了。新近的死者聚集在一起朝山上走去，仍然带着死去时的痛苦和活着时的印记——有男有女，有老有少，有的强壮，有的孱弱，有的富裕，有的贫穷，有的身材高大，有的个头矮小。他们在前进，他们的脚悄无声息地踩着泥土细密、熠熠发光的道路。但是，埃格布努，群山被光明笼罩——一层闪闪发亮的光辉，几乎像一条看不见的河流般流入看着它的眼睛里，然后消散成为一片朦胧的光晕。我总是想，古老的母亲们（还有她们在世的女儿们）唱的那首月光之歌多么恰如其分地描绘了阿拉恩迪伊奇的本质：

阿拉恩迪伊奇
一处死者依然在世的地方，
一处没有泪水的地方，
一处没有饥饿的地方，
一处我终将前往的地方。

事实上，阿拉恩迪伊奇是一场嘉年华狂欢，一个远离大地的活跃世界。那里就像阿巴的阿利亚里亚大市场，或在白人到来之前恩克帕的集墟。声音！声音！那些人全都披着无瑕的围巾，在信步而行，或围着一个在大大的土罐里生起的火堆聚在一起。我在一个火堆那儿找到了聚在一起的奥克奥哈家族的亲人。那里不难找到，伟大的祖先们就在那里。很久很久很久以前，他们活到了老年才死去。他们的人数太多了，无法尽述。譬如说，那里有楚库梅路伊耶和他的兄弟姆梅勒奥尔——伟大的奥尼-恩卡，雕刻古老精灵之脸的雕塑家。他的雕塑和神明的面具——众多神祇、阿鲁斯、阿格乌的脸庞——还有陶器均被作为伊博人的伟大艺术陈列展示。这个男人在六百多年前就离开了人世。

伟大的母亲们也在这里。人数太多了，无法尽述。譬如说，最引人注目的是奥娅丁玛·奥伊利迪娅，伟大的舞者，有"我们见到她的腰肢，心中无限欢喜，宰羊以表庆贺"这句话称颂她的魅力。其他人还有尤洛娅库和奥比娅努菊——历史上最伟大的女性之一，至高神明阿拉曾亲自以蜜炼的乳液为她润发,许多个世纪之前,她在吴瓦部落的水域里投毒。

任何人只要见到这群人,就会立刻知道我的宿主属于了不起的民族的一户家庭。他们会知道他属于自人类存在以来就已经在这个世界上生活的民族的谱系。他不属于那类像水果一样从树上掉落下来的人种!因此,我怀着敬意与谦卑站在他们面前,我的声音就像一个小孩子,但我的思想就像一位长者:

——恩迪比纳'阿拉恩迪伊奇,埃克涅'姆乌努。

"埃比亚,噢!"他们齐声说道。

——恩迪纳,埃切,埃兹,纳乌罗,奥克奥哈纳奥门卡拉,埃克涅'姆乌努。

"埃比亚,噢!"

恩妮·阿格巴索那威严的声音如同笼鸟的叫声般尖厉,令我沉默不语。她开始唱起平时那首欢迎来客的歌曲《瞧呀,他来了》,她的歌声就像奥温米利·埃贞婉妮与其侍女们的歌声那么迷人动听。她的歌声在空气中悠扬婉转,环绕着那帮聚在一起的人,悄然包围住每一个人。他们变得如此沉默,我再次敏锐地察觉到了生者与死者之间绝对性的区别。然后,她摇晃着一串珠贝,执行验明正身的仪式以确定我不是伪装成魑的邪灵。"通往楚库的金銮殿七钥是什么?"她问道。

——是小蜗牛的七重壳、奥玛姆巴拉河的七个珠贝、一只秃鹫的七根羽毛、一棵阿努努埃比树的七片叶子、一只七岁乌龟的硬壳、可乐果的七片包衣和七只白色的母鸡。

"欢迎你,精灵。"她说道,"你可以继续讲述。"我向她鞠躬道谢。

——我是您的后裔奇侬索·所罗门·奥利萨的魑,自从他最初来到这个世上便和他在一起。当时楚库把我从奥格布尼克的洞穴——守护精灵们在那里等候差遣——召唤到他面前,嘱咐我在白天引导他的脚步,在晚上为他的道路点亮火把。在那一天,我从拉各斯伊斯洛总医院的太平间去到奥格布尼克,拉各斯是一片远离阿莱格博的土地,但现在祖先们的许多子孙住在那里。埃兹克·恩克奥刚刚死去——现在他与我的宿主的母亲一家人坐在一起。我曾是他的魈。他才二十二岁。在前一天,这个接受白人教育的优等生在学习后上床睡觉。我留在他的身体里,在他睡着时守护他,这是守护精灵受命的职责。他睡着了,然后突然醒来,紧紧捂着心口,从床上摔下来,把脖子给摔断了。他被死亡的精灵昂乌迅速带走,因为他和您的其他子孙一样,并没有神祇庇佑。摔下床没过多久,他就死掉了。

　　——即使之前我与凡人一起生活了许多回,但这一幕还是令我胆战心惊。事情发生得那么快,而且那么严重,我根本不知道说什么好。死亡就像一头年轻残暴的豹子,突然扑到他身上。就在前一天,他还在亲吻一个女人,但现在他就离开了人世。事情实在太奇怪了,我没有立刻到贝伊格向楚库禀告,这是我们作为守护精灵的职责。我也没有立刻护送他的灵魂前往阿拉恩迪伊奇。当时我和他的尸体一起在救护车里,前往尸体将被暂存的太平间。然后我才确认他真的已经死去,带着他的奥尼尤瓦来到这里,来到阿玛奥吉村的埃科梅兹家族的土地。我离开这里之后,匆忙前往奥格布尼克,在它的瀑布休息沐浴,那里的水如此温暖与古老,仍然带着创世时那股独特的味道。我躺在溪水里时,听见奥瑟布鲁瓦召唤我的声音,命令我前往阿拉恩迪伊奇,因为伊·恩克波图已做好重生的准备,我的宿主便是这位祖先的轮回转世。如您所知,一个男人和一个女人或许能一直共枕同眠,但如果你们其中的一员没有做出回到人间的决定,那受孕是不可能的。因为我知道受孕即将发生,便立刻听从他的召唤。

——因此,在我的宿主诞生的那个夜晚,我带着他的古老灵魂从阿拉恩迪伊奇出发,你们都是我带着他的奥尼尤瓦前往埃鲁伊格的见证人。他在那里受到了热烈的祝贺。然后我带领他离开喧闹的埃鲁伊格,陪伴着他前往奥比-奇奥基克,灵魂与肉体在那里进行美妙的融合变成人——造物的最终形体形式。那是美好的一天。埃鲁伊格的白沙与纯洁的鹅卵石在闪闪发亮,我们就走在这片土地上。一群天女——埃鲁伊格的光洁无瑕的美丽处子——跟在我们身后。她们歌唱在大地上生活的快乐,歌唱男性的无穷渴求,歌唱精神的责任,歌唱眼睛的渴求,歌唱生活的美德,歌唱蒙受损失的悲哀,歌唱暴力的痛苦,歌唱构成人类生活的许多事情。

——奥克奥哈与奥门卡拉家族,你们都到过那里,知道来到凡间的旅途虽然遥远,但并不令人觉得疲累。你们以神谕般的智慧,将这段旅程与谚语中那个坚固的鸟蛋联系在一起,那个蛋从乌鸦窝里掉下来,从紫葳树的漆黑树枝间滚落,掉在地上,竟然没有摔破。那条道路美得无法用言语形容。内里道路两侧的树木不仅提供了浓密的植被,而且它们就像沃卡的妇女们织造的银光闪闪的薄纱那般透明。那些树结着金灿灿的果子,在树上,在树丛里,在树的外面,翠鸟们叽叽喳喳。它们陪伴着队伍飞翔,在热流风中扑扇着翅膀,俯冲嬉戏,似乎它们也在伴随着行进的歌曲起舞。我一路走着,它们在照亮道路的纯洁灯光中闪烁着光芒。我不知道我们什么时候来到了那座大桥,那是连接贝伊格和凡间的通道。就在我们到达那里之前,那些女人停下脚步,扬声唱起一首奇怪而空灵的歌曲。她们那美妙的旋律突然变成了一首哀歌,用颤抖的声音唱了出来。当她们唱起关于世间的苦难、人与人互相倾轧的邪恶、丢脸的耻辱、病痛的折磨、背叛的伤害、蒙受损失的痛苦和死亡的悲哀时,她们的哭声变得更加高亢。那个奥尼尤瓦加入了她们,我与埃鲁伊格的居民为她们伴奏。我们每次经过埃鲁伊格的居民时,他们会停下来,说道:"祝愿前往乌瓦的他得到安宁与快乐!"甚至还有一群白色的犀鸟——埃鲁伊格的圣鸟——绕着我们盘旋,顺从地扑扇着翅膀。

——之后,似乎在一面看不见的旗帜的指示下,那些歌者与我们分开,从远处朝我们招手。她们在挥手,那些鸟儿也挥舞着翅膀在桥上盘旋停留,似乎有一条歌者和鸟儿都无法逾越的界线,我和那个重生的灵魂都无法看见。我们挥手回以致意,然后一踏上那座桥梁,我就发现自己来到一个似乎曾经到过的地方。那个地方有璀璨的光亮,就像在埃鲁伊格,但那是人造的灯光。光源那里麇集着蛾子和无翼的昆虫。一只壁虎站在墙顶圆拱的一个灯泡旁边,嘴里叼满了昆虫。在灯泡下的床上,有一个男人在嘶吼,颤抖,然后倒在一个浑身是汗的女人身上。那个奥尼尤瓦进入那个女人的身子,与精子融合在一起。那个女人不知道也没有意识到神奇的受孕已经在她的体内发生。我加入那个奥尼尤瓦,与那个男人的种子成为一体,这一结合令我们成为一体,却又能相互分离。

——恩迪伊奇纳恩迪奥克普,乌努嘎迪。

"埃斯赫!"那些永恒不朽的人齐声说道。

——从那一刻起,我便一直守护着他,像牛一样圆睁眼睛,像鱼一样不眠不休。事实上,如果我没有介入,或我是一个差劲的魑,那他根本就不会出世。

听到这番话,这个不死不灭的群体发出回应的喃喃声。

——是真的,蒙恩得福的诸位。他在母亲的子宫里第八个月时,她坐在两个水桶之间的板凳上,其中一个水桶里盛着干净的水,上面覆盖着一层被泡沫溅到的透明的薄膜,另一个水桶里盛着浑浊的水,里面浸泡着衣服。一包奥妙牌洗衣粉搁在那堆还没洗的衣服上。

她没有看见，而她的魑也没有警告她，一条毒蛇嗅闻着她周围的湿润土地与树叶和灌木丛的露水味道，悄悄溜到那堆衣服下面，开始觉得窒息。我站在我的宿主和他母亲的身体之外，在宿主拥有完整的身体之前，我经常这么做。我见到那条黑黝黝的蛇溜进了一条裤子的裤管里，当她正要拿起裤子时，那条蛇咬中了她。

——咬噬立刻产生了作用。我从她脸上晕晕乎乎的神情判断，那一下咬得十分严重。她被咬的部位冒出了一滴深色的血珠。她高声惨叫，周围的人赶紧过来救她。她刚被毒蛇咬中，我就知道毒液或许会蔓延她的全身，令我那还在子宫里的宿主丧命。因此，我介入了这桩事故。我见到毒液正直奔我的宿主而去，当时他还只是一个胎儿，在子宫里熟睡。那团毒液充实、炽烈、毒性极强，简直有见血封喉的威力，正通过她的血液迅速蔓延。我叫她的魑迫使她高声惨叫，让邻居们马上聚集过来。一个男人立刻用一块布扎紧她的手肘上方的胳膊，阻止毒液继续往上蔓延，她的胳膊随即肿胀起来。其他邻居拿石头猛砸那条毒蛇，将它砸得血肉模糊，人类的耳朵根本听不见它乞求饶命的哀号。

——你们都知道，我的责任是去了解，去探究我的宿主生活中的谜团。的确，就连一只山羊和一只母鸡都可以证实我见到和听到了许多事情。但是，我来这里的主要原因是我的宿主遇到了严重的麻烦——能令眼睛流血而不是流泪的那种麻烦。

"你说得很好！"他们说道。

——你们当中有人说：一个人即使站在最高的山上也无法看见整个世界。

他们喃喃地表示同意："非常正确。"

——你们当中有人说，如果一个人想挠手上或身体其他部位的痒处，那他并不需要帮忙；如果他想挠背，就必须找人帮忙。

"你说得很好！"

——这就是我来这里的原因：寻求一个答案，寻求你们的帮助。生活在这片死者复生之地的人，我害怕一场猛烈的风暴正要封锁通往奥克西西这座世外桃源般的村庄的唯一道路，它即将发生。

他们齐声高喊："天理不容！"听到这句话，他们当中的一员，埃泽·奥门卡拉本人，那个了不起的猎人，他在世时曾到过远至奥顿吉之处，带着许多猎物回家，站起身开口说道：

"我的朋友，我向你问候。当一条蛇威胁要咬我们时，我们不能像赶走蚊子那样单靠挥手就把它赶走。情况不可同日而语。"

"你说得很好！"他们说道。

"我的朋友，团结一心。"他说道。

"埃斯赫！"他们说道。

"克祖埃努。"

"埃斯赫！"

"守护精灵，你的说话方式就像我们当中的一员。你谈吐成熟得体，事实上，你所说的内容站得住脚，即使在现在，我们觉得它言之有理。但是，我们绝不能忘记，如果一个人洗澡时从膝盖开始，那洗到脑袋的时候，水已经用完了。"

他们高声喊道："你说得很好！"

"把这场威胁到我们的子孙奇侬索的风暴说给我们听吧。"

阿格巴塔-阿鲁玛鲁，我把目睹和耳闻的一切都告诉了他们，一如我此刻向您讲述的内容。我向他们讲述关于恩妲莉的事情，他在桥上与恩妲莉的相遇和他对恩妲莉的爱意。我告诉他们关于他做出的牺牲，他如何卖掉家业。我告诉他们关于贾米科的事情，那人如何欺骗我的宿主，以及我的宿主以为他被那个白人女子拯救，现在却不省人事地昏迷,或许杀死了另一个男人。

"你说得很好!"他们齐声说道。

然后,他们陷入了沉默,那是不可能在大地上体验到的沉默。就连长者奥利萨,原本他对儿子卖掉了土地而感到气恼,也只是睁大空洞的眼睛盯着火堆,就像一根朽木般沉默不语。他们一伙,大约五个人,起身走到一个角落里商议。当他们回来时,一位女性长者——我宿主的祖母艾姐·奥门卡拉开口说道:"你了解这个新的国度的法律吗?"

——我不了解,祖母。

"他以前杀过人吗?"长者埃泽·奥门卡拉,我宿主的曾曾祖父问道。

——不,他没有,长者。

"精灵,"埃泽·奥门卡拉说道,"或许被他用椅子打了的那个男人会活下来。我们希望你回去守护他。在你确切知道他是否杀了这个男人之前,不要去贝伊格向楚库禀告。我们希望,如果只是被椅子打中,他不会死掉。你的眼睛一定要像鱼一样,当你有新的内容告诉我们的时候再回来吧。"然后,他转身对其他人说:"我的朋友,我是否道出了你们的心声?"

"没错!"他们齐声说道。

"睡着或离开宿主外出的魈——除非事出必要,就像这一回——是卑劣的魈、软弱的魈,而他的宿主就像被绳子绑在杆上待宰的羔羊。"他继续说道。

"你说得很好!"

——我会听你们的话,阿拉恩迪伊奇的居民。我现在就回去。

"好的,你回去吧!"他们大声说道,"顺着你来的道路,一路走好。"

——埃斯赫!

"愿光明在你离开的路上不会熄灭。"

——埃斯赫!

我转身离开他们,不再受死亡支配的他们,心中感到庆幸,至少我的恐慌得到了些许缓解。我一路走着,没有回头,我在心里纳闷:那个再度响起并鼓舞我继续前进的美妙声音是怎么回事?

楚库,我的旅途结束了。我飞越一片映着火烧云的长长夜空,经过本穆奥最遥远的白色山峰,长着黑色翅膀的精灵站在山上,用阴森的声音说着话。我接近大地的宏伟边境时,看到了邪神埃克温苏,后者穿着他那件不会被认错的五彩缤纷的外衣,脑袋下是长长的脖子,像一根触须般伸得笔直。他单脚立于满月之上,充满野性的眼睛注视着大地,自顾自地哈哈大笑,或许在构思某个邪恶的伎俩。以前我在同样的地方见过他两次,上一次是在七十四年前。和以前一样,我避开他,继续朝大地飞去。然后,以魃找到其宿主的神奇精准——无论他身在世界上的哪个地方,我来到我的宿主躺卧的地方,进入他的身体。我立刻见到墙上的时钟,依照白人的计时方式,我离开了将近三个小时。埃格布努,他已经醒过来了。他的脸上有一排缝针的痕迹,一大块血淋淋的棉布从他的嘴里伸出来,那是他的牙齿被打落的部位。房间里没有其他人,但他的床边摆着一面像是电脑的屏幕,似乎在给他做伴,在一根杆子上吊着一个小袋子,连到他的胳膊上,袋子里装着血液。他闭着眼睛,在模糊的幻觉中,恩姐莉正看着他,似乎由一根不会断开的绳索,与他的思绪绑在一起。

第三部分

## 三次祷祝

噶嘎纳奥格鸟，希望您的耳朵未曾疲累——

虽然站在此处，但我能听见歌声、欢笑、笛子吹奏的美妙乐曲。我已经来过您居住的这座宫殿许多遍。我知道守护精灵和它们的宿主会来到这里，等候您最后恩准他们重生，进入一具新的身体转世为人，以新生儿的身份在大地上再活一遭——

祖先们说，一个人不会因为脚湿而踩在燃烧的炭火上，一个人不会因为他的家太小而在毒蛇窝旁边跳舞——

一只没有翅膀的鸟说我应该将口水吐进一个开了洞的葫芦里，但我对它说，我的口水不应该被浪费——

撞到马蜂窝的脑袋会挨马蜂蜇——

一条阴险的独眼的蛇在我的门口旁边筑巢。它问道："我可以这么做吗？""不行，"我回答，"我不想让我的住所被你肆虐。"——

毁灭对我说："我可以到你的屋檐下，搭起我的帐篷吗？"我说：

"不行,回去告诉那个派你到我这儿来的人,说我不在家里。告诉他们你没有见到我。"——

让雄鹰和隼雕栖息,如果任何一方说另一方不能栖息,那就让它的翅膀折断吧——

但愿我继续讲述的话能尽快道出我的供词的结论——

但愿我的舌头,如同红树般湿润,不至于言词枯竭——

但愿您您的耳朵,楚库,不会因倾听我的话而感到疲累——

但愿此次祷祝能令我今晚的作供收到成效,之后我将离开贝伊格的宫殿,回到我的宿主在等候我的身躯里——

埃斯赫!

# 第十八章
## 回 归

　　阿卡纳格巴吉伊格，宇宙不会耽于过去，不会像一群乌鸦那样围着已经烧尽的火堆盘旋。相反，它总是在曲折蜿蜒的奔向未来的道路上稳步前进，只会在当下做短暂停留，像一个风尘仆仆的旅人，让双脚得以歇息。稍加歇息之后，它会继续前进，不会回头。它的眼睛是时间的眼睛，总是望向前方，永远不会回眸。无论住在宇宙里的生灵发生什么事情，它都在前进。它在继续前行，越过桥梁，跨过水塘，绕过深坑，继续向前。大火摧毁了一个国家吗？那并不打紧。如果这种事情在早上发生，那并不打紧，因为太阳仍会升起，一如开天辟地以来的情形，在那同一座城市，太阳会落下，夜晚将会降临。地震毁灭了一片土地吗？那并不打紧，那根本无法打断四季的循环更替。宇宙的生命体现于生活在宇宙之中的生灵里。某个家族的长者被杀害了吗？他的子孙今晚还是得睡觉，明天还是得醒来。每个人都会继续向前，就像时间之河上的枯叶。

　　但是，虽然宇宙在继续它的进程，裹挟着在它里头的所有生灵，有一处地方可以让一个人留在原地，似乎他的个人小天地已经静止了。人类害怕这个地方，因为在那里他们什么都做不了。他们无法采取行动，就像被囚禁的动物，被锁在一个被限定范围的空间里。在这里，人的活动范围似乎被隐形墨水划定了，它写着："从这堵墙到另一堵墙，从这里到那里，就是你在这个世界上的全部活动范围。"但是，阿古吉埃格贝，我必须声明，如果一个人的行动受到了约束——那么他就不算真正活着。时间的流逝在嘲笑他。这就是囚禁的含义。

因为在这个地方，几乎不会有新的记忆形成。那个人早上醒来，吃饭，朝小洞里拉撒，用小桶从房间里的水龙头接水，将秽物冲走之后，盖上盖子。然后他睡觉。当他又醒来时，无论那是晚上或早上，全都没有区别。只有一个影子将其微弱的脑袋探进囚室里，就像一条幼蛇的脑袋。如果是白天，灯光从高墙顶部靠近旧天花板的窗户呈一道光柱射入。那扇窗户被坚固的铁栅封住了。

一个人终日坐在这里，只是浑浑噩噩地活着，生活那如同珐琅质般的亮丽外壳从他身边剥落凋萎，变成他脚边的碎屑。这个人接触不到世界，无论是最深刻的还是最浅显的秘密，甚至包括那些不是秘密的内容。他对正在发生的事情一无所知，什么也看不见，什么也听不到，让他到达这里的那座桥，就像撤退的军队搭建的浮桥，连同与已知世界的所有联系，已经在他身后被摧毁了。现在他被囚禁在这个地方——得待到他必须待满的时间为止。这并不重要，重要的是他的生命停滞了。他终日盯着与其他囚室相连的墙壁或铁栅，直到他的眼睛因为看了太久而疲倦。时不时地，他见到有什么东西在他的视野里移动，但很快就消失无踪。没有新的记忆从中产生，因为它们就像弱小的动物，用它们的脚掌敲着他那扇紧闭的悄无声息的人性之门，然后走开了。或者像茫然的昆虫，扑向一个灯泡，跳起一支虚弱的祭祀之舞，但引发的只有其自身的毁灭。埃格布努，这种事情我见得多了。

我的宿主在医院里待了两个星期，然后被带到这里单独囚禁，在这里他没有产生新的记忆。在罕见的情形下，如果一个人在监狱里产生新的回忆，那通常都是他不希望发生却又降临在他身上的事情。它们不是出于自愿的历史。因为一个人对这种事情根本无从把控，它未曾询问他的意愿就降临在他头上。他曾经见证一件事情，它似乎从思绪的缝隙溜了进去，然后留在了那里。它不肯离去。

我的宿主就在这种状况下生活了四年。记录这四年来所发生的种种事情，那种单调生活的煎熬，极度痛苦的一成不变的生活的煎熬，只有我在以前的宿主雅加兹身上见到的身为奴隶的痛苦才能与之相提并论。因为一个犯人就好像一个奴隶，他是这个奇怪国度的政府的囚徒。在许多个轮回里，我了解到年轻人心中的阴暗，在野心的泥沼里挣扎，朝他们失败之后躺下的坟墓窥视。但我从未见过像这样的情景。

现在他已经回到了生者的土地，回到他的故土。令他回到祖先的土地的过程发生得极其迅速。在他遭遇麻烦的那个早晨，我曾试图拯救他。警察把他带到医院，关在单人病房里时，他不省人事，我别无选择，只能做一个魍在人为的所有努力全都以失败告终的最后关头必须去做的事情：我去了阿拉恩迪伊奇，希望他的祖先能出手相助，现在我已经向您讲述了那件事情。

在他入狱第四年第五个月的一天早上，他突然被释放了，毫无征兆。他根本没有做好准备。他坐在囚室里，背靠着墙壁，被他靠了那么久，墙漆都剥落了。那一刻他正在想着无关紧要的事情——蚂蚁在蚁山上起舞，然后是一罐发馊的牛奶里的蛆虫，然后是聚在一棵野树上的小鸟们——这时候，他的囚室铁栅被打开了。一个狱卒与一位穿西装的男人站在门槛上,那个男人用白人的语言对他说:他可以出狱了。

他跟在他们身后,来到一间讯问室,接着,翻译对他说他的案件已被重审。主要证人推翻了她最初的供词。他并没有如她报案时所说的那样,意图入室抢劫或强暴她,是她自愿把他带到家里。是她的丈夫因妒生恨,怒火中烧,对两人大打出手。我的宿主只是为了试图救出那个女人才动手打了那个男人。根据那个女人现在的口供,这才是事情的真相。噶嘎纳奥格乌,她当初对警察所做的陈述根本不是这样,而是截然相反的内容!那个女人与丈夫串通起来对付我的宿主,一个无辜的男人,说他试图强暴那个女人。他们说在他行凶时,她的丈夫见到妻子在和他扭打,于是上前干预,敲了他一记,把那个行凶者揍晕了。

他听到这些内容之后,什么也没对狱卒和翻译说,只是坐在那里,呆呆地看着那个拿着卷宗的衣冠楚楚的男人和那个翻译,但眼里并没有看见他们。他的眼睛已经习惯了看着一幅画面,然后立刻对其视而不见,将它越过。他的视线没有被打断,落在一面空白的墙壁上,一片巨大的虚空,却占据了他的视野与思绪。

"吉侬索先生[1],你有什么话想说吗?"

他没有回话,翻译将嘴巴凑近另一个人的耳边,似乎要和他接吻,然后两人点了点头。就连我的宿主也觉得那是奇怪的举动。其中一个男人急促地开口说话,另一个男人频频点头。

"我的朋友菲奥娜·艾迪诺格鲁小姐想表示歉意。她为发生的事情感到非常抱歉。再一次,这位是她的律师。她叫我们把这笔钱给你。她希望我们尽量帮助你重新开始生活。"

---

[1] 吉侬索(Ginoso)是作者模拟土耳其语对奇侬索(Chinoso)的发音。

他什么也没说,他的眼睛仍然落在原先的地方,看着那两个男人坐的桌子后面在窗户和纱网之间嗡嗡飞的一只苍蝇。

"吉侬索先生——"那个不怎么会说英语的律师现在开口了,或许是因为担心他的翻译没有充分清晰地传达他的意思,由信息的发起人传达会比较好,无论他的语言是多么支离破碎。这么做当然会更有意义,这么做当然会得到尊敬。"现在我说的是真相,我的当事人的唯一真相……我们感到非常非常抱歉,为你所遭受的苦难。非常抱歉。多——"他转身向他的朋友问了一句,然后继续说道,"年,是的,年,多年来菲奥娜因为这件事情而难过。她抱歉,非常抱歉,我的朋友。吉侬索先生,请您务必接受她的抱歉。"

他对这个男人也不加理睬。四年来,需要与这些人说的和讨论的都已经说了。然后,言语失去了它们的用处,演变进化为别的东西,没有形态的东西,虚无缥缈,毫无价值。轻蔑将其取而代之,扎根生长,开花盛放。一个不再愤怒的男人,他被一场并不情愿参与的精神上的钩心斗角摧毁了。现在他的心里充满了强烈的轻蔑,在那个男人说话时,他在脑海里活跃地幻想着生动的暴力画面。他看见那个穿着警察制服的男人躺在地上,喉咙被我宿主手里的小刀割开,鲜血从刀子上滴落到那具失去了生机的身体上。他见到自己将那个律师摁在墙上,掐住对方的脖子,那个律师在大声喘气,吐出舌头。

虽然很微弱,但我的宿主意识到自己变成了这么一个人。在不知情的情况下,他的内心已经改变了。因为一个人的意志或许可以长久地忍受严酷无情的环境,但最终它会无法继续忍受下去,奋起反抗。这种事情我见得多了。叛逆会奋起取代顺从。抗争会奋起取代忍耐。他会像一头黑狮子那样,起身进行报复,握紧拳头展开他的报复。他会做什么，不会做什么，就连他自己也无法预料。

埃格布努，这个充满愤怒的男人——这个被生活欺负的男人，他和其他男人一样，只是找到了一个心爱的女人。他和别的男人一样去追求她，呵护她，却发现他所做的一切全是白费工夫。一天醒来时，他发现自己沦为囚犯。他被人类与历史辜负了，正是意识到自己蒙受了冤屈，令他产生了改变。在改变开始的那一刻，一团巨大的黑影从灵魂的缝隙间渗透进去。对我的宿主而言，那是一团缓缓爬行的长着许多只脚的黑暗事物，就像一只在迅速繁衍的蜈蚣，在他被囚禁的第一年钻进了他的生命。然后那只蜈蚣诞下了许多后代，它们立刻开始啃噬他，到了第三年，黑暗吞噬了他生命中所有的光明。在黑暗占据的地方，光明再也无法进入。

大部分时间里，那个愤怒的男人被一股激情吞没：讨回公道。如果他挨揍了，那就把那帮揍过他的人狠狠地揍一顿。要是他失去了某个人，那就从将其偷走的家伙那儿把人抢回来。这很重要，因为只有讨回公道才能令他恢复本性。

对于我的宿主来说，与那个律师和翻译见面是他长久以来第一次凭着感情行事。被囚禁时，他在任何时候所感受到的情绪全都毫无意义，因为他什么都做不了。譬如说，发怒有什么用呢？他对此根本无能为力。感受到爱意？什么都做不了。无论他有什么感受，都只能忍气吞声。

他意识到，自从在法庭上最后一次露面之后他就再也没见过的"菲奥娜女士"坚持把钱放进他的包里，如果他不肯拿的话，就让他乘飞机带回尼日利亚。许多人找过他谈话，其中有一个很年轻的黑人女子，她说自己也是尼日利亚人，她告诉我的宿主这不是"驱逐出境"。"他们问过你——你的大学为你提供了奖学金，作为对你的补偿，如果你仍愿意在北塞浦路斯土耳其共和国居留和上学,但你拒绝和他们中的任何人交谈。因为你拒绝交谈,甚至包括我,所以他们要送你回尼日利亚,连同你带到这儿来的所有物品。"

即使对着那个女人,虽然他专注地看着她,但没有开口说话。这就是为什么那些想为他做点事情的人什么都做不了,他们只能从他的细微动作去分析含义——斜睨、摇头,甚至并没有包含交流意义的动作,譬如咳嗽。因此,他们总结得出,或做出决定:既然他什么都不肯说,这表示他只想回家。他们查阅了他的大学入学表格,联系了他的直系亲属,他的叔叔。然后在他获释两天后,他们开车送他去机场。他们给他买了机票,送他上机,对他说他们已经联系了他的叔叔,后者会在阿布贾的机场等他。然后,那个律师、土耳其-塞浦路斯政府的几个官员,录取他的那所大学的一个行政人员,以及那个尼日利亚女人祝他好运,和他挥手道别。即使对这番好意,他也没有回应。

直至飞机起飞,他一个字都没说。已故的事件立刻睁开它们的眼睛,早已被忘却的映像开始从时间的坟茔中升起。随着那个改写了他的故事的国家变成了一个小黑点,他发现自己又在努力追溯自己的行程轨迹。他怎么会来到这个地方,那些前所未闻的事情怎么会发生在他身上?他等候了一会儿,答案从冻原之下泛起涟漪,然后浮到他的思绪的表面:他之所以来,是为了和恩姐莉在一起,这些年的大部分时间里他都在想念她,直至他再也受不了挥之不去的恩姐莉已离他而去的恐惧、想象和梦境的折磨,他不让自己再去想她。他想起在恩姐莉父亲的宅邸里举行的寿宴和他所蒙受的羞辱。他想起了曾经折磨过他的楚卡。飞机在伊斯坦布尔降落时,他记起了他的家禽,它们身上湿漉漉的,闪闪发亮。他看见那几个鸡棚和他自己在喂鸡,过去四年来,他见到那幕情景好几百遍了。他见到自己在鸡棚的墙上记下最后一次大扫除的日期,他每两个星期会进行一遍。他见到自己正从鸡棚里拾取鸡蛋,将上面的泥土和羽毛吹掉,将它们放进一个袋子里。然后,在过去不知何时,他见到自己将新生的雏鸡登记在一本厚达六百页的记录本里,本子的封面不见了,前七十几页是他父亲的笔迹。然后他出门去阿利亚里亚大市场,卖掉满满一篮子黄羽肉鸡和一只白色小公鸡,它的鸡冠在与另一只小公鸡搏斗时被撕成两半。楚库,这些事情的回忆,即使经过了这么多年,也再一次令他心碎。

\* \* \*

阿古吉埃格贝,随着飞机驶近伟大祖先的子孙们的国度,我离开了宿主的身体,渴望再次见到阿莱格博美丽的雨林,在这片土地,早晨柔和的绿影到了晚上会变成令人不寒而栗的帷幕。那里的树木不受约束地生长,密密麻麻地矗立着,畅饮着无休止的雨水。当你像长着翅膀的鸟儿那般从它们上空呼啸飞过,俯瞰着森林时,它们看上去就像一头羚羊的内脏那般饱满。森林里有河流、小溪、池塘和神明们的神圣水体(奥玛姆巴拉、埃伊-奥查、奥扎拉,等等)。出了森林的范围,不用走多远,你就会来到村边。你先见到的是更多的果树——香蕉、木瓜、绿芒果,那些果树在森林深处很罕见。在祖先们的时代,茅屋聚集为巢状。几座屋巢聚在一起,覆盖范围只有扔几颗石头的距离,就构成了一座村庄。如今村庄已经拓展成为城镇,森林与人类的住所接壤。但这片土地仍旧美丽:宁静的峰峦与山谷,对于那些步行前去观赏的人来说堪称壮丽的胜景。在我的宿主离开时,我想念的就是这片景致,当我的宿主来到伟大祖先们的土地,他的叔叔到机场接他时,我去看的第一件事物就是它。

在抵达阿巴之前,他和叔叔绝口不提他的情况,两年前老头子从政府部门退休了。整段旅途,无论是在载着他们离开机场的出租车里,或是在开了八个小时从阿布贾来到阿巴的巴士上,他们一直与陌生人在一起。现在,在前往阿巴的入口,巴士停在高速公路的路肩上,让乘客们到树丛里解手时,他的叔叔在撒尿时问他在监狱里是否有什么糟糕的事情发生在他身上。起初他不肯开口。他站的位置比叔叔稍稍靠前,朝立在藤蔓之间的一个旧啤酒瓶撒尿,瓶里是半满的,盛的应该是雨水。他把尿撒进瓶子里,直到瓶子装满,然后倒下来,里面的液体统统流进了树丛里。老头子一直说个不停,说自己听说过只言片语,在国外的监狱,非洲人的遭遇"和狗差不多"。听到这番话,他盯着叔叔看,叔叔尿完了,正等着他拉裤链。他的眼睛似乎泄露了嘴巴不能说的事情,因为他的叔叔捕捉到他的眼神,难过而同情地摇了摇头。

"你、你一定得感、感谢上帝,让你保住性、性命。"他的叔叔说道,"当、当然,你去、去那里是一个错、错误。大、大的错、错误。但你一定、定得感、感谢上帝。"

他们来到叔叔家里,见到了婶婶。自从父亲的葬礼之后他就没见过婶婶,看到现在她苍老了许多,一头蓬松的头发变得花白,他的心碎了。然后,直到叔叔走进夫妇俩为他安排的房间里——这个房间原本是他们的儿子住的,他去了伊巴丹的国家青年服务总部工作——他还是没办法回答老头子问他的问题。

噶嘎纳奥格乌,您创造了万物,您知道我们的宿主无法讲述的事情,作为他们的魖,我们也无法讲述。因为它是普世的真理:如果一个人做出肯定,那他的魖也得做出肯定。因此,他没有肯定的事情,我也不能肯定。因此,如果他对某件事情保持沉默,那我也必须保持沉默。他不想记得的事情，我也不记得。但是，即使我的宿主无法谈论这些事情，他依旧经常想起它们。每一个消逝的日子就好像血管，而它们就像血管里的秘血。在日子的每一个转折处，它们设下埋伏等候他，然后猛然出现。有时候，当他躺倒在床上，盯着电灯泡或煤油灯时——他从监狱里获释之后，已经习惯了这么做——记忆会鲜活缤纷地出现，似乎它们被囚禁在电灯泡或煤油灯里，终于获得了自由。

他开始重塑自己的任务，而这些事情一直折磨着他的心灵。随着日子一天天过去，他发现它们不再占据自己的心灵。他想得更多的是生活摆在他面前的巨大谜团，他迫切希望得到解答。起初他远远地躲着这个谜团，试图不去解决它，因为他的叔叔会以为他疯掉了，竟然还在心里保存这些念头。老头子曾毫不含糊地说任何带来痛苦与折磨的事情都不值得保存。他的叔叔熟悉祖先们的滔滔雄辩，他们舌绽莲花，能说出令人信服的比兴和谚语。叔叔曾以轻柔的口吻问过他：一个男人因为蝎子长着美丽的皮肤就把它拿起来放进口袋里，那又有什么用处呢？我的宿主无言以对——因为这个问题根本不需要回答——老头子继续说道："不，噢，不，那实在是傻、傻帽之举。"

他离开了叔叔家,身上带着那个德国女人补偿他的五千欧元——那是她所受惩罚的一部分——回到了乌穆阿希亚，租了一间公寓。他在尼日尔路开了一家饲料店，用剩下的钱买了一辆摩托车。在接下来的几个星期里，他一砖一瓦地重建自己的生活。阿克瓦阿库鲁，如果一只乌龟被翻转过来，即使会花上很长的时间，它也会慢慢地努力尝试重新站起来。那只乌龟或许一开始没办法站起来，因为有一块石头将它卡住了，因此它得尝试朝另一个方向翻身。这或许是它能再站起来的唯一方式。埃格布努，他必须不停地努力，因为静止不动意味着死亡。因此，到了那个月的月底，当他的叔叔婶婶过来看望他，说他"站起来了"时,他相信两人的话。因为他站在一旁，看着曾经破碎不堪的东西如今已被重建起来时，他同意至少他的生活开始有了起色。这是一种宽慰的感觉，给予了他勇气，正是经过了这件事情，他才再度转身面对那个谜团，开始朝将其解决的方向前进。

回到祖先的土地两个月后的一天晚上，他来到阿吉伊·伊龙西片区的一座豪宅，他好不容易才找到这里。房子变旧了，大门上的耶苏基度雕像被拆卸了，留下一道痕迹，看上去就像一条伤疤。在大门前，在围栏和新的涵洞之间长出了一片茎秆脆弱的莎草，道路尽头的阴沟里长出了一棵小树。走到这扇大门前时，他的心怦怦直跳，因此他不敢停留，只是匆匆朝这个地方瞥上一眼——在他离开尼日利亚之前，恩姐莉就住在这里。因为突然，他被眼前那一幕勾起的回忆压垮了。他匆忙开着摩托车经过这座宅邸，开进正在变暗的街道。

奥瑟布鲁瓦，我没有采取行动，因为自从您缔造了我之后将近七百年的人间光阴，最艰难的任务之一就在那扇门的前面发生。我的宿主入狱服役后不久，我无法忍受见到他受苦。一个无辜的男人，一个正直的人，因为没有犯过的罪行而遭受惩罚。我和他一样垮掉了。他做的所有这一切都是为了能与恩姐莉结婚，现在他把自己毁了。都是为了她。我想让她知道这一切，却发现他没有机会和恩姐莉联系，而我只是一个精灵，没有形体，虚无缥缈，没办法写信或打电话。因此，埃格布努，我使出了入梦之术，目的是通过梦境向恩姐莉传话。一百多年前，某个守护精灵曾告诉过我，我们可以在恩格多洞穴里用这种深奥莫测的方式去接触非宿主的人类，它曾经这么做过，但它说这是罕见的做法。因此，当我的宿主在监狱里哭泣时，我飞到空中，来到恩妲莉的家。我进了屋子，从一个房间走到另一个房间，我发现恩妲莉躲在床上的一角，床单皱巴巴的，她抱着一个枕头睡着了。她的脑袋旁边是一张她拍下的我宿主的照片，抱着一只家禽，对着镜头微笑。我正要开始念咒，入梦之术的第一个步骤，这样我就能进入她的梦境，这时在房间的另一头，有一样东西成形了。那是她的魑。

——晨光之子，你闯入了不该来的地方，你激怒了一个未曾辜负过你的精灵。

埃格布努，您必须明白，这番控诉令我大吃一惊。我知道这个守护精灵很快就会来向您禀告关于这次相遇的另一个版本的内容，如果我所担心的发生在它宿主身上的事情已经结束，那么，请记住我的陈述。为了回答它的问题，我开口了。

——不，不，我只是……

——你必须离开！那个魑以威严而激烈的语气说道。看看我的宿主：她已经受尽了折磨，被奇侬索离开她的决定伤透了心。看看她是多么难过，等候着那个男人。我恨你的宿主。

——阿拉的女儿……我说道，但它不肯听。

——这是非法闯入。走吧，让大自然顺势而为。不要以这种方式进行干预，否则只会适得其反。如果你坚持要这么做，我会向楚库告发你。

说完这番话后，它不见了。我毫不犹豫地离开了房间，回到在那个遥远国度的宿主身上。

奥卡奥米，那天晚上他几乎没有睡着。他坐在单人房里，桌上的风扇在左右摇摆、嗡嗡作响，从天花板吊下一个灯泡，由几股纤细的电线用胶纸贴在一起，他借着灯光试图重启手机。他从装着被送进医院时身上穿的衣鞋、他的录取通知书和收据以及他带进监狱的一切物品的袋子里把手机拿出来后,它就一直没法开机。他把手机的零件组装在一起,可它就是没办法启动。一个警察在那个德国女人在凯里尼亚的房子里把它从血淋淋的地板上捡起来,自从那时起它就罢工了。

  第二天,他骑着摩托车,在漆黑天色的掩护下,来到了那座宅邸。里面亮着灯,传来发动机的嗡嗡声。到处是一片几乎纯粹的漆黑,只有开来的汽车的灯光一路刺透丰满的黑暗,令街道稍显光明。他停下摩托车,然后下车走到大门口,怀着突然冒出来的勇气——似乎它从一个隐秘的位置跳出来,扑到目标身上——他敲响了大门。当那扇铁门开始咔嗒作响时,他想要逃走。因为他想到,现在他正踏在通往一直寻觅的事物的门槛上,他终究还是没有做好准备去面对。他意识到虽然经历了发生在他身上的所有那些事情,虽然光阴流逝,但什么事情也没有改变。他仍是一头河马。他没有完成高等教育,他的地位没有改变。事实上,一个愤怒的声音令顿悟更加深刻:他的情况变得更糟糕了。他变得更穷了。如果说他曾经拥有一座房子,现在那也没有了。如果说他的心中以前没有仇恨,现在他背负着满满一袋子的仇恨,许多人沉溺于仇恨中无法自拔。如果说以前他走过好运,现在他的脸被打烂了,医生从他的额头上取下瓶子的碎片,他下巴缝了好几针,因此他不敢刮那个部位的胡子,害怕会令缝针松脱,他的嘴里至少被揍掉了三颗牙齿。如果说以前他的悲痛只是因所爱的人而遭受的肉体上的痛苦,现在他遭到了其他方面的报复。因为他不仅在肉体上受到伤害,而且心灵也遭受了创伤。他被另一个男人从背后捅了一刀,扎透了身体,伤势沉重,无法康复。

  站在这扇大门前面,他意识到了自己的真实处境。这令他惊诧莫名，因为之前他根本没有考虑过自己的处境是多么可悲。大门打开时，他退了开去。

"先生，请问我们有什么可以帮您吗？"从门口走来的那个人穿着他曾经穿过的制服。这人很年轻，或许还未成年。

"啊，我想找，嗯，我的朋友恩妲莉·奥比亚罗小姐。她住这里吗？"

"是的，这里是奥比亚罗酋长的家。但他的女儿现在不在家。"

他的心怦怦直跳："噢，她什么时候回来？"

"恩妲莉小姐？她不住这里。她住在拉各斯。您不是说您是她的朋友？"

"是的，但我一直不在城里，从2007年起，有好几年了。"

"好的，我明白了，先生。恩妲莉小姐住在拉各斯，自从——自从2008年。"

那个男人转身准备回去。

"晚安，先生。"

"等等，我的兄弟。"他说道。

"先生，我不能等。我不能再回答您的问题。恩妲莉小姐不在这里。她在拉各斯。别的无可奉告。晚安。"

那扇门关上了，就像它刚才打开一样，他听见门闩上了锁。他所在的地方，黑暗回来了，只有街上传来的时有时无的声响。他站在那里，手搁在胸口，感受着自己的心跳。他松了口气，因为时隔四年之后，他终于听到关于恩妲莉的消息了，即使只是一个小细节。他开着摩托车回到自己的公寓，暗自猜测要是见到恩妲莉的话，会发生什么事情。她会像他自己和乌穆阿希亚的其他一切那样改变了许多吗？这座城市有几处地方变得令他几乎认不出来。各处的新市场被清除了，从城里迁到市郊。他曾目睹一场电话通信革命揭开序幕，现在革命已经结束了，这座城市生活在它的后续影响中。现在每个人都有手机。电信公司的信号塔到处都是，上面印着其名称的缩写：移动电信、全球通或巴蒂电信。在街道两旁，黄色或绿色的阳伞下面摆放着桌椅，坐着一个男人或女人。在桌上摆着电话卡和手机卡，还有一个手机操作员，向用她的手机打电话的人收钱。在街道附近，后面装了小平板的新电灯冒了出来，人们总是称之为"太阳能灯"。一种新的态度就像无害的细菌在人群中蔓延，一种新的悲怆的幽默将骇人听闻的事情化为无谓的琐碎小事，还有他无法理解的絮絮叨叨的抱怨。

他对这些改变并不是太在意，因为他一心只想着恩妲莉。当摧毁他的那个严酷打击降临到他身上时，在那个德国护士的家里，他试过联系恩妲莉。他躺在地上自己的血泊中，害怕自己会死掉。对她的思念在他的脑海里就像警卫般纹丝笔直地站立着。他回想起恩妲莉以各种方式阻止他离开尼日利亚的每一个时刻，像那一次，恩妲莉向他讲述那个她不肯透露细节的梦境。甚至就在他被警察带走时，他仍在脑海里见到恩妲莉在看着他，似乎就坐在那个遍地血迹的房间的另一头。他们将他带走后，他曾试图给恩妲莉打电话，但他的电话死机了。他试图找电话，不停地哀求护士，但每一次她们都说帮不了他。警察吩咐她们除了食物与治疗之外，他不能接触任何东西。他从护士那里了解不到任何信息。她们当中只有一人会说白人的语言，而就连这个护士要听懂他在说什么也很费劲。随着日子一天天过去，他变得慌张、气愤、神志错乱。因为他坚信贾米科和邪灵想要毁了他，他们会锲而不舍地贯彻到底。现在他们如愿以偿了。他艰难地抗争过，但他的敌人掌握了无法抵挡的武器。就在他以为自己逃掉了，摆脱了鱼钩时，他咬上了另一个更加锋利的鱼钩。

在几个星期内，结局来临了，他认识的每一个人都抛弃了他。

就连托比也是，这个男人曾出现在他再度遭受苦难的土地上，放慢了自己的脚步，扛起他的十字架走了一段路程。学校只派了一个老生作为代表，连同副校长，在庭审的第一天现身。他们托管了他的财物，将他的所有东西保存。如果他被释放，或许他会被递解出境，那样的话，他们会把他的东西送到机场。他们打电话通知了他的叔叔。在仓皇中，他哀求那个尼日利亚学生迪梅吉帮他联系恩姐莉。写下恩姐莉的电话时，他的双手在颤抖。

"我应该对她说什么？"迪梅吉问道。

"什么？"

"对，我应该对她说什么呢？"

"说我爱她。"

"就这些？"

"是的。我爱她。我会回去。我对离开她感到抱歉，我为一切感到抱歉。"他停下话头，想以眼神迫使迪梅吉记住那番话。迪梅吉点了点头，于是他继续说道："我会回去。我会找到她。告诉她，我立下誓言。我立下誓言。"

时间只允许他们说了这些。他再也没见到迪梅吉。接下来的四年里，在遭遇飞来横祸导致他在异国他乡上法庭接受审判之前认识的人没有一个现身。只有那个德国女人，指控他的第一原告。另一个人是她的丈夫，后者在医院的病床上昏迷了十六天，是他的第二原告，与妻子串通了供词。这个男人声称自己见到这个黑人男子压在他的妻子身上，她在竭力挣扎。因此，在那天，法官转身用英语向菲奥娜的丈夫问话。

"所以，艾迪诺格鲁先生，之前你知道你的妻子会与这个男人见面吗？"

"是的，法官阁下。她是一名护士。心地善良的女人，喜欢帮助别人。因此,她原本想帮助这个来自非洲的卑劣的强奸犯。我向真主发誓,啊!"

"我们希望你在法庭上注意自己的语言,艾迪诺格鲁先生。"

"抱歉,法官阁下。"

"请约束好你自己。回到案件,因此,你由得她将被告带回你家?"

"不,她总是在帮助别人。所以,这对于她来说是很平常的事情。当我回到家时,他正试图强奸我的妻子。"

"你能向法庭陈述你见到的事情吗?"

"当时,我的妻子躺在地上,靠近餐桌那里,这个男人压在她身上,他用一只手掐住她的脖子,一只手——抱歉——另一只手。一只手,试图让自己强行进入她的身体。那一幕实在太下流了,法官阁下。太下流了。"

"继续说——"

"我立刻朝他冲过去,我们开始搏斗,然后我叫我的妻子报警。我有一瓶酒,所以我用瓶子打伤了他,然后去查看我妻子的情况,她仍然躺在地上,哭哭啼啼,大声喘息。然后,这个男人弯下身子从我背后偷袭,击中了我的脑袋中间这里——就是这个部位,法官阁下——用的是一张凳子。我倒下了,法官阁下。我记得的事情就只有这些。"

阿格巴塔-阿鲁玛鲁,祖先们说抽破了狗头的鞭子必须被另起一个名字。我的宿主根本无法为自己辩护。第二次庭审结束之后,判决下达了。那已经是五个星期之后的事情。判决是通过一个人的嘴巴,以言语的形式传达的——先是以那片土地的语言,然后以白人的语言——但它毫无意义,因为一个意义更加重大的判决已经降临在他的身上,一个通过行动传达的判决,永远印在了他的脑海里。因此,他因强奸未遂与意图谋杀这两宗罪行,两罪并罚,被判处二十六年有期徒刑的判决根本不算什么。在当时,他曾经了解的生活已经远离了他,就像不祥的影子从一个人的身上被剥离出来,然后被扔下无底的遗忘之渊,即使经过了这些年,他仍然可以听见它那阴森的声音在嘶吼,它还在继续往下掉。

## 第十九章
## 幼 苗

噶嘎纳奥格乌,我必须在此声明,我宿主的行为毫无恶意,为了证明这一点,您应该考虑到,因为对这个女人的爱情,他吃尽了苦头。祖先们说,为了追求美好的伊人,奥金塔,从前那个了不起的猎人,被撕成了碎片。虽然即使在祖先的时代,这个故事也被当作一个谚语式的传说讲述,但您知道它发生在阿莱格博最兴盛的时期,当时世间几乎所有的一切都令您称心如意。在那个时候,就连我也还未被创造出来。人们用泥砖建造长方形的房屋,在家里供奉祭坛,遇到事情会向祖先请示,常常为他们献上祭品,邻里相安无事,因为他们相信和谐共处是最重要的法则(让雄鹰栖息,让隼雕栖息,如果任何一方说另一方不能栖息,那就让它的翅膀折断吧)。奥金塔,一个年轻男子,在他的未婚妻长到朗月之龄前,总是会去和她幽会,晚上躲在她父亲的屋后吹口哨,直到她从窗口跳下来,跟着他走进树丛里。奥金塔知道晚上吹口哨是禁忌,因为那会打扰奥格布提森林里的亡灵。但一个恋爱中的男人甚至愿意爬进毒蛇的洞穴里,只要能找到他的恋人。他不去理会那些夜间出没的生灵，它们害怕人类叫喊和吹哨。一天晚上，在他吹口哨时，一个被惹恼的精灵凭附在一头豹子身上，让那头野兽穿过树林，一路嗥叫着，踩踏着幼小的树苗，刨起一行行的山药，被一股不受哪怕最基本的文明法则约束的可怕愤怒驱使。奥金塔还在吹着口哨，他的女人倾听着父母和屋子里的动静，等候着神不知鬼不觉跳出去幽会的最佳时机。那头野兽继续朝奥金塔走去，它的行踪被一股邪恶的魔力朝它的猎物引去，它那凶狠的步伐在漆黑的夜空中发出回响，就在奥金塔抬头见到恋人朝他走来时，那头豹子也在这个非常时刻找到了准确的地点。那头野兽扑到他身上，怀着源于史前时代的愤怒，在爱情与浪漫、血与肉形成之前的愤怒，将他撕成碎片，把他的尸身拖进了森林里。

埃格布努，这些故事有什么意义呢？它们在警示我们：奥金塔做出的那种行为是多么危险。这就是为什么从我的宿主入狱第二年开始，在我与恩姐莉的魑第二次见面之后，我开始尝试让他忘记恩姐莉。但我知道，这些努力总是会以失败告终。爱情在心中扎根之后，就无法轻易将其毁掉。这种事情我见得多了。在一定程度上，魑能够提出建议，而它会变成胁迫。即使面临最为凶险的情形，魑也不能胁迫它的宿主。一个人会发疯就是因为他与魑产生了不可调和的矛盾。即使在祖先的时代，达成一致共识也是他们的行事准则。每一次讨论，他们都会以高喊"团结一心"作为开始——咨询别人是否同意，如果群体里有人拒绝回答"是的"，而是说"我不同意"，那么，除非异议者最后表示同意，否则谈论将不能继续下去。

因此，魑怎么能对它的宿主持有异议呢？如果宿主决心继续在这条道路走下去，它怎么能对他说："不要去追了，因为它会把你引至漆黑的地方。"难道我不知道这些年来他一直在忍受痛苦与折磨，祈求那个护士说出真相，让他重获自由，与此同时，他最渴望的事情就是回到恩妲莉身边吗？那或许听起来令人难以置信，几乎每一天他都为恩妲莉而哭泣。他渴望回到她身边。他央求纸笔写信，但他能寄去哪儿呢？他不知道她家的地址。就算他猜得出来，该怎么寄这封信呢？在头两年里，他生活在狱卒的恐怖中。他们似乎看不起他，这种情形一早就开始了，甚至早在狱中那桩极其邪恶的事情发生在他身上之前就开始了。狱卒们骂他是黑奴或淫棍，总是拿他强奸了一个土耳其女人说事。他请求这些人帮他寄信，但没有人理睬他。在服刑的第二年，一个名叫马穆特的狱卒——此人喜欢来自我宿主的祖国的一位足球运动员杰-杰·奥科查——同意帮他寄信，但仅限塞浦路斯的范围。"尼热利亚，很多钱，"那个男人总是说，"大体上说，很多，很多，很大，很大，吉侬索先生。""抱歉，我的朋友。"他在被捕那天放在衣服口袋里的钱呢？"抱歉，吉侬索先生，我们不能拿那些钱。法庭把钱封存了。没有人能拿钱。抱歉。吉侬索先生，你明白我的意思吗？"被这个人拒绝之后，他放弃了。他不知道我，他的魉，曾试图去找她。

因此，阿古吉埃格贝，那天晚上他去找恩妲莉，然后回家，我由得他躺在床上，继续思索与恩妲莉复合的可能性。随着夜色渐深，他硬着头皮让自己考虑了他原本拒绝考虑的事情：他或许再也无法拥有恩妲莉了。一个声音在他脆弱的心灵之耳旁边说：已经过去很久了，恩妲莉可能已经结婚，现在可能有了孩子。恩妲莉或许已经忘记了他，或许她已经死了。她认识哪个人可以联系并知悉他出了什么事情呢？没有人。他苦涩而遗憾地想到他原本应该把叔叔的电话号码给恩妲莉。哪怕是埃洛楚库的号码也行。他决定不应该幻想过了这些年恩妲莉或许仍在等候他。已经过去许多年了，他脑海里的那个声音以决绝的语气反反复复地说，**她走了，永远离开了。**

意识到这一点的冲击令他充满绝望。楚库，一个人的思想有时候会和他自己作对并引发内心的挫败，这件事情总是令我感到困惑不解。那天晚上他的情绪如此低落，他觉得自己是个大傻瓜，那几年的时间全都浪费在思念恩姐莉上，紧紧抓住两人在一起的记忆的碎片不肯放手。在他无法入睡的夜晚里，当他在脑海里重现与她交欢的时刻，如此生动鲜活的记忆令他忍不住吐出唾液，用其泡沫抚慰自己，与此同时，或许恩姐莉就躺在另一个男人的怀抱里。

他猛地发出一声呐喊，起身猛地朝房间那头的煤油灯挥出一拳。灯泡碎裂了，房间骤然变得漆黑，玻璃碎裂的声响一直在脑海里回荡。他站在漆黑中发怒，胸膛起伏不定，空气中弥漫着煤油的味道。但这并不能阻止他反反复复地想象一个他不认识的男人正在吸吮恩姐莉的胸脯。

那天晚上他没怎么睡，接下来的几天里，他的生活充斥着诸事不顺的挫败感。他的生存遭到了威胁。就连我，他的魈，也为他担心。因为他是如此迷茫，觉得一切都失去了意义，差点撞上了迎面开来的车辆。在两回事故中，他与死亡擦肩而过。有一回，一辆汽车把他连同摩托车撞进了阴沟里，那个司机说："你可真命大，这都死不了？"那个男人和立刻聚集过来看热闹的人都惊呆了。"你的魈真的显灵了！"其中一个说道。另一个人坚称他一定是被天使——白人的阿鲁斯的使者——拯救了。

有许多回，当失去了恩姐莉这个痛苦的想法在他心头浮现时，我会让他兴起别的念头。我会提出建议：想想饲料店的那个姑娘吧，她对你那么温柔，还说你是好人。想想你的叔叔吧。想想你的妹妹吧。还有足球比赛。想想你可以拥有的美好未来吧。有时候，当所有这些规劝都失败时，我试过和他一同朝他选择的方向前进。我试过给予他希望，让他觉得还能找到恩姐莉。你可以这么想：真爱不死。你瞧，在那部你看过的电影《奥德赛》里，那个男人在十年后才回到家里,发现他的妻子仍在守候他,那个妻子知道她的丈夫爱着她,只是因为命途多舛才没办法回到自己身边。因此,经过那么多年,她一直忠心不渝,无论受到怎样的压力,都不愿意背叛丈夫。这不正好与你的情况一样吗?不就只是过去了四年吗?四年而已。

正是在其中一个时刻,就在我让他想起那部电影的当天,我灵光一闪,想起了一件事情,这些年来,原本我和他都没有严肃地思考过。我承认,有一两回,他曾在脑海里回忆起那段经历,但从未考虑过它可能意味着什么。当时他们在院子里当着家禽的面开始做爱,这时恩妲莉突然从他身边挣脱开来,说被这些家禽看见不太好。于是他抱起恩妲莉进屋,她的双腿缠绕在他的身子上,她的胳膊搂着他的脖子。他们激烈地做爱,当他准备抽离时,恩妲莉紧紧地搂着他,令他局促不安。

"你爱我吗,所罗门?"

虽然所有的迹象——她搂得那么紧,她并不在乎他是否即将射精,而且她还称呼他的教名所罗门,平时她很少这么叫——令他感到震惊,但他回答说:"是的——"

"你爱我吗?"她又问了一遍,语气更加热切,似乎没有听见他的回答。

"是的,姑娘。我爱你。我就快泄了。"

"我不在乎。回答我的问题!你爱我吗?"

"是的,我爱你。

他开始让自己宣泄出来,说话时身子在发颤,当他射得一干二净之后,他倒在她身上。

"侬索,我们现在结合为一体了,你知道吗?"

"是的,姑娘,"他上气不接下气地说道,"我——我知道。"

"不,看着我。"她伸手抚摸着他的脸,"看着我。"

他躺在恩妲莉旁边，然后转身面对着她。

"我们现在结合为一体了，你知道吗？"

"是的，姑娘。"

"我们现在结合为一体了，你知道吗？不再是你或我，你知道吗？"她没有说下去，眼泪从她的眼里簌簌流下。他以为她说完了，正要开口，她说道："我们现在真的结合为一体了，你知道吗？我们？"

"是的，姑娘。就是这样。"

她睁开眼睛，透过点点泪光，她笑了。

我的宿主坐着品味这段令人平静的回忆，似乎那是一位前来帮助他的圣使突然送来的奇怪的礼物。那是他的生命中值得珍惜的事件之一，恩妲莉所做的事情意义十分重大。恩妲莉允许他在她的体内射精，却又如此漫不经心，似乎那只是一件微不足道的事情。那一次他太惊讶了，不知道说什么好。当晚迟些时候他们再次做爱时，恩妲莉紧紧地搂着他，迫使他像之前那样在她体内射精。他问她为什么要这么做。她说这么做是为了向他证明她爱他，做好了不惜任何代价也要嫁给他的准备。他问道：要是她怀孕了怎么办？对这个问题，她低着头想了想，或许是在思索她的父母会如何对待这件事情，然后说道："那又怎么样？难道他们是我的上帝吗？难道你要我吃保仕婷吗？"

"那是什么？"他问道。

"天哪！乡巴佬！"她笑了，"所以，你真的不知道？那是事后药。一种女人吃的药，这样她们在性事后不会怀孕。"

"啊，姑娘，"他说道，"我原先不知道。"

随着这些生动的回忆重回他的心头，他那本已凋零的希望睁开了虚弱的眼睛。在接下来的那几天里，他想着各种主意和各种可能性。如果恩妲莉仍然相信那天告诉过他的话——他们已结合为一体——那她一定在等候他。只是过了四年,她应该还没有放弃。他开始构思接下来的行动。每一天,在用量杯舀出饲料、小米、褐色的种子和一团团壤土的间隙,他会跳进各种念头的洞穴里,在缝隙间翻寻。到了第四天,在想起那段带来希望的回忆之后,一个足以让他深思的念头终于在他脑海中出现:他应不应该回去恩妲莉的家,再试着和那个看门人交流一下。或许那个人的薪水很微薄,那他可以掏钱疏通,套取一些情报。或许他可以把刚入狱的前几个星期里写给恩妲莉的那封信交给那个看门人。是的,哪怕只是么做就够了。那封信解释了一切,他想让恩妲莉知道的一切,关于他的失踪和为什么他未能恪守永远不会离开她的承诺。

\* \* \*

奥巴司迪内鲁,伟大的祖先们以高深的智慧说:无论一个人渴望在天地间见到什么,他终究都会看见。埃格布努,这番话是多么真实!一个人如果对另一个人怀恨在心,无论后者做什么,无论那是出于何等善意,前者都会从中看出邪恶。祖先们还说:如果一个人想得到什么东西,如果他想得到某样东西,只要不放弃追求,那他终能找到。这种事情我见得多了。

我的宿主未承想就在那天,世界会让他找到苦寻多年之人——他下定决心要去找那个看门人,单是这个想法便已令他心神不宁,不得不停下手头的工作——用顶在小长凳另一头的手动研磨机研磨瓜子。他脱下围裙,锁好店铺,出发前往恩妲莉的家。拿走让门一直开启的石楔时,他想起如果那天自己不开门做生意的话会蒙受的损失。再过一个小时,那位农学教授就会来给她的家禽买一包肉鸡饲料。这笔生意足以顶得上他卖一个星期的所得,而他将失去这个机会。但就连这个想法也未能阻止他。

他骑上摩托车，开到马路上，朝一个交通环岛驶去。在马路边有一处几米见方的工地，用一块由砖头固定的镀锌屋顶棚板隔开。一个男人正扛着一块木板危险地横穿马路，逼得车辆纷纷停下，直到他穿过马路为止。那边到处都是棚屋。一座屋顶被太阳晒得火热的房子屹立在它们当中，墙壁涂成了暗红色，用白色的字体写着"0802"四个数字。他从这里驶进丹·福迪奥路[1]，缓缓行驶在一辆洒水车与一辆白色汽车之间。那辆汽车的后备厢敞开着，被用结实的麻绳绑住的超载的一袋袋谷物压沉了。在路肩上一块高挂的招牌下面，站着一个男人，正朝扩音喇叭喊话，其他人拿着《圣经》、吉他和传单，在他身边围成了一个半圆。

他停下摩托车，因为一辆半挂式卡车在前方转向，暂时阻断了交通。他原本会继续赶路，但那次停留——离广告牌只有几百米远——让他听见从扩音喇叭里传出的独特的声音。虽然经过了那么多年，但他立刻听出了那个声音。他把摩托车停在路肩上后，立刻看到了那个男人，我和他都意识到，天地间某件不可思议的事情发生了。我真的觉得发生在灵界的一场激烈争吵已经尘埃落定，而我，他的魈，并没有参与其中。此刻，在我的宿主放弃了所有希望之后，在他决定像一个被精神失常的母亲胡乱喂东西吃的无辜小孩那般接受命运的摆布时，上苍听到了他的恳求，向他伸出援手。

有许多个夜晚，他向任何能够听见他说话的神明哀求，请他们给他一个机会，就一个机会，让他再找到这个声音的主人，让那个家伙为对他做过的事情做出偿还。他向大大小小的神明祈祷，有时候向"上帝"祈祷，有时候向"耶稣"祈祷，甚至有一次向"阿拉"

---

[1] 奥斯曼·丹·福迪奥（Usman dan Fodio，1754—1817），西非前尼日利亚地区的伊斯兰教宗教领袖，富拉尼帝国的缔造者。

祈祷,还有一次——实在是出人意表——向我,他的魃祈祷。当那些祈祷没有得到回应,或他以为祈祷无果时,他会缩回自己的小天地里,终日幻想着与这个男人对质的场面,想象的情景一幕比一幕激烈。一幕非常突出的场面是他正在餐厅里吃饭,2007年,就是在那家餐馆里,他曾与这个男人一道进餐,那个男人——现在有了从他与别人那儿坑到的钱,摇身一变成为富翁——与一个漂亮女人走了进来。那个男人走起路来大摇大摆,尽显优雅,受到坐在餐馆里的食客们的交口称赞。那人请所有人喝酒,全都记在自己的账上,为自己取悦了身边的女人而感到高兴。那个男人一定是到尼日利亚做暂时逗留,或许以为他的受害者还在坐牢。因此,他完全没有防备。他没有意识到,命运已经安排好了他应受的惩罚,形式就是我的宿主——一个被毁掉的男人,在等候他到来。

我的宿主埋头对着桌子,没有露脸,那个男人在选定的位置坐下之后,他骤然起身,砸破刚才端给他的啤酒瓶,展开攻击。动手的时候,他变成一个自己根本无法想象的人。他的心变得像刽子手一般凶狠、无情、决绝、狠辣、残忍。没眨几眼的工夫,他便将打破的酒瓶深深地扎进了仇人的肚子里。但那还不是全部。他会把瓶子抽出来,再扎进那个男人的胸口。哪怕鲜血喷涌而出,飞溅整个房间都不能令他住手。他不停地扎、不停地扎——猛扎那个男人的颈部、双手、胸膛,直到其他人将他揪住,从那具尸体旁边拖开。到那个时候,事情已经结束了。那会是一场报应,人类已经知晓数千年之久的道理。一路艰辛走来的他将会重重地跌倒。埃格布努,这就是长久以来在他的脑海里浮现的画面,当他与仇人在因缘际会之下狭路相逢时最真切的写照。

我的宿主开着摩托车朝那群人缓缓驶去,还没等他下车,那个罪人也认出了他。这个罪人顿时默不作声,匆忙将扩音喇叭递给站在身边的另一个人,那人和他一样穿着白人的装束:一件衬衣、一条领带和一条素色的长裤。然后他飞奔向前,嘴里喊着:"奇侬索·所罗门!"

伊安格-伊安格,在这种情况下,我总是盼望要是我们作为守护精灵,能够知道其他人在想什么,而不只是我们的宿主在想什么,那就好了。是的,显然,他看上去在害怕,但他真的害怕吗?他本来就应该害怕,可真是这样吗?我不知道。当时我看见的情形是,虽然他快步朝我的宿主走来,但他的神情很谨慎,因为他在距离我宿主几步远的地方停下来。看着自己的仇人走近,我的宿主意识到,事情不会如他所想象的那样发生。因为他在一个露天的场合找到了这个男人,在这里他没办法动手。现在,这个男人在我的宿主面前停下脚步,眼泪簌簌地流下来。"所罗门。"他说道,然后慢慢地往前挪,回头看着那帮人,然后朝我的宿主伸出一只手,我的宿主稍稍后退。那个男人缓缓地放下了手,它在微微颤抖。"所罗门,"那个男人又说了一遍,然后回头看着那帮人,"兄弟们,就是他。他就是所罗门。哈利路亚!哈利路亚!"他高举双手雀跃着。

然后,出乎意料地,这个男人跳上前和他拥抱,长久以来我的宿主恨不得对方死掉。原本他应该掐住这个男人的脖子,准备将其扼死。那个男人转身对着人群,拿起扩音喇叭,亲切而激动地说道:"上帝啊,天国的上帝回应我的祈祷了!他听见我了!赞美主!"那群人回应说:"哈利路亚!"

"你们不明白,你们不明白,兄弟姐妹们,上帝刚刚为我所做的事情。"那个男人一边说一边用力跺脚,在他们身边激起灰尘。

"你们不明白!"

那个男人拿出一块手帕擦拭眼睛,因为,埃格布努,他真的在哭。我的宿主现在看着周围,见到那群人越聚越多。一个男人和他的妻子在街角将一辆卡车停好,走近围观情形。街道对面,一个年迈的女人从一座房子里走出来,现在倚在露台上看热闹。在周围,一张张面孔、一双双眼睛从四面八方包围着他,似乎一条看不见的锁链将他彻底缚紧。

"我因为这个男人而得到救赎。我曾是一个窃贼,我偷了他和别人的财物。但主通过他与我接触。主通过他拯救了我。赞美主!"

人们做出回应:"哈利路亚!"

现在,被这帮人团团围住,我的宿主还能做什么呢?没有,楚库。那是终极的武器。令他的种种生动想象和精密计划全都落空。他无法理解正在发生的事情,因为现在,他所有痛苦的罪魁祸首抓住了他的手。除了让这个男人抓住他的手,他还能做什么呢?然后他惊讶地看着这个男人跪在他面前,握着他的手。

"奇侬索·所罗门兄弟,我跪在你面前,以缔造了你、我和整个世界和……的上帝之名,祈求你的原谅,原谅我。以耶稣的名义,请你原谅我。"

虽然扩音喇叭响起一阵杂音,有几个字没办法听清,但似乎在场的几乎每个人都明白那是怎么回事。人群中响起喃喃声。一个年轻男子,穿着红色衬衣,打着棕色领带,领带上印着教堂和十字架,开始进行祈祷,摇晃着一个铃鼓——一个圆形的小乐器,镶嵌着金属小片,敲在掌心时会像祭司或巫医的铁杖那般发出叮叮当当的响声。虽然我的宿主听不见那人在说什么,但他能领会到内容。但我,他的魆,听见了每一个字:"愿主帮助他。愿主帮助他。让他得到原谅。感动他的心。因为您令这个时刻成为可能。愿主帮助他!愿主帮助他!"

伊安格-伊安格,我的宿主愣愣地站在那里,彷徨无助,为他的手哆嗦得那么厉害而惊讶，他的仇人又站起身，将扩音喇叭塞进他的手里。他一拿起扩音喇叭，人群顿时骚动起来。他的仇人哭得更大声了，就像一个人在为双亲号丧。铃鼓叮叮当当地为哭声伴奏，人群的欢呼声更加响亮。我的宿主知道他们在等候他开口。

"我……我……"他说道，然后放下了扩音喇叭。

"帮助他，主啊！帮助他！"那个罪人说道，仪式般的铃鼓响声在为他的话伴奏。

"对！对！"人群齐声说道。

"我……我原——"他的双手开始颤抖。因为现在他记起了，就像一具幽灵出现在他面前，当他朝自己的囚室走去时，那几个白人男子聚在一起。他看见一个脸上有丑陋疤痕的男人与另一个男人朝他走来，挥舞着拳头，说道："你奸污了土耳其女人，你奸污了土耳其女人。"然后是一连串土耳其语的词语，他根本听不明白。他见到自己试图打开囚室，逃进里面，瞥见在远处观望的一个黑人的眼神，那几个男人从后面踹了他几脚。他看见自己趴在囚室的铁栅上，死命地抓住它们，而那几个男人竭力将他拖开。

"拯救他，主啊！耶稣啊，拯救他！"那个穿西装打领带的男人说道，那个古怪的乐器发出丁零零的声音在伴奏。

"是的！原谅他！阿门！"

"我会原谅他。"我的宿主说出了这句话。

这一次，人群爆发出热烈的呐喊。在热烈的气氛中，现实更加凶狠地羞辱了他。在毫无警告的情况下，这个原本会被杀死的男人举起我宿主的手，就像一个裁判举起获胜的摔跤运动员的手，接受观众的祝贺。可是我的宿主刚刚遭受了一场失败。因为这个男人就是贾米科：他寻觅了许久的男人，令他一直活下去的原因之一。而现在，经过了这些年，他找到了贾米科，可他做了什么？他只是宣布他会原谅这个男人。

"有人说世界上并没有上帝!"贾米科高声说道,那群人以呐喊作为回应,"他们说我们所信奉的不是真的。我要说的是,他们真丢人!"

"真丢人!"人群高声喊道。

"还有谁能拯救我?还有谁?"

"没有谁!"

阿格巴塔-阿鲁玛鲁,贾米科现在变瘦了,戴着眼镜,露出无辜的眼神,流露出令他意想不到的暖意。贾米科简略地讲述了四年前他如何将"奇侬索·所罗门兄弟"的一切统统坑走,"奇侬索·所罗门兄弟"如何前往北塞浦路斯土耳其共和国,而他这个窃贼却逃到了南边的塞浦路斯共和国,这时我的宿主更是怒火中烧。两年之后,他被卷入一宗事故,令他开始反思人生。然后他与北塞浦路斯的人接触,了解到遭他欺骗的那三个人的命运——近东大学的一个女人沦为妓女,"奇侬索·所罗门兄弟"被关进了监狱,还有杰——杰伊兄弟。

贾米科好不容易才说出最后一个名字,终于说出口后,他沮丧地闭口不言,用衬衣的下摆擦拭眼睛。

"你们知道他因为我发生什么事情了吗?"

"不知道。"人群回答。

"我听说他自杀了!跳楼身亡。"

人群倒吸一口凉气。我的宿主害怕自己无法自制,轻轻地抽回自己的手,捂着胸口,似乎在平复咳嗽。

"当我听到那件事情和另一件我造成的恶果时,我将生命献给了基督。兄弟姐妹们,我开始祈祷,希望上帝能让我再见到他,请求他的原谅。荣耀归于上帝!"

"阿门!"人群大声说道。

"我说:荣耀归于上帝!"现在贾米科以白人的语言说着话,似乎祖先的语言再也无法表达他的意思。

"阿门!"他们复述了一遍。

"荣耀归于耶稣!"

"永生不死!"人群大声说道。

贾米科转身面对着他,眼里含着泪水,脸上带着亲身遭受过苦难的烙印。我的宿主没有预料到会是这种情况:贾米科就在他面前,热泪盈眶,面容沧桑,嘴唇干裂——一张带着耻辱的烙印的面孔。那并不是一个征服者的脸庞,而是一个被征服者。那张脸解除了他的戒备。

楚库,在那一刻,他的感觉虽然奇怪,但并非罕见的情形。那种情况我见过许多回了。那张赤裸的脸庞最重要的特征,是极度贫乏。它没有对任何人加以隐瞒,哪怕是陌生人。那张脸没有隐藏任何秘密,一直在毫无保留地与世界沟通。伟大祖先中久经沙场的老战士们总是说,在战争中,当他们与敌人正面对垒时,会发现自己要凶狠杀戮的决心在消融。几乎在一瞬间,他们为杀人而杀人的内在驱动变成了为求自保而不得不杀人。似乎这些战士见到敌人的面孔时,解除了自己的所有敌意。埃格布努,那是难以理解的事情。即使是睿智的祖先也为此而冥思苦想,他们的舌头编织出了许多格言去解释这个现象,但并不如一个男人对一个女人或一位母亲对她的孩子的感情那么强烈。他们称之为"挚爱"。因为他们真的明白,只有当一个人对另一个人没有恶意时,他才能直视对方的眼睛。因此,当一个人说"我可以直视你的眼睛"时,他传达的是善意。与此相反,一个戴着面具或保持疏远的人很容易受到伤害。

我相信正是这个原因,让我的宿主允许贾米科再和他拥抱,在他的肩膀上哭泣,与此同时,那群人高喊着"哈利路亚",为他们鼓掌庆贺。这一定就是为什么——虽然我的宿主并不知情——他把自己的电话号码给了这个曾对他造成无法弥补的伤害的男人。当他的仇人请求第二天在街那头的比格斯餐馆见面时,他点头应允了。

"五点钟好吗?"

"好的,五点钟。"他说道。

"我会在那里,奇侬索·所罗门兄弟。"

我相信正是这次与贾米科的正面接触,让他随后转身穿过情绪热烈的人群,骑上摩托车,离开了那个地方,没有回头张望——没有前往他原本想去的地方,而是回到了自己的公寓里。

## 第二十章
## 报 应

伊库库阿玛昂雅,期冀是人类思维最奇怪的习惯。它是时间的血管内的一滴毒血。它控制着血管里的一切,令一个人没办法去做任何事情,只能哀求时间流逝。一个被时间的自然之力或人为干预延迟的行动,将永远主宰一个人的思想。它沉重地压在当下,直到当下从视野中消失。这就是为什么祖先们说,在为一个孩子煮饭时,那个孩子的眼睛会一眨不眨地盯着灶顶。当一个人陷入焦虑时,他会试图去窥视尚未形成的时间,试图了解一件尚未发生的事情。他或许会看见自己置身于一个没有去过的国家里,他会发现自己在与当地人一起跳舞,吃着当地的美食,在那个国家的美景中漫步。这就是焦虑的影响,因为它紧紧地抓住某件事情的承诺不放,参与者迫不及待的一件事情或一次会面,这种事情我见得多了。

与此同时,那人或许会沉溺于思索与痛苦中,就像我的宿主遇到贾米科之后的情形。他回到了满怀怨恨的状态,在他的房间里坐立不安,踢着架子、床铺和一个塑料杯,气愤地咒骂着。他因为发生在自己身上的事情而诅咒上苍和那些同谋者，诅咒他的神明。他质问为什么经过这些年，他会在那个公共场合遇到贾米科？为什么贾米科偏偏在布道传教，让他在那种情形下被缚住了手脚？对一个正在传福音的人动手几乎是不可能的。在阿莱格博和黑人世界里，大家都非常尊敬贾米科所从事的职业，他根本做不了任何事情。他自责回来之后没有联系埃洛楚库。虽然埃洛楚库在他身处塞浦路斯时没有把事情办好——譬如说，埃洛楚库未能帮他将房子讨回来，也没有从贾米科的姐姐那里问到贾米科的地址，但他不会责怪埃洛楚库。要是我的宿主回来之后和埃洛楚库联系的话，埃洛楚库会让他知道贾米科就在乌穆阿希亚。那他会把贾米科叫到某个僻静的地方，展开他的报复。

阿古吉埃格贝，此前我从未见过我的宿主变成那天晚上那般模样。他是如此愤怒，他在咒骂，他在揍墙，他拿起刀子，扬言要杀了自己。在那一刻，我真的不知道他到底是我的宿主还是已经附身于他的阿格乌。他站在镜子前面，一边挥舞着刀一边说道："我要宰了自己，我要杀了自己！"他把刀举到自己胸前，他的手在颤抖，他闭上眼睛，比画着刀子，刀锋触到了他的肌肤。我在他的脑海里闪过好几个念头，先是让他想起他的叔叔，然后是他还有可能与恩妲莉团聚。我必须谦虚地说：楚库，或许我救了我的宿主一命！因为我的那番话——**要是恩妲莉就像奥德修斯的妻子一样仍在等候你呢？**——突然令他心里涌现希望。他松开手，那把刀掉进水槽，轻轻弹了一下，然后横在里面。然后他痛哭流涕。他是如此痛苦难过，我害怕他从此无法恢复过来。我让他想到这只是自从种种事情发生之后他与那个男人的第一次见面。第二天他们会再见面，这一次是私底下见面。正如他一直希望的，他的仇人会来找他，他可以尽情对付那个人，甚至把他写给恩妲莉的那封信拿给那个人看，将发生在他身上的事情——讲给对方听，让那人知道自己犯下了什么样的滔天大罪。他不应该想着那个被浪费的机会是他仅有的机会。不是的。

再一次，他听从了我的话。我确认了一件事情，他听从了我的话。他洗了脸，往水槽里擤了鼻涕，用挂在墙壁一根钉子上的毛巾擦了脸。他回到客厅里，拿出那封信，里面记述了他的故事，现在他决定第二天将它拿给贾米科看。他细细地阅读了信的内容，想确认两天前所做的改动没有改变主旨。事实上，现在他意识到命运，或那个启动了事件的神秘事物，已经预见到他与贾米科的见面。就在两天前，他在半夜里醒来，再也睡不着。出狱回来之后，失眠已经成为他生活中的一部分。他习惯性地打开收音机收听里面的节目，想帮助自己入睡。当他的意识开始模糊时，一位牧师的声音传了出来。那个男人在讨论什么呢？地狱。在狱中的那几年，有时候他会深刻地思考同一个主题。一个无人能够逃脱的地方。他听着牧师所描述的一切，从中意识到，如果他想问关于地狱的任何问题，牧师的宣讲已包含了所有的答案：地狱里没有救赎。那个地方只有永恒的苦难，人就像被关押的囚犯，在那里，牧师一遍又一遍地强调："在那里，虫是不死的。"[1]

他关掉收音机，坐起身思索刚才听到的内容，被自己的想法吓到了。然后他站起身，阅读写给恩姐莉的那封信。自从回到伟大祖先的土地之后，他还没有读过这封信，因为他觉得所有需要告诉恩姐莉的内容已经在上面了。现在他拿起笔，划掉标题，在下面写上新的标题：

---

[1] 此句出自《圣经·马太福音》，全句是："在那里，虫是不死的，火是不灭的。"

**我的故事：我在塞浦路斯的受难记。**
**我的故事：我在塞浦路斯如何步入地狱**

通读那封信之后，他感到满意，大体上没有什么改动。明天他会把这封信拿给那个促成了这封信的男人看。他等不及那件事情发生。

楚库，勇敢的祖先们说：一朝被蛇咬，十年怕蚯蚓。这些年来，这个仇人藏匿在时空中，但那天，他将与仇人单独相处。第二天早上醒过来时，虽然昨晚没怎么睡，但他觉得心中一片宁静。他坐在床上，想象着计划展开，直至结束。贾米科将倒在地上他自己流出的血泊中。他还不知道仇恨的顽强，即使一个人去抵抗它，试图将它推开，它也会像一道潮汐那般暂时积蓄力量，然后汹涌而来，将意志淹没在里头。

埃格布努，这种事情我见得多了，当一个男人的内心被仇恨占据时干出的事情。我无法全部讲述，因为我没有那么多时间。但我不想再挑动宿主的情绪，于是我默默地看着他的思绪展开血淋淋的想象，直到他累了，倒下睡着。

那天早上的大部分时间都在下雨。自从他回到阿莱格博之后，下雨时他感觉最为舒坦。这是因为，他在乌穆阿希亚最初的回忆大多以暴雨为背景。在他孩提时的回忆里，云朵是恒在的景象。轰隆隆的雷声，纵横交错的闪电，这些事物赋予这个世界一颗搏动的心脏和如同战争般鲜活的回忆。在某些国家，譬如乌古-豪萨，或许是其他元素占据支配地位，但在这里，雨才是最高主宰。在伊博人看来，太阳是弱小的。

那天他没有去店里，因为雨一直下个不停，直到几乎快结束时才让位给阳光。因为雨是所有其他元素的主宰。昨天他遇到贾米科的时候,太阳早早就出来,在早晨天空的映衬下光彩熠熠。然后,慢慢地,云层开始堆积,声明它会一直留下来的权利。

当他走出家里时,一轮虚弱的太阳正从湿润的云层间缓缓穿过,就像一个从泥水中滚过的皮球。他把防水布从摩托车上掀开,然后骑上去。自从他回来之后,他第一次背起恩妲莉送给他的那个袋子。皮面上的白色字体依然清晰:2002年4月非洲与加勒比地区政治学者联合会议。里面的东西依然完好,只是恩妲莉的那两张照片和她的那封信不在了。这时他回想起他出院之后被带到警察局的情形,其中一位警官在搜查他的袋子时拿出了那两张照片。他试图将其抢回来,但他戴着手铐。那帮人传看着照片哈哈大笑,说着什么,比画着姿势——用手拍着掌心——后来他得知那是表示性交的姿势。其中一个人用磕磕巴巴的英语对他说:"你,你非常非常喜欢操逼。黑逼好操吗?是不是?爽吗?"那是他永远不会忘记的时刻——对他的惩罚牵连到了最无辜的人:恩妲莉。当时,在距离祖先的土地数千公里外的地方,他目睹了恩妲莉被这帮陌生人的目光凌辱。其中一个人似乎对其他人的行径很生气,把照片拿走,放回袋子里,对我的宿主说道:"我很抱歉,我的朋友。"然后那人拿着袋子离开了。他获释之后才再次见到那个袋子。袋子被归还给他时,他寻找的第一样东西就是那两张照片。恩妲莉的信在他重伤入院时从他血迹斑斑的裤子里被拿走了。

现在他在袋子里装了一把刀,藏在一本书的书页之间。他安排好了一切。他会到餐馆里,平静地坐在靠近门口的一张桌子旁边,这样在完事后可以轻松逃走。他会把书放在桌子上,马上吃点东西,因为贾米科一来,他会气得没心情进食。他会试图解除贾米科的敌意,甚至让对方相信自己已经得到了原谅。然后他会邀请贾米科到他的公寓，他不想在公共场合动刀子。如果贾米科起了疑心不肯来，那他别无选择，只能在餐馆里动刀子。他会捅死贾米科，然后逃到巴士站，乘巴士去拉各斯。他会试着找到他的妹妹，或逃到父亲的村子，躲在父亲的空屋里。

楚库，我害怕要是这个计划得以实施的话会带给他更大的麻烦。于是，我在他的脑海里闪念：如果他做出了计划中所有那些事情，将永远失去恩妲莉。我还补充——虽然非常犹豫——这么做会令他再度入狱，永远失去再次找到恩妲莉的机会。他战战兢兢地思考了这一点。他甚至从袋子里拿出那把刀，把它摆在桌子上。接着，一股可怕的怒火再次将他吞噬，他把刀放回袋子里。我会动手，我会杀了贾米科，我会找到她，他脑海里的声音说道。我会杀了贾米科，我不在乎！

埃格布努，尽管一个人知道自己看不到未来，但他还是会进行规划。您见到人们每天都在这么做，夫妻们盛装打扮去串门，告诉亲友他们的婚礼将在五个月后举行。在街尾附近有好几个工程在进行。一个男人买了宅地，打了地基，希望以后在上面建一座房子。尽管地基刚刚打完他可能就会死去，这都不要紧。事实上，人类的生活围绕着为未来做准备而进行，而他们根本无法掌控未来！这就是为什么尽管我的宿主安排好了一切，走进餐馆时，却听见："奇侬索·所罗门兄弟。"他吓了一跳，似乎从马背上被掀了下来。昨天他见到的那个男人正站在那儿，几乎是单独与他在一起。他们对面是一个柜台，一个女人正从那里看着他们。她编着发辫的脑袋后面摆放着贴了价格标签的待售物品。

"我的兄弟，我的兄弟。"贾米科说道，朝他走来。

"我想我们应该坐下来。"他立刻用祖先的语言回答，虽然和这个男人在一起时他说的主要是白人的语言。

贾米科的双手仍悬在半空中,停下脚步。"好的,兄弟。"他说道。

我的宿主指着靠近门口的那张椅子,开始朝它走去。贾米科跟在后面,脸上带着勉强的微笑。

他坐下来的时候,意识到又有事情发生了,令他在这个恨之入骨的仇人面前平静下来。但他不知道那是怎么一回事。突然,快把他逼疯的满腔怒火消失了,他缓缓地在座位上坐下来,对自己的转变感到惊讶。贾米科伸出手,他和贾米科握手了。

"女士!女士!"贾米科喊道。

看管柜台的那个女人刚才进了厨房,她出来了。

"劳驾拿两瓶饮料来。可乐。"

"好的,先生。"那个女人说道。

现在他知道了,令他解除敌意的原因是他见到的贾米科变了一个人。这个男人瘦了许多,现在他不再肥头大耳,他脸庞瘦削,颧骨凸起。他的眼睛陷下去了,眼睫看上去就像两扇小小的阳篷。他穿着一件长袖衬衣,比他那瘦小的身躯大了许多,更显得他形销骨立。他的嘴唇干裂,唇珠处有一道血痕。他成了一个受疟疾所苦,消瘦憔悴、饱受折磨的男人。他的眼里噙着泪花。刚才他把随身携带的《圣经》摆在桌子一旁,现在他手按《圣经》,说道:"兄弟,我一直在找你。我一直在等你。好几年了,我的兄弟。我不知道你回来了。我甚至问过埃洛楚库,但他不知道。"

埃格布努,我的宿主想开口说话,但那些话似乎被锁链绑在他的身体里,没办法说出口。

"自从——噢,上帝——自从听说了你入狱的经历,我一直在找你,所罗。我到处找你。"贾米科摇了摇头,"我以前坏透了。我感到非常非常抱歉。我曾经迷失了自己。我从未——我该怎么说呢?——真正地活过。上帝啊,帮助我吧。帮助您的儿子!"

然后贾米科开始哭泣。那个女人拿着饮料过来,把它们摆下,瞄了这个哭泣的男人一眼。然后,她用开瓶器撬开了两瓶饮料。

"你们要点菜吗?"她说道。

"饮料就够了。"我的宿主说道,"谢谢你。"

"对不起,先生,只点饮料吗?"她问道。

"是的。"他说道,没有看贾米科。

"谢谢你,女士。"贾米科说道。

当那个女人走开后,他说道:"贾米科,我们到我家里好吗?我得把我的故事告诉你。"

他说得很急,因为他的恨意回来了,他害怕它会回到原先的地方。他希望留住仇恨,希望当他和这个男人在一起的时候,仇恨一直在他心里。他害怕如果失去了仇恨,自己永远不能再好起来。

"噢,你不想吃东西吗?"贾米科说道,"这顿饭我请。"

"不了,我们过后再吃。"

贾米科向那个女人付了饮料的钱,他们走出了餐馆,我的宿主背着袋子,他的心脏在怦怦地跳,害怕他的语气或许已经暴露了自己的意图。虽然他在倾听贾米科有没有跟在后面,但他没有回头看。

"不远。我们可以坐我的摩托车过去。"他大声说道。

"我会去的。"贾米科说道。

他转身看去,那天第一次注视着贾米科的脸。"我们上车吧。"他说道。

直到贾米科坐在他的身后,两人产生了身体接触,他才意识到自己并没有彻彻底底地想清楚自己的要求。他打了个冷战,似乎他被一根尖锐的棍子扎穿了。他没办法拿稳钥匙,钥匙掉到了地上。贾米科马上下车,拾起了那串钥匙。

"所罗兄弟,你还好吧?"贾米科说道。

他一言不发，只是指着前方的街道，启动了摩托车。

噶嘎纳奥格乌，复仇是一片遍布碎片的荒原。一个男人曾在战斗中被打败，胜负已分之后，他将敌人拉到一片空地上，希望让已经结束的战斗重新开始。他回去拿起生锈的武器，将沾染着血迹的长剑擦干净，再度点燃对仇人热烈的仇恨之火。对他来说，这场战斗永远不会结束。但对其仇人来说，已经过去很久了，虽然他曾经是胜利者，但他已经忘记了那桩宿怨。因此，当那个曾经在泥沼里打滚、骨头被折断、一败涂地的对手，现在竟然抓住他的喉咙，开始将他拖回角斗场上，他会感到十分惊讶。

那个曾被打倒的男人或许自己也会感到惊讶，现在他竟然有这么大的力气，将敌人牢牢抓住。这或许只是他一连串惊讶的开始。如果他扼住敌人的咽喉，将其摔到地上，要将对方掐死，而对方毫无抵抗呢？如果他的仇人只是躺在那里，闭上眼睛说"请动手吧，兄弟，动手吧"呢？要是对方的脸涨得通红，青筋毕露，却在继续恳求他呢？"我在基督里。赞美主。我愿意在基督里死……啊……我爱你，奇侬索·所罗门。我爱你，我的兄弟。"

那个垮掉的男人会做什么呢？当他一心想杀死的男人说爱他时，他会说什么呢？当他的心被生活、时间与命运莫名其妙地百般捉弄而碎裂得更厉害时，他会说什么呢？当他并没有犯错却惨遭飞来横祸时，他会做什么呢？和其他男人一样，他爱上了一个女人。和每一个好男人一样，他希望和那个女人结婚。事实上，她的父母曾试图阻挠这段关系，但他努力去克服障碍，当人们朝目标前进时，他们都会这么做。现在，的确，他的那番努力令他陷入了更大的困境，可他做了什么呢？他计划了复仇，并予以实施，似乎他的生命就维系在上面。他花了很长时间寻找他的仇人，最后终于找到了。现在，他掐住了这个男人的脖子,想杀了对方,将仇人的尸体丢进伊莫河里,对毁了自己生活的仇人,人们会这么做。因此,您知道,埃格布努,他并没有做出什么不寻常的事情。可是,他做的任何事情都没有产生符合常理的结果!

如果他和每一个旅人一样,朝北方走去,他会发现自己来到了南方。如果他把手放进一碗水里,他的手会被烫伤,似乎那是一团火焰。如果他踏上陆地,他会溺死,似乎他步入了水中。如果他去张望,却什么也看不见。如果他祈祷,他听到的却是诅咒。现在,当他与一个邪恶之人搏斗,这幕情形他已经幻想了许多年,却发现他的仇人成了一个为他祈祷的圣人,他听到的不是抗议,而是在高唱赞美诗。

于是,他放弃了。他将双手从仇人的脖子上移开,后者开始猛烈地咳嗽,试着让空气进入肺里。他跪在地上,开始啜泣,而那个刚才他还想杀死的男人透过疼痛的喉咙低声为他祈祷:**上帝,请原谅他。让我承担他所有的罪孽。您知道我做了什么。求求您,主,帮助他。治愈他的创伤,主啊,治愈他的创伤。**

我的宿主跪在地上,放声大哭,为所有的一切。他为已经失去而且再也无法找回的事物而哭泣。他为一去不复返的时间而哭泣。他为从内部吞噬他的世界,令他只剩下从前那个自己的破碎躯壳的那场疾病而哭泣。他为被冲进生活的下水道的梦想而哭泣。他为即将发生的一切而哭泣,为所有他还看不见或不知道的事情而哭泣。他甚至为自己变成的那个人而哭泣。躺在他身边的仇人在张口说话,就像毒雨从天而降,为他的哭声伴奏:**是的,主啊,您无比仁慈。仁慈的父亲,万王之王,请治愈他。请治愈我的兄弟。主啊,请治愈他。**

楚库,他们就这样保持了一段时间——他跪在地上哭泣,那个躺在地上的男人在平静地祈祷。外头世界的声响传进他们的耳朵里。一个邻居正在屋后劈柴火,在不远处,一只狗正在吠叫,在通往大市场的长路上,汽车正在鸣笛,无休止地鱼贯而过。外头的太阳开始落下,日头的最后一丝光亮在窗外徘徊,似乎不敢射入房间里。在他的心中,巨大的痛苦已经减退了,像一场渐逝的暴风雨。现在他心头空荡荡地坐着,看着夕阳的余晖将他与仇人的影子投射在墙上。

在稍微平静下来的脑海里,一只小鹅的幻影成形了。那是小鹅似乎突然忘记了自己身上绑着绳子的时候,因为有时它真的会忘记这件事情,被绳子激怒,想逃出去。它会抬起身子,拼命挣扎,被绑在椅脚或桌脚上的绳子拽回去。当它累了,小鹅会垂头丧气,张开翅膀,似乎屈服了。然后它会低头抬眼看着他,它那张小小的脸庞两侧的黄眼睛鼓了起来,似乎它们会进出眼眶。这时,构成了眼眶的那层纤薄的皮肤会盖住它们,然后再张开,露出这时已经扩张的瞳孔。它就那样坐了一会儿,然后,仿佛突然顿悟了什么,它会再度跃起,去寻找奥格布提森林里那个熟悉的水塘——它真正的家。

随后,我的宿主站起身,坐在房间里唯一的椅子上。然后他将两张凳子中的一张拉到身前正对着自己,叫贾米科起身。

"起来,坐这儿。"他说道,拍了拍他身前的凳子。

贾米科站起来,朝凳子走去,坐在上面,双手交叠摆于胸前。我的宿主审视着对方,似乎想让自己肯定这个男人就是四年来主宰了他的思绪的人。眼前的所见再次令他惊讶。他前面的这个男人一点也不像这些年来在他的脑海里浮现,时而还在鲜活的梦境中探访他的那个男人。现在坐在他前面的,是一个来自初梦的影子般的生物,由于某种说不清道不明的缘故,这个人似乎遭受了与自己相同的命运。

他拎起恩妲莉给他的那个袋子,拿出那封信。

"我要你念这封信。"他说道,"里面有我的故事。我要你大声念给我听。我想听,和你一起听。我想让我俩一起念出我的证词。好了,开始吧,念出来!"

那个男人的目光掠过被钉在一起然后对折了几次的那四页纸。然后,他抬头看着我的宿主,开口说道:"每一个字?"

"是的,每一个字。"

"好的。"

### 我的故事:我在塞浦路斯如何步入地狱

**亲爱的姑娘:**

这是我在塞浦路斯的监狱的第二年,我给你写信。你不会相信我的故事,但我在这封信中所说的一切都是真相。我以全能的上帝的名义恳求你,请相信我。求求你,亲爱的。你知道我爱你。你记得吗?

贾米科抬头看着他。

"继续念!"他说道,"我要你念出因为你的缘故让我经历的那些事情。"

你送我到巴士站后,我对自己说,我很快会再和你见面。我说我会回到你身边,我会和你结婚。我的姑娘。当时我很高兴。我相信我所做的事情都是——

"这里写了什么？"

他俯身向前去看那页递过来的信纸。"为了你，我相信我所做的事情都是为了你。"

"好的。"

为了你，我相信我所做的事情都是为了你。飞到伊斯坦布尔时，我在想念你。你没有一刻离开过我的脑海。事实上，我甚至梦见了你，梦见了许多回，梦到了将来，梦到了过去。然后，在飞机上，我听见两个尼日利亚人在说话。他们在谈论我正前往的这个国家。他们在谈论塞浦路斯有多么糟糕。他们说那里就像尼日利亚，是中介撒谎把他们骗了过来，中介的话都是假的，都是无耻谎言，塞浦路斯根本不像欧洲。他们说要是你去了那儿，就好像掉进一个坑里。你要么回到尼日利亚，要么待在那儿。如果待在那儿，你不会找到一份好工作。你干的总是不好的工作。因此，我害怕了。当我们到达伊斯坦布尔时，我问那两人是不是真的，他们说是的，是的。就是这样。于是，我又害怕了。我对他们说，但我的老同学贾米科·恩瓦奥吉说那是个好地方。他欺骗了我。

"听着，我说过你不应该停下。继续念！继续！"

我的宿主一下子急了，他并不想伤害这个男人，只是在出言威胁对方，让后者将整封信念完。他从袋子里拿出刀，握在手中。伊安格-伊安格，我必须强调，我的宿主只是急着想让贾米科念完那封信，他并不是故意要伤害对方。我作为他的魖，并不希望他沾上鲜血并惹怒您与阿拉，原本会尝试阻止他。但我看得出他不会真的动手,因此我并没有干预。他挥舞着刀子,说道:"现在,要是你不继续往下念,那我就在这里把你给宰了,没有人会知道。"

这一招奏效了。因为贾米科微微哆嗦着,继续念了下去。

**我试着打电话找他。电话一直打不通。我很吃惊,因为之前我打过那个号码许多遍了。于是,我问那两人,他们说那不是塞浦路斯的号码。我试了许多遍。然后,当我来到塞浦路斯后,却根本找不到那个男人。真的,哪儿都找不到。到了这时候我还是没办法打通他的电话。上帝啊,请您帮助我,我向您祈祷。我非常害怕。但我的灵魂告诉我,如果你害怕,那就不好了。那意味着那个男人将会获胜。你必须坚强起来。于是,我来到塞浦路斯的机场。我等啊,等啊,等啊。他根本没来。他的号码还是打不通,甚至在塞浦路斯也打不通。我现在能做的就是质问自己。这就是我拥有的一切。于是我决定继续等。我等了三个小时,虽然他许下了种种承诺,却没有来机场。于是我搭了出租车……**

楚库,读到这里,贾米科沉痛地摇着头。我曾像一只鹰隼,在人类的居所上方久久地盘旋,但我此前从未见过像这样的一幕:一个被剥光了全部尊严的男人,不得不凝视着漆黑的镜子中那个不体面的自己在过去犯下的恶行。

**土耳其人听不懂英语。他们根本听不懂。他们连你说"来"都听不懂。只有少数几个人能听懂。因此,那个载我的出租车司机听不懂英语。到达学校时,我很害怕。我**

向上帝祈祷，希望那不会是真的，那不会是真的。可是，他们找不到我的名字。我发现贾米科只帮我交了一个学期的学费，虽然我给了他两个学期的学费和住宿费，几乎相当于五千欧元。我还给了他一笔钱，让他帮我开一个银行账户。他带着钱跑掉了。因此，那六千五百欧元，他只把一千五百欧元用在我身上。他带着剩下的钱跑掉了。姑娘，所有的一切。我卖掉房子和家禽的所有的钱。

"念啊，我说，念啊，不然我会割开你的喉咙！"我的宿主挥舞着刀子说道。

"请问我可以暂停一下吗，我的兄弟？"

"如果你现在不继续往下念，我会砸烂你的脑袋！"他把刀子丢到房间那头，使出全身力气一拳揍在贾米科的脸颊上。贾米科惨叫一声，从凳子上摔了下来，倒在地上，以手捂嘴。

他揍得那么用力，手指关节在作痛。现在他用另一只手握着揍人的那只手，朝它呵气以减轻疼痛。他察觉到自己的手击碎了贾米科脸上的某个部位，虽然他不知道那是什么，但那令他出了一口恶气。

"我向缔造了我的上帝发誓，"他深深地喘气，胸膛起伏不定，然后说道，"如果你不念完这封信，我会杀了你。我向缔造了我的上帝发誓。你必须知道发生的那一切。"

阿古吉埃格贝，事实上，那股想杀人泄愤的怒火又回来了，在一瞬间，我的宿主变得甚至连我，他忠实的魑，都认不出来。他从房间的一头走到另一头，贾米科仍然躺在地上，双目紧闭，鲜血从嘴角滴落。太阳已经落下，离开了在世之人的居所。从它退去的身影散发出的余晖将万物笼罩在暗淡的轮廓里。

他站在房间里的那面挂墙镜子前，见到了镜中的自己。他见到愤怒令他变成了什么模样。他似乎在镜中见到：一个受伤的人如果不克制自己的话可能会造成多么大的伤害。正是这一点令他平静下来，他回到了椅子上。

埃布贝迪克，古老如斯的世界不会无缘无故地存在。或许每一天，在每一个国家、在每一个民族当中，终有一天，人们会直面折磨他们的施虐者。一个人双手刻下的东西将会在他的头上显现。又或者，就像伟大的祖先们所说的，撞到马蜂窝的脑袋会挨马蜂蜇。作为人类的守护精灵，我们必须将这句话铭记于心。人类的子孙必须倾听我们的话，倾听这个故事，倾听他们的邻居的故事，并学会这个道理：凡事皆有报应，每一个行为、每一句无心的话、每一宗不公平的交易、每一个不义之举、每一件错事，都会遭到惩罚。

人啊，当你夺走邻居的产业并说："噢，他不知道吧？"噢，当心！终有一天他会得悉你的罪行，并要求正义得伸。人啊，你吃下了并非你种下的果实吗？当心！终有一天，它会令你暴毙。每个人都必须听听这个道理。在村子里的广场、在市政厅里、在大都市的回廊里讲述。在学校里，在长者们的聚会上讲述。将它说给伟大母亲的女儿们听，这样她们能讲给她们的孩子听。噢，告诉整个世界！告诉他们这个道理：善恶到头终有报。他们必须像唱国歌那样吟诵这句话。他们必须在树梢之上、在山顶之上、在巅峰之上、在河岸边、在市场里、在城镇的广场里讲述。他们必须一遍遍地讲述，到最后，无论那会是多久。报应终会来到。

人类的守护精灵，当你站在贝楚库宫里作供时，说出这个道理！如果他们质疑你，那就叫他们看看我的宿主：这些年来，他曾大声疾呼，渴望正义得伸，现在他的诉求得到了回应。现在，他的仇人躺在地上,他坐在椅子上。今天晚上与他在塞浦路斯被殴打,脸庞和下巴留下伤疤那天的情形出奇地相似。但这一次形式逆转了。此刻,对抗在我的宿主与贾米科之间展开,前者是一个手持利器意志坚定的男人,而后者纵使有一身力气,却似乎决意不去使用。这个男人没有武器,没有做出任何事情抵御仇人的殴打。这个男人做了一番长长的祈祷,然后一只手开始在空中挥舞,另一只手捂着流血的嘴巴,念诵着:"主啊,感谢您。主啊,感谢您。阿门。阿门。阿门。"

贾米科坐起身,鲜血流到了他的脖子和衬衣上。我的宿主递给他一块抹布擦干血迹,但贾米科没有接过去。埃格布努,贾米科似乎明白报应已至。一定是意识到这一点,令他想开口说话,然后又闭口不言,摇晃着脑袋,攥紧了拳头。

"奇侬索·所罗门兄弟,我为所有的一切感到抱歉。"他说道,"主已经原谅了我。你也肯原谅我吗?"

"我要你先把这封信念完。"我的宿主说道,"你得知道因为你的缘故,让我遭遇了什么。既然你要我原谅你,要我考虑这么做,你必须先把信念完。你一定得念完。"

"好的。"贾米科回答。

我的宿主拿起那封信,指着第二页的某个部分说道:"从这儿继续念。"贾米科点点头,用没有沾血的那只手拿起信纸,把它拿到脸前开始念下去。

当我把发生的所有事情告诉那个护士时,她为我感到难过,甚至为我而哭泣,双眼通红。她带我到一家餐馆,请我吃饭,各种好吃的,有饼干和可乐。然后她说明天会带我到塞浦路斯的另一个城市,那个城市名叫格里尼亚[1],我们会去找一份工作。事实上,我们待了很久。这个女人会说土耳其语。事实上,说得非常好。这个女人带给我希望,大大的希望。这就是为什么那天我给你打电话,如果你还记得的话,我没有和你长谈,因为我害怕告诉你那些事情。但为了这件事情,我终于给你打电话。我告诉你一切都会好起来的,因为那个女人。我还告诉你关于那个岛的情况,说岛上的树木全都被砍掉了。姑娘,第二天她来了。是的,在我和朋友去莱夫克西亚[2]城里找住的地方之后。那个护士带我去了格里尼亚这座城市,她把我介绍给赌场的经理。那个人说他肯雇我。事实上,他还说我第二天就可以上班。但是,那个护士说因为是周末,我应该休息,星期一开始上班。姑娘,我非常高兴。事实上,我好高兴,连连向这个女人道谢。我真的相信她是上帝派来的使者。真的,奉上帝的旨意而来。

这时候,我的宿主见到天已经黑了,他面前的这个男人现在几乎变成了一个黑影轮廓,看字很费力。家里停电了。于是,他示意贾米科停下来,然后走出房子,来到一处空地,那里有一间厨房——用旧木板搭成,只遮住了一半的设施,几乎全被煤灰熏黑。别的公寓的人和他共用这个厨房,一个人正弯腰对着厨房角落里的炉子,用手电筒探照正在冒泡的锅。他没有和那个人说话,两天前为了打扫公用厨房这件事情,那人曾和他吵过一架,那一次他肚子饿了,

---

[1] 原文是凯里尼亚(Girne)的错误拼写"Grine",故译者对译名进行了相应处理。
[2] 原文是莱夫克萨(Lefkosa)的错误拼写"Lefkoshia",故译者对译名进行了相应处理。

从店铺里匆忙回家，然后他到公寓旁边的小店铺里买了营多牌捞面和鸡蛋，煮了面条并煎鸡蛋吃。在匆忙中，他把蛋壳留在了炉子旁边。那个人发现苍蝇在蛋壳里麇集，空气中弥漫着剩下的蛋液发出的恶臭。那个人愤怒地敲他的门，训斥了他一顿，还威胁说会向房东投诉他。

他快步从那人身边经过，拿了一盒火柴，匆匆回到公寓里。因为这时候他想到贾米科可能会在他回去之前溜掉。他发现贾米科仍然坐在凳子上，在几乎一片漆黑中抱紧自己，他只听见对方的呼吸声和肚子咕咕叫的声音。贾米科的行为令他有所触动，这个人让自己承受了我宿主的愤怒发泄。他脑海里的声音告诉他要考虑到这一点，只有真心忏悔的人才会这么做。但他没办法让自己住手。楚库，他下定了决心，贾米科必须知道发生在他身上的一切——从开始到结束。他捻动桌上那盏煤油灯的灯芯，然后点着它。

埃祖瓦，之后他会后悔强迫贾米科继续念那封信。贾米科开始念到我的宿主总是回避的那一部分。每当他的思绪试图把他拉近那些地方时——比其他所有地方更加幽暗——他会像一头受了重伤的野兽那般拼命抵抗，想摆脱回忆起那些事情的折磨。现在，他要求贾米科向他念出那些内容，让自己一头栽进了那个深坑里。这是极端的自我鞭挞。因为当贾米科对他念出在那个护士的房子里发生的事情时，他开始哭泣。贾米科继续往下读，他意识到他所写的内容根本不足以表达他的遭遇。当贾米科念到他如何熬过在监狱里的日子时，有些事情沉重到他无法动笔写下的地步（……**有些事情，请别叫我说给你听，姑娘。也请你不要问**……）。我的宿主绝望地想弥补表述的不足。譬如说，他想补充说有时候他并不只是见到"幻觉"，而是彻底丧失了理智。

因为，他如何去解释有时候在白天里睡着时，他会被想象中的枪声惊醒。又或者,他如何去解释有时候在半睡半醒中,他会感觉有一只手摸上他的脊背,想将衣服撩起,吓得他失声惊叫?你会说这些都是幻觉,但他觉得它们是那么真切。当他徘徊在睡眠与清醒之间的走廊上时,在他的脑海中出现的他原本会成为的那个男人呢?那个并没有被创造出来的男人,享受着宁和与人间的至福。有好几回,他梦见自己在辅导他与恩姐莉一同生的孩子做功课——一个英俊的男孩和一个留着长发辫的漂亮女孩。他会见到恩姐莉和自己在幻想的婚礼上并肩前进,总是令他对另一个从未存在的自我充满艳羡。他无法在信中表述这个幻觉和其他许多事情,因为他的文字是那么贫乏。

贾米科就快念完了,这个人念到了我的宿主在狱中的无助,他因为一桩并没有犯下的罪行而被监禁,这时候,不想记起的回忆蜂拥闯入他的脑海,盛怒立刻又在他的心头燃起。在恐惧中,他抓住贾米科,开始揍对方。但记忆根本没有减退。似乎是那一幕幕情景在抓住他的双手,迫使他见到不想去见的事情,听到不想去听的事情。就像那帮男人,现在又活了过来,在他的脑海里格外清晰,就像在大白天里,将他摁倒,一个人将他的脖子按在散发着汗臭味的墙壁上,另一个人将阴茎捅进他的肛门里。

他揍着贾米科所有能够下手的部位,但脑海里的那一幕幕情景依然存在,因为,埃格布努,思想就像血液。当伤口很深时,它无法立刻凝结。它会依照自己的节奏和意志流淌。只有某样强有力的东西能将血止住。这种事情我见得多了。但现在,没有这么一样东西在近旁。因此,他感觉得到那个人按在脊背和臀部上的汗淋淋的手掌。他感觉得到那天理不容的插入。他的奥尼尤瓦感觉得到。他的魑感觉得到。那一刻发生的事情改变了他的一生。那个人在嘶吼——"你奸污了土耳其女人!你这个狗娘养的,你奸污了土耳其女人！我们也要奸污你。"——那不是人类的声音，而是某个人类并不熟悉的声音。它听起来像是某个超越了时间与人类的事物：或许是一头史前的猛兽，没有哪个活着的人或哪一段回忆知道它的名字。现在他能极其生动地闻到那个人的体味，那是远古时的动物的味道。

他跪在仇人身边，失声痛哭。但是，伊安格-伊安格，这个特别的回忆，当它开始时，总是会持续到身体里的鲜血流尽，那具身躯倒下断气才结束。他会想起那个男人的精液喷溅在他的屁股上，顺着大腿后侧流下来。因此，虽然他根本不想这样，但他甚至记得在这个世界令他遭受最为惨烈的酷刑之后自己的感受。他躺了好几天，那几天似乎永远不会过去，每样事情都是鲜活的，就只有他死去了。

在他身边，贾米科似乎被揍得血肉模糊，再次一动不动地躺着，蜷缩成胎儿的姿势。他缓缓地发出痛苦的哀号，他那沾满了鲜血的双手在颤抖。一股恶心的感觉似乎将他占据，他开始将零乱的词语缝合在一起，他的牙关在咯咯打战，鲜血从他的口中滴落，直到最后，他几近呓语般地说道：

"主啊，救救他吧。"

## 第二十一章
## 属上帝的人

噶嘎纳奥格乌,宽宏大量的祖先们总是说,如果一个人将他的亲人对他做过的所有错事全都记下来,那他将会众叛亲离。这是因为他们知道您并没有创造一颗能容纳仇恨的人心。将仇恨容纳在心中就像将一只没有吃饱的老虎和孩子们与病弱者关在同一间屋子里,那只老虎不会与人交流,也不能被驯服。当它休息够了,醒来又要吃东西时,就会扑到那个饲养它的人身上,将他吞食。事实上,仇恨会摧毁人心。一个想亲手讨回公道的人必须尽快将其摒弃,否则他可能会被自己的幽暗欲望毁掉。这种事情我见得多了。

人类总是这样,他们总是等到仇恨已驱使他们做出报复行动之后才意识到这个真理。那天晚上,我的宿主对这件事情有了切身认识。他搀扶起那个男人,带后者去了街那头的诊所。这个认识令他的创伤开始痊愈。更令他感动的是贾米科的反应。护士们为贾米科清理了伤口之后,贾米科向他道谢,不肯告诉护士自己遭遇了什么事情。护士们盯着我的宿主,似乎在要求他说出真相。"他遇到了几个持械抢劫的强盗。"他说道。其中一个护士点头叹气。他站在那里,以为贾米科会否定他的说辞。但贾米科什么也没说,只是紧闭双眼。然后,他们离开诊所时,贾米科的头上绑着绷带,鼻梁上贴着一块胶布,他用白人的语言说道:"奇侬索·所罗门兄弟,请不要再撒谎了。上帝说:汝不可撒谎。《启示录》第二十一章第八节说:一切说谎话的,都会下地狱。[1] 我不想你落得如此下场。"

贾米科走路一瘸一拐,说话时一只手搭着我宿主的肩膀。我的宿主没说什么,他根本不明白这是怎么回事。他不明白在自己对贾米科做出那种行径之后,贾米科竟然觉得要紧的事情是他撒了谎。当他们来到他停放摩托车的地方时,贾米科问我的宿主是否已经原谅了他。

"如果你想要的话,可以砍掉我一只手或一只脚。但我想要的,是得到你的原谅。我家里有五千欧元。是你的钱。我从你那儿骗到的钱。我保存了两年多,等着找到你。"

"真的吗?"他说道。

"是的。现在欧元的价格涨了。现在你拿去兑钱,一定能和你那七千欧元换到的钱一样多。"

"啊,贾米科,这怎么可能?为什么之前你不对我说你有这笔钱——在我那样对你之前?"

贾米科看着别处,摇了摇头:"我希望你能真心原谅我,不是因为我还了钱给你。"

奥瑟布鲁瓦,我很难完整地描述这个姿态带给我宿主的感受。这令他初次体验到治愈的感受。它是一次重生,令早已死去的某个事物复活了。这件事对他造成了强烈的震撼,当晚回到家里的时候,

---

[1]《圣经》原文是:"惟有胆怯的、不信的、可憎的、杀人的、淫乱的、行邪术的、拜偶像的和一切说谎话的,他们的份就在烧着硫磺的火湖里,这是第二次的死。"

他无法入睡。刚开始时,他认为贾米科是在演戏——什么洗心革面,还有这人现在装出的那副温顺模样,统统都是假的,是一个恶棍试图逃避正义惩罚的面具。要是他们在私底下相遇,他原本会揍贾米科一顿。现在,归还那笔钱的姿态令他相信贾米科真的变了。那天晚上,他一边忍受着鼻塞造成的呼吸困难,一边在反复思量要不要原谅贾米科。如果那个毁了他这一生的贾米科真的已经死了,那为何要为了之前的贾米科的罪孽去惩罚这个新的贾米科呢?他在想:难道不是贾米科对他做的事情令他改变的吗?如果真是这样的话,那么,这难道不是一件好事吗?这难道不是一件值得庆祝的事情吗?

楚库,这些是我原本会向他提出的问题,但他自己脑海里的声音提出来了,而我在他的脑海里闪念,予以强调。第二天早晨,他刷牙的时候,贾米科带着一个旧信封来了,里面装着钱。这些年里,他一次也未曾幻想过自己能把钱追讨回来。现在,不仅那个德国女人偿还了他,贾米科也同样如此。这令他重新燃起希望,自己终究能夺回以前曾经拥有的一切。这个想法就像一道边界线,缓缓地在他的脑海里拓展开来。他难以置信地点算着那笔钱,贾米科又跪下了。

"我希望你能原谅我做过的所有错事,这样,我在天国里的父才会原谅我。"

他看着这个男人,他曾满怀热切的渴望想杀了对方。他正要开口说话,这时电话响了。手机屏幕显示着"乌诺卡"这个名字,此人是一个商贩,最近老是劝说他进货时添点火鸡饲料。但他没有接电话。铃声响完之后,他以断断续续的声音说道:"从现在开始,我原谅你,贾米科,我的朋友。"

埃布贝迪克,那是他的宽恕的开始——当遭受痛苦的灵魂伸出麻木的双臂与施加痛苦的灵魂拥抱时，两人都会因为那个拥抱而永远留下印记。

楚库，我会再度向您禀告能够解释我宿主的行动并为之辩护的几件事情，并向您求情：如果他真的像我所担心的那样，伤害了那个女人，那是他的无心之过。因此，我必须说的就是，我的宿主被我刚才提到的那个拥抱改变了。埃格布努，他的创伤开始愈合。接下来的那个星期，他用贾米科归还他的钱买了一辆汽车——是他的钱！我不需要浪费时间去描述这个赎罪的举动带给我宿主的快乐与轻松。因为，当一个男人经历了长久的苦难之后，他会对身边的生活视而不见，就像被海洋环绕的缩小的土地。我，他的魈，为此感到高兴，因为他又变成了一个平和的男人，即使在他的灵魂中仍有黑暗与悲伤。对于现在来说，这就够了。

他重拾自信，他和贾米科开着新车去他以前的房子，他的父亲曾遗留给他的产业。收到钱的几天后，他决定联系埃洛楚库。听到他的声音，埃洛楚库吓了一跳。见到我的宿主时，埃洛楚库哭了，他说如果他知道情况会变成那样，那他绝不会鼓励我的宿主出国。埃洛楚库一直在说，你对恩姐莉的爱那么深切。"我亲眼见到，侬索。我见到的事情那么多，我知道如果你没有尽力去尝试解决与她的父母之间的问题，那你永远都不会幸福快乐。"我的宿主表示同意。如果他不尽自己的最大努力尝试和恩姐莉在一起，那他永远都不会幸福快乐。他们一起尝试联系那个房子的买家，但没有人接电话。那个号码已经不再使用了，联系不到那个人。

第二天，他和贾米科去了房子那里。这是贾米科答应帮他做的事情之一。他与贾米科约法三章，后者必须帮他完成三件重要的事情，让他治愈创伤并再度变成完整的人，这样他才会彻底原谅贾米科。"一,"他对贾米科说,现在他一直在用祖先们的语言与对方交谈,"你必须帮我找到恩妲莉,让她回到我身边。我爱她,为了她而活着。你令她和我分开,你必须亲手把她带回我的身边。二,你必须帮助我夺回所有失去的东西。我的产业和我的家禽。我想拿回我父亲的土地,在上面重建我的家禽农场。你必须帮我完成这件事情。三,你必须帮助我忘记在监狱里囚徒们对我所做的事情。我不知道你会怎么做。为我祈祷,开导我——什么都行,只要让我不再记起它们。"

他们做的第一件事情是回到恩妲莉父亲的住处。他对贾米科说他想通过那个门卫寄信给恩妲莉,贾米科同意他这么做。于是,两人和好一个星期后,他们在晚上开车到了恩妲莉家。然后他朝大门走去,贾米科留在车里。他敲了门,心里十分害怕。那扇小门打开了,另一个男人出现了,四年前他曾与这个人一同在恩妲莉父亲的宴席上忙前忙后。那个男人并没有认出他,让他大大松了口气。

"先生,我可以为您做什么呢?"那个男人问道,"您想见奥比亚罗先生吗?"

"不,不。"我的宿主说道,想到再与恩妲莉的父亲见面,他的心怦怦直跳。他看着周围,大门那边有两个黑色塑料泔水桶,然后看看那个男人。然后他取出一沓现金,两万奈拉。他伸手把钱递给那个男人。

"噢,先生,这是什么意思?"那个男人说道,连忙往后退。

"钱。"我的宿主说道,呼吸略显急促。

"干什么?"

"嗯,我希望你,嗯——"

"先生,您想对我主人的房子做什么不好的事情吗?"

"不,不,"他说道,"我希望你帮我把这封信带给恩妲莉。"

"噢,您想见恩妲莉小姐?"

"不,我想把一封信交给她。"他说道。

"好的,拿来吧。我会把它交给我的母亲,她会带到拉各斯交给小姐。拿来吧。"

楚库,他把信和钱给了那个人。后者向他道了声谢,然后回去了。当他告诉贾米科时,贾米科说道:"要是他的母亲拆开来看呢!"我的宿主惊呆了,"你在信封上写名字了吗?"

"写了!"他喊道。

"那他们会拆开信件,甚至会确保它不被交给恩妲莉。那个人应该把地址告诉你,或由他自己亲手交给恩妲莉。"

他跑回大门那里,叫那个人把信交还。

"怎么了,先生,您不想寄信了吗?"

"不了,不了,我回来把信取回,"他说道,"你知道她的地址吗?"

"地址?拉各斯的地址?"那个男人问道。

"是的,拉各斯的地址。"

"没有,噢,我只是一个普通的看门人。"

"你知道她什么时候回来吗?"

"不知道,他们不会告诉我这种事情。"

"好的,谢谢你。"他对那个男人说道,"钱你留着吧。"

他离开了,虽然沮丧,但内心庆幸自己避免了恩妲莉的父母见到那封信之后可能产生的后果。贾米科劝他不要感到绝望,向他保证他们终归能找到恩妲莉。贾米科说现在是三月初,恩妲莉应该会回来过复活节[1],如果他们是虔诚的天主教信徒的话。贾米科还建议与此同时他们可以去尝试要回他的房子。在那一刻,我想起了托比,

---

[1] 复活节:基督教节日,每年春分月圆之后的第一个星期天。

在那个奇怪的国家曾经帮助过我宿主的男人，贾米科和他开车回到了他以前的家。他把车停在原本是菜园的地方，坐在车里等贾米科回来。菜园被清整了，上面有一堆没有被用到的沙砾和几团水泥。一辆独轮车倾翻在沙砾旁边，一根手把上系着一块红布。一块大招牌上写着："小小仁慈托儿所与小学，邮编10229，阿比亚州，乌穆阿希亚"。他看着周围。邻居们的房子呢？它们还在这里，只是现在有一根他认为是电话线杆的东西从房子旁边竖起来。在长长的电线上，几只麻雀栖息着，目光空洞地望着远方。

为了舒缓自己的焦虑，他的目光落在那只他从一家工艺品店买的玩具鸟儿上，现在它被挂在车子的后视镜上。车行驶时，那只玩具鸟儿前后摇摆，让他想起曾经养过的那只名叫奇妮尔的母鸡。他拍了一下那只玩具鸟儿的鸟喙，令它转起了圈。他看着顶端的绳子扭曲起来，拧在一起，直到其极限，然后开始旋开，在绳子的离心力的驱动下，鸟儿快速地旋转。楚库，他从中找到了意义，一个绝望的男人就是这样，如果他看得足够仔细，会在任何事情上找到意义——一粒沙子、一条平静的河流、一艘搁浅在岸上的空船。系着鸟儿的那根旋转的绳子，那个像手的东西，好像一个海员的手，在指引它行进，那根联结着两个事物的绳子，其中一个的运动会引发另一个的运动，其中一个的改变会引发另一个的改变。

他想他大概坐了三十分钟，贾米科还没有出来。虽然他摇下了车窗，但车里还是很闷。已经有一个星期没有下雨了，天气很潮湿闷热。他从前的房子那里传来钟声，小孩子们的叫嚷声热烈高亢地响起。似乎被什么看不见的东西推动着，他下了车，绕着那片地方的围墙转悠着，来到一堆碎石和土块前面才停下脚步。在散步时，他看到他的家原先的围栏只剩下一小段。现在大部分是新砌的、没有涂漆的砖墙,砖块以粗糙的水泥灰浆黏合在一起。蜥蜴们以简陋的舞步在墙上前后追逐。他养的鸡喜欢蜥蜴,虽然后者移动迅速,而且身上滑溜溜的,很难被牢牢咬住,但公鸡们总是能把它们抓住然后吃掉。有一回,一只白母鸡追逐着一只爬进院子里的虚弱的壁虎,把它逼到了墙基,一口啄中了它,害得自己的鸡喙裂了一道口子。有好几天,甚至好几个星期,母鸡嘴里叼着活生生的壁虎的那幕情形一直留在他的脑海里。当那只母鸡转身离开墙边时,那只壁虎的尾巴弯起来,挂在它的脸上,一直延伸到两只眼睛之间,加上鲜红的鸡冠,看上去就好像那只母鸡戴着古罗马百夫长的头盔。

他在学校后面停下脚步,只有那道围墙将他与从前养家禽的地方隔开,但他没办法再走下去。几年前,他的家禽就在这里麇集,它们咯咯哒哒的叫声交织在一起,现在却是一群小孩子在集体朗诵一首诗。这一幕突然在他灵魂的盾牌上刺破了一个口子,大得足以让仇恨的标枪再度射穿,击碎令他勉强支撑下去的内心的平和。阿古吉埃格贝,那一幕令他崩溃了。他弯下腰,一只手扶着大腿,一只手肘撑着墙壁,失声痛哭。

当他从学校围墙后面出现时,他的仇人等候着他。一个多星期来,他以半颗心在爱着同一个男人——他没办法全心全意去爱人,因为他的另外半颗心已经死了,变成一团永远无法跳动的死肉。那个男人皱着眉头走来,当他见到我的宿主时,神情甚至变得更加沉重。

"怎么了,兄弟?"

"他们说什么了,告诉我。"他说道,不怎么敢去看那个男人的脸。

"好的。现在负责管理学校的那个人说他们绝不会从这片土地上搬走。把土地卖给他们的那个男人已经搬到阿布贾了。学校在这里运营得很好,政府认可它的办学成绩。买卖这片土地根本没得商量。我之所以去了那么久,是因为我得等负责人开完会。一个很长的会议,我的兄弟。"

他没有说什么,只是默默地开车,直到他们抵达公寓。他在与自己的良知交流,与他的灵魂相邻的沉默寡言的事物。楚库,当我在宿主的身体里,良知的声音与心灵的声音对话时,我会用心聆听,因为我知道只有在两个声音取得一致意见时,一个人才能做出最好的决定。

——侬索,你的心中再度充满了仇恨。记住,他现在已经不亏欠你了。

——胡说!一个有理性的人怎么会说出那番话?看看那片土地,我的产业,那是我父亲的房子!

——小声点。让你冷静下来。一个人如果嘀咕得太大声的话,别人在远处也能听见。

——我不在乎!

——你答应过不会再对他怀恨在心。你说过你已经原谅了他。他问你是否愿意把他当朋友,你说愿意。他把钱还给你之后,你原本可以说不肯,那他就会离开,不会缠着你。你甚至向他的上帝祈祷,和他一起上教堂。现在你又对他怀恨在心。现在你想再次伤害他。瞧瞧,好好瞧瞧:在你的想象中,地板上搁着一把刀子,上面沾着他的血迹。这样好吗?好吗?

——你不明白这个男人对我做出了多么可恶的事情。闭嘴!你什么都不明白!

——那不是真的,侬索。需要弄明白事情的软弱的人不是我而是你。他做了什么?过去两个星期来,他一直在帮你,做了你吩咐他去做的一切事情,似乎他是你的奴隶。他的大部分时间都陪着你,他所做的一切都是为了你。你用他归还的那五千欧元换了多少钱?一百四十万奈拉。比他在四年前从你身上骗走的钱多了二十万块。而他一无所有。看看他——他每天都穿着同一套衣服,不是吗?你去过他的公寓,一间只能让两个人相向而坐的公寓。它有一扇窗户,是那种老式的木窗。有时候晚上睡觉时,他能听见白蚁在窗框里啃噬木头的声音。如果他不是一个真心改过的男人,他会在那么有钱的时候忍受几近赤贫的生活,以此去弥补过失吗?

他脑海里的声音没有回应。

——回答我。你现在保持沉默吗?

他什么也没说,而是叹了口气,他把车开到公寓的范围里,把它停好。

——我不会再和你说下去。用你的舌头数清楚你的牙齿吧。用你的舌头数清楚你的牙齿吧,奇侬索!

他与良心的对话似乎结出了果实,因为当他们走进他的公寓时,他的愤怒似乎已经减退了。当他的仇人在客厅里等候并自顾自地嘀咕时,他从后门来到院子里的厨房。他从橱柜里拿出刀,命运注定会发生的捅刀子那一幕仍然在他的脑海里浮现,但他放下了刀。他朝泥土地板跺脚,攥紧了拳头。"我的房子,我的房子!"他喊道。他朝空中挥拳,似乎他的仇人在他面前现身下跪。"不,"他说道,"我不会自己一个人受苦。我不会这样。我不在乎别人怎么想。"

——好了,就这样吧,那个声音像耳语般回来了。你想做什么就去做吧。我不会再对你说什么。

他回到公寓里,脸上带着痛苦的神情。

"我的兄弟,出什么事情了?"贾米科问道。

他只是看了那个男人一眼。他从床底下的箱子里拿出两瓶芬达。

"我去弄点饮料给咱俩喝。你稍等。"

他去了厨房，把两瓶芬达放在桌子上。然后他关上厨房的门。他把第一个开了瓶盖的瓶子里的一部分饮料倒进放在地上的一个空水桶里，解开裤链。然后他将瓶子拿在水桶上方，往里面撒尿，一直撒到泡沫冒出，然后剩下的尿撒进了桶里。完事后，他把瓶盖放回芬达瓶子上，用指尖摁住瓶盖，摇着瓶身，直到里面的液体搅拌均匀。然后，他把瓶子放在桌上的另一个瓶子旁边。

埃格布努，甚至在他的这个举动开始之前，我就吓坏了，因为我知道他心里在想什么，但这个时候我什么都做不了。我知道劝阻一个人最有说服力的声音是他的良知的声音。如果那个声音都不能说服他，那么，哪怕生活在阿拉恩迪伊奇的他的祖先们全部加起来也没办法令他改变心意。楚库，因为良知就是您的声音——上帝在一个人心中的声音。与一个人的良知相比，他的魑的声音、同伴的声音、一个阿格乌的声音，甚至一位祖先的声音，都不算什么。

当他出去将桶里的尿倒进厨房后面的阴沟时，他想起那个瓶子或许会带着尿味。因此，他走到水槽，用另一个桶里的水清洗瓶身，他的手指牢牢地摁在瓶盖上。然后他用一块抹布擦干瓶身，把它端到客厅里。他把瓶子搁在身前的桌子中央，然后对那个男人说："拿起来喝吧。"

那个男人拿起瓶子，向他道谢，然后开始喝。那个被憎恨的男人喝了一口，脸上轻微地抽搐了一下，然后露出困惑的眼神。我的宿主一言不发地看着他把瓶子里的饮料喝光，然后把瓶子放在脚边，对那个对自己怀恨在心的男人说道："谢谢你，兄弟。"

伊安格-伊安格，那天晚上，贾米科的魆穿过天花板，好像从时间之轮的裂缝间穿过，来到房间里。

——晨光之子，它对我说道，我的宿主已经为他做过的事情赎罪了。

但是，楚库，我感到不悦。我向它讲述了我的宿主所遭受的苦难和我无法阻止事情发生。我告诉它我曾经到精灵的洞穴里找寻它或它的消息，但苦寻无果。那个魆平静而严肃地倾听着，令我感到惊讶。

——伟大的祖先们说，如果一个分不清左右的小孩子撒了一个造成伤害的谎言，生者与死者都会原谅他。但当一个大人撒谎时，就连他的祖先也会诅咒他。你的宿主是罪有应得。

——伟大的祖先们说，一个老女人听见提起枯骨的谚语时心里会感到不安。我为你所说的事情感到内疚，但我仍然要让你记起一则道理：如果一个人执意要打碎任何得罪过他的人的骨头，那他很快就会变成残废。说完这番话后，它恳求我约束好我的宿主。我不会陈述它所说的全部内容，但我要强调它展现了它的宿主的新品性，让我确信它的宿主已经悔过自新。但是，它还说了一番话，令我有所触动：贾米科一开始并不是坏人。是别人，包括我的宿主，把他逼成了坏人。那个魆讲述了那件事情——我的宿主在塞浦路斯时记起的那件事情——在读小学的时候，我的宿主和他的朋友一直在嘲讽羞辱贾米科，骂后者不男不女，因为他的胸脯很大。那个魆说，正是这些事情令他开始尝试操纵别人，以此肯定自己，希望借此治愈自己的创伤。我相信它说的话，决心更加努力地说服我的宿主原谅贾米科。

\* \* \*

奥瑟布鲁瓦,如果一个人在布满碎片的复仇之原待了太久的话,他或许会踩中什么东西——某件武器的锋刃,任何一件武器——可能会令他受伤。因为那里是一片荒原,堆满了各种东西。你不知道他会在里面找到什么。事实上,我一定得说我的宿主在那片荒原里踩中了什么东西,令他的双脚瘀青肿胀。他为自己对贾米科所做的事情感到羞愧。他相信贾米科知道瓶子里是什么,但还是喝下去了。为什么对方不道破呢?因为贾米科害怕吗?是出于对他的尊敬吗?但一个人会在知情的情况下喝掉另一个人的尿——无论此人曾经做过什么,这件事令他十分难过。他决定自己的报复就到此为止。贾米科所做的那件事情是最终的赎罪,足以偿还令他失去心爱女人的损失、那根阴茎令他遭受性侵的耻辱,和他失去父亲的房子的损失。他发誓绝对不会再对贾米科动一根手指。

因此,他不会再伤害贾米科,也不会再和他见面。阿古吉埃格贝,譬如说,如果当他记起在监狱里的事件,或在菲奥娜的房子里被殴打,或任何会令他想杀人泄愤的事情时,贾米科都不会在他身边,他会尽情宣泄,直至愤怒离去。他可以痛哭,他可以去揍墙,或砸他的家具,或威胁要伤害自己,但至少他不会再去伤害一个真心为自己过往的所作所为感到愧疚的悔过自新的人——一个洗心革面的人,已经把曾经从他那儿偷走的东西归还给了他。

因此,当他对贾米科说他不再想见到后者时,他没有解释为什么要这么做,只是说他不想再见面。

"我会尊重你的意愿。"贾米科神情忧愁地说道,"可是,我的兄弟,永生上帝之子,我想和你做朋友。我会想念你。但是,我不会做你不想我做的事情。相信我。我不会再去你的公寓,也不会去你的店铺。我会按照你的要求,不会给你打电话,除非是紧急的事情。即便是那个时候,我会先给你发短信,我答应你。可是,噢,我的兄弟,奇侬索·所罗门,我的好兄弟,我会为你祈祷。我会为你祈祷。但我会按照你的要求去做。是的,真的,我不会再去找你! 我不会再敲你家的门! 愿上帝保佑你,我的兄弟,愿上帝保佑你!"

就是这样——抗议、呐喊、接受、祈祷、哀叹、争辩、请求、再度请求、再度抗议、哀求、接受,然后是顺从。贾米科再也没有联系他。埃格布努,在将近三个星期里,我的宿主一个人生活,他的情况稍有好转,想念着被他抛弃的人。他终于明白,在与这个男人共度的时光里,他的生活发生了剧变。现在有时候他会叫贾米科的绰号"属上帝的人",这个贾米科和从前那个贾米科判若两人,有时候他会怀疑之前那个贾米科是否存在过。甚至现在贾米科连说话的方式也变得不一样了,不再以童年时的昵称"所罗宝宝"称呼他,也不再用"伙计"这个词。要不是他亲身见证过贾米科从前的劣行,他不会相信那些事情是真的。

他怀念与贾米科的友谊,到了第三个星期,他生病了,有好几次,他很想撤回不再见面的决定。奥瑟布鲁瓦,某种疟病令这个病人的身子垮掉了。他身体状况的改变一开始是和平时相比感觉不大对劲。他觉得全身疼痛,脑袋一直在发热,各种情感迸发——先是感到不安。他开始对日子、对时间的流逝和生活本身感到不安。接着,某种焦虑开始发作。天塌下来了吗,情况会变得更糟糕吗,当我不复存在时,世界会继续运转吗? 这场病到底会持续多久,会有多严重,会演变到什么地步? 焦虑会击垮一个人。但不只是这些症状。接着是疾病造成的惊愕,它支配了身体,主宰身体哪个部位必须得到照顾或被治愈。最重要的是,它开始令这个病人相信这场疾病或许是他自己导致的。他做过的某件事情是为什么脑袋一直发热的原因。如果他咳嗽或打喷嚏,那一定是因为他淋雨了。如果他频繁拉稀,那一定是前一天晚上吃坏了肚子。然后,疾病变成了一条不作声的蛇,离开了它那平静的蛇窝,心中充满恶毒与愤怒。现在折磨着这个人的疾病,是合情合理的惩罚。

到了第三个星期的第四个集市日,白人称之为星期四,我的宿主开始康复。那天他坐在房间里,手机响了。伊安格-伊安格,我的宿主正在公寓里清洗一个在店铺里装饲料的桶。这时候手机响了。他拿起手机,看到致电者是贾米科。起初他决定不接听,因为他害怕自己还没有彻底原谅这个男人,如果和对方见面,自己又会被愤怒支配,会做出本不愿意做的事情。他继续清洗桶里板结的饲料,照着恩姐莉教他的一首舒缓的歌曲的调子吹着口哨。贾米科打了好几遍电话,然后发来一条短信:**兄弟,接电话吧。有好消息!赞美上帝!**

他的心脏咯噔一下。他坐在床上,按下了拨打键。

"你好,我的所罗门的兄弟,"对方说道,声音里透着焦急,"我找到她了!"

他立刻站起身。"什么?什么?"他说道,但对方似乎没有听到。

"赞美上帝,兄弟。"贾米科继续说道,"我找到她了!"

"属上帝的人,你找到谁了?"

"还能是谁,我的兄弟?还能是谁?你一直在寻找的那个人。恩姐莉!"

他盯着电话,没办法开口。它又来了:那种令他沉默不语的感觉,而言语是人类最自由的天赋。它已经来了。它的脚步一如既往地充满自信。

"我不知道该如何感谢上帝,兄弟。上帝终归还是显灵了。他帮我实现了我对你的承诺,你所列举的所有事情。现在你终于可以体验到我已经体验过的宁静。你会得到她的原谅,你必须得到她的原谅,并原谅别人。你的创伤将会痊愈。"

事实上,他将被治愈。

"她在哪儿?"他能说的就只有这句话。

"我在喀麦隆街看见了她。他们在那里建了一家新的药店和实验室,你知道吗?有两层楼高。"

他知道。

"就在那里。她是那个地方的老板。她回来开了这家药店。这就是我们的祈祷所得到的回应,所罗门兄弟!"

贾米科继续说着,向白人的阿鲁斯致谢,引用了《哥林多前书》《雅各书》《以赛亚书》和《罗马书》里面的内容,而我宿主的思绪里燃起了熊熊烈火。他告诉他的朋友让他歇息片刻,然后他会再致电,贾米科同意了。他放下电话,开始琢磨这个新的消息。一股巨大的沉默降临到他的身上,如此强大,令他听不到哪怕最轻微的呼吸声。可是,那是带着欺骗性的沉默,因为他知道在那一刻,一支军队正在接近,它们迈步前进的脚步声轰隆隆地响彻大地。很快,它们——成千上万的念头、想象、回忆、关于恩姐莉的幻觉——将会抵达,无休止地从时间那张皱巴巴的脸庞上跨过。于是,他躺在床上,只是等候着,就像一只死后僵直的母鸡,一动不动。

第二十二章
遗 忘

穆玛利特瑙格乌格乌,古老的祖先们说,如果一个秘密被保存太久,哪怕是聋子也会听见它的内容。伟大祖先里最睿智的人是巫医,他们的地位仅次于楚库您,他们的金玉良言还有:如果一个人去追求他不曾拥有的东西,无论那样东西多么缥缈,如果他的双脚没有放弃追逐,那他终能将其拥有。这种事情我见得多了。

我宿主的双脚在追逐这个美妙而缥缈的事物。它原本与他的心绑在一起,却逃之夭夭,已经四年多了。而那天晚上,贾米科匆匆来到他家里大约一个小时后,他确信自己已经找到它了。

"你真的见到了她吗?"

"千真万确,我的兄弟。我为什么要撒谎呢?你还记得吗?我答应过,我会尽一切努力帮助你夺回一切——所有的一切。嗯,我的兄弟,有一天,我想到上'脸书'查询。因为我过去的所作所为,我不再用自己的账号了。于是,我决定再打开它。"

"那是电子邮件吗?"我的宿主问道。

"不,是'脸书'。下次我们去网吧时我会向你展示。我上那儿找她,你瞧,我找到她了。"

"啊?就是这样?"

"是的,我的所罗门兄弟。恩妲莉·奥比亚罗。我看到了她的脸——她肤色光滑,长得非常漂亮。她在头上披着一块黑色纱巾。我给她发送了加为好友的请求,今天她接受了。"

说到这里,贾米科拍了拍手掌。我的宿主并不理解听到的内容,但他点了点头,说道:"继续说。"

"我去了网吧,马上点开账号,见到她上传了一张那家新药店的照片,就在喀麦隆街那家大超市附近。"

"真的吗?"我的宿主说道,似乎贾米科刚才并没有说话,"你找到她了?"

"真的,所罗门。我见到的就是她。就是她。就是你遮住半边拿给我看的照片里的那个女人。"

"如果那是另一个人,只是长得像她呢?"

"不,不是。我离开网吧后,我去了那家药店,询问了那里的一个员工。那个女人说,她的确就是恩妲莉。"

"你确定你见到的那个人就是她?我给你再看看照片……这儿,我用纸挡住了胸部。看看她的脸,好好看清楚了。"

"我看过了,兄弟。"

"你说她和你见到的是同一个人?"

"是的,是同一个人。"

"一样的鼻子……看着,贾米科,看清楚了:眼睛长得一样吗?"

"是的,我的兄弟。我为什么要对你撒谎,我的兄弟?"

他终于接受了,说道:"那一定就是她了。"

伊安格-伊安格,他们在我宿主的公寓里讨论了两天。每次讨论结束时,我的宿主会在房间里踱步,心跳得很厉害。他会停下脚步,微微弯腰,看着这个世界的面孔,闭上眼睛,为自己见到的令人不悦的事情而摇头。他还在生病,他的灵魂在肉体深处萎靡不振。但他听到的事情意义太重大了,足以将他摧毁。他知道恩姐莉现在真的在乌穆阿希亚。他知道他必须去找恩姐莉,他无法接受这个事实。

"我不明白发生了什么事情,我的兄弟。"一天晚上,贾米科说道,"多年来你一直想见到这个女人,你为了这个目的而活着。现在你却关上了大门?难道你不想见她吗?"

他们坐在贾米科房间外面的凳子上透口气。周围一片宁静,只听见某个房间里传来一台晶体管收音机里的人声和蟋蟀的鸣叫。

"你不需要明白。"他说道,"长者们说,爬上棕榈树摘果酿酒的人所讲述的事情并不是他见到的事情的全部。"

"是的,但不要忘记,说过那番话的长者们还说:无论一根红树的枝条在水底下浸泡多久,它都不会变成鳄鱼。"

阿格巴塔-阿鲁玛鲁,贾米科是对的。我的宿主陷入了困惑。似乎他一直等候着这件事情,现在它真的来了,他却意识到自己没有能力也没有力气去面对。因此,对于朋友的那番睿智的话,他没有回应。他把牙签叼在牙齿之间,顶在两颗上门牙的牙龈上,朝面前的地上吐出碎肉末。

"我知道你的感受。"贾米科说道,"你在害怕,我的兄弟。你在害怕你将会了解到的关于她的消息。"他摇了摇头,"你在害怕你将会了解的情况,或许你将所有的一切都浪费在爱着一个永远不会再属于你的女人身上。"

我的宿主抬头看着贾米科,在那一刻,他的心中充满了愤怒,但他努力将其克制。

"我知道是我导致了这种局面,但求求你,兄弟,你需要面对她,无论发生什么事情。那是你治愈创伤,让你的生活继续前进,找到另一个女人的唯一途径。"贾米科挪着凳子面对我的宿主,似乎觉得对方并不明白他所说的话,于是他转而说起了白人的语言,"这是唯一的途径。"

他看着贾米科,因为他想起了另一个伤害过他的女人。

"至少你应该让我把那封信交给她,或者让我去找她,把一切事情告诉她——我做过的事情,你做过的事情——请求她的原谅。这是唯一的途径。你一定得明白。"

"要是我知道她结婚了,不再爱我呢?"他说道,"难道那不比蒙在鼓里更糟糕吗?事实上,她回来了,我并不高兴。要是她不回来,情况反倒会更好些。"

"为什么,所罗门兄弟?"

"因为,"他说道,然后停下来让自己的想法充分成形,"因为我无法接受失去她这件事情。"然后,他又想到了什么,趁贾米科还在困惑不语,他补充说道:"在我为她吃了那么多苦头之后。"

他开车回到自己的公寓,躺在床上,那张床仍然带着患疟病时留下的味道,在那天他们说过的所有话中,那番话一直在他的心头萦绕。楚库,在我的许多次轮回转世里,我了解到有时候虽然一个人之前已经反反复复地琢磨着某件事情,但听到它被再度提起会赋予它新的含义,足以令它成为一件新鲜事物。这种事情我见得多了。那天晚上,他萌发了在那些年里从未有过的想法——他经历过的所有事情全都是因为她。他思索着已渐被遗忘的事情的来龙去脉:在他为父亲的去世而哀悼时,他在桥上遇到了恩妲莉。从那里开始,他的生活开始堕入现在的去向。为了恩妲莉,他变卖了所有的产业,前往塞浦路斯,落得锒铛入狱的下场。

接近午夜时,他快被沉重的想法压垮了,于是坐起身。他心想,如果没有遇见恩妲莉,所有这一切就不会发生在他身上。"不要紧。"他大声对自己说道。恩妲莉现在没有别的选择,只能回到他的身边。他让鼓起的胸膛平复下来,好让呼吸顺畅些。"我的付出足以让我配得上她,足够了。没有谁,我再重复一遍,没有谁可以将她从我身边抢走!"

第二天早上他就会去找恩妲莉,没有任何事情能阻止他。他拿起电话,给朋友发了一条短信,然后坐下来,气喘吁吁,似乎他做出的决定令他累垮了。

埃克迪奥拉,勇敢的祖先们以最强烈的本能说一个人往往会成为另一个人的魕。确实如此。这种事情我见得多了。某个人或许会面临灭顶之灾,他的魕根本帮不了他,但他可能会遇到另一个人,后者预见到前面的危险,向他发出警告,拯救了他的生命。我曾在恩格多遇到一个魕,它一直絮絮叨叨地抱怨大地的邪恶与人间是何等的不值得。洞穴里有许多守护精灵,绝大部分保持沉默,躺在那个大岩窟的某个角落里,或在水潭边沐浴,或低声交谈。但这个守护精灵喋喋不休地讲述它那已经死去的宿主曾向某个人通风报信,让对方免得中计被杀,可是,后来,被他拯救了性命的那个人竟然派人杀害了他。噢,人类简直连坟墓里的蛆虫都不如!噢,人类的可怕比哀歌更甚!我再也不想回到人界!看着这个愤愤不平的精灵说着这种离经叛道的话,我感到十分困惑。我离开了恩格多,但从另一个守护精灵那里听说它拒绝再回大地,而您诅咒它,将它变成了一只阿妲恩穆奥。现在它在本穆奥四处无休止地爬行,长着三个脑袋和一头卑贱野兽的躯体。可是,贾米科为我的宿主所做的事情与那个魕所描述的情形截然相反,因为贾米科成为我的宿主的第二个魕,引导他找到了苦寻多年的爱人。

399

他与贾米科去找恩妲莉,心中忐忑不安。他戴了一顶帽子和一副墨镜,遮住了大半张面孔。当他们抵达那里时,他发现药店是一幢新的建筑,坐落于圣保罗圣公会教堂与新的移动电信营业处之间。它有两层楼高,挂着招牌,上面写着"希望检验室与药店"。粗黑的字体映衬的背景是一个白人女子穿着白大褂,正端详着一台显微镜。在建筑的前面,围栏的一边,是一堆沙子和碎石,建房子时留下的。他把车停在街对面一家理发店的前头,里面传来震耳欲聋的音乐,夹杂着发动机持续不断的嗡嗡声。

"你在害怕,兄弟。"贾米科说道,摇了摇头,"你真的很爱这个女人。"

他看着他的朋友,但没有说话。他知道他的举动并不理性,但不知道为什么会这样。他心中有什么事情在阻止他,不让他去接触自己如此渴望得到的女人。

"《圣经》说,**你们心里不要忧愁。你们要将一切的忧虑卸给神,因为他顾念你们。**你相信上帝令她仍然爱着你,仍然未婚吗?"

他看着他的朋友,对后者换成了白人的语言感到惊讶,当贾米科谈起《圣经》时就会用这门语言。我的宿主被贾米科刚才讲述的可能性吓到了,他闭起眼睛,说道:"我相信。"

"那我们走吧。别害怕。"

他点了点头。"好的。"

他们下了车,他的心揪成一团,经过拥挤的街道。到处都是商店。一家鞋店挂满了鞋,鞋子从凉棚上垂下来,被绳子像串珠那般穿起。一家商店卖的是瓶瓶罐罐和厨具,"上帝之手厨具供应商"。他们一直走着,他试图让自己去想着那些人,想着这里的街道与他在塞浦路斯见到的街道是多么不一样。贾米科走在他前面,因为脚趾有伤,走起路来略带踉跄。当他们准备横穿马路时,我的宿主拉下帽子,遮住他的脸,扶正眼睛上的墨镜。一辆出租车朝他们鸣笛,或许那个司机认为他们过马路时太鲁莽了。贾米科跳过将药店与马路隔开的丢满垃圾的阴沟。如果恩妲莉这时从药店那几扇崭新敞亮的窗户中的某一扇朝外面张望,她或许会见到他们。我的宿主把帽子拉得更低了,抓住他朋友的胳膊。

"我不能,我不能进去。"他说道。

"可是为什么呢?"

他又调整了一下帽子和墨镜。

"啊,你在干吗?"贾米科说道。

"我变了好多。"他低声回答,"看看我的脸。看看上面那道长长的疤痕。看看我的嘴:少了三颗牙齿,我的下巴上有一道长长的缝了针的伤疤。看看我的上唇,它会一直肿胀。现在我太丑陋了,贾米科,我看上去就像一只狒狒。我得把脸遮住。"

贾米科正要开口,但我的宿主更紧地抓住了他。

"她不会认出我的。她不会的。"

"但是,我的兄弟,我不这么认为。"贾米科的语气似乎变得激动起来。他看着药店,然后看着他的朋友。

"为什么?我这副尊容,她怎么认得出我呢?"

"不,兄弟。她绝不会因为你的伤疤而不喜欢你。"

"你肯定吗?"

"是的。爱情并不是这般计较的。"

"所以,你认为她仍会被我吸引吗?我的脸都变成这样了。"

"是的。她需要的是知道为什么你当初离开和失踪。"

他有点慌了,说话时抬头四处张望。埃格布努,我的宿主就是这样:当他因为心里不踏实而感到害怕时,总是会在内心打退堂鼓。当这种事情发生时,当他的灵魂在摔跤场上被摔倒时,他内心的挫败开始显现在身体上。这是奇怪的事情,但我已经见过许多遍了。

贾米科将眉头上的汗擦掉,刚想再开口,突然闭嘴了,拍了拍我的宿主,让他朝药店的方向看去。

我很难描述这个时刻:在此刻,我那承受了诸多苦难的宿主,看着那个女人,为了她,他愿意再去承受一遍。她走出药店的大门。她变了一些,比起这些年来在他的脑海里浮现的那个苗条女人的形象,变得丰满些了。她穿着一件白色长裙,让他想起了那个塞浦路斯的护士。在她的胸袋里,一支笔探了出来,而且在她的胸口上,在领口部位,露出了一条项链。他站在那儿看着她,将她周围的所有事物全都记在心里。她和一个带着两个孩子的女人说话——其中一个孩子绑在那女人的背上,另一个孩子朝恩姐莉伸出手,然后缩了回去。她会停下话头,试着去抓住那个孩子的手,但他会把手缩回去,哈哈大笑,然后转身对着母亲。

"我告诉过你,就是她。"贾米科说道,另一个女人转身经过停放的车辆,走到街上。恩姐莉转身走进药店。

"是的,"他说道,"真的是她。"他的心现在开始怦怦直跳,似乎在伴随着手铃的乐声悸动,"真的,贾米科,是她。"

埃格布努,真的是她。恩姐莉——她的魑曾经与我对质,当时我代表宿主前去恳求它。当时我想到了,之前那几年我没有考虑过,或许是她的魑真的实施了那番威胁的话,让它的宿主与我的宿主彻底断绝联系。

"那么,我们进去吧。没见到她,我不会回去,兄弟。我希望你治愈创伤,好起来,充满圣灵赐予的喜乐。你一定得这么做。你必须鼓起勇气。如果你不进去,那我就自己进药店见她。帮你和她沟通。"

"等等!我的天哪!贾米科!"

他又抓住贾米科,见到了那个男人的眼神,给他以希望。

"好吧,我会进去。"他说道,"但你听我说,我们还是慢慢来吧。我现在只是先看看她。然后,或许下次,我再和她说话?"

贾米科思考着这个建议,咧嘴露出知情的微笑,令他的额头挤向下半边面孔。

"好的,那我们走吧,兄弟。"

他战战兢兢地走着,被满腹的忧愁拖慢了步子,在贾米科的带领下,走进了药店。那是一个大房间,有许多扇玻璃橱窗,因此整个药店很亮堂。天花板的吊扇大声地运转着,令房间透气顺畅。面朝柜台有六把塑料椅子,他立刻坐在其中一把上。木造的柜台很大,遮住了几个药剂师的半边身子。他和坐在旁边抖腿的男人含糊地寒暄了几句,然后将目光转向柜台。

他们进门的时候,恩妲莉正在为一位顾客服务。是另一个女人朝他们喊话:"下一位客人。"他听见了她的声音。

贾米科没有立刻应话,而是站在他的椅子旁边,目光落在柜台上。我的宿主朝贾米科招手,后者弯下腰听他想说什么。

"你懂的,你懂的——我只是来看看她。"他低声在贾米科的耳边说道。

他的朋友不自在地点了点头,朝那位药剂师挥手示意稍等。

"对她说你要帮我买治疟疾的药就好。"

贾米科点了点头。

他从坐着的位置看着恩妲莉,把帽子拉下来遮住了面孔,他的眼睛藏在墨镜后面。在他眼中,恩妲莉似乎比以前更漂亮了。她现在几岁?二十七岁,二十九岁,三十岁?他不记得恩妲莉是在哪一年出生的。现在她看上去像一个正值最美好年华的女人。她那头披肩长发抹了发油,光滑油亮。她的身体似乎每一处部位都改变了,甚至连脸型也变了。她的嘴唇变得更加丰满,这一次涂了深粉色的口红,他不记得以前见过。那天早上,一连几个小时,他一直在脑海里看到恩妲莉的样子,现在她的模样令他越来越快乐。但是,在他面前的那张面孔略有改变。他只能说,恩妲莉恩似乎被送回造物主那里进行了一番改造,变得更漂亮了。

另一个女人开始将药品装入一个小塑料袋子里,这时恩妲莉打开小门,从柜台后面走出来。他注意到她的胸脯似乎变大了,但她穿着衣服,他无法看见它们的完整尺寸。他看到了恩妲莉的背影,几乎和他的记忆一模一样。他全神贯注地盯着看,直到她消失在一间办公室里头,在身后把门关上,上面写着"恩妲莉·埃诺卡,药剂学硕士"。接下来在药店的时间里,他再没见到恩妲莉。那个护士接待了贾米科,两人带着治疟疾的药离开了。

阿古吉埃格贝,当一个人怀着美妙而充满理想的期待,而那番期待结出了果实时,那总是会令他感到困惑。当一个人告诉自己的朋友,"瞧,瞧,我的兄弟住在那座遥远的大城市里。他是个有钱人。"他可能很快就会去到那座城市,发现他的兄弟其实只是扫大街的,只能勉强度日。但他的期待曾经如此美妙,而且如此长久,起初他会对现实无可辩驳的真相产生怀疑,尽管他可能已被真相粉碎。这种事情我见得多了。我宿主的情况就是这样。恩妲莉已结婚的现实体现于她改了名字,而且贾米科确信自己看到恩妲莉的左手戴着结婚戒指,这令他困惑不解。他的世界失去了光明,令他置身于一片纯粹的漆黑中。然后,他站在贾米科的教堂门口,听到自己的心跳声就像一记记鞭笞。

"无论如何,我相信她仍然爱我。"

"我的兄弟,我明白你的想法。"贾米科以白人的语言说道,当他们上教堂和刚离开教堂时,他总是这么做,似乎祖先们的语言不够神圣,不能在这种场合说起。

"请你说伊博语,这是正经事。"我的宿主用伟大祖先们的语言说道。

"抱歉,兄弟,抱歉。但现在情况就是这样。正如我一直在说的,把信交到她手里,放在她的手心上。就是这样。然后你可以走了,上帝会知道你已经尽了自己的努力。"

他摇摇头,不是因为他相信这番话,而是因为贾米科根本不明白。他想让贾米科进去参加祈祷仪式,让他一个人静静地琢磨事情。于是他说道:"我明白。我在这儿等你。"

贾米科进去了,和另外两个人为当晚举行的传福音特别仪式做准备:放映一部关于耶苏基度的宣扬基督教的电影。我的宿主坐在一块孤零零的石头上,那是一年前修建教堂之后剩下的。轻柔的风在吹拂,那面旗帜——一块系在扎进地里的两根木头杆子上的布料,正迎风飘扬。他看着拥挤的街道,沿街摆卖货品的男人们在与汽车和独轮车争道。他一边看一边想着自己见过的所有事情和那些隐藏的事情。恩妲莉有孩子了吗?她结婚多久了?是昨天还是一年前呢,会不会就在他伤痕累累地回到尼日利亚的同一个月,甚至同一个星期呢?如果事情真的按照生活惯常嘲讽他的方式进行的话,甚至或许就在同一天。他开始想象:他走下飞机,踏上阿布贾那个破破烂烂的机场的柏油路面,而她与新郎走到神坛上。他想象着牧师看着她与她的丈夫,询问他们是否愿意无论健康或患病都在一起,直至死去。就在同一时刻,只剩下一具空壳的他跪倒在正在机场等候的叔叔脚边。

他思考着他见到的事情:恩妲莉还活得好好的,变成一个更加漂亮的女人。要不是贾米科出现在他的生命里,就像某个看不见的敌人扔出的一块石头砸中了他,或许他已经和恩妲莉结婚了。他们原本会继续住在他的家里,与他的家禽一起生活,早上拾取鸡蛋,黎明时分在公鸡们与其他长着翅膀的生灵的奏鸣曲中醒来。他原本会多么幸福快乐,但他被剥夺了所有这一切。蚊子围绕在他身边嗡嗡嗡地叫,教堂里的声音像呓语般传到他的耳朵里,愤怒在他的心中积聚。

他猛地站起身,开始寻找一件武器。他发现教堂的发动机旁边有一根棍子,将它拿了起来。他像一个疯子般朝教堂走去,快到门口时,他停下脚步。埃格布努,他的良知在做出反应,一道光射穿了刚才突然笼罩他心灵的黑暗。他放下棍子,又坐在那块石头上。他以手捂脸,咬紧牙关。过了一会儿,他令自己平静下来,他察觉到脸上有什么东西顺着脸颊往下爬。那是一只蚂蚁,刚才从那根棍子爬到了他的手上,然后又从手上爬到了脸上。他把蚂蚁拍掉。

"我的兄弟,我的兄弟,出什么事了?"这时,贾米科从门槛那儿朝他喊话。

他站起身。"我回家自己待一会儿。"他说道。

"噢,所罗门兄弟,我真的希望你看看这部电影,《耶稣受难记》。它会令你感动。它会触动你的灵魂。"

他想开口说话,告诉这个男人:刚才他心中对对方充满了仇恨。但他没有说出来,因为见到贾米科的脸,他的敌意又被打消了。

"我会去看。"他发现自己说出了这句话。

"赞美上帝!"

他坐在教堂的后面,内心千疮百孔,贾米科和其教堂同工在布置播放电影的幕布。他一直坐到仪式开始。牧师登上布道台,说起了救赎,一个男人如何受尽折磨,将生命献给了别人。牧师还没讲完,他就起身离开了教堂。

楚库，他回到家里，好不容易才让自己不至于陷入新的绝望。夜深时，他意识到，他的痛苦完全源自他希望夺回自己已经失去的东西的渴望。他想要的不是治愈创伤和得到原谅，不是贾米科说的那些事情。相反，他想要夺回他的生活。他想要把已经掉进粪坑里的椰子捡起来洗干净，因为他相信它能被洗干净。他坐起身，决定这就是他想要的，而且他能做到。去做别的任何事情意味着屈服。

这个如同咒语一般的念头在他的脑海里已经酝酿了许久，变成了一个明确的决定——他会为了恩妲莉而奋斗，不管她是否已经结婚。

我不会放弃，绝不！他告诉自己。我已经走了这么远，没办法放弃。是的，我要再度重申：人们的妻子会从他们身边被抢走，人们的丈夫也会被抢走。一个男人的孩子被抢走，一个女人的宝宝被抢走。一只母鹅的小鹅被抢走。这个世界上没有什么东西是绝对属于某个人的。我要再度重申：这个世界上没有什么东西是绝对属于某个人的。我们拥有某件东西，那是因为我们紧紧将其抓住，因为我们不肯放手。置身于这里，站在这里，身处屋檐之下，我要守住我的生活。如果我松手，它将会从我身边被抢走。

他的手捂着胸口。他点亮房间里的灯泡，然后走到镜子前面。

告诉我，他斜睨着现在那个发生了剧变、脸上布满疤痕、站在那儿回指他的男人说道：告诉我，我的未来之前不是从我的手中被抢走了吗？贾米科、楚卡、玛兹·奥比亚罗、菲奥娜和她丈夫、塞浦路斯的警察——所有人，从我的手里将其夺走，不是吗？

他转身背对镜子，指着墙壁，姿势就像一个在与某个事物对峙的人——一个可怕的事物。

难道我没有尝试努力将自己的生活抓紧，可它不还是从我身边被夺走吗？我的身体呢？是我自愿献身给他们吗？是吗？告诉我！

407

是我说出"喏,这是我的屁股,把你的鸡巴插进去吧"这番话吗?他伸手拿起脚边的板凳,把它朝地板砸下去。

告诉我!

现在他站立着,被砸烂的家具令他骤然清醒过来,他气喘吁吁,意识到自己突然失去了理智,在半夜里大吼大叫。这令他震惊。他哆嗦着连忙关掉电灯,慢慢地来到床上,躺倒下来,害怕自己或许吵醒了住在别的公寓的人。他等着有人来敲门,目光落在房门下方,从那里他可以看见人影。好一会儿,他躺在床上,似乎被绑在上面,双手交叠搁在腹部,他的头夸张地歪向一边。但没有人来。他听见从某个地方似乎传来教堂的仪式正在热烈进行的声响,远处还有鼓点声和音乐声。在宁静中,他做出决定:他必须回到那里,他的一半自我从未离开过那里。只有回到那里,他才能重新恢复平静,他将会在那里进行一场最重大艰巨的战斗。

# 第二十三章
## 古老的传说

　　埃切陶比埃斯克,我已经说过,人的能力是有限的。我这么说,是因为我现在将向您禀告,如果我的宿主能力更大的话,他会有不同的做法。但这并不是说他的能力不如其他男人——不是的。您授予其他人的东西,并未拒绝授予他。我曾陪他去过阿菲奥克和奇奥基克花园,在那儿获取您慷慨馈赠他的天赋与才能,正如您赐福每一个人类。可是,他仍是一个能力有限的人。与其他人一样,他受到大自然与时间的束缚。因此,有些事情,当一个人已经做过,就再也无法撤回。如果一个人无法改变现状,他能做的就只有放弃,朝另一个方向继续前进。

　　埃布贝迪克,再次见到恩姐莉六个星期之后,他又明白了这个道理。因为我不想在这座璀璨的宫殿里再耗费太多时间,因为我只能讲述与我前来向您禀告的那桩事情的结论相关的细节,因此,我必须让这个男人——贾米科,进行讲述。因为此人目睹了自从那天我的宿主再次见到心爱的女人之后,整个人精神错乱的样子。他不再是他自己。他进退失据。

"兄弟,你能做的都已经做了。你已经越界了,现在一定得停止。听我说,因为我怀着基督与埃贞婉妮的爱意在爱着你,因此,你一定得将这件事情全部放下,继续前进。听我说,这对你自己来说才是最好的做法。"

到了这时候,两个月过去了,他们成了最好的朋友。他们正坐在我宿主的家禽饲料店里。在我的宿主开店后的那几个月里,店铺里逐渐堆满了一袋袋的饲料、化肥和其他农业用品。墙上钉了几块木板,上面摆放着一罐罐与饲养家禽有关的东西。一份由阿比亚州农业部发放的日历挂在墙上,翻到了"最后的先锋"那一页。我的宿主站在店铺前面,目光注视着相机。那是自从经历了塞浦路斯的那场惨剧导致容貌改变之后,他拍的第一张照片——额头和下巴有几道深深的伤疤,牙齿掉了几颗。

可是,楚库,我必须让他的朋友讲述:

"让我提醒你一句,你已经做了许多。我帮你找到她之后,你和我一起去找她。起初,在我们见过她之后的很长一段时间里,你并没有打算向她透露身份。作为一个心里仍然怀着爱意的男人,你不愿将那份爱意毁掉,害怕知道这个你爱得如此深切的人心里已不再有一丝爱意作为回报。

"可是,虽然感到害怕,但你没有放弃。五个星期前的一天,你决定冒险。我就在那里陪着你,所罗门兄弟。我目睹了每一个时刻。你在她面前出现,毫无掩饰,就在她的药店里。你甘冒风险。我们进行了周密的安排。我们进去的时候,以为里面只有她和一个员工。当然,我们不知道她的两个朋友坐在办公室里,门打开着。或许,正如我已经对你说过许多遍的那样,一定是因为那几个人,她才会做出那种反应。当她见到你,她真爱的男人时,她曾许下承诺永远不离不弃的男人,她感到害怕。我不是道听途说,也不是在做梦,这是我亲眼见到的事情。我亲眼见到她的手在颤抖。她手里拿着一个小塑料瓶,正在瓶身上写东西,她惊叫一声'啊!',瓶子掉了下来,然后她捂住了胸口。

"我见到了,我的所罗门兄弟。似乎她在大白天里见鬼了。你看得出,她本以为你已经死了或再也不会回到尼日利亚。我的兄弟,你站在那里,喊着她的名字,说你回来了。你的双手摊开在柜台上。但她倒吸一口凉气,惊慌失措地尖叫,她的两个朋友冲出办公室想知道出什么事了,她的员工正在清洁放置药品的架子,转身看着她。我肯定不是因为别的,而是因为这些人,她的态度改变了,眨眼间从一只耗子变成了一只鸟儿。她开始冲你大声嚷道:'你是谁啊?你是谁啊?'甚至还没等你回答,她又开始叫嚷起来,'我不认识你!我不认识这个人!'但我肯定那天其实她认出你了。"

他没有说下去,因为我的宿主正在摇头,咬紧牙关。

"你也见到了。最初,在她的眼中闪烁着认出了熟识之人的无可置疑的火花。如果没认出你,为什么她会倒吸一口凉气,为什么她会哆嗦?当一个人突然遇到某个不认识的陌生人时,他会有那种反应吗?你会倒吸一口凉气和哆嗦吗?"

我宿主的心里静静地燃起火焰,他的脑袋摇晃得更厉害,然后说道:"属上帝的人,我同意。我完全同意你所说的全部内容。事情就是这样。但我觉得纳闷,为什么她说她不认识我?难道不是因为我的脸吗?"

听到这番话,他的朋友露出我无法解读的表情。

"或许是吧,所罗门兄弟。"贾米科说道,"或许你害怕的事情的确是真的,或许不只是因为当时在场的那些人。她的反应太极端了。当你尝试向她做出解释时,她嚷嚷得更加厉害。一听到你的名字,她用英语嚷道:'不,不,我不认识你!离开我的办公室!出去!'事实上,这个反应蕴含着更多内容。树丛里无疑藏着一条蛇。但你也应该知道,或许她在害怕。这个女人已经结婚了,她——"或许是因为贾米科知道这些细节会令听者心里难受,即将说出口的那番话会伤得听者更深,所以他没有说下去。然后,他望着店铺的窗外,一只没头没脑的苍蝇在百叶窗后的纱网间嗡嗡嗡地飞上飞下。他说道:"已经有了一个丈夫。"

的确,这番话刺痛了他的朋友。

"或许她在害怕她以前爱过的男人会毁掉她的新生活。她一定是害怕你的出现。"

我的宿主沮丧地点点头,表示认同。

"但你并没有就此作罢。是的,我们被她的朋友赶走,灰溜溜地离开药店之后,她哭着从后门跑出药店。这件事情令你心情沉重,我的朋友。这件事令你感到羞耻、受辱、意志消沉。我不是道听途说,我的兄弟。我就在那里。我两只眼睛都见到了。如果她真的因为你脸上有伤疤而不肯与你相认,那为什么她会如此激动?"

埃布贝迪克,贾米科说话时神情就像祖先们那般坦诚,我的宿主听到朋友的那番话,内心感到迷茫。他看着窗外,目光落在一个正推着独轮车兜售光碟的小贩上。一个女人叫住了那个小贩,正在浏览一张唱片。

"但是,我还必须补充,或许是因为她在生你的气。"贾米科突然冒出一句,再次对他的朋友露出警告的表情:**控制好你自己**。"或许她对你怀恨在心,因为她不知道你出什么事了。她毫不知情。"

这番话不是以祖先们的语言说出来的,目的是为了突显其意义,将其余的一切塞进倾听者的耳朵里。我的宿主又绝望地点了点头。

"她不知道你经历了什么,不知道因为我对你所做的事情,害得你在塞浦路斯度过了地狱般的一个星期。她不知道你的痛苦。她不知道你有多么迷茫，因为你为了爱情放弃了一切。"

我的宿主听着这番沉重的话，不时地点点头，它们以锋利的牙齿咬噬着他的心。

"她还不知道你为了爱情付出了高昂的代价。她不知道你所蒙受的耻辱，被扒光了衣服，被抢走了曾经拥有的一切。她还不知道这个自我牺牲造成的痛苦。然后，似乎那还不够，他们把你关进了监狱。"再一次，埃格布努，他目光灼灼地看着我的宿主，"我不会再说下去，兄弟，因为没有任何言语能讲述你在那里所经历的事情，即使费尽口舌也做不到。做不到。我想说的是：之前她对这些事情根本一无所知。她还没有读过那封信。"

我的宿主直勾勾地看着贾米科，后者从裤袋里拿出一块手帕，把裤兜也翻转带出，贾米科将裤兜塞回去，用手帕擦了擦额头。

"是的，她之前并不知道那些事情，但就在你向她表露身份的几天后，你把信交给了她。我记得那天的情形。我们想出了一个计划。因此，我们找了一个人送这封信，贴上没有盖邮戳的邮票，写上她的全名，送到她的地址。计划成功了。托坤博说他把信交给恩姐莉之后，走出药店，然后透过窗户，见到她拆开那封信，开始阅读。我们都好开心。对我来说，那已经足够了。你让她明白，你并不是她心中所想的那种男人，让她意识到你曾艰苦地抗争过，想把她争取回来。你出国后并不是失踪了。你没有因为遭受压迫而屈服，而是勇敢地面对它。你证明了你对她的爱，在那些年里，你没有一刻曾忘记她，即便你经历了这种种一切。每天早上你醒来时都会想象她和你就在同一个房间里，你总是对她说：'我会回到你身边。我会回到你身边。'这番话在那痛苦万分的几年里带给你活下去的勇气。在那里，你每天都对着你在牢房里幻想出来的她的模样说出那番话。整——整——四——年。整整四年哪,蒙福的所罗门兄弟。"

我的宿主点了点头,眼神空洞,似乎贾米科的那番话强烈得盖过了他的所有知觉。

"在你交给她的信中,你描述了那件事情如何发生在你身上,那几年你是如何熬过去的。你说,它就像一场战斗——"

"战斗"那两个字挂在他朋友的舌尖上,就像挂在鱼钩上的鱼,因为这时候两个穿着蓝色围裙的男人走进店里。他们的衣服上写着"迈克尔·奥卡帕拉农业大学,乌穆戴克"[1]几个字。

他认识他们。

"驯鹰人与捕禽者先生。"其中一个说道,摘下帽子。

"啊,是大学里的人,你们来了?"他说道。

"是的,噢,是教授派我们来的。"

他与两人握了手。他们又和他的朋友握了手。

"他想买什么?"他问道。

"蛋鸡饲料,"其中一个男人说道,"半包。他还说,让你加一碗肉鸡饲料。"

"蛋——鸡饲料,啊,蛋鸡饲料。"他说道,一根手指摆在嘴唇上,目光环顾着店铺,"我得说,我们的蛋鸡饲料又卖光了。等等。"

他推开通往另一个房间的门,那是一个小储物间,里面存放着一袋袋一包包的家禽饲料,散发出异味。他看着搁在木板上的那几袋饲料,里面装满谷物,为了透气,袋口敞开着,还有几麻袋小米,一袋袋堆叠着。

"我们没有蛋鸡饲料。卖光了。"他回到店铺后说道,双手因为

---

[1] 迈克尔·埃赫奥努卡拉·奥卡帕拉(Michael Iheonukara Okpara,1920—1984),尼日利亚政治家,曾于1959年至1966年担任尼日利亚第一共和国境内东尼日利亚行政地区的总理。

摆弄过麻袋和包裹而变白了。

"啊!"其中一个男人叫了一声。

"但肉鸡饲料还有很多很多。他不想要小米吗?"

"不用了,小米我们已经有了。"那个男人说道,"好吧,就拿肉鸡饲料来吧。"男人与同伴低声商量了一下,然后说道,"两大碗。"

"好的,先生。"他从储物室里喊道。

他回到店铺里,拿着一只金属碗和一个黑色塑料袋,袋口大敞着,袋身期待地膨胀着。他舀起满满一碗灰扑扑的饲料装进袋子里,嘴里数着:一。他发现里面有什么东西,看上去像是一根酒椰的穗子,他把穗子拿掉,扔到门外。他又舀了满满一碗,倒进袋子里。然后他抬头看着那两个男人,用手满满捧起一把,扔进袋子里。

"那是给你们的添头。"他说道。

"你干得不错。"那两个男人说道。

他与两人握手,向他们道谢。

噶嘎纳奥格乌,两人付钱离开店铺之后,我的宿主和贾米科坐下来,叫后者继续说下去。我的宿主刚才在招呼买饲料的顾客时,贾米科开始读起他那本大大的《圣经》。他合上书,把它放在地上倒置的扩音喇叭上。然后,贾米科弓着身子,双肘支在大腿上,继续说下去。

"我刚才说,如果她真的读过你的信,现在她一定了解了全部内情。"

虽然贾米科没有祖先们那么能言善辩,但他的话拥有他们的言语那种催人入定的魔力。因为他的话就像一个古老的故事,如同渐熄的炭火上的余烬那般缓缓地占据了我宿主的思绪。然后,贾米科离开了，带着他的《圣经》和扩音喇叭去进行传福音的工作。我的宿主坐在店铺里，消化着贾米科刚才说过的内容，想让它们抚慰他的心灵。他重新获得了本已失去的自信。他去了比格斯餐厅——恩姐莉介绍他去的餐馆，吃了一顿饭。他坐在餐厅的远角，以前他就和恩姐莉坐在那里，只是现在坐的是新的桌椅。然后他去了街那头的电器店，买了一台旧电视机，贾米科去了教堂。他为两人最终将会再度重聚的时刻做好了准备，这样的话，恩姐莉就不会取笑他连一台电视机都没有了。

虽然从那天开始，我的宿主一直在追问，但贾米科再也没有提起恩姐莉。贾米科坚信恩姐莉会拨打写在那封信的结尾处的电话号码，或寄信到信封上的地址。我的宿主也相信会是这样。这件事情占据了他的全部思绪。他的生活失去了平衡，老是想着恩姐莉会做什么或不会做什么。有时候他会绝望地想摆脱一阵，去想想在"十字军崛起"集会上发生的踩踏事件或马索布即将展开的活动，埃洛楚库——他与埃洛楚库的关系现在不再亲密——曾对他提起过，说它可能会在城里引发暴动。他会将所有这些念头摒出脑海，一心想象着恩姐莉已经读过了他那封信，想要见他；又或者，她读了那封信，对里面的一个字都不相信。或许她认为那些事情根本不可能真的发生过；或许她以为那些都是他捏造的；或许她读了一部分内容，然后把信撕了，剩下的根本没有去看；或许她根本没有读那封信；或许她把信撕掉了，那个送信人见到的是她在读别的东西，却误以为那是他的信。让我们姑且认为她读了信。真的，让我们抛开理性，假定她读了那封信，认为内容都是真的，但是，现在已经太迟了。她已经结婚了，没办法离开那个男人。他们已经结合为一体，没有任何事情能令他们分开。没有。那个男人已经与她共枕同眠数年之久，日日如是，比他经历过的时光更久。已经太迟了，太迟了，太迟了。

这些不确定性,这些恐惧,令他神经紧绷,苦苦思索着恩妲莉会对那封信做出什么事情,到最后他病倒了。到了贾米科发表那通长篇大论的第四天的晚上,他实在是太憔悴虚弱,没办法从床上起身,还碰上了下雨。雨下得好大,不停地敲着公寓的屋顶,让他一直没办法睡着,直至天明。雷电响过几回,我冲出去观看。那是初成形的闪电,阿曼迪奥哈以它作为武器。雷声过后,闪电在天际线亮起,状如闪烁磷光的树木的枯枝。天空深处的轰隆隆的声音如此响亮,从声音变成了看不见的物事:洁白如齿的火花。到了早上,雨势变得那么大,似乎大地在移动,似乎世界变成了一艘方舟,在方舟上的每一样东西——人类、野兽、鸟儿、树木、建筑——都挤在一起,朝某处岸上漂去。

白天大部分时间里他没有离开房子,而是躺在床上,忍受着失去恩妲莉这个想法的折磨。在思索与想象之间,鲜活的事物在他的脑海里显现。他会起身在房间里踱步。他会端详着镜中的自己,他的脸庞,他的嘴巴。他会缅怀与恩妲莉做爱的一段段回忆,如今随着时光流逝变得模糊了。然后他会想到现在是那个新欢和她用同样的姿势拥抱在一起。这个想法简直能杀了他。一幕肆意施暴的情景会跳进他的脑海中,就像一头野兽,朝他被激怒的脑袋咆哮。

奥瑟布鲁瓦,在这种时候,我不知道该对他说什么。在他再度见到恩妲莉之前的那几年里,我总是告诉他要像远古时代的那个白人奥德修斯一样怀着信心,小时候他很喜欢那个神话传说。在那个传说中,一位愤怒的神明令那个男人没办法回到妻子的身边。要不是那个男人最终得以与妻子团聚,我原本会一直向他讲述这个故事。我不能让我的宿主想起他的女人已经委身于另一个男人。我害怕现在让他记起那个传说只会令他充满挫败感。我完全不知道该如何帮助他。我知道试图说服他放弃对恩妲莉的爱只会是徒劳，而且我只能提出建议。他的意志被封锁了。他现在感受到的不只是爱情，不只是想让恩妲莉回到自己身边。恩妲莉拒绝接受他，这个行为令他觉得自己所经历的苦难全是徒劳。他想要恩妲莉承认他，向他——一个为了她而受到伤害的男人，做出让步。

当他起床时，挂在房间墙上那个没有玻璃面板的小挂钟的指针指着下午四点钟。他刷了牙，将泡沫吐进流到房子外面的阴沟里。他的一个邻居在公用的洗手间里，冲水的声音传到他的耳中，泡沫上下翻涌，顺着排水沟流走。他咀嚼着昨天买的吃剩的面包，两口将其吃完，然后穿上衣服，走出房子。

他见到这场雨在屋外制造了一摊泥泞。埃格布努，虽然自从他坐牢之后，我已经不再那么频繁地离开我宿主的身体，但那天晚上下雨打雷，在他熟睡时，我曾离开过他，体验雨水的冲刷。当晚的大部分时间里我都在外面，与成千上万各种各样的精灵在一起，呼吸着本穆奥的天空的味道。我坚信因为这场暴风雨，精灵们不会四处寻找肉身想凭附其上或对其施加伤害。现在我的宿主离开了住所，我得以亲眼见到这场暴雨造成的影响。泥土地变得松软了，因此，当他走路时，他的鞋子一路留下小小的足印。在他居住的平房对面，一座房子，用粗糙的黏土砖块砌成，现在摇摇欲坠地立于一片泥地上。

他来到那家药店附近，裤脚沾满了泥水，脸庞藏在墨镜后面。在那家大鞋店的马路对面，他见到埃洛楚库与一群男人在一起，大部分人穿着黑色背心，扛着比夫拉的旗帜，朝马路对面走去。马索布。他们不是在抗议，只是在游行，他们当中有一些人拿着棍棒，在引导车辆改道。他见到埃洛楚库在里头，沉浸在这场躁动中。我的宿主摇了摇头，朝药店走去。

还有一小段距离时，他看到了恩姐莉的车在那里——他认得那辆车，就是她以前开去他家的那一辆。他看着车子，见到后车窗上有一张小小的海报，他顿时又失去了所有的自信，开始怀疑自己为什么会来这里。他不知道接下来得做什么。我在他的脑海里叮嘱他——贾米科说他不应该试图自己再去见恩姐莉。"不要这么做，不要，求求你。我以上帝之子耶稣的名义请求你。如果她已经结婚了，并且说过她不想和你在一起，那么，当你得到她的原谅，就让她离开吧。"

但他做不到。即使当他尝试让自己这么做，放弃所有的一切时，有什么事情将他拉了回来。时而是压倒一切的想和恩姐莉团聚的强烈愿望，时而是让他的苦难和牺牲得到承认的渴求。

他继续走到街对面，经过几个卖水果的小贩，他们支起摇摇晃晃的桌子，摆放着自己的货品。两个穿着校服的小男孩从他身边走过，正在谈论一头猪。其中一个小男孩的书包敞开着，在背上晃晃悠悠。我的宿主在几米远外的电信公司摊位旁边停步，坐下来，和坐在其中一把塑料椅子上的女人聊天。

"我想打个电话。"他说道。

"噢，"那个女人说道，"全球通、移动电信还是巴蒂电信？"

"嗯，全球通。"

他用那个女人的电话拨打了贾米科的号码，上面的数字键已经被磨光了。贾米科接听了，声音嘶哑："我的兄弟，我们刚刚完成了告解。你今天关店了吗？"

"是的。"他说道，"你能过来吗？我有话想对你说。"

"好的。我今晚会过去。"

他一路走回去，其间停下来买了一碗木薯汤和一包剥好的橘子。他在等候贾米科过来时，脑海里反复琢磨着刚才站在恩姐莉的车子对面时掠过脑海里的想法。楚库,待会儿我会就这件事情向您禀告。他试了好几种表述方式,直到对最终的形式感到满意,这样,等贾米科来的时候,他就不会说得磕磕巴巴。

"两天后你就会离开,去参加这个长祷,我会有多久见不到你——多久来着?"

"四十个昼夜。那是我们的主耶稣基督绝食与祈祷的天数——"[1]

"好吧,四十天。"他的语气里带着苦涩。他环顾自己的房间,寻找他过去两天来忍受折磨的痕迹。他想向贾米科倾诉,但决定还是不说了。

"你有什么想告诉我的,尽管说出来吧,我的所罗门兄弟,我都会去做。你知道,我是你的朋友。"

"谢谢。"他说着,调整了自己的坐姿,他坐在床上,面对着贾米科,而后者坐在房间里仅有的一把木头椅子上。"我想一起去尿尿,这样的话,我们可以尿出更多的泡沫,比我们中的某一人尿出的更多。"

"好的,我的兄弟。"他的朋友说道。

伊安格-伊安格,事实上,祖先们的子孙现在都热衷于白人的行事方式,并不总是以睿智的祖先们那雄辩的语言进行交流。但当我的宿主准备说出经过深思熟虑的话时,他总是会用祖先们的语言进行阐述。

"我知道你已经彻底改变了,现在你是一个好人,因为你获得了重生,一个正直的人。你相信我应该离开恩妲莉,虽然我为她吃了那么多苦头,因为她已经结婚了。"

他每说一个字,贾米科都在点头。

---

[1] 《圣经·马太福音》记载,耶稣基督曾禁食四十昼夜。

"我全都听进去了。我不会打扰她,兄弟,尽管我对她的爱意丝毫未减。我的心里仍然充满爱意,满到甚至没办法盖上盖子的地步。我正在经历的事情——知道她还活着,却抛弃了我——比我之前经历过的任何事情更令我难受。"

他停了下来,因为他见到一只蟑螂爬到墙壁的镜子上。他看着蟑螂张开翅膀,飞到椅子后面。

"这更糟糕,我的兄弟,我是认真的。这是一场囚禁,关押的不是我,而是我的心。它被恩妲莉关押并锁了起来。"他挪到床边,倚着墙壁,"属上帝的人,我不想再爱她,不再爱她。她背弃了一个为了能娶她而变卖了一切的男人。我无法原谅她。不,我做不到。"

虽然嘴里这么说,但他知道尽管自己心怀怨怼,可他最渴望的是让恩妲莉回到自己身边——与她再度春宵,与她欢爱。他看到贾米科摇了摇头。

"贾米科,至少我想知道她经历了什么。我想知道她什么时候决定离开我,和另一个人结婚。你明白吗?我变卖了一切,我背井离乡,全都是为了她。我想知道她为我做了什么。我想知道是什么令野耗子在大白天跑到街上去。"

"是的,非常有道理,非常有道理。"贾米科嘟囔着,与我的宿主同样激动。

"我想知道她发生了什么事情。"他又说了一遍,咬字含混不清,似乎说出那些话带来了痛苦,"我之前想写信给她,但我在监狱里找不到人帮我寄出那封信。"

楚库,这是真的。正是那次令他沮丧的经历,让我试图通过入梦之术这个非常手段与恩妲莉取得联系,试图在她的梦境里出现,把我的宿主想让她知道的消息告诉她。埃格布努,事实上,正如我已经告诉过您的,她的魉阻止了这件事情发生。而且,正如我已经向您禀告的情况,我的宿主曾向许多狱卒央求帮忙寄信,但他们都不加理会,只有一个会说英语的狱卒表示,如果是一封寄到塞浦路斯境内的信件,那他可以帮忙,至于寄到尼日利亚,他做不到,因为那会很贵。

他抬头看着朋友,眼里带着恐惧。

"我想知道在那段时间里,她做了什么事情。"

贾米科想说话,但他继续说道:"我希望你帮助我。这件事情你一定得做。瞧瞧你让我变成了什么样子?"贾米科点了点头,脸上带着羞愧,"所以你一定得帮我,贾米科。你应该以布道者的身份去找她的丈夫,对他说你见到一幕与他有关的异象。对他说你很了解他的生活。譬如说,你知道他的妻子的情况。对他说你在异象中见到了恩妲莉从前的男人在找她,将会摧毁他的家庭,如果他不祈祷的话。"

他看着贾米科,后者把头靠在交叠的双手上,眼睛直勾勾地盯着他。

"你明白吗?告诉那个男人,你想知道恩妲莉是否告诉过他关于她从前的男人的事情。"

贾米科似乎屈服于罪恶感,说道:"如果她告诉过她的丈夫关于那封信和你在这里呢?"

"是吗?但他不知道,他不能知道你是我派去的。不要提起我,说你见到了毁灭,主向你展现了这个男人引发的哀悼和哭泣的情景。"

现在他在渐暗的房间里停下脚步,复述出他刚才在脑海里构思过的那番话,说完之后,他想到了这件事的重大意义。埃格布努,请听听我宿主的这番话,因为它们对于我今晚的作供至关重要,是我的宿主并非故意要伤害恩妲莉的一个有力证据。

"我不是在说我会伤害她,不是。我那么爱她,绝不会那么做,虽然我对她很生气,非常生气。那是一种奇怪的交织的情感。那是无可比拟的深刻爱情。可是,我会杀掉任何染指她的男人,甚至包括她的丈夫。"

贾米科点了点头,神情显然带着不安,他在座位上扭怩,然后说道:"如果你说我得去做,那我就会去做。我会的,兄弟,即使这是一桩罪行。你不能说主说过他并不曾说过的话。"贾米科摇了摇头,"我不能做那种事情,我的朋友,我不能撒谎。我会对他说我想为他祈祷,当我去山里的时候,进行一场特别的祈祷,我想知道关于他与妻子之间的关系的所有事情,这样的话,我能为他们的过去祈祷,不让任何事情试图摧毁他们的将来。"

我的宿主不知道该如何回答,因此,他保持沉默,看着面前这个男人。

"我希望你再度好起来,我的所罗门兄弟。这就是为什么我变成了现在这副模样。你的所有这些遭遇都是我造成的,我必须将其解决。如果这么做能解决问题,那我就会去做。正如我说过的,在药店附近工作的某个人说她的丈夫在奥卡帕拉广场的非洲银行上班。我会去那里见他——奥格博纳·埃诺卡。"

我的宿主点了点头,心口的一块大石又落下了。

之后,他开车送贾米科回家时,精神松弛了下来,似乎期待听到恩姐莉的故事已治愈了他。当晚他睡得很香,第二天一大早就去了他的店铺。邻居们告诉他有很多人过来找他。他联系了几个顾客,上午的大部分时间将一包包的小米给他们送上门。上午的小雨下完后出太阳了,他回到店铺里,同行的是一辆皮卡货车,那家肉鸡饲料大经销商阿格巴姆种子公司派来的。他们把货品搬进他的店铺里,这时贾米科致电了。我的宿主接听了电话,双手在颤抖。

"我和他谈过了,我的兄弟。我不知道,但我觉得我能够说服他。我和斯黛拉修女去了那里,我的徽章别在我的大衣口袋上。"

"我明白。"

"是的,我会回去和你谈论这件事情,这样我也可以向你道别,因为得等到我们从山里回来之后我才能和你见面。"

"是的,是的,你一定得来。"

"晚上吧。"贾米科说道。

"为什么不现在就过来呢?"

"我会过去,兄弟。我晚上过去。"

奥瑟布鲁瓦,若一个病人派人去请医师,当他听到医师正在路上时,便会开始计算那个医师朝他走来的步伐与行程。我已经说过期待对一个人的影响,这种事情我见得多了。那天晚上,我的宿主等不及想见到贾米科。

贾米科开始讲述:"我去了他的办公室,我觉得害怕。我还对主内的姐妹斯黛拉撒谎了。我在犯罪。"

"是的,是的,我明白。"

"但那是为了你,我的所罗门兄弟。于是我进去了。那个人长得很英俊,个头高大,长着一头卷发。奥格博纳·埃夫瑞姆·埃诺卡。埃夫瑞姆是他的受洗名字。他说他的祖父是谭西神父[1]的兄弟。因此,我和斯黛拉修女坐在办公室里,为他祈祷。然后,我问他是否相信预言。他说是的,为什么不相信呢?'难道我不是基督徒吗?那些自称信神却否认神力的人是可耻的,《圣经》不是这么说吗?'我纠

---

1 塞普里安·迈克尔·伊温·谭西(Cyprian Michael Iwene Tansi, 1903—1964),尼日利亚的伊博裔罗马天主教牧师。1998年,谭西神父被教皇约翰·保罗二世追封为圣徒。

正了他:'是《提摩太后书》里的话:**有敬虔的外貌,却背了敬虔的实意。这等人你要躲开。**'

"他用伊博语说:'噢嚯,是的。'然后转而用英语说,'我相信上帝的力量。'

"'我很高兴,先生。那我告诉你吧,昨天我经过这家银行时正在心里祈祷,主说:这里有一个名叫奥格博纳的男人,他的妻子有危难,真正的危难。一个仇人已经来到他们的门口,正在敲门。'

"'上帝说那个男人的名字叫奥格博纳?'他问道。

"'是的,是的。天父只告诉了你我的名字。'

"'好的。'

"'这里还有另一位奥格博纳吗?'

"'没有,据我所知,就只有我一个。'

"'现在我们坐在这里,我的灵魂做出了肯定。我能听到亘古常在者,犹大支派的狮子[1]在说:就是这个人。一团远古的火焰已经降临你的妻子身上,将会摧毁你的婚姻。'

"'以耶稣的名义,上帝绝不允许这么做!'那个男人说道。拳头在他的头顶攥紧。'上帝绝不允许坏事发生。'

"'是的,兄弟。所以,你能告诉我,你的妻子得罪过哪个男人吗?有吗?'

"听到这番话,他似乎很疑惑,从他的脸上我看得出来。他想了一会儿,然后说道:'没有啊。'

"'有男人在追求她吗?'

"'没有,我想没有。她是一个已婚女人,还有了孩子。'

---

[1] 亘古常在者(the Ancient of Days):出自《圣经·但以理书》中对上帝耶和华的敬称;犹大支派的狮子(the Lion of the Tribe of Judah):出自《圣经·启示录》中预言耶稣基督降世的称号。

"听到这里,我的兄弟,我想这个男人根本不知道关于你的事情。"贾米科说道。为了和恩妲莉的丈夫所说的话区分开来,他转回祖先们的语言,说得有点磕磕巴巴。

"我又问了他一遍:'奥格博纳先生,她向你提起过哪个男人吗?'他看着我,脸色变了,然后说道:'是的,因为上帝的缘故,只是因为上帝的缘故我才说出来,因为它是一个秘密。''别担心,把它说给上帝的仆人听吧。'我说道。'她以前曾经差点嫁给一个男人,那个人离开她,出国了。'他说道,'那是第二个对她做出这种事情的男人。''所以,那个男人失踪了?'我问道。'是的,再也没有人听到关于他的消息。我知道的就是这些。'我想说话,但斯黛拉修女说道:'所以,她再也没有见过那个男人?''我知道的就是这些,属上帝的人。'奥格博纳说道。

"我的兄弟,到了这时,我害怕要是再追问下去的话,或许他会起疑心。因此,我提议一起祷告,说我到了山里会进行祈祷,但他应该和妻子沟通,了解是否有男人在找她。"

"哎。噢、噢,贾米科。这样可不够。"我的宿主说道。

"但是……"

"要是你不在的时候,他向恩妲莉提问呢?要是……"

他打断话头,因为一个邻居开着摩托车来了,停车时车子轰隆隆地响。那辆摩托车的车头灯射出两道光柱,穿透了窗帘,照亮了房间,将他们的影子映在墙上,就像是浓墨水彩画。引擎关闭了,车头灯也熄灭了,他继续说道:"要是你不在的时候,他向恩妲莉提问,那可怎么办?"

"我想恩妲莉不会告诉他。我想,听我说,她不想让他知道太多事情。"贾米科拍了一下大腿,将一只蚊子拍死,"我想他不会知道。"

"是的。"他又说道,"可要是在一个属上帝的人和他谈起这件事情之后,恩妲莉决定告诉他呢?"

贾米科想了一会儿。"那我会去打听。等我回来之后就去打听。你不就是想知道在你离开之后她干了些什么吗?你不会做任何事情,你只想知道实情。"

他表示同意。

"那我会去打听。不用担心,我的兄弟。"

然后他们出去了,贾米科在回家前会先回教堂,天已经黑了。他们经过一群群学龄的小孩子,孩子们放学后正磨磨蹭蹭地回家,成群结队地过马路。一个小男孩弯腰对着阴沟朝里面呕吐,边吐边咳,他的朋友们在照顾他,还一直安慰他。一个大人停下来,吩咐其中一个朋友让生病的小男孩喝点水。我的宿主和他的朋友向小男孩表示慰问。然后贾米科把手搭在小男孩的头上,开始念念有词——我明白这个举动是白人的宗教的一个奇怪做法,就像一则咒语,伊博人古老宗教的一个仪式。贾米科做完祈祷之后,换回白人的语言:"谢谢您,主耶和华以勒,伟大的治愈者,耶和华沙玛,请治愈这个小男孩。"

奥卡奥米,然后他带着从贾米科那里得到的关于恩妲莉的消息回到公寓里。在加热早上做的那锅米饭时,他陷入了沉思。虫子围着煤油灯打转,那口锅发出咝咝声,缓缓地有了生机。他把锅从炉子上拿开,这时候电力恢复了。然后马上又停电了。他端着饭回到房间里,慢慢地吃起来,猜想为什么恩妲莉对她的丈夫说他失踪了,她没有听到关于他的任何消息。他怎么就失踪了呢?怎么回事?迪梅吉没有把他的口信转达恩妲莉吗?在他被判刑之前,他曾叫迪梅吉联系恩妲莉。他也拜托过托比。难道恩妲莉从来没有听说过他出事了吗？他觉得这不大可能。恩妲莉很有可能听说了而且知道实情，但向她的丈夫隐瞒了。这令他困惑不解。为什么恩妲莉要隐瞒丈夫呢？

在这种时候，一个人务必小心，因为在绝望的状态下，他的心智会想出许许多多的答案。人的一部分是没有理性可言的，那个部分的存在纯粹是为了让他心里好受些。因此，在这种情况下，它会伸手去够树上最低的树枝，把自己拉上去。魑必须做的，就是挑出最合理的建议，并令其成为其他建议的主宰。因此，从那天晚上在他的脑海里浮现的种种可能性中，我挑中的那个建议是：或许恩妲莉在收到他不久前寄出的信件之前从未收过任何信件。但他的想法不一样——恩妲莉对丈夫说他失踪了是在骗对方，让她的丈夫以为她不再想和他在一起，其实恩妲莉仍然爱他。

第二十四章
被遗弃的人

　　阿格巴塔-阿鲁玛鲁，再没有什么能比单相思的爱情更令一个人垮掉。虽然恩妲莉曾经对他说，她并没有想过投河自尽，但他在桥上试图让她放弃轻生念头的慷慨举动是最初打动她的芳心的原因。现在她的心已经从他那儿被一个在银行工作的男人抢走了，那个人根本不知道他为她做出的牺牲。正是这一点，令我的宿主觉得无法忍受。在贾米科向他透露实情之后的那几天里，他颓唐不振。接下来的那个星期，贾米科不在，他陷入要去找恩妲莉的执念中不能自拔。他努力与这个念头做斗争，先是寄情于工作，试图将精神集中在店铺上，但每天关门后，他会开车到药店附近，停在路边。从这个有利地点，脸庞藏在墨镜后面，他会从远处观察药店一段时间。
　　有时候，七月的雨会令他的视线变得模糊，他坐在那里，什么也看不见。然后，他注视着她，思念着她，他的心似乎被灌了铅那般沉重，他会看见恩妲莉走出药店，或开着她那辆蓝色小汽车离开。

能看到恩妲莉一眼总是足以令他怀着略微放松的心情回家。恩妲莉总是穿着她的白大褂，露出下面的各式服装。大部分日子里，她穿着衬衣和裙子，有时候是一件印花女上装或一身套装。在那几天，他见到恩妲莉之后就会回家，对自己说她是多么漂亮，还有她的发型和指甲的颜色是那么好看。有一回，恩妲莉从他的车子近旁驶过时，他看见她把指甲染成了蓝色，但她没有注意到汽车里那个戴着墨镜和帽子的男人就是我的宿主。他回忆起他曾看着恩妲莉坐在院子里的长凳上，用一块皮革涂指甲油，因为她不想让指甲油的浓烈味道呛到他。有一回，她的指甲油涂到了一只白鸡身上，颜色留在了鸡羽上，一团无法清洗掉的红色印迹。她哈哈大笑，眼泪都流出来了。

他回到家里，渴望与恩妲莉联系。他思考了所有的可能性。他开始察觉到，见到恩妲莉越多，他就会越频繁想起两人曾经亲密共处的回忆，而他的欲望也随之变得越发深切。他应该怎么办？如果他去找她，她会再度羞辱他，或许她会憎恨他。她读过了他的信，知道他吃过的苦头，却没有流露丝毫怜悯。想到这一点，他的心情会从渴望转为愤怒，然后是憎恨。他会咬紧牙关，跺着双脚，气得浑身发抖。他就在这种心情中睡着，第二天醒来进行同样的每日惯例：怀着傍晚就可以见到她的安慰到店铺里去，接着是矛盾与慌张交织的感觉。

在那些日子里，有一回，恩妲莉开车离开时，他尾随其后，想知道她会做什么事情，因为他猜想或许恩妲莉有一个情人。她开到一所学校，一所私立小学，她的儿子在门口等候着。他坐在停放在两百米外的车子里，从巷子那头观望。他留意到那个小男孩的耳朵，而且肤色像恩妲莉。他跟着他们，来到他们家，一座堂皇的双排房屋，坐落于工厂路。房子有围栏，大门和围栏一样高。他在房子旁边停车,观察着周围的情形,外面长着茂盛的灌木。在没有铺平整的马路对面有一间看上去像是小诊所的房子,前面是一家杂货店。几米开外是一个小棚屋,一个女人每天晚上会在下面烤芭蕉、山药和豇豆。他回到自己的公寓里,他了解到了新的情况,但不知道该做什么。

没有贾米科陪伴的第一个星期就快结束了,星期五那天他没办法去工作。前一天晚上的苦涩一直持续到第二天,他发现自己因为痛苦而哭泣,都是恩妲莉抛弃了他惹的祸。埃格布努,我在宿主身上见到的情况古怪而令人震惊。那就是众所周知的爱情的魔力——它是一个获得了生命的事物,在颓唐中茁壮成长。他对自己发誓,如果那天她走出药店,他会上前和她当面对质。因此,那天,他下定决心,下车与马路对面那个经营手机摊位的女人坐在一起。他在摆弄一台用于服务的电话时,那个女人问他是不是那个总是坐在一辆车子里盯着药店看的男人。我的宿主惊呆了。

"你看到我了吗?"

那个女人哈哈大笑,乐呵呵地拍着手说:"当然看到了。你每天都来,每天。我们怎么会看不到你呢?或许药店里的人也看到你了。"

他呆坐着。他转身对着街道,一个牲口贩子正带着牲口赶路,用手杖拍打着它们。

"你还没有回答我的问题呢。"那个女人又说了一遍,"为什么你总是那么做。"

我的宿主惊呆了,知道自己不能再继续这种冒险行为了。

"可是我一直戴着墨镜,你怎么知道是我?"他说道。

"因为我刚刚见到你从那辆车子里出来呀。"

"好的,以前我和那个药剂师是夫妻。"他说道。然后他撒了一个谎,说恩妲莉现在的丈夫在她身上施了一个邪咒。那个心思单纯的姑娘为他感到难过，试图安慰他，用她的手碰了碰他的手。之前他对这个女人并没有什么感觉，可当她的身体与他接触时，他觉得自己被她吸引了。我立刻利用这个机会，想驱使我的宿主摒弃对恩妲莉持续不断的将会带来毁灭的执念。我在他的脑海里闪念，让他知道或许他能拥有这个女人，而且她会一直爱他。这些想法在他的脑海里膨胀，他直勾勾地盯着她。她的长相很普通，她的衣着很便宜，而且她的皮肤很粗糙，笼罩着那种穷困生活造成的暗淡色泽。但这一天她的穿着比平时要好些：一件像样的上衣和一条短裙，头发还抹了发油。

他坐在那儿，而那个姑娘为过来打电话或买电话卡的顾客服务，他看着这个女人，对自己那荒唐的欲望突然转移而感到惊诧。他竟然勃起了。

"我想今天我应该带你去我家，这样的话，你就知道我住哪儿，我们可以做好朋友。"他说道。

那个女人笑了，但没有看他。她翻弄着电话卡，把它们摞在一起，然后缠上橡皮筋。

"你甚至不认识我。"她说道。

"嗯，你不想过来吗？好的，你叫什么名字？"

"我可没说不去。"她说道，"我叫琦丁玛。"

"我是侬索。所以，你会过来吗，琦丁玛？"

"好的，那等我结束营业吧。"

阿卡塔卡，他在那里，一直待到那个女人结束营业，然后他载着她回到自己家里，中途停车买了两瓶健力士麦芽啤酒。刚开始时我没有离开，因为我想看完事情的全程，看看它会如何结束。虽然是我促成了这段交往，但我想尝试理解这个新的现象：一个男人刚才还将深切的渴求浪费在一个女人身上，然后，突然他为了另一个女人燃起同样激烈的欲望。这真是一件离奇的事情。那个女人只是问他是会继续寻找妻子,还是会和她相爱。他的回答是"我会和你相爱",然后,她没有做出抵抗。他饥渴地为她宽衣解带,差点把她的衣服撕破了。他的双手探进她的胸罩里,疯狂而猴急地吮吸着她的胸脯。这是多年来他头一回见到一个裸体的女人,更别说亲手去触摸,因此,当他进入她的双腿之间时,他为之而眩晕。

到了这时,我肯定会有意外的事情发生,我离开了他的身体。但今晚本穆奥是如此喧闹,我不得不立刻回到我的宿主身上,似乎被一头凶猛的野兽追逐。因此,我不得不目睹交媾的神奇魔力。我回到他身上时,正值火热的时刻,那个女人正一再央求他得用安全套,但他根本不去理会。"可是,不要射在里面。不要射在里面。噢。"她在哀求,而他在暴烈地冲刺,他的床在嘎吱作响。我目睹他发出一声嘶吼,然后倒在地板上。

那个女人躺在他身边,紧紧地搂住他,但他面朝墙壁。他的心跳逐渐缓和下来,他身上的汗水干了,他的感觉开始改变。他回想起这一天的早些时候他坐在那个女人的桌旁的情形。埃格布努,现在他看到的事情不一样了。不一样了!他看到了那个女人脸上的雀斑,一块长斑的部位剥落结痂。他想起了那个女人的龅牙,而且在她的乳沟上有一道像是疤痕的东西。他想起她的指甲脏兮兮的,她还用手指抠掉眼屎。他想起他们躺下来做爱时,他看到这个女人的肚脐眼黑黝黝的,而且她的阴部是那么肥厚坚实。他抽身离开,下床,开窗,仰头回忆恩妲莉的身体。他想起那天,恩妲莉坚持要他亲吻她的阴部,当时他觉得很恶心。

当他回到房间里时,那个女人用床单盖住了身子。他的心里涌起憎恶。出于某种他或我,他的魈,都不知道的原因,他发现自己在恨她。他坐在椅子上,喝完刚才喝了一半的麦芽啤酒。

433

"你会回家吗?"他说道。

"嗯?"她应了一声,然后坐起身。

他端详着那个女人,她的丑陋更加显眼,懊悔令他的身子发僵。

"我是问,你想在这儿睡觉吗?我只是想知道。"

"嗯,你要赶我走吗?"她的声音几乎在哽咽。

"不,不,我是问你是不是想离开。"

她摇了摇头:"你爽够了,所以现在你叫我回家?"

他一言不发地看着她,对自己突然变得如此残酷无情而惊讶。

"好的。"那个姑娘说道,攥紧了拳头。

他看着她穿上胸罩,背上的线痕几乎看不清了,那毫无吸引力的胖嘟嘟的肉体。他在内心觉得自己受到了侵犯。现在他已经与另一个女人睡过,恩姐莉会在他的眼里被玷污吗?恐惧和愤怒在心中交织。他闭上眼睛,不知道那个女人何时穿好了衣服。关门的声音打破了他的遐想。他站起身,但她已经出门了。他赤着脚,没有穿衣服,没有锁门,在漆黑中追在她的身后,呼喊她的名字:"琦丁玛,琦丁玛,等等,等等。"但她没有等候。她继续向前走,哭泣着,什么也没说。

他回到房间里,坐下来,房间里只有那个女人的味道。他不知道那是什么感觉,是为自己如此残酷无情地对待这个女人感到懊悔,还是为自己离奇地遭到侵犯感到愤怒。他等了大约一个小时,然后打电话给那个女人,但她没有接听。他发了一条短信表示歉意。她回信了:**不许,不许你再到我的店里来!你这辈子都不许!你这天杀的!!!**

一个挥舞着漆黑的轻蔑之翅的暴烈念头降临于他的思绪,将他占据,令他在椅子上气得发抖。他删除了那个女人的号码,事情结束了。那天晚上,当他睡着时,两个在打架的游魂闯进了房子里。

它们穿墙而过，没有意识到它们闯入了人类的领域。楚库，我必须说，像这样的事情经常发生，但大部分情形不值得记起。但是，这桩特别事件对我造成了触动，因为我可以将它与我宿主的情形联系在一起。

其中一个精灵是一个男人的魑，它的宿主拐走了另一个男人的妻子。另一个精灵是那个女人前夫的鬼魂。那个魑说它快累死了，多年来它一直在尝试赶跑那个鬼魂。"为什么你不消停呢？"它说道。"你的宿主不单拐走了我的妻子，还谋害了我的性命，我怎么能消停？"那个游魂说道。"但你应该歇一歇。去阿拉恩迪伊奇，回归另一个生命，去拿回本属于你的东西。"那个魑回答。"不，我现在只想讨回公道。现在，就是现在。告诉你的宿主，不许用他的手去碰恩格兹。否则我不会放过他。我会继续在他的梦境里作祟，尝试占据他的身体，令他因幻觉而发疯，直至讨回公道。""嗯，"那个魑回答，"如果你肯作罢，阿拉和楚库会代表你讨回公道。但你要自己去解决……"当我挥手叫它们出去时，它们的对话仍在继续，它们几乎没有看我和宿主一眼，穿过墙壁回到了黑暗里。我不知道为什么我目睹了这一幕——或许是您允许我将其视为一个警告，更努力地去劝说我的宿主不要去追逐虚无缥缈的目标，这种情形或许会令他沦为一个阿卡利奥格利，一个游魂野鬼，无论在天堂或大地都无家可归。

埃切陶比埃斯克，我的宿主变回了原先那个男人，一个思想矛盾的男人。他就像一摊液体，流回了那个盛着他的容器里。他不再去药店附近等候，将注意力转到了她的家。他会把车子停在相隔扔几块石头的距离，走路到恩姐莉家对面的超市。他与店主混得挺熟络。他买了饼干和可乐，坐在店主摆在店铺外面的一张长凳上，吃着，喝着,用他那蹩脚的英语与店主聊天。他从这个位置观察,确保自己的墨镜一刻也不离开他的面孔。他先看见恩妲莉下班回来,带着那个小男孩,然后他看到了恩妲莉的丈夫。到了执行这个新做法的第三天,他想到向店主打听关于这家人的情况。

"奥格博纳先生?"店主说道,他是豪萨人,不会说祖先们的语言。

"是的,和他的妻子。"

"噢,那位女士。嗯,我对她的了解不多。她不肯交谈,根本不肯。她总是安安静静的,好像没有嘴巴似的。她经常来这里。"

他看着店主,后者正挠着一边脸颊上两道长长的伤疤。一个人走进店铺里,穿着短裤,一件衬衣挂在他的肩膀上。

"噢,你好。"那个顾客对我的宿主说道。

"你好,我的兄弟。"

"老板,有牛铃牌奶粉吗?"

"哪一种呢?罐装的还是小包的?"

"小包的。拿四包来。多少钱,老板?"

"一包一奈拉。四包四奈拉。"

那个男人走后,他问店老板是否知道关于奥格博纳先生和他儿子的事情。

"啊,是的——是的。我得说他们都是好人。"

埃格布努,我向您禀告过,我的宿主拥有好运这个天赋。的确,许多糟糕的事情发生在他的身上,但他的奥尼尤瓦在奇奥基克花园捡到的那个东西非常强大。否则,我该如何解释在机缘巧合之下他了解到的事情?埃祖瓦,如何解释呢?他所做的只是向老板询问关于那户人家的必定会提起的问题。"他们就只有一个儿子吧?"对这个问题,店主回答:

"一个孩子？是的，就只有一个孩子。奇侬索，就一个孩子。"

奥巴司迪内鲁，我的宿主跳了起来。因为他没有告诉过这个男人自己的名字。

"嗯，什么？"

"那个孩子。"店主说道，对他的反应感到惊讶，"我说他的名字叫奇侬索。"

现在他呆呆地站着，没办法挪动自己的双脚。他盯着这个男人，然后看着房子的方向，然后又把视线挪回来。

"先生，出什么事了？"

他摇了摇头："没事。"

那个男人恢复了轻松，开始谈论起奥格博纳先生有时候在买完东西后忘了要回零钱，在开斋节还带了一只山羊给他。我的宿主倾听着，但一半的心思已经溜掉了。当他起身回到车上时，他的意识似乎被更新了，他意识到了自己刚才打听到的消息是什么内容。为什么恩妲莉给自己的儿子起了他的名字？到底是怎么回事？

没有什么比这个想法更令他烦恼。他坐着，完全没办法去做任何事情，陷于无助。这个看似简单却带着欺骗性的问题在折磨他。因为这个问题似乎很容易回答，似乎答案就搁在他头顶上方的某个架子上。每一次他尝试去揭晓它时，却意识到它在遥远的地方——他光是伸手其实够不到的地方。正是这一点，最令他感到困扰。那天晚上他没怎么睡觉，当他醒来时，他害怕自己会因为无休止的探究而失去理智。他饿了，垮掉了，心情郁闷，但他躺在床上，变成了一摊碎片。来自农业大学的人给他打了两次电话，然后发来一条短信，说他们不会再找他买饲料，因为他做生意不再上心。他们是第四个抛弃了他的常客，因为现在他总是不在店里。

他读了那条短信后，整个人气炸了。他朝着闷热的空气叫嚷，然后站起身。

为什么我要怕她？我为她做了那么多，做了那么多，凭什么我要怕她？不，她必须给我一个交代。

他在房子里踱步，想起了那天当着众人的面，恩妲莉拒绝了他，还高嚷着自己根本不认识他。今天，就是今天，恩妲莉必须给我一个交代。

他说得斩钉截铁，连他自己也为自己变得如此大胆而感到惊讶。他出了房间，走进公寓后面的公用洗手间去洗澡。在洗手间前面，一个女人——她老公是约鲁巴人，说话有点娘娘腔——坐在一张矮凳上，俯身对着水桶，正在洗衣服，泡沫四溅。那个女人身上绑着褓裸，吊在她的胸脯上，在她那毛茸茸的腋窝下面打了个结。当他经过时，这个女人和他打招呼，暴露在他眼前的那片肌肤令他气恼。他想起了那个曾经和他睡过的女人，想起了他的感觉曾令他惊讶。他并不觉得赏心悦目，而是感到恶心，这一点令他感到诧异。他关上洗手间的门——木头质地，钉了一层锌片——将衣服挂在门顶。他想到，他和那个女人的体验和他之所以对其他女人如此冷淡，是因为他仍爱着恩妲莉。

他又开车去了恩妲莉家，把车子停在几米远的路边，与恩妲莉的车子开来的方向相对。他停在一棵树下，上面有鸟儿在啼鸣，俯瞰着一座有围栏的房子，从里面传来小孩子们的声音。然后他等候着，眼睛注视着路面，直到日落时分，他看到恩妲莉的车子驶近。他已将事情反反复复地思考过并下定了决心。他已经观察过了，很少有车子开到这条路上，因为这条马路那头的街道并没有通往别处。它的尽头没有出口。如果有车子跟在恩妲莉的车后，他不能堵住马路，那么他只好下车，在她开到大门鸣笛和看门人开门之前，追上恩妲莉的车子。

埃格布努，那个时刻就像从想象里冒出来的事物。一见到恩妲莉的车子，他就启动自己的车，高速飞奔向前，然后开到迎面而来的那辆车的车道上，两辆汽车几乎相撞引发的尖叫连他那稀里糊涂的脑袋也感到后怕。他坐了一会儿，让自己的心跳平复下来。然后他走出车外。刚才他见到了恩妲莉，但没有看见坐在后座的小男孩。现在，他看见了母子俩，恩妲莉转身对小男孩说了几句话。他走到两辆车子前面，一动不动地站着。自从他回来之后，长久以来，几个月来，他一直期待着这个时刻。他察觉到自己在打哆嗦，在他的内心最深处，有什么东西在爆发。

他的车后面有一辆车，司机按了三遍喇叭，然后气愤地驶过。但他站在那儿。然后，恩妲莉下车了。两人对视着。那张脸庞上似乎蕴藏着生活，他曾经了解的生活。但他很难认出那张脸。它的一部分特征是新的，虽然有许多特征很熟悉。

"是你？"恩妲莉说道，似乎在询问他究竟是人是鬼。

他点了点头。"姑娘。"他说道。

她转身回到车旁，弯腰对小男孩说了些什么。然后她关上车门，站在车子前面。

"又是你？你想干什么？"

他摇了摇头，因为，埃格布努，他在害怕。

"姑娘，我为一切感到抱歉。我很抱歉。我很抱歉。你读了我的信吗？你读了那封——"

"放过我！"恩妲莉嚷道，"放过我！"她往后退去，一只手捂着脸，用涂了指甲油的手指指着他，"为什么你要跟踪我？为什么你要来我的药店和我家？这么做到底是什么意思？嗯？"

"姑娘——"

"不，不，闭嘴！闭嘴！不许那么叫我，求求你，我求求你。"

他想开口说话,但恩妲莉回头看着车子和小男孩。

她又转身对着她,合上双眼,说道:"我告诉你吧,我不想再见到你。这是什么意思?为什么你要跟踪——"

"恩妲莉,听我说。"他说道,然后走向前。

"停下!停下来!"

她连忙往后退去,这个动作令他感到震惊。

"你不许靠近我。听着,我以上帝的名义请求你,放过我吧。我现在结婚了,好吗?去找另一个女人,放过我吧。如果你再到我家里来,我会叫人把你抓起来。"

他看着恩妲莉回身朝车子走去,他跟在身后,只隔着十几厘米,就快碰到恩妲莉了,这时候她转身再次面对他。

"你的儿子,"他说道,因为刚才的疾跑而气喘吁吁,"他被起了我的名字。"

在这个生命中难忘的时刻,当我的宿主和这个他心爱的女人彼此相距只有十几厘米时,一辆货车开始驶近两辆车子会聚的地方。那是一个特别而短暂的时刻,就像目标人物最后一眼看见行刺者,却又充满人类无法衡量的恩典。他跨出了不受欢迎的一步,进入了恩妲莉的视野,他的双脚被套索圈住了,他没办法挣脱。他见到恩妲莉想说话,接着,她猛然转身,回到自己车上。

货车里的几个男人停下车,开始骂骂咧咧。他回到自己的车里,缓缓地倒车。她的车子驶过,朝她的房子大门开去。他看着那辆车消失,那辆货车驶过时,气冲冲的司机与乘客都在骂他。

埃布贝迪克,我绝不能浪费太多时间在他之后做的事情上,那不忍目睹的事情。这次见面摧毁了我的宿主。他把恩妲莉对他说过的那番话装在了他那虚弱的胃囊里,放在那一幕情景中去理解,掂量着每一个词语。他就像一头山羊,将那些话变成了反刍的草料。每天晚上,当他的生活——它就像一个不停歇的钟摆——摆到暂时停顿之处时,他会将反刍的食物吐回嘴里,分泌出新鲜丰富的唾液,继续咀嚼。但是,有一团东西他无法摆脱,没办法将其嚼烂或捣毁。因为那团东西坚实而完整。他在恩妲莉的眼睛里见到了它,尽管他知道在那种情况下他或许会反应过度激烈,但他坚信他在恩妲莉眼中见到的是轻蔑。

很难去形容这种感觉对他的影响。一连好几天,他躺在家里,被那次见面时听到的幽灵般的虚无缥缈的声音包围着。他不怎么吃东西。他自言自语。他大笑。他哭泣。他在晚上疲倦地走到外面,然后又跑回房间里,喝着从他的脸上滴落的雨水。

埃格布努,我害怕他就快疯掉了。他又做起了奇怪的梦,比以前更加严重,许多与鸟有关——鸡、鸭、鹞子,甚至老鹰。这些梦触动着他那饱受创伤的心灵上发炎的伤口。他成了一个被遗弃的人——被天与地遗弃的人。一个活着的阿卡利奥格利。我感到害怕,因为我知道最强烈的情感总是存在于所爱之人——他无法得到的女人——离他而去的人的心里。那是他的灵魂在奄奄一息地渴求的事物,那是将他的心拘禁的阴森地牢。拯救他的唯一方式就是让他产生与那段无果的恋情同样强烈的新的恋情。但是,我害怕他的身边并没有这么一个女人。

一连好几天他都陷于这种状况,埃格布努,一天晚上,他坐着自言自语,念叨着恩妲莉在恨他,他没想到他的朋友已经回来了。

他听见有人在大声敲门,差点吓了他一跳,接着有人喊道:"奇侬索兄弟,永生上帝的儿子!"

他冲过去打开房门。

## 第二十五章
## 庶　神

阿克瓦阿库鲁，深具无与伦比的智慧的伟大祖先们曾说过，一个人害怕的东西必定比他的魉更加强大。这番话不好理解。但是，恐惧确实是人类生命中的一个重大现象。人在孩提时总是被恐惧支配。当他长大之后，恐惧会永远成为他的一部分。人所做的任何事情都受其主宰。如何才能摆脱恐惧？这是一个愚蠢的问题。嗯，那难道不就是恐惧本身——或者说，对一个人的思想被恐惧支配的恐惧——促使他提出这样的问题吗？人必须与恐惧并存。人吃东西是因为他害怕要是自己不吃东西的话就会死掉。为什么他过马路时得小心谨慎？为什么那个男人带着小孩去诊所？都是出于恐惧。恐惧是一位庶神，是芸芸众生的沉默的主宰。在人类所有的情感中，或许它拥有最为强大的力量。噶嘎纳奥格乌，想想阿祖卡的故事吧，三百七十年前，那个男人在斗殴中杀了自己的妻舅。那个男人因不义地杀害了另一个男人而被阿拉的祭司判处死刑。当时我的宿主切泰泽·伊耶克巴是押解他走进森林并将他绞死的其中一人。通过宿主的眼睛,我见到了这个被判处死刑的男人的样子,甚至他的行动与声音因为恐惧全都变了,显然,从判决宣布的那一刻起,他生活的每时每刻都被对死亡的恐惧占据。一个劝说自己要无所畏惧而活的人很快就会发现自己赤裸裸地闯进了癫狂的世界,在那里,他找不到任何相识的人。

贾米科上门时,发现我的宿主被恐惧吞没了——此外还有渴求、愤怒、爱意与悲伤。但最强烈的情感是恐惧,我的宿主真的害怕自己再也无法拥有恩妲莉。楚库,恐惧!这位庶神,折磨着人类的施虐者——它将人类套上枷锁,没有人能将其挣脱。恐惧让人在房子里乱窜,让人蹲在窗台上,让人尽情扑扇年轻的白色翅膀,让人奏起卑微者之歌。他根本无法逃脱。因为如果他飞起来,屋顶会让他落下来,回到原先的地方。这个男人此时在纵情作乐吗?他在婚礼上畅饮棕榈酒吗?他得到父母的祝福与所有亲人的称许吗?他在和妻子做爱吗?他的妻子在临产,他正等候着一个孩子出世吗?无所谓,当他折腾完了——当宴席结束之后,当参加婚礼的客人们全都离开之后,当他宣泄完毕再度平静下来,当那个孩子被生下来并睡着了,恐惧又会回来,比之前更加强大,把他拽回去,就像一个驯鹰人收回他的鸟儿。

因此,我那担惊受怕的宿主需要得到帮助。他必须试图弄清楚;他必须尝试找到一个法子。一个法子?这就是他试图向贾米科表述的内容。现在,他筋疲力尽,跪在地上,抱着从山里完成祈祷之后回到他身边的朋友,后者身上充满了那位受遥远土地和虔诚祖先们的子孙顶礼膜拜的伟大神明的圣洁。

"贾米科,"他说道,"我知道你是属上帝的人。我知道上帝改变了你的生命,但我想让你为我做一件事。我很难过,仍然非常非常难过。我仍在苦难中。只有当我的妻子回到我的身边,我才能得到救赎。"

尽管到这时,他知道自己已经失去了恩姐莉,尽管他感觉得到自己正处于发疯的边缘,但他见到贾米科脸上的惊愕神情时仍感到惊慌。

"对。"他激动地说道,咬紧牙关,将贾米科穿着裤子的瘦巴巴的腿抱得更紧,"她是我的妻子,贾米科。她是我的人。我们本来会结婚。为了她,我吃尽了苦头。"

显然,他的朋友不知道说什么好。贾米科注视着我的宿主,后者松开了手。我的宿主继续说道:"大概一个星期前,我在她家前面见到了她,贾米科。我见到她了,那么接近,还有她的儿子。你知道他的名字,她的孩子的名字吗?他叫奇侬索。"

"你的名字?"贾米科说道,我那神志极为清醒的宿主变得激动起来,他似乎触动了这个他在寻求帮助的男人。

"是的,那个小男孩就叫这个名字。"

"我无法相信,我的兄弟。"

"我认为——"他说道,但他的胸膛在强烈地起伏,令他说不出话来。然后他再次开口:"我认为这是有原因的,我想知道。她以为我死了吗?那就是她给孩子起了我的名字的原因?还是因为别的什么事情?"他咳了几声,朝手帕里吐了一口痰,"那个孩子,我睁大眼睛看过他,我的灵魂对我说他是我的儿子。"

"是吗?"

"是的。"他攥紧拳头说道,"事实上,你去看看那个孩子好吗?他看上去约莫有四岁了。她什么时候嫁给那个男人呢?你说就在不久前?"

"嗯,那倒是真的。可——可是,那是什么时候的事情呢?"

"我不知道。我不知道。我不知道。噢,只有上帝才知道。可是,我的兄弟,我的心都碎了。一个死人都比我现在要来得好些。我睡不着觉,我吃不下饭。我不知道为什么我的生活会变成这样。但我想知道,为什么她的儿子会起我的名字。"

"你说的话的确有道理,我的所罗门兄弟。长者说,一只蟾蜍不会无缘无故在大白天里跑出来。不是有什么东西在追逐它,就是它在追逐什么东西。"

确实如此,噶嘎纳奥格乌:那就是博学的祖先们的智慧!

"我明白,所罗门兄弟。"贾米科继续说道,"有事尽管吩咐,我都会照做。我愿意帮助你。"

听到这番话,我的宿主抬头看去,在那一刻,他看到自己跪在地上,抱住他的朋友瘦巴巴的双腿,他那可怜的朋友,已经四十个日夜没有进食。枯瘦的躯干吓到了他,他连忙缩回自己的双手,坐在他的朋友对面的床上。埃格布努,是"帮助"这两个字,解救与希望的承诺,令他如此激动。现在他坐直身子,摇摇头说道:"我想让你回去找她的丈夫,对他说:'上帝派我来找你,奥格博纳先生,对你发出警告,他们会有危难。'"

他等候着贾米科开口,但他的朋友以手捂嘴,擦拭大张成 O 形的嘴巴的嘴角。

"那不会是罪行。"他说道,"你要做的是试图知道她是否——她是否安全。上帝不会禁止这么做。而且,你是一位牧师。所以,那并不算是一个谎言。"

贾米科摇了摇头。虽然他似乎下定了决心,终于要开口说话,但他并没有说"可是,主并没有派遣我去找他,那是一个谎言"。我的宿主之前还在担心他会这么说。相反,贾米科的声音就像一把镰刀割裂空气,他说他会做这件事情。然后,他似乎以为我的宿主没有听见他的话,他以信仰的坚定力量复述了一遍。

我的宿主平静了下来，然后他被一只看不见的手扶着站起身。

楚库，伟大的祖先们总是说：一只阴囊肿胀的羚羊会令猎人有机可乘。因为现在那个带着毒箭的猎人——即使他是一个年迈骨衰的老头子——能够逮住那只羚羊。奥格博纳先生，我那宿主的爱人的丈夫，那个趁他不在时夺走了他的新娘的邪恶男人，那个毁了他的男人，那个令他现在受尽折磨的男人，那个夺走了他的孩子的男人，现在他的阴囊已经肿胀了。他把自己交给了一个戴着面具的牧师，一个为了我的宿主那满目疮痍的王国服务的密探。现在，翌日傍晚，当地平线本身披上了淡灰色和一只沙漠蚂蚁血流而尽那种红色的面纱，我的宿主和他的朋友开车来到恩姐莉的丈夫上班的银行。

他在一家机修店旁边等候着，而贾米科进了银行。那家机修店在一棵老油豆树下面，我立刻认出了那棵树。它已经在那儿许多年了。两百多年前，阿罗楚库那帮没有良心的人掳走了我的宿主雅加兹和其他奴隶，他们被锁链五花大绑，一个女人在树下晕倒了。俘获者不得不中止行进。他们当中的一员，一个矮胖子，向其他人比画，意思是那个女人或许生病了，可能没办法挨到海边。那怎么办呢？他斩断了她的锁链。但那个女人没有动弹。他们离开了似乎已经睡着的她，由得她躺在这棵老树下面的空地上。

我的宿主走下车，站在这棵树下，和机修店里的人在一起，他的眼睛被那面比夫拉的旗帜吸引住了，它被系在店里的一根木桩上。那面旗帜几乎被煤灰熏黑了，有一角破了个洞。那群人让他坐在一张脏兮兮的长凳上，旁边是一个大轮胎，或许是从一辆半挂式卡车卸下来的，补胎的工具摆在上面。那帮男人在工作时，他站在一旁，双臂交叠抱在胸前，注视着街道。

他刚从一个小贩那儿买了一包纯净水，正在喝的时候，贾米科回来了,沉默不语,似乎有什么东西令他哑了。"我们找个地方谈一谈。"他指着车子,对我的宿主说道,声音急促。

他们开车到我宿主的公寓,直到两人坐下来,他坐在床上,贾米科坐在椅子上,对话才开始。

"我的兄弟,我进去时,他似乎在等候我。他跳起来,说道:'牧师,牧师,我遇到麻烦了。'我问怎么回事,他说道:'牧师,我的妻子,我的妻子。'他很烦恼。他说,恩姐莉和她差点嫁给的那个男人见面了,而且那个男人发现孩子是自己的。"

我的宿主站起身来。

"是的,他是你儿子,我的兄弟。"贾米科说道,抬头看着他。

"这到底是怎么回事?怎么会这样?"

"那人说,在你离开尼日利亚之前,恩姐莉就已经怀孕了。你离开之后,她一直没有你的消息,于是她试过找你。她给塞浦路斯国际大学打了电话。"

伊安格-伊安格,您一定在猜想这番话对我的宿主的影响。

"再说一遍。你说什么?"他能说的就只有这句话。

"她给大学致电,她找到了德晗,我的所罗门兄弟。"

他默不作声地坐着。我在他的脑海里闪现恩姐莉抓住他,要他在她体内射精那两回的情形。然后我在他的脑海里闪现另一幕情形,很久以前的一天晚上,当时他忘乎所以,由得自己在恩姐莉的体内射精,在射出了大部分精液之后才抽出来。他没有告诉恩姐莉,害怕她会责怪自己。然后恩姐莉叫他开灯,她准备用卫生纸把身子弄干净。他开了灯,心里庆幸恩姐莉没有问他有没有及时抽离出来。他开灯时,发现一片白羽在空中飘拂。恩姐莉被它吸引住了。她问那是从哪儿来的,怎么在空中飘啊飘的。他说他不知道。那只是我让他记起的许多回忆之一。但我的宿主自己记起了在他得到那个护士带给他希望的承诺之后曾打过电话给恩妲莉。恩妲莉当时说她有话想说,但她准备迟些再告诉他。我仍听得见许多年前她在电话里对我的宿主说话时的声音:"是大大的消息,甚至对我来说也是,我很惊讶。但我好高兴啊!"

"之后她再也没有你的消息,她很担心,我的兄弟。上帝的孩子,她怀了你的孩子,突然,好多天音讯全无。然后是好多个星期,她等候着,没有任何消息。她有你的录取通知书复印件,是你给她的。她给学校打了电话,得悉你干了什么事情。"

他正要开口说话,但贾米科继续说下去。

"他们对她说你强奸了一个白人女子,被判入狱二十六年。事实上,他们对她说塞浦路斯人宽大为怀,因为在大部分伊斯兰国家,强奸罪的惩罚是死刑。"

"谁告诉她的?"

"他没有告诉我,但我认为是德晗。他并不了解整件事情,我想他不知道。但恩妲莉尝试过。她找过你,她试过帮助你。他说恩妲莉并不相信你会做出那种事情,还向土耳其的尼日利亚大使馆报告了这起案件,但没有人做过任何事情。我记得这个,我的兄弟,当我打电话给我的朋友,你去过他们在凯里尼亚的房子,他们告诉我土耳其的尼日利亚大使馆给学校打过电话。所以我相信她尝试过,我的兄弟。这件事是因我而起,但她尝试过做点事情。"

"还有别的,别的什么事情发生吗?"我的宿主问道,因为旧时的愤恨又开始在他心中产生。

"她的家人,"贾米科说道,他开始哭泣,"他们对这件事情非常气愤。她竟然未婚先孕,然后她还做出跨国举动,想救出一个在别的国家被关押的罪犯。这就是为什么他们先让她去了拉各斯。奥格博纳没有说,我的兄弟,但我相信她曾经尝试过,然后才放弃了。"

伊安格-伊安格，我的宿主的内心有所触动，感觉到里面热辣辣的，似乎一团火烫的东西缓缓地硬生生地捅了进来。她放弃了。它意味着什么？阿卡塔卡，它意味着一个人曾经去做某件事情，然后停下了。那就像一个人曾尝试举起某样东西，然后他认为自己永远无法将它举起，于是，他只能认命放弃。

我的宿主呆呆愣愣地坐在那里，似乎他出生、生活、做爱、睡觉、遭受折磨、治愈创伤、再度遭受折磨的世界其实都只是一场幻梦，一个老瞎子的眼睛突然见到的蜃景：在刹那间光彩熠熠，接着，被窥见之后便消失无痕。

# 第二十六章
## 人屋里的蜘蛛

楚库,您一直很耐心,您一直在倾听。您听到了我在此处的神圣议事会前讲述的所有这些事情。在您倾听时,贝伊格的每棵树都奏出动听的曲调,那曲调犹如光彩夺目的衣裳。甚至就在我发言时,音乐从各个璀璨的宫殿的每一处地方传出,就像从皮肤的毛孔里沁出的汗水。到处都是守护精灵,它们一定是前来讲述自己的故事的。现在,我必须赶快补充完我的故事的未竟部分。噶嘎纳奥格乌,我很快就会讲完。

为了加快速度,我必须向您禀告,了解战争与战斗之道的伟大的祖先们总是说:杀死一个人并不需要知道他的名字。这番话用在我的宿主身上正合适。因为,在得悉贾米科了解到的事情之后的几天甚至几周里,他变成了什么模样描述起来实在令人痛心。但我必须向您禀告这个改变引发的后果,因为我求情的缘由需要讲到它。埃格布努,我的宿主变成了一个灵体、一个人形的精灵、一个游魂、一个被剥夺了一切的浪人、一个潜行于树丛中的东西、一个被这个世界遗弃的自我放逐的人。他拒绝听从他的朋友的规劝,后者央求他不要去打人。他发誓他会打一架。他激动地发誓一定要夺回自己的儿子。他坚称那是他在这个世界上仅存的唯一值得去争取的事情。没有人,就连我,他的守护精灵,也无法说服他改变心意。

因此,他又开始潜伏在恩姐莉家旁边的树丛里,当她开车回家时,他试图和恩姐莉搭话。她没有下车,而是绕过他,然后开走。当这么做失败后,他去恩姐莉的药店,大吼着他要夺回自己的孩子。但她把自己锁在办公室里,透过锁好的窗户向邻居求助。三个男人跑进药店里,把他拖出去,揍得他鼻青脸肿,左眼上方都裂开了。

但是,埃格布努,那并没有阻止他。接着他去那个小男孩的学校,想用暴力手段把孩子抢过来。我想正是在这里,种下了让我在这个最多苦多难的人间夜晚来到此处的种子。因为,奥瑟布鲁瓦,这种事情我见得多了。我了解到,一个回到他的灵魂曾被摧毁之地的人不会轻易原谅那些之前将他拖到那里的人。我说的是哪里呢?是一个人的存在与生活陷入停顿的那个地方,他就像街心那尊鼓手雕像,或警察局旁边那尊大张着嘴巴的孩童雕像。

虽然这一次,狱卒们的做法不一样,只是辱骂他和扇他耳光,但被唤醒的记忆在折磨他。他在牢房里哭泣。他诅咒自己,诅咒这个世界,诅咒自己的不幸。然后,楚库,他诅咒恩姐莉。那天晚上他睡着时,过去的某个时刻出现了,然后他听见恩姐莉的声音在说:"侬索,为了我,你把自己给毁了!"他在牢房里光秃秃的地板上慌张地坐起来,似乎那番话花了数年的光阴才传到他的耳朵里,在她说出那番话的四年之后,现在是他第一次听到。

埃祖瓦,第三天早上,贾米科来保释他。"我告诉过你,放过她吧。"两人离开警察局后,贾米科说道,"你不能强迫她回到你身边。把过去抛在身后,继续向前。搬到阿巴去,或到拉各斯去。重新开始。你会找到一个好女人。看着我,在塞浦路斯度过的那些年,我找到谁了呢?我在这里找到了斯黛拉。现在,她将成为我的妻子。"

贾米科在对他说话,可他似乎成了一个没有嘴巴的人,直到他们来到他家,贾米科以自己做过和见过的事情尽力说服他。当那辆出租车在他的公寓前面停下时,他向朋友道谢,说要独处一会儿。

"没问题。"贾米科说道,"我明天会来看望你。"

"明天见。"他说道。

奥巴司迪内鲁,伟大的祖先们以其圆通的智慧说,无论吹笛者吹奏任何曲目,舞者都会随之起舞。听着一首曲子,却随另一首曲子的节奏起舞,是疯狂的举动。我的宿主曾经被生活教育过这些切实的道理。但我已经开导过他,他的朋友贾米科,现在他依赖的这个人,也开导过他。他在心里念叨着这番话,打开门锁,朝他的公寓走去。邻居的妻子和他打招呼,她正在挑拣盘子上的豆子,他呼吸沉重地嘟囔了几句作为回应。他打开挂锁,推开房门。走进房间时,他闻到一股幽闭已久的味道。看着蚊子的嗡嗡声传来的方向,他看到了那是什么:他买的豆糕,那天他被带走时只吃了一半。塑料袋里爬满了虫子,一股牛奶状的液体从那团腐烂食物的下面流到桌子上。

他脱掉衬衣,将那团食物包在里面,令蚊子四散惊起。他将那摊液体从桌子上抹掉,把衬衣扔进垃圾堆里。然后他躺在床上,闭起眼睛,双手按着胸膛,试着什么也不去想。但是,埃格布努,这几乎是不可能的——因为人的思想就像一片荒林,在它上面,无论多么幼小，一定有动物在流连觅食。他无法拒绝来到那里的人：他的母亲。他见到了她，坐在院子里的长凳上，在研钵里捣胡椒或山药，他就坐在母亲旁边，听她讲故事。他见到了母亲，她头上包着印花头巾。

他在这个地方流连，清醒的意识和无意识之间的走廊，直到夜幕降临。然后他坐起身，萌生一个想法：他应该离开乌穆阿希亚，将所有的一切抛在身后。在监狱里的时候，他曾经想过这么做，甚至比贾米科再次提出还要早。我确保这个想法一直留在他的脑海里。在监狱的那两天里，这个想法就像一个烦躁的访客，在他的脑海里进进出出。现在，关于他母亲的那幕幻觉中的某样事情解决了他的困惑，即使他不知道那是什么。是母亲死后他自己曾劝过父亲许多遍，说应该忘记母亲吗？有好几回，他和老头子争吵，告诉父亲只有小孩子才会对一件已经失去的东西念念不忘。尤其是那天晚上，他的父亲喝醉了，走进他的房间。早前他们宰了一只鸡，送去给一个女人，她的女儿与他的妹妹约莫同龄，就要出嫁了。或许是因为这件事情，老头子很烦恼。在深夜里，我宿主的父亲脚步蹒跚地走进儿子的房间，眼泪汪汪地说道："儿子，我是一个失败者。一个大写的失败者。当你的母亲在产房里时，我没能保护她，没能把她带回来。现在，你的妹妹，我也没能保护她。现在我的生活变成了什么样子？难道它就是一连串的失败吗？我的生活现在被已经失去的东西毁了吗？我得罪了什么人吗？我做了什么？"

以前想起这一幕时，他认为父亲是一个弱者，没办法承受苦难，不懂得如何背转过身。现在他想到他自己在紧紧抓住已经失去的东西，他再也无法拥有的东西，不肯放手。

他会离开。他会回到阿巴，回到他的叔叔那里，将所有的一切抛在身后。他没办法改变已经面目全非而且抗拒改变的事情。他的世界——不，是他的旧世界——已经面目全非，这是无法改变的。他只能继续向前。贾米科离开了他的羞耻之地，与我的宿主达成和解，继续向前。恩姐莉也是。恩姐莉将他写在她的灵魂之上的字迹擦得干干净净，写上了新的内容。过去的事情不再值得缅怀。

而且，现在他清楚地知道不止他一个人心中怀着憎恨或背着满满一桶苦水，在生活这条残径的艰辛路程上前进时，每走一步都会溅出一两滴。许多人，或许这片土地上的每一个人，阿莱格博的每一个人，甚至在这个国家生活的每一个人，都被蒙上了眼罩，塞住了嘴巴，天天担惊受怕。或许每个人都怀着某种恨意。当然是这样。的确，凤愿就像一头不死的野兽，被锁在他们的心中无法冲破的牢笼里。他们对停电感到愤怒，对缺少便利设施感到愤怒，对腐败感到愤怒。譬如，那些马索布抗议者，他们在奥韦里遭到枪击，上个星期在阿利亚里亚的伤者，在大声疾呼让一个已经死去的国家获得重生——而且他们一定为业已死去再也无法复生的人感到愤怒。每一个失去了爱人或朋友的人呢？当然，在每一个男人或女人的内心深处一定隐藏着怨恨。没有一个人内心是完全平和的。一个都没有。

他长久地沉思着，他的想法是如此诚恳，他的心认同了这个主意。我，作为他的魑，予以肯定。他一定得离开，而且得赶紧离开。这个想法带给了他平静。第二天，他去找肯盘下他的存货和顶下铺租的买家。他心满意足地回到家里，然后给叔叔打电话，把发生的一切都告诉了后者，说自己必须离开乌穆阿希亚。老头子很难过："我告、告诉过你，不、不要去找那、那个女人。"他重复了一遍又一遍。然后，他命令我的宿主立刻到阿巴去。

我的宿主花了几天时间整理收拾了几件东西，试着不去想恩姐莉或他的儿子。以后,终有一天他会回来,等他重拾生命之后,再把孩子要回来。那就是他会做的事情,他站在曾经堆满东西如今空荡荡的房间里,只剩下他的旧床垫摆在地板上。

阿古吉埃格贝,那天晚上他就会离开,不再回来。他会离开!他告诉了贾米科这件事情,等贾米科过来为他送行,他就会启程。他等候着这位牧师传福音回来,在他带着所有东西开车离开之前为他祈祷。

楚库,在这个时候,我又开始害怕,我必须说,贾米科来了之后,为他祈祷,为他哭泣,和他拥抱,从前的愤怒、恐惧、吞噬一切的复杂情感,又回到了他的心头。他不知道那是怎么回事,但那种感觉攫住了他,令他坠入无底深渊,原本他已经从那里被拉出来了。埃格布努,是一个回忆造成了这种情况:一根点着的火柴,令整座建筑熊熊燃烧。他想起了第一次与恩妲莉同眠的那天,那天她跪在院子里的地上,啞吸着他的男根,直到他在长凳上倒下来。他俩都在哈哈大笑,谈论着家禽会如何看待他们。

伊安格-伊安格,请听我说:像我的宿主这样的男人绝不会就这样离开一场斗争,他的灵魂不会就此满足。在遭受一场惨败之后,他没办法站起来,对他的亲人,对所有那些看着他在沙地上翻滚的看客,对所有目睹他受辱的人,说他已经达成了和解,就像这样。楚库,这么做很艰难。因此,即便他对自己斩钉截铁地说道:"现在我要离开了,永远离开她。"片刻之后,夜幕降临,他却又向阴森的想法屈服了。它们纷至沓来,成群结队地发出恫吓,占据了他的整个内心世界,直到他被它们说服,走进厨房,拿了一小罐煤油,里面是半满的,还有一盒火柴。直到那时,它们才离他而去。但是,事情已成定局。他将那个罐子紧紧封好,摆在车子前排驾驶座的踏板上。然后他回到家里等候着,等候着时间过去。当一个人的灵魂着火时，等候会变得很难熬。

埃格布努，快到午夜时，他启动了车子，驶入黑夜。他开得很慢，害怕车上载的那样东西会着火，而他的所有家当都装在车里，做好了之后启程的准备。他行驶在空荡荡的马路上，经过一个安检站，一个人用手电筒朝他的车里照射，然后朝他挥了挥手让他离开。然后他来到了药店。

他把车子停好，然后拿起火柴和火柴匣子。

"恩妲莉，我失去了所有的一切，都是为了你，就是为了让你这样对我吗？是吗？"他说道。然后他打开车门，拿出那罐煤油和火柴，走到死寂的夜色里，比起其他夜晚，今晚格外漆黑。

他说道："我为你做了所有事情，你却报我以恶意。"然后他停下来喘口气，"你抛弃了我。你惩罚了我。你害得我去坐牢。你令我蒙受耻辱。你令我丢尽了脸面。"

现在他站在药店前面，周围的世界一片寂静，只有不知从哪儿传来某座教堂里的歌唱声。

"你会知道失去东西是什么滋味。你会知道，你会体验到我的感受，恩妲莉。"

埃格布努，现在，在他的声音和心中，我察觉到了从时间伊始人类总是令我感到困惑的特质。一个男人可能曾经爱过一个女人，拥抱她，和她做爱，为她而活，共同促成一个孩子的诞生，到最后，所有的一切都化为乌有。化为乌有，伊安格-伊安格！您以什么将其取代呢？是温和的疑惑吗？是轻微的愤怒吗？不是。您播下的是仇恨的子孙，它那狰狞的种子：轻蔑。

在他说话时，我对他将要去做的事情感到恐惧，于是我从他的身体里出来。埃津穆奥震耳欲聋的喧闹一下子朝我袭来。到处都有精灵在游荡，或岌岌可危地悬吊在屋顶或车顶，许多精灵在看着他，似乎它们已经事先得知他会干出什么事情。我逃进宿主的体内，在他的脑海里闪念，让他回家，或者给贾米科打电话，或者去散心，或者睡觉。但他不肯听从我的劝告，他的良知之声——那个了不起的说服者——沉默不语。他走向前，确认周围没人，开始将煤油洒在药店四周。洒完煤油之后，他走到汽车的后备厢，拿出一个小罐，里面装着汽油，将其洒遍整个地方。然后他点着火柴，扔到已被洒了易燃物的建筑上。火一点着他就跑回车里，启动引擎，驶进夜色中。他没有回头。

噶嘎纳奥格乌，我知道现在没有精灵会去寻觅他的身体，因为游魂们有东西吃了：一场熊熊燃烧的大火。于是，我出来作见证，看看他做了什么事情，当您在他临终那天向我问话时，我能完整地描述我的宿主的所作所为。我站在那座正在燃烧的建筑前面时，在远处，我的宿主正在驶离。等到他几乎消失在视野中时，约莫有十来个精灵围在火边，像赤裸的波动般飘浮着。起初，我在外面看着那美丽的火景，缥缈的灵体靠近了一些，从我身边经过。其中一个精灵兴奋得几近疯狂，飞到建筑的上方，悬空而立，一股盘旋而上的漏斗状黑烟从它身边飘过，时而将那个精灵笼罩，时而散去令它再度出现，其他精灵在欢呼。

正当我看着这一幕时——我无法相信——我见到恩姐莉的魑从燃烧的建筑里出来，哭哭啼啼。它立刻看到了我，连声厉喊："看你这个邪恶的守护精灵和你的宿主干了些什么！我早就警告过你适可而止，但他一直在纠缠她，追踪她，直到毁了她的生活。两天前，她读了他那封傻帽的信件，她一直害怕去读，这封信令她心里极为不安！她开始和丈夫吵架。今晚，就在今天这个残酷的夜晚，她又和丈夫大吵了一架，离开家里，来到这儿……"

现在那个魑转过身,因为它听见正在燃烧的药店里传来一声尖叫,它立刻消失在火海中。我马上跟在后面冲进去,在熊熊燃烧的烈火中,我见到一个身影正挣扎着从地上爬起来,一块原本在屋顶的烧着的木头砸在她的背上,疼痛令她失去了知觉,冲击力令她倒在地上。但看见一道火墙从房间的另一边突然升起,她又奋力站了起来。一个药架倒下了,猛烈的火势逐渐令它散架,从它上面冒出的一团火焰引燃了地毯,火势正朝她的房间蔓延而去。她摸着脖子,发现正顺着脊背往下流的液体是血。似乎直到这时,她才意识到那块木头上的钉子扎进了她的肉里,还把火焰钻进了她的身体里。她嘶声惨叫,那块木头仍嵌在她的脊背上。她冲过一片橙黄的火场,里面的桌子在一一倒下,窗户在咔咔作响,窗帘在抖动起舞,药瓶在纷纷迸裂。当她来到门口时,一块被烧过的砖头绊得她踉跄向前。当她打开房门时,那块烧得只剩余烬的木头掉落了,火辣辣的疼痛令她跪下来,就像一位牧师突然下跪祈祷。这时,她似乎想起自己最好不要站着。于是,她开始爬出药店,就像一只小动物从燃烧的小屋中钻了出来。

等到她逃出来的时候,人们已经聚集在火场四周——治安队的成员、邻居和其他人。他们将一桶桶水淋在她的身上,她躺倒下来,晕过去了。

这时候,我离开恩妲莉,匆匆去找我的宿主。他正行驶在高速公路上,一路穿透黑暗,一边开车一边哭泣。他不知道自己做了什么。伊安格-伊安格,今晚我已经说过许多遍关于人和魑的这个缺陷:他们没办法知道自己看不见或听不到的事情。因此,我的宿主当时不可能知道。他毫无察觉。现在出现在他脑海里的那个恩妲莉是曾经爱过他却又抛弃了他的恩妲莉,是他已经失去的恩妲莉。他对那个陷身于火场中的恩妲莉,那个现在躺在废墟——原本曾经是她的药店——前面地上的恩妲莉一无所知。他继续开车，想象着恩妲莉被她的丈夫抚摸，想象着自己做不了任何事情将恩妲莉夺回。他继续开车，痛哭流涕，吟唱着卑微者之歌。

埃格布努，他怎么会想到一个有家的女人会选择到她的药店睡觉呢？不会。她为什么要这么做？他根本不会想到这一点。这就是为什么一个人会在不知情的情况下杀了另一个人，然后继续忙乎自己的事情。威严的祖先们将这种情况与人屋里的蜘蛛联系在一起，他们说如果有谁自认为无所不能，就让他看看自己的房子四周，看他知不知道蜘蛛在何时开始织网。这就是为什么一个即将遇害的人走进一座房子，前来杀他的人正在等候他，但他对他们的安排毫无察觉，不知道自己的死期已至。他会和这帮人一起进餐。我以前的宿主埃兹克曾读过一本书，里面就是这么写的。那个故事讲述的是一个曾经统治名为罗马的白人国度的男人。但在显赫祖先的土地这里就有一个例子，又何必去看那么遥远的例子呢？我自己就已经见过许多回了。

这个男人走进那个房间，不知道将会杀死他的阴谋已经布下——没有丝毫征兆，事情将会发生，变更与衰败不经意地大步流星来临，巨大的变革在毫无征兆的情形下实现。但是，死亡将会降临，没有预警，突如其来，栖落在他的小天地的窗台上。它会出乎意料、悄无声息地来临，不会打破四季更替的节律，甚至不会对当下造成任何影响。当它降临时，嘴里的梅子的味道并没有改变。它就像一条蛇溜进来，没有被察觉，等候着它的时机。对墙壁细加端详也不会看出端倪：没有裂缝，没有痕迹，没有罅隙让它可以穿过。他所了解的情况根本没有予以提示：世界的脉搏没有改变它的节律。鸟儿仍在歌唱，调子没有丝毫改变。时钟嘀嗒作响的指针仍在继续转圈。时间仍在无法阻挠地继续前进，大自然在一如既往地运作。因此，当事情发生时,当意识到真相和亲眼见到时,他会大吃一惊。因为那就像一条他原本不知道的伤疤,自时间伊始就已经刻下。对于那个人来说,事情似乎在毫无警告的情形下骤然发生。他并不知道那件事情其实早已发生了,只是一直在耐心地等候着他去关注。

# 后 记

《卑微者之歌》这部小说深深扎根于伊博文化的宇宙观,那是一个有着各种信仰和传统的复杂体系,曾经引导——从某种意义上说,仍在引导着——我的人民。因为我在构建一部以现实为背景的虚构作品,好奇的读者或许会决定去对那个宇宙观进行研究,特别是与魈的概念相关的内容。因此,我必须声明,就像钦努阿·阿契贝在他探讨魈的文章中——本书的序言引用了一部分内容——所说的:"我在这本书里并非想填补空白,而是引起热爱文学而不是宗教、哲学或语言学的读者对它的关注。"

因此,我在这里想说的是,本书是一部虚构作品,并不是关于伊博文化的宇宙观或非洲宗教的权威文本。不过,我希望它能作为进行研究时有充分参考意义的读物。这是因为《卑微者之歌》参考了许多关于伊博文化与宇宙观的书籍,包括约翰·阿涅涅楚库·乌梅赫的《在神明之后是巫医》、埃曼努尔·卡奈涅楚库·阿尼佐巴的《奥迪纳尼》、钦努阿·阿契贝的《伊博三部曲》(通常被称为《非洲三部曲》)和他关于魈的文章,凯瑟琳·奥比安努祖·阿克罗努的《尼日尔河上的苏美尔伊甸园》与诺思科特·W.托马斯的《关于尼日利亚的伊博语使用者的人类学报告》,等等。除此之外,还有我的父亲独立进行的实地研究，以及我在家乡尼日利亚阿比亚州的恩克帕进行的研究所取得的收获。

　　出于文风上的考量，我选择了将大部分名字、称谓与敬称写成一个单词，而不是更常见的合成词。譬如说，"恩迪-伊奇"这个词在我的书里以"恩迪伊奇"的形式出现。我认可"伊博联盟协议"关于连词号的使用，但我忠实遵循恩克帕的人民念出这些词语的方式：一气呵成，不带停顿。同样的情况也出现在楚库的众多名字上。再一次，我承认"噶嘎-纳-奥格乌"是经常出现的书写形式，但我选择了"噶嘎纳奥格乌"。还有别的名字——譬如说，"埃格布努"——读者或许永远不会在其他地方找到。至于那些对"伊博联盟协议"的拼写感兴趣的读者，我建议他们参阅约翰·阿涅涅楚库·乌梅赫的美妙读物《在神明之后是巫医》与尼古拉斯·奥德和昂涅卡奇·瓦姆布合著的《伊博辞典与常用语手册》，以及其他作品。

　　祝好运。

奇戈希·奥比奥玛<br>2018年4月

## 致 谢

这部小说是由许多段经历促成的。但它最初的创作来源应该是我孩提时的名字：恩巴鲁科，大家都认为我是那个男人的轮回转世。因此，我必须感谢我的父亲、我的叔叔昂涅拉奇亚·摩西、我的母亲布莱欣·奥比奥玛，以及其他令我早年对魑与轮回转世感兴趣的人。

我要感谢我的妻子克里斯蒂娜，她是我的读稿人与帮手，她是如此大度与善解人意，知道当我沉浸在那片汪洋大海中时，我需要独处。我还要感谢我的经纪人杰西卡·克雷格，她一如既往地充当读稿人并支持我的创作，被我打扰时，她从不抱怨。我要感谢我的编辑朱迪·克莱恩和艾拉·艾哈迈德，他们将这本书从沉睡中唤醒。没有他们与利特尔·布朗出版社在美国与英国的团队，《卑微者之歌》根本不可能成书。

感谢卡瓦梅·道斯与他的妻子洛娜的支持，其价值无法估量，只有他们和我才能真正地了解。感谢伊萨和丹尼尔·卡托，让我在他们的城堡里修改本书，还有阿斯彭研究社的伙伴们。感谢热心读者卡米拉·桑德加德、比阿特莉丝·曼奇尼、方特·弗拉格出版社的哈尔夫丹·弗雷豪尔和努特·乌维斯塔德，还有托马斯·忒比和佩尔·安德森，以及我的出版社的支持。感谢我在内布拉斯加大学林肯分校的同事对我的鼓励，以及这所大学所提供的创作氛围。此外，我要感谢凯伦·兰德利、芭芭拉·克拉克、亚历山大·胡普斯以及以种种方式帮助促成这本书的所有人。

最后，我要向我在后记中列举的所有作者以及所有继续致力于不让伊博文化的宇宙观与哲学步入消亡的人士致以最深切的感激。我必须再次感谢我的父亲，他是一位研究者、排印编辑与斗士，总是让我想起伟大的祖先们说过的话："当一个人背上痒时，他会去找另一个人挠背；当一头山羊背上痒时，它会背靠着树干挠痒。"

# 作者简介

奇戈希·奥比奥玛于1986年出生在尼日利亚的阿库雷。他曾在尼日利亚、塞浦路斯与土耳其生活过,现定居美国,执教于内布拉斯加大学林肯分校。他的第一部小说《钓鱼的男孩》赢得金融时报/奥本海默基金新兴之声小说奖、有色人种进步协会形象奖最佳新作家奖、阿特·赛登榜首本小说奖(洛杉矶时报书奖),并进入2015年布克奖的最终名单。翻译版权卖出了二十六门语言。奥比奥玛被《外交政策》提名为2015年全球一百位先锋思考者之一。他的故事与文章刊登于《弗吉尼亚季度评论》《卫报》与《百万读者》。

图书在版编目（CIP）数据

卑微者之歌 /（尼日利）奇戈希·奥比奥玛著；陈超译. — 北京：北京联合出版公司，2021.1
ISBN 978-7-5596-4678-1

Ⅰ.①卑… Ⅱ.①奇…②陈… Ⅲ.①长篇小说—尼日利亚—现代 Ⅳ.①I437.45

中国版本图书馆CIP数据核字（2020）第215612号

## 卑微者之歌

作　　者：[尼日利亚]奇戈希·奥比奥玛
译　　者：陈　超
出 品 人：赵红仕
责任编辑：夏应鹏
策 划 人：方雨辰
特约编辑：陈雅君
装帧设计：一千遍

北京联合出版公司出版
（北京市西城区德外大街83号楼9层　100088）
北京联合天畅文化传播公司发行
山东临沂新华印刷物流集团有限责任公司印刷　新华书店经销
字数348千字　787毫米×1092毫米　1/32　15印张
2021年1月第1版　2021年1月第1次印刷
ISBN 978-7-5596-4678-1
定价：65.00元

版权所有，侵权必究
未经许可，不得以任何方式复制或抄袭本书部分或全部内容
本书若有质量问题，请与本公司图书销售中心联系调换。电话：（010）64258472-800

AN ORCHESTRA OF MINORITIES
by Chigozie Obioma
Copyright © 2019 by Chigozie Obioma
Published by arrangement with Craig Literary LLC,
through The Grayhawk Agency Ltd.
Simplified Chinese edition copyright
2021 Shanghai EP Books Co., Ltd.
All rights reserved.